AVANT
LES DIAMANTS

Le Psychopompe
Les Nouveaux Auteurs, 2011
Réédité sous le titre
Les Violeurs d'âme
« Pocket », n° 15017

Le Festin des fauves
La Martinière, 2015
et « Points », n° 4439

On se souvient du nom des assassins : thriller
La Martinière, 2016
et « Points », n° 4786

Tout le monde aime Bruce Willis
La Martinière, 2018
et « Points », n° 4969

Dominique Maisons

AVANT LES DIAMANTS

ROMAN

Éditions de La Martinière

ISBN 978-2-7578-8839-1

« Que faisais-tu avant d'avoir ces diamants ?
– Je les voulais. »

Charles Boyer et Hedy Lamarr
dans *Algier* (*Casbah* en VF),
remake américain de *Pépé le Moko*,
de John Cromwell (1938).

Chapitre 1

Lone Pine, comté d'Inyo, Californie, 17 mars 1953

Chaque dollar sorti de sa poche doit lui procurer un rapport satisfaisant. Moffat a peu de principes, mais celui-là, il y tient. Regarder une employée, assise devant la caravane du réalisateur, tenant nonchalamment une cigarette du bout des doigts dans une pose libre et moderne à la Lauren Bacall n'est pas ce qu'il considère comme un retour sur investissement acceptable. Le producteur se racle la gorge pour signaler sa présence. Après quatre heures de route monotones de Culver City à Lone Pine, il est encore trop engourdi pour exprimer sa colère de façon plus saillante. L'assistante de plateau lève le nez du dernier *Confidential* puis reste figée, lapin pris dans les phares. Sur ses genoux, le magazine est ouvert sur un article détaillant les fêtes communistes homosexuelles de Hollywood. Larkin reconnaît Sterling Hayden accompagné de starlettes sur une photo prise au *Ciro's* un soir de première. L'acteur est une des cibles privilégiées du tabloïd depuis son témoignage polémique devant la commission McCarthy. Moffat attrape le magazine, survole l'habituel ramassis de ragots délicieusement racoleurs puis le glisse dans la poche de son costume.

– Ce salopard d'intello bolchevique ne l'a pas volé, commente-t-il avec une grimace de dégoût.

La jeune femme acquiesce d'un hochement de tête, écrase sa cigarette et tente de se justifier.

– Le tournage n'a pas encore commencé, j'en ai profité pour faire ma pause.

– Combien je vous paye par jour de tournage, mademoiselle Connell ?

– Quinze dollars, monsieur Moffat.

– Aujourd'hui, ce ne sera que sept, et apportez-moi un café. La route a été longue, l'Arroyo Parkway était encore encombrée ce matin.

Moffat tourne le dos à la caravane et suit le chemin tracé dans le chaparral par les équipes de tournage qui se sont succédé dans les Alabama Hills. Il traîne ses mocassins dans le sable et frissonne. Un vent froid descend de la Sierra Nevada, balaye les collines rocheuses et le force à fermer sa veste. Le soleil ne va pas tarder à réchauffer le granit, mais à cette heure, il fait encore frais dans l'arrière-pays angelino. La saison est idéale, les équipes devraient fourmiller dans les moindres recoins. Il y a peu, on tournait ici une vingtaine de films par an au moins, et il aurait été risqué de venir sans s'être assuré qu'une autre production n'occupait pas déjà les lieux. Ces derniers temps, la question ne se pose plus. Redevenue une petite bourgade presque déserte coincée entre le mont Whitney et la Death Valley, Lone Pine a perdu son statut de Mecque de la série B.

Les westerns n'ont plus le vent en poupe. Tom Mix est mort, Roy Rogers a une émission à la TV, Lash LaRue ne va pas tarder à le suivre, William Boyd a rangé les colts de Hopalong Cassidy, Gene Autry a ramené Champion à l'écurie pour se consacrer à la chanson, et même l'inoxydable Bob Steele préfère accepter des seconds rôles dans de grosses productions des Big 7 que d'écumer les prairies aux côtés d'Al Fuzzy St. John.

La télévision étouffe les productions à petit budget qui occupaient l'après-midi des enfants dans les salles de tout le pays. Monogram et même Republic orientent leurs productions vers le fantastique et des histoires plus provocantes, de celles que la télévision ne peut pas diffuser et qui attireront les adolescents en mal de sensations fortes. En repensant aux derniers résultats du box-office, Moffat sent son estomac se nouer. Combien de temps encore avant que sa compagnie, American Family Entertainment, rende l'âme ? Il faudrait un miracle pour réussir à vendre ses prochaines productions au prix habituel. Il va finir par perdre de l'argent, et cette idée le terrorise.

L'assistante lui tend un mug fumant. Il la remercie d'un signe de tête et se dirige vers la petite équipe drivée par Erik Van Schlick qui doit assurer ce tournage en couleurs, une première pour AFE. La concurrence du petit écran a forcé Moffat à racheter un stock de vieilles pellicules Cinecolor, soldées depuis l'invention du Supercinecolor. Les distributeurs vont se pincer le nez devant la qualité médiocre des couleurs, mais ce sera toujours plus vendeur qu'un noir et blanc, et ça ne lui coûtera pas plus cher.

Van Schlick n'a pas remarqué son arrivée, il se débat pour charger la pellicule dans l'antique caméra Superparvo. Une dizaine de figurants recrutés pour des rôles d'Indiens font la queue devant la maquilleuse et la costumière qui essayent de leur donner la tête de l'emploi, mais les visages déjà couverts de motifs évoquent plus le cubisme que des peintures de guerre sioux. On leur a mis sur la tête un morceau de tissu pour y fixer une perruque – un bon sauvage doit avoir les cheveux longs. La costumière puise des armes dans une malle aux mille tournages, pleine de tomahawks en plastique, de couteaux de cuisine et de boucliers africains. Cinq vieux chevaux sauvés des abattoirs attendent leur cavalier, une selle usée posée sur leur dos étique. Moffat lève les yeux au ciel, consterné.

– Soit vous êtes aveugles, soit vous êtes débiles.

Tous les regards convergent vers lui. Van Schlick referme précipitamment le magasin de la Superparvo.

Moffat pointe du doigt les deux derniers Indiens de la file d'attente, deux solides gaillards d'origine irlandaise, bien trop portés sur la boisson pour occuper un autre emploi que clochard ou figurant, ce qui revient souvent au même. Moffat peut sentir à cinq mètres les effluves du bourbon bon marché qui charge leur haleine. Il se fout que ces crétins titubent et puent la charogne – ça ne les a jamais empêchés de tenir à cheval et de faire leur journée de travail pour un salaire ridicule –, mais en les voyant là, torse nu, il se rend bien compte que leur peau blanche d'Irlandais ne passera pas la barrière de la couleur.

– Tout le métier va se foutre de notre gueule avec vos Indiens à la peau pâle comme un cul de pasteur évangéliste !

– Bah on a pris les mêmes que d'habitude, on n'avait pas trop le temps de faire autre chose, bredouille l'assistante qui a suivi Moffat jusqu'au plateau.

– On tourne en couleurs, j'espère que ce détail ne vous a pas échappé ! Il va falloir les couvrir de la tête aux pieds, vos rouquins. Laissez les autres torse nu, mais eux, ce n'est pas possible. Barbouillez-leur la tronche de peinture et dès qu'ils ne tournent pas, installez-les sur les rochers, la trogne et les pectoraux au soleil, ça leur fera du bien de prendre un peu de couleurs.

– Mais on va cramer ! s'indigne un des deux Irlandais d'une voix pâteuse.

– C'est l'idée. Si tu préfères retourner faire griller des marrons au-dessus d'un bidon devant la Midnight Mission, je ne te retiens pas, répond sèchement Moffat.

Van Schlick s'approche pour le saluer. Avec sa grande taille, il dépasse la petite silhouette musculeuse du producteur d'une bonne tête, ce qui agace prodigieusement ce dernier. Il s'excuse de ne pas avoir remarqué plus tôt cette anomalie – il était absorbé par la préparation de ses nouvelles pellicules. Moffat a toujours du mal à le comprendre. Son accent, soi-disant néerlandais mais sans doute allemand, rend son élocution hasardeuse, même après plus de huit années passées en Californie. Moffat n'a jamais trouvé trace de sa filmographie européenne, Van Schlick a déboulé à L.A. en 1945 avec quelques connaissances en cinéma, et AFE n'a jamais eu les moyens financiers de se montrer regardante quant aux origines de ses réalisateurs. Van Schlick est sans doute un nom d'emprunt, Moffat parierait volontiers que son réalisateur, qui a plusieurs fois laissé échapper quelques remarques profondément antisémites, a été l'assistant de Leni Riefenstahl ou d'un autre propagandiste nazi. Moffat s'en fiche, il n'aime pas les juifs non plus ; et puis, ce parcours empêche Van Schlick d'aller travailler pour une plus grosse compagnie, donc il ne peut pas se montrer très gourmand. Cette qualité supplante toutes les autres pour American Family Entertainment.

Sous son panama à large bord qui protège sa peau fragile, le Germano-Néerlandais triture nerveusement le cordon passé autour de son cou, auquel pend un objectif pour les mises au point.

– Qu'est-ce qui ne va pas, Erik ? Crache ton venin, s'il te plaît, lui lance Moffat.

– Wild Johnny Savage n'est pas encore sorti de sa caravane, et il ne répond pas quand on l'appelle.

– Par la sainte paire de Bogart ! Et c'est maintenant que tu me le dis ! s'exclame Moffat.

Le producteur se précipite vers la loge de l'acteur principal du film, l'unique valeur marchande de l'AFE, son dernier cow-boy à remplir des salles de cinéma – quoique de plus en plus petites, et de moins en moins souvent. L'équipe le suit au pas de course vers la caravane en tôle bouffée par la rouille à laquelle on a accroché un panneau rutilant en forme de guitare indiquant en lettres rouges : « Wild Johnny Savage, l'âme du Far West ! »

Moffat tambourine sur la porte dans un bruit de tonnerre. Aucune réaction. Elle est fermée par un loquet.

Avec l'aide de deux figurants, il parvient à faire céder la languette de métal. Le battant s'ouvre d'un seul coup et le costume de Wild Johnny Savage, accroché à un cintre derrière la porte, vole au-dessus de leurs têtes ; son Stetson blanc à plis Carlsbad et à ruban doré atterrit aux pieds de Van Schlick, alors que sa chemise en soie bleu foncé à épaulettes blanches s'effondre doucement dans la poussière. Moffat s'engouffre dans la loge.

Au milieu de bouteilles de bourbon vides, de clichés de jeunes hommes en petite tenue, de déchets alimentaires en putréfaction, de cendriers pleins et de sous-vêtements souillés, Wild Johnny Savage est allongé sur le ventre à même le sol, nu comme un ver, un godemiché serré dans sa main droite. Moffat réagit vite – ses longues années d'expérience lui ont appris à ne pas paniquer dans ce type de situation. Il fait barrage de son corps, arrache la chemise et le Stetson des mains de l'assistante, repousse tout le monde dehors et claque la porte de la loge. Il ne faut pas que les turpitudes de son acteur vedette soient exposées à l'équipe. Les rumeurs sur son compte sont aussi vieilles que sa carrière, mais en cette époque de paranoïa anti-homosexuels, les activités nocturnes solitaires de Wild Johnny Savage pourraient avoir des conséquences embarrassantes si l'un des traîne-savates qu'il paye en dessous des minimums syndicaux allait arrondir ses revenus en alimentant en ragots Louella Parsons, Hedda Hopper, Max Harrisson ou cette pourriture de Jimmy Tarantino, dont les publications sordides sont friandes.

Une fois seul avec son acteur, Moffat pose la main sur sa carotide et constate qu'il est bien en vie. Il lui vide un verre d'eau sur le crâne sans obtenir d'effet, le vieux cow-boy est sans doute plongé dans un coma éthylique trop profond pour ne pas compromettre la journée de tournage. Avec une grimace de dégoût, le producteur écarte ses doigts pour lui retirer le gode et calcule le coût des différentes options. Cette fois, il ne pourra pas s'en sortir en utilisant des plans de précédents films de la série et en les remontant pour boucher les trous. Ce foutu passage à la couleur rend tous ses stocks inexploitables.

Wild Johnny Savage a soixante ans. Pendant la Première Guerre mondiale, il a combattu dans les Ardennes d'où il est revenu avec une affection pulmonaire qui aurait déjà dû l'emporter depuis de longues années. Le brillant acteur de théâtre new-yorkais, la star des premiers westerns muets des années folles n'est plus qu'un vieil homme dont la carrière n'a fait que dégringoler, depuis les hauteurs de la Paramount jusqu'à l'AFE où il cachetonne aujourd'hui pour des salaires de misère, probablement parce que s'il ne tournait plus, il n'aurait plu qu'à mourir. Malgré leurs années de collaboration, Moffat n'a aucune compassion pour cet homme qui a passé sa vie à cacher sa sexualité. Il n'en peut plus de devoir faire son beurre avec les rebuts des autres studios, de se contenter de ce dont ils ne veulent plus, de bouffer dans leurs poubelles à la nuit tombée comme un coyote de Silver Lake.

Assis sur le lit de Savage, il balance le gode contre le mur et jette rageusement une taie d'oreiller jaunie par une haleine chargée en nicotine sur les fesses velues et décharnées de l'acteur. L'absurdité de la situation dans laquelle il se débat l'écœure. Il ne vaut pas moins que ces nababs, ces juifs aux dents longues avides et ambitieux, tous immigrants de fraîche date : un fourreur, Adolphe Zukor ; un ferrailleur et chiffonnier, Louis B. Mayer ; un grossiste aux activités louches, Marcus Loew ; un gantier, Samuel Goldwyn ; un escroc mondain, Sam Spiegel ; tous dénués de scrupule, comme lui ; tous des morts de faim prêts à tout pour gagner un dollar, comme lui. Pas comme Joe Kennedy et William Hearst qui, arrivés riches à Hollywood, en sont repartis les poches bien plus légères à force d'avoir laissé d'habiles et jolies mains féminines les visiter. Non, il faut être un chien affamé pour faire du fric dans ce business, et Moffat sait qu'il a cette qualité, ce besoin infini d'amasser du pognon. Pourtant, ces entrepreneurs parvenus lui refusent une place à leur table. Et ce n'est pas dans cette loge minable avec une vieille pédale mourante qu'il parviendra à graver son nom sur le boulevard aux étoiles.

– Elle est belle à voir, l'âme du Far West, maugrée Moffat en se relevant.

Il inspire à fond. Après tout, c'est dans ce genre de moments difficiles qu'on reconnaît la force des plus grands producteurs. L'équipe l'attend devant la loge. Il sort, tirant soigneusement la porte derrière lui. Debout sur le marchepied de la caravane, il annonce que Savage est souffrant et qu'il va devoir se reposer quelques heures, puis il donne ses consignes. Il ordonne à l'assistante de redescendre à Lone Pine pour y téléphoner au Encino 5-8312, une clinique privée de Ventura Boulevard, et demander le docteur Bugner en précisant que c'est une urgence et qu'il doit venir toutes affaires cessantes. Elle part immédiatement. Moffat fait signe à Van Schlick de s'approcher. Pour ne pas trop retarder le tournage, celui-ci devra bouleverser le planning de la matinée et mettre en boîte toutes les scènes du film dans lesquelles on ne voit pas Savage de face, quitte à faire enfiler son costume à un figurant ayant la même carrure. Le réalisateur opine en triturant son cordon.

Alors que tout le monde s'affaire et s'éloigne de la loge, Moffat rouvre la porte pour garder un œil sur Savage. Le vieil acteur reste parfaitement immobile, seuls ses poils de nez frémissent au gré de ses ronflements. En soupirant, Moffat s'assied sur le marchepied et feuillette le *Confidential* qu'il a confisqué à l'assistante.

★

Avec ses petites lunettes rondes, son embonpoint et sa calvitie, le docteur Bugner, malgré ses chemises à trente dollars, ressemble plus à un comptable qu'à un médecin

16

à la patientèle riche et florissante. Dans chacune des villes des huit comtés qui se partagent les soixante kilomètres entourant l'hôtel de ville de L.A., des médecins se sont installés ; tantôt d'authentiques praticiens, tantôt de simples tenanciers d'officine affichant des diplômes qui leur permettent d'enlever des cors aux pieds ou de marteler une colonne vertébrale tordue. Parmi les médecins dignes de ce titre, quelques-uns sont prospères ; d'autres, moins talentueux, peinent à maintenir leur train de vie. La concurrence est si rude que beaucoup ne peuvent plus s'offrir le luxe d'avoir des principes. Bugner trimbale sa médiocrité comme il traîne sa lourde sacoche en cuir noir. Son seul mérite est d'avoir compris qu'avec des seringues et l'accès à certaines substances, on peut se faire un fric indécent à Hollywood. De temps en temps, un de ces toubibs véreux qui n'hésitent pas à injecter des stupéfiants à leurs patients finit derrière les barreaux, mais le LAPD a d'autres chats à fouetter et peu d'appétit pour aller bousculer les habitudes médicales des citoyens les plus nantis de la ville.

Le meilleur d'entre eux est sans doute un médecin allemand installé sur la côte Est qui ne se déplace que pour remettre en forme l'élite des vedettes de Hollywood et le gratin politique de la Californie. Moffat n'a pas les moyens de s'offrir les services et les potions magiques du docteur Feelgood, il doit se contenter d'un de ses disciples, un Hongrois bredouillant. Ils se saluent d'un signe de tête et Moffat s'efface pour lui dévoiler le triste spectacle de la déchéance de Savage. Bugner, qui en a sans doute vu d'autres, se contente d'entrer dans la loge sans un mot. À part les deux Irlandais qui prennent le soleil allongés sur un rocher plat avec pour seule protection une bouteille de whisky bon marché, l'équipe termine sa pause déjeuner. Les regards curieux ont suivi pas à pas l'arrivée du Hongrois à sacoche. Hors de question qu'ils découvrent le traitement particulier qui va remettre sur pied le vieil acteur. Moffat s'engouffre dans la caravane et referme derrière lui.

Bugner retourne Savage sur le dos, il grimace en constatant l'extrême maigreur du cow-boy. L'acteur se laisse mourir à petit feu et ne doit pas ingérer grand-chose d'autre que des boissons alcoolisées. Moffat attend le jour où on lui annoncera son suicide, il s'étonne même qu'il ait tenu jusque-là. Il y a quelques mois, ça aurait été un coup dur pour AFE, mais aujourd'hui, de toute façon, il doute que leur collaboration puisse durer. Bugner s'éponge le front avec un mouchoir, il commence à faire chaud dans la caravane en tôle.

– Désolé doc, ça doit vous changer des villas de Santa Monica.

– Oh, vous savez, cela fait toujours du bien de sortir du brouillard de L.A. pour venir respirer l'air des montagnes.

– Ça n'a pas trop réussi à Savage, on dirait…

– Je crains que ce soit plus lié à l'abus des spécialités locales.

– Il faut me le remettre sur pied. Balancez-lui un cocktail d'amphètes dont vous avez le secret, il doit péter la forme cet après-midi. Il va falloir mettre les bouchées doubles pour rattraper le temps qu'on a perdu ce matin.

Bugner soupire. Il finit d'ausculter Savage, prend son pouls, sa tension, écoute son cœur et ne se départit pas d'une moue dubitative.

– Il est trop âgé et en trop mauvaise santé pour supporter une injection d'amphétamines, les risques sont trop importants…

Moffat fait craquer ses phalanges et balance un regard noir au petit toubib rondouillard.

– Écoutez doc… Je ne vous ai pas fait venir pour faire un bilan de santé de Savage. Il est mourant, je le sais, il le sait, vous le savez aussi maintenant. Alors donnez-lui un petit coup de fouet, et vite, s'il vous plaît.

– Je suis tout de même médecin, je ne peux pas faire n'importe quoi ! s'indigne Bugner.

– Je crois que c'est pourtant bien en faisant n'importe quoi que vous payez votre loyer et vos copines blondes pour vos virées nocturnes au *Mocambo* sur Sunset Boulevard. Épargnez-moi le coup de la dignité outragée. Si vous ne le faites pas, je me sers dans votre mallette et je lui fais une piqûre moi-même. Et vous pourrez vous asseoir sur vos deux cents dollars…

– V… vous n'oseriez pas, bafouille Bugner.

– Je vais me gêner, tiens, vous iriez dire quoi aux flics ? Que je vous ai piqué un peu de votre drogue ? Allons, soyez raisonnable… Faites en sorte que Savage tourne aujourd'hui. Je vous promets d'essayer de le convaincre d'aller faire une cure dans votre maison de repos de Sepulveda Canyon après le tournage. Vous aurez l'occasion de le retaper… si c'est encore possible.

Moffat pose la main sur la sacoche. Rouge d'indignation, Bugner capitule. On ne peut pas s'attendre à être traité comme un médecin honorable quand on vend des injections de stupéfiants. Il nettoie l'avant-bras de Savage avec un coton imbibé d'alcool, sort une seringue neuve de son sac, la plante dans divers flacons de vitamines, d'hormones animales, de placenta, d'antalgiques… puis il serre son garrot au-dessus du coude et tapote les veines fines de l'acteur. Moffat soupire et plonge la main dans la sacoche. Il en sort un flacon de méthamphétamine et l'agite sous le nez de Bugner.

– Vous devenez insultant, docteur. Je ne vous paye pas pour que vous lui injectiez du jus d'orange amélioré.

Le médecin regimbe encore un peu. Moffat lui saisit le poignet et le serre jusqu'à ce que le praticien plante son aiguille dans le flacon. Moffat serre plus fort et, de son autre main, tire le piston jusqu'à remplir le réservoir. Roulant des yeux paniqués, Bugner essaye de résister, mais la pression du producteur ne lui laisse pas le choix.

Sans cesser de marmonner et de gémir, il fait l'injection puis range ses affaires à toute vitesse, comme si la police allait débarquer. Moffat sort son portefeuille et compte les deux cents dollars tandis que le docteur referme sa sacoche.

– Je vous aurai prévenu, vous m'avez fait faire n'importe quoi, son cœur ne va jamais tenir… D'ailleurs inutile de m'appeler s'il fait un infarctus, vous vous débrouillerez avec les médecins de Pasadena… Ne m'appelez plus jamais, je ne veux plus avoir affaire à vous !

– Mais si, je vous appellerai, et vous rappliquerez en courant.

– Sûrement pas ! s'indigne Bugner en se redressant comme un coq sur ses ergots.

– Allons Bugner, bien sûr que si, vous viendrez, et vous savez pourquoi ? Parce que vous avez besoin de ça plus que de morale, ironise Moffat en agitant les billets sous le nez de Bugner. Le compte y est, faites-moi confiance.

Le docteur empoche les dollars. Alors qu'il sort sans jeter un regard en arrière, Moffat tente de jouer l'apaisement.

– Ne vous en faites pas trop doc, cette vieille carne est increvable. Je vous l'enverrai en cure la semaine prochaine, vous verrez…

Une fois Bugner disparu, Moffat vide les cendriers et les poubelles, range le linge, balance les cadavres de bouteilles. Il planque le godemiché dans un tiroir et fait des piles soigneusement ordonnées avec les photos pornos et les *Tijuana Bibles* de Savage. Puis il le hisse sur le lit, lui prépare sa tenue et se fait apporter une bassine d'eau chaude. Il est en train de préparer du café quand il entend le vieil acteur grogner et s'agiter sur sa couche.

– Oh mince, j'ai dû tomber de cheval, tout le troupeau m'est passé dessus, c'est à peine croyable d'avoir autant de mal à se redresser…

Wild Johnny Savage se lève et, sans prendre la peine de couvrir son service trois-pièces qui pendouille entre ses cuisses maigres, il vient se servir un café.

– Salut Larkin, tu es matinal aujourd'hui.

– Pas vraiment, il est presque quinze heures.

– Non, tu déconnes ? Pourquoi vous ne m'avez pas réveillé ?

Le vieil acteur se gratte les fesses tout en se servant une tasse. Il farfouille dans sa raie jusqu'à en extraire un détritus coincé dans ses poils. Il l'inspecte entre deux doigts, le renifle et le jette avec un haussement d'épaules.

– Tout le savoir-vivre de l'Ouest sauvage, commente Moffat avec une moue écœurée.

– Je m'adapte à mon public.

– On a essayé de te réveiller toute la matinée, vieil ivrogne. Il a fallu que je fasse venir Bugner pour qu'il te fasse une piqûre. Tu as dû y aller de bon cœur sur le whisky hier soir…

– Que veux-tu faire d'autre la nuit à Lone Pine ?

– Mais pourquoi es-tu venu hier ? On ne tournait que ce matin.

– Je voulais être à l'heure pour une fois, et finir en beauté…

– Qu'est-ce que tu racontes, ce ne sera pas ton dernier film !

– Tu sais bien que si, ne me prends pas pour un con.

Savage le fixe de ses yeux bleu délavé, de ce regard intense qui rappelle pourquoi il a été une grande star. Moffat n'ose pas broncher. Le vieil acteur passe la main dans sa tignasse clairsemée teinte en noir aile de corbeau. Il jette un œil à la lumière du jour par le vasistas de la caravane.

– C'est toujours la même maquilleuse ?

– Oui, Denise Colson, elle est bien.

– Mais elle utilise des cochonneries premier prix. Tu ne la payes pas assez. Il va falloir qu'elle m'en mette une bonne tartine aujourd'hui. Je veux finir sur une bonne note. Il s'appelle comment ce film déjà ?

– *Sur la piste des Apaches.*

– C'est un bon titre, *Wild Johnny Savage sur la piste des Apaches.* Il faudra mettre une belle photo de moi sur l'affiche. Il m'en reste quelques-unes de l'époque où j'étais beau comme un dieu, qu'on n'a pas encore utilisées. Tu les feras peindre, pour la couleur…

– Oui, on va les soigner tes adieux, t'inquiète.

Cet aveu lâché, Moffat se sent un peu embarrassé. Le cow-boy avale sa tasse de café d'un trait avec un claquement de langue, s'allume une cigarette et commence à se raser sans que celle-ci ne quitte sa bouche l'espace d'un instant. Le producteur regarde ses côtes saillantes et ses bras décharnés et se souvient de son engagement.

– Après le tournage, je pense que ça te ferait du bien d'aller faire une cure dans la pension de Bugner.

– Son asile de Sepulveda Canyon ? Tu plaisantes, j'espère. Je suis un vieux cheval, mais je peux tout de même trouver un endroit plus agréable pour mourir. Même les gens sains d'esprit ont envie de se pendre au bout de deux jours, dans cet endroit sinistre !

L'acteur jette brusquement sa cigarette dans l'eau de sa bassine. Moffat n'insiste pas. Cette vieille carne peut bien faire ce qu'elle veut tant qu'ils mettent ce dernier film dans la boîte. Si elle pouvait crever avant d'être payée, ça arrangerait Moffat qui lui doit encore un peu d'argent des films précédents. Après quelques minutes de silence, alors que Savage enfile son pantalon, le producteur tente de donner un tour plus apaisé à leur conversation.

– Tu sais que j'ai revu *Panique au Grand Hôtel* la semaine dernière. T'étais très bon dans ce film. Pourquoi tu n'as jamais tourné d'autres comédies à l'époque ?

– Parce que tous les bons *gagmen* de la Paramount bossaient pour ce gros sac pervers de Fatty Arbuckle. Au prix où ils payaient ce monstre, ils lui faisaient faire

22

dix films par an, il n'y avait pas de place pour moi. Mais ça m'allait bien, le western, ça payait mieux, et pour draguer des matelots, le costume de cow-boy, ça marchait du feu de dieu.

– C'est dommage, tu aurais pu ajouter cette corde à ton arc...

– Arrête ton cirque Moffat. J'ai foiré ma carrière et tu le sais très bien, sinon je ne tournerais pas avec toi aujourd'hui.

Une quinte de toux assez violente saisit le comédien. Il s'accroche au coin de la table et se plie sous la puissance des spasmes qui agitent sa frêle carcasse. Cette interruption permet à Moffat de ravaler sa colère et sa frustration. Savage a réussi à le vexer, mais lui déballer son sac ne ferait que compliquer le début du tournage et ils ont assez de retard comme ça. Il craint un moment que l'acteur ne succombe devant lui, connement et sans avoir tourné une seule scène, mais la toux finit par se calmer. Savage reprend son souffle, achève de boutonner sa chemise. Il attrape son chapeau et alors qu'il pousse la porte de la caravane, Moffat lui précise :

– Évidemment, les deux cents dollars de Bugner seront déduits de ton salaire.

– Parce que tu appelles ça un salaire ?

Le vieil acteur se dirige d'un pas vif vers l'équipe de tournage qui applaudit son arrivée. Tous adorent cette carne, à moins que ce ne soit juste une illustration de l'hypocrisie que Hollywood réserve à celui à qui chacun doit son travail du jour. La célébrité est la seule valeur marchande qui compte dans cette ville de pacotille. Moffat se joint à cette liesse passagère, puis il fait signe à Van Schlick de le suivre pendant que la maquilleuse s'occupe de dissimuler les ravages de l'âge et de l'alcool sur les traits du cow-boy. Ils s'asseyent à l'écart, sur une des roches plates caractéristiques des Alabama Hills.

– Bugner lui a filé une bonne dose d'amphétamines. Il va tenir une forme olympique pour au moins quatre ou cinq heures. Je viens de le vérifier, je peux te dire qu'il crache des flammes, il n'a pas été motivé à ce point pour un tournage depuis des années. Alors profites-en. Tourne un maximum de scènes, fais-en plus que ce qui était prévu.

De la poche intérieure de sa veste, Moffat sort une feuille qu'il déplie avec soin et tend à Van Schlick.

– Là-dessus, tu as des répliques passe-partout qu'on pourra utiliser pour un autre film. Il est fort probable que Savage casse sa pipe très bientôt, et avec ça, on aura un film à monter après sa mort, donc mets un maximum d'images dans la boîte aujourd'hui. Il reste cinq jours de tournage, je ne sais pas combien de temps le vieux va tenir, essaye d'en faire un maximum. Tourne des scènes de nuit s'il le faut. OK ?

– Je les tourne en noir et blanc, comme ça, on pourra compléter avec les archives si besoin ?

– Oui, et on verra si on peut tout remonter pour vendre ça en série pour la télé. Je te laisse gérer, je suis attendu à Culver.

Après avoir rapidement salué l'équipe et esquivé quelques demandes d'avance sur salaire, Moffat redescend dans le chaparral en direction de son Oldsmobile. Il n'en peut plus de ces tournages fauchés, de ces combines et de leurs maigres profits. Il va falloir qu'il passe à autre chose, et vite.

Alors qu'il sort ses clés, Larkin Moffat est surpris par un grand éclair de lumière qui jaillit de l'horizon au-delà de la Death Valley. Le ciel est pourtant limpide, pas un seul nuage à perte de vue. Ce n'est que quelques secondes plus tard, alors qu'il s'apprête à démarrer sa Super 88 Sedan, que le bruit du tonnerre lui parvient, plus sourd et plus long que d'habitude. Il espère que l'orage ne va pas perturber le tournage ; faire une deuxième prise n'est pas dans les usages de la maison. Il fait confiance à Van Schlick pour gérer la situation, son salaire est indexé sur la pellicule qu'il utilise. Le vrombissement du V8 recouvre les dernières vibrations de l'air. Larkin manœuvre pour rejoindre le chemin qui descend vers Lone Pine. Il allume sa radio et aperçoit, là où la foudre est tombée, une immense colonne de fumée noire qui s'élève dans l'azur.

Chapitre 2

Nevada Test Site, Mercury,
comté de Nye, 17 mars 1953

Un geyser de terre noire jaillit vers le ciel dans un silence de cathédrale. Le major Chance Buckman a beau avoir été prévenu à de nombreuses reprises, l'effet n'en est pas moins saisissant. L'éclair du blast a été si aveuglant qu'il a dû détourner les yeux malgré les épaisses lunettes de soleil qui lui couvrent la moitié du visage. L'espace d'un instant, les os de ses mains lui sont apparus à travers la peau, autour de lui les couleurs ont été étrangement altérées, les contours sont devenus flous ; cet instant suspendu au bord d'un autre monde a aboli la réalité. Il a repris ses esprits en même temps que les soldats et les journalistes massés dans la salle qui se sont mis à crier, de joie, d'admiration et sans doute aussi pour évacuer leur peur.

Leurs applaudissements ont été rapidement recouverts par une détonation brutale, assourdissante, qui a fait résonner l'air autour d'eux pendant de longues secondes. Même le béton vibrait. Tous groggy, ils se sont cherchés du regard sans vraiment se voir, leurs yeux inquiets cachés derrière leurs lunettes opaques, mais rapidement le sifflement dans leurs tympans s'est atténué et ils se sont à nouveau tournés vers la zone d'essai pour contempler la majestueuse faucheuse.

La colonne en forme de champignon a pris toute son ampleur, la terre du Nevada monte, portée par un souffle surnaturel. Ce Krakatoa créé par l'homme atteint treize mille mètres de hauteur, son souffle a recouvert toute la vallée, jusqu'au bord du lac salé de Frenchman Flat. Le bunker des spectateurs se trouve à vingt-quatre kilomètres de la zone de test, hors de portée du souffle, même si un vent brûlant s'engouffre par les ouvertures et leur pique la peau. Une journaliste de New York, la seule femme à avoir été invitée, bascule la tête en arrière et part dans un grand éclat de rire. La plupart de ses confrères ont tenté de draguer cette rousse charnelle et sophistiquée la veille au soir, en vain – même si la rumeur prétend qu'elle aurait fini par ouvrir sa porte à un soldat au milieu de la nuit. Elle a l'air un peu saoule, il faut dire qu'on ne cesse de remplir sa coupe de champagne sous prétexte qu'elle s'appelle Annie, comme la bombe qui vient d'exploser. On l'a nommée marraine de l'engin et elle fête cet honneur avec acharnement depuis son réveil.

Chance Buckman n'a pas fait partie de ses prétendants, même s'il aurait aimé caresser la grosse poitrine à la peau laiteuse qu'il devine sous le chemisier crème. Il a passé une partie de la nuit au téléphone avec ses bookmakers, essayant d'obtenir un peu de crédit pour parier sur la saison de baseball qui va débuter mi-avril. Il est à sec, il doit déjà de trop grosses sommes à des bookies douteux de L.A. et il sait bien que sans la protection de son uniforme, il aurait déjà reçu la visite de gros bras pour le payement de ses ardoises. Il a beaucoup perdu avec les courses de chevaux, elles ne lui réussissent pas. Par contre, sur la précédente saison de Major League, il était en gains assez nets jusqu'à la finale de la World Series, quand tout a dérapé : son enfance à Brooklyn l'a obligé à parier sur les Dodgers alors que la finale était promise aux Yankees, malgré le départ de DiMaggio. Il faut qu'il se refasse sur la prochaine, il la sent bien ; avec un peu de liquidités, il remontera facilement en selle. Sans s'en rendre compte, il a gardé les yeux posés sur la poitrine de la journaliste. Elle s'en est aperçue et il doit détourner le regard pour ne pas passer pour un mufle. Buckman chasse ses pensées sombres et se concentre sur le spectacle qui s'offre à eux.

Les nuages de poussière et de roches en fusion ne sont pas encore retombés, cela prendra des heures. Impossible pour l'instant de constater les dégâts sur les éléments disposés pour le test. Pour cet essai ouvert au public, le premier d'une série qui sera quant à elle strictement confidentielle, l'armée a organisé une grande campagne de relations publiques. Une diffusion nationale à la télévision, une vingtaine de journalistes invités, des caméras placées à quinze kilomètres de l'explosion pour la capturer sous tous les angles et une mise en scène digne de leurs voisins hollywoodiens. Deux maisons américaines typiques ont été construites, l'une à sept cent cinquante mètres de l'impact, l'autre à deux kilomètres, quarante voitures ont été réparties sur cette zone ainsi que des mannequins habillés comme des Américains moyens afin de mesurer les conséquences de l'explosion sur le corps humain. Pour cette opération, une petite bombe, de la puissance de celle de Hiroshima, suffisait. Le présentateur de l'émission spéciale expliquera aux téléspectateurs que ce programme a pour unique but de chercher des moyens de protéger les citoyens d'une éventuelle attaque russe, et la population sera rassurée quant au professionnalisme patriotique et dévoué de l'University of California Radiation Laboratory – le Livermore qui mène l'ensemble de la campagne d'essais Desert Rock V.

Les choses sérieuses commenceront après, dès le deuxième essai prévu une semaine plus tard, cette fois loin des regards indiscrets. Buckman a entendu parler de onze explosions d'ici la fin juin dans le cadre de l'opération Upshot-Knothole, dont le premier tir d'un obus nucléaire par un canon, pour des puissances de feu quatre fois supérieures à celle d'aujourd'hui. Sous les hourras des invités, les haut-parleurs de la base annoncent le succès du lancement. Buckman termine son whisky d'une traite alors qu'un serveur en veste blanche vient renouveler les consommations. Tous retirent leurs lunettes et les plaisanteries fusent, le soulagement rend l'assemblée un peu euphorique.

Buckman se retrouve nez à nez avec la journaliste qui le toise avec une moue ironique.

– Vous préférez le spectacle de mes seins à celui des ogives nucléaires ?

– Pardon, je rêvassais, je suis désolé de vous avoir fixée…, bredouille Buckman en sentant le rouge lui monter aux joues.

– Ne vous excusez pas, c'est plutôt flatteur ! Des millions de dollars d'investissement militaire mis à mal par un soutien-gorge assez avantageux. Ce n'est pas moi qui devrais être furieuse.

– Que voulez-vous, Éros et Thanatos font toujours bon ménage.

– Si je comprends bien, vous êtes plutôt dans le camp d'Éros, c'est étonnant pour un militaire.

– Je suis chef du bureau de liaison avec le cinéma à Los Angeles, cela explique sans doute ce choix.

– Ah, et vous comptez convertir les femmes russes en leur faisant l'amour ?

Ce flirt avance à une vitesse folle, l'excitation ambiante pourrait lui faire décrocher le gros lot. Sous les coups d'œil jaloux de tous les mâles de l'assemblée, Buckman s'apprête à lui dire qu'il est avant tout au service de sa patrie et de ses concitoyennes quand un lieutenant de l'Air Force se glisse devant lui et annonce :

– Major Buckman, le général Trautman souhaite vous parler de toute urgence.

Le début d'érection de Buckman disparaît en un éclair, aussi vif que le blast d'*Annie*. Le général Trautman, un colosse aux états de service longs comme le bras, dirige le département de contre-espionnage et les relations publiques de l'armée. Selon la rumeur, il est pressenti pour succéder au chef d'état-major de l'Air Force, Hoyt Vandenberg, qui doit partir à la retraite en juin. Buckman n'aurait pas parié que ce très gros bonnet connaissait ne serait-ce que son nom, alors la perspective d'un entretien avec lui le stupéfie. Légende de la bataille de Midway et de la campagne des îles Salomon, Trautman a la réputation d'avoir un contact simple, chaleureux, de se faire volontiers passer pour moins intelligent qu'il ne l'est, mais d'être capable d'une impitoyable dureté quand les circonstances le demandent. Chance s'excuse auprès de la journaliste d'un petit geste de la main, mais celle-ci semble avoir jeté son dévolu sur un autre officier, elle l'ignore déjà. Il n'a plus qu'à suivre le lieutenant en maudissant cette occasion manquée.

Une Jeep les attend à la sortie du bunker, le jeune caporal qui les conduit dans la base est encore excité comme une collégienne par ce qu'il vient de voir. Ses lunettes de protection vissées sur le nez, il ne cesse d'alterner entre exclamations admiratives et vitupérations agressives vis-à-vis de l'URSS. À l'entendre, il faudrait sans attendre lâcher les petites sœurs d'*Annie* sur Moscou pour en finir avec la menace rouge. Le lieutenant et Buckman subissent son militarisme puéril sur les quelques kilomètres qui séparent les bunkers de la zone de test des baraquements du Control Point. Ils passent deux checkpoints et rejoignent le bâtiment de l'état-major, seule construction en dur au centre de grands hangars en tôle peints en bleu.

– Le général Trautman vous attend au mess, il est en train de déjeuner.

Le lieutenant guide Buckman jusqu'à la partie du mess réservée au commandement de la base. Il n'a jamais été convié dans cette grande salle dont les baies vitrées offrent une vue parfaite sur la zone de test. Au bout d'une longue table, Trautman déjeune seul, sa casquette blanche à galons dorés posée devant son assiette. Deux soldats en tenue de serveur se tiennent légèrement en retrait, l'un porte un plateau sur lequel est posé un téléphone, l'autre une bouteille de vin rouge. Au centre de la pièce, un téléviseur diffuse le programme consacré à l'essai qui vient d'avoir lieu. Le son est coupé et seul le bruit du couteau de Trautman, qui entame une énorme entrecôte saignante, rompt le silence. Le colosse aux cheveux blancs ingère un énorme morceau de viande qu'il mastique bruyamment. Buckman le salue et reste figé quelques secondes, le temps que le général finisse sa bouchée et lui fasse signe de venir s'asseoir à sa droite.

Dans un ballet bien ordonné, le lieutenant quitte la salle, suivi par les deux serveurs qui ont leurs plateaux autour de Trautman sans dire un mot. Le général s'essuie la bouche avec une serviette blanche, la replace sur ses genoux et observe Buckman quelques secondes.

— On ne m'a pas menti, vous avez une belle gueule, vous auriez pu être acteur.

— Merci mon général, mais je préfère servir mon pays.

— Ce n'est pas incompatible, James Stewart est colonel, répond Trautman avec un haussement d'épaules.

Puis désignant l'écran de la télévision, il ajoute :

— Notre opération de communication semble réussie. Il fallait mettre en avant notre maîtrise de cette technologie pour dissiper les peurs de la population. Contrairement aux ruskoffs, nous devons tenir compte de l'opinion pour avancer dans nos programmes…

— C'est un grand succès, mon général.

— C'était votre première explosion, m'a-t-on dit. Vous avez pensé à quoi quand ça a pété ?

— C'est allé très vite mon général, je crois que je me suis senti très fier d'être américain.

– N'est-ce pas ! Vous verrez, ce sentiment perdure. Cette puissance inouïe me donne un appétit de lion. Chaque fois, il faut que j'avale cinq cents grammes de viande rouge et un demi-litre de vin pour me rassasier, sinon je ne pense plus qu'à ça.

Le général se sert un verre de vin et, sans lui demander son avis, en remplit un pour Buckman qui n'ose pas refuser ce grand cru français. Trautman engloutit le sien en deux gorgées et attend que son convive trempe ses lèvres dans le verre en cristal.

– Pas mal, hein ? Ça valait la peine de débarquer en Normandie.

L'ogre prend note du hochement de tête poli de Buckman qui ne connaît rien au vin et préfère nettement descendre une bière fraîche qu'avaler cette soupe rougeâtre. Puis il désigne la zone de test, où la colonne de fumée commence à se disperser sous l'effet du vent qui descend de la Death Valley.

– Vous savez à quoi j'ai pensé, moi, en regardant *Annie* ?

Il n'attend pas la réponse à cette question rhétorique et enchaîne :

– J'ai récité quelques vers de Kipling. *Le Fardeau de l'homme blanc*, vous connaissez ?

– Hélas non, mon général.

– Mais que vous apprend-on à West Point ? C'est à peu près ça, de mémoire :

> *Ô Blanc, reprends ton lourd fardeau ;*
> *Tes récompenses sont dérisoires :*
> *Le blâme de celui qui veut ton cadeau,*
> *La haine de ceux-là que tu surveilles.*
> *La foule des grondements funèbres*
> *Que tu guides vers la lumière :*
> *« Pourquoi dissiper nos ténèbres,*
> *Nous offrir la liberté ? »*

Et vous savez pourquoi j'ai pensé à ce vieux poème ?

– Parce que c'est notre rôle d'apporter la paix et la démocratie dans le monde entier, la bombe nous en donne le pouvoir, et notre foi, le devoir.

Buckman récite sa réponse droit dans ses bottes, sous l'inspection matoise du général qui fait mine de l'applaudir à la fin de sa phrase.

– Voilà ! Et c'est pour porter cette belle parole que nous avons besoin de nos amis de Hollywood. Comment vont-ils ? A-t-on avancé de ce côté ? Faites-moi un petit état des lieux, que je voie si votre analyse correspond à ce que je peux lire de-ci de-là dans les quelques rapports qui encombrent mon bureau.

– Je dirais que la situation est complexe, mais prometteuse. La commission McCarthy et la House Un-American Activities Committee font un excellent travail en chassant peu à peu les sympathisants communistes des postes d'influence. Aujourd'hui, ceux qui ont des idées trop progressistes se taisent et se tiennent tranquilles, ils ont peur. Mis à part quelques rares acteurs arrogants qui fanfaronnent encore en invoquant la liberté d'expression, je crois que la menace rouge est sous contrôle. D'ailleurs, les grands studios ont bien compris la nécessité de cette purge. Louis B. Mayer, qui s'opposait à notre intervention dans ses affaires, s'est même publiquement réjoui que nous éliminions, je le cite, « les termites qui sapent notre démocratie ». Sur le plan de la morale, la situation est moins brillante : la commission Breen perd de son influence, les producteurs prennent de plus en plus de libertés avec le code Hays. Ils suivent l'exemple de réalisateurs européens, comme cet infâme pervers d'Alfred Hitchcock. De plus, vous savez sûrement que la Cour suprême a finalement autorisé la diffusion du film italien sacrilège *Le Miracle* en invoquant le premier amendement. Cet arrêt va, à coup sûr, donner des idées aux studios, et nous pouvons craindre une escalade dans le mauvais goût et la vulgarité pour les années à venir. Du côté économique, le secteur va connaître de grands changements avec la loi sur les monopoles qui impose aux studios de revendre les réseaux de salles dont ils étaient propriétaires. Ils vont devoir composer avec les patrons de salles et ils n'auront plus les mêmes budgets publicitaires. Ils ont aussi peur de la télévision qui ruine la production de séries B. Ils vont sans doute être obligés de réduire leur production et se concentrer sur les valeurs sûres.

La gorge sèche, Buckman s'interrompt un instant pour boire un peu de vin. Le général ne dit pas un mot tandis qu'il avale sa gorgée avec une grimace et reprend :

– Quant à l'activité du bureau de liaison, elle est florissante. L'an passé, nous avons participé à la réécriture et à la production de quarante-cinq films. Tous montrent une image positive de l'armée et ont eu un réel impact sur les campagnes de recrutement. Globalement, les studios participent de bon cœur à notre engagement, nous avons rarement dû demander un nouveau montage ou des coupes importantes. Je crois pouvoir dire que l'industrie cinématographique participe à l'effort de guerre idéologique contre les Russes.

– Très bien major, merci pour cette synthèse. Je n'ai aucun doute sur l'activité du bureau de Los Angeles, ni sur l'efficacité de notre message sur les recrues potentielles. Sinon, je vous l'aurais déjà fait savoir. Entre nous, McCarthy est un type dangereux et limité, au moindre faux pas nous le balayerons. Mais il faut lui reconnaître que se débarrasser de toute idée progressiste à Hollywood est un mal nécessaire en cette période délicate. Avez-vous bien conscience de ce que nous attendons de l'industrie ?

– Je pense que oui. Tous les scénaristes sont investis de la mission de proposer des œuvres qui transmettent une image apaisée de la société américaine, sans lutte de classes ou problématique ethnique. Tous nos films prônent la foi en l'avenir et la science, l'individualisme, le libéralisme et l'épanouissement par la consommation. Comme l'a dit Walter Wanger, un immense producteur : « Le commerce suit les films, nous devons allier la diplomatie traditionnelle à Donald Duck. » Je crois que l'industrie a bien conscience que nous sommes là pour transmettre l'*American Dream* au monde. Grâce au rayonnement du cinéma, dans vingt ans, tout homme aura deux nationalités, deux cultures : la sienne et l'américaine. Une piscine, une belle blonde et une grosse voiture ; le communisme ne peut pas proposer ça. C'est plus efficace qu'un livre de Jean-Paul Sartre.

– Tout à fait. Et pensez-vous que les grands studios ont l'intention et la capacité de nous suivre sur cette voie ?

– Oui. Certes, comme je vous le disais, leur modèle subit quelques remous ces derniers temps, mais ils ont un savoir-faire inégalable.

– Eh bien vous avez tort. Malheureusement, les studios sont une faiblesse dans ce dispositif, et c'est dommage que vous ne vous en rendiez pas compte. Depuis des décennies, ils imposent leurs caprices au public. Ils choisissent leurs scénarios sans suivre une quelconque ligne, sans avoir de vision d'ensemble. Ils fabriquent des stars selon leur bon plaisir, bricolent des films en s'arrangeant avec leurs codes moraux hypocrites et vendent le tout à grand renfort de publicité. Ça a fonctionné, mais ça ne marchera plus. Ils n'en ont plus les moyens, et ils n'ont pas les réseaux nécessaires pour imposer leurs films dans toutes les salles du monde. Et nous ne les imposerons pas pour eux, c'est contraire à notre modèle. Nous pouvons libérer l'accès aux marchés européens et mondiaux, pas contrôler ces marchés.

– Je comprends, le monde a changé. Peut-être pourrions-nous mettre tout cela à plat et les amener à collaborer…

– Voyons, vous savez comme moi que nos amis de la Motion Picture Association of America sont bien trop sûrs d'eux. Ils n'accepteront jamais de se remettre en question. Ils se prennent pour des dieux, ils ont soixante balais et ils passent leurs journées à baiser des gamines de vingt ans et à écouter les flatteries de centaines de courtisans serviles. C'est une monarchie décadente en fin de règne, ils sont coupés de la réalité, dépassés. Dites-moi major, connaissez-vous les travaux d'Edward Bernays et Ernest Dichter ?

– Oui mon général, j'ai lu le livre de Bernays, *Propaganda*, c'est édifiant !

– Et qu'en avez-vous retenu ?

– Globalement, il dit que l'être humain est gouverné par des pulsions inconscientes, et qu'il faut savoir canaliser ces pulsions afin d'orienter et de contrôler les pensées et les choix des populations.

– Pensez-vous qu'il s'agisse d'une proposition judicieuse pour notre société ?

– Eh bien… Le gouvernement par la raison, c'est ce que proposent les communistes et ça ne marchera pas. Faire appel à l'inconscient sans le canaliser, c'est ce qu'ont fait les nazis et c'est une catastrophe. Si on ne les contrôle pas, les désirs de l'être humain sont dangereux.

– C'est cela : il faut faire appel à ces instincts pour mieux les contrôler. Il faut fabriquer du consentement. C'est ce que font tous les grands groupes aujourd'hui, et c'est ce que le cinéma doit faire : modeler les films en fonction des goûts du public et non pas tenter de modeler les goûts du public pour qu'ils correspondent à leurs films. Ils doivent apprendre à utiliser les attentes des masses, pour les amener dans les salles et leur passer des messages simples, sur l'hédonisme et la consommation. Mais vos grands producteurs en sont incapables, leurs ego ampoulés les en empêchent.

– Ils ne pensent qu'à l'argent, si c'est rentable ils le feront !

– Hélas non, vous vous trompez. Ils sont déjà trop riches, pour eux, le jeu n'en vaut pas la chandelle. Et ils sont trop puissants et trop introduits dans les cercles du pouvoir pour être sensibles à la peur ou à la pression. Non, il faut faire émerger une nouvelle génération de producteurs, des chiens enragés prêts à tout, sans scrupule ni rond de serviette à la présidence, des relais serviles et cupides que nous pourrons solliciter à loisir. Les expériences de la CIA sur le contrôle des masses, les messages subliminaux et le conditionnement mental ouvrent des perspectives ahurissantes. J'ai besoin d'une nouvelle génération de producteurs indépendants à Hollywood. Et c'est pour cela que je vous ai fait venir aujourd'hui. Savez-vous pourquoi je vous dis tout ça ?

– Parce que vous voulez que le bureau de liaison coproduise des films avec de nouveaux producteurs ? Nous avons fait quelques bons films de propagande avec de petits studios du Poverty Row par le passé. Nous pourrions intensifier cette collaboration si nous avons le budget nécessaire.

– Ah non, je repars tout à l'heure sur la côte Est, je ne vais certainement pas me lancer dans la production de films ! Vous vous trompez, major. Vous êtes là parce que sous votre vernis de West Point et votre belle gueule, vous êtes un joueur compulsif endetté jusqu'au cou auprès des pires criminels juifs de L.A., prêt à tuer sa mère pour pouvoir parier deux dollars sur un match de baseball. Et comme si ça ne suffisait pas, vous êtes un célibataire coureur de jupons, affolé par la moindre odeur de chatte qui passe à sa portée.

– Général, non, je ne… Ce n'est pas vrai !

– Allons, allons, ne me mentez pas, je sais tout et je déteste être pris pour un con. Ça me trouble la digestion, et gâcher la fin d'une telle bouteille de bordeaux me mettrait de très mauvaise humeur. Aimez-vous Dashiell Hammett ?

– Non, c'est un communiste très actif !

– C'est aussi un grand écrivain, soyons honnêtes, sous-estimer l'ennemi n'a pas d'intérêt. Mais ne vous inquiétez pas, l'administration fiscale s'occupe de son cas. Figurez-vous que ce cher Dashiell, un type charmant au demeurant, a passé la guerre dans une base de l'Air Force en Alaska. Sur l'île d'Adak dans les Aléoutiennes pour être précis, et j'aime la précision presque autant que mon steak. Cette base existe toujours, elle est épouvantable, je pense qu'on peut y mourir d'ennui assez vite, et c'est là-bas que je comptais vous envoyer après avoir lu le rapport détaillé de vos turpitudes…

– Général, je vous en prie, je vais régler mes dettes !

– Je me charge de faire effacer votre ardoise. Figurez-vous qu'en réfléchissant un peu, j'ai eu d'autres idées pour vous.

Le major transpire à grosses gouttes, ses mains moites laissent une empreinte humide sur la nappe blanche. Il se doutait bien qu'une entrevue avec le général ne pouvait pas être une simple conversation mondaine, mais il ne s'attendait pas à être ainsi roué de coups.

– Vous êtes comme eux, reprend le général. Cupide, prêt à tout, obsédé et sans scrupule. C'est pour ça que j'ai besoin de vous. Pendant l'explosion, la poitrine que vous reluquiez appartenait à l'agent Annie Morrisson, une civile du département du contre-espionnage et un très bon élément, pas uniquement grâce à sa silhouette. Sa présence à vos côtés était un test innocent de ma part, j'aime bien savoir avec qui je travaille. Autant dire que j'ai eu la confirmation que vos idéaux sont friables… Vous êtes une petite fripouille vicieuse, en temps de guerre, je vous aurais fait jeter par-dessus bord, mais aujourd'hui, j'ai une mission pour vous. Morrisson va vous rejoindre à Los Angeles pour quelques mois, elle va partager votre charmant petit bureau de Sunset Boulevard. Elle aura le nom d'un contact qui vous aidera à constituer une nouvelle génération de producteurs indépendants. Nous sommes en train de travailler pour obtenir la pleine collaboration de ce contact, ça devrait très bientôt être acquis. Elle aura aussi une liste de personnes à rencontrer pour assurer le financement de cette opération. Je veux que l'année prochaine, la part de la production indépendante ait doublé au box-office. C'est bien compris ? Si urgence, vous pourrez me joindre par l'intermédiaire de l'agent Morrisson. Cette mission n'a rien d'officiel, vous vous en doutez.

– Oui, bien sûr… Je vous remercie, mon général.

Le major reste figé sur place. Dans un silence pesant, Trautman termine son entrecôte sans lui prêter plus d'attention. Il finit par lui jeter un regard sombre.

– Qu'est-ce que vous attendez ? Vous croyez peut-être que je vais vous proposer un café ?

Piqué au vif, Chance se lève, salue et se dirige vers la porte, tandis que le général ajoute :

– Je veux que la part des indépendants double… ou rappelez-vous que l'Alaska est très inhospitalière en cette saison.

Chapitre 3

Little Church of the West,
Last Frontier Casino,
Las Vegas, Nevada, 17 mars 1953

Les portes de l'église se referment, masquant l'immense escarpin rouge couvert de néons qui lui fait face. Tout en continuant son prêche, le père Santino Starace espère que ces retardataires seront les derniers, ce qui lui éviterait de subir à nouveau ce spectacle. La communauté de croyants du Montana qui a construit cette petite chapelle en bois, typique des premiers lieux de culte des pionniers du grand Ouest, n'imaginait certainement pas que leur lieu de rassemblement, perdu au cœur d'un environnement froid et hostile, finirait ainsi, au cœur du Strip de Las Vegas, coincé entre un casino, un hôtel et un soleil écrasant, et qu'on y pratiquerait le mariage à la chaîne de jeunes époux encore titubants sous l'effet de l'alcool. Son déménagement prochain ne sera pas une mauvaise chose, on ne peut pas associer la croix du Christ et les talons hauts d'une danseuse burlesque, encore moins quand il s'agit de l'enseigne d'un établissement nommé le *Silver Slipper*.

– Car c'est à Las Vegas que brûle encore la flamme des pionniers qui ont construit ce pays ! Une force hors du commun se dégage de cette oasis arrachée au désert par la puissance créatrice de l'homme. Réjouissons-nous, car cette force nous est donnée par Dieu, à nous, la nation élue pour porter son message au monde !

Inutile de consulter ses notes, son prêche sera très bref, l'assemblée est clairsemée et il sent bien que la plupart des fidèles ont été incités à venir par leur employeur. Le terrain sur lequel est bâtie l'église appartient à Jack Kozloff, le propriétaire du casino *Last Frontier*, qui s'est montré extrêmement généreux envers la fondation de Starace. Le promoteur envisage de déplacer la Little Church of the West de l'autre côté de son casino, et ainsi, de l'éloigner du Strip. Le terrain vaut une fortune, l'opération sera très rentable pour Kozloff. La bénédiction de l'Église catholique valait bien un don de dix mille dollars pour les œuvres de Starace.

– Mais, en ce jour de fête pour votre communauté, je tiens à vous alerter. Cette église a été bâtie par la foi pure des pionniers, et les liens des mariages qui y sont célébrés ne doivent jamais être galvaudés. Que Las Vegas soit la capitale des jeux et des mariages, je peux l'entendre, mais je ne tolérerai jamais que votre ville devienne la capitale des divorces et du crime organisé.

Cinq minutes de couplet moralisateur sur le commerce du divorce qui se développe dans le Nevada, c'est bien le moins que l'on puisse attendre d'un des membres les plus influents de la Legion of Decency. Starace ne veut pas décevoir son auditoire, alors il lui balance sa tirade sur le diable qui promet de l'argent facile et de multiples épouses, alors que seuls le labeur honnête et la fidélité à ses engagements mènent à la reconnaissance du Seigneur. Lui-même n'y croit plus. En réalité, cela fait bien longtemps qu'il ne croit plus en Dieu. Ce qui n'a guère d'importance ; tout ce qui compte pour lui, ce sont les cent quatre-vingts orphelins qui vivent dans la pension qu'il finance au Mexique, ainsi que les trois mille repas par jour qu'il fait distribuer aux pauvres l'hiver, dans les quartiers défavorisés de la côte Ouest.

À la fin de la brève cérémonie, un Jack Kozloff agité et transpirant, tel un banquier new-yorkais qu'on aurait oublié au soleil, se précipite vers le père pour lui serrer la main et lui exprimer sa reconnaissance. Starace aime bien traiter avec des juifs ; ils sont persuadés que ce sera plus difficile pour eux d'obtenir son assentiment, alors ils se montrent toujours plus généreux. Kozloff insiste pour que Starace vienne boire un verre à la fête qu'il organise à son hôtel. Le père, qui n'a nulle envie de frayer dans ces eaux troubles, essaye d'esquiver en prétextant un départ imminent pour Los Angeles, mais Kozloff se montre si insistant qu'il lui concède une visite d'un quart d'heure – avec la garantie qu'il n'y aura aucun photographe.

Quelques calèches et diligences pleines de touristes circulent dans le Last Frontier Village, ensemble d'une dizaine de bâtiments qui reproduit une ville de pionniers dont l'église est la seule pièce authentique. Starace et Kozloff longent le casino et les boutiques de souvenirs avant d'entrer dans le lobby de l'hôtel, réplique parfaite d'un saloon décoré de peintures criardes représentant des cow-boys de légende. Ils le traversent, escortés par le bruit étouffé des pièces tombant dans les machines à sous, puis ressortent dans la cour intérieure construite autour d'une immense piscine, très animée en ce début d'après-midi.

Une grande banderole aux couleurs du drapeau américain annonce *Atomic Bomb Party*. Partout, sur les tables disposées autour de la piscine, le bar, les parasols et les tabliers des serveuses, on a affiché des champignons nucléaires de toutes les couleurs. Au bar, des panneaux invitent à commander un *Atomic Cocktail*, un *Radioactive Bourbon* ou une *Nuclear Beer*, et à profiter des réjouissances à venir : l'élection de Miss Atomic Bomb est prévue pour quinze heures. Starace constate que des écrans de télévision ont été installés un peu partout pour diffuser les images de l'essai qui ne devrait pas tarder à commencer, une centaine de kilomètres plus au nord. En attendant, les haut-parleurs diffusent des morceaux de jazz endiablés sur lesquels s'agite une partie de l'assistance.

De nombreuses jolies jeunes femmes papillonnent autour et dans le bassin, sans doute les candidates du concours de beauté à venir et des danseuses de revue. Quelques Apollons des dunes font admirer leur maîtrise du plongeon sous les encouragements de ces Vénus. Avec sa tenue de prêtre, Starace a l'impression d'être une mouche noire coincée dans un verre de punch orné d'ombrelles en papier multicolores. Kozloff le mène droit vers un petit groupe d'hommes dont une figure bien connue s'extrait pour venir à leur rencontre. Une serveuse propose un cocktail à Starace, qui lui demande plutôt une eau de Seltz ; cette petite sauterie prend la tournure d'un traquenard et il préfère rester sur ses gardes.

— Mon père, vous connaissez John Roselli ? demande Kozloff.

— Oui, bien sûr. Vous êtes toujours producteur chez Monogram ? demande le père au nouveau venu, un petit sourire entendu aux lèvres.

Starace connaît toutes les facettes de Los Angeles depuis de nombreuses années, y compris les familles mafieuses qui contrôlent les activités occultes de la ville. Souvent poussés par leurs épouses, les mafieux d'origine italienne se soulagent la conscience en faisant d'importants dons à l'Église, et Starace n'a jamais fait la fine bouche devant ces pécules. Il est même l'un de leurs destinataires principaux, au vu de sa place dans le cirque de l'industrie cinématographique.

Le quinquagénaire à l'élégance extrêmement soignée retire ses lunettes de soleil pour saluer le prêtre. Ses cheveux, teints en noir pour masquer les premiers outrages de l'âge, sont plaqués en arrière par la gomina, il porte un léger costume bleu ciel, avec pochette et cravate jaunes assorties. Handsome Johnny, comme on l'appelle dans le milieu, est un membre de la mafia de Chicago, un des plus anciens parmi ceux qui se sont lancés dans le cinéma pour s'implanter en Californie. Roselli a échappé à tous les règlements de comptes, sans doute parce qu'il n'a jamais manqué à ses engagements vis-à-vis de l'Outfit, dont il gère les intérêts croissants à Las Vegas. Sympathique en toutes circonstances, le capo fait partie de ces hommes avec lesquels presque tout le monde a envie d'être ami. Cette capacité d'empathie le rend dangereux – si l'on est ami avec un mafieux, on est ami avec la mafia.

Starace a toujours su garder des distances respectueuses avec son interlocuteur, il n'a jamais cédé à la tentation de le laisser s'approcher. Les mafieux sont comme des vampires, si vous les invitez à franchir le seuil de votre maison, ils ne repartent qu'après vous avoir sucé le sang jusqu'à la dernière goutte.

Le monstre exhibe un sourire radieux, dénué de grandes canines :

– Pas uniquement mon père, je me lance à mon tour dans la production. J'ai créé une petite société pour produire mon premier film, *Invasion USA*. Je suis sûr que vous et la commission allez adorer ce film. Il raconte l'invasion de notre pays par des forces communistes et la vaillante résistance de notre peuple.

– Tous les efforts consentis pour sensibiliser le public au péril rouge et à l'athéisme qu'il véhicule sont les bienvenus. Je vous félicite monsieur Roselli.

Les trois hommes sont rejoints par une jeune femme blonde en maillot de bain blanc, précédée par son opulente poitrine. La plastique de la nouvelle venue est telle qu'elle attire immédiatement les regards et fait cesser la conversation. Roselli l'accueille en lui posant la main sur l'épaule. Le rubis enchâssé dans sa chevalière accroche la lumière du soleil, comme pour rappeler que ce bijou le lie à vie à Harry Cohn, le producteur de la Columbia qui porte le même, en signe d'allégeance à l'Outfit.

– Mon père, laissez-moi vous présenter Mlle Marilyn Novak, une jeune actrice pleine de talent qui vient de signer chez Columbia. Je vous garantis que vous entendrez bientôt parler d'elle, c'est la nouvelle Jane Russell !

– Enchanté, mademoiselle. Jane Russell est l'une de nos meilleures clientes, je suis persuadé que la Legion of Decency va suivre de près votre carrière ! ironise le père.

– Vous serez bienveillants, j'espère, susurre la donzelle au délicieux accent polonais.

– Nous le sommes de plus en plus, dans les limites de la bienséance. Êtes-vous ici pour participer au concours de beauté ?

– Oh non, vous savez, j'ai déjà été élue Miss Deep Freeze par une marque de réfrigérateur. Je crois que je ne pourrai pas aller plus haut dans cet exercice, plaisante la débutante.

– Dommage, je sais pour qui j'aurais parié.

Roselli et Rozkoff ont fait un pas en arrière pour les laisser en tête à tête. Starace choisit de s'en amuser – il ne va pas s'offusquer de voir des mafieux se comporter comme des mafieux. Il interpelle Roselli avant que celui-ci ne s'éloigne davantage.

– Par contre, monsieur Roselli, je crois que vous devriez suggérer à mademoiselle de changer de prénom. Marilyn, c'est déjà pris…

– Oui, je sais, je dois en parler avec Harry Cohn. Vous l'appelleriez comment, cette délicieuse enfant ?

Au-dessus d'eux, sur une banderole, une caricature représente le leader nord-coréen en train de courir devant une bombe atomique qui fonce sur lui. En la regardant, Starace suggère :

– Kim, ce serait très joli, Kim, ça vous irait très bien. Par contre, mademoiselle Novak, en échange de ce conseil, pourriez-vous me laisser quelques minutes avec M. Roselli ? Je pense qu'il a quelque chose à me demander.

La jeune actrice se tourne vers Handsome Johnny, qui acquiesce d'un léger mouvement de tête, puis elle rejoint deux jeunes stars hollywoodiennes qui discutent et fument, assises au bord de la piscine, les pieds dans l'eau. Starace reconnaît l'influent président du syndicat des acteurs, Ronald Reagan, qui se produit ce soir au *Ramona Room,* la salle de spectacle du *Last Frontier.* L'autre jeune homme en maillot de bain, Frank Sinatra, est un acteur sous contrôle de l'Outfit dont la carrière traverse une période difficile. A priori, la mafia manœuvre pour continuer à le faire tourner dans ses salles de spectacle et pour forcer la main à la Columbia afin qu'on lui redonne de bons rôles. Marilyn Novak va s'asseoir à côté de son collègue de studio et prend une gorgée dans le verre qu'il lui tend nonchalamment.

– Si vous me disiez ce que vous attendez de moi, John, au lieu de me tendre des pièges qui n'abuseraient même pas un sénateur du Massachusetts débarquant à Hollywood.

– Ne le prenez pas mal, mon père, on voulait juste que vous vous accordiez un moment de détente.

– Je suis très détendu, mais je ne vais pas rester très longtemps, alors venez-en au fait.

– Frank Sinatra a joué dans un très beau film qui ne va pas tarder à sortir.

– *Tant qu'il y aura des hommes*, je sais, oui. Il a eu tellement de démêlés avec la commission que je crois en connaître les dialogues par cœur.

– Nous avons fait beaucoup d'efforts pour qu'il soit validé. Il porte un message utile et juste, il sera essentiel dans la carrière de Frank.

– Il fait aussi l'apologie de l'adultère et de la prostitution.

– Il n'y a plus aucune mention directe de la prostitution dans la dernière version du script qu'ils ont tournée, et la jeune femme regrette clairement son adultère à la fin du film !

— Elle le regrette en une ligne après s'être roulée dans le sable avec son amant pendant deux heures ! Mais le film a été validé, il aura le tampon de la commission Breen. Ils laissent tout passer maintenant, je ne vois pas ce que vous voulez de plus.

— Nous voudrions être sûrs que la Legion of Decency ne va pas le condamner.

— Difficile à dire. En tout cas, sa condamnation n'empêchera pas sa diffusion. L'avis de la Legion n'intéresse que les familles chrétiennes.

— Il y a les Oscars, mon père. Nous fondons de très grands espoirs pour l'année prochaine, le film pourrait en recevoir plusieurs et vous savez qu'un avis très défavorable de la Legion serait un gros handicap. Nous voulons vraiment faire décoller la carrière de Frank, vous savez.

Starace laisse un petit silence s'installer. Ces derniers temps, la Legion of Decency se concentre surtout sur la condamnation des films européens. Pour protéger le cinéma national des dérives du Vieux Continent, le patriotisme l'emporte sur la vertu, et seuls Howard Hughes et sa protégée, Jane Russell, réussissent encore à s'attirer ses foudres, à coups de provocations calculées et de surenchère mammaire. Toutefois, contrairement à la commission Breen dont *Variety* vient d'annoncer la mort prochaine, la Legion conserve une réelle influence sur l'opinion catholique. Les exploitants de salles, maintenant indépendants, peuvent décider de déprogrammer des films par crainte d'incidents dans leurs cinémas. Ce pouvoir de nuisance est le gagne-pain principal de Starace. Il utilise la propension au vice de Hollywood pour financer ses œuvres – selon lui, un compromis très défendable. Finalement, il a bien fait d'accepter l'invitation de Kozloff.

Alors qu'il s'apprête à répondre, un flash de lumière le surprend. Il se retourne à la recherche d'un photographe – un cliché avec Roselli serait un peu embarrassant –, mais il n'en repère aucun. Au sommet du plongeoir, une jeune femme au maillot de bain jaune canari s'écrie en regardant au loin, la main en visière :

– Ça y est ! La bombe a explosé ! Regardez tous !

Les convives se ruent vers les écrans de télévision ou scrutent frénétiquement le ciel. Novak, Sinatra et Reagan, toujours les pieds dans l'eau, lèvent leur verre d'*Atomic Cocktail* et portent un toast à la guerre nucléaire. Des applaudissements retentissent dans tout l'hôtel, des cris de joie fusent. Roselli regarde autour de lui, manifestement dépité. Les deux hommes se rapprochent pour tenter de s'entendre, quand un bruit de tonnerre à peine assourdi couvre un instant la liesse qui les entoure.

– Tant de gens qui fêtent une arme mortelle… Tuer n'est jamais une joie, mon père, croyez-moi.

– Je vous crois, John, et si vous pouviez faire un don de trente mille dollars à ma fondation, je pense que vous porteriez chance à votre projet.

– Trente mille ! C'est une sacrée somme !

– Mais vous êtes un homme sacrément généreux.

– Je vais voir ce que je peux faire.

Le bruit cesse, comme leur conversation, alors qu'une colonne de fumée brune apparaît au-dessus des néons du Strip. La foule des convives s'absorbe dans la contemplation béate de la puissance américaine, et Starace en profite pour quitter la joyeuse assemblée sans un au revoir. Il fait appeler sa limousine et l'attend devant l'église. Les rues sont désertes, tous les habitants et les visiteurs de Vegas sont juchés sur un toit ou plantés devant un écran de télévision pour profiter au mieux de l'explosion d'*Annie*. Pourtant, les nuages sont maintenant visibles de partout, le panache brun s'élève juste au-dessus du cow-boy de néon qui salue les passants devant le *Pioneer Club*. Une

Cadillac Fleetwood noire s'arrête devant le prêtre. Son chauffeur vient lui ouvrir la portière. Il s'installe et retire son col blanc. Comme il l'a demandé, on lui a préparé une chemise propre et une veste fantaisie.

– Je vous emmène à l'aéroport, mon père ?

– Non, à l'hôtel *Sands* s'il vous plaît.

– Il est juste en face, mon père.

– Je sais, merci, je ne suis pas aveugle, s'agace-t-il, faites-moi faire le tour du Strip le temps que je me change.

La limousine s'engage sur le Las Vegas Boulevard. Starace jette un œil par la vitre ; il déteste cet endroit, qu'il trouve laid et ridicule sous le soleil, vulgaire et sordide la nuit. Mais son attention est ailleurs. Il attend le rendez-vous qui va suivre depuis très longtemps. Il se change rapidement, s'ébouriffe les cheveux pour changer de coiffure, essuie ses mains moites sur son pantalon, chausse des lunettes de soleil. S'estimant méconnaissable, il se fait déposer devant les portes du *Sands* où il entre, le cœur battant. Il traverse le hall rempli de machines à sous, et se rend à l'accueil.

– Les clés de la chambre réservée pour M. Paul Parker, s'il vous plaît.

– Votre neveu est déjà arrivé, monsieur Parker, il vous attend. Voulez-vous des places pour assister au spectacle de Lena Horne, *La Tigresse de satin*, ce soir ?

– Non, merci, une autre fois peut-être.

En s'éloignant, Starace murmure *in petto* qu'il a bien mieux à faire que d'assister au tour de chant d'une négresse communiste chassée de Hollywood par le maccarthysme. La chambre se trouve au dernier étage de l'hôtel, il est tellement excité que la montée de l'ascenseur lui semble durer des heures. Cela fait plusieurs semaines qu'ils ne se sont pas vus, c'est difficile à Los Angeles, il est bien trop connu, les risques sont importants.

L'objet de sa fièvre l'attend, nu devant les portes-fenêtres, dressé sur la pointe des pieds pour voir plus loin encore. Starace contemple quelques secondes son dos bronzé et son petit cul blanc. Puis, il tousse pour signaler sa présence. Aussitôt, Jacinto se précipite et lui saute dans les bras. Ils s'embrassent quelques secondes, assez pour qu'il sente le corps ferme et rafraîchi par la climatisation se lover contre son ventre et agacer son sexe déjà durci. Mais Jacinto s'éloigne en bondissant pour retourner se coller aux fenêtres.

– Tu as vu l'explosion ? C'est joli cette colonne de fumée ! J'ai un ami qui m'a dit qu'avec les radiations, on risquait de retrouver des insectes géants. Il paraît qu'en Russie, ils ont des araignées de huit mètres ! Tu y crois toi ?

Starace vient se plaquer contre lui et lui embrasse la nuque. Jacinto a un accent mexicain épouvantable et il croit toutes les âneries que peut avaler un gamin de vingt ans sans aucune éducation, mais avant de le rencontrer, il ignorait qu'on puisse ressentir un tel désir. Jacinto se retourne en se contorsionnant comme une anguille.

– Qu'est-ce que tu faisais ? Je t'ai attendu longtemps, j'ai bu tout le champagne !

– Vilain garçon. On m'a traîné à une fête, je n'ai pas pu me défiler, mais je ne pensais qu'à toi.

– *Mentiroso*. C'était bien au moins ?

– Une version ensoleillée de *All About Eve*. Tu as vu ce film ?

Au lieu de répondre, Jacinto se coule à ses pieds et ouvre sa braguette, sa main se faufile sous ses couilles avec la dextérité d'un serpent. Starace s'abandonne à son plaisir et renonce à lui expliquer le film de Mankiewicz.

★

Au rez-de-chaussée du *Sands*, un homme en costume gris traverse le hall sans un regard pour les machines à sous. Il se rend dans une des cabines téléphoniques de l'hôtel – la plus isolée. Il compose l'USAF-4-8532, la base de Desert Rock, et demande l'agent Morrisson.

– Annie, c'est Douglas. Tout se passe bien. On a nos photos souvenirs de Vegas. Je rapporte la pellicule dans quelques heures.

Chapitre 4

AFE Studios, Sawtelle Boulevard, Culver City, comté de Los Angeles, 18 mars 1953

Depuis les fenêtres de son bureau en mezzanine, Larkin Moffat a une vue plongeante sur le seul plateau de tournage des studios AFE. Quelques scènes de *Sur la piste des Apaches* doivent s'y tourner en fin de semaine, dans un décor de saloon. Les accessoires ne varient guère d'un film à l'autre, ils bouleversent juste la disposition des tables, changent le bar en carton de place et, quand c'est possible, la couleur des rideaux – on n'attend pas plus d'une production d'AFE. Larkin a installé lui-même une partie des éléments de décor, ceux qui ont un peu de valeur et qu'il garde enfermés dans la remise de son bureau, sinon les trois clandestins qu'il paye pour l'aider risqueraient de lui faucher des verres, des pellicules ou tout ce qui tiendrait dans leurs poches. En cette fin de matinée, avec un peu d'imagination, l'ancienne conserverie japonaise qu'il a rachetée une bouchée de pain à ses propriétaires expropriés pendant la guerre passe pour un plateau de cinéma. La toiture en tôle prend un peu l'eau, mais il ne pleut presque jamais à L.A. ; les planches des murs sont disjointes par endroits, mais on a tiré de grands rideaux opaques devant les fentes et ça ne gêne pas trop l'éclairage des prises de vues. L'ancien poste d'observation du contremaître fait un bureau acceptable pour Moffat et pour son comptable, le seul employé d'AFE avec lequel il partage les locaux.

Sa jeune maîtresse, une actrice sous contrat avec la Fox en attente de son premier rôle, laisse éclater sa fureur pendant qu'il s'allume une cigarette.

– Je ne veux pas aller à ta soirée barbante pleine de vieux schnocks en costume ! Toutes mes copines vont foncer directement au *Ciro's* ou au *Mocambo*, je ne veux pas être la seule cruche à me faire chier à l'hôtel *Ambassador* après la cérémonie des Oscars. Non, non et non !

Chacun de ses refus s'accompagne d'un coup d'index rageur sur le bureau de Moffat qui, de sa main libre, maintient son pot à crayons à la verticale. La moue boudeuse de Didi Brummelle, habituellement indolente et distante, se transforme en grimace de gamine capricieuse quand elle se met en colère. Sa longue chevelure blond vénitien tourbillonne autour d'elle et son chemisier et sa jupe ajustée sont à deux doigts d'exploser sous l'effet de sa furie. Ces fâcheries puériles pourraient agacer Moffat – il a vingt ans de plus qu'elle et a passé l'âge de ces poussées de sève –, mais elles ont sur lui un tout autre effet. Il se lève sans un mot, va fermer la porte au cas où son comptable rentrerait plus tôt que prévu et se dirige vers Didi en desserrant sa cravate. La jeune femme connaît ce regard par cœur. Elle remonte sa jupe, baisse sa culotte et s'assied sur le bureau sans dire un mot, émettant juste un petit cri quand il s'enfonce en elle. Elle passe son bras derrière sa nuque, pose sa tête sur son épaule et encaisse les coups de boutoir sans broncher.

Leur étreinte est bientôt terminée. La cigarette de Moffat n'a pas eu le temps de se consumer entièrement ; il la reprend et tend le paquet à Didi, qui se rhabille en silence.

– Tiens, prends-en une.

– Je n'aime pas ça, se plaint la jeune actrice.

– Il faut que tu fumes, tu le sais bien. Au moins un paquet par jour si tu veux avoir la voix de Lauren Bacall. Tu as une voix trop aiguë, chérie.

Moffat lui allume la cigarette qu'elle a acceptée à contrecœur, affichant à nouveau une moue boudeuse. Elle attend sa contrepartie.

– On ira au *Ciro's* après la soirée à l'*Ambassador*, concède Moffat. On fera les deux, mais il faut aller au dîner de gala de RCA Victor, c'est le plus important pour le business. Tu ne veux pas rester un second rôle à cent cinquante dollars la semaine toute ta vie, non ?

La jeune femme se contente de hocher la tête et va se vautrer dans un fauteuil, un *Photoplay* magazine à la main. Elle le feuillette du bout des doigts, à la recherche de l'interview sulfureuse du premier mari de Marilyn Monroe, et fronce le nez de dégoût.

– Ça pue le poisson dans ton bureau, Lark. Quand est-ce que tu vas quitter ce trou minable ?

– Bientôt ma chérie, le prochain Wild Johnny Savage va faire un carton, tu verras.

Personne ne pourrait croire ce mensonge, Moffat le sait, mais il ne trouve que cette échappatoire à sa frustration. S'il veut garder du crédit auprès d'elle, il va lui falloir un gros coup, et vite. Sa jeune maîtresse lui tend le magazine ouvert sur une page de publicité, le visage rayonnant d'envie.

– Oh, regarde, une Nash Metropolitan ! On peut la commander dès aujourd'hui, elle sera disponible à la fin de l'année. Ce serait bien mieux que ta vieille Oldsmobile, non ?

– Didi, tu ne me vois tout de même pas aller sur mes tournages avec ce jouet pour enfant ! Ce n'est pas une voiture ça, esquive Moffat en balançant le *Photoplay*.

– C'est un adorable petit cabriolet, bien plus élégant que ta vieille guimbarde… J'ai honte quand tu passes me chercher avec !

– OK, OK, on verra. Je dois y aller, j'ai rendez-vous avec Zanuck. Je te dépose si tu n'as pas trop honte de ma voiture ?

– Tu vas lui demander de m'augmenter ?

– Déjà de te faire tourner, pour commencer.

– Super ! On s'arrête chez *Carrie* pour acheter une glace Mile High à la fraise ?

Elle sautille sur place comme une gosse. Moffat acquiesce, renonçant à lui dire qu'elle doit surveiller son poids. Didi l'embrasse, heureuse, confiante. Elle est l'une des rares à Hollywood à croire au destin de Larkin Moffat, et il compte bien donner tort à tous les autres.

★

Trois heures durant, Chance Buckman a multiplié les appels téléphoniques. Trois heures durant, il a essuyé le même refus. Pas un seul bookmaker de Los Angeles ou de Vegas n'a accepté de prendre un pari venant de lui. Il ne voit pas qui pourrait lui servir de prête-nom, d'autant plus qu'il s'agit de parier à crédit – il n'a toujours pas un dollar en poche.

À son retour de Desert Rock, la veille au soir, il s'est enfermé dans son bureau de Sunset. Toute la nuit, il a tourné en rond, se repassant le film de son entrevue avec Trautman. Il ne sait pas qui est le contact qu'ils vont lui envoyer, mais il a intérêt à être une sacrée pointure, parce que après six ans à L.A., alors qu'il connaît assez bien la ville de pacotille et son industrie principale, Buckman n'a aucune idée de comment faire augmenter la production des indépendants. Il n'a ni ce pouvoir ni les moyens financiers qui vont avec. Comme souvent quand il ne sait plus quoi penser, il s'est servi des verres de bourbon, puis il est allé boire quelques gimlets au *Victor*. L'alcool aidant, il s'est dit que gagner une belle somme aux courses serait sans doute la meilleure manière de se sortir de ce guêpier sans risquer de se retrouver en Alaska. Il a tenté de mettre cette idée en pratique, en pure perte. En désespoir de cause, il a décidé de se rendre au *Kon-Kre-Kota*, le magasin de peinture le plus rentable de Californie.

Buckman gare sa Chevrolet Styleline Coupé devant une bâtisse blanche, de plain-pied, posée au milieu d'un terrain vague bouffé par les mauvaises herbes. Devant l'entrée, deux grands panneaux reprennent les arguments commerciaux peints sur les flancs crasseux de la boutique : *Kon-Kre-Kota, la peinture miracle*. Chance pense qu'on n'a jamais dû vendre un seul litre de cette merveille qui résiste pourtant à tout et ne s'écaille jamais. Les seuls bidons existants prennent tranquillement la poussière dans la vitrine de la petite échoppe. Dans l'arrière-salle, un bureau couvert de téléphones et un grand tableau noir où sont indiqués les horaires des courses à venir sur l'hippodrome de L.A. trahissent vite la véritable activité de l'endroit. Posé sur une chaise trop étroite pour sa carrure de gorille, Sam Farkas inspecte le nouvel arrivant en jouant avec un calepin qui se réduit à la taille d'un timbre-poste dans ses immenses battoirs d'ancien boxeur. Buckman se demande comment il réussit à écrire sans écrabouiller son stylo.

– Sam, qu'est-ce que c'est que cette histoire ? Pourquoi vous ne voulez plus prendre mes paris ?

– Tu ne crois pas que tu nous dois assez de pognon comme ça ?

– Je vous en ai déjà dû autant, même plus, et j'ai toujours payé, ça fait des années que je parie chez vous !

Le bookie hausse ses larges épaules et inspecte son improbable cravate courte multicolore. Il remarque une tache de ketchup qu'il entreprend de nettoyer avec l'ongle de son auriculaire.

– Je n'ai rien contre toi, Buckman, mais Joe Sica m'a dit de ne plus prendre tes paris, et quand Joe demande quelque chose… On ne veut plus te voir par ici, ton ardoise n'existe plus, mais ne reviens plus, OK ?

Un groupe de parieurs fait son entrée dans la boutique en riant. Farkas désigne la porte d'un geste dédaigneux du revers de la main.

– Allez, dégage, tu nous as coûté assez cher. M'oblige pas à devenir désagréable.

Buckman sait que peu de parieurs sont encore en état de parler après avoir vu Farkas un peu désagréable, et sans doute qu'aucun n'est encore en vie pour raconter l'avoir vu très désagréable. Il n'a plus qu'à sortir et à se perdre en conjectures. Il n'a jamais vu Sica, il n'imaginait pas qu'un des barons du jeu de Los Angeles, le bras droit de Mickey Cohen, puisse gaspiller son temps à s'occuper d'un petit débiteur comme lui. Il les imaginait encore moins faire une croix sur une dette, même modeste. Tout cela sent l'intervention de Trautman à plein nez. Il enrage contre cette intrusion dans sa vie privée quand il aperçoit l'agent Annie Morrisson en train de fumer, négligemment appuyée sur l'aile de sa Chevrolet, dans un tailleur sombre bien plus strict que le déguisement de journaliste new-yorkaise qu'elle portait la veille, sa tignasse rousse soigneusement domestiquée sur la nuque.

– Vous me suivez, agent Morrisson ?

– Non, major Buckman, mais vous êtes prévisible et votre dossier est bien fourni. J'espère que vous avez cinq minutes à consacrer à vos employeurs en dépit de votre intense programme de divertissement. On a un peu de boulot.

– C'est une vocation chez vous, la traîtrise ? Toute petite déjà vous dénonciez vos sœurs quand elles prenaient des bonbons sans demander, ou c'est quelque chose qui est venu plus tard ?

– Je sers mon pays avant tout. C'est supposé se passer comme ça quand on entre dans l'armée. « Devoir, honneur, nation », ça ne vous rappelle pas quelque chose, major ? Vous êtes sans doute la dernière personne à qui j'estime devoir rendre des comptes. Je suis venue en taxi, dites-moi si vous avez l'intention de travailler, sinon j'en fais appeler un autre…

Buckman lui ouvre la porte de sa Chevrolet et l'invite cérémonieusement à s'asseoir.

– Je ne vais pas laisser passer une occasion de faire une promenade avec une jolie rousse au caractère aussi incendiaire.

– Arrêtez major ! répond sèchement Morrisson sans esquisser un mouvement.

– Quoi ? Vous n'étiez pas contre un petit flirt la dernière fois que nous nous sommes vus.

– Je faisais mon travail. Pour la suite de notre collaboration, j'aimerais que vous considériez que j'ai une paire de testicules aussi grosse que la vôtre et que vous gardiez vos talents de séducteur pour les starlettes de Sunset Boulevard.

Ils se toisent. Buckman debout devant la portière ouverte, Morrisson appuyée sur l'aile arrière. Ils se figent dans un affrontement muet, ponctué par le vrombissement des voitures qui défilent sur Beverly Boulevard. Buckman finit par proposer :

– On s'excuse tous les deux. Moi de vous avoir manqué de respect, et vous de m'avoir piégé.

Elle approuve d'un bref mouvement de menton. Sans un sourire, ils échangent leurs excuses puis montent dans le coupé. Morrisson jette sa cigarette et lui enjoint de se mettre en route en direction de la cathédrale Saint-Paul, sur Figueroa Street.

– Vous comptez m'expliquer ce que nous allons faire là-bas ? demande Buckman.

– Oui, si vous acceptez de répondre à une question.

– Si ça peut vous faire plaisir…

– Vous étiez un élément très prometteur à votre sortie de West Point, major. N'avez-vous pas l'impression d'avoir galvaudé votre talent ?

Sur la voie opposée du Beverly Boulevard, un cabriolet Chrysler Imperial rouge déboule à toute allure, débordant de jeunes femmes qui rient aux éclats et envoient des baisers aux conducteurs qu'elles croisent. Devant l'air atterré de sa passagère, il se contente de lui glisser :

– Il y a un décalage horaire important entre Los Angeles et le reste du pays. Mais vous vous y habituerez, vous verrez.

★

Après une interminable succession de contrôles de sécurité tatillons et humiliants – il doit à chaque fois épeler son nom à des vigiles méprisants –, Moffat parvient enfin à trouver l'immeuble de la direction de la Twentieth Century-Fox Film Corporation. Movietone City s'étend sur des kilomètres de hangars qu'on ne peut différencier que grâce à leurs numéros. Tout s'y ressemble, des palmiers aux fontaines orientales en stuc, en passant par les places de parking et les terrains de golf disséminés aux alentours. Il laisse son Oldsmobile encore couverte de la boue et de la poussière de Lone Pine entre une Cadillac Eldorado et une Rolls Silver Wraith gris perle et pénètre dans le bâtiment. Les locaux sont spacieux, rafraîchis par l'air conditionné, avec des meubles européens, clairs et modernes, des tentures aux tons pastel et un sol en Dalami. Derrière le bureau d'accueil, une blonde à la tenue soignée trône entre deux téléphones gris pâle aux claviers électriques. Seules touches de couleur sur les murs tendus de beige, des peintures de Miró suggèrent à Moffat qu'on ne fait pas des films pour créer des œuvres d'art, mais bien pour pouvoir s'en acheter.

– Monsieur Moffat ?

– Oui, vous me reconnaissez ? demande Larkin benoî-
tement.

– Non, la sécurité vient de me prévenir de votre arrivée. Dépêchez-vous, M. Zanuck n'a pas beaucoup de
temps, les Oscars sont demain soir…

Moffat ne se fait pas prier, il grimpe l'escalier quatre
à quatre. Cela fait trois mois qu'il attend qu'un créneau
s'ouvre dans l'agenda de Darryl F. Zanuck, pas question
de laisser passer sa chance. La porte est entrouverte. Il
s'apprête à frapper, mais suspend son geste ; le directeur
de la production est au téléphone et sa voix trahit un
agacement sensible.

– Ne me parle pas de gestion de carrière. C'est une
chandelle qui brûle par les deux bouts, elle brille plus
que les autres, mais elle va se consumer plus vite. Il faut
qu'on mette dans la boîte autant de comédies musicales
légères qu'on pourra avant qu'elle ne nous laisse que de
la fumée et des regrets.

– …

– Les contrats sont faits pour être respectés. Je vais
l'appeler, il faut qu'on se voie. Cette idée d'Actors Studio
est juste… délirante. Il ne manquerait plus qu'elle se
mette à la politique.

La conversation s'achève dans un bruit de combiné
rageusement raccroché. Moffat craint que le moment
ne soit pas très bien choisi, mais il n'a pas le choix ; il
toque et passe la tête par la porte.

– Ah oui, entre Larkin. Assieds-toi, je suis content
de te voir.

Moffat avance prudemment sur l'épaisse moquette
immaculée du bureau, aussi grand que les studios d'AFE.
Zanuck le gratifie d'un sourire chaleureux qui dévoile
ses dents écartées, lui serre la main et l'invite à prendre
place dans un fauteuil rond étonnamment bas – une fois
assis, le bureau lui arrive au niveau de la poitrine. Le

maître des lieux reprend le cigare qui se consumait dans un cendrier en cristal et ouvre le bal.

– Alors, qu'est-ce qui me vaut l'honneur de la visite d'AFE au grand complet ?

Moffat lui a adressé plusieurs courriers dans lesquels il expliquait sa démarche, mais il sait bien qu'il est d'usage à Hollywood de feindre l'ignorance pour évaluer la force de conviction d'un solliciteur. Il n'a que quelques minutes pour décrocher la timbale et se lance, contrarié par la posture humiliante que lui inflige son fauteuil.

– J'ai un scénario extraordinaire. Une adaptation du plus grand roman jamais écrit, le plus grand classique de la littérature mondiale, qui n'a jamais été porté à l'écran. Tout le monde l'estime inadaptable, mais un universitaire espagnol m'a envoyé un premier jet stupéfiant. C'est une comédie épique pleine de grâce, avec de nombreux rôles magnifiques pour de grands acteurs. Chaplin, Gary Cooper, Rita Hayworth... dans *Don Quichotte*, pour la première fois à l'écran ! On pourrait le filmer avec votre nouveau procédé, le Cinémascope, ce serait le lancement idéal pour ce format !

Lissant sa fine moustache d'un air pensif, le mogul laisse passer un silence, puis il inspire une grande bouffée de son cigare et donne son sentiment d'un ton désabusé.

– Des versions du Quichotte, j'en ai plein les tiroirs. C'est effectivement inadaptable. Bon, pour Chaplin, tu oublies, il ne reviendra plus aux États-Unis, et avec la commission McCarthy, je ne me risquerais même pas à mettre son nom au générique si on tournait en Europe. Qui fais-tu travailler sur le script ? Parce qu'un universitaire espagnol comme scénariste, ça n'annonce rien de très populaire...

– Je le fais retravailler par un auteur sur liste noire, mais il prendra un pseudonyme. Je vous assure que ce scénario est formidable.

– Un blacklisté… J'imagine que c'est tout ce que tu peux te payer… Bon, et je fais quoi, moi, dans ce projet ?

– J'ai besoin d'un coup de pouce financier pour lancer le développement et de votre appui pour convaincre les banques et les acteurs. Avec cent mille dollars et un casting, je pourrai me lancer. Vous aurez la diffusion exclusive et je vous assure que vous récupérerez dix fois votre mise !

Zanuck éclate d'un rire spontané et cruel qui repousse Moffat dans le fond de son fauteuil.

– Non mais mon vieux, tu me vois décrocher mon téléphone pour dire à Skouras que je viens de donner cent mille dollars à AFE pour qu'ils produisent un Don Quichotte avec Chaplin, scénarisé par un communiste sur liste noire ! Il me ferait interner ! Tu délires complètement, Larkin. Tout ce que je veux bien faire, c'est te filer mille dollars pour les droits sur le script. Et c'est juste parce que je suis curieux, parce que le Quichotte, je n'y crois pas plus que ça, hélas…

Des mois de travail, de nuits blanches, tout ça pour quoi ? Un petit millier de dollars, le forfait accordé au scénario d'un débutant inconnu. Zanuck essaye de lui voler son travail, Quichotte serait parfait pour le Cinémascope, ce requin le sait très bien. La gorge de Moffat se serre et, entre déception et humiliation, il peine à articuler une réponse.

– Je ne sais pas… Je tiens beaucoup à ce projet.

– Réfléchis, mon vieux. Si tu redeviens raisonnable, tu me fais signe et je fais préparer un contrat. Sinon, on a toujours besoin d'hommes de terrain pour suivre l'avancée de nos productions. Tu es bon pour ça, dynamique, intuitif, volontaire… Si tu veux, je peux te dégoter un boulot à la Fox, je pense pouvoir te proposer trois cents dollars par semaine. Tu pourrais quitter ta poissonnerie de Culver City. Et peut-être qu'un jour, quand tu auras l'expérience et les réseaux, tu pourras de nouveau tenter de voler de tes propres ailes. Je n'ai rien contre les indépendants, tu sais.

Abandonner ses rêves pour une obole et une salle d'attente… Zanuck ne le respecte pas, c'est Méphisto en personne, il ne vaut pas mieux que les autres. Moffat en est sûr à présent : sa place au soleil, il lui faudra la prendre de force. Malgré sa colère, il garde une attitude courtoise et souriante. L'hypocrisie est un costume qu'on se taille sur mesure dans le cinéma.

– Bien sûr, je vais y réfléchir, ce serait un honneur que de travailler avec vous. Par ailleurs, puis-je vous demander où en sont vos projets concernant Didi Brummelle ? J'aimerais beaucoup que vous l'autorisiez à tourner pour AFE.

– Didi Brummelle ? Elle n'est pas prête du tout pour commencer à tourner. C'est une gamine un peu trop paresseuse à ce que me disent ses professeurs d'art dramatique.

– Elle a un physique hors du commun. Je la ferai progresser, je vous assure. Rien ne vaut l'expérience des tournages.

– Oui, elle a du chien, mais on ne manque pas de blondes pulpeuses et aguichantes en ce moment. Je n'ai pas encore de rôles pour elle… Ça viendra sans doute, si elle travaille. En attendant, si tu la veux, je te la laisse pour mille cinq cents dollars la semaine.

– Mais vous ne la payez que cent cinquante ! s'indigne Moffat.

– Oui, et c'est comme ça qu'on gagne de l'argent, en faisant de la marge. Bon, Larkin, tu es fort sympathique, mais si tu n'as pas mille cinq cents dollars à investir pour l'avoir, je crains que ce projet ne soit qu'un film de série B, voire Z, de plus et qu'il nuise à la carrière de Mlle Brummelle plutôt qu'autre chose. Donc, on va en rester là. Réfléchis à mes propositions. Je m'excuse de te mettre dehors, mais j'ai une urgence à régler. Bonne fin de journée, on se croisera peut-être demain soir au Pantages Theatre.

Moffat se lève, contenant avec peine sa frustration, et se dirige vers la porte, un sourire crispé sur les lèvres. Dans le couloir, Bella Darvi, annoncée partout comme la prochaine sensation de la Fox, attend son tour en retouchant son maquillage. Elle referme son tube de rouge à lèvres et s'engouffre dans le bureau sans accorder un regard à Moffat. Il sort en trombe sur le parking, il voudrait foutre le feu à Movietone City, cramer cette forteresse qu'il ne sait pas conquérir, lui faire payer le prix de ces humiliations.

Les bureaux du diocèse de Los Angeles sont aussi austères que la cathédrale Saint-Paul est dénuée de charme. Un hangar à zeppelins sans clocher, dôme ou tour, collé à une mission espagnole comme il en pullule au Mexique. Buckman gare sa Styleline Coupé devant le bâtiment et suit sa collègue à l'intérieur. Encore sous le choc de ce que Morrisson lui a révélé pendant le trajet à propos des mœurs de l'endroit, il jette des coups d'œil soupçonneux à tous les prêtres qu'ils croisent, alors qu'elle semble très à l'aise malgré les nombreux regards courroucés que son allure de femme active et séduisante déclenche dans cet environnement masculin traditionaliste. Leurs démarches pour obtenir une entrevue avec le père Starace se noient en d'interminables palabres rythmées par le grincement d'un plancher en bois vermoulu, sans doute aussi ancien que la cathédrale voisine. Faire valoir leur qualité de militaire tout en insistant sur le caractère d'urgence de leur requête finit par payer ; de mauvaise grâce, on les introduit dans le saint des saints, un petit réduit triste et sombre, aux murs couverts de livres anciens. Un peu intimidé, Buckman entre derrière Morrisson. Il éternue à trois reprises à cause de la poussière pendant qu'elle fait les présentations.

Au cours de ses quelques années à L.A., Buckman a déjà croisé le père Starace. Sa grande silhouette en aube noire, son visage sévère et ses cheveux poivre et sel sont connus de tout Hollywood, du moins de tous ceux qui ont à se soucier de l'opinion de l'Église sur leur travail. Ses réseaux et son influence sur les groupes de la Legion of Decency à travers tout le territoire américain sont notoires. En trois décennies, il a rendu de nombreux services à tout ce que le métier peut compter de producteurs de premier plan. Il a beau rester discret et préférer œuvrer dans l'ombre, son nom est connu de tous.

Tel un char d'assaut roux, Morrisson se lance dans une assez longue explication sur le projet de Trautman. L'armée souhaite voir augmenter la part du cinéma indépendant dans la production de films. La mainmise de quelques grands studios sur ce vecteur idéologique mondial inquiète au plus haut niveau de l'État.

– Nous pensons que votre expérience de trente ans dans ce milieu vous confère une expertise comparable à celle des plus grands producteurs. Vous connaissez tout le monde, depuis les propriétaires historiques des studios et leurs banquiers jusqu'aux grandes familles mafieuses de la ville.

– Je vous interromps, mademoiselle, car je n'aime pas ce mot. Si vous pouviez m'épargner le cliché et ne pas coller l'étiquette de mafioso à toute personne d'origine italienne qui réussit, ça facilitera nos échanges.

La remarque est prononcée de manière assez sèche, mais Morrisson ne se laisse pas impressionner – au contraire, elle renchérit.

– Mon père, si on ne peut pas appeler un chat un chat et Jack Dragna un mafieux, nos échanges vont en effet être compliqués. Nous avons besoin de votre aide pour sélectionner des producteurs à soutenir et pour trouver les fonds à injecter dans leurs projets.

— Mais vous me donnez là des pouvoirs que je suis loin d'avoir ! Je connais effectivement cette ville et ce milieu aussi bien que la Sainte Bible, mais je ne fais pas de miracles et je suis bien incapable d'avoir une telle influence sur la production. En admettant que je connaisse des producteurs à qui il ne manque qu'un peu d'argent et de réseau pour réussir, je ne trouverai jamais les sommes nécessaires pour faire démarrer leurs projets !

— Vous tenez les studios par des années de compromis communs, vous avez une influence décisive sur la diffusion grâce au poids que font peser les groupes de la Legion of Decency sur les exploitants de salles dans le pays. Vous avez fermé les yeux sur tellement de scandales que vous tenez même les banquiers dans le creux de votre main. Combien avez-vous amassé d'argent pour vos fondations ces dernières années ?

Cette fois, Starace manque de s'étrangler. Jamais une jeune femme n'a osé lui parler sur ce ton et proférer de telles accusations, qui plus est dans son propre bureau. Buckman voit ses pommettes virer à l'écarlate et sent qu'il doit tempérer la flamme de sa collègue.

— Par ailleurs, personne ne remet en cause la grande utilité de vos œuvres de charité, mon père, précise-t-il en posant la main sur le bras de Morrisson.

— Encore heureux ! s'exclame Starace. Ces dons sont parfaitement légaux, je n'ai jamais gardé un seul dollar pour moi. Ni l'administration fiscale ni le clergé n'y ont jamais rien trouvé à redire en tout cas ! Je crains que notre collaboration ne cesse avant même d'avoir débuté…

D'une enveloppe, Morrisson extrait des clichés qu'elle pose un à un devant Starace, sur son bureau.

— Jacinto Moya, serveur au *La Rue* sur Sunset, immigré clandestin mexicain, vingt ans tout au plus, belle petite gueule, et photogénique avec ça. Vous pensez que l'évêque McIntire appréciera ces souvenirs de vos ébats ? Ses bureaux sont au-dessus, c'est ça ?

– Vous vous comportez comme des petites frappes de la mafia !

– À Rome, je fais comme les Romains, mon père. Je ne vous juge pas, je constate juste que votre image publique est assez éloignée de vos choix intimes… Elle me donnerait combien, Louella Parsons, pour ces photos ?

Reprenant son rôle de modérateur, Buckman couvre les photos de ses mains ouvertes et les repousse vers l'enveloppe.

– Allons, allons, nous n'avons absolument aucune intention de diffuser ces clichés. Nous voulons juste que vous nous aidiez. Vous le pouvez. Rendez ce service à la nation et tout ceci restera entre nous. Pouvons-nous compter sur vous ?

Starace se lève et, leur tournant le dos, se dirige vers la petite lucarne qui donne sur le parvis de la cathédrale. Ses yeux se perdent au loin. Il rompt enfin le silence, poussant un soupir avant de répondre d'une voix blanche où résonne l'accent de sa défaite.

– Je ne veux qu'une chose en échange. Je veux que Jacinto ait un passeport américain en règle. Je sais que vous pouvez le lui procurer. C'est une chose courante dans le contre-espionnage, ne le niez pas.

– On fera de notre mieux, promet Buckman.

– Je vais faire porter deux invitations pour la soirée RCA Victor à l'*Ambassador* demain soir à votre bureau, sur Sunset. On se verra là-bas. Maintenant, laissez-moi.

Morrisson et Buckman sortent sans rien dire, presque gênés par leur victoire de maîtres chanteurs. Une fois sur le parvis, ils respirent plus librement, et Buckman commente avec un entrain qui sonne un peu faux :

– J'aurais dû m'en douter à la couleur de vos cheveux, mais vous êtes une vraie tête brûlée. Je comprends pourquoi ils ont donné votre nom à la bombe !

– Je n'aime pas ces vieux bonshommes hypocrites qui veulent dicter leur vie aux femmes alors qu'ils sont infoutus d'être clairs avec eux-mêmes…

Starace n'a pas bougé d'un centimètre depuis leur départ. Il les regarde monter dans leur voiture et s'insérer dans le trafic. Ça devait lui arriver un jour ou l'autre, il le savait. Sa prudence lui a évité les pièges de Hoover, de Mickey Cohen et de ses sbires, et même ceux des producteurs qui rêvent de le transformer en marionnette. Il ne pensait pas se faire avoir par des militaires, mais ce n'est sans doute pas plus mal. Il a un peu d'argent de côté, il sait que le moment de tourner la page et d'arrêter de se mentir est venu. Il n'a plus rien d'un prêtre, à commencer par la foi. Il n'est là que pour financer ses œuvres. Elles devront trouver d'autres mécènes, son temps touche à sa fin.

Le prêtre est arrivé à Los Angeles en 1919, avant que la ville devienne un bordel à ciel ouvert, un lupanar débridé mené par la drogue, le jeu et le vice. Beverly Hills n'était encore qu'une succession de champs de pétrole à sec et de terres grises souillées par les hydrocarbures. Il a vu arriver de Chicago les premiers pionniers de l'industrie cinématographique. Ils sont descendus du train en manteaux de fourrure, leurs valises sous le bras et leurs caméras dans des malles, soi-disant attirés par le climat et la lumière propices au tournage des westerns que le public réclamait. Dès le début, les locaux ont trouvé que leurs tenues, leur manière de parler et leur violence ressemblaient plus à des mœurs de gangsters que d'artistes. On ne savait pas encore que mafia et cinéma étaient des synonymes, que Louis B. Mayer, les frères Loew, les frères Warner et les Schenck avaient grandi dans les mêmes rues que Capone, Luciano, Nitti, Bioff et consorts. Les premiers studios de Chicago n'étaient qu'une corde de plus à la harpe du vice dont jouaient les capos de la côte Est et du Midwest. Le petit commerce des images animées devenant très profitable, leurs mécènes n'avaient pas tardé à venir s'installer en Californie. On avait vu débouler Capone pendant un bref mais tonitruant passage, Bioff et Roselli avaient noyauté les syndicats pour racketter les studios, et Lucky Luciano avait arrosé toute l'industrie d'un épais nuage de poudre blanche. Les familles locales, les Dragna en tête, se trouvèrent contenues dans leurs activités traditionnelles – prostitution, jeux et alcool. Pendant longtemps, les studios eux-mêmes plongèrent avec gourmandise dans tous les trafics illicites ; la MGM tenait son propre bordel, chaque studio avait son revendeur de drogue…

Starace pense avoir contribué à la moralisation du secteur, au même titre que le sénateur Hays. Il a fait son devoir, il peut partir la tête haute. Il lui manque juste un dernier coup, un gros, pour amasser assez de liquidités et s'envoler vers l'Europe, loin de cette ville. Avec Jacinto. En attendant, il va aider ces deux bidasses maladroits, du moins tant qu'ils n'auront pas régularisé son protégé.

★

La porte claque violemment et l'écho du choc vibre quelques secondes dans le studio d'AFE désert. La colère de Moffat ne s'est pas dissipée. Il s'effondre dans son fauteuil et reprend pour la dixième fois la lecture de son scénario de *Don Quichotte*. Si Zanuck n'en veut pas, il a un plan B, il faut juste que le script soit revu pour s'adapter aux nouvelles contraintes. Il décroche son téléphone et appelle le *Hungry I* à San Francisco. Alvah Bessie, son scénariste, a fui Hollywood après avoir purgé sa peine de prison pour outrage à la cour – il a refusé de témoigner devant la commission des activités antiaméricaines. Moffat explique à l'écrivain qu'ils vont devoir revoir leurs ambitions à la baisse.

– Ce n'est pas grave, le sujet est trop bon pour qu'on partage le gâteau. Mon idée, c'est d'en faire une version western, Quichotte serait un vieux shérif et on transpose tout ça à l'époque de la ruée vers l'or. Je sais que Wild Johnny Savage serait génial en don Quichotte du Far West et je pense à Oliver Hardy pour incarner Sancho. On a échangé quelques courriers, je suis sûr qu'il serait intéressé.

– C'est qui, Wild Johnny Savage ? grommelle Bessie.

– Tu ne le connais pas ? C'est une légende de Hollywood, plus de quatre-vingts films tournés depuis 1920 !

– Mouais, je n'ai pas dû aller dans les bonnes salles… Bon, écoute Larkin, c'était bien sympa tout ça. Ça m'a amusé de travailler sur un sujet aussi mythique, mais je ne vais pas remettre le couvert. C'est fini pour moi, les conneries de Hollywood. Ton film, il ne se fera jamais, j'ai perdu assez de temps avec ça et tu ne m'as toujours pas payé les dernières modifications que tu m'as demandées. Donc tout me retaper pour transformer ça en western à bas prix, non merci, je crois que tu t'en sortiras sans moi.

– Non, Alvah, tu ne peux pas me faire ça !

– Au prix où tu me payes… si, je peux, la preuve…

Le scénariste lui raccroche au nez. Pris de court, Moffat hurle à gorge déployée. Une fois calmé, il s'allume une cigarette et se sert un bourbon généreux. Il va trouver un jeune scénariste qui sera ravi de finir le travail, ou bien il ira frapper à la porte de l'usine à scénarios de Dalton Trumbo. Il a quelques milliers de dollars d'avance sur son compte, en s'appuyant sur un joli succès du dernier western de Savage, il ne lui manquera que deux à trois mille dollars pour lancer la production de son *Quichotte*. Il misera tout ce qu'il a sur ce film, un *all in*, comme au poker. En étant très malin, ça peut passer ; il pourra produire un film qui fera illusion, bien au-dessus des standards de l'AFE, et entrer dans la cour des maisons respectées. Le pognon suivra rapidement. Après tout, c'est comme ça que se lancent les carrières.

À l'heure convenue, il est sorti de ses rêveries par les utilisateurs nocturnes de son studio. Il termine son verre d'un trait et descend leur ouvrir. Un jeune homme au sourire ravageur l'embrasse. Avec son costume vert et sa chemise jaune ouverte jusqu'au nombril sur un torse velu couvert de chaînes en or, Johnny Stompanato a l'élégance tapageuse.

– Salut Johnny, félicitations pour votre mariage ! Comment va Helene ?

– Merci Moffat, elle va pas mal, mais cette grosse crapule de Zanuck ne lui donne pas d'assez bons rôles…

– Je suis sur une grosse production, si tu veux on pourra se voir pour en parler, j'aurai peut-être un truc pour elle.

– Je ne mélange pas les genres, mais c'est gentil de proposer.

Le mafieux, qui vient d'épouser l'actrice Helene Stanley et de devenir son imprésario, se retourne vers sa Cadillac Eldorado aux chromes rutilants. Il fait signe à deux jeunes femmes affublées de perruques blond platine qui attendent sur la banquette arrière. Elles descendent, et leur allure ne laisse planer aucun doute sur leur profession.

– Allez les filles, dépêchez-vous, on a du boulot. Commencez à vous désaper, on arrive.

Les deux prostituées se faufilent dans le studio en saluant poliment M. Moffat. Johnny sort son portefeuille et compte avec soin dix coupures de vingt dollars qu'il tend au producteur. Ils ont un accord pour l'utilisation du matériel du studio. Stompanato, proxénète, gigolo, imprésario, patron de night-club et membre du clan de Mickey Cohen a les réseaux pour revendre ses films dans les bordels de tout le pays, du Mexique et même d'Europe. Il connaît aussi des amateurs privés susceptibles de mettre de l'argent sur la table pour compléter leur collection. Moffat doit se contenter d'une obole et d'un petit bonus pour chaque nouvelle copie. Johnny fournit les filles, joue lui-même dans quelques films, et empoche le pactole.

– C'est dommage que tu ne viennes plus avec Candy Barr, c'était la plus douée.

– Ouais, je sais, mais *Smart Alec* a tellement marché qu'elle se prend pour une vedette. Elle me demande un blé de malade pour tourner.

Dans le studio, les filles se déshabillent en plaisantant. Moffat s'occupe de régler les caméras pendant que Stompanato reluque ses pouliches avec une lippe gourmande. La première a un corps mou et sensuel à la chair blanche et à la toison si pâle qu'on la croirait imberbe ; l'autre a le corps sec, sans gras ni muscles, celui d'une enfant mal nourrie, mais avec une poitrine convenable. Son dos est couvert des marques laissées par les corrections qu'elle a dû recevoir pour lui donner du cœur à l'ouvrage – Stompanato est connu pour avoir la main lourde avec ses poules. Moffat soupire. Même avec une bonne dose de vice, aucune des deux n'aura le potentiel d'une Candy Barr.

– Tu vas aux Oscars demain ? demande Larkin pour entretenir la conversation.

– Le seul Oscar qui m'intéresse, c'est celui que j'ai dans le froc.

Stompanato empoigne sa volumineuse intimité et s'amuse à l'agiter dans son pantalon.

– Crois-moi, c'est le préféré des actrices, plaisante-t-il avec un clin d'œil appuyé.

– Tu ne feras pas les fêtes d'après-cérémonie ? Je pense aller au *Ciro's*.

– Ouais, c'est pas mal, mais je préfère passer la nuit au *La Brea Social Club*, ce sera plus select.

Moffat encaisse la pique en silence. La caméra est prête, il fait signe à Stompanato qu'il peut commencer quand il veut. Le truand retire son holster et le pose sur le dossier d'une chaise, claque des mains et motive ses actrices.

– Allez les filles, on va faire simple. Vous dansez un peu, vous vous tripotez les nichons et on improvise. Moteur, action !

Chapitre 5

Hôtel *Ambassador*, Wilshire Boulevard, Los Angeles, 19 mars 1953

Sous les palmiers artificiels et les dorures du *Cocoanut Grove*, une centaine de tables se remplissent au gré des arrivées de limousines. Sur le tapis rouge de l'*Ambassador*, le concours d'élégance bat son plein à coups de décolletés, bustiers et diamants, nœuds papillon noirs et montres en argent, sous l'œil des photographes qui n'en perdent pas une miette. Devant la piste de danse, Bing Crosby et son orchestre prennent la relève de Bob Hope et se chargent d'animer la seconde partie des Oscars. Le président de la RCA piaffe d'impatience. Ce soir, la première diffusion d'une cérémonie en direct à la télévision a été un franc succès, alors même si les convives ont eu leur compte d'allocutions et de mercis, ils n'échapperont pas à son discours de remerciement, quelques minutes d'autosatisfaction pour le nouveau média qui vide les salles qui les nourrissent.

Sur la moquette du club, le bal des serveurs commence. Hollywood a soif, Hollywood a faim, Hollywood en a assez de commenter *ad libitum* les résultats de la soirée, Hollywood veut s'amuser sans attendre. Le plan de table méticuleux réserve les premiers rangs au gratin des producteurs et aux quelques stars qui n'ont pas fui au *Pantages* juste après la cérémonie, donnant ainsi la touche de glamour nécessaire au dîner de la RCA. Starace, Roselli,

Buckman et Morrisson font partie des invités de ce premier cercle, de ceux qui doivent retenir leurs bâillements quand le président de la RCA se lance dans son discours. Au-delà, un aréopage de professionnels de l'industrie en tenue de gala, leur épouse au bras, profite de cette nuit dans les étoiles. Et puis, aux confins de la salle, quelques petites mains heureuses, quelques starlettes et acteurs en devenir dînent à l'ombre de leurs illustres homologues. Moffat, au prix d'interminables marchandages, a réussi à obtenir une place dans le second cercle. Il est assis avec un chef opérateur et son épouse, une costumière acariâtre de la MGM et un réalisateur de chez King Brothers, Jack Arnold, qui avoue son admiration pour *Le train sifflera trois fois* en attrapant une généreuse coupe de champagne. Didi n'est pas à côté de Larkin – les concubines illégitimes sont toujours mal vues dans ces événements mondains, surtout quand elles n'ont que dix-sept ans. Avec mauvaise grâce et une frustration mal dissimulée, elle s'est installée au fond, dans la salle d'attente de la célébrité, avec trois autres jeunes actrices, certainement des maîtresses de producteurs assis au premier rang avec leurs épouses. Elles attendent leur heure, la troisième partie de soirée, quand elles deviendront les mets les plus prisés par les acteurs avinés et les producteurs excités.

Les quatre jeunes femmes se toisent durant de longues minutes, jaugeant les tenues de leurs rivales et leur potentielle photogénie, essayent de se rappeler si elles ont déjà vu l'une à l'écran ou croisé l'autre dans les cours dispensés par les studios. Remonter plus loin, à l'époque où elles gagnaient leur vie dans des maisons closes ou des dancings en attendant mieux, serait embarrassant. Si elles sont là ce soir, c'est qu'elles ont un protecteur et que tout cela est derrière elles. Sur ce point au moins, l'accord tacite est unanime. La discussion finit par démarrer, roulant sur la carrière de chacune – sur la pente ascendante –, sur l'imminente explosion de leur notoriété – bientôt de premier plan –, sur l'intérêt de venir encore à ce type de soirées barbantes – indignes d'elles. À demi-mot, elles cherchent à deviner laquelle a l'amant le plus influent. Didi, qui perd très rapidement cette guerre d'ego, se ferme dans un silence buté, humiliée par les remarques à fleuret moucheté que deux de ses compagnes lui lancent à propos de Moffat. « Il a produit quoi ? – Jamais entendu parler. – Ce n'est pas trop difficile de tourner des films à petit budget ? – Vous ne voudriez pas quitter Los Angeles ? » Les fauves, rendues ivres de puissance par la faiblesse de Didi, finiraient par la déchirer de leurs petites canines bien blanches si sa voisine, une brunette fine et piquante, ne venait à son secours, les remettant à leur place efficacement.

À dix-huit ans, Liz Montgomery constitue la plus belle promesse des quatre. Elle a l'élégance gracile et subtile d'Audrey Hepburn, de grands yeux malicieux aux reflets mauves et un rire léger et musical. Rien ne la perturbe, elle virevolte dans ce barnum avec l'aisance de ceux qui ne doutent de rien. Cette année sera la sienne. Elle est la protégée et la maîtresse du fils Zanuck, Richard, étudiant à Stanford et play-boy arrogant de vingt ans. Il vient la saluer sous les regards envieux des autres actrices, suivi par un bataillon de photographes qui mitraille la jeune femme sous toutes les coutures. Alors que Didi s'écarte pour la laisser seule sur les clichés, Liz lui attrape le bras et la fait se rasseoir, lui glissant à l'oreille qu'un peu de publicité gratuite ne lui fera pas de mal. Didi la remercie, sourit à la meute. Les deux apprenties actrices sont furieuses d'être laissées de côté, et quand le discours de bienvenue se termine, les deux camps s'ignorent ostensiblement.

Alors qu'elles échangent quelques plaisanteries, Didi surprend le regard de Liz sur son décolleté, bien trop provocant à son goût. Sa robe bustier rouge a été choisie par Moffat. Tourmentée par l'idée que sa poitrine va jaillir de sa cage au milieu d'une phrase, elle remonte un peu le tissu sur ses seins par réflexe.

– Oh, il est bien en place, ne t'inquiète pas, plaisante Liz avec un regard amusé sur sa manœuvre inutile.

– Je n'ai pas l'habitude, j'ai l'impression d'être nue, se justifie Didi en rougissant.

– Tu as des seins magnifiques, tant mieux s'ils se voient !

– Larkin les trouve trop petits, il voudrait que je fasse de la chirurgie, se confie Didi.

Elle ne sait pas pourquoi elle parle si librement à sa voisine alors qu'elles ne se connaissent que depuis quelques minutes. Ces choses-là ne s'avouent jamais dans la ville de pacotille, la chirurgie n'existe pas. Mais Didi se sent à l'aise avec Liz, une complicité comme elle n'en a éprouvé qu'avec ses sœurs. L'attitude protectrice de la jolie brune face aux deux garces, sa bienveillance quand elle l'a présentée à Richard Zanuck, sa générosité avec les photographes, tout cela l'a mise en confiance. Liz lui donne du feu, et Didi a le sentiment que les mains de la jeune femme s'attardent quelques secondes de trop sur les siennes, qu'elle la fixe dans les yeux un peu trop long-temps, faisant naître une sensation étrange dans son ventre.

– Tu n'as vraiment pas besoin de ça, sauf si tu veux faire des calendriers pour routiers. Qu'est-ce que je devrais dire, moi ?

– Oh, ils sont mignons tes seins, commente Didi en regardant les pointes du soutien-gorge Bullet qui tend le haut de la robe en soie bleu marine de Liz.

– Parce que je triche, tiens, donne-moi ta main, touche.

Liz saisit la main de Didi et la glisse par l'ouverture sous son bras jusqu'à sa poitrine. Elle lui appuie la main sur son sein gauche et la dévisage.

– Qu'est-ce que tu sens, là ?

– Du coton, bredouille Didi, un peu troublée par les regards de leurs voisines de table qui s'offusquent de ce contact déplacé.

– Tu vois, je rembourre pour tricher, parce que mes seins sont minuscules.

Sans se soucier des commentaires, Liz déplace la main pour la glisser sous son soutien-gorge, au contact de sa poitrine.

– Là, tu vois, tu le sens, il est tout petit.

Didi rougit, paralysée par la gêne elle ne parvient pas à articuler de réponse, mais pourtant pour rien au monde elle ne quitterait cette peau douce et ce cœur qui bat fort contre sa paume. C'est Liz qui retire sa main quand un serveur leur apporte les entrées. Leurs voisines les fixent d'un œil mauvais, courroucées par leur comportement impudique. Liz soutient leur regard, se sert une coupe de champagne puis remplit le verre de Didi, son majeur tendu dans leur direction. Quand le verre est plein, elle lèche une goutte imaginaire au bout de ce doigt d'honneur, avec une telle élégance qu'on peine à croire qu'il s'agit d'une insulte. Pourtant, c'est bien ainsi qu'il est reçu par ses destinataires qui marmonnent quelques injures et se détournent pour examiner la salle. Liz et Didi échangent un regard complice et trinquent avant de descendre leurs coupes avec gourmandise. Didi se rend bien compte que Liz la drague sans détour ni mystère, de la manière frontale voire brutale qu'emploierait un homme décidé à la conquérir sans perdre de temps. C'est la première fois qu'une femme se comporte ainsi avec elle et ça lui plaît, mais elle ne sait pas comment réagir.

Sur l'estrade, Henry Wilcoxon, un producteur de la Paramount, récolte des applaudissements pour l'Oscar qu'a reçu *Sous le plus grand chapiteau du monde*. Du fond de la salle, quelques sifflets retentissent, ce qui amuse beaucoup Liz. Elle se penche vers Didi et lui parle à l'oreille, toute proche, au point que ses lèvres chaudes effleurent son lobe.

– Quel navet ce film, un gros mélodrame entrecoupé de numéros de cirque interminables… C'est bien filmé, les couleurs sont belles et James Stewart s'en sort pas mal, mais c'est une honte qu'il ait eu l'Oscar. *Le train sifflera trois fois* était tellement meilleur !

– Ah ? Larkin a beaucoup aimé ce film. Pourquoi a-t-il eu l'Oscar, alors ?

– Parce que le scénariste du *Train* est sur liste noire et qu'il vient de s'enfuir en Europe. Ça la foutait mal de lui filer indirectement un Oscar. Alors que ce bon vieux Cecil B. DeMille, tu peux y aller, c'est du bon patriote prêt à tout pour casser du coco. C'est un signal envoyé à Washington, genre « Ne vous inquiétez pas, restez sur la côte Est, on sait très bien faire la chasse aux rouges tout seuls, sans votre aide... ». Toi, tu as aimé ?

– J'aime bien le cirque... et les muscles de Cornel Wilde, avoue Didi.

– Tu aimes les garçons ? lui demande Liz avec un soupçon de jalousie.

– Il faut bien, répond Didi, confuse. Et toi, tu ne les aimes pas ?

– Je fais avec, concède Liz.

Les serveurs débarrassent leurs assiettes, auxquelles elles n'ont pas touché, Liz leur demande une nouvelle bouteille de champagne. On ne tarde pas à leur apporter la suite, de la dinde aux canneberges fumantes, mais Didi n'y prête aucune attention. La main de Liz vient de se poser sur sa cuisse, sous la nappe, et à l'instant, seule compte cette sensation brûlante et précise. Le reste du monde n'est qu'un brouhaha sans intérêt.

★

Alors que Bing Crosby entame *In the Cool, Cool, Cool Evening*, Starace picore sa cuisse de dinde du bout de la fourchette. Comme souvent, on l'a placé à la table de vieux notables catholiques de la ville. Le dîner semble interminable, mais avec un peu de patience et de courtoisie, il en ressortira avec des donations importantes pour ses œuvres. Il vient de décrire les prouesses pédagogiques réalisées dans ses orphelinats pour remettre dans le droit chemin les gamins des rues récupérés à Tijuana ou dans d'autres villes mal famées du nord du Mexique. Le décor du *Cocoanut Grove*, avec ses palmiers, ses dorures, ses tentures rouges et ses singes empaillés ne lui a jamais paru aussi artificiel, conforme à l'image de la ville, sans fondement ni réalité. Au milieu de cet étalage de luxe clinquant, il regarde l'étonnant manège d'un producteur du Poverty Row qui circule entre les tables et qui, dès qu'il aperçoit une place libre, s'assied sur la chaise abandonnée en attendant le retour de son occupant. Starace s'amuse de ce numéro, mais il doit laisser là sa surveillance – ses convives vont remarquer sa distraction. Face à lui, une dame patronnesse aux bajoues plâtrées d'abondantes couches de fond de teint qui se répandent sur sa robe et ses diamants insiste pour lancer la conversation sur la menace rouge qui n'attend qu'un affaiblissement moral du pays pour déferler sur la Californie.

– Vous qui êtes un expert de l'âme humaine, mon père, savez-vous comment on devient communiste ?

– Ils sont habiles et utilisent nos propres outils contre nous. Leur propagande est partout, un esprit faible peut tomber dessus par curiosité et s'il n'est pas encadré ou bien formé intellectuellement, il peut se laisser séduire.

– C'est terrifiant. On ne peut pas les distinguer des autres personnes ! On peut se retrouver avec des communistes dans son personnel sans pouvoir les débusquer !

– Il y a des signes. Ce sont des gens envieux, ils détestent les personnes qui réussissent et n'ont aucun respect pour les symboles de notre démocratie. Ils sont facilement récalcitrants aux ordres qu'on leur donne, ne cessent de réclamer des avantages indus, font circuler leurs œuvres de propagande et se réunissent en secret pour fomenter leur complot contre nos valeurs. Ils se croient meilleurs que vous !

– Mais comment se mettre à l'abri ? s'exclame la vieille dame avant de reprendre, presque sur le ton de la confidence : Vous savez, j'ai une bonne amie qui soupçonne son propre fils d'être en train de devenir communiste…

– Je vous incite à la plus grande vigilance. Il ne faut pas minimiser les signes qui montrent que votre enfant se marginalise, qu'il n'apprécie plus à sa juste valeur l'hymne de notre pays, son drapeau et son armée. S'il vous tient des discours ambigus sur l'intervention américaine en Corée ou s'il insiste sur la nécessité de faire la paix avec l'Union soviétique, il ne faut pas voir ça comme une foucade de jeune homme ou comme la preuve d'une ouverture d'esprit et d'une volonté de paix. S'il vous tient ces propos, je vous encourage à surveiller ses fréquentations, ses professeurs, ses amis, et à l'éloigner de toute mauvaise influence potentielle. L'Église peut évidemment vous venir en aide.

– Vous avez raison mon père. Je vais dire à mon amie de prendre contact avec vous. Vous me le permettez ?

– Bien sûr. Un jeune homme qui s'isole et ne trouve pas sa place dans notre société peut s'avérer une proie facile pour ces esprits retors. Ils sont à l'affût, nous devons faire preuve de la plus grande vigilance. Tous ensemble, c'est notre devoir.

– Que Dieu nous vienne en aide, je n'arrive pas à comprendre comment on peut succomber à la tentation de cette barbarie athée. Dieu merci, ces fichus Européens qui viennent ici piétiner nos valeurs et répandre leurs idées malsaines sont en train de rentrer chez eux. Eisenhower et Dieu nous protègent.

La vieille dame se signe et enfourne une grande bouchée de dinde dégoulinante de sauce. Starace profite de cette interruption momentanée du flux de ses sottises pour se lever de table et rejoindre discrètement les deux agents du contre-espionnage qui dînent à quelques mètres.

★

Une telle occasion ne se présente qu'une fois par an. Larkin Moffat ne peut pas la laisser passer. Pour obtenir un rendez-vous avec n'importe lequel des réalisateurs, des acteurs, des imprésarios ou des producteurs présents ce soir, il lui faudrait des mois de siège à l'issue incertaine. Là, devant lui, s'étend tout ce qui compte à Hollywood, le cœur du cinéma. Tout peut se faire et se défaire, il suffit d'avoir un peu de culot et de saisir les occasions qui se présentent.

Son plan de bataille a la simplicité des grandes idées. Il attend qu'une place se libère à l'une des tables du premier rang où dînent les personnalités les plus influentes, puis il interpelle un des convives installés autour de la place libre sur un sujet quelconque. Une fois la conversation lancée, il s'assied le plus naturellement du monde sur la chaise vide. Et là, il ne perd plus de temps. Il s'empresse de parler de son projet, de son *Quichotte*, le plus fort possible pour que personne ne puisse l'ignorer. Il se montre plus convaincu et convaincant que jamais. S'il ne récolte rien ce soir, ce qui est probable, il demandera dans les jours qui viennent des rendez-vous à tous ceux qui ont entendu son discours. Le « Tu te rappelles, on en a parlé aux Oscars » sera un atout maître. Il pourra dire partout qu'il a parlé de son projet avec Mankiewicz, John Ford, José Ferrer ou Susan Hayward, et chaque personne qui connaîtra son projet sera un pas de plus vers sa concré- tisation. Tôt ou tard, quelqu'un se montrera intéressé et décrochera son téléphone. Il doit juste donner l'impulsion nécessaire. Alors, il ne ménage pas sa peine.

Quand aucune place n'est libre, il se rue à sa table et avale en vitesse tout ce que sa bouche peut contenir. Aux abois, il regarde sans cesse autour de lui ; d'autres aspirants à la gloire essayent de l'imiter, mais avec moins de culot et d'opiniâtreté. Hors de question de leur laisser une chance. Les va-et-vient aux toilettes ou pour aller saluer un ami sont assez nombreux, mais les bonnes places sont rares, il ne veut pas se faire souffler l'occasion de s'asseoir à côté de Harry Cohn, Lew Wasserman, Sam Spiegel ou David O. Selznick.

Dès que ses manœuvres lui en laissent le temps, il surveille Didi du coin de l'œil. Il a remarqué sa gêne, les pimbêches à sa table lui en font certainement voir de toutes les couleurs. Ces jeunes harpies n'ont aucune pitié. Il remarque, assise à ses côtés, une petite brune pédante qu'il sait acoquinée avec le fils Zanuck. Elle le suit des yeux avec dans le regard un mépris qu'elle ne prend même pas la peine de masquer. Didi paraît tout étourdie, absente, la bouche entrouverte et les yeux dans le vide, à deux doigts de se sentir mal. Moffat ne sait pas ce que la petite peste lui fait subir, mais, c'est sûr, elle la torture. Il la voit se pencher à l'oreille de Didi pour lui murmurer des persiflages odieux, il peut presque lire sur ses lèvres les calomnies qui le visent : « Tu perds son temps avec un minable pareil », « Tu ne pourras jamais devenir une star tant que tu t'afficheras avec un miséreux du Poverty Row ». Il sait que les femmes sont ainsi, toujours à dévaloriser l'amant de l'autre pour mettre en valeur le leur. Il voit bien que Didi n'ose ni lui répondre ni lever les yeux ; elle reste prostrée, haletante, le rouge aux joues.

Il résiste à la tentation d'aller mettre un terme à cette humiliation. D'ailleurs, le moment serait malvenu : un des voisins de table de Henry Wilcoxon vient de se lever. Moffat file vers le producteur et, tout en se faufilant entre les chaises, fusille Liz Montgomery du regard. Loin de s'effrayer de cette menace silencieuse, Liz lui répond par un éclat de rire moqueur. Moffat serre les dents et se concentre sur son approche, il doit sourire et donner confiance, la colère ne doit pas passer les portes du *Cocoanut Grove*. Cette garce ravalera ce rire et s'étranglera avec, elle et tous ces fils à papa qui croient que le succès leur est dû depuis leur naissance.

★

— Pourquoi ris-tu ?
— Je crois que ton mec a remarqué quelque chose…

Didi n'accueille pas cette perspective avec la même désinvolture que Liz. Elle se raidit d'un coup, affolée, rabaisse sa jupe sur ses cuisses et se réajuste. Elle tente de se rassurer, murmure que ce n'est pas possible, que Moffat n'a rien pu voir avec la nappe et les dîneurs placés entre eux. En quelques secondes, elle est passée de l'abandon à la peur. Elle trouvait la situation excitante, ces caresses dangereuses en plein dîner de gala, au milieu des convives, lui procuraient un plaisir inédit, sulfureux et enivrant. Ces quelques minutes d'attouchements clandestins lui ont révélé ce dont son corps avait besoin, loin des caprices brutaux de Moffat et de son sexe épais. Elle cherche Larkin des yeux dans la salle, il n'est pas à sa place, elle finit par le trouver – il discute avec Wilcoxon. Didi soupire, soulagée. Mais quand Moffat tourne brièvement la tête dans leur direction, son sourire disparaît et sa bouche se déforme en un rictus haineux. Didi prend son visage à deux mains, convaincue qu'il va lui faire payer cette incartade.

— Arrête de paniquer, les hommes adorent ça, ça les excite.

Non, Moffat ne sera pas excité, il sera furieux, il la giflera, la jettera sur le lit et débouclera sa ceinture, ivre de rage de l'avoir surprise en train de prendre un tel risque, de frôler l'humiliation publique pour un excès de sensualité. La jalousie n'arrangera rien. Elle a encore les marques de sa dernière colère au creux des reins. Sans lui, elle ne serait rien dans cette ville, une fille de plus venue se fracasser sur les portes des studios, passant de lit en lit dans l'espoir que cela débouche sur quelque chose. Elle a tenté de le quitter, une fois, elle n'essayera plus. Larkin est une brute violente, il prend ce qu'il veut. Cette brutalité dans son désir soumet Didi à sa volonté, elle recherche ça chez les hommes, elle éprouve le besoin d'être possédée. Depuis l'éveil de sa sexualité, elle veut qu'on la prenne. Aussi limité et ridicule qu'il soit, Moffat la comble sur ce point.

Liz l'écoute et comprend qu'elle se trompe ; elle ne pourra pas aider Didi à vaincre sa peur grâce à quelques mots échangés au cours d'un dîner. Et il ne servirait à rien de la noyer sous des promesses enflammées, elle n'est pas encore assez installée pour lui venir en aide. Elle dépend du bon vouloir de son prince, l'héritier du trône de la Fox. Elle sait le manipuler et se faire pardonner quelques caprices, mais elle n'a pas encore le pouvoir d'extraire Didi des griffes de ce porc absurde. Mieux vaut rester raisonnable et ne pas faire miroiter quoi que ce soit qui inciterait Didi à se mettre en danger. Liz découpe sa dinde sans un mot, avec encore sur ses doigts l'odeur de la jeune femme. Elle brûle d'envie de s'en repaître, mais elle se contente de planter ses dents dans la chair blanche et filandreuse imbibée de sauce aux canneberges. Elle attendra son heure.

★

Quelques diamants suffiraient pour faire passer Morrisson pour une des stars présentes au dîner de gala. Sa robe noire, simple et pudique, manque d'un peu de folie, et aucune ne viendrait à une telle soirée sans plusieurs milliers de dollars de pierres autour du cou. Pourtant, l'agent Morrisson n'a pas à rougir de la comparaison. Conscient du mauvais pli qu'a pris leur relation, Buckman essaye de se montrer brillant et la couvre d'anecdotes sur les moguls et la vie des studios, désireux de lui faire comprendre que, malgré les réserves qu'elle a émises sur son professionnalisme, il connaît ce milieu sur le bout des doigts.

– J'ai un ami journaliste au *L.A. Times* qui a rencontré Capone quand il est venu à Los Angeles et que la police négociait avec lui pour qu'il reparte. Il a aussi rencontré plusieurs fois Harry Cohn de la Columbia, et il m'a dit que des deux, c'était Cohn qui lui faisait le plus peur...

– Il exagère un peu votre ami, non ? demande Annie en regardant discrètement le petit homme chauve aux tempes grisonnantes et aux oreilles décollées en train de plaisanter avec Rita Hayworth à quelques tables de la leur.

– Non, je vous assure... Il voue un culte à Benito Mussolini, dont il partage le mode de commandement. Ses collaborateurs l'appellent Croc-Blanc, parce que quand il te sourit, c'est pour mieux te déchiqueter. Dans tout le métier, le couloir qui mène à son bureau est appelé le couloir de la mort. À côté de lui, Trautman est un agneau, crois-moi.

Annie sourit et boit une gorgée de champagne. Rita Hayworth rit à gorge déployée aux plaisanteries de Cohn. Soit cet homme est très drôle, soit Rita continue d'exercer ses talents d'actrice loin des caméras. Pendant un instant fugace, Morrisson surprend une lueur dans le regard de Cohn alors qu'il observe Hayworth. Cette lueur, elle ne la connaît que trop bien. Cohn ne se réjouit pas du rire de sa voisine, il pense à la chatte épilée de l'actrice qui se trouve à un mètre de sa main. Avec un frisson de dégoût, Annie se détourne et reprend le fil de leur conversation.

– Ce que je ne comprends pas, dit-elle, c'est la relation qu'il a avec la mafia. Un jour les rumeurs disent qu'il est le meilleur ami de Roselli, qu'ils s'offrent des bijoux et partagent leurs maîtresses, et un autre, on raconte qu'il aurait reçu des menaces, que l'Outfit aurait déposé une jambe de son cheval de course préféré devant sa porte pour qu'il accepte de donner un rôle à Sinatra.

– Les deux disent vrai. C'est ainsi que se traitent les affaires à Hollywood. La mafia vous donne d'une main ce qu'elle va vous reprendre de l'autre. Ils sont en affrontement permanent, c'est une lutte de pouvoir sans merci. Cohn ne serait pas là sans l'argent de l'Outfit, donc ils ne tolèrent pas qu'il leur résiste. La plupart des mafieux sont tués par d'autres mafieux, c'est un milieu où l'amitié de surface ne veut pas dire grand-chose. Celui qui vous embrasse a peut-être déjà commandité votre assassinat.

– Le repas vous plaît ?

Leur posant une main sur l'épaule, le père Starace vient d'interrompre leur conversation. Son attitude amicale les déconcerte, rien dans le sourire du père ou dans son ton léger ne laisse soupçonner l'odieux chantage qui les lie. Ils lui bredouillent une réponse, couverte par les cuivres de l'orchestre de Bing Crosby qui attaque une version tapageuse de *Near You*. Le crooner multiplie les numéros de charme, passant d'une actrice célèbre à une autre pour déclamer ses promesses sirupeuses. Ses ricochets de table en table ne sont pas sans rappeler ceux de Moffat. Cette coïncidence amuse Starace qui désigne le producteur du doigt.

– *Ecce homo*.

Buckman reconnaît la silhouette qui se lève pour rendre sa place à la voisine de Wilcoxon en multipliant les excuses et les courbettes. Ce pitre lui est familier, mais il ne parvient pas à remettre un nom sur ce souvenir diffus.

– Il me semble que c'est un producteur du Poverty Row, avance-t-il pour répondre au regard interrogatif de l'agent Morrisson.

– Oui, et sans doute un des plus médiocres, confirme Starace.

– Mais en quoi correspondrait-il à nos attentes ? demande Morrisson, rendue sceptique par le manège de Moffat.

– Vous voulez bouleverser la donne, si je vous ai bien compris. Vous voulez favoriser l'émergence d'un studio qui viendra contrebalancer l'influence des Big 7. J'ai d'abord pensé à Mankiewicz, il vient de créer sa société de production pour tourner *La Comtesse aux pieds nus*, un gros film sur Hollywood avec Ava Gardner et Bogart, mais c'est un intellectuel et ses positions à la tête du syndicat des réalisateurs ne vont pas dans votre sens. Il y aurait aussi Spiegel, mais c'est une bien trop forte personnalité. Vous voulez un homme cupide, prêt à tout, sans aucune morale ni conscience artistique, sans réseau, sans ami, et qui restera à votre botte… Donc c'est lui qu'il vous faut.

Devant eux, Larkin Moffat se tortille entre les tables, multiplie les ronds de jambe et les compliments, s'incline cérémonieusement devant toutes les célébrités qu'il croise et regagne sa place dans l'indifférence générale.

– Il a franchement l'air d'un crétin fini, balance Morrisson.

– Il l'est assurément, au-delà de ce que vous pouvez imaginer. C'est une brute idiote. Mais dès qu'il s'agit d'argent, c'est un malin, sa cupidité est sans limites, il sait tourner des films pour des montants avec lesquels vous peineriez à faire laver votre voiture. À ce jeu, il surpasse les frères King. Il déteste Hollywood et les grands studios, il a une telle revanche à prendre que si vous lui en donnez les moyens, il renversera la table plus vite et plus fort qu'aucun autre.

– Ce qui est sûr, c'est que s'il produit quelques succès, la plupart des moguls vont en bouffer leur cravate… concède Buckman.

– Voilà, se faire damer le pion par un bouffon qu'ils méprisent leur remettra les pieds sur terre. Devoir accueillir Larkin Moffat parmi eux leur sera infiniment douloureux, bien plus que de se faire pasticher avec talent par Mankiewicz.

— La leçon n'en sera que plus cinglante, conclut Morrisson, un rictus narquois au coin des lèvres.

Chapitre 6

Laverne Terrace, Los Angeles,
20 mars 1953

« DEHORS LES NÈGRES ! »

Alors que la main gantée de blanc de Didi monte et descend le long de son sexe, Moffat ne peut s'empêcher de fixer ce panneau qui oscille au gré du vent devant le portail d'une maison en bois délabrée qu'il devine dans la lueur de ses phares. Il devrait les éteindre pour ne pas attirer l'attention d'un éventuel passant, mais il ne peut détacher ses yeux de la façade bleue écaillée, nimbée du blanc fantomatique des ampoules à incandescence de son coupé Sedan.

Son Oldsmobile ronronne le long du trottoir, juste devant les grilles de l'immeuble où réside Didi. Le bâtiment de quatre étages est construit en fer à cheval autour d'une piscine centrale, cachée de la rue par une haie de bougainvilliers. Moderne et raffiné au moment de sa construction dans l'hystérie des années vingt, l'ensemble a doucement périclité au fur et à mesure du déclassement du quartier. Le petit appartement du rez-de-chaussée que Didi partage avec une serveuse du *Brown Derby* ne lui coûte presque rien, mais ils ne peuvent pas s'y ébattre en pleine nuit. Tournée face à lui sur la banquette, une main sur ses couilles, l'autre sur sa verge tendue, la jeune femme s'applique à lui faire oublier ce désagrément. Mais les caresses et la poitrine ronde et lourde sortie de la robe rouge peinent à lui faire oublier le panneau.

Au moins la rue est redevenue calme, se convainc Moffat, satisfait de savoir que les dernières familles noires ont jeté l'éponge et sont parties s'installer à Watts, un peu plus au sud, où les tensions se manifesteront à nouveau. Moffat ne comprend pas que ces nègres s'obstinent à s'installer dans des quartiers où résident des Blancs. Il sait que depuis la guerre, des milliers d'ouvriers noirs de la côte Est sont venus s'installer à L.A. pour faire tourner l'industrie navale, les usines d'avions et de voitures, et qu'il faut bien les loger quelque part, mais que ces quelques embourgeoisés se croient autorisés à habiter au milieu de familles blanches le sidère. L'anarchie n'a pas manqué de s'emparer du quartier. Entre les manifestations légitimes des résidents, qui s'inquiétaient de la perte de valeur de leurs biens et appelaient à un durcissement des lois Jim Crow pour expulser ces indésirables, et les inévitables gauchistes qui distribuaient des tracts et foutaient le bordel dans tout Laverne Terrace, les affrontements ont été nombreux et violents.

Heureusement, on peut toujours compter sur le racisme du LAPD. Les flics ont distribué des coups de matraque jusqu'à ce que les manifestations s'espacent et partent infester d'autres quartiers, si bien que les familles noires, isolées face à la réprobation générale, ont fini par plier. Dommage qu'il ait fallu en arriver à la dégradation de leurs maisons et au harcèlement de leurs gamins pour qu'ils comprennent qu'ils n'avaient rien à faire là, déplore Moffat en se remémorant l'épisode tragique de l'agression d'une fillette qui avait fini par convaincre les familles noires de l'impossibilité de vivre en paix dans ces rues.

Les caresses de la jeune femme produisent peu à peu leur effet, la main de Moffat arrête de pincer ses tétons, se glisse derrière sa nuque et la tire vers son membre pour exploser dans sa bouche. Didi résiste un peu, elle ne lui a concédé qu'une masturbation rapide en gardant ses gants, sophistication qui l'a convaincu. Il l'a déjà prise deux fois dans les toilettes du *Ciro's*, elle estime avoir payé sa soirée et ne plus avoir à faire d'efforts. Mais Moffat insiste. Sa crinière s'étale sur le volant quand elle finit par plonger bouche ouverte. Il lui appuie sur le crâne pour qu'elle ne l'abandonne pas avant son dernier jet. Didi s'étouffe et lui jette un regard furieux quand il la relâche enfin. Il lui tend sa pochette blanche pour qu'elle essuie ses lèvres et la remercie en refermant sa braguette. Voyant que la jeune femme garde un air renfrogné, il grommelle :

– Oh, allez, tu aimes bien ça d'habitude.

– Ce n'est pas la question, tu n'as pas respecté tes engagements.

– Tu te plaindras à ton agent, glousse Moffat.

– Tu es méchant, peste la jeune femme en ouvrant la portière.

Moffat comprend qu'il a blessé Didi. Voulant se faire pardonner, il attrape son poignet et la retient.

– Attends ma chérie, tu as encore les seins à l'air. Tu vas incendier le quartier, il n'a pas besoin de ça.

Il aide la jeune femme à réajuster son bustier et il lui allume une cigarette, la sermonne gentiment de ne pas avoir assez fumé pendant la soirée avant de concéder :

– On ira au drive-in demain voir *Red Planet Mars* et on mangera des glaces chez *Carrie* en revenant, ça te va ?

Didi acquiesce, sa mauvaise humeur semble l'avoir quittée à l'évocation de cette série B de science-fiction mêlant anticommunisme et délire évangéliste. Moffat en profite pour revenir sur le dîner à l'*Ambassador*. Il n'a pas encore eu l'occasion de lui en parler, mais il voudrait savoir si ses voisines de table ne l'ont pas trop malmenée. Didi est jeune, naïve et influençable, s'il veut garder son emprise sur elle, il ne faut pas la laisser écouter d'autres chansons que la sienne.

– Tu as parlé de quoi avec les autres filles à table ?

– Oh, de tout et de rien, répond évasivement la jeune femme dont les joues s'empourprent au souvenir de cet épisode.

– Allez, tu peux tout me dire, j'ai bien vu que Liz Montgomery te cherchait des noises. De quoi te parlait-elle ?

Moffat affermit sa prise sur le poignet de sa passagère – elle ne partira pas sans lui avoir donné une réponse satisfaisante. Didi est fatiguée, elle se sent sale, elle n'a qu'une idée en tête, prendre un bain et se coucher, elle avouerait n'importe quel crime pour y arriver, mais elle sait que la vérité plongerait Moffat dans une colère noire qui retarderait encore sa libération. Elle ne sait pas quoi dire, terrassée par l'impuissance.

– Ma pauvre chérie, tu ne veux pas m'en parler parce qu'elle te disait du mal de moi, c'est ça ?

Incapable de réfléchir, Didi hoche la tête et fond en larmes, le front appuyé sur le tableau de bord.

– La garce. Elle t'a dit que je n'étais qu'un tocard, que tu méritais mieux, hein, c'est ça ?

La paranoïa de Moffat lui fait perdre le contrôle, il serre le bras de Didi jusqu'à lui arracher un cri de douleur, la secoue sans prêter attention à ses pleurs.

– Dis-moi, dis-moi, dis-moi ce qu'elle t'a dit ! Elle t'a dit que son Zanuck te ferait tourner, qu'elle t'aiderait à me quitter si tu en avais envie ? Hein ?

– Oui, oui, oui, c'est ce qu'elle m'a dit ! Elle m'a dit que je devrais sortir avec des garçons de mon âge plutôt que de traîner avec un vieux dégueulasse comme toi !

Abasourdi, il relâche sa prise. Didi jaillit de l'Oldsmobile, claque la portière et disparaît dans la nuit. Moffat a bien envie de la poursuivre et de lui faire tout déballer dans les moindres détails, mais il ne peut pas créer d'esclandre dans l'immeuble, où la concierge surveille tout ce qui se passe. Il démarre rageusement. Les premières lueurs de l'aube se diffusent dans le quartier encore endormi. Il préférerait rouler de jour, mais il doit être rentré chez lui pour le réveil de sa mère. Pendant la petite heure de route qui le mène jusqu'au Sepulveda Canyon, il rumine sa rancœur contre Montgomery. Cette petite garce arrogante ne perd rien pour attendre. Elle se croit déjà en haut de l'affiche, mais il ne laissera pas passer cet affront, elle payera pour ce qu'elle lui a fait et pour le mépris de ses protecteurs, les Zanuck père et fils, ces divinités qu'il compte bien renverser de leur Olympe.

★

Après un tronçon du Sunset Boulevard qu'il quitte avant d'arriver à Brentwood, la route devient mauvaise et sinueuse jusqu'aux collines de Santa Monica. Partout dans la ville, des projets d'autoroute tentent de fluidifier à terme le chaos automobile qui empire de jour en jour. À deux pas de la mairie, le chantier de la 101 et ses échangeurs délirants sur quatre niveaux organisent déjà la circulation d'une nouvelle ère. Moffat sait que l'autoroute de San Diego va finir par trancher cette vallée pour rejoindre Encino. Par la grâce de ces rubans de bitume, les montagnes dans lesquelles ils vivent, celles dans lesquelles ils se sont réfugiés, vont rejoindre Los Angeles et son tumulte. Pour l'instant, c'est encore un autre monde.

Une fois passés les derniers golfs et les dernières villas avec piscine, la route de terre sillonne entre les plantations d'orangers et d'avocats, surplombées par des résurgences de roches volcaniques. Plus personne ne vit ici, à part quelques pumas, mais un jour l'expansion de la ville finira par y faire pousser des quartiers résidentiels. Pour l'instant, ce chemin n'est emprunté que par les ânes chargés des paniers de récoltes et par la voiture de Moffat deux fois par jour.

Au cœur d'une plantation d'orangers adossée à une roche massive dont elle a emprunté la couleur ocre, se niche une vieille maison mexicaine de deux étages aux murs de pisé. Orientée vers le nord et pour partie creusée dans la pierre de la montagne, elle échappe aux vagues de chaleur et disparaît tous les matins dans les nappes de brouillard. Moffat connaît si bien ces chemins que les nappes de brume ne le ralentissent pas. Il gare sa voiture sur un terre-plein bordé d'arbustes, le dernier avant un chemin pentu qui dégringole jusqu'à la vieille bâtisse. Il sort deux bidons d'essence de son coffre et s'éloigne, les bras chargés, grimaçant sous l'effort.

Les deux ailes de la maison depuis longtemps en ruine appartiennent désormais à une colonie de lézards à ventre bleu qui sortent de sous les pierres pour profiter des premiers rayons du soleil. Les bêtes, grosses comme des rats, dardent leurs têtes curieuses, observant son arrivée sans manifester la moindre crainte. Cette ancienne dépendance de l'hacienda Sepulveda leur a été cédée depuis si longtemps que plus personne dans les communes environnantes ne se souvient qu'il y a une maison habitée au-delà des plantations. L'endroit serait idéal pour des gangsters en cavale, ce qu'était presque son père quand ils s'y sont installés.

Moffat passe sous un appentis branlant et pousse du pied la porte d'une cave creusée dans la roche. Au bas d'une volée de marches en pierre, la pièce voûtée laisse échapper le ronronnement sourd d'un moteur à essence. Dans la pénombre, Moffat vide ses deux bidons dans la cuve du groupe électrogène. Il écoute le générateur quelques secondes, le rotor claque un peu, il faudra qu'il le démonte pour le vérifier. Sans électricité, sa mère n'aurait plus de télévision, et sa vie deviendrait bien plus compliquée. Il prend quelques bûches, les glisse sous un bras et rejoint le bâtiment central. Il pousse la porte en bois vermoulu, retire son chapeau et sourit en retrouvant l'odeur de moisi et de poussière dans laquelle il a grandi. Il allume un plafonnier où, par souci d'économie, une seule ampoule a été vissée. Alors qu'il referme du talon, la voix aigre de sa mère lui parvient depuis l'étage.

– Tu as gagné combien aujourd'hui ?

Malgré son épuisement, Moffat prend le temps de répondre à cette question rituelle que sa mère posait à son père chaque soir quand il rentrait, et qu'elle pose maintenant chaque soir – ou matin – à son fils. Il détaille sa journée, reçoit en retour des critiques pour son manque de pugnacité. Sa mère le compare sans cesse à son père pour le rabaisser, comme elle comparait son mari à son propre père dans le même but. Les Moffat vivent dans l'obsession permanente d'une richesse qui les fuit comme un amoureux trop assidu peut faire fuir l'objet de son désir.

Il monte, les marches grincent sous chacun de ses pas et couvrent pour un temps les reproches de Victory Moffat. Il entre dans sa chambre, ouvre ses volets et allume le téléviseur. Il place les bûches dans le poêle – comme une vieille chatte, sa mère vit dans une chaleur étouffante –, puis il ramasse les reliefs de son dernier repas. Elle ne se lève presque plus, depuis plusieurs mois ses rhumatismes articulaires ont eu raison de sa mobilité. Il arrange son oreiller et lui sert un verre d'eau. Quand il doit s'absenter, une vieille Mexicaine vient s'occuper d'elle en échange du droit d'exploiter une parcelle qui leur appartient.

– Tu as parlé à notre avoué ?

Moffat esquive tant bien que mal les questions. Sa mère attend l'issue du procès qui doit leur rendre l'argent qu'on leur a saisi. Son mari lui a dissimulé que ce procès avait eu lieu et qu'il l'avait perdu ; Larkin continue à le lui cacher depuis le suicide de son père. Les Moffat ne récupéreront jamais l'argent que Norris Moffat, banquier à Pawhuska, a pris aux familles osages enrichies par l'exploitation pétrolière. L'État fédéral a donné raison aux héritiers de ces Peaux-Rouges barbares. Aussi incroyable que cela puisse paraître, les sbires des fonctionnaires corrompus de Washington ont trahi un des leurs pour favoriser une bande d'illettrés parvenus. Si sa mère perdait cet espoir, Moffat pense qu'elle suivrait le même chemin que son père. Il continue donc à inventer des recours et des jugements, un incroyable feuilleton juridique sans fin que seule Victory peut croire parce qu'elle perd la notion du temps.

– On aurait dû tous les tuer, ces vermines de Peaux-Rouges… enrage Victory Moffat. Ce ne sont pas des chrétiens, même pas des humains… Si j'avais été un homme, je peux te dire qu'il n'en resterait plus un seul à danser sur ces champs de pétrole, mais vous n'êtes qu'une bande de mollassons travaillés par le vice.

Sa mère parle maintenant au cadre exhibant une photo jaunie où elle pose au bras de son mari, peu après leur mariage. Elle était belle, une brune altière, une star de cinéma potentielle, et lui affichait l'air ravi de celui qui vient de faire bonne fortune. Il n'avait pas encore compris que les belles femmes sont souvent sans pitié pour les hommes incapables de leur offrir une vie à la hauteur de ce qu'elles estiment leur être dû.

– William K. Hale, ça, c'était un homme !

– Il croupit en prison, maman.

– Parce qu'il était entouré de lâches !

Le téléviseur choisit le bon moment pour finir de chauffer, il émet une petite musique guillerette qui coupe la diatribe de Victory Moffat sur les mérites de William King Hale et de ses dizaines de meurtres d'Indiens osages, perpétrés afin de capter leurs fortunes pétrolières.

– À quelle heure passe le *Jack Benny Program* ?

– Il est encore tôt maman. Et je croyais que tu ne voulais plus le regarder depuis qu'il y avait un Noir dans le show ?

– Justement ! J'attends de voir quand ils vont s'en débarrasser ! Je suis sûre qu'ils reçoivent plein de courrier, ça ne va pas durer longtemps. Tu as écrit au directeur de CBS, comme je te l'ai demandé ?

– Tu sais qu'ils vont bientôt autoriser les jeux d'argent à la télévision ? feinte Larkin qui n'a pas l'intention de s'acquitter de cette corvée vouée à l'échec.

– Ah bah, ce sont les patrons de casino qui vont faire la tête !

– Au contraire, ils vont s'en servir pour se faire de la publicité… Les temps changent maman, tu devrais essayer de t'adapter.

– Toi qui es si malin, tu devrais essayer de nous en ramener, de l'argent, au lieu d'étaler ta science devant une pauvre vieille handicapée par ses rhumatismes.

Moffat vide le pot de chambre par la fenêtre pendant que Victory le couvre d'invectives au son de la musique enfantine des programmes matinaux de la KTTV.

Chapitre 7

Department of the Air Force, 6085 Sunset Boulevard, Los Angeles, 14 avril 1953

Un concert de klaxons accompagne Chance Buckman alors qu'il traverse en trombe Sunset Boulevard. Ses mocassins ne sont pas adaptés à une telle course et il manque de déraper sur le bitume à l'entrée du parking. Sa secrétaire, une veuve de guerre disgracieuse qu'il culbute parfois sur son bureau, presque par devoir patriotique, l'a regardé dévaler les marches en bras de chemise et sans chapeau comme si l'immeuble était en feu. Le bureau de liaison de l'armée avec l'industrie cinématographique ne risque pourtant pas l'incendie ; Chance a juste aperçu deux employés d'une société de recouvrement à laquelle il doit un bon millier de dollars qui rôdaient autour du parking. S'ils parviennent à se faufiler à l'intérieur et qu'ils mettent la main sur sa Chevrolet Styleline, il ne la récupérera jamais. Voyant qu'ils allaient prendre un café dans un *diner* à l'angle de Gower Street, il a décidé de mettre son bien à l'abri.

Au milieu de l'allée centrale du parking, il aperçoit une silhouette connue. Il maudit ce hasard malheureux, mais il ne peut ni l'esquiver, ni essayer de reprendre une attitude normale. Il ne ralentit même pas pour la saluer et continue de foncer vers sa place en hurlant.

– Bonjour agent Morrisson, vous êtes en avance !

– Oui, je me suis dit qu'on pourrait aller…

Annie n'a pas le temps de finir sa phrase, Buckman vient de monter dans sa Chevrolet et démarre en trombe. Elle s'écarte d'un bond pour qu'il ne lui roule pas dessus – il s'excuse d'un geste de la main avec un air idiot –, la voiture passe les barrières puis se jette dans le trafic du boulevard. L'agent Morrisson hausse les épaules face au mode de vie toujours étrange de son partenaire, qu'elle n'a pas revu depuis la cérémonie des Oscars. Leur dossier doit avancer aujourd'hui, elle arrive du Nevada, heureuse de rompre avec la monotonie de sa vie à la base de Desert Rock pour replonger dans le bain bouillonnant de L.A.. À peine ses escarpins posés sur le goudron californien, elle est déjà rattrapée par la folie ambiante. Elle sort du parking, s'identifie à l'entrée des locaux de l'USAF et monte directement au bureau de Buckman. Sa secrétaire la laisse s'installer et lui propose poliment un café, même si Annie sent poindre un soupçon de jalousie dans le regard jeté sur ses jambes croisées, gainées de soie. Elle en conclut que la secrétaire a des vues extraprofessionnelles sur Buckman ; elle ne peut pas lui en tenir rigueur, avec sa mâchoire carrée, son bronzage, ses larges épaules et ses yeux gris, Buckman a un charme fou, malheureusement terni par son inconséquence et son donjuanisme.

Pour accompagner son café en attendant le retour de son partenaire, elle feuillette un scénario annoté, ramassé sur le bureau. Il s'agit d'une énorme production de la Paramount, un budget de deux millions de dollars et, fait rarissime, sans star au générique. Le scénario est signé par Barré Lyndon qu'une note manuscrite de Buckman identifie comme « un bon patriote ayant écrit *Sous le plus grand chapiteau du monde* pour Cecil B. DeMille, ce qui écarte tout risque de communisme sous-jacent ». Le film sera l'adaptation de *La Guerre des mondes*, un roman de H. G. Wells, un socialiste notoire, ce qui implique une relecture attentive. Un dossier de dix pages récapitule toutes les contributions demandées à l'armée pour la réalisation du film : des dizaines de Jeep, des chars, des armes de toutes natures, des tentes et des accessoires de campagne, des centaines de militaires figurants, des costumes, des images d'archives et même des plans inédits de l'aile volante, une des merveilles de l'US Air Force. Autant dire que sans la contribution active de l'armée, ce film ne pourrait jamais voir le jour. Annie se plonge dans les nombreuses coupes et modifications demandées par Buckman, qui semble avoir profité à fond de sa position dominante. Le film, sans atteindre les sommets idéologiques de *Red Planet Mars*, sera une honnête propagande pro-armée et pro-nucléaire, philosophiquement très éloigné de l'œuvre de cet Anglais corrupteur. Ses modifications ont été intégrées par la production, Buckman a eu raison de donner son approbation. La dernière version en porte le sceau d'un coup de tampon à l'encre verte : « Approuvé ».

Morrisson vient de reposer le script quand son partenaire entre dans le bureau, essoufflé, des auréoles de sueur collant sa chemise blanche à sa peau.

– Je suis désolé, j'avais une course urgente à faire.

– Dommage, je pensais qu'on aurait pu aller déjeuner pour se mettre d'accord avant le rendez-vous de cet après-midi.

– Oh, ne vous en faites pas trop pour ça. On va lui annoncer qu'il vient de gagner aux courses, ça ne sera pas difficile de le lui faire accepter.

Sans se soucier de la présence de sa collègue, Buckman enlève sa chemise et se rafraîchit au petit lavabo de son bureau. Morrisson tourne la tête et observe la rue par la fenêtre.

– J'aimerais quand même en profiter pour le cerner un peu. On va miser lourd sur lui.

– C'est une crapule de la pire espèce, on le sait, c'est pour ça qu'il est adapté à cette ville et que c'est l'homme qu'il nous faut.

– Vous savez qu'on ne vous pardonnera aucune erreur.

– Oui, bon, j'ai bien compris. Les îles Aléoutiennes, Hammett… J'ai prévu de le surveiller de près, ne vous en faites pas.

Buckman termine ses ablutions, se sèche avec sa chemise sale et en passe une propre. Il se laisse tomber sur sa chaise, chemise encore ouverte, s'allume une cigarette et sort une bouteille de whisky d'un tiroir.

– Un petit verre avant de partir ?

– Encore un peu trop tôt pour moi, répond Morrisson en soulevant sa tasse de café.

– Oh ça va, ne me jugez pas en permanence, il est quinze heures passées et il faut bien un remontant pour s'infliger ça !

Le major attrape un scénario et montre la page de garde à Morrisson : « *Les Aventures de Lassie chien fidèle*, épisode 6 ».

– Lassie, le gentil colley que les enfants adorent ? plaisante la rousse en reposant sa tasse de café.

– Oui, figurez-vous qu'ils veulent en faire une série télé. Carton assuré chez les mouflets, et vous savez à quel point les programmes pour enfants sont importants. C'est à cet âge qu'on forme la conscience patriotique et l'opinion sur l'armée. Si on rate cette période, toutes les campagnes de recrutement à venir pour cette génération sont vouées à l'échec.

– Et qu'est-ce qui posait problème dans ce programme, Lassie ne porte pas bien l'uniforme ?

– Mieux que certains de nos gradés… Non, ces andouilles insistaient pour me demander des images d'avions pour les insérer dans un épisode où un appareil de l'armée s'écrase à cause d'un défaut d'entretien.

– Alors que nous ne commettons jamais d'erreur.

– Évidemment, ironise Buckman. Le pire, c'est que ça fait trois mois qu'on patine sur ce point, ces scénaristes ont des crânes en bois.

– La purge maccarthyste aurait épargné quelques esprits nocifs ?

– Même pas, ce sont juste des inconscients. Ils ne comprennent pas le monde dans lequel nous vivons. Nous devons les protéger d'eux-mêmes…

Buckman lève son verre de Jack Daniel's et le vide d'un trait. La porte s'ouvre et sa secrétaire fait son entrée dans le bruit des télétypes qui crépitent dans le bureau voisin. Elle dépose un pli et ressort sans un regard pour Morrisson.

– Elle ne m'aime pas, commente Annie.

– Je vous aimerai pour deux.

– Major…

– Ah oui, pardon, agent Morrisson, le phallocrate en moi refuse de disparaître.

– Je ne doute pas qu'il soit coriace. C'est quoi ce pli ? demande la jeune femme, intriguée par l'enveloppe grise ornée d'une croix brune.

Buckman fouille quelques secondes dans le bazar de ses tiroirs, saisit un coupe-papier au manche représentant Bettie Page en maillot de bain et décachette le courrier. Il s'agit, comme le soupçonnait Morrisson, d'un message du père Starace. Il leur annonce une bonne nouvelle, et son rendez-vous le jour même avec Jack Dragna pour le financement de leur opération.

Trautman leur a obtenu un accord de principe pour ralentir la procédure d'expulsion encourue par Dragna si celui-ci se montre très coopératif. Ce type de marchandage est fréquent, mais toujours compliqué, car un procureur idéaliste pourrait tout faire voler en éclats du jour au lendemain. D'un point de vue local, avec l'incarcération de son rival Mickey Cohen, le vieillissant Jack Dragna a de nouveau l'organisation entière dans ses mains. Puisqu'il est notoirement fatigué et limité, le LAPD a tendance à le considérer comme un moindre mal et tolérerait assez bien qu'il reste sur le sol américain le temps de préparer le coup de grâce qui mettrait un terme à l'arrogance de la mafia dans la ville.

Les conclusions de la commission Kefauver sont claires, pour un esprit pragmatique : le crime organisé existera toujours, on doit donc contrôler son activité. Il faut que la mafia relâche son emprise sur les syndicats, car elle freine l'activité économique, et qu'elle apprenne à se faire plus discrète, pour ne plus discréditer le travail de la police. Contrairement à un Siegel ou à un Cohen, Dragna est peu connu du grand public et ne déplace ni les foules ni les journalistes, ce qui ne déplaît pas au LAPD. Trautman a également suggéré que se rapprocher de lui permettrait sans doute de le piéger ; depuis la mort de sa femme, le vieux Dragna se remet à courir les jupons, et le lâcher dans les bras de quelques starlettes pourrait le pousser à compromettre sa propre famille. Starace leur annonce son intention d'aller le ferrer cet après-midi ; il se croit en mesure d'obtenir les fonds nécessaires au lancement de leur projet.

Le major termine sa lecture à voix haute, sort son briquet et met le feu au courrier avant de le jeter dans le cendrier. Il le regarde brûler avec une moue sceptique.

– Dragna est un petit joueur. Il n'a jamais été capable d'aligner assez d'argent pour s'associer à Lucky Luciano dans un casino à Vegas. Je ne vois pas comment, à soixante ans passés, il aurait les moyens et les tripes de faire son entrée dans le cinéma. Ça a toujours été une affaire réservée à de plus gros poissons venus de la côte Est.

– Mickey Cohen est en prison, l'Outfit de Chicago va avoir beaucoup plus besoin de Dragna pour gérer ses intérêts, il aura peut-être plus de moyens.

– Ils ne lui feront jamais assez confiance. Ils font tout ce que recommande Roselli, mais Dragna… Ils ne lui répondront même pas.

– Starace sait ce qu'il fait.

– J'espère, car s'il y a une chose pour laquelle Dragna a des antécédents solides, c'est bien sa capacité à éliminer ceux qui connaissent un moment de faiblesse.

★

Le dispensaire se trouve dans un quartier de Santa Monica pas très éloigné de l'océan. On ne le voit pas, mais on le sent ; l'air est saturé d'effluves marins. Plus loin, sur la côte, on a construit d'élégantes villas, mais à proximité des voies ferrées, le voisinage reste populaire et bruyant. Le père Starace a donné ses dernières consignes aux sœurs et aux bénévoles. Contrairement à ce qui se fait à la Midnight Mission, il n'impose pas à toutes les personnes dans le besoin qui se présentent au dispensaire d'assister à la messe. Cette liberté lui vaut de régulières complications avec sa hiérarchie, mais il ne comprend pas une charité qui demande avant de donner. Les réserves sont bien fournies, ils peuvent subvenir aux besoins de base de plus d'une centaine de familles, au moins cinq cents enfants. L'alimentation est une chose, mais elle ne garantit pas un avenir. Starace a des projets d'extension, de construction d'un foyer pour les femmes seules, de programmes de réinsertion pour les ex-détenus, de cours du soir pour les illettrés… Les besoins sont infinis et malgré son activité inlassable, il ne parviendra jamais à pourvoir à tout. Il a commencé ce combat des années auparavant, et malgré quelques petites victoires, il en ressort avec un sentiment d'urgence et de frustration permanent. Ce soir encore, sur le trottoir, devant la file de nécessiteux qui le remercient, l'impuissance le tenaille.

Le petit trolley qu'attend le père arrive enfin. Le wagon vieillissant se traîne péniblement, plein à craquer de militaires en permission. Starace se fraye un chemin à l'intérieur et se laisse emmener jusqu'au terminus, non loin de la jetée de Santa Monica. Il s'extrait de la masse bruyante des bidasses et va s'asseoir dans un coin frais, sur un banc isolé assailli par une grosse masse de varech noirâtre. Derrière lui, une salle de bingo est en plein boum, tandis que deux marins accompagnés de filles sortent de chez le photographe où ils ont dû se faire tirer le portrait à dos de chameau. La voix d'un marchand de hot-dogs déchire le crépuscule : « Régalez-vous, mesdames, et messieurs, régalez-vous ! Le vrai, le seul, l'unique hot-dog à la moutarde ! » De temps à autre, une légère bouffée d'air marin essaye vainement de disperser les relents de graillon, comme pour tenter de rappeler l'époque où cette localité était encore une simple grève plaisante et salubre, et non la sordide foire qui s'étale maintenant sans retenue.

Au large, les lumières des casinos flottants s'allument, l'heure du rendez-vous approche. Le père se lève et va interroger le vendeur de hot-dogs qui remue ses saucisses avec une longue fourchette, le sourire d'un type qui fait de bonnes affaires épinglé sur sa face ronde.

– C'est lequel le *Royal Crown* ? demande Starace en désignant les bateaux-tripots qui mouillent assez loin de Los Angeles pour contourner la loi locale sur les jeux de hasard.

– C'est le plus au large, mon père, lui répond poliment le vendeur de graisse, un peu étonné que la question émane d'un prêtre.

Pour une obole de vingt-cinq *cents*, Starace monte à bord d'un bateau-taxi, une chaloupe flambant neuve aux trois quarts vitrée et aux sièges rembourrés. Le pilote conduit l'embarcation d'une main habile entre les yachts amarrés et contourne les piliers au bout de la jetée. Une fois quitté le rivage, la houle se fait plus forte ; le père et les trois couples qui lui jettent des coups d'œil intrigués se cramponnent au bastingage. Il se dit que sa présence empêche les couples de tourtereaux en goguette de se peloter. Pour atténuer leur gêne, il évite de les regarder et s'abandonne à la contemplation des lumières de Santa Monica qui s'éloignent peu à peu dans la nuit tombante. Le taxi fend les vagues avec souplesse, les mouvements sont réguliers, pourtant le père sent le mal de mer le gagner. Il a horreur des bateaux et il est prêt à parier que Roselli le savait quand il lui a annoncé d'un ton goguenard qu'il lui avait arrangé un rendez-vous avec Jack Dragna dans son bateau-casino, le vaisseau amiral de sa flotte illégale.

Le père déteste demander des services à des mafieux, cela se paye toujours et lui coûtera sûrement plus cher que ce qu'il craint. Mais il n'a pas le choix, ces militaires bornés n'ont cessé de lui mettre la pression avec leurs clichés volés. Il n'a pas osé revoir Jacinto depuis le début de ce chantage, alors que, finalement, il n'a jamais eu aussi peu à perdre. Il ne l'a appelé que trois fois, pour meubler sa solitude. Ce cirque a assez duré, il passera le voir le lendemain. Il a un plan pour retourner cette histoire en sa faveur. Pour cela, il faut d'abord convaincre Dragna de mettre la main au portefeuille.

La chaloupe passe devant les néons des premiers bateaux, le *Montecito*, le *Palace*, le *King Garden*… Une légère musique leur parvient quand ils croisent à leur portée, des éclats de rire aussi, ces lieux de débauche savent se montrer accueillants. Le *Royal Crown* est le plus grand et le plus bruyant de cette flottille. Une grande enseigne de music-hall lumineuse éclaire son embarcadère d'un halo violet à peine troublé par une petite bruine vespérale. Le *Royal Crown* est un vieux cargo aux flancs rouillés, ventru comme une baleine et aux structures imposantes. Deux mâts sur son pont doivent lui permettre de capter et d'émettre sur les ondes radio du continent.

L'arrivée excite les couples qui s'agitent autour du père comme des cafards débusqués sous une pierre. Ils ricanent et se bécotent quand le bateau-taxi fait une boucle pour venir heurter doucement les bouées d'accostage. Le faisceau d'un projecteur éclaire leur chaloupe pendant qu'un jeune mousse frisé comme un mouton les amarre. Un solide gaillard en costume à rayures les attend sur l'embarcadère, un sourire aussi éloquent que la bosse de son arme sous son bras quand il tend la main pour aider les femmes à débarquer. Le père descend en dernier et n'a pas besoin de se présenter, son uniforme l'a fait pour lui.

– Bonsoir mon père, je vais vous accompagner jusqu'au bureau de Jack Dragna.

★

L'agent Annie Morrisson attend son chauffeur à l'angle de Gower Street, juste devant l'enseigne lumineuse multicolore du *Danny's Donuts*. En cette fin d'après-midi, de nombreux conducteurs ralentissent pour reluquer cette jolie rousse en tailleur, certains s'arrêtent presque pour lui demander si elle veut faire un tour. Elle regarde ailleurs et prend un air courroucé s'ils se montrent un peu trop insistants. Elle maudit Buckman qui l'a laissée en plan pour aller récupérer sa Chevrolet garée Dieu sait où. Alors qu'Annie termine sa deuxième cigarette, il finit par débouler, vitres baissées et lunettes de soleil sur le nez. L'autoradio, au volume poussé à ses limites, maltraite *Dig* de Miles Davis. Buckman claque des doigts en rythme et lui fait signe de monter. Morrisson ne s'offusque plus de cette absence totale de protocole militaire. Le temps d'une soirée, la discipline va fondre au soleil.

Le coupé glisse au son du sextet dans le trafic de Vermont Avenue, entre les palmiers et les résidences chics. Morrisson, qui retouche son maquillage dans le miroir de courtoisie, ne remarque même pas qu'ils passent devant l'hôtel *Ambassador* et le *Brown Derby*, ce restaurant en forme de chapeau melon si prisé de la faune hollywoodienne. Ils passent Venice et Pico, longent le Rosedale Cemetery et ses mausolées baroques puis bifurquent sur Washington. Le trafic devient plus dense aux alentours de l'immense rectangle sans fioritures que forme le Grand Olympic Auditorium. Les rencontres du soir vont faire salle comble et les entrées des parkings sont saturées. Elle s'est étonnée de ce lieu de rendez-vous, mais selon Buckman, on n'est jamais aussi anonyme que dans une foule.

Une fille qui a assisté à une explosion nucléaire n'est pas facilement impressionnable, mais l'ambiance de l'auditorium la laisse pantoise. Ils ont perdu beaucoup de temps dans l'embouteillage qui entoure l'Olympic, la salle est déjà bondée quand on les conduit à leurs places, plutôt bonnes, à une quinzaine de rangs du ring sur des sièges confortables, bien meilleurs que les estrades en bois qui montent dans leurs dos. Il n'y a pas de grand nom au programme des rencontres du soir, pas de champion du monde, mais l'auditorium est plein dès qu'il affiche des combats de boxe. L'air semble solide dans le brouhaha de la foule, l'humidité et la fumée bleue des cigares. Ce grondement étourdit Annie qui se contente de suivre Buckman sans perdre sa nuque des yeux dans la cohue. Le major la laisse s'asseoir la première, ils gardent une place vide entre eux, pour leur invité. La salle pue le tabac et la transpiration alors que les combats n'ont pas encore débuté. Des serveuses en bas résille font le tour des rangs pour servir des whiskies et vendre des cigarettes. L'endroit suinte la testostérone même si l'on voit de nombreuses femmes dans les rangs, toutes très décolletées et maquillées à l'excès. Les haut-parleurs hurlent un standard de Glenn Miller auquel personne ne prête attention, la foule bruit de conversations, pronostics et paris mais consent à se taire un bref instant quand le speaker monte sur le ring pour annoncer le début du premier combat dans la catégorie des poids légers :

– Franky Babe Herman, vingt-quatre ans, trente-neuf victoires, trente défaites, cinq nuls, pesant cent trente-trois livres, opposé ce soir à Harry Snuffy Smith, vingt-six ans, trente-quatre victoires, huit défaites, un nul, pesant cent trente-deux livres.

Les retardataires se pressent, quittent les buvettes leur verre à la main pour regagner leur siège. La tension monte et finit par exploser en un rugissement à l'entrée des deux boxeurs. Le public en majorité blanc réserve un accueil chaleureux à Babe Herman, alors que le boxeur noir, Snuffy Smith, récolte une bordée d'injures racistes et des cris de singe. Buckman s'en excuse auprès de Morrisson et commente laconiquement :

– Les salles de boxe ne sont pas très progressistes.

Les officiels et l'arbitre prennent place, les deux adversaires en peignoir saluent la foule. Babe Herman, avec sa gueule d'ange à peine marquée par ses premières années de combats, a pour lui le soutien du public féminin. Les flashs crépitent, les photographes s'égosillent pour attirer les regards des boxeurs qui se prêtent à ce jeu quelques secondes avant de rejoindre leurs coins respectifs.

Le premier round refroidit un peu les ardeurs de la foule. Babe Herman est dépassé en vitesse et en agressivité, il encaisse déjà de nombreux coups et le combat pourrait être bref s'il ne se reprend pas dès le deuxième coup de cloche. À plusieurs reprises, Annie se dresse et porte sa main à sa bouche, gagnée par la peur de voir Babe s'effondrer. Elle se ressaisit, se rassied et prend un air indifférent alors que Buckman fait mine de n'avoir rien vu en retenant un sourire. L'auditorium râle en sourdine devant l'impuissance de son favori, jusqu'à ce qu'une clameur enfle depuis les rangées bordant l'entrée des spectateurs. Les photographes s'agitent, cherchent l'origine de cette agitation. Des sifflets admiratifs et des huées se mêlent sur le passage des nouveaux arrivants, la foule est parcourue d'une décharge électrique, mélange d'excitation et de rage. Annie finit par apercevoir la cause de cet émoi : un homme basané, de petite taille, aux cheveux frisés et au costume coloré, qui avance au bras d'une blonde platine serrée dans une robe blanche au décolleté vertigineux. Elle le dépasse d'une bonne tête et salue la foule avec un sourire radieux.

– Marilyn ? demande Morrisson.

– Non, mais ça aurait pu. La compagne du soir de ce cher Artie Golden Boy Aragon s'appelle Mamie Van Doren, une belle copie, presque aussi bien que l'originale.

Pour conclure cette arrivée au retard savamment orchestré, le couple s'installe au premier rang sous les flashs des journalistes. Le petit boxeur salue ses confrères alors que tout le public le hue à en perdre la voix. Il semble s'en amuser et fait même des signes à ceux qui se démènent le plus.

– Il est si détesté que ça ? s'étonne Morrisson.

– Non, c'est un boxeur de East L.A., c'est devenu une sorte de jeu avec le public depuis qu'il a battu deux fois leur chouchou. C'est un bon, il a un super crochet du gauche. Il finira peut-être par avoir sa chance pour un titre mondial contre Carter s'il arrête de gaspiller son énergie avec des actrices.

– Elle a joué dans quel film ? Je ne me rappelle pas l'avoir vue, je ne l'aurais pas oubliée…

– C'est vrai qu'elle a une silhouette qui marque les esprits, même si les mauvaises langues disent qu'elle la doit en partie à la chirurgie. Malheureusement, la concurrence est rude chez les blondes et elle joue comme un parpaing. Sa carrière s'arrêtera sans doute à la rubrique matrimoniale de *Confidential* et à quelques navets.

Avant que Morrisson n'ait le temps de lui faire remarquer son sexisme, la cloche de reprise met un terme à leurs échanges. Le combat continue, Babe Herman se fait désosser par son adversaire mais il s'accroche et tient jusqu'à la limite. Les sifflets se sont tus, Snuffy Smith a gagné le respect de la foule même si elle ne va pas jusqu'à l'applaudir quand les juges rendent leur décision, le déclarant vainqueur à l'unanimité. C'est au moment où les boxeurs quittent le ring, les bras levés pour Snuffy, que Larkin Moffat fait son apparition. Il s'excuse de son retard – un tournage qui s'est éternisé. Son col desserré, son visage luisant de sueur et les cernes noirs sous ses yeux plaident en ce sens. Sa main moite ajoute à la mauvaise impression qu'il produit sur Morrisson. Buckman feint d'être ravi de le voir et propose qu'ils aillent prendre un verre à une des buvettes.

Entre deux combats, tous les spectateurs s'y précipitent. Coincés dans une interminable file d'attente qui pue la sueur et vibre d'excitation, ils sont contraints d'échanger des propos insignifiants sur la soirée, la boxe, la météo et le cinéma. Moffat s'allume un cigare et accepte de prendre une rasade de bourbon de la flasque de Buckman. Un peu en retrait, Morrisson observe le producteur, son corps trapu, musculeux et toujours en tension, ses lèvres charnues, ses yeux sombres, sa chevelure épaisse et sa pilosité drue et noire qui lui obscurcit les joues en fin de journée. Il n'est pas vraiment laid, mais ses traits sont empreints d'une brutalité et d'une sensualité excessives – pour rien au monde elle ne voudrait se retrouver seule avec lui. Malgré cela, elle admet qu'il correspond bien à ce que Trautman leur a demandé de trouver : un type sans scrupule, qui en veut à la terre entière et n'a rien à perdre.

Le match suivant reprend, la foule se dissipe ; ils vont s'asseoir au bout du comptoir avec leurs verres de whisky. Moffat aperçoit Mamie Van Doren et Aragon et se lance dans une tirade sur les couples arrangés par l'industrie pour faire monter la cote de leurs poulains. Aragon est célèbre et aime les blondes, Van Doren est blonde et aime la célébrité, tout le monde y trouve son compte. Les matchs d'Aragon sont truqués par la mafia, il peut gagner sans s'entraîner, la mafia gagne assez d'argent avec lui et

114

c'est elle qui finance les films de Van Doren, rien n'est jamais gratuit à Hollywood. Buckman le laisse vider son sac en lui souriant. De son côté, Annie peine de plus en plus à cacher son aversion. Elle n'aime pas la façon dont Moffat la regarde, s'attarde sur ses jambes et ses seins, la jauge comme un maquignon à la foire. Pour masquer sa colère, elle se concentre sur le petit carré de lumière du ring, tout en bas des gradins enfumés. Le major finit par interrompre le baratin de Moffat.

– Vous savez ce que nous faisons, n'est-ce pas ?

– Oui, vous représentez les intérêts de l'armée à Hollywood. C'est vous qui fournissez tout le matériel pour que les acteurs jouent à la guerre. En échange de ça, on vous laisse veiller à ce que ces films donnent une bonne image de l'armée, pour que les gamins aient envie de partir en Corée défendre le pays.

– Notre rôle va même un peu au-delà. Nous essayons de faire en sorte que les films véhiculent la bonne idéologie, donnent une image positive du mode de vie américain, qu'ils soient un bon support pour l'extension de nos marques dans le monde. Le commerce suit les films.

– Et vous êtes bien servis, non ? Les youpins des studios vous lèchent les bottes de peur que vous mettiez un terme à leurs privilèges...

– Nous collaborons de manière satisfaisante avec la plupart des grands studios, c'est vrai, mais nous aimerions nous investir un peu plus. Avoir un contrôle complet sur la production de films, mais sans que l'armée soit citée au générique, car on ne pourrait pas vendre des films identifiés comme étant de la propagande militaire. Nous avons besoin du savoir-faire de producteurs au fait des attentes du public.

– Attendez, vous voulez dire que vous comptez financer des films ? Je suis partant, bien sûr. Au-delà de mes sarcasmes, je suis un grand patriote ! Si vous saviez combien j'ai été dévasté d'avoir été réformé à cause de mes problèmes d'asthme.

– J'imagine volontiers, persifle Annie. Dieu merci, ça ne vous empêche pas de fumer le cigare…

– Nous savons qui vous êtes, sinon nous ne serions pas là, la coupe Buckman. Par contre, nous ne financerons rien directement…

Moffat a un geste d'agacement. Annie remercie silencieusement Buckman de mener la conversation ; elle sait qu'elle ne parviendrait pas à dissimuler son mépris au producteur.

– … mais nous allons vous mettre en relation avec des gens qui vous prêteront de l'argent. Beaucoup d'argent. Plus que vous ne pourriez en rêver.

Le visage de Moffat s'illumine dans une expression presque enfantine. Morrisson considère ses souliers sales et élimés, son chapeau à la bande intérieure crasseuse et réprime un frisson – ne sont-ils pas en train de se fourvoyer totalement ?

– Qui faut-il que je tue pour ça ? s'empresse de demander le producteur. Vous savez comme les banques détestent le cinéma, elles détestent tout ce qu'elles ne maîtrisent pas, tout ce qui ne se résume pas à des chiffres dans des colonnes.

– L'argent ne viendra pas des banques, reprend Buckman. Il viendra d'où il est toujours venu pour financer les débuts des grandes maisons de production.

– La mafia ?

– Évidemment. Elle vous financera à notre demande, ne cherchez jamais à savoir pourquoi. Vous la rembourserez jusqu'au dernier dollar, sinon nous ne pourrons rien pour vous. Vous serez son débiteur, avec les règles et les intérêts d'un prêt de la mafia.

– Elle ne financera jamais un concurrent des studios dans lesquels elle a déjà investi des millions et qui lui en rapportent autant chaque année !

– Certaines familles ne participent pas encore à la fête. On va leur donner des raisons de s'y intéresser. En échange de ce financement, nous aurons le pouvoir de décision sur tout. Vous proposerez, vous pourrez argumenter, mais quand notre choix sera fait, vous l'appliquerez. Sinon, nous mettrons un terme à notre accord et les vannes se fermeront. Vous rendrez l'argent ou vous vous débrouillerez seul avec vos créanciers. Est-ce bien clair ?

– Je produis des films depuis des années ! Vous croyez que je vais me plier aux décisions d'un gamin qui ne connaît rien au métier et d'une rouquine décorative ?

Buckman pose la main sur le bras de Morrisson avant qu'elle ne balance le contenu de son verre au visage de Moffat.

– Cela fait dix ans que je lis les scénarios des plus grosses productions, je suis l'interlocuteur des plus grands producteurs et scénaristes. Je crois savoir de quoi je parle, monsieur Moffat. Et de toute façon, vous n'avez pas le choix : soit nous gardons le contrôle, soit l'accord ne se fait pas avec vous.

– OK. Alors montrez-moi l'argent, et je verrai ce que je peux en faire.

– On ne va pas fonctionner comme ça, Moffat, intervient Annie. Vous nous soumettez une série de scripts pour lesquels vous attendez des financements. Nous vous faisons part de nos remarques, vous corrigez, nous validons, et c'est là que nous amorçons la pompe pour que vous puissiez trouver un distributeur et lancer le casting.

– À moins que vous ne vouliez produire que des séries B, il va me falloir un sacré paquet de cash pour jouer dans la cour des grands. Une fois lancée, la machine s'autofinancera, mais au début…

– Vous aurez votre sacré paquet. Nous avons un accord ? demande sèchement Annie.

– Laissez-moi une semaine, je vous fais porter des scénarios. Les bons scripts en quête de financement, ce n'est pas ça qui manque à Hollywood.

– Parfait, fêtons ça ! s'enthousiasme Buckman en s'emparant des verres pour aller les remplir.

Le major a à peine tourné le dos que Moffat se penche vers Morrisson. Annie serre les dents quand elle sent l'haleine chaude du producteur se rapprocher de son visage. Il colle sa bouche à l'oreille de la jeune femme et lui murmure :

– Vous ressemblez à Maureen O'Hara, je n'en peux plus de vous regarder. Si vous voulez qu'on fasse mieux connaissance, ou que je vous fasse écrire un rôle sur mesure dans un des films que nous allons produire, venez me voir dans mes studios. Je suis sûr qu'on s'entendra mieux après avoir passé un peu de temps tous les deux.

– Plutôt sortir avec un gorille ! s'énerve Morrisson en repoussant la main qui s'est posée au bas de son dos.

L'éclat de voix n'est pas passé inaperçu. Les barmen et Buckman les regardent. Pas gêné pour un sou, Moffat comprend toutefois que l'ambiance n'est plus à la fête. Il salue, met son chapeau et s'en va après avoir rappelé sa promesse d'envoyer des scripts. Sa silhouette trapue disparaît par les grandes portes de l'auditorium. Morrisson souffle de soulagement, descend un verre cul sec et balance à un Buckman navré de la tournure des événements :

– On voulait un connard. Je crois bien qu'on a mis la main sur le prototype parfait.

★

Une fois sur le pont, le père Starace réalise à quel point le *Royal Crown* est éloigné du continent, à quel point il y est seul et vulnérable. Les lumières de Santa Monica ne forment plus qu'une fine ligne à l'horizon.

L'océan est calme, il tombe une petite bruine à peine perceptible, pourtant le cargo tangue doucement sous la houle nocturne. Sur le pont supérieur, à côté du projecteur qui leur éclaire la voie, il distingue la silhouette d'un homme armé d'une mitraillette – il faudrait un sacré culot pour oser s'attaquer aux recettes de ce navire, se dit-il. Les couples égrillards s'enfoncent dans les cales du *Royal Crown*, chahutant comme des lycéens. Par les écoutilles lui parvient la voix éraillée d'une chanteuse de jazz, accompagnée d'un big band mollasson. Starace suit la brute qui le guide sur le pont principal, jusqu'au château dont l'intérieur sent l'urine et la crasse. Les plafonniers ne fonctionnent pas, ils marchent à la lueur d'une lampe torche, évitant les flaques de gazole et les détritus. Depuis l'assaut de la police sur les bateaux de Tony l'Amiral Cornero et la fin de sa flotte de paquebots de luxe, le standing des tripots flottants a chuté, leur taille s'est réduite et ils se sont encore éloignés de la côte, mais le père ne s'attendait tout de même pas à un tel bouge. L'homme de main ouvre une écoutille et ils descendent vers les cales, jusqu'à un sas où deux autres brutes poilues jusqu'aux oreilles, puant la sueur dans leurs tricots de corps maculés de taches, jouent aux cartes à la lueur d'une bougie, des Browning posés sur la table entre les piles de jetons.

– De la visite pour le patron, grogne l'homme en costume rayé à ses deux acolytes.

– Bonsoir mon père, répondent en chœur les amateurs de poker, un rictus narquois sur leurs faces d'alligators.

Starace ne peut s'empêcher de penser qu'avoir de pareilles faces de brutes est une forme d'honnêteté. Personne ne pourrait leur reprocher de ne pas avoir été prévenu. L'un d'eux se lève et déverrouille la porte étanche pendant que le second fouille le père en s'excusant de ce manque de confiance envers un homme d'Église. Puis ils lui ouvrent la lourde porte en acier et le laissent entrer seul dans un grand bureau parfaitement éclairé par un lustre en cristal qui dévoile un plancher en teck et des cloisons repeintes dans des couleurs ocre, d'un raffinement étonnant pour le lieu. Alors que Starace baisse la tête pour enjamber le haut rebord en acier, il entend un cliquetis de griffes crisser sur le plancher. Il se retrouve nez à nez avec une face ronde et patibulaire, cerclée de babines pendantes et luisantes. Court sur pattes, doté d'un poitrail imposant, le bouledogue vient humer le père dans un reniflement porcin, collant sa truffe écrasée sur le bas de sa soutane. Starace, qui n'ose pas bouger, regarde un filet de bave s'écraser sur le bout de sa chaussure droite. Le molosse fixe l'intrus et gronde, sa mâchoire prognathe dévoile des dents inférieures qui recouvrent largement celles du haut. Toutes sont manifestement disposées à venir se planter dans le mollet d'un homme d'Église.

— Edgar, aux pieds ! Laisse le père Starace entrer, c'est un ami… du moins pour le moment.

La bête inhospitalière trottine jusqu'au bureau de son maître. Jack Dragna frappe ses cuisses du plat de la main ; la masse de muscles saute sur ses genoux et entreprend de lui pourlécher le visage. Le mafieux se laisse faire et embrasse même la truffe plate du molosse, le visage luisant de salive.

— Excusez-le mon père, il protège son maître, ce brave Edgar.

Starace se demande si le nom du bouledogue a été choisi pour se moquer de Hoover ou pour sa consonance britannique. Le capo fait signe à un grand jeune homme élégant debout à ses côtés d'aller fermer les bouches d'aération par lesquelles la musique de la salle de casino voisine parvient dans la pièce. On peut même observer tout ce qui se déroule dans la cale principale par une paroi vitrée, sûrement un miroir sans tain : une dizaine de tables de jeu permettent de s'adonner aux plaisirs du casino et, sur une scène étroite, une chanteuse grisonnante essaye de capter l'attention d'un maigre public. Les heures du faste tapageur du *SS Rex,* de sa flotte, de ses restaurants français, de ses cabines de luxe, de ses soirées dansantes et de ses pléiades de stars sont bien loin. En un coup d'œil, Starace comprend que cette activité périclite, sûrement depuis l'épisode des échanges de coups de canon avec les garde-côtes du gouverneur Warren. Alors que le jeune homme tire un rideau pour les isoler de ce spectacle, Starace le reconnaît aux cicatrices qui entourent son œil de verre. One Eye Frank Dragna, le fils de Jack, blessé à la guerre et diplômé d'université, est aujourd'hui avec Girolomo Momo Adamo un des principaux *consigliere* du chef de la mafia californienne.

Le capo invite le père à s'asseoir. Avec ses yeux tombants, son air larmoyant, ses cheveux poivre et sel, ses lunettes à verres épais, ses costumes mal taillés et son embonpoint, Jack Dragna trompe habilement son monde ; personne ne verrait en lui un criminel endurci et un assassin. Son accent sicilien prononcé, sans doute entretenu pour rappeler qu'il est bien né à Corleone, le rend difficilement compréhensible. Il fait redescendre son chien, époussette son pantalon et s'essuie le visage avec sa cravate noire – il porte le deuil de son épouse, décédée quelques semaines auparavant.

– Vous n'avez pas la réputation d'être un grand ami de la famille, mon père, mais Johnny Roselli a beaucoup insisté pour que je vous reçoive. J'espère que vous n'allez pas me faire perdre mon temps.

– Je viens vous faire ce qui sera peut-être la plus belle offre de votre carrière. Je doute que cela vous fasse perdre du temps.

Frank vient se replacer à côté de son père. Tous deux attendent la suite, maintenant très attentifs. Seul le bouledogue se lèche les testicules avec soin, indifférent à ce qui peut bien se dire autour de lui.

– Toute la côte Est, Lansky, Genovese, Gambino, Bonnano, Galante, Kennedy et j'en passe, a gagné des fortunes en finançant le cinéma. Et vous qui êtes la plus grande famille locale, vous ne tirez pas un dollar de l'industrie. Vous ne touchez même rien sur le racket des syndicats du métier. L'argent le plus facile du monde coule à portée de vos mains et vous le regardez filer vers d'autres poches.

– Attention à ne pas nous manquer de respect, votre soutane ne vous autorise pas tout, intervient brutalement le fils, le visage tendu.

Jack lui pose la main sur le bras.

– Laisse Frank, tu vas faire peur à Edgar. Le père nous parle avec le cœur et il n'a pas complètement tort. D'où venez-vous en Italie, mon père ?

– Ma famille vient de Naples, mais je suis né à Brooklyn.

– Des Napolitains… Vous savez donc qu'il y a chez les Italiens comme nous d'autres logiques que géographiques, d'autres appartenances, d'autres hiérarchies à respecter. On ne fait pas carrière sans respecter ses aînés. On m'a demandé d'aider ceux qui venaient investir dans le cinéma, et on m'a laissé les autres activités. Je n'ai jamais eu à me plaindre de cet accord. Et aujourd'hui, tous les grands studios ont déjà des partenaires, des paroles ont été données, je ne peux pas les remettre en cause sans déclencher de réactions… très violentes. Je suis un vieux sage et, croyez-moi, personne n'aurait rien à y gagner. Le gouverneur Warren et le commissaire en chef Parker n'attendent qu'un faux pas de ce type pour nous sortir du jeu.

– Et si je vous proposais d'investir dans un nouveau studio, sans autre partenaire, avec la bénédiction des autorités et l'assurance que personne ne viendra mettre le nez dans nos affaires et nos énormes profits, vous pourriez franchir ce pas ?

– Depuis le Divorcement Act et la perte de leurs salles, et toutes ces commissions de censure, votre Legion de puritains, la commission McCarthy, la concurrence de la télévision… gérer un studio est devenu compliqué, relativise Dragna en dodelinant de la tête.

– Et si je vous dis que nous aurons le soutien des autorités, que les commissions et les ligues de décence ne seront pas un problème et que même les familles de la côte Est n'oseront pas venir se plaindre par peur du pouvoir de l'armée ?

– Pourquoi Washington soutiendrait ce projet ? Ils travaillent déjà main dans la main avec les grands studios.

– Vous savez bien que c'est un rapport de force. Ils ont besoin de montrer au Big 7 que personne n'est intouchable et qu'ils peuvent remettre leur leadership en question. Ce nouveau studio devra évidemment servir les intérêts de l'armée, diffuser sa propagande et l'idéologie américaine dans le monde entier afin de contrer l'expansion communiste. Tous les films seront validés par le bureau de liaison de l'USAF et le producteur sera un jeune loup plein de fougue et de talent qui rêve de bousculer les moguls.

– Qu'est-ce qui me prouve que Washington soutiendra ce projet ? Que feront-ils pour nous aider ?

– C'est là que cette offre devient irrésistible pour vous, *dottore* Dragna. Si vous financez cette structure, nous nous engageons à ralentir la procédure d'expulsion lancée à votre encontre. Nous ferons tout pour que vous finissiez votre vie tranquillement, sur le sol américain.

– Mes avocats s'en chargent, personne ne me fera quitter ce pays et ce que j'y ai construit ! s'emporte Dragna.

– Ils ont réussi à expulser Luciano, et vous savez qu'un peu d'aide vous serait utile dans cette bataille.

Dans son dos Starace entend Edgar gémir devant la porte. Jack Dragna se tourne vers son fils, lui montre le chien d'un mouvement de tête.

– Sors le chien, Frank, il a envie de pisser. Fais gaffe
à ce qu'il pisse dehors. Sinon ça pue dans tout le bateau,
ce pauvre biquet ne sait pas se retenir longtemps.

One Eye Frank prend une laisse et va s'occuper du
bouledogue capricieux. Son père, pensif, se frotte le menton des deux mains. Plus que sur la promesse de gains
ou d'aide dans la bataille judiciaire d'expulsion, Starace
compte sur la fierté du vieux chef pour emporter son
adhésion. Depuis des années, sa famille est moquée à
cause de son obéissance aux capos de l'Est. On la sur-
nomme la Mickey Mouse mafia, on raille son manque
d'ambition, son incapacité à s'installer à Vegas ou dans
le cinéma. On lui envoie la belle gueule de Siegel ou un
imbécile tape-à-l'œil comme Mickey Cohen pour leur
donner des ordres et plastronner au bras des starlettes.
Lansky a même fait courir le bruit qu'il avait proposé
à Dragna de s'associer au *Flamingo*, mais que le clan
Dragna avait été incapable de réunir deux cent mille
dollars pour payer ses parts. Jack, qui arrive à la fin de
sa carrière, a sans doute envie de laisser autre chose à
la postérité.

– Ma femme Francesca... (Dragna se signe et embrasse
son alliance après avoir prononcé son nom.)... n'a jamais
voulu que j'investisse dans le cinéma, et son interdiction
comptait au moins autant que celle de Nitti ou de ce sale
traître de Bioff. Elle avait peur des actrices, pour un
homme vigoureux comme moi, c'est une tentation très
forte. Je peux vous le dire, vous qui êtes un homme de
Dieu, elle n'avait pas tort, les femmes auraient pu être
mon péché mignon. Je me suis toujours tenu à l'écart
des projecteurs, la célébrité et le crime ne font pas bon
ménage. Pour durer, il ne faut pas fréquenter les night-
clubs, les prostituées et les unes des journaux. C'est
comme ça que je les ai eus, tous ceux qui sont venus
à L.A. pour en profiter, baiser de la chatte et boire du
whisky. Aucun n'a tenu la distance. Mais je me fais vieux,

mon fils et ma fille ne sont pas taillés pour ce métier, ils se feraient bouffer tout crus. Momo Adamo prendra ma suite, et pour mon fils… le cinéma, ça pourrait être une bonne idée.

– Vous êtes encore jeune, le flatte Starace.

– Oui, je veux en profiter, il me reste quelques belles années à vivre. Je vais accompagner mes enfants et assurer leur futur. Il faudra qu'ils soient associés dans cette société, c'est l'avenir ; plus que la blanchisserie ou ces casinos flottants qui prennent l'eau.

– Dans un premier temps, votre participation devra être discrète, mais on peut convenir d'une entrée au capital importante après quelques années. Vous serez partie prenante dans toutes les décisions, sachant que c'est le bureau de liaison de l'USAF qui aura le dernier mot. Mais ça peut être une bonne occasion pour votre fils de faire son apprentissage.

– Il lui faudrait combien pour commencer, à votre producteur de talent ?

– Si vous financez des budgets de séries B, nous produirons des séries B. C'est une option, comme ce que fait votre ami Roselli chez Monogram. On concurrencera ses films et ceux des frères King. Mais si vous voulez viser plus haut et gagner plus, alors, comme au casino, il faudra miser plus.

Starace joue sur du velours, il sent que le vieux chef est ferré par l'idée de faire un pied de nez à l'histoire et d'entrer dans la lumière pour ses dernières années. Il sait aussi que Dragna est beaucoup plus riche que ce que la rumeur lui prête. C'est un vieux singe qui sait bien que dans sa branche, il ne faut pas donner l'impression d'être trop à l'aise pour éviter les convoitises. En vingt-cinq ans à la tête de tout le racket, du jeu, de la prostitution et de la drogue de la Californie du Sud, la fortune des Dragna ne doit rien avoir à envier à celle du plus chanceux des nababs de la ville.

– Envoyez-nous les scénarios. Pas à moi, à mon fils. Dites-nous combien coûteront les films en question, qui les tournera et qui jouera dedans. Je vous dirai ce que je peux y mettre. Mais il reste la question la plus importante. Puisque je ne pourrai pas demander à l'armée de me rembourser, et puisque vous n'êtes qu'un intermédiaire, à qui je donne l'argent ? Et qui sera responsable de me le rendre avec les intérêts à la date convenue ?

– Larkin Moffat, le producteur des films. Ce sera lui, votre débiteur.

Chapitre 8

Laverne Terrace, Los Angeles,
5 mai 1953

« Hollywood, là où les hommes sont aussi des femmes ! » Didi Brummelle parcourt l'article nauséabond de Juan Morales dans le *Confidential*, « Donne les faits et cite les noms » du mois. Elle a acheté ce magazine pour sa couverture avec Marilyn Monroe – la troisième d'affilée –, pas pour ce ramassis de ragots fielleux et de sous-entendus déplacés. Face à ces débordements homophobes, à cette Lavender Scare, la « peur lavande » qui a envahi Los Angeles, elle se sent anxieuse, encore plus depuis qu'elle a rencontré Liz Montgomery. Sans vouloir se l'avouer, elle a peur d'elle-même et de ce que cette rencontre lui a révélé sur ses désirs, peur surtout de la haine que ces amours provoquent dans la presse qu'elle dévore chaque mois, et qui servait jusque-là de boussole à ses choix. Elle jette le magazine au pied de son fauteuil et essaie de chasser l'image de Liz de son esprit. Elle n'a pas cherché à la revoir. Liz lui a fait parvenir ses coordonnées par une professeure de l'école de théâtre de la Fox, mais elle n'a pas osé l'appeler. Elle n'a même pas osé garder le papier, de crainte que Moffat ne tombe dessus. Elle souffre de penser à Liz, mais elle souffre encore plus de ne plus y penser.

Didi saisit un autre magazine pour s'éventer, il fait très chaud sur la petite terrasse de son appartement. Elle est seule à cette heure de l'après-midi, sa colocataire travaille tout comme les autres occupants de l'immeuble à part une retraitée, une ancienne actrice acariâtre installée au deuxième étage. Elle a dû être belle autrefois, avant que le soleil fasse blanchir ses cheveux blonds, plisse sa peau et creuse des rides autour de sa bouche charnue. Elle observe souvent Didi, accoudée à son balcon, et la jalousie brille si fort dans son regard qu'elle fait peur à la jeune femme, l'obligeant parfois à rentrer se mettre à l'abri. Elle n'est pas là aujourd'hui, Didi pourrait avoir la piscine de la cour intérieure pour elle seule, mais faute d'entretien, l'eau verdâtre du bassin est impropre à la baignade. À la place, elle s'est installée à l'ombre d'un palmier avec un grand verre de Dr Pepper pour travailler la pièce qu'elle va interpréter devant les autres élèves à la fin du mois. Elle doit jouer Ann dans une scène d'*Ils étaient tous mes fils* d'Arthur Miller. Elle a choisi cette pièce parce qu'elle a lu dans *Confidential* que Miller est un proche de Marilyn, mais elle la trouve lente et ennuyeuse, et son personnage triste et sans ambition. À chaque fois qu'elle reprend sa lecture, le livre lui tombe des mains après quelques pages. Elle va encore se faire réprimander par les autres acteurs et par les professeurs. Ils l'emmerdent tous, à faire semblant de croire que c'est ça qui compte, à faire semblant de croire que Marilyn est devenue ce qu'elle est grâce à des cours d'art dramatique. Elle ouvre le *Screenland* avec lequel elle s'éventait et tombe sur une double page sur le Festival de Cannes ; à gauche, une photo de Montgomery Clift, le mec le plus sexy de Hollywood, venu présenter un film de cet Anglais pervers, et à droite Brigitte Bardot, une jeune Française incroyablement libre, qui pose en maillot de bain. Didi rougit, le feu aux joues, sa gorge se serre. Ces deux-là sont beaux et désirables, et ils ne perdent pas leur temps à lire des pièces ennuyeuses pour les jouer dans des salles de cours poussiéreuses.

Le *Screenland* rejoint le *Confidential* sur le sol de la terrasse. Didi sait ce qu'il faut faire pour réussir, elle l'a vite compris en arrivant à Hollywood – tous les hommes s'empressent de le faire comprendre aux jeunes femmes naïves qui croient s'en sortir grâce à leur travail et à leur talent. Elles finissent toutes danseuses – ou pire, serveuses, comme sa colocataire –, et elles se permettent de la juger parce qu'elle, elle sait ce qu'il faut faire pour y arriver : mener les mecs par le bout turgescent de leur désir, et ne jamais rien donner sans obtenir quelque chose en échange. Il n'existe pas de talent ni de pouvoir plus fort à Hollywood. Didi a toujours été douée pour ça, donner juste assez pour les rendre fous, mais pas trop, pour que la friandise ne perde pas sa saveur. Elle maîtrise ce dosage, naturellement. Dès que les regards des hommes se sont posés sur sa poitrine précoce, elle n'a plus payé une seule glace, place de cinéma ou sortie au bowling. Elle est devenue si douée à ce jeu que sa mère l'a fichue dehors parce qu'elle faisait ce qu'elle voulait de son beau-père. Qu'est-ce qu'elle croyait, cette conne ménopausée ? Que sa fille allait gaspiller ce talent pour lui piquer un vendeur de voitures à moitié chauve de Billings, Montana ? S'il y a bien une chose que Didi ne pardonne pas, c'est le manque d'ambition.

Le souvenir de ces interminables disputes et de son départ de la maison familiale dans les larmes et la haine la perturbe, jusqu'à ce qu'un événement inattendu vienne animer son après-midi solitaire. Il semble que la concierge se soit enfin décidée à appeler quelqu'un pour s'occuper de la piscine, nettoyer l'eau croupie, changer les filtres et la rendre à nouveau utilisable. C'est une bonne nouvelle en prévision des chaudes journées d'été, mais ce qui intéresse le plus Didi, c'est le réparateur qui parle avec la concierge en marchant autour du bassin. Il est jeune, il a le même visage fin et racé que Monty Clift, il réussit à sourire avec naturel en écoutant cette vieille bique lui expliquer le fonctionnement de la piscine, il se déplace avec grâce et souplesse, doré et musclé comme une promesse de plaisir. Elle chausse ses lunettes noires en ailes de papillon pour le regarder en douce. La concierge s'éternise dans la cour, elle doit avoir envie de profiter de la compagnie du jeune homme.

Après avoir sagement écouté les consignes, celui-ci nettoie le bassin avec une gaffe et une épuisette, jette les déchets dans une poubelle et tourne inlassablement sous le soleil. La chaleur a fait fuir la concierge, Didi est seule quand il détache les bretelles de sa salopette et enlève sa chemisette. Il le fait lentement, sans doute conscient d'être observé, avec un soupçon de sensualité et d'exhibitionnisme qui n'est pas pour déplaire à la jeune femme. Puis il reprend sa ronde autour du bassin, le torse nu et luisant de sueur. Quand il passe devant Didi, il lui jette des œillades en coin qu'elle fait mine de ne pas relever, sirotant son Dr Pepper. Surtout, ne pas lui donner l'impression que c'est joué d'avance. Ses sourires deviennent de plus en plus insistants, elle finit par lui en rendre un mais leur conversation n'a pas le temps de s'engager ; la concierge revient avec un plateau plein de rafraîchissements et interrompt ce rapprochement.

– J'ai pensé que vous en auriez besoin, par cette chaleur.

La garce s'est maquillée comme une traînée du boulevard et accompagne sa remarque d'un long regard réprobateur vers le verre vide de Didi, comme pour souligner que certaines personnes n'ont aucun savoir-vivre. Le jeune homme lui répond poliment, laissant échapper un solide accent mexicain. Un défaut dans un diamant, mais un diamant tout de même, pense Didi. À le voir plaisanter avec sa rivale, la jeune femme sent qu'elle va devoir marquer son territoire sans trop tarder. Elle s'ennuie à mourir, si Moffat ne veut pas qu'elle flirte avec des garçons de son âge, il n'a qu'à lui trouver des rôles à sa hauteur et ne pas la laisser se dessécher des journées durant. Elle rentre dans son appartement et enfile un joli deux-pièces acheté par Moffat qu'elle réservait pour les *pool parties* de cet été. Quand la concierge repart dans sa loge avec le plateau vide, elle vient s'asseoir au bord de la piscine en ondulant des hanches. Elle regarde le jeune homme et constate que son arrivée a fait son petit effet ; il tient sa gaffe sottement devant lui et la dévisage, la bouche entrouverte. Elle joue avec l'eau du bout du pied comme pour prendre la température et demande, de sa voix la plus cruche de blonde de comédie :

– Elle sera bientôt prête ?

– Ah non, madame, pas avant quelques jours, il faut que je commande les filtres.

– Vous allez revenir souvent, alors ?

– Autant de fois qu'il le faudra, madame.

Didi adore son accent quand il l'appelle madame et son air intimidé. Il lui parle comme à une grande bourgeoise, alors qu'elle est sans doute plus jeune que lui. Il est si loin de la brutalité condescendante de Moffat.

– Vous pouvez m'appeler madame, mais moi, si on est amenés à se revoir souvent, comment dois-je vous appeler ?

– Jacinto, Jacinto Moya, madame.

★

À ce moment ils découvrent trente ou quarante derricks dans la plaine. Dès que le shérif Quichotte les voit, il dit à son adjoint :

– La fortune conduit nos affaires mieux que ne pourrait y réussir notre désir. Regarde, Sancho ; voilà devant nous au moins trente démesurés dragons, auxquels je pense livrer bataille et ôter la vie, à tous tant qu'ils sont. Avec leurs dépouilles, nous commencerons à nous

enrichir, et c'est servir Dieu et notre étoile que de faire
disparaître si mauvaise engeance.

(plan montrant la plaine du point de vue de Quichotte,
avec des dragons rampant dans la boue et crachant des
flammes)

– Quels dragons ? demande Sancho Panza.

– Ceux que tu vois là-bas, lui répond le shérif, avec
leurs jets de flammes, car il y en a qui incendient la
plaine.

– Attention, réplique Sancho, ce que nous voyons
là-bas ne sont pas des dragons, mais des derricks et ce
qui paraît leur feu, c'est le pétrole qui jaillit du ventre
de la Terre.

– On voit bien, répond Quichotte, que tu n'es pas
expert en fait d'aventures : ce sont des dragons, te dis-je,
et si tu as peur, ôte-toi de là et va prier pendant que je
leur livrerai une inégale et terrible bataille.

En parlant ainsi, Quichotte donne de l'éperon à son
cheval, Rossinante, sans prendre garde aux avis de son
adjoint Sancho. Qui crie que, à coup sûr, ce sont des
derricks et non des dragons qu'il attaque. Quichotte s'est
bien mis dans la tête que ce sont des dragons, non seu-
lement il n'entend pas les cris de son adjoint Sancho,
mais même en approchant tout près, il ne se rend pas
compte de son erreur. Au contraire, et tout en galopant,
il fait feu et crie de toutes ses forces :

(alternance des points de vue de Quichotte et de Panza)

– Ne fuyez pas, lâches et viles créatures, c'est un seul
Texas Ranger qui vous attaque !

Chance Buckman repose le scénario de *Quichotte et*
les mystères de l'Ouest et soupire.

– Non, ce n'est pas possible. Ce n'est pas une question
de moyens ou de casting, mais c'est trop excentrique, trop
risqué. *Don Quichotte* est inadaptable, si on se lançait,
ce film ne verrait jamais le jour.

Buckman est vautré sur le canapé de son bureau, il a enlevé ses chaussures et sa veste d'uniforme, desserré sa cravate. Face à lui, les traits tirés mais droite sur sa chaise, Annie Morrisson termine la lecture de son exemplaire avec une moue dubitative. La pièce est enfumée comme le pas de lancement d'un missile. Les cendriers débordent et leurs voix se font rauques.

– C'est pourtant une bonne idée, Quichotte en vieux Texas Ranger incapable d'accepter la modernisation de son territoire, qui reste bloqué sur la conquête de l'Ouest et ses légendes farfelues…

– C'est trop ambitieux pour une première production. On verra plus tard si on a besoin de faire du grand prestige. De plus, je vous signale que ce scénario est mélancolique, qu'il tire vers le surréalisme et qu'on peut même y voir une critique de la dévastation de nos espaces naturels. Pas l'ombre d'une valeur américaine là-dedans, agent Morrisson.

Il articule ce nom avec soin, car il se fait rembarrer chaque fois qu'il lui prend l'envie de l'appeler Annie.

– Oui, vous avez raison, je fatigue et je perds nos objectifs de vue. Mais l'appropriation et l'américanisation des grands mythes mondiaux font partie des actions à encourager.

– Walt Disney le fait merveilleusement bien. Cela dit, vous avez raison, gardons ce *Quichotte* dans un coin de notre tête. Au final, sur quel projet partiriez-vous ?

Cela fait une semaine qu'ils sont enfermés pour lire les scripts de Moffat et séparer le bon grain de l'ivraie. Une semaine qu'ils lisent plus de seize heures par jour, dans dix mètres carrés. Même si le parfum de Morrisson l'enivre toujours autant, Buckman se sent comme un lion en cage, d'autant plus que l'inflexible agent lui interdit tout débordement et toute consommation alcoolisée. La pression monte, venant de toute part, de Trautman, de Starace, de Moffat. Ils doivent prendre une décision lourde de conséquences, et la prendre vite.

– Je resterais sur *Marionnettes humaines*, l'adaptation du roman de Robert A. Heinlein.

– Oui, moi aussi. J'aime sa description d'une communauté américaine idyllique et la progressive apparition de la menace, ces petites créatures fades et rationnelles qui ressemblent à des communistes. Il y a quand même quelques légères retouches à apporter : je trouve l'armée très passive, je me demande si le personnage principal ne devrait pas être un militaire…

– Évitons de faire de la propagande trop grossière, major. Si on veut que nos productions plaisent dans le monde entier, restons subtils.

– Parce que vous trouvez ça subtil ? ricane Buckman.

– Non, je vous le concède. N'en rajoutons pas tout de même… Il y aura sans doute quelques petites modifications à faire, vous avez raison, mais on a encore pas mal de temps pour ça.

Buckman acquiesce et se lève. Il fait nuit et le flot des noctambules irrigue les bars et les restaurants dont les enseignes illuminent Sunset Boulevard sur des kilomètres. À voir ses yeux, on devine qu'il tuerait pour un whisky soda ou un gimlet.

– Puisque nous sommes d'accord, je vous propose d'envoyer un pli à Moffat dès demain et d'aller arroser cette première étape au *Ciro's*.

– Au *Ciro's*, en uniforme ? Vous êtes sûr que c'est réglementaire ? demande Morrisson qui retouche sa coiffure et lisse les plis de son tailleur.

– J'ai un costume civil dans ma voiture, je peux me changer en cinq minutes, mais si vous préférez, il y a un petit restaurant italien sur Gordon Street, à deux pas, qui serait beaucoup moins protocolaire.

– Ça m'ira. Gardez votre costume d'oiseau de nuit pour une autre occasion. Vous pourriez me laisser votre bureau dix minutes ? Il est dix-neuf heures à Des Moines et j'aimerais parler à ma fille avant qu'elle n'aille se coucher.

Morrisson guette la réaction du major après cette révélation soudaine. Comme elle s'y attendait, il paraît confus, coupé dans son élan. Elle a l'habitude de ce moment de flottement, elle préfère le provoquer tôt dans une relation, pour faire le tri quand cela lui semble opportun. En général, une fois au courant de cet aspect de sa vie, ses prétendants lui tournent le dos. Elle ne leur en veut pas, elle est jeune, personne ne pourrait l'imaginer en veuve de guerre mère d'une fillette de dix ans, mais parfois, les enfants ont des enfants. Buckman se ressaisit et fait assez bonne figure en lui proposant d'utiliser son téléphone chaque fois qu'elle en aura besoin, puis ajoute qu'il patientera en bas le temps qu'il faudra. Morrisson le remercie et décroche quand il quitte le bureau. Alors qu'elle compose le numéro du standard pour les appels longue distance, elle se demande si, pendant le dîner, il sera encore tenté de l'appeler Annie.

Chapitre 9

Club *El Tapado*, Los Feliz Boulevard, comté de Los Angeles, 12 juin 1953

Le *El Tapado*, le « trésor caché » en argot chicano, est adossé à la colline, et l'allée qu'on emprunte pour y accéder décrit une courbe qui le rend invisible depuis le boulevard. Personne ne sait ce qui s'y passe, sauf les flics, les truands, et les gens assez riches pour se payer des dîners à trente dollars, des filles à cinquante habillées comme des stars et des parties de poker à cent, en compagnie du gratin de la pègre et du cinéma, aux tables voisines. Larkin Moffat se sent obligé d'y aller, pour se faire voir, prendre un verre avec Adolphe Menjou, plaisanter avec Robert Mitchum, regarder la maîtresse de Zanuck, Bella Darvi, perdre des fortunes à la roulette. Le tout, sans jamais cesser de sourire et d'esquiver les invitations pour une petite partie de cartes vite fait. Il n'a pas les moyens de s'adonner à ces nuits ruineuses, il s'en va toujours avant que l'atmosphère ne s'embrase, peu de temps avant la tombée du jour. Il sait que l'on rit derrière son dos, qu'on lui offre des verres avec condescendance, qu'on ne le laisse entrer que pour se moquer de lui quand on en a envie, et qu'on le refoule aussi souvent qu'on l'accepte. Il sait que « Tu te croyais dans une production Moffat ? » est une plaisanterie qu'on lance quand on veut souligner le luxe environnant, ou qu'on se félicite de l'argent qu'on gagne. Cela se produit fréquemment ici ;

137

les gens viennent au *Tapado* pour faire étalage de leur réussite et flamber une partie de leurs gains, pour prouver aux autres – mais aussi à eux-mêmes – qu'ils n'ont pas peur de l'avenir, qu'ils sont sûrs de pouvoir gagner encore plus le lendemain. Les « Ouais mon vieux, on n'est pas chez Moffat ! » retentissent chaque fois qu'un bouchon de champagne pète. Il s'en moque, il vaut mieux être un sujet de plaisanteries que de ne pas exister. C'est le prix à payer pour se faire une place dans ce cirque.

Au-dessus de Silver Lake et des Hollywood Hills s'étire une épaisse couche de nuages sombres. Cotonneuse et poisseuse, elle promet une pluie qui ne vient pas. Moffat hausse le col de sa veste, il fait très froid pour une soirée de juin, L.A. subit les effets du *june gloom* qui gâche parfois ses fins de printemps. La Californie ne voit plus le soleil depuis dix jours, sans avoir reçu une seule goutte d'eau. Les rues de la ville sont grises et fantomatiques, le tournage de nombreux films a dû être reporté, les équipes se morfondent autour des studios, les yeux rivés sur l'horizon, échangeant des propos de concierges sur la météo à venir. Toute la ville attend l'éclaircie comme un alcoolique guette l'ouverture de son bar. Moffat traîne les pieds sur le chemin qui descend vers le boulevard Los Feliz, il ressasse sa conversation du jour avec Buckman.

Le major et sa rouquine hautaine commencent à lui taper sur le système. Ils lui font miroiter des financements qui ne viennent pas, il bosse pour rien et perd beaucoup de temps à modifier des scénarios à leur demande sans qu'ils déboursent un dollar. La caution de l'armée ne va plus suffire ; s'ils ne lui montrent pas qu'ils peuvent sortir le fric promis, il va les laisser tomber et se consacrer à ses propres projets.

Tout à sa colère, Moffat ne voit pas la Buick noire qui le suit dans la descente, glissant doucement, feux et moteur éteints, une dizaine de mètres derrière lui. Il arrive à sa voiture. La Buick se rapproche, les portières arrière s'ouvrent et trois hommes se faufilent dehors sans un mot alors que Moffat allume un cigare avant de s'installer au volant. À peine a-t-il remarqué les formes sombres qui se ruent vers lui que la flamme de son allumette est soufflée par leur mouvement. Des bras l'entourent avec vigueur et son cri est arrêté net par le sac de toile qu'on lui fourre sur la tête. Le sac pue le chloroforme, des mains puissantes autour de son cou le maintiennent fermé. Moffat retient sa respiration quelques secondes et se débat en vain jusqu'à ce qu'il sente au creux de ses reins la pointe d'un couteau déchirer sa veste et sa chemise, et le piquer dans sa chair. Il cesse alors de remuer puis capitule, inspire une pleine bouffée de somnifère et s'évanouit dans les bras qui l'enserrent. Son cigare roule doucement dans la pente alors qu'on le jette dans le coffre de la Buick qui démarre en trombe, dans l'indifférence du voisinage.

★

La morsure glaciale du métal autour de ses poignets le réveille bien plus tard. Il ne saurait dire si des heures ou des jours se sont écoulés. Adossé à un mur, les bras attachés dans le dos par des menottes reliées à un anneau fiché dans le sol, Moffat ne voit rien. Il est plongé dans un noir absolu, sans nuances, sans concessions. La dose de chloroforme était trop forte, il a vomi sur son costume. Un mal de crâne atroce lui vrille les tempes. Il est si nauséeux qu'il met de longues minutes à se rendre compte qu'il n'est pas seul dans l'obscurité.

La sensation est diffuse, mais Moffat perçoit une présence. En se concentrant, il croit entendre une respiration difficile à quelques mètres devant lui. Il essaye de marmonner quelques mots mais n'obtient aucune réponse. Il n'ose pas crier, le silence est absolu et il ne sait pas ce qu'il risque à le rompre. Son mal de tête commence à peine à le laisser en paix quand il entend un grattement au-dessus de lui, comme des griffes sur le bas d'une porte.

Un mince rai de lumière déchire l'obscurité, la porte s'entrebâille au sommet d'un escalier en métal, et il distingue enfin ce qui l'entoure. Il est dans une cave rectangulaire en ciment et en brique, sans autre ouverture. Face à lui, un homme est attaché au mur opposé, le visage détruit par les coups et un bâillon en cuir serré autour de la bouche. L'inconnu a dû servir de punching-ball à une cohorte de boxeurs amateurs acharnés, son nez est boursouflé et violacé, ses arcades ouvertes et sanguinolentes, ses yeux cernés d'hématomes rouge vif. Il ne porte qu'un caleçon long, souillé par ses propres déjections, et une de ses jambes est pliée selon un angle peu naturel, sans doute irrémédiablement brisée. Pourtant, l'homme respire encore ; son regard fixe et paniqué se plante quelques instants dans celui de Moffat qui ne peut le soutenir et baisse les yeux vers le sol.

Entre eux gît le corps livide et nu d'une jeune femme blonde, plutôt belle. Elle n'a assurément pas connu une fin paisible. Alors que la porte se referme, Moffat a le temps de voir l'intérieur de ses cuisses maculé de sang séché, depuis son vagin jusqu'à ses genoux. Puis l'obscurité engloutit tout.

Bientôt, un cliquetis résonne dans le silence, encore et encore, prenant une ampleur disproportionnée, terrifiante – un bruit de pattes sur le métal des marches. Moffat se colle contre le mur et se recroqueville. L'animal gronde et grogne dans la cave, il émet des bruits de succion répugnants, comme s'il mangeait ou léchait quelque chose. Moffat veut que cette chose reste loin de lui, il se crispe et se fait mal à force de se coller au mur, dans l'espoir vain de disparaître aux yeux d'une créature qui ne doit se repérer qu'à l'odorat, tant la cave est obscure. Il pleure de rage et de peur, il ne peut accepter de crever bouffé par cette bestiole dans une cave qui pue le vomi, le sang, les excréments. Pas maintenant, alors que sa société va enfin devenir florissante et qu'il va faire ravaler sa morgue à cette ville de putains et de maquereaux.

Moffat secoue la tête, il émet de sourdes plaintes interrompues bientôt par le grincement de la porte qui s'ouvre à nouveau, en grand cette fois-ci. Deux hommes descendent les marches en discutant. Deux hommes massifs, aux épaules larges et aux ventres proéminents qui débordent de leurs costumes mal taillés. Deux frères en apparence, même nez épaté, même cheveux noirs gominés et même démarche pataude de gorilles domestiqués. Une ampoule s'allume. Ébloui par la lumière soudaine, Moffat cligne des yeux. Juste devant lui, il voit enfin la créature qui le terrorisait. Un bouledogue trapu est occupé à lécher le sang sur les cuisses de la morte, sa truffe et son poitrail rougis par les souillures de son repas. Un des deux arrivants glousse.

– Y a le chien du patron qui est en train de faire la toilette de Dorrie.

– Les clébards, ça bouffe n'importe quoi !

Un rire gras ponctue l'échange. Les deux hommes viennent se poster au-dessus de la morte, chassant le chien du bout du pied. Il grogne un peu, insiste, se fait repousser à coups de talon dans les flancs et finit par aller s'asseoir en grondant quelques mètres plus loin, guettant le moment de revenir finir ses agapes. L'homme au visage détruit couine de peur, il essaye de se protéger en remontant les jambes vers son torse mais celle de droite ne répond plus et il se tortille de manière pathétique.

– Calme-toi, la Trompette, on n'est pas descendus pour toi mais on peut t'accorder cinq minutes si tu nous emmerdes.

L'inconnu cesse immédiatement de s'agiter et s'applique à respirer sans un bruit, tassé dans son coin. Les deux gorilles regardent le cadavre quelques secondes, comme

s'ils priaient, avant de commenter, sur le ton du recueillement, les mains croisées devant leur entrejambe.

– C'était une chic fille, Dorrie.

– Ouais, et une sacrée affaire au plumard.

– Oh oui. Elle va nous manquer. Il va falloir qu'on
dise un mot à cette connasse d'avorteuse. Elle ne peut
pas nous bousiller des filles comme ça avec ses aiguilles
à tricoter.

– La vieille est réglo, elle nous a appelés tout de suite
et elle nous paye notre part depuis toujours. Avorter, ce
n'est pas sans risque, tu sais bien.

– Je sais, mais une poule comme Dorrie, ça ramenait
facilement deux cents talbins par semaine, et sans chipo-
ter, même quand il fallait faire des trucs dégueulasses
avec des vieux richards pervers.

– Allez, on la remplacera. Il en arrive des fraîches
tous les jours par le train. Tu as l'acide ?

Le gorille acquiesce et sort une bouteille de la poche
de sa veste.

– Oui, je l'ai, mais ça m'embête… C'est Dorrie,
quand même.

– Tu es trop sentimental, je te l'ai toujours dit. C'est
rien qu'un avortement de plus qui tourne mal… Et le
patron a été clair, on suit la procédure, Dorrie ou pas
Dorrie. Donc l'acide, et puis après je te préviens, même
si je ne pense pas qu'elle soit fichée, on lui coupera les
doigts avant d'aller la jeter dans le ravin au bout de La
Cienaga. Hein Edgar, on va donner ta part aux coyotes !
lance-t-il en se tournant vers le chien qui ronge son frein.

L'autre brute opine silencieusement, les yeux rivés
sur la fille. Son frère lui tapote maladroitement l'épaule
et conclut :

– Allez, tu sais bien que si les flics ne peuvent pas
l'identifier, ils ne remonteront pas jusqu'à nous ou jusqu'à
la vieille. Ils classeront ça vite fait.

Moffat ne comprend pas ce qu'il fait là, il n'a rien à voir avec ces brutes, il ne les a jamais vues. Il ne veut rien entendre de leurs combines sordides, rien qui puisse faire de lui un témoin gênant. Son arrangement avec Stompanato est son seul lien avec la mafia, leurs films pour adultes et leurs petits profits, mais ces dernières semaines il n'y a pas eu de problème particulier qui pourrait justifier un traitement pareil. Il faut qu'il leur demande, qu'il sache ce qu'on lui veut. Il essaye d'articuler une phrase, mais sa gorge asséchée n'émet qu'un grognement inaudible. Il insiste, et ses râles de tuberculeux finissent par attirer l'attention de ses geôliers. L'un d'eux se penche et amène sa grosse tête au niveau de celle de Moffat. Il le dévisage de ses yeux charbonneux et son front étroit, envahi par une implantation de cheveux trop basse qui rejoint presque la barrière de son monosourcil, se plisse dans une expression moqueuse.

– Qu'est-ce qu'il veut l'artiste ?

– Soif, parvient à prononcer Moffat au prix d'un effort douloureux.

– Ah, ben va falloir attendre encore un peu, tout ce qu'on a c'est de l'acide, et je te garantis que tu ferais mieux de ne pas en boire.

Le gorille lui agite la bouteille sous le nez avec un sourire narquois et se relève. Pendant qu'il l'ouvre, son complice redresse le visage de la morte du bout du pied, puis il s'écarte vivement quand le liquide commence à couler en dégageant une légère fumée qui pique rapidement le nez et fait monter des larmes. La bouteille vidée, les deux brutes tournent la tête vers le mur, mais Moffat, lui, ne peut détacher les yeux du spectacle saisissant.

Sous la lumière crue de l'unique ampoule de la cave, le visage de la prostituée se décompose lentement. Ses yeux bleus, que personne n'avait pris la peine de fermer, noircissent. Ses sourcils fondent et coulent, sa peau se craquelle, des morceaux de chair exsangues se décollent de son crâne. Son nez se dissout et tombe d'un seul coup, ses joues rebondies s'affaissent, formant des plis sur ses oreilles, avant que l'épiderme ne lâche et que le tout ne glisse sur le sol de la cave. Ses lèvres disparaissent peu à peu dans sa bouche, dévoilant l'ivoire jauni de ses dents. Sa chevelure blonde aux racines sombres se détache par plaques, rejoignant la flaque d'acide qui entoure la tête. Bientôt, ne reste plus du visage de Dorrie qu'un crâne fumant, sur lequel s'accrochent encore quelques lambeaux de chair fondue.

Moffat a complètement oublié sa douleur et sa peur. Il n'a jamais rien vu de plus fascinant, de plus beau que cette érosion de la chair, cette dissolution de la beauté et de la vie. L'expression la plus pure de sa colère et de sa haine.

Les deux brutes font la grimace en contemplant le résultat, puis ils ricanent pour dissiper le malaise.

– La vache, Dorrie, il va falloir baisser tes tarifs... Ton nouveau maquillage ne vaut rien !

– Bon, assez rigolé, on a du boulot. Prends-la par les pieds, on la colle dans la Buick et on se débarrasse de ça tant qu'il fait nuit. J'ai une pince dans le coffre pour les phalanges. Autant s'en occuper avant qu'elle se mette à puer. Ça schlingue déjà assez ici avec la Trompette qui s'est chié dessus.

Les deux gorilles soulèvent le corps et s'engagent dans l'escalier. Moffat scrute le visage de la morte, ou ce qu'il en reste, alors que sa tête pend et balance au rythme de l'ascension. Le chien suit le cortège mais n'essaye pas de lécher le cadavre, sans doute écœuré par l'odeur de l'acide. La lumière s'éteint et la porte se referme, immergeant à nouveau Moffat dans le noir total et dans un silence juste troublé par les gémissements plaintifs de son compagnon.

★

Le visage de la prostituée en train de fondre accompagne les rêveries fiévreuses de Moffat. Il a soif, tellement soif qu'il perd encore la notion du temps et délire, incapable de fixer sa pensée sur autre chose que ses idées morbides, sur l'inévitable fin de l'arrogance de la beauté, sur la satisfaction que l'on doit ressentir à être l'instrument de cette fin. Il erre toujours dans cet état de semi-conscience quand la porte s'ouvre. Un pas, plus lent et plus lourd que les précédents, se fait entendre dans l'escalier, bientôt couvert par le cliquetis des griffes du bouledogue. Le chien vient renifler le producteur engourdi ; il doit trouver le parfum à son goût, car il se met à lui lécher le visage. Il a eu le temps de le couvrir de bave quand son maître arrive derrière lui.

– Edgar, tu es sale, arrête ces familiarités.

L'homme, un sexagénaire un peu gras, au visage gris et triste, se penche pour caresser l'épaisse tête de son chien. Les deux gorilles se tiennent derrière lui et font craquer leurs phalanges. Moffat essaye de supplier, mais sa voix demeure inaudible. Pourtant, le vieil homme semble comprendre ; il demande à ses gros bras de donner à boire aux captifs. Ils sortent chacun une bouteille de bourbon de leur veste et se penchent vers les prisonniers. La brute ricane en glissant le goulot entre les lèvres desséchées de Moffat. Le mauvais bourbon coule directement dans le ventre du producteur qui hoquette et étouffe un haut-le-cœur. L'alcool est fort, il brûle tout sur son passage, mais il avait tellement soif que cette brûlure est une bénédiction, et il a déjà descendu une demi-bouteille quand la brute lui retire le goulot de la bouche. La Trompette a droit au même traitement, mais à la fin l'homme de main lui renverse le reste de bourbon sur la tête, détache ses menottes et lui jette un pantalon, une chemise et des chaussures, sur lesquels il verse le fond de la bouteille de Moffat.

– Habille-toi la Trompette, il est l'heure de partir, ordonne-t-il.

Le prisonnier fait un geste pour montrer qu'il faudrait aussi changer son caleçon souillé. Le gorille lui répond par un coup de pied et le pauvre type dégoulinant de bourbon se tortille pour s'habiller en gémissant de douleur. Le vieil homme se place devant lui et lui parle avec un ton condescendant.

– Mon pauvre Riccardo, tu nous places dans une situation très désagréable. On t'a averti plusieurs fois, on t'a dit qu'il fallait l'oublier, que votre union ne valait rien. Un mariage conclu au Mexique, alors que vous n'aviez même pas quinze ans… Ça ne compte pas ici, tu n'as aucun droit sur elle. On t'a demandé de t'éloigner, de ne plus jamais chercher à la voir, de jouer de ta trompette dans des clubs sans te faire remarquer. Tu ne nous as pas écoutés. On aurait dû te liquider, mais elle nous a implorés de ne pas te tuer, en souvenir de vos beaux jours sans doute, et le patron du studio a préféré te donner de l'argent pour que tu te taises. Alors on t'a laissé une dernière chance : partir à Tijuana et ne plus jamais revenir… Mais, comme un imbécile, tu as tout dépensé dans ta putain de drogue et tu es revenu traîner au *Ciro's*. Tu as recommencé à dire des conneries, comme quoi ce serait ta femme et qu'elle te devrait tout, qu'elle t'aimerait toujours et qu'elle quitterait son mari acteur américain pour revenir avec toi… Le pire c'est que cette fouine de Hedda Hopper a cru bon d'écouter tes sornettes et de nous en parler… Tu te rends compte du tort que tu aurais pu faire à ta soi-disant femme ? Avec tout le mal qu'on s'est donné pour dissimuler ses origines mexicaines, s'il fallait en plus avouer qu'elle est bigame, sa carrière serait foutue ! Qu'est-ce que tu nous laisses comme choix, à ne pas vouloir disparaître ?

– *Un hijo… Tenemos un hijo*, marmonne le prisonnier, les yeux pleins de larmes.

– En plus, vous avez un enfant ! Et tu trouves ça malin d'en faire un orphelin au lieu de t'en occuper ? Tu n'écoutes pas ce que Jack Dragna te dit ? Hein ? Tu trouves ça malin ?

En prononçant cette dernière phrase, Dragna lui balance un coup de pied dans le ventre. L'homme gémit et ne parvient plus à répondre.

– Alors ? Réponds ! Tu ne respectes pas Jack Dragna ?

Le vieux mafieux s'emporte, pose et repose la même question en lui assenant des coups de pied aux jambes, dans le ventre ou sur le visage, jusqu'à ce que le musicien perde connaissance, ensanglanté, le corps détruit. Du sang a giclé, le chien lèche les croûtes sur le nez du trompettiste. Dragna sort un mouchoir et essuie en râlant les traces sur ses chaussures et le bas de son pantalon.

– Saloperie de chicano de merde, il m'en a foutu partout, ce pauvre connard. Vous me le collez dans sa bagnole et vous la balancez dans un virage de Mulholland Drive, que ça brûle et que ça ait l'air d'un accident. Si l'autre pintade de luxe apprend que son béguin est mort, qu'elle ne puisse pas croire que c'est autre chose qu'un drame de l'alcool et de la drogue. Dès qu'elles ont un peu de succès, elles oublient les putains qu'elles ont été et elles deviennent capricieuses, ces pétasses d'actrices… Il va falloir qu'on se renseigne sur ce môme aussi, avant que ça nous pète à la gueule.

Moffat devrait avoir peur, mais dans son esprit brouillé par la fatigue et l'alcool, seul surnage un vague regret, une déception. Il aurait adoré qu'ils fassent fondre le musicien à l'acide, le voir se transformer en flaque sur le sol de la cave. Il scrute avec attention la tache brune qu'a laissée le visage de la prostituée sur le ciment, il discerne quelques reliefs là où une oreille s'est dissoute, il admire l'auréole qu'ont tracée ses cheveux en fondant. Fasciné, il n'entend plus rien et ne sort de sa transe qu'après avoir reçu trois fortes gifles, assenées par le vieil homme à l'accent sicilien qui s'est accroupi devant lui.

– Tu m'écoutes Moffat ?

– Oui, oui, je vous écoute.

Derrière eux les deux brutes soulèvent le corps du musicien inconscient et l'emportent comme un sac de chiffons, le traînant par les pieds et laissant sa tête cogner sur chaque marche. Moffat fixe son attention sur les deux billes noires perpétuellement tristes qui brillent dans les orbites de Dragna et qui ne le lâchent pas.

– Tu sais pourquoi tu es là ?

– Non, je ne vous ai rien fait !

– Heureusement pour toi ! Tu es là pour te rendre compte que je ne suis pas un type très sympa. Tu ne voudrais pas de moi comme papy pour tes mômes, tu ne voudrais pas de moi comme voisin, tu ne voudrais pas de moi comme ami. Mais surtout, tu ne voudrais pas de moi comme ennemi. On dit que Dragna, c'est un vieux bonhomme, qu'il est moins méchant que Mickey Cohen, que les vrais durs, ce sont les gars de la côte Est. Tu as déjà dû entendre ces foutaises, la Mickey Mouse mafia ! Hein ?

– Non, non, je ne connais rien à la mafia.

– Oh, tu ne veux pas me manquer de respect, c'est gentil. Mais je sais que tu fricotes avec cette saloperie perverse de Stompanato, alors il a déjà dû te dire que c'était Cohen qui dirigeait Los Angeles… Mais tu vois, ce ne sont que des conneries, le boss dans cette ville, c'est moi. C'est moi le type qui remplit les cimetières, qui fait fondre des putes dans sa cave et qui fait disparaître des maris embarrassants. On me voit moins dans les journaux parce que je suis moins photogénique, mais la vraie machine à tuer, c'est Jack Dragna. Et tu sais pourquoi je te dis ça ?

– Vous voulez de l'argent ?

– Qu'il est con !

Dragna se relève et toise Moffat.

– Je mets ça sur le compte de l'alcool et de la fatigue, parce que sinon, je vais commencer à me demander s'ils ont misé sur le bon cheval. Non, abruti, je te dis ça parce que tu vas travailler pour moi maintenant. Je vais te donner une valise d'argent. Une valise pleine de deux putains de millions de dollars. Et tu vas faire des grands films avec cet argent, des films qui vont rapporter des millions. Tu comprends ?

Moffat hoche la tête. L'argent que lui ont promis Buckman et Morrisson, l'argent qui va financer AFE et faire de lui un mogul. Il regarde Dragna et son chien qui lèche les gouttes de sang sur ses pompes, il comprend que ce vieil homme va tenir sa vie entre ses mains et que c'est le prix à payer pour devenir un des maîtres de cette ville. Fox, Cohn, Warner, Schenck, Mayer... tous ont commencé avec la main de la mafia serrée autour de leurs couilles.

– Maintenant, tu feras tout ce que je te demande. Sans discuter. Je ne veux pas de « mais » et encore moins de « non ». Le patron de ta boîte de merde, c'est moi. Si jamais tu l'oublies, tu reviendras dans cette cave qui pue l'acide et la merde et tu n'aimeras pas ce qui s'y passera. C'est bien clair ?

– C'est vous le boss, monsieur Dragna. Et je vous rendrai chaque dollar que vous me prêterez.

– Tu me rendras au moins le double, connard. En attendant, je ne veux plus que tu aies le moindre contact avec Stompanato, cette petite ordure doit sortir de ta vie. Vos dégueulasseries qu'il revend à tous les bordels du pays, c'est fini.

– Évidemment, je n'aurai plus le temps pour ça.

Dragna acquiesce et sort un petit papier de sa poche. Il le déplie avec soin, puis le place sous les yeux de Moffat afin qu'il lise ce qu'il y a marqué dessus.

– Cette gamine, pardon, j'oublie toujours son nom, tu lui feras jouer le premier rôle féminin dans toutes tes productions. Jusqu'à ce qu'on te dise d'arrêter.

Moffat a la gorge qui se serre, il se retient de crier et bredouille :

– Pourquoi ?

En guise de réponse, le vieil homme lui balance un coup de pied dans l'estomac. Dans l'effort, Dragna lâche le petit papier qui volette et va se poser sur les restes de visage fondu.

– Si j'estime avoir des explications à donner, je les donne. Sinon, tu fais ce que je dis. Alors tu fais tourner cette greluche.

Moffat opine. Dragna sort des clés de sa poche et ouvre les menottes. Moffat a du mal à se relever, il se sent faible et confus. Il jette un dernier regard sur le papier et le nom de la maîtresse du fils Zanuck lui brûle les yeux, cette petite garce arrogante et bien née qui essayait de convaincre Didi de le quitter. S'il ne trouve pas de solution, Liz Montgomery va prendre la place de Didi dans ses films. La perspective de devoir à nouveau servir la soupe à ceux qui le méprisent l'afflige. Hollywood se joue de lui une fois encore, et il entend déjà les rires moqueurs jaillir de tous les clubs de Sunset Boulevard. Il hait cette jeune femme plus qu'il n'a jamais haï.

Chapitre 10

Flynn Ranch Road, Mulholland Playhouse, Los Angeles, le 13 juin 1953

Au sommet d'une colline, elle-même au sommet d'une montagne. Pour atteindre la propriété d'Errol Flynn, il faut suivre sur des kilomètres une route en lacet, obscure et constellée de nids-de-poule. Une fois là-haut, on se retrouve complètement isolé, au centre d'un parc de plus de onze hectares, avec un point de vue unique, Los Angeles d'un côté, la San Fernando Valley de l'autre. Depuis une semaine, tous les night-clubs de la ville bruissaient de la folle rumeur. Errol était de retour. Errol revenait d'Europe, plus riche et plus fou que jamais. Le prince de Los Angeles allait faire une entrée fracassante, les ligues de vertu pouvaient fourbir leurs pancartes et leurs chapelets, l'heure de la grande débauche allait à nouveau sonner.

Hollywood avait quitté son amant bondissant sur une prestation alcoolisée dans une version médiocre de *Don Juan*. Les échos rapportaient qu'il avait fallu placer constamment quelqu'un hors champ pour soutenir Errol afin qu'il ne s'effondre pas dans le décor. Jack Warner avait eu beau s'égosiller, Flynn n'était jamais arrivé à jeun sur le plateau. Puis il avait disparu ; on le disait ruiné par un projet de film dans les Alpes italiennes, par ses divorces, par un conseiller financier véreux. Certains pensaient qu'on ne le verrait plus jamais, et ce malgré les quelques encarts dans la presse énumérant les escales de son voilier sur les côtes méditerranéennes. On ne croyait plus en sa résurrection et l'on s'entichait d'autres idoles, sans toutefois retrouver le goût de soufre qui accompagnait le plus turbulent et fanfaron des acteurs capables de remplir des salles dans tout le pays par leur simple présence sur une affiche.

En cette fin de printemps, l'annonce d'une soirée donnée pour célébrer son retour dans sa grande villa, sa Mulholland Playhouse aux dix mille femmes, avait vite occupé les esprits, et bientôt, une seule chose compta : savoir qui allait être invité ou non. Il était difficile de faire le compte, aller chez Flynn était devenu peu à peu synonyme d'aller au bordel, mais dans ce cas, les femmes étaient les égales des hommes : tout le monde s'y précipitait, mais personne n'avait envie que cela se sache.

Alors quand Jacinto avait proposé à Didi de l'accompagner, la jeune actrice n'avait pas hésité une seule seconde. Peu importait le mensonge qu'elle aurait à fourbir pour écarter Moffat, la perspective de participer à cette immense orgie de glamour hollywoodien avec Jacinto l'avait électrisée. Les émissaires d'Errol veillaient à l'approvisionnement en nouveaux visages et en énergie : sans la fougue et la beauté de la jeunesse, l'alcool, les drogues et la plus folle débauche peuvent vite offrir un spectacle d'une profonde désolation.

Sa relation avec Jacinto avait pris un tour inattendu après leur après-midi de drague au bord de la piscine. Deux étreintes sans grande passion avaient suffi pour que Didi comprenne et fasse avouer à Jacinto qu'il préférait les garçons. Elle s'en était un peu offusquée, puis en avait pris son parti ; le jeune homme était devenu un confident et un ami précieux, à un moment où elle-même questionnait ses préférences. Pour sa part, Jacinto, qui rêvait de faire carrière dans le cinéma, trouvait plutôt pratique de pouvoir s'afficher au bras d'une jolie fille et de mettre ainsi un terme aux rumeurs concernant ses orientations.

La Lavender Scare battait son plein et un jeune premier connu pour son homosexualité n'aurait aucune chance de décrocher le moindre rôle.

Jacinto a passé l'après-midi avec elle, à choisir sa tenue pour la soirée, courte, décolletée, ainsi que des sous-vêtements affriolants. Après ces préparatifs émaillés de rires et de tendresse, un taxi est venu les récupérer pour les emmener sur la partie la plus haute et la plus éloignée de Mulholland Drive. De la même manière que Moffat avait disparu depuis vingt-quatre heures, dispensant Didi d'avoir à s'inventer un alibi, le triste épisode nuageux du *june gloom* s'était dissipé, comme si rien ne devait ternir l'éclat de cette soirée. Quand Didi et Jacinto font leur entrée dans la Playhouse d'Errol, un soleil radieux nimbe la villa d'une lueur ocre. L'assemblée est déjà importante. Regroupée autour de la piscine, elle est abreuvée en champagne proposé sur des plateaux d'argent par des domestiques discrets, élégamment vêtus de noir et gantés de blanc. La villa scintille, tout en verre et en lumière, plus petite et plus sobre que ne l'aurait pensé Didi, mais raffinée et accueillante. Le parc, lui, semble à l'abandon, des herbes folles poussent à proximité de la piscine, le gazon n'a été tondu qu'autour de la maison principale, des feuilles recouvrent le court de tennis ; on devine aisément que le maître des lieux ne vit plus ici depuis de longs mois et que l'entretien a été négligé, mais ce détail compte peu et le charme agit sur les convives dont les rires cascadent à flux régulier. Didi est un peu impressionnée, elle manque même de défaillir d'émotion quand elle aperçoit Clark Gable en pleine conversation avec Olivia de Havilland et Orson Welles. Jacinto lui serre la main avec trop de fermeté, Didi sent bien que lui non plus ne sait pas trop comment se comporter. Ils se donnent de l'assurance en descendant quelques coupes de champagne, puis, peu à peu, le regard des hommes sur les formes de Didi, que quelques minces bandes de tissu masquent symboliquement, finit par lui donner confiance. Ils papillonnent de groupe en groupe, échangeant des plaisanteries en flirtant avec une grisante légèreté.

Dans leur ronde enjouée, ils visitent les abords de la propriété et découvrent un zoo privé, désormais inoccupé. Quelques convives y baguenaudent, surtout pour consommer des drogues en toute discrétion. Robert Mitchum, assis sur le bord d'une cage à lions dans la ménagerie, leur fait fumer un peu de haschisch. Déjà des gloussements et des bruits explicites jaillissent des écuries, la soirée s'annonce sous les meilleurs auspices. Un homme imite le hennissement d'un étalon, Mitchum rit, inspire une profonde bouffée et tend le joint à Jacinto. Didi scrute l'assemblée et demande :

– Errol Flynn n'est pas là ?

– Si, je l'ai vu au téléphone, dans le salon. Il négociait avec son ex-femme, Lili Damita. Apparemment, il n'a pas vraiment le droit d'utiliser la villa ce soir, raille Mitchum de sa voix traînante.

Jacinto passe le joint à Didi, et soudain la foule des convives s'agite et s'ouvre pour laisser place au maître des lieux qui s'avance sous les cris de liesse et les plaisanteries. Un sourire radieux aux lèvres, Flynn salue ses invités d'un geste de la main digne d'un héritier du trône britannique en visite officielle. Il est plus grand et plus massif que dans les souvenirs de Didi, son menton s'est un peu épaissi depuis ses dernières apparitions dans la presse et s'il arbore le visage buriné d'un marin, dans son costume blanc rehaussé d'une pochette et d'un foulard bleu azur assortis, il a une classe sidérante.

– Ce salopard, vous pouvez prendre mille photos de lui à n'importe quelle heure du jour ou de la nuit, même s'il est ivre mort, il n'y en aura pas une seule à jeter… grommelle Mitchum en tirant une dernière taffe avant de balancer son joint d'une pichenette et de mettre en branle sa grande carcasse pour rejoindre l'assemblée.

Didi et Jacinto le suivent, sans perdre une miette du spectacle. Flynn monte sur le plongeoir de sa piscine et fait signe à ses convives de se rassembler autour de lui pour écouter son discours inaugural.

– Mes amis, j'ai le plaisir de vous apporter en personne la preuve que je suis toujours vivant ! N'en déplaise aux maris jaloux, aux producteurs peine-à-jouir et aux ligues de vertu, Errol Flynn bande encore. J'ai survécu à la malaria, à la tuberculose, à la lombalgie, à la guerre d'Espagne, à une ex-femme française et à Jack Warner… autant dire que je suis quasiment immortel. Je sais que je me fais rare en Californie, le cinéma ne m'intéresse plus tellement, j'ai passé l'âge de sautiller en collants ailleurs que dans ma chambre à coucher. Je suis trop singulier à Hollywood : le seul type qui, en plein maccarthysme, se retrouve accusé d'avoir été un espion nazi. Nazi, moi, franchement ? J'ai passé ma vie à faire gagner des fortunes à des juifs ! Al Blum vient de me voler jusqu'à mon dernier dollar, si je devais être antisémite, je commencerais aujourd'hui. N'allez pas croire non plus que je fuis parce que je suis ruiné et que ma production de *Guillaume Tell* a été un désastre. N'oubliez pas que nous sommes ici à deux pas de Mulholland Drive, une route nommée en hommage à un ingénieur qui a asséché et ruiné toute une vallée pour construire un barrage qui s'est effondré en faisant des centaines de victimes… Los Angeles est la ville des amoureux du désastre, pourquoi croyez-vous que les studios s'y soient installés ?

Sous les rires et les applaudissements de l'assistance, Flynn descend un verre de vodka et se fait resservir aussitôt. Il sort un étui argenté de sa poche et s'allume une longue cigarette blonde. Il tend son verre devant lui et le montre à l'assistance.

– On a dû vous dire aussi que je suis devenu alcoolique. C'est faux. Je l'ai toujours été. La vodka est la seule chose au monde qui ne m'ait jamais déçu. Je ne fuis pas non plus mes ex-femmes, vous savez bien qu'elles me retrouveraient au fond d'un terrier à l'autre bout du monde si elles pouvaient me prendre un dernier *cent*. Je ne fuis pas non plus les ligues de vertu ou les tribunaux, même si c'est vrai que par précaution, je ne baise plus qu'en présence de mon avocat... Ça lui fait beaucoup de boulot, mais c'est plus prudent. Je ne fuis rien ni personne, mais je dois pourtant vous avouer que je ne resterai pas longtemps à Hollywood. La vérité, c'est que je prends maintenant plus de plaisir à nager au milieu des requins en Méditerranée qu'à négocier mes contrats avec Jack Warner. Je trouve que les requins sont finalement bien plus humains que ce bon vieux Jack. Par contre, vous tous, chacun de vous, vous allez me manquer, terriblement. Alors ce soir, je vous propose de ne pas verser une seule larme, de ne pas nous serrer dans nos bras comme si c'était la dernière fois. Je vous propose de croire que nous allons remettre ça demain, et après-demain et encore et encore, comme à la plus belle époque, quand la guerre, le maccarthysme et *Confidential* n'existaient pas, quand Clark Gable pouvait me botter le cul sans devoir attendre que je sois endormi. Je t'aime Clark. Je vous propose de faire la seule chose pour laquelle je sois réellement doué : profiter de la vie sans en perdre une miette. Et pour commencer ce programme – bien meilleur que celui d'Eisenhower, vous l'avouerez –, je sais que vous l'attendez tous : nous allons faire une petite course de lévriers !

Les « hourra ! » fusent. L'ensemble des convives applaudit ce discours plein d'entrain, les claquements de mains deviennent réguliers et Raoul Walsh, de sa grosse voix de cow-boy, se met à crier « *In like Flynn*[1] *!* »,

---

1. *In like Flynn* : expression argotique américaine qui signifie « avoir rapidement ou facilement atteint un objectif ». En plus de son utilisation générale, la phrase est souvent employée pour décrire un succès dans une tentative de drague. L'expression doit

bientôt rejoint par tous les gosiers présents. Les « *In like Flynn !* » résonnent et dégringolent dans toute la vallée. Didi jurerait voir Flynn rougir. Il fait mine de chasser une poussière de son œil pour essuyer une larme qui ne cadre pas avec le programme annoncé. L'émotion a gagné l'assemblée par surprise, là où tous essayaient de l'éviter. Elle reflue lentement alors que les invités descendent dans le parc, vers une sorte de champ de courses tracé dans l'herbe autour du court de tennis. Didi et Jacinto écarquillent les yeux quand Clark Gable et Raoul Walsh se dirigent vers eux en les désignant du bout de leurs cigares.

– Vous serez nos poulains, annonce Gable avec son grand sourire charmeur. Et je vous préviens, on va parier gros, alors vous avez intérêt à être bons !

– Vous n'avez pas trop bu au moins ? s'inquiète Walsh.

Devant l'air interloqué des jeunes gens, les deux hommes comprennent qu'ils ne savent pas de quoi il est question. Walsh, qui semble tout à coup très occupé à replacer son bandeau sur son œil droit et à réajuster son Stetson, laisse Gable leur expliquer ce qu'ils attendent d'eux. Six jeunes hommes avec chacun un numéro dans le dos doivent poursuivre six jeunes filles habillées en lapin, les seins à l'air – ainsi, le spectacle est plus agréable à l'œil. Chaque garçon gagne la fille qu'il attrape, et la première fille qui passe la ligne d'arrivée gagne une étole en zibeline.

– Je ne cours pas très vite, s'excuse Didi.

– Non, vous n'êtes pas taillée pour la course, par contre, vous êtes taillée pour faire galoper vos poursuivants, commente Walsh.

_____

probablement son origine à la personnalité d'Errol Flynn ou, du moins, elle a souvent été utilisée pour décrire ses succès et ses excès. À tel point que l'acteur a fini par l'adopter comme devise.

– Je ne sais pas si je peux, bredouille Didi.

– Allons ma petite, même Marilyn a participé à cette course ! Vous n'êtes pas obligée de vous donner en récompense, un baiser sur la joue peut suffire, précise Gable.

L'évocation de cette illustre participante finit de convaincre Didi d'aller se changer et de revêtir son déguisement de lapine avec les cinq autres concurrentes, toutes des actrices en devenir au physique avantageux et à la poitrine rebondie. Grisées par le champagne, les jeunes femmes plaisantent en se déshabillant et se prêtent de bonne grâce à ce jeu. Leur camaraderie s'estompe un peu quand l'une d'elles révèle étourdiment que l'étole en zibeline de Russie vaut au moins mille dollars. Quelques regards s'assombrissent et l'ambiance devient immédiatement moins amicale. Didi ne prend plus la course à la légère, on ne laisse pas passer une étole à mille dollars sans se battre.

Une fois déguisées – collants opaques, petite queue de lapin, seins et pieds nus, serre-tête à oreilles de lapin rose –, les jeunes femmes se placent à un des angles du court de tennis, la ligne de départ et d'arrivée de la course, cachant leur poitrine sous leurs bras croisés. Les convives sont rassemblés à l'intérieur des grilles du terrain de sport où un bar provisoire a été installé. Errol vient se positionner au bout de la ligne, il tient dans chaque main un pistolet de pirate digne du Capitaine Blood. Il en lève un et explique.

– Quand je tire, les filles partent. Quand je tire une deuxième fois, les garçons partent. Le jeu est simple. Deux tours à effectuer. Un garçon attrape une fille, il la gagne. La première fille qui passe la ligne d'arrivée sans avoir été attrapée gagne la zibeline. Pas de croche-pieds, pas de bagarres. Je veux un fair-play digne du marquis de Queensbury, sinon on annule tout, et notre généreux sponsor garde son étole. Que les meilleurs gagnent !

Derrière lui, les paris vont bon train, les billets s'entassent dans les mains des bookmakers d'un soir, emmenés par Orson Welles qui semble prendre beaucoup de plaisir à jouer ce rôle avec truculence, un énorme cigare planté dans la broussaille de sa barbe. Gable et Walsh, hilares, encouragent leurs poulains en levant leurs verres, tout le monde rit à gorge déployée. Didi se tait, concentrée, elle ne pense plus qu'à sa zibeline. Soudain, Errol dresse théâtralement le bras. Le silence se fait. Il lance le décompte :

– Trois, deux, un…

Il tire. Didi s'élance pieds nus sur la pelouse. Elle court aussi vite qu'elle le peut, les autres filles en font autant ; par chance, elles ne sont pas plus athlétiques qu'elle. Les poitrines s'agitent dans tous les sens sous les hourras de la foule qui se bouscule derrière les grilles du court de tennis au fur et à mesure de leur progression. Didi perd vite ses oreilles de lapin en peluche, les autres participantes aussi, mais toutes ont encore leur petite queue ronde qui rebondit, accrochée au-dessus des fesses.

Elles ont parcouru la moitié d'un tour quand le deuxième coup de feu retentit. « Les fauves sont lâchés ! » commente le public excité. De l'autre côté du court, Didi aperçoit les hommes qui démarrent à toute vitesse, tellement vite qu'elle craint qu'aucune fille ne passe la ligne avant d'être attrapée. Elle ne distingue pas Jacinto. La pression accélère la course des filles, l'une d'elles chute et roule dans le gazon. Didi est presque en tête, elle entend les cris du public quand la fille à terre se fait coincer. Elle boucle son premier tour, il n'y en a plus qu'une devant elle, elle se concentre sur son dos et fait abstraction des yeux fixés sur ses seins qui ballottent. Une deuxième fille se fait prendre, puis une troisième. La meute se rapproche. Le souffle court, Didi accentue son effort, ses cuisses la brûlent mais elle parvient à dépasser la fille qui la devance. Elles ne sont plus que deux en course au début de la dernière ligne droite – après qu'une fille vient de chuter et de se faire rattraper. Didi entend le souffle de ses poursuivants, ils la talonnent, elle pense pouvoir atteindre l'arrivée où Errol l'encourage avec de grands gestes des bras. Puis elle la voit, et tout se fige.

Liz Montgomery la regarde courir, une coupe de champagne à la main. Elle n'encourage pas, ne crie pas comme les autres invités, elle ne regarde qu'elle. Sa petite bouille de garçonne brune aux cheveux courts affiche un amusement teinté de tendresse. Didi ne fait plus du tout attention à sa course, elle glisse et s'étale de tout son long à quelques mètres de l'arrivée. Elle se fait un peu mal à la cheville et ne voit même pas sa poursui-vante passer la ligne, les bras levés. Didi s'assied dans l'herbe, elle cherche Liz du regard sans se soucier de sa cheville endolorie, ni de la terre humide qui macule ses seins. Elle ne la voit plus, et elle a soudain envie de pleurer. Elle se retient pour ne pas ajouter le ridicule à la situation. Jacinto reprend son souffle, le bras passé sur l'épaule d'un autre concurrent, un joli garçon qui ne doit pas le laisser insensible. Didi époussette sa poitrine sans conviction quand elle sent une fourrure douce et chaude l'envelopper. Elle se retourne et voit Gable tout sourire qui vient de lui poser une étole en zibeline sur les épaules.

– Mais, je n'ai pas gagné, s'étonne-t-elle.

– Oui, mais Raoul et moi, nous avons trouvé ça injuste, alors nous vous en offrons une. Vous avez très bien couru.

Walsh les rejoint et sert une coupe de champagne à Didi. Gable lui tend la main pour l'aider à se relever. Didi remercie ces deux gentlemen avec effusion, en les serrant dans ses bras, ce qui a pour conséquence de cou-vrir de terre, de gazon, de larmes et de transpiration la chemise blanche de Gable et le costume jaune de Walsh, qui accueillent la chose avec un haussement d'épaules indulgent.

– Si on m'avait dit que j'aiderais un jour à financer un film d'Orson Welles, grommelle Walsh en liquidant son verre.

– Avec ce qu'on vient de lui lâcher, j'espère qu'il me gardera un bon rôle, renchérit Gable.

Mais Didi n'écoute plus les plaisanteries de ces deux monstres sacrés de Hollywood ; devant elle, Liz vient d'apparaître, un sourire timide aux lèvres, semblant attendre un signe de sa part. Sans dire un mot, comme sous hypnose, Didi s'avance vers la jeune femme dont le visage l'obsède depuis des semaines. Surpris, Gable et Walsh la suivent du regard jusqu'à ce qu'elle rejoigne Liz. La petite brune tend la main vers la joue de Didi et ajuste une de ses mèches de cheveux.

– Je t'ai attendue, murmure Liz.

– Je sais, j'étais perdue.

– Allez, viens te changer, tu ne peux pas rester habillée comme ça.

– Oui, je dois être ridicule, se plaint Didi en serrant son étole sur sa poitrine.

Déconfit, Gable grimace et enlève un brin d'herbe de sa chemise alors que les jeunes femmes s'éloignent.

– C'est sûr, on ne peut pas lutter… commente-t-il en admirant Liz qui ondule dans sa robe fourreau noire très stricte mise en valeur par un collier de perles.

– Je prends un tel coup de vieux que j'en aurais presque des rhumatismes, ajoute Walsh.

– Arrête de dire qu'on est vieux, j'ai l'impression d'entendre Dore Schary me pousser hors de la MGM…

– Tu leur feras regretter leur manque d'élégance, je te le promets. Tu sais, en voyant ces seins rebondir, j'ai pensé à Jane Russell. Elle serait formidable pour partager l'affiche des *Implacables* avec toi. Je suis sûr que vous vous entendriez à merveille. À l'écran, je veux dire…

– Évidemment, ponctue Gable, qui retrouve son sourire carnassier de séducteur.

Debout sur le bar improvisé, Errol Flynn s'emploie à décapiter des bouteilles de champagne avec un sabre de corsaire, tandis que quatre des concurrentes se déchaînent à ses pieds pour qu'il asperge leur poitrine. Apercevant Walsh, Flynn lui fait de grands signes :

– Tonton, tonton, ramène-toi, c'est ici que ça se passe !

Le réalisateur sourit et lui fait comprendre qu'ils arrivent. En bavardant, les deux légendes retournent vers la foule des convives qui s'est scindée en deux, un petit groupe encourageant et buvant à la santé d'un couple de coureurs ayant décidé d'abandonner toute pudeur et de consommer séance tenante leur lot sur la pelouse, là où ils se sont rejoints. Exactement le genre de scène que Hollywood attendait du retour d'Errol Flynn.

★

La clameur de la soirée s'estompe une fois les jeunes femmes entrées dans le solarium désert où Didi a laissé ses affaires. Elle se rhabille rapidement pendant que Liz se promène dans le garage juste en dessous, en rez-de-jardin, et s'amuse avec la couche de poussière qui recouvre une Hispano-Suiza oubliée là par Errol au fil de ses pérégrinations. Elle dessine un cœur du bout de l'index sur le grand capot noir. Elle sursaute et rougit de sa naïveté quand Didi l'appelle du haut de l'escalier surplombant le capot ainsi décoré avec un romantisme enfantin. Liz monte rejoindre la jeune actrice. Malgré son changement de tenue, Didi reste couverte de traces de terre, de gazon, de sueur, et sa coiffure n'a rien du glamour qui s'accorderait à sa petite robe rouge. Liz la prend par la main et lui fait traverser le parc vers la villa. Quelques convives sont réunis autour de la piscine, Didi récolte des félicitations amusées pour sa course, on lui propose des verres, on tente de lui agripper le bras, mais

Liz tient bon son cap et elle la traîne vers une des salles de bains de la Mulholland Playhouse.

Elles entrent par une grande baie vitrée dans une salle à manger offrant une vue à couper le souffle sur le soleil en train de plonger dans le Pacifique dans un flamboiement d'oranges et de rouges profonds qui font miroiter les chandeliers et les verres en cristal disposés dans la salle. La villa est parfaitement rangée, trop sans doute, et l'aération peine à dissiper une odeur de renfermé accumulée durant des mois d'absence. Dans le salon tout en boiseries, Liz désigne un tableau représentant une femme en robe bleue tenant un nourrisson devant un feu brûlant dans une cheminée. Elle s'arrête devant quelques instants.

– C'est un Van Gogh, *L'homme est en mer*. Il est magnifique. Tu connais Van Gogh ?

Didi secoue la tête avec une moue désolée.

– Je t'apprendrai.

Liz pointe un emplacement vide entre deux bibliothèques bien garnies.

– Il y avait aussi un Gauguin dans ce salon, mais Errol a dû le vendre l'année dernière.

– Tu es déjà venue ici ?

– Non, mais Hedy Lamarr m'a fait visiter quand je suis arrivée. Elle connaît les lieux par cœur et elle m'aime bien depuis qu'on s'est rencontrées sur un tournage. Viens, la salle de bains est par là.

Elles passent devant les portes ouvertes d'une grande chambre à coucher, Didi détourne le regard, mais elle a eu le temps d'apercevoir le dos nu d'un homme en train de posséder bruyamment une femme à quatre pattes au milieu d'un immense lit, le plus grand qu'elle ait jamais vu. Elle est troublée, mais Liz hausse les épaules et lui dit qu'il ne faut pas s'étonner de ce genre de scène quand on entre chez Errol Flynn. Une fois dans la petite salle de bains, Liz prévient son amie.

– Il y a sûrement un miroir sans tain ou un œilleton quelque part, peut-être même un micro. Hedy m'a prévenue qu'Errol a piégé toutes les salles de bains de la maison.

– C'est très incorrect ! s'indigne Didi.

– On est chez Flynn, ma belle, s'étonne-t-on de trouver des poissons quand on plonge dans un aquarium ?

Liz s'assied sur le bord de la baignoire et regarde avec amusement son amie se contorsionner pour faire sa toilette sans se déshabiller ni mouiller sa robe, de peur des voyeurs. Elle y parvient, se recoiffe avec le nécessaire complet qu'elle trouve dans les tiroirs, retouche son maquillage et montre fièrement le résultat à Liz qui applaudit, se lève et attrape un flacon de parfum français. Elle le dirige vers le décolleté de Didi et presse la poire argentée.

– Chanel, pour la dernière touche, ce sera parfait. Errol ne manque pas de goût pour ses invitées.

La jeune femme repose le flacon et se rapproche de son amie, leurs visages se touchent presque, Didi ne bouge pas, sa respiration s'accélère, sa poitrine se soulève avec force.

– Tu sais, je pense à ces pauvres hommes qui nous regardent par l'œilleton, ils doivent être déçus, une actrice digne de ce nom ne doit jamais décevoir son public, surtout dans cette maison.

Elle n'a pas le temps de terminer sa phrase que les lèvres de Didi s'écrasent sur les siennes, elles s'embrassent de longues secondes, pour la première fois et pour un public éventuel qui leur est finalement bien indifférent. Elles se séparent et se fixent sans dire un mot, incapables de trouver des paroles qui ne soient pas mélodramatiques ou étranglées par l'intensité de leur désir. Liz met un terme à ce malaise et ouvre la porte de la salle de bains.

– Viens, cette maison à d'autres secrets qu'il est temps de te montrer.

De retour dans le salon, après s'être assurée qu'elles sont bien seules, Liz déplace un épais volume de Hemingway dans la bibliothèque. Elle appuie sur un levier et le meuble pivote sans un bruit, dévoilant un escalier obscur qui monte à l'étage. Un passage secret, fruit du goût immodéré pour l'inattendu et la fantaisie du maître des lieux. Liz passe la première, se tenant précautionneusement au mur pour gravir les marches étroites avec ses hauts talons. Elle indique à Didi de pousser la porte derrière elles, et la bibliothèque revient à sa position initiale, puis se verrouille avec un claquement sec. Dans le noir complet, les deux jeunes femmes grimpent jusqu'à un miroir amovible que Liz pousse avec difficulté, car le mécanisme s'est un peu grippé. Le passage secret débouche dans une pièce carrée, sans fenêtre, aux murs couverts de miroirs et dont le seul mobilier consiste en une rangée d'énormes coussins rouges le long des parois et un antique fauteuil club anthracite. Au centre de la pièce, le sol est une grande vitre donnant sur la chambre où le couple s'ébat toujours avec la même vigueur. Liz se place au milieu de la vitre et fait signe à Didi de la rejoindre.

– Non, ils pourraient nous voir !

– Mais non, ne sois pas idiote, c'est un miroir sans tain. Cette pièce est la seule de la maison d'où on peut voir sans être vu. Il n'y a pas d'autre moyen d'y accéder que ce passage que doivent ignorer la plupart des invités. Sinon, ils pourraient voir la couleur de ma culotte, mais ils n'ont pas besoin de ça pour s'amuser. Allez viens !

– Ça me gêne, ils n'ont sans doute pas envie qu'on les regarde.

– Ils baisent la porte ouverte chez Flynn ! Je t'assure qu'ils s'en fichent, regarde, il y en a d'autres qui les rejoignent !

En effet, un autre couple entre dans la pièce et commence à se rouler sur le lit sans interrompre les occupants précédents, ils semblent même échanger quelques plaisanteries. Ne pouvant s'empêcher de regarder, Didi s'est rapprochée peu à peu de Liz, leurs mains se trouvent et se serrent. En dessous d'elles, les vêtements des nouveaux arrivants volent dans la chambre et les corps des quatre fêtards ne tardent pas à se mélanger dans un grand désordre sensuel.

– C'est excitant, n'est-ce pas ? demande Liz.

Didi hoche la tête, Liz la tire vers elle et les jeunes femmes s'embrassent avec ardeur, tournent dans la pièce en se caressant avec une intensité presque brutale. Elles se déshabillent en roulant dans les coussins. Didi découvre avec surprise à quelle vitesse elle peut jouir des doigts d'une autre femme, puis, quand Liz s'accroupit entre ses cuisses et que son visage plonge sur son pubis, avec quelle intensité ses orgasmes peuvent s'enchaîner à lui en faire perdre la tête. Elle se tortille et crie, comme prise de convulsions, quand le claquement de la bibliothèque la coupe en plein vol. Suivent des pas dans l'escalier. Les deux jeunes femmes ramassent leurs affaires à la hâte et se cachent sous le tas de coussins alors que le miroir pivotant grince dans leur dos. Elles reconnaissent la voix grave et ironique du maître des lieux.

– Tu peux me croire, ça fait plus d'un an que je n'ai pas mis les pieds dans cette pièce.

– Je peux te croire… ou pas.

Derrière Flynn entre Hedy Lamarr, une de ses complices habituelles. Elle tient son large chapeau noir pour qu'il ne tombe pas dans le passage secret, elle porte des gants en dentelle qui lui remontent presque jusqu'aux épaules, une robe bustier noire et un petit collier ras du cou en velours de la même couleur. Flynn se place au-dessus du miroir. Ils ne semblent pas avoir remarqué la présence des jeunes femmes, ou peut-être ont-ils juste la délicatesse de ne pas y faire attention.

– Je ne les connais même pas ceux-là, commente Errol en regardant les couples s'ébattre sous leurs pieds. Ils sont jeunes, c'est rassurant, l'avenir de Hollywood n'est peut-être pas si morose. Il en reste quelques-uns qui aiment baiser.

– Et je suis assez contente d'en faire partie. D'ailleurs, quand tu m'as attrapée par le bras pour me traîner dans la villa, je me suis dit que…

– Je suis désolé.

– De quoi ? Tu ne m'as encore rien fait… et c'est bien là le problème !

– De ne pas avoir la tête à ça. Trop de souvenirs ici, trop d'émotions, trop de gens que je ne reverrai peut-être jamais.

– Pourquoi m'avoir emmenée là alors, tu deviens sadique ?

– Tu es la seule à qui je peux demander de faire comme si on avait couché ensemble. Je ne voudrais pas qu'ils aillent s'imaginer que j'ai perdu mon appétit.

– Ou que tu deviens comme tous ces vieux bonshommes qui ne la lèvent plus que pour des gamines en âge d'être leur fille.

– Ne sois pas vache. Je t'assure que si mon humeur change, tu seras la première informée.

Errol se laisse tomber dans le fauteuil. Il s'allume une cigarette et fait signe à Hedy de venir s'asseoir sur ses genoux. Contrariée, l'actrice se contente de s'installer sur l'accoudoir et de lui piquer sa cigarette d'un geste autoritaire.

– Hedy, tu as la silhouette d'une gamine, dans *Salomé* tu joues le rôle d'une fille de quinze ans et tu le fais à merveille. Alors, arrête tes bêtises.

– Le maquilleur a eu du travail et DeMille est un génie.

– DeMille est un salopard fasciste qui filme avec la grâce d'un Panzer.

Errol se rallume une cigarette, soupire, et reprend sur un ton moins railleur :

– Je ne veux pas qu'on soit fâchés. Tu veux la vérité ?

– Ça te changerait. Il n'est jamais trop tard pour de nouvelles expériences.

– Je souffre du dos, plus que jamais. Tu sais que ça fait des années que ça me torture, et aujourd'hui je n'ai pas voulu prendre de morphine pour garder ma lucidité et profiter de vous tous sans avoir la tête ailleurs. Mais du coup, j'ai tellement mal que je ne me sens pas apte à faire des galipettes, au moindre mouvement j'ai mal à en hurler.

– OK, j'accepte le rôle de la bonne copine. Mais ce n'est pas mon meilleur.

Hedy se laisse glisser de l'accoudoir sur les genoux d'Errol qui grimace en la réceptionnant.

– Oh pardon, ton dos.

– Ça ira, je l'ai bien mérité.

– Je m'excuse pour les gamines, c'était méchant de ma part.

– Mais ce n'était pas faux. Moi aussi je m'excuse pour DeMille, c'est ton ami.

– Mais ce n'est pas faux.

Ils rient de bon cœur, Hedy retire son chapeau et pose sa tête sur l'épaule d'Errol qui caresse l'accoudoir du fauteuil. Elle lève les yeux vers lui, il lui pose un chaste baiser sur les lèvres.

– Tu sais que c'était le fauteuil de John.

– Barrymore ? Il avait son fauteuil attitré dans votre club de tricot ?

– Non, idiote. C'est le fauteuil où ce vieux brigand de Walsh l'a installé quand il est allé récupérer son cadavre à la morgue, pour me foutre les jetons.

Hedy se raidit, décolle son dos de l'accoudoir en cuir.

– Barrymore me manque, reprend Flynn. Toute cette époque me manque. Avant ces deux filles et le procès, avant que l'armée ne me déclare inapte pour le service, avant que Jack Warner ne me trouve trop peu professionnel pour incarner l'avenir du studio, avant que des escrocs italiens ne ruinent ma carrière de producteur... avant de n'avoir plus d'autre choix que de m'éloigner de Hollywood pour ne pas lui offrir le spectacle de ma déchéance. Fais gaffe à toi, avec ces Italiens.

– Oui j'ai reçu tes lettres, merci, mais ne t'inquiète pas, j'ai confiance en ceux qui m'entourent.

– J'espère que ta carrière de productrice sera plus flamboyante que la mienne. Je suis ton grand frère, j'ai débuté un peu avant toi dans ce cirque, alors tu me dois le respect.

– Ah non, tu oublies que j'ai tourné un porno en Autriche avant de venir échouer lamentablement à Hollywood.

– Tu n'as jamais voulu me le faire voir, alors il ne compte pas. J'aurais adoré te connaître à l'époque !

– Oh oui, je te garantis que tu aurais adoré, je ne pensais qu'à m'envoyer en l'air. Et pour le film, je sais que tu ne me crois pas, mais je n'en ai pas une seule copie. On s'est donné assez de mal pour les faire disparaître. Des fois, c'est vrai, j'aimerais bien le revoir. Je préférerais me masturber en le regardant plutôt que de devoir le faire devant tes pitreries en collant vert délicieusement moulant.

– Mais tu es dégoûtante !

– C'est pour ça que je suis si précieuse. Je vais retrouver une copie, je te le promets. Je te ferai voir ce film chez moi et je te prouverai que je n'ai rien perdu de ma souplesse avec les années, mais en échange, je veux une promesse.

– Qui dois-je tuer ? Tous tes ex-maris... ce sera long, mais je suis d'accord.

– Non. Je veux que tu te soignes, Errol. Je veux que tu arrêtes la morphine, la cocaïne, l'opium, l'alcool et je ne sais quelles autres saloperies avec lesquelles tu te détruis.

– C'est pour ça que je pars, Hedy. Je pars sur la Méditerranée pour m'éloigner des tentations et ne plus faire de mal à personne. Il n'y a que la mer qui me calme. « Homme libre, toujours tu... » Enfin bref, tu connais la chanson. Ici, je ne suis plus qu'un vieux salopard de prédateur qui gâche tout ce que la vie lui a donné. Il vaut mieux que je m'isole du monde, comme quand j'étais gamin en Tasmanie.

– Ne sois pas trop dur avec toi. Tout le monde t'aime ici, Errol.

– Tu demanderas ça aux deux gamines qui m'ont accusé de viol...

– C'était il y a dix ans et tu as été acquitté, Errol ! Tu es innocent !

– Non, j'ai juste eu le meilleur avocat de Californie. En vérité, je ne me souviens de rien. Mais je sais que c'est vrai. Je les ai violées. Parce que j'étais défoncé et parce que je n'ai jamais eu l'habitude qu'on me dise non. J'ai toujours pris ce que je voulais, quand je le voulais. On me donnait même avant que je demande. On ne refuse rien au plus grand séducteur du monde, le symbole phallique universel, celui avec qui toutes les femmes trompent leur mari en rêve chaque nuit. Quelle connerie... Je ne suis qu'une bite en collant qui sautille. Et même pas une grosse, contrairement à la légende.

– Elle est parfaite, ta bite, Errol, et tu étais vraiment le plus bel homme du monde. Tu as plein d'années devant toi pour montrer que tu es aussi un homme brillant, cultivé, drôle et un grand écrivain. Tu as suffisamment de problèmes à régler pour ne pas te laisser miner par ta mauvaise conscience. Tu te rachèteras.

– Je serai loin, très loin de toute faute et de tout rachat, mais tu peux faire quelque chose pour moi.

– Tout ce que tu voudras, vraiment tout. J'aimerais me consacrer à te sauver, mais tu sais que les actrices sont trop égoïstes pour faire de bonnes épouses...

– Je ne mérite pas un tel sacrifice. Mais tu vois, ces deux gamines qui se roulaient dans les coussins avant qu'on ne les interrompe…

Errol se tourne vers Liz et Didi et leur fait signe avec la main de rester couchées.

– Ne bougez pas les filles, je m'excuse d'avoir gâché ce moment. Mais ne vous en faites pas, ces coussins en ont vu d'autres.

– On ne sera plus très longs, promis, ajoute Hedy.

– Je ne peux pas rattraper ce que j'ai fait à Peggy Satterlee et Betty Hansen, j'ai foutu leurs vies en l'air. Hollywood est une dévoreuse d'innocence. Mais ces deux jolies filles sous les coussins s'aiment, ça saute aux yeux, et tu sais quel sort la broyeuse de l'industrie réserve à ces amours non normées. J'ai détruit deux vies, pour me racheter je te demande de veiller sur ces deux mômes. Tu les connais ?

– J'en connais une, oui.

– Eh bien, sauve-les, fais attention à elles. Pour moi, s'il te plaît. Que je n'aie pas servi à rien dans cette ville de pacotille.

– Je te le promets. Mais je crois que pour l'instant, elles veulent juste qu'on déguerpisse vite, elles ont des choses urgentes à finir.

– Tu as raison. Les vieux, ça parle trop. Je vais essayer de trouver un cachet d'antalgique assez fort pour me calmer, et si mon dos veut bien me foutre la paix, je te casserai en deux comme une pute de Saigon, Miss Lamarr.

– Des promesses, toujours des promesses.

Hedy et Errol disparaissent par le passage secret en se tenant par la main, le miroir pivote en grinçant et les deux jeunes femmes se retrouvent seules dans la pièce. Liz rampe jusqu'à ce que sa bouche rejoigne celle de Didi.

– Ils étaient beaux, hein ?

– Oui. Pourquoi ne se sont-ils jamais mariés ? C'est triste.

– Parce que Errol voulait être l'homme de toutes les femmes et Hedy la femme de tous les hommes. À Hollywood, personne ne tient parole.

Chapitre 11

Santa Anita Park, Arcadia, comté de Los Angeles, 25 juin 1953

Alors que les chevaux entament le dernier virage sur la piste en terre battue de l'hippodrome de Santa Anita, Mainliner, la jument sur laquelle a parié Buckman, se trouve en quatrième position, un peu à l'extérieur, à une longueur de Helicopter, la favorite, qui mène la course depuis le début du tour. Mainliner est une grande spécialiste des dernières lignes droites ; deux ans auparavant, son finish étourdissant lui a permis de gagner les Hambletonian, la plus grande course du monde qui a lieu chaque année début août, sur la côte Est. Buckman serre son ticket dans son poing moite. Des picotements de plaisir lui parcourent l'échine. Cela fait des semaines qu'il n'a pas connu de telles sensations, celles pour lesquelles il vit, celles qui comptent vraiment.

Quelque part, à une trentaine de kilomètres vers l'est, Morrisson doit recevoir Moffat pour une interminable réunion de travail. Il aurait dû être avec eux, mais il n'en pouvait plus. Incapable de tenir en place ou d'avaler quoi que ce soit depuis plusieurs jours, il devenait irritable voire agressif, passait son temps à masquer des sueurs froides ou à faire passer des maux de tête lancinants. Il consommait beaucoup trop d'alcool et fumait sans discontinuer. Chaque matin, son miroir lui renvoyait le visage d'un fou, d'un drogué en plein sevrage. Jusqu'à ce jour, il avait tenu bon, prétextant le stress du démarrage de leur projet ou une mauvaise grippe pour expliquer son état. Morrisson le croyait – du moins en avait-il l'impression. Mais ce matin, alors que la plus belle course de trot de l'année allait avoir lieu à Santa Anita, il n'avait pas réussi à se mentir. Sans l'excitation de plus en plus forte que le jeu procure, il ne faisait qu'errer comme une âme en peine. Il lui fallait retrouver ces sensations, ces rituels, et il ne pouvait échapper à cette date qu'il voyait approcher inéluctablement sur le calendrier du bureau où il avait inscrit un « Anita » énigmatique, déclenchant chez Morrisson une interrogation teintée de jalousie.

Sa respiration n'a cessé d'être douloureuse que lorsqu'il a arrêté sa Chevrolet Styleline sur le parking de l'hippodrome, au pied des cimes enneigées des San Gabriel Mountains. Il a vite retrouvé ses marques, son côté préféré pour se garer, le môme qui propose de laver la voiture pour un dollar, pendant la course, les habitués qui boivent un Thermos de café assis sur le capot de leur véhicule avant l'ouverture des portes, les discussions sur les cotes, les tuyaux qu'on se refile – et qui donc n'en sont pas –, la lecture de la presse spécialisée et de ses statistiques complexes. Et puis, peu à peu, la tension qui monte, les regards qui se font insistants vers les grilles de l'entrée Art déco des tribunes, les conversations qui se tarissent, et enfin les portes qui s'ouvrent et la marche nerveuse vers les guichets de la meute des parieurs, billets en main, prêts à mettre leur avenir sur la table pour ressentir le grand frisson. Jouer, de plus en plus violemment, jusqu'à épuisement total de l'âme.

Son addiction a été le sujet de plusieurs disputes avec Annie, qui le relance souvent sur ce point. Elle veut pouvoir lui faire confiance, et sans l'ambiguïté de leur relation, Buckman n'aurait jamais donné aucun gage, il se serait muré, serait devenu désagréable. Personne n'a jamais pu aborder ce problème avec lui, il a toujours refusé l'aide de ses parents, il ment à son entourage depuis des années et il a bien l'intention de continuer. Comment pourraient-ils comprendre que le jeu lui permet de réparer tout ce qu'il casse, qu'il lui suffira d'une bonne passe, de quelques bons paris pour ramasser plus d'argent qu'il n'en a jamais perdu et changer le cours de son existence ? Seuls les vrais joueurs le savent et se racontent les trajectoires de clochards devenus millionnaires grâce à leur bonne étoile. Sans cet espoir qui le galvanise, il ne pourrait se contenter des miettes d'existence qu'on lui accorde.

Buckman sait que si Morrisson s'inquiète tant de son goût immodéré pour le jeu, c'est parce qu'elle hésite à lui accorder une autre place dans sa vie. Depuis le soir où elle lui a appris qu'elle a une fillette, issue d'un premier mariage, qui vit chez ses parents dans l'Iowa, son regard sur elle a changé. Il ne peut plus la voir comme une aventure, une potentielle escapade sexuelle ; il la considère avec plus de sérieux, il veut être sûr de ses sentiments avant de faire avancer leur relation dans une nouvelle direction. Depuis un mois, il se questionne, il sait qu'il lui faudrait choisir entre les courbes de la belle rousse et celles des virages de l'hippodrome, entre sa passion pour le jeu et celle qu'elle pourrait lui inspirer. Pour se sortir de cette impasse, il avait passé un pacte avec lui-même : il allait parier gros toute la journée et casser la baraque. Il allait enfin forcer son destin et toucher le pactole. Avec cet argent, il achèterait la maison qu'Annie méritait. Ils vivraient tous les deux dans une belle villa à Santa Monica, devant l'infini du Pacifique, avec assez d'espace pour que la fille d'Annie et leurs enfants à venir puissent courir à perdre haleine. Pour cela, il avait mis de côté la majeure partie de ses soldes. Trautman ayant effacé ses dettes antérieures, il allait pouvoir tout placer sur les courses du jour et rafler la mise.

Les premières courses ne lui ont pas été favorables, il a joué de malchance ; une chute, une méforme, une victoire surprise d'un cheval mal coté. Mais il a continué, grisé par l'odeur de terre humide et par le bruit sourd des sabots, il a augmenté ses mises tout au long de la matinée selon le vieux principe du quitte ou double, et il s'est retrouvé à sec quand le moment est venu de parier sur la grande course, celle qu'il attendait depuis des semaines.

Dans tous les hippodromes, des types guettent le moment où les parieurs se retrouvent dans cette situation. Ils traînent autour des files, jamais très loin des guichets mais jamais devant. Souvent italiens ou juifs, ils portent des costumes chers et voyants. Tout le monde les connaît et leur adresse un signe de tête en arrivant. Secrètement, tout le monde les hait et souhaite ne rien avoir à faire avec eux. Mais quand le sort s'acharne sur un parieur malchanceux, ils sont le dernier recours. Buckman a eu régulièrement affaire à ces vautours, ces prêteurs clandestins, ces usuriers qui avancent aux joueurs de quoi tenter un dernier coup moyennant des garanties disproportionnées et des taux d'intérêt malhonnêtes. Les sbires de Mickey Cohen hantent les salles de jeu et les terrains de courses de toute la Californie, ils sont toujours là quand vous n'avez plus le choix.

Luigi ne s'est pas fait prier, il connaissait Buckman pour lui avoir prêté d'assez fortes sommes par le passé. Le major craignait de se faire rejeter – sa discussion houleuse avec Sam Farkas, l'homme de main de Cohen qui lui avait fait comprendre qu'il serait désormais *persona non grata* dans les officines de la famille, était encore fraîche dans sa mémoire –, mais Luigi a souri et lui a juste demandé « Combien ? » La boule au ventre, Buckman lui a demandé mille cinq cents dollars. Il connaissait les conditions que le petit Italien lui a rappelées : il faudrait rembourser deux mille dollars d'ici trois jours. Le major croyait en son intuition : pour son grand retour sur la distance après une blessure, Mainliner allait l'emporter et se poser à nouveau comme favorite pour le Hambletonian. Sa cote de vingt-cinq contre un était une aubaine, une affaire en or. Il allait rafler trente-sept mille cinq cents dollars, le prix d'une jolie maison le long de la plage à Santa Monica. Il a serré la main de Luigi et l'a suivi jusqu'au petit bar où l'Italien conclut ses prêts, non loin de l'entrée de l'hippodrome mais sans vue sur les pistes, donc plus au calme que les bars disséminés dans les tribunes bondées de Santa Anita. Le major a eu le temps de prendre un bourbon sous le regard blasé du serveur qui voit des candidats à la ruine défiler à longueur d'année sur ses tabourets. L'usurier a déposé une enveloppe sur le comptoir, Buckman l'a ramassée sans compter ni remercier et s'est précipité vers les guichets pour enregistrer son pari juste avant l'heure limite.

La cloche retentit à l'annonce de la dernière ligne droite, Mainliner s'est rapprochée de la tête, elle est troisième maintenant, à la lutte avec Helicopter pour la deuxième place. Newport-Dream vient de faire une remontée spectaculaire dans le virage, tournant avec maestria et venant souffler la tête à Helicopter. La jeune jument a fière allure, le port altier d'une future grande. Buckman gémit, des filets de sueur blanche maculent les flancs d'une Mainliner au regard exorbité ; sa favorite donne tout ce qu'elle a pour remonter mais elle paraît plus éprouvée que les deux autres. Autour de lui, l'hystérie est à son comble, des parieurs éructent, jettent leur chapeau au sol, enragent ou exultent, plus de quarante mille personnes entrent en transe. Combien jouent leur vie sur cette course, comme le major ? Combien connaissent l'exaltation suprême qui le fait hurler à perdre haleine ? L'adrénaline qui coule dans ses veines l'empêche de penser aux conséquences d'une défaite, il ne peut envisager que la victoire ; aucune drogue, aucune femme ne peut rivaliser avec cela. Son cœur tambourine dans sa poitrine au même rythme que les sabots des juments sur la piste. Mainliner remonte un peu, sa tête arrive au niveau des épaules de Helicopter ; une longueur devant elles, Newport-Dream est à la corde, sa foulée paraît un peu moins fluide malgré sa grâce, elle perd du terrain et son jockey s'agite pour tenter de la relancer. Buckman a ses chances, il sent que cette fin de course va tourner en sa faveur. Il ne voit pas Luigi qui s'est installé non loin de lui, apparemment plus intéressé par le major que par les trotteurs.

– Allez, Mainliner, montre-leur ton finish !

À trente mètres de la ligne, tout est encore possible. Newport-Dream continue de fléchir et les deux autres juments fondent sur elle. Helicopter finit par prendre la tête à une longueur de la ligne, le jockey de Mainliner donne un dernier coup de cravache, la bête fait tout ce qu'elle peut, son encolure est presque au même niveau que celle de sa rivale, cela va se jouer à quelques centimètres. Buckman est idéalement placé, tout en bas des gradins, presque au niveau de la ligne, quand il voit passer sa favorite à trente-sept mille cinq cents dollars, elle a encore ses chances. Les flashs de la photo-finish crépitent, les hurlements de la foule deviennent hystériques, tous ceux qui se sont contentés de la cote de trois contre un proposée pour Helicopter laissent exploser leur joie. Ils sont nombreux. Quelques autres, comme Buckman, viennent de voir une magnifique occasion leur passer sous le nez. Ils regardent leurs chaussures, nul besoin d'attendre les résultats de la photo-finish pour savoir, Mainliner a échoué pour une dizaine de centimètres. Buckman va devoir trouver deux mille dollars d'ici à trois jours. Pour l'instant, il ne s'en soucie guère, il savoure la lente descente de son plaisir, de la folle intensité des moments qu'il vient de vivre. Ce n'est que quand il reprend son souffle qu'il remarque que Luigi se tient à ses côtés et le dévisage.

– Trois jours Luigi, je connais notre accord, ce n'est pas la peine de me surveiller de si près…

– Il y a autre chose de plus urgent, monsieur Buckman. Angelo Polizzi souhaite vous parler en tête à tête.

★

Le père Starace termine l'ascension du long escalier qui mène à sa petite maison de Silverado Drive, sur les collines qui surplombent le réservoir de Silver Lake. Une seule route monte à son domicile, aussi isolé qu'on puisse l'être à Los Angeles. La partie basse du quartier accueille depuis quelques années une communauté latino croissante et paisible, des familles qui partent chaque jour travailler dans le centre de la ville pour revenir dormir dans ce quartier résidentiel le soir venu. Une fois dans sa petite cuisine, il pose sa serviette en cuir noir, desserre son col blanc et s'accorde une bouteille de bière fraîche. Il ne ressortira pas aujourd'hui, il passera juste quelques coups de fil depuis son bureau à l'étage, avec sa vue plongeante sur le lac. Les années passant, l'ascension jusqu'à son refuge est devenue difficile, mais cela contribue à entretenir sa forme, et la tranquillité est à ce prix. Il sort finir sa bière sur le banc en bois qu'il a construit de ses mains sous un des trois cèdres majestueux qui font le charme de sa modeste propriété en pente. Il attend le rendez-vous qui doit ensoleiller le reste de sa journée : Jacinto, son sourire divin et ses appétits démoniaques.

Sa matinée a été abrutissante au possible, une réunion des animateurs des comités de la Legion of Decency. Ses membres sont de plus en plus préoccupés par l'influence de la télévision, surtout sur les plus jeunes. Ils se désintéressent progressivement du cinéma et des frasques hollywoodiennes. Le sujet du jour prêterait à rire s'il n'était pas abordé avec un sérieux des plus moralisateurs par l'intégralité des membres de la Legion : « Superman

179

est-il chrétien ? » En d'autres termes, peut-on laisser la vaste et jeune audience qui lui fait un triomphe toutes les semaines sur les chaînes de télévision en syndication regarder ce programme ? Ils ont débattu des heures sur les origines juives du personnage, celles de ses créateurs, celles qu'indique l'étymologie de son véritable nom, Kal-El, ou encore sa ressemblance avec le Golem, Moïse ou Samson. Puis ils se sont demandé si l'origine non divine de ses pouvoirs et l'existence – telle que racontée – d'autres espèces humanoïdes ne connaissant pas Dieu était compatible avec l'enseignement du catéchisme dans toutes les paroisses du pays. Le père Starace a fait semblant de s'intéresser à ce sujet, refrénant son envie de rappeler à ses frères que les derniers à s'être posé la question du judaïsme de Superman étaient les nazis. Sa serviette est remplie de notes pour le compte rendu qu'il fera à l'évêché, et il s'est engagé à demander un rendez-vous à Whitney Ellsworth, le producteur de la série, pour lui suggérer de faire quelques aménagements dans le scénario des saisons à venir, le principal étant d'introduire, dans un show qui fait déjà la part belle au patriotisme, quelques scènes où le surhomme remercie Dieu pour ses pouvoirs et prie.

Ce cirque l'épuise. Il aimerait tant se consacrer à de véritables actions de charité chrétienne, travailler à ouvrir de nouveaux dispensaires, soigner plus, éduquer plus, sauver plus. Il voit bien qu'il doit tourner la page : les gens de télévision ne fonctionnent pas comme le vieil Hollywood, il n'a pas les contacts, les codes, il ne saura pas en tirer un seul dollar pour ses œuvres, il va juste perdre un temps précieux à disserter du sexe des anges ou de la circoncision de Superman. Il faut qu'il mette un terme à cette farce. Il faut qu'il mette la main sur le magot de Moffat. C'est aussi simple que cela.

En attendant l'arrivée de Jacinto, le père Starace monte dans les combles de sa maison. Là, il a installé son atelier de peinture, un jardin secret où il donne libre cours à sa passion pour l'art moderne, avant tout pour Fernand Léger. Il ne peut pas dévoiler au grand jour ses peintures maladroites ; leur filiation avec l'œuvre du communiste français lui vaudrait trop de reproches, elle compromettrait sans doute sa position. Il a donc pris l'habitude de se cacher pour peindre, une ou deux heures par jour, dissimulé derrière les cèdres et sous le toit de sa petite maison blanche. C'est à cette passion qu'il doit sa rencontre avec Jacinto. Le jeune homme effectuait des travaux de jardinage et d'entretien dans le voisinage et le prêtre avait saisi l'occasion d'un après-midi où il était venu élaguer légèrement ses cèdres pour lui proposer de lui servir de modèle. Sans aucune arrière-pensée ; Jacinto avait juste un corps superbe qu'il avait envie de dessiner, et il n'avait même pas envisagé de le faire poser nu. Le regard du jeune homme quand il avait accepté, sans hésitation aucune, lui avait vite fait comprendre qu'il ne voyait pas les choses d'une manière aussi platonique. Depuis, dès que leurs emplois du temps le permettent, et pour éviter tout risque d'éveiller les soupçons des voisins ou de la famille de Jacinto, ils se retrouvent dans ce petit atelier lambrissé qui, faute d'aération, pue la peinture à l'huile et l'essence de térébenthine.

Le père met un peu d'ordre dans ses tubes et prépare sa palette, il termine de mémoire une vue de la cathédrale Saint-Paul, déstructurée et colorée. Le jeune homme le surprend alors qu'il met la touche finale à un mélange de roses pour terminer son ciel. Jacinto ne sonne ni ne frappe, il se faufile, se déshabille et surgit. Le père Starace sursaute quand il se glisse nu derrière lui et l'embrasse sur la nuque.

– Imbécile, tu vas me faire rater mon mélange, ronchonne-t-il pour la forme.

– Tu me demandes de faire l'agent secret, donc je m'exerce pour le faire bien !

– Alors ? Qu'as-tu appris auprès de cette petite gourde ? questionne Starace tout en dessinant des traits de peinture rose du bout du doigt sur le torse bronzé et sec de son amant.

– Moffat a bien reçu l'argent. Il a une valise pleine de billets, deux millions de dollars. Il s'en est vanté, mais il ne lui a pas dit où il les a mis. Sûrement pas dans son studio : d'après Didi, il est pourri et pas gardé la nuit.

– Tu as vraiment gagné sa confiance, c'est bien, commente Starace qui se tend, incapable de contrôler sa jalousie.

– J'ai couché avec elle, il fallait bien ! Mais c'est fini maintenant, on est juste amis. Elle me dit tout, c'est ce que tu voulais, non ?

– Oui, bien sûr, et autant joindre l'utile à l'agréable…

Jacinto ne perçoit pas la pointe d'ironie dans les propos du père, il s'enthousiasme.

– Oui, et tu sais quoi ? Je suis allé à la soirée chez Flynn ! J'ai rencontré plein de monde, je vais finir par décrocher un grand rôle au cinéma.

– Avec ton accent, c'est peu probable.

Starace n'a pu retenir cette remarque fielleuse, les souhaits de carrière du jeune homme s'opposent à ses projets pour eux : partir loin de cette ville et consacrer leur vie à aider des enfants démunis. Tout ce qui fait obstacle aux rêves de Jacinto sert ses propres intérêts.

– Didi m'a donné les coordonnées d'un professeur de diction. C'est celui qui a fait perdre son accent irlandais à Errol Flynn !

– Flynn n'a jamais été irlandais, il est né dans une île paumée du Pacifique !

– Si, c'est ce qu'Errol m'a dit personnellement ! s'offusque Jacinto.

Sentant qu'une dispute risquerait de gâcher le bref moment qu'ils peuvent partager, le père s'abstient de répondre que Flynn n'est qu'un menteur compulsif, et concède le point à son jeune amant. Il change vite de sujet, revient à ce qui le préoccupe.

– Elle ne t'a pas dit où habite Moffat ?

– Non, elle n'y est jamais allée. Il habite avec sa mère quelque part dans les collines de Santa Monica, au-dessus de Brentwood.

– C'est bien trop vague, répond le père qui reste pensif quelques secondes alors que Jacinto commence à le caresser et à l'empêcher de réfléchir. Il va falloir que tu le suives un soir quand il retourne là-bas. Je vais te prêter ma Cadillac, tu l'attendras à la sortie de son studio.

– OK *padre*. On peut aller baiser dans ta Cadillac, que je m'y habitue ?

Starace n'est plus en mesure de lui refuser quoi que ce soit, et ils descendent dans le garage attenant à sa maison.

★

La petite silhouette de Luigi se faufile avec habileté dans la foule qui se presse vers la sortie. L'excitation vient de retomber, chacun repart, les poches vides et les espoirs en berne. Buckman suit l'usurier avec des semelles de plomb, bien loin des sabots légers des trotteurs. Il sait qu'il avait un accord avec Mickey Cohen, que ses dettes ne seraient pas réclamées tant que l'armée avait besoin de lui, mais qu'en contrepartie il ne devait plus en contracter de nouvelles. Il a contrevenu à cet accord. Des images de joueurs endettés passés à tabac, de mains brisées, de cadavres abandonnés dans le désert s'entremêlent dans son esprit. Il sait de quoi ces types sont capables, il se croyait protégé, intouchable, mais cette immunité a ses limites.

Dans le hall, les guichets de paris ont fermé. La foule des perdants magnifiques quitte l'hippodrome, jetant des regards méprisants à la longue file de gagne-petit rigolards qui se presse devant le seul comptoir encore ouvert, celui où l'on vient réclamer ses gains. Le sol est constellé des tickets perdants de ceux qui ont tenté un vrai pari. Buckman laisse choir le sien et les chasse avec ses pieds comme un enfant bouscule un tas de feuilles mortes. Luigi lui jette un regard désapprobateur ; l'heure n'est pas à la légèreté. Il le conduit vers une petite porte de service que Buckman n'a jamais empruntée. Il frappe trois fois et un type à la face aussi avenante qu'un casier judiciaire chargé leur ouvre. Ils sont deux, taillés dans le même moule, chapeaux mous enfoncés jusqu'à la barre de leurs sourcils broussailleux qui se rejoignent au-dessus de leur nez de boxeur.

Le major étudie les options qui lui restent. Fuir n'en est pas une, ils savent où le trouver et il ne pourra pas se cacher sans perdre son poste, la seule chose qui le maintienne à la surface. Il a déjà joué de son crédit de militaire gradé pour obtenir des prêts auprès des banques traditionnelles, son endettement bouffe chaque semaine la majeure partie de sa solde. Sa voiture est gagée et il doit ruser avec les recouvreurs mandatés par ses créanciers pour qu'on ne la lui prenne pas. Il est locataire, et tout ce qu'il possédait ayant un tant soit peu de valeur a été vendu depuis longtemps. Il ne lui reste plus que quelques costumes et une poignée de livres qu'il ne s'est jamais résolu à brader. Sa seule option, il la connaît. Il y a déjà eu recours par le passé, mais elle n'est pas sans risque. Souvent, des producteurs pressés souhaitent abréger les discussions, les relectures de leur scénario, les demandes de réécriture nécessaires pour obtenir le prêt de matériel par l'armée. Parfois on le lui a proposé – parfois, il l'a suggéré à demi-mot. En tout cas, il a obtenu des sommes rondelettes en échange de son autorisation rapide et peu sourcilleuse. Il sait qu'il a approuvé quelques scripts discutables et qu'il n'est pas passé loin d'un rappel à l'ordre de ses supérieurs. Le problème des films, c'est qu'ils sont vus, et que ses petites compromissions s'étalent sur des écrans de quatre mètres de haut dans toutes les villes du pays. Il peut monnayer ses conseils aussi, l'impact est plus discret mais c'est infiniment moins lucratif, et de toute façon, aucune de ces options ne sera réalisable tant qu'il aura Morrisson dans les pattes. Il ne peut rien faire sans qu'elle regarde par-dessus son épaule et il est peu probable qu'elle voie ces arrangements avec leur mission d'un bon œil. La dernière option, la plus folle, serait de ponctionner ces deux mille dollars dans le pactole que Moffat a reçu pour produire leurs premiers films. Deux mille dollars sur deux millions, ça passerait presque inaperçu, une goutte d'eau dans l'océan. L'idée est séduisante, mais elle se heurte à un obstacle de taille : même si Moffat leur a confirmé avoir reçu les fonds, il s'est montré de la plus grande discrétion quant à l'endroit où il les a entreposés. Il s'est contenté de dire qu'il les avait cachés en sûreté, à l'abri de toute convoitise, mais le major n'a aucune piste.

Les deux brutes le guident vers un couloir sentant le crottin de cheval et la transpiration qui s'enfonce en pente douce sous les gradins. L'air est saturé d'humidité, les canalisations qui courent le long des murs fuient à de nombreux endroits, un peu de vapeur jaillit même d'un tuyau rouillé. Au milieu de leur chemin, un chien, un bouledogue gras et trapu, boit dans une flaque d'eau noirâtre. Les deux hommes le contournent, prenant garde à ne pas le déranger ; la bestiole lève la tête et les observe de ses billes sombres dissimulées sous les plis de sa gueule ronde. Personne ne dit mot. On pousse Buckman dans une petite pièce éclairée par une ampoule unique dont la lueur clignote par intermittence.

Assis près de stocks de rouleaux de tickets vierges, Buckman reconnaît Angelo Polizzi, un petit caïd local qu'il connaît de vue car il traîne souvent autour de l'hippodrome. Il n'est pas surpris de le voir associé aux usuriers ; par contre, sa position de patron doit être récente, mais la mafia est connue pour ses organigrammes mouvants, au fil des décès et des séjours en prison. À ses côtés, un sexagénaire au regard triste, élégamment vêtu – même si de manière un peu trop voyante pour un homme de son âge –, a la main droite posée sur la cuisse nue d'une jeune femme blonde aux lèvres chargées d'un rouge trop vif et à la vulgarité irradiante. C'est lui qui accueille le major.

– Monsieur Chance Buckman, quel plaisir de vous rencontrer enfin !

– À qui ai-je l'honneur ? demande le major en s'installant sur la dernière chaise libre de la salle.

– Jack Dragna, nous sommes associés dans une prometteuse affaire de production cinématographique, je pense qu'il était temps que nous nous rencontrions. Je sais qu'il peut être parfois difficile de s'afficher publiquement avec moi, on me fait une mauvaise presse très injuste, donc je ne vous en veux pas de ne pas en avoir pris l'initiative. Pourtant, au vu de la hauteur de nos enjeux communs, une petite réunion s'imposait, vous ne trouvez pas ?

– Sans doute, oui.

Buckman ne s'attendait pas à une telle rencontre. Tout le montage de l'opération repose sur une absence totale de contacts directs entre le bureau de liaison de l'USAF et les apporteurs de fonds. De tels contacts pourraient être explosifs s'ils venaient à être connus, même un mafieux peut le comprendre. Il se sent pris au piège ; derrière lui, les deux gorilles font barrage, Luigi est appuyé au mur et se cure les ongles avec la pointe d'un couteau à cran d'arrêt.

– Edgar, viens voir papa, arrête de boire des saletés, le vétérinaire te l'a défendu.

Le bouledogue s'avance de son pas sautillant et s'assied à côté de son maître qui flatte sa grosse tête d'une main aux bagues trop lourdes pour ses doigts décharnés.

– Je vois que vous êtes surpris de me trouver là. Mais Mickey Cohen étant en prison, il est normal que je reprenne le contrôle de quelques-unes de ses affaires en son absence.

Buckman sait que cette soi-disant entraide est en fait une guerre sans merci qui fait des morts presque chaque mois dans les rues de L.A.. Il sait aussi que la nouvelle direction de la police de la ville ne laissera plus passer ces incartades comme avant. L'organisation doit apprendre à se montrer plus discrète si elle ne veut pas faire les frais du Gangster Squad, et à voir la tenue et la petite amie du vieil homme, le major ne parierait pas que Dragna passe longtemps au travers des mailles du filet. Ce petit jeu de politesses hypocrites agace le major et le timbre de sa voix s'en ressent. Il retire son chapeau, en tapote nerveusement le fond et demande à brûle-pourpoint :

– Qu'est-ce que vous me voulez ?

– Vous êtes un homme pressé, major, j'apprécie votre franchise. Les vieux sages comme moi nous prenons parfois trop de temps, car nous connaissons le prix à payer pour une phrase maladroite. Il est parfois dangereux de vouloir des résultats trop rapides. De vouloir s'enrichir trop vite. En pariant, par exemple.

– Je vous rendrai cet argent.

– Comment ? Vous n'êtes pas vraiment solvable, à ce qu'on m'a dit. Et je ne parle pas que des deux mille dollars que vous devez à Luigi. J'ai aussi repris les comptes que tenait mon ami Joe Sica pour Mickey Cohen, et il s'avère que vous restiez lui devoir quatre mille cinq cents dollars. Au total, on arrive à une somme rondelette pour un homme aux revenus modestes.

– Il y avait un accord pour ces dettes antérieures…

– Ah bon, lequel ? Je n'ai rien trouvé de tel.

Le vieil homme énerve Buckman, sa poule idiote qui le regarde en mâchant bruyamment un chewing-gum et en triturant une mèche de ses cheveux décolorés l'horripile presque autant. Il s'allume une cigarette et s'efforce de garder un ton correct, il n'a nulle envie de se faire tabasser par les deux brutes dont il sent la présence menaçante peser sur sa nuque.

– Nous avions un accord pour me permettre de mener à bien l'entreprise cruciale à laquelle vous êtes maintenant associé. Vous ne voudriez pas mettre en danger un investissement de deux millions de dollars pour en récupérer six mille cinq cents un peu plus rapidement, non ?

– Je ne veux sûrement pas remettre en question cette entreprise qui est importante pour l'avenir de ma famille. Je veux juste que nous trouvions un mode de fonctionnement qui nous soit mutuellement profitable. Vicky, ma chérie, tu veux bien te lever et remonter ta jupe devant M. Buckman.

Le mafieux tapote la cuisse de la jeune femme pour l'encourager à obéir sans délai. Elle renâcle un peu, son regard trahit son agacement, mais elle se lève en soupirant.

– Allons, Vicky, ce n'est pas comme si tu ne faisais pas ça tous les jours pour gagner ta vie avant que je te prenne sous mon aile.

L'ancienne danseuse exotique remonte sa jupe rose et dévoile une culotte minuscule de la même couleur. Au-dessus de l'élastique qu'elle descend jusqu'au bord de sa toison, Buckman peut lire un tatouage bleuté, assez récent à en croire l'inflammation de la peau du pubis qui l'entoure : *This pussy belongs to Jack Dragna*.

– Merci ma chérie, tu peux te rasseoir. Vous voyez, Chance, permettez-moi de vous appeler Chance, je suis un vieux paysan sicilien. J'aime bien savoir ce qui est à moi et ce qui ne l'est pas. J'aime savoir que tout le monde le sait et respecte cette propriété. Et je n'hésite pas à punir ceux qui ne la respectent pas, car ils savent pertinemment qu'ils me portent préjudice. De la même manière, chez moi, quand quelque chose m'appartient, c'est moi qui commande, c'est moi qui dirige mes biens et ma famille, et tout ça est clair pour tout le monde. Donc, il y a une chose qui me dérange dans notre accord, vous comprenez ?

– Nous vous rendrons cet argent avec des intérêts conséquents, comme le père Starace vous l'a dit. Et nous appuyons votre dossier de défense dans la demande d'expulsion dont vous êtes l'objet, ne l'oubliez pas.

– Je n'oublie rien de ce que Starace m'a dit. Par exemple, je n'oublie pas qu'il m'a dit qu'au final, toutes les décisions seraient tranchées par le bureau de liaison de l'USAF. Par vous, en l'occurrence. Et ça, ça me dérange, vous comprenez ? J'ai donné une somme colossale, deux millions de dollars, plus que ce que vous gagnerez dans votre existence, et on me dit que je n'ai pas voix au chapitre, que mon avis ne compte pas si vous n'êtes pas d'accord.

– L'armée ne peut pas prendre ses ordres de la mafia, monsieur Dragna. Sauf votre respect, vous comprendrez que ce n'est pas envisageable.

– L'armée non, je ne me prends pas pour le général Patton. Mais vous, Chance. Vous, vous pouvez comprendre qui commande. Officiellement, je ne demande rien, mais entre nous, je tiens à ce que ce soit bien clair. Si je vous demande quelque chose, vous le faites.

– Je vais vous rendre votre argent, et ce sujet n'existera plus, s'agace Buckman.

– Allons, Chance. Je connais les joueurs compulsifs comme vous. Vous passerez votre vie à courir après le grand frisson, vous avez besoin de jouer comme un drogué a besoin de sa came. J'ai passé pas mal d'années dans ce commerce, Chance, je sais que vous reviendrez tôt ou tard, et que vous vous endetterez de nouveau auprès d'un de mes amis comme Angelo, qui a eu l'amabilité de me signaler votre présence. Et n'oubliez pas que sans attendre une rechute, en un coup de fil à la presse, je peux vous faire tomber et vous entraîner plus bas que terre… Vous le savez. Que pensera votre ravissante collègue, quand elle verra votre nom et votre travail, son travail, traînés dans la boue à la une des journaux ? « L'armée de l'air de Hollywood gangrenée par le démon du jeu ! » Moi, je les récupérerai les deux millions, ne vous en faites pas, les films se feront avec Moffat, mais sans l'armée, sans vous…

— Ce ne serait dans l'intérêt de personne !

— Bien sûr que non, je vous aime bien, Chance, je ne voudrais pas que ça arrive. Mais ne m'y obligez pas. Quand je demande quelque chose, vous le faites. Est-ce bien clair ?

— Limpide, concède Buckman.

— Bien, pour commencer, vous ne trouvez pas que ma Vicky a un physique remarquable et qu'elle ferait une formidable actrice dans notre premier film ? Un petit rôle, son premier, le temps qu'elle apprenne un peu le métier.

— J'ai fait du théâtre au lycée, précise Vicky d'une voix nasillarde, si désagréable qu'elle fait plisser les yeux au major.

★

L'agent Morrisson souffle sur son café brûlant et met un peu d'ordre dans ses notes. Comme chaque matin, elle est arrivée tôt dans le bureau qu'elle partage avec Buckman. Elle aime arriver avant lui et commencer à travailler sur les dossiers en cours. Elle n'a pas son brio, son aisance, elle ne peut pas rebondir d'un sujet à l'autre sans préparation avec la facilité du major, qui est non seulement expérimenté, mais aussi malin et cultivé. Elle ne fait pas de complexes, car elle se sait par contre plus pragmatique et travailleuse. Elle n'a pas eu comme lui l'opportunité de faire de brillantes études ; à dix-sept ans, elle a rencontré un magnifique jeune officier de l'armée de l'air, un pilote au tempérament de feu pour lequel elle a abandonné ses velléités d'entrée à l'université. Elle l'a suivi d'affectation en affectation, de Riverside en Californie jusqu'à Hickam Field, à Hawaï, amoureuse passionnée d'un élément brillant promis au plus bel avenir. Puis la guerre avait rebattu les cartes, et son avenir s'était fracassé dans le Pacifique avec son B17, le dernier jour de la bataille de Midway, alors qu'elle attendait leur premier enfant. Ce qu'elle a obtenu depuis, elle l'a gagné à la force du poignet, refusant la vie de veuve pensionnée qu'on lui proposait, se battant pour décrocher un emploi civil dans l'administration militaire. Elle sait que le général Trautman l'a acceptée presque par charité, parce que pour lui, elle était la femme d'un héros de guerre mort au combat qui avait besoin de servir son pays pour se montrer digne de sa mémoire et ne pas sombrer dans une grande détresse. Elle a dû conquérir le respect jour après jour. Elle sait qu'elle y est parvenue, ce qu'elle fait aujourd'hui en est la preuve, et sa fierté n'en est que plus grande.

La lecture de la dernière version du scénario et du découpage par plans de *Marionnettes humaines* accapare son attention au point qu'elle ne voit pas l'heure passer. Quand elle relève la tête, il est onze heures ; le major a plus de deux heures de retard. Sa secrétaire lui confirme qu'il n'a pas téléphoné pour prévenir. Annie sent la colère l'envahir, elle attrape le calendrier du bureau portant la mention « Anita » à la date du jour. Ce bonimenteur lui a raconté que c'était le jour de l'anniversaire d'une vieille amie qu'il ne voulait pas oublier… Elle n'a jamais été dupe, mais elle commence à se demander sérieusement à quoi ce nom fait référence. Elle envisage de fouiller dans les tiroirs du bureau du major quand sa secrétaire, toujours aussi peu aimable, revient lui annoncer que son rendez-vous de midi est arrivé avec un peu d'avance. Moffat. Elle va devoir le recevoir seule, et cette perspective lui fait l'effet d'une douche glacée. Elle se reprend et demande à sa secrétaire de le faire patienter cinq minutes. Le temps de remettre de l'ordre sur son bureau et dans sa tête.

Contre toute attente, l'entrevue avec le producteur se déroule dans une ambiance détendue, presque conviviale. Elle fait beaucoup d'efforts depuis le début de leur collaboration pour masquer son dégoût pour le personnage et, malgré tout, les allusions salaces et les incessantes propositions déplacées de Moffat la stressent chaque fois qu'ils doivent se parler plus de quelques minutes. Seule avec lui, Morrisson craignait le pire, au point de laisser la porte du bureau entrouverte au cas où elle serait amenée à crier pour s'en débarrasser, mais leur partenaire est d'une humeur radieuse et son comportement irréprochable. Il vient de réussir un joli coup – Morrisson doit avouer que le talent de cette ordure est parfois déroutant. Il a obtenu l'achat des droits du roman de Robert A. Heinlein pour une somme bien inférieure à celle qu'ils avaient prévue. Il ne les a payés que mille cinq cents dollars en échange d'une partie des droits sur une suite éventuelle et sur ce qu'il appelle « les gadgets dérivés ».

Depuis le lancement de la production, Moffat leur parle sans cesse des sommes considérables qu'il y aurait à gagner en commercialisant, dans la foulée du succès du film, toute une série de jeux, jouets et babioles inspirés par son histoire, ses monstres et ses personnages. À la grande surprise de Morrisson, il parvient à embarquer de nombreux interlocuteurs dans cette direction saugrenue, dont l'agent de Heinlein qui a accepté de baisser ses prétentions en échange d'une participation dans cette aventure. Conscient de son joli coup, Moffat est bouffi de suffisance et se sent prêt à soulever des montagnes. Le casting de l'équipe avance, la question des droits réglée, ils pourront commencer à tourner dans trois mois. Le calendrier se précise, leur projet est sur de bons rails, et Morrisson en vient à partager l'enthousiasme de son interlocuteur.

Moffat a également eu un entretien satisfaisant avec la guilde des acteurs et l'agent Lew Wasserman. La difficulté majeure de la constitution d'une nouvelle équipe est de contourner la mainmise des studios sur leurs acteurs et techniciens sous contrat. Entre eux, les majors acceptent de se « louer » du personnel, de s'échanger des acteurs et des services, mais pour un nouveau venu qui affiche sa volonté de bouleverser la donne, les portes des studios se referment. Sur ce point aussi, la situation avance de manière favorable. De plus en plus d'agents et d'acteurs osent braver les interdictions et se défaire du carcan des contrats d'esclavage signés avec les Big 7. Le pouvoir des grandes firmes décline, elles ne peuvent plus imposer leurs règles à toute la profession. Le réalisateur du film est sur le point de signer son contrat. Ils ont arrêté leur choix sur un réalisateur, décorateur et directeur artistique français nommé Eugène Lourié qui vient de sortir son premier film de science-fiction, *Le Monstre des temps perdus*, qui a cassé la baraque dans tous les cinémas où il a été projeté. Lourié leur permettra de travailler avec un jeune prodige des effets spéciaux nommé Ray Harryhausen à propos duquel Moffat ne tarit pas d'éloges.

Quant au casting des acteurs, il ne pose pas de problème particulier. Liz Montgomery a été choisie très vite pour le premier rôle féminin, ce qui a facilité les échanges avec Wasserman, qui est son agent. Pour le premier rôle masculin, l'agent aux grandes lunettes d'écaille leur a proposé un jeune homme de son écurie, un diplômé de Yale qui fait sensation à Broadway – un certain Paul Newman. Morrisson est un peu dubitative sur l'absence de stars, mais Moffat est convaincu qu'ils doivent faire des films pour les moins de vingt ans, ceux qui sortent et vont au cinéma aujourd'hui, et selon lui ces jeunes veulent voir des visages qui leur ressemblent, ils en ont marre des vieilles stars fabriquées par le système, ils veulent du sang neuf, l'image de l'Amérique de demain. Moffat a apporté quelques photos des acteurs qu'il envisage pour compléter le casting, a priori tous disponibles aux dates prévues pour le tournage. Morrisson demande un délai pour valider les choix du producteur : Buckman n'est pas là et elle ne s'estime pas capable de prendre ces décisions seule. Elle se prépare à subir des remarques fielleuses de Moffat, mais celui-ci, dans l'euphorie de la matinée, se montre particulièrement élégant et ne profite pas de la situation pour la rabaisser. Il hausse les épaules et se contente de s'organiser de manière pragmatique.

– Si je ne peux pas travailler sur les seconds rôles, je vais peut-être avancer un peu sur la validation de notre tête d'affiche féminine. On ne doit pas décevoir Wasserman sur ce point. Il m'a dit qu'il vous avait communiqué son emploi du temps, pourriez-vous me le montrer que je voie ses disponibilités, pour essayer d'organiser un premier rendez-vous ? Plutôt que de lui envoyer son scénario par la poste, je préférerais la rencontrer et en parler de vive voix.

Morrisson s'étonne de cette bienveillance, qu'elle attribue à l'entrevue avec l'agent. Le moins que l'on puisse dire, c'est que depuis le début de la production, Moffat n'a pas fait preuve d'un enthousiasme débordant envers Liz. Morrisson a toujours eu l'impression qu'il la sélectionnait par obligation, il aurait mille fois préféré placer sa petite amie blonde, et même qu'il détestait franchement la jeune femme. Ce choix était sans doute une tactique pour se rapprocher de Wasserman, et peut-être qu'en la voyant porter ses fruits, Moffat se détend vis-à-vis de Montgomery. Morrisson tend le planning de l'actrice au producteur qui note quelques informations dans son carnet. Leur entrevue touche à sa fin, Morrisson hésite. Doit-elle lui proposer de poursuivre avec un déjeuner ? Il vaut peut-être mieux ne pas pousser trop loin leur belle entente de la matinée. Elle n'accorde qu'une confiance limitée aux bonnes manières du producteur.

La secrétaire le raccompagne sous les yeux de Morrisson, déconcertée par la facilité avec laquelle cette entrevue s'est déroulée. Moffat a laissé son journal froissé sur le bureau, elle le feuillette pour prendre quelques nouvelles du monde avant d'aller s'acheter un sandwich chez *Denny's*. Ses plans et son humeur changent radicalement quand elle arrive à la page des sports dont le premier article est consacré aux courses du jour à l'hippodrome de Santa Anita, et particulièrement à la course de trot, l'événement hippique de l'année à Los Angeles. Elle frappe violemment du plat de la main sur le bureau, et le bruit résonne si fort que la secrétaire ouvre la porte pour voir si tout va bien. Confuse de s'être laissée aller, Morrisson la rassure, mais ses soupçons ne la lâchent pas. Il n'y a qu'une manière d'en être sûre : elle fait appeler un taxi.

Pendant tout le trajet vers Arcadia, elle tente de se tranquilliser. Buckman n'a pas pu commettre une erreur pareille, la mettre dans cette situation. Le général Trautman l'a mandatée pour surveiller le major, pour faire en sorte qu'il se tienne éloigné des champs de courses, des officines de bookmakers et des casinos. Elle sait que le général a dû passer un accord avec les créanciers de Buckman pour qu'ils le laissent travailler et l'empêchent de s'enliser de nouveau dans sa passion pour les jeux d'argent. Elle en a vu les effets le premier jour de leur collaboration. Depuis, il lui semblait que le plan du général fonctionnait, que le major se tenait à distance des lieux de perdition. À plusieurs reprises, elle a confirmé ce point dans ses rapports hebdomadaires au département du contre-espionnage. S'il rechutait, elle serait obligée de le signaler, et dès lors, leur association serait caduque. Le général tiendrait sa promesse, elle le connaît assez bien pour savoir qu'il n'hésiterait pas, et Buckman se retrouverait affecté dans les îles Aléoutiennes. Elle ne peut pas croire qu'il soit assez stupide pour se mettre dans cette situation. Ce serait une trahison de ses engagements, envers l'armée et envers elle.

Depuis le soir où elle lui a confié être la mère d'une fillette de dix ans, leur relation a évolué. Il a cessé de la draguer comme une gamine qu'on croise au drugstore, il se montre plus prévenant, plus respectueux. Elle a même cru pendant quelques jours que son statut de mère avait douché ses ardeurs. Elle en a ressenti une pointe de déception, mais s'est vite ressaisie : un homme incapable d'accepter une femme avec son passé ne méritait pas qu'elle soit triste. Puis, peu à peu, elle a changé d'opinion sur son attitude, comprenant que Buckman ne la considérait plus comme une potentielle aventure sensuelle de quelques soirs, mais la regardait avec une tendresse plus profonde, plus digne. Au point qu'elle s'est parfois sentie frustrée que leur relation ne s'achemine pas plus rapidement vers quelque partie de jambes en l'air – mais elle ne peut pas lui reprocher de ne plus la prendre à la légère. Recroquevillée sur la banquette arrière du taxi, elle lutte pour ne pas fondre en larmes, la déception de le voir tout gâcher pour aller flamber au bord des pistes la dévaste. Quels choix lui laisse-t-il ? Celui de le couvrir, au risque de saborder sa propre carrière, ses dix années d'efforts à ne voir sa fille que trois fois par an pour se faire respecter dans ce milieu de mâles, et de se retrouver à la porte du département du contre-espionnage ou cantonnée à des tâches administratives subalternes jusqu'à devoir démissionner ? Ou celui de le dénoncer et renoncer pour toujours à leur collaboration et aux sentiments naissants entre eux ?

Le taxi arrive sur le parking de l'hippodrome. Les San Gabriel Mountains sont magnifiques, mais Morrisson ne les remarque même pas. Tout ce qui l'intéresse, c'est sillonner les allées à la recherche de la Chevrolet Styleline Coupé avec des plaques militaires. Le chauffeur de taxi

196

a trouvé une fréquence radio sur laquelle la course est commentée en direct, elle n'est donc pas surprise quand elle voit les spectateurs sortir des tribunes. Les premiers véhicules quittent le parking quand elle l'aperçoit. La voiture de Buckman est bien là.

Dans un état second, elle sort du taxi et se dirige vers la Chevrolet, touche ses flancs, reconnaît les lunettes de soleil de Buckman abandonnées sur le siège passager. Tout ceci est bien vrai. Elle se sent salie, inepte, stupide. Elle pense à toutes ces nuits où elle a rêvé à leur avenir. Après la terrible douleur de son premier mariage, elle ne se croyait plus capable de pouvoir envisager à nouveau quelque chose de durable avec un homme. Et celui qui lui en a redonné l'envie la trahit de la manière la plus odieuse. Elle aurait préféré le trouver au lit avec une pute. Elle remonte dans le taxi et lui demande de stationner un peu plus loin, à un endroit d'où elle pourra surveiller la Chevrolet sans être vue par son propriétaire quand il viendra la chercher.

Le chauffeur obtempère sans poser de questions. La note s'annonce salée, mais c'est le cadet des soucis de Morrisson. Quelques minutes plus tard, Buckman apparaît, l'air abattu, comme quelqu'un qui vient de perdre énormément. Il marche lentement, encadré par deux types aux dégaines de gangsters qui le raccompagnent jusqu'à sa voiture et le saluent à coups de grandes tapes dans le dos auxquelles il ne répond que vaguement. La situation est encore pire que ce que Morrisson craignait. Non seulement le major a replongé dans le jeu, mais il a renoué des contacts avec des membres de l'organisation du crime. La Chevrolet démarre, sort du parking. Dans le taxi, le silence se prolonge quelques minutes. Le chauffeur se retourne et découvre Annie en pleurs, la tête rejetée en arrière sur la banquette ; sentant le regard confus de l'homme, elle s'arrache à sa détresse et reprend pied dans la réalité.

– Ramenez-moi à Los Angeles.

Chapitre 12

Café de Paris, Movietone Studios,
Santa Monica Boulevard, Los Angeles,
28 juin 1953

Deux ouvriers en sueur tentent de s'abriter du soleil tout en appliquant une nouvelle couche de peinture bleue sur la grange de Tom Mix. Larkin Moffat leur adresse ses encouragements auxquels ils répondent par un coup d'œil surpris. Il se dit qu'ils ne doivent pas parler anglais et referme sa voiture avant de se diriger vers l'économat de la Fox qui est à la fois la cantine la plus select de Hollywood et le *Café de Paris* le plus éloigné des rives de la Seine. La rapidité inédite avec laquelle il a obtenu un rendez-vous avec Darryl Zanuck est un indicateur très fiable de son nouveau statut. L'industrie sait que sa surface financière vient de changer, Lew Wasserman a dû se charger de répandre la nouvelle et c'est exactement ce qu'escomptait Moffat. On ne lui fait pas encore l'honneur de l'inviter à déjeuner dans le carré réservé à l'élite du studio, mais il y est convié à prendre un café, ce qui constitue un premier pas notable. Le vieil Hollywood lui a entrouvert la porte, il y a glissé la pointe du pied et rien ne le fera reculer. Pour l'occasion, il arbore un costume sur mesure neuf qu'il vient d'aller récupérer chez un tailleur de Melrose.

Son moral serait au beau fixe si sa dispute de la veille avec Didi n'encombrait pas une partie de son esprit. Il a demandé à Wasserman la confidentialité absolue sur leurs discussions à propos de Liz Montgomery. L'actrice elle-même n'est pas au courant et n'a pas encore reçu de proposition. Moffat ne veut pas que cela se sache, car pour l'instant il n'a pas annoncé à sa maîtresse que le premier rôle féminin de *Marionnettes humaines* allait lui passer sous le nez. Il se contente d'émettre quelques réserves, de lui glisser une allusion sur le fait que, peut-être, il ne pourrait pas l'imposer aux autres décideurs, que, peut-être, ce rôle n'était pas fait pour elle. Chaque tentative de modérer son enthousiasme se solde par des crises violentes. Pour la calmer, la veille au soir, il l'a giflée et frappée avec sa ceinture à plusieurs reprises. Puis il l'a prise de force, brutalement, par-derrière. Ce n'est pas la première fois que ça arrive, mais il sent qu'il l'a poussée au bord de la rupture, sans être certain d'avoir toujours autant d'ascendant sur elle. Ces dernières semaines, Didi a évolué, elle n'est plus la petite gourde arriviste qui a déboulé à Los Angeles sans un *cent* en poche. Elle prend de l'assurance, rencontre des gens, sait jouer de ses atouts…

Moffat est tellement occupé qu'il ne peut plus contrôler l'emploi du temps de la jeune femme à sa guise, il ne peut plus l'empêcher de sortir, d'écouter d'autres personnes. Avant le lancement de ce projet, cette petite garce était sa chose, suffisamment faible et naïve pour qu'il exerce sur elle une absolue domination. Depuis qu'il se consacre à sa nouvelle production, elle n'est plus entièrement sous sa coupe. Elle sort, il le sait ; elle croise du monde, il le sent ; elle lui échappe, il le craint. S'il ne parvient pas à lancer sa carrière d'actrice, s'il doit lui annoncer que le rôle qu'il lui destinait revient à Liz Montgomery, cette petite bourgeoise qu'il déteste, son emprise chutera inexorablement et elle le fuira. Il ne supporte pas cette idée. Elle est à lui. Il doit arranger ça et, en attendant, il devrait peut-être la faire suivre par Freddy Otash, ou un autre détective privé meilleur marché, pour savoir qui elle voit et ce qu'elle fait.

Moffat traverse l'avenue D de Movietone City sans prêter attention aux mugissements étranges provenant du studio de design sonore sur sa gauche – sûrement des ingénieurs qui expérimentent de nouvelles manières de reproduire le bruit de la tempête. Au bout de l'avenue, sur la droite, des ouvriers travaillent à la construction d'une grande bâtisse coloniale pour une superproduction à venir. La machinerie de la Twentieth Century Fox est toujours aussi impressionnante. Il sait pourtant que ce monde vacille, et il espère bien compter parmi les premiers barbares à faire chuter l'empire. Arrivé sous le porche du *Café de Paris,* il annonce assez fièrement au portier qu'il vient voir Darryl Zanuck, le type dont le portrait de deux mètres de haut orne le mur du restaurant juste derrière lui. Ils traversent la bruyante salle principale Art déco pleine de salariés du studio, et le majordome l'introduit dans la Gold Room, le saint des saints. Cette petite salle aux dorures étincelantes ne contient qu'une dizaine de tables, réservées aux grandes vedettes et aux cadres dirigeants de la Fox. Tout le métier joue des coudes pour obtenir une place dans ce cénacle où il suffit d'être vu pour faire savoir qu'on a de gros projets en cours, ou du moins pour le faire croire. Le succès appelle le succès et, parfois, son apparence suffit à le faire venir.

Zanuck a terminé son déjeuner. Face à une table couverte d'assiettes et de verres vides, il fume un cigare avec son invité, un homme brun très frisé qui ponctue ses phrases de grands gestes, dessinant des cercles de feu avec la pointe incandescente de son havane. Avachis sur leurs chaises, le ventre en avant, les deux hommes dégustent un cognac. Zanuck plaisante avec son convive en faisant tourner son verre dans la paume de sa main.

– Je t'assure que si tu enfermes Bella dans un sous-marin avec vingt marins, ce sont eux qui demanderont à remonter à la surface en urgence.

Leurs rires s'estompent quand ils aperçoivent Moffat. Zanuck se redresse et, sur un ton plus formel, fait les présentations.

– Samuel, je te présente Larkin Moffat, un jeune producteur ambitieux, Larkin, je te présente Samuel Fuller, dont le formidable *Pickup on South Street* est sorti la semaine dernière. Tu en as sans doute entendu parler.

Moffat acquiesce et serre la main du réalisateur. Le maître d'hôtel ajoute une chaise pour lui, il commande un café en prenant place à la table en train d'être desservie. Ils échangent quelques banalités sur les entrées en salle du moment et sur l'exécution des époux Rosenberg, qui semble affliger Fuller, puis Zanuck coupe court aux bavardages et plante son regard dans celui de Moffat.

– Bon, Larkin, voudrais-tu me dire pourquoi tu as sollicité ce rendez-vous avec une telle insistance ?

– J'ai un souci concernant le casting de mon prochain film. Je viens d'acquérir les droits d'un roman de Heinlein, *Marionnettes humaines*. On va tourner en septembre et le premier rôle féminin me pose un problème.

– Ça me semble pourtant être l'occasion rêvée de faire démarrer ta protégée. Tu crains qu'elle ne soit pas prête ?

La réponse spontanée de Zanuck laisse Moffat sans voix quelques secondes. Soit cet homme est un acteur formidable, soit il ne se souvient pas qu'il a passé un accord avec Jack Dragna pour imposer la petite amie de son fils au casting du film. Larkin essaye de garder son sang-froid et reprend.

– Ce serait formidable, mais vous savez bien qu'on m'impose un autre choix, et c'est de ça que je voudrais vous parler. Il faudrait que vous et votre fils acceptiez que Mlle Montgomery ne soit pas à l'affiche de cette première production. Je suis prêt à vous dédommager et à la faire tourner plus tard, avec un rôle sur mesure pour elle.

— Je ne comprends rien à ce que tu me racontes, Moffat. Que vient faire mon fils dans cette histoire ? C'est de Liz Montgomery que tu me parles ?

Zanuck continue à se payer sa tête. Moffat sent son estomac se nouer, il crève d'envie de lui balancer son café au visage. Ce qu'il lui demande n'est pourtant pas si considérable, la Fox produit assez de films chaque mois pour trouver un autre rôle à leur petite cocotte, il ne comprend pas pourquoi ils s'obstinent à la faire tourner avec un réalisateur qui ne veut pas d'elle. Il doit pâlir de rage, car Fuller le dévisage avec étonnement.

— Oui, Liz Montgomery, la petite amie de votre fils que vous voulez imposer pour les premiers rôles féminins de mes films.

— Qu'est-ce que c'est que cette histoire ? Cette jeune femme n'est même plus la petite amie de mon fils : à cet âge, ça va, ça vient... et je n'essaye pas d'imposer qui que ce soit sur le tournage de ton film. Je n'ai pas assez confiance en ce que tu vas produire pour cela.

— Eh bien, dites à votre ami Jack Dragna d'arrêter de me forcer la main alors !

Immédiatement, Moffat sait qu'il a parlé trop fort, trop vite, sans réfléchir, sans tactique. Les conséquences sont prévisibles ; la moitié de la Gold Room s'est retournée et le dévisage. Zanuck pose son cigare dans le cendrier et se penche vers lui. Sa voix est blanche de colère, mais il parle avec discrétion.

— Tu dois avoir perdu la raison pour venir m'insulter chez moi, dans ma salle à manger. Je ne traite pas avec la mafia, je ne l'ai jamais fait, et si tu oses l'insinuer de nouveau, je laisserai mes avocats s'occuper de toi. Je me demande bien pourquoi j'étais disposé à te donner un coup de main. Tu vas te planter, Moffat. Le cinéma, c'est porter de bonnes histoires à l'écran et essayer de gagner de l'argent avec. Toi, tu te moques de ce que tu vas tourner, tu veux juste faire du fric et rapidement, comme ton père avec ces pauvres Indiens osages. Ce métier ne fonctionne pas comme ça. Tu prends ton impatience et ton culot pour du talent. Je suis prêt à me battre pour des auteurs comme Samuel parce qu'il porte un regard intéressant sur notre monde : il fait des films, je me débrouille avec le FBI, l'armée, McCarthy et consorts tout en essayant de gagner de l'argent, c'est mon métier, c'est mon devoir. Toi, tu places le moyen avant le but. Tu n'apportes rien au cinéma, tu es un nuisible et tu vas disparaître aussi vite que tu es apparu. J'ai mieux à faire que de te faire la guerre, donc si tu veux tourner avec Didi Brummelle, tu connais mes conditions. À mon avis, et je le lui dirai, elle ferait mieux de se trouver un autre Pygmalion avant d'être associée à ton naufrage, mais si tu la veux, envoie une proposition de contrat par la poste. Je ne veux plus avoir affaire à toi directement. Termine ton café et dégage de mon restaurant.

Son plan apparaît clairement à Moffat. En un instant, il voit Zanuck et son fils rire aux éclats en regardant Liz Montgomery à l'écran lors de la première de son film, puis consoler une Didi en larmes, lui dire qu'il ne fallait pas compter sur un raté comme Moffat pour lancer sa carrière, qu'ils ont de beaux projets pour elle, et enfin s'éloigner avec la jeune femme, le fils Zanuck l'embrassant sur la bouche alors que le père lui palpe les fesses au travers de sa robe. Moffat perd le contrôle, il se lève brusquement et envoie valser la table. Son café, les verres et les cendriers sont pulvérisés au sol dans un fracas qui ne parvient pas à couvrir sa voix démente.

– Je vais vous écraser ! Vous êtes fini ! Vous ne comprenez rien à l'avenir de ce métier, j'en ai rien à foutre de vos leçons de merde ! Vous viendrez tous me lécher les pompes un jour !

Le personnel du restaurant se précipite pour s'interposer, mais Zanuck les interrompt, un léger sourire ironique aux lèvres.

– Non, ce n'est pas la peine de lui apporter un autre café, M. Moffat s'en allait.

Fuller s'est levé, manifestement disposé à lui coller son poing dans la figure, mais Zanuck le calme avec quelques mots flatteurs et apaisants, évoquant l'élégance qui va de pair avec le talent. Moffat sort en trombe du restaurant, passant sans les voir à côté des journalistes de la presse à scandale, Hedda Hopper et Sidney Skolsky, attablés avec des attachées de presse du studio. Eux n'ont pas perdu une miette de l'esclandre.

★

L'alcool brûle la gorge de Didi qui se retient de tousser et plonge le nez vers sa glace pour masquer sa gêne. Dans le tumulte assourdissant du *Schwab's Drugstore*, personne ne remarque la petite flasque de cordial que Jacinto cache sous sa chemisette blanche. Ils n'ont pas encore atteint l'âge légal pour consommer de l'alcool, mais Didi en a beaucoup trop besoin. Elle sait que cette escapade lui vaudra une nouvelle scène violente si Moffat la découvre. Quand Jacinto est passé à son appartement pour lui annoncer fièrement qu'on lui avait prêté une Cadillac 62 DeVille et lui proposer d'aller faire une virée pour fêter ça, elle n'a pas pu résister à la tentation. Ils sont passés voir Liz à la sortie de l'UCLA et l'ont facilement convaincue de venir s'amuser avec eux.

Assis au comptoir du drugstore bondé, ils mangent d'énormes coupes tutti frutti et boivent en cachette. Les pommettes de Liz ont déjà pris une teinte rosée, l'alcool lui monte vite à la tête et elle rit très fort alors que Jacinto leur raconte le dernier film de Jerry Lewis et Dean Martin qu'il vient d'aller voir au Ritz Theatre.

Soucieuse, Didi peine à se mettre dans l'ambiance. Ses deux amis l'ont remarqué, ainsi que les bleus sur ses avant-bras. Ils connaissent Moffat et se doutent de ce qu'il fait parfois subir à la jeune femme, mais ce n'est pas le meilleur endroit pour aborder le sujet, d'autant plus que Didi peut se mettre en colère ou pleurer de manière incontrôlable quand ils parlent de Moffat.

Alors, plutôt que de la questionner, Liz et Jacinto se disent qu'un peu de folie ne lui fera pas de mal pour chasser ses idées noires. L'occasion de s'amuser se présente vite : deux cadres ventripotents en goguette insistent pour payer une glace aux deux jeunes femmes, alors qu'elles n'ont pas encore terminé leur première coupe. Liz accepte, fait mine de s'intéresser à eux et les envoie acheter de l'alcool à la boutique de spiritueux voisine, avec la promesse qu'ils iront ensuite faire la fête tous les quatre. L'espoir luit dans les yeux lubriques des deux bonshommes qui ne se font pas prier et reviennent dix minutes plus tard, deux sacs en papier pleins de bouteilles de whisky sous le bras. Ils recommencent à baratiner les filles qui dégustent lentement leurs glaces. Jacinto profite de leur inattention pour faucher l'alcool dans les sacs et le remplacer par les bouteilles de lait vides récupérées derrière le comptoir de *Schwab's*. Quand il a terminé, il fait un clin d'œil à Liz et quitte le drugstore, son butin sous sa chemise. Cinq minutes plus tard, Liz se lève d'un bond, attrape son sac, prétexte un coup de fil à passer, attrape Didi par le bras et l'entraîne vers la sortie.

Une fois sur le Strip, elles courent vers la Cadillac où Jacinto les attend et n'entendent les vociférations des dragueurs déconfits qu'au moment de claquer leurs portières. La Cadillac démarre sous les insultes des deux hommes et les éclats de rire de ses occupants et dévale en trombe Sunset Boulevard. Jacinto trouve une station qui diffuse un air de jazz rythmé, les filles débouchent une première bouteille de whisky, boivent au goulot et adressent des doigts d'honneur aux automobilistes qui regardent leur manège d'un air désapprobateur.

Immanquablement, la conduite sportive de Jacinto et les excès des jeunes femmes attirent l'attention d'une voiture de patrouille qui lance sa sirène derrière eux quand ils arrivent à l'angle de Vine Street. Dans la Cadillac, c'est la douche froide. Les filles paniquent, une interpellation en possession d'alcool va leur valoir un paquet d'ennuis, et la situation de Jacinto ne le met pas à l'abri d'une expulsion vers le Mexique. Le jeune homme jure entre ses dents. Au lieu d'obéir à l'injonction des policiers, il bifurque sur Vine et écrase la pédale d'accélérateur.

– *Chupa mi polla cabron !*

Les cent soixante chevaux de la Cadillac font assez vite la différence, la Ford pie essaie bien de suivre pendant quelques centaines de mètres, mais la Cadillac est beaucoup trop puissante. Les filles hurlent d'excitation et sortent les bras par la fenêtre pour saluer les policiers. Jacinto les fait taire en tournant brutalement sur Selma Avenue. Bousculées sur la banquette arrière, les deux passagères lui crient dessus.

– Qu'est-ce que tu fiches, tu veux nous tuer ?

– Pas le choix, ils vont se passer le message à la radio et tous les flics de la ville seront bientôt à nos trousses.

Comme pour illustrer ses propos, une sirène retentit derrière eux alors qu'ils arrivent à l'intersection de Gower Street. Jacinto accélère encore et, faisant preuve d'un réel talent de pilote, se faufile en trombe dans la circulation de fin de journée. Il brûle des feux, prend des risques énormes. À l'arrière, les filles ne rigolent plus. Blanches de peur, elles se cramponnent à la banquette, pourtant aucune ne lui suggère de ralentir ou de s'arrêter ; ces sensations sont trop fortes pour s'en priver. Il tourne en faisant crisser les pneus devant l'église presbytérienne en briques rouges de Carlos Avenue, où le trafic plus fluide lui permet d'accélérer à fond. Le compteur de la DeVille affiche une vitesse insensée, presque cent soixante kilomètres à l'heure, alors qu'ils empruntent Franklin Avenue, le long des travaux de construction de la Hollywood Freeway.

Après quelques kilomètres sans sirène, Jacinto s'arrête sur le bas-côté derrière un grand pilier de béton, au cœur d'un chantier qui balafre la ville pour la rehausser d'un ruban de goudron. Depuis cette enclave déserte, ils verront arriver de loin les éventuelles voitures de police.

– Qu'est-ce qu'on fait ? demande Jacinto qui envisage d'abandonner la Cadillac et de fuir à pied.

– Il faut qu'on sorte du comté de Los Angeles, répond Liz. Ils ne nous poursuivront pas en dehors, et demain ils seront passés à autre chose. Ils ont peut-être relevé la plaque de la voiture, tu auras des ennuis avec le propriétaire ou il est fiable ?

– Avec ce que je lui ai fait sur la banquette de cette bagnole, il a plutôt intérêt à fermer sa bouche, rigole Jacinto. Vous voulez aller où ?

– Huntington Beach ! crie Didi qui a lu le matin même un article sur la première boutique de surf de Californie qui vient d'ouvrir ses portes à cet endroit.

– *Yee haw !* renchérit Jacinto comme un cow-boy de rodéo en guise d'assentiment, et il redémarre.

Ils roulent plein sud, les sens aux abois, redoutant l'apparition d'une voiture de police. Fatiguée du jazz, Liz se glisse sur la banquette avant et cherche une station de radio. Elle pousse un cri de joie quand elle trouve WJW et l'émission d'Allan Freed, « Moondog's Rock and Roll Party ». Didi et Jacinto la regardent avec étonnement, ils n'ont jamais rien entendu de tel que le *Crazy Man Crazy* de Bill Haley que diffuse le disc-jockey, mais au bout de quelques secondes, ils sont conquis et entonnent en chœur les « Go, go, go everybody » du refrain.

Il leur faut près de deux heures pour descendre jusqu'à Huntington Beach. Ils ne croisent aucune voiture de police, l'attention des forces de l'ordre a sans doute été attirée par d'autres affaires plus dramatiques. Arrivés dans le comté d'Orange, ils longent l'océan jusqu'à apercevoir l'étrange forêt de Huntington. Le long des plages, à peine séparée d'elles par la route, se dresse une cohorte de derricks. À perte de vue, des exploitations pétrolières en déroute couvrent les terres plates de la commune. Le pétrole s'est raréfié, et les jeunes gens repèrent facilement les quelques rares puits toujours en activité, les seuls encore surmontés de la grande flamme des gaz d'exploitation que l'on brûle. Entre ces innombrables tours, d'importantes flaques d'eau boueuse et des cabanes délabrées composent un paysage défiguré par l'industrieuse activité humaine. Si l'on y ajoute l'odeur des produits chimiques, on est loin d'un cadre idyllique. Liz grimace, mais Didi insiste pour aller voir la boutique de surf. Ils traversent la rue principale de Huntington, tracée entre deux champs de derricks, pratiquement déserte en ce début de soirée. Le magasin de surf *Gordie's Surf Boards* est fermé. Dans une épicerie voisine, ils achètent des sachets de calamars frits et des bouteilles de Coca-Cola glacées.

À la sortie de la ville, une grande jetée a été aménagée pour les plaisanciers et les pêcheurs. Jacinto préfère les emmener un peu plus loin, à l'écart des restaurants de fruits de mer et de l'agitation. Ils s'installent sur un banc face à la plage abandonnée à cette heure. Ils mélangent le whisky et le Coca-Cola et dévorent leurs calamars frits, indifférents à la graisse qui macule leurs visages, contemplant le coucher de soleil et les quelques voiliers qui passent au loin. Derrière eux, un puits en activité émet un bruit de piston régulier et une colonne de fumée noire que le vent éloigne vers l'intérieur des terres. L'exploitation tourne seule, sans aucune présence humaine. Il fait encore très chaud. Jacinto se met torse nu et les filles en soutien-gorge. Liz remarque les bleus sur le corps de son amie, en montre un du doigt et demande.

– Tu veux en parler ?

Didi secoue la tête de droite à gauche et boit une longue rasade de whisky-Coca. Bientôt il fait presque nuit et Jacinto brise le silence, annonçant qu'il ne repartira pas sans s'être baigné. Liz leur montre des pas de danse au son de l'autoradio, ils fument quelques cigarettes de haschisch et, quand il fait suffisamment noir, ils se déshabillent et filent dans les vagues. Seule Didi a gardé sa culotte, les deux autres s'ébrouent nus comme des vers dans les rouleaux, rient à perdre haleine, plongent la tête sous l'eau, nagent, s'éclaboussent et chahutent comme des chiots déchaînés.

Didi les regarde en souriant, de l'eau jusqu'au torse. Frigorifiée, elle est soudain prise de frissons qu'elle ne peut contrôler. Il ne fait pas si froid, mais elle est transie d'alcool et de fatigue. Ses amis la rejoignent, remarquent sa chair de poule et la serrent dans leurs bras pour la réchauffer. Ils restent ainsi immobiles quelques secondes, sans prononcer un mot, portés par la houle, à regarder les grandes flammes de dégazage des puits sur la rive. Puis Liz se met à fredonner une chanson, *C'est si bon*, qu'ils reprennent tant bien que mal dans un français encore plus hésitant que celui d'Eartha Kitt.

> *Mmm, c'est bon*
> *Ces petites sensations*
> *Ou peut-être quelqu'un*
> *Avec un petit yacht, no ?*

> *Ah, c'est bon*
> *C'est bon, c'est bon*
> *Vous savez bien que j'attendrai*
> *Quelqu'un qui pourra m'apporter*
> *Beaucoup de loot*

Ce soir ? Demain ? La semaine prochaine ?
N'importe quand
Mmm, c'est bon, si bon
Il sera très crazy, non ?
Voilà, c'est tellement bon ![2]

À la fin de la chanson, grisée par cette tendre solidarité, Liz ose dire tout haut ce qu'elle pense tout bas depuis leur arrivée à Huntington.

— Si on prenait un appartement tous les trois ? Si on arrêtait de subir les saloperies qu'on nous impose pour prendre le contrôle de nos vies ? On peut se trouver un boulot chacun pour survivre en attendant la gloire. On n'a pas besoin de ces porcs. Tous les trois, on sera plus forts qu'eux. Il faut qu'on le fasse, avant d'y perdre notre âme.

— *Claro que si !* s'exclame Jacinto. J'ai un ami qui cherche à louer un penthouse super sympa qu'il partageait avec un acteur qui est parti à New York. C'est à Santa Monica et ce n'est pas super cher, vous allez adorer !

Excités, Liz et Jacinto dissertent quelques minutes en riant sur cette future colocation, mais ils se rendent vite compte que Didi ne partage pas leur enthousiasme.

— Tu ne veux pas venir avec nous ? demande Liz.

— J'ai supporté trop de choses pour avoir ces rôles. Il va me les donner, je vais bientôt devenir célèbre, je ne peux pas abandonner maintenant. Vous comprenez ?

— Ce type te fait trop de mal ! s'indigne Jacinto.

— Je m'en fous, je ne peux pas tout laisser tomber, je suis trop près du but !

Didi pleure, le visage posé entre les épaules de Liz et de Jacinto qui n'osent pas la contredire et échangent un

---

2. NDLA. Ces couplets très matérialistes sont un ajout pour la version américaine de cette chanson interprétée par Eartha Kitt, ils ne figurent pas dans la version originale de Henri Betti/ André Hornez.

regard entendu – un meilleur moment viendra, un jour elle sera prête. Le silence s'installe, entrecoupé par les sanglots de Didi et les vagues qui s'écrasent sur le rivage ; et malgré l'élan qui les porte, Liz sent confusément que ce soir, leur chance s'est envolée, comme les tourbillons de fumée noire dans ce ciel de juin.

Chapitre 13

AFE Studios, Sawtelle Boulevard, Culver City, comté de Los Angeles, 30 juin 1953

À la Fox, croyez-moi, l'action ne se trouve pas qu'à l'écran ! Jeudi dernier, un esclandre peu banal s'est déroulé dans la Gold Room, le très chic restaurant de Movietone City réservé aux producteurs et aux acteurs vedettes du studio. Un jeune producteur impétueux a ni plus ni moins renversé la table sur laquelle Darryl Zanuck finissait son déjeuner en criant qu'il allait lui casser la figure ! Sans l'intervention de Samuel Fuller, cela aurait sans doute été le cas. J'espère que Darryl a bien fait filmer cette scène, il pourra la montrer aux cascadeurs de la Fox et aux acteurs qui tourneront avec la tempétueuse Liz Taylor ! Je ne connais pas les raisons de ce pugilat, inhabituel dans un endroit aussi feutré, mais si je trouve du croustillant je vous en ferai part, vous pouvez compter sur moi. Je peux juste vous dire que le jeune producteur en colère s'appelle Larkin Moffat et qu'il a intérêt à avoir de solides relations, car se mettre à dos Darryl Zanuck n'est pas de tout repos à Hollywood aujourd'hui.

Moffat relit pour la cinquième fois ce passage de la colonne de Hedda Hopper dans le *Los Angeles Times*. C'est la première fois que son nom apparaît dans ce prestigieux quotidien et même si le contenu est peu flatteur, il s'en réjouit. Le pouvoir de nuisance de Zanuck peut être considérable, mais le mogul a sûrement autre chose à faire que de se préoccuper d'une petite vendetta ; de plus, un homme puissant comme lui a aussi des ennemis puissants, donc Moffat se dit qu'il trouvera bien un moyen d'équilibrer la situation. Il balance le journal sur son bureau et jette un œil à Didi qui, prostrée dans un coin de la pièce, pleure en silence. Il l'a questionnée sur ce qu'elle avait fait l'avant-veille, il l'a cherchée partout, en vain, et il sait qu'elle est rentrée tard dans la nuit. Elle n'a été bonne qu'à lui servir des mensonges pitoyables et peu convaincants. Il s'est énervé et lui a fait passer l'envie de raconter des conneries. Depuis, elle pleure dans son coin, sa robe déchirée et sa coiffure en désordre. Moffat s'étonne de la quantité de larmes que cette idiote peut produire – elle peut chialer pendant des heures.

– Il faudra que tu te rappelles ces moments la prochaine fois qu'on te demandera de pleurer devant une caméra. On gagnera du temps, persifle-t-il.

Didi ne répond pas, elle garde la tête entre ses mains, assise contre le mur, secouée par des hoquets réguliers. Moffat ne veut pas passer sa soirée à la regarder pleurer. Décidé à mettre un terme à cette dispute, il s'accroupit devant elle et lui caresse la tête.

– Allez, je m'excuse de m'être un peu emporté. Je n'aime pas les mensonges, tu le sais bien. Va aux toilettes pour t'arranger un peu, je vais te raccompagner chez toi, tu vas te changer et on va aller dîner chez *Romanoff's*. J'ai réservé pour te faire une surprise.

– C'est vrai ? demande Didi en relevant la tête.

– Oui, une table dans le plus beau restaurant de L.A.. Celui où vont toutes les stars. Je suis sûr qu'Alfred Hitchcock sera là. Tu vois que je ne mérite pas que tu me mentes. Tu m'obliges à te faire du mal, c'est idiot.

– Je sais. Pardon.

– Allez, va t'arranger un peu, on va passer chez toi pour que tu changes de robe, tu me diras ce que tu as fait avant-hier plus tard.

La jeune femme acquiesce et se redresse, tenant sa robe déchirée plaquée contre elle pour se rendre dans le cabinet de toilette du bureau. Moffat s'allume une cigarette, il exhale sa première bouffée quand il entend tambouriner contre la porte d'entrée du studio. Cette visite impromptue n'annonce rien de bon, mais toutes les lumières sont allumées, difficile de prétendre qu'il n'y a personne. Il descend pour aller ouvrir.

Derrière la porte, il tombe sur Johnny Stompanato, bouffi, débraillé, les yeux hagards, manifestement sous l'emprise de l'alcool, son chapeau relevé sur le front et une cigarette à la bouche. Moffat n'a pas le temps de lui dire bonsoir que déjà il a forcé le passage et se tient dans le studio.

– Va me servir un whisky, on crève de soif dans ce trou à rats.

Moffat ne lui fait pas remarquer que titubant comme il est, il doit déjà avoir son compte. Ivre, Stompanato devient imprévisible et potentiellement dangereux. Il ne veut pas jouer avec le feu. Il lui a fait parvenir un message lui disant qu'il devait mettre un terme à leur petit accord pour le tournage de ses films pour adultes. Il savait bien qu'il lui faudrait un jour avoir une explication avec Johnny, il espérait juste un moment mieux choisi et un interlocuteur lucide. Il monte néanmoins jusqu'à son bureau et sert un grand verre de Jack Daniel's à son visiteur. Stompanato, qui l'a suivi, attrape le verre et se laisse tomber dans un fauteuil sans un mot de remerciement.

– Alors comme ça, monsieur Moffat ne veut plus tourner avec moi. C'est de voir ton nom dans la colonne de Hedda Hopper qui t'est monté au cerveau ?

Le truand a lu le *L.A. Times* du jour, ce n'est pas étonnant, tout le monde lit la chronique de Hedda Hopper.

Tout le monde la hait, mais tout le monde la lit, c'est la loi de Hollywood.

– Non, Johnny, mais je suis sur un très gros projet, je n'ai plus de temps pour tout ça, il faut que je me recentre.

– Tu vas faire un gros film ?

– Oui, je vais entrer dans la cour des grands, il faut que je fasse attention. Tu imagines ce que dirait Hedda si elle apprenait ce qu'on tourne ici.

– Cette vieille pute n'est pas dangereuse. Mes amis par contre…

– Johnny, tu peux trouver dix autres endroits pour faire ces films. Je peux t'aider à trouver un associé si tu en as besoin.

– Merci, je connais assez de monde. Tu sais combien je me faisais par mois avec ces films ? Deux mille dollars au moins. Tu comptes compenser comment ?

– Johnny, tu vas continuer de les faire, ces films !

– Ne me prends pas pour un con, Moffat !

Johnny s'emporte, il se redresse dans le fauteuil et laisse ostensiblement voir le pistolet glissé dans sa ceinture. Il s'approche de Moffat.

– Si tu ne me respectes pas, tu vas avoir des ennuis, crois-moi.

– Tu voudrais combien, comme dédommagement ? capitule Moffat.

– Ah, voilà qui est plus raisonnable.

Stompanato siffle son verre cul sec, écrase son mégot de cigarette sur le plancher du bureau et prend un cigare sur le bureau de Moffat.

– Tu aurais un petit rôle pour moi dans ton film ?

– Tu n'es pas acteur, Johnny…

– On s'en fout, un petit rôle. Il me faut un peu d'activités légales pour que l'administration fiscale me foute la paix.

– Je peux te faire faire un peu de figuration.

– Et tu me payeras dix mille dollars pour ça.

Moffat accuse le coup, il ne s'attendait pas à devoir payer autant pour se débarrasser de son affaire compromettante. Rien n'est jamais gratuit avec la mafia, mais le tarif dépasse ce qu'il anticipait.

– C'est cher Johnny, bien plus que je n'ai jamais gagné en te louant ce studio. J'ai des associés, je ne fais pas ce que je veux.

– Tu te démerdes, sinon tout Hollywood saura ce qu'on faisait ici, et je ne suis pas sûr que tes associés apprécient cette publicité.

– Dix mille dollars pour de la figuration ?

Stompanato éclate de rire, heureux de devenir le figurant le mieux payé de l'industrie. Il se sert un autre verre et porte un toast à sa nouvelle carrière. Moffat fait mine de prendre ça à la plaisanterie et demande, le sourire aux lèvres.

– Tu pourrais me rendre un tout petit service, par contre ?

– Bien sûr, on est amis, précise sans rire Stompanato.

– Je cherche des hommes capables de faire un sale boulot, un truc pour lequel ils auront les flics au cul pendant des années, un truc très dur, pas pour des gamins, pas un casse, pas de pognon à gagner...

– Tu peux payer combien ? Pas beaucoup, j'imagine ?

Moffat hausse les épaules, la réponse va de soi. Stompanato tire sur le cigare qu'il vient d'allumer et le laisse tomber par terre avec une moue dégoûtée.

– Maintenant que tu es sur de gros projets, tu pourrais t'acheter autre chose que ces trucs dégueulasses. Si tu veux des mecs prêts à tout pour quelques dollars, va chercher du côté des toxicos. Il y a des négros qui sont revenus du front avec le cerveau cramé et qui se défoncent à tout ce qu'ils dégotent. Pour dix dollars, ils tuent leurs mères, et pour douze, te préparent un rôti avec.

– C'est ce qu'il me faut. Tu en connais des fiables ?

Stompanato rigole et sort un papier de sa poche, il attrape un stylo sur le bureau et griffonne quelques noms.

– Fiables ? Est-ce que tu connais des belles femmes fidèles ? Faut pas rêver. Je te conseille de ne leur donner aucune info sur toi. Ils vendraient tout aux flics s'ils se font poisser. Tu ne payes que quand le boulot est fait et tu ne te montres jamais avec eux. Tu as des noms sur ce papier, tu les trouveras dans un club de Central Avenue, ou tu y trouveras quelqu'un qui te conduira à eux. Le tuyau est gratuit, mais pas d'entourloupe, je ne veux pas savoir à qui tu veux casser la figure et je n'ai rien à voir avec ça…

Moffat comprend que Stompanato croit qu'il veut régler ses comptes avec Zanuck. Il est loin de la vérité, mais il ne le détrompe surtout pas. Il empoche le morceau de papier que le truand lui tend quand Didi sort du cabinet de toilette. Le visage de Stompanato s'illumine, il cesse de jouer avec sa chaîne en or et se précipite vers elle pour la saluer. Son regard vicieux brille de convoitise et Moffat serre les poings en le voyant prendre Didi par la taille et la complimenter sur sa beauté. Il met rapidement un terme à cette parade, prétextant un rendez-vous urgent. Quand il raccompagne le mafieux, celui-ci ne cesse de se retourner pour jeter un coup d'œil à la jeune femme qui lui sourit avec embarras.

– Tu me l'avais cachée, cette merveille ! Pourquoi ne l'as-tu jamais fait tourner dans nos films ? demande le proxénète en passant une langue gourmande sur ses lèvres épaisses.

– Je la destine au vrai cinéma, je dois faire attention à sa réputation.

– Je cherche des filles pour une soirée. Elle n'a jamais couché avec Joseph Kennedy ?

– Non, ce n'est pas une prostituée ! s'indigne Moffat.

– Tant mieux, ils n'en veulent pas. Ils veulent des jeunes actrices ambitieuses. Ce n'est pas pour le vieux, mais pour son fils. Il fait une fixette, il ne veut pas coucher avec des filles qui sont passées dans le lit de son père... et je peux te dire que ce n'est pas si facile à trouver ! Bref, si tu changes d'avis, dis-le-moi. Ça pourrait être bon pour sa carrière, tu sais.

L'Italien appuie sa proposition en crachant entre ses pieds, puis il se traîne jusqu'à sa Cadillac tout en rappelant à Moffat qu'il lui doit dix mille dollars et qu'il ferait mieux de les avoir quand ils se reverront. Une fois installé, il démarre et rejoint la route en marche arrière sans regarder, forçant une Plymouth à freiner en urgence pour l'éviter. Il part sous les klaxons, adressant un doigt d'honneur aux conducteurs courroucés. En le regardant s'éloigner, Moffat se dit qu'il va devoir parler de ce problème avec Dragna ; le vieil homme risque de ne pas apprécier de voir Stompanato au générique d'un film qu'il finance. Derrière lui, Didi, qui vient de le rejoindre, demande doucement :

– C'était qui ? Un acteur ? Il a l'air très gentil.

★

Le Taxi Checker A4 vert et jaune dépose Liz devant les portes en pierre grise de la propriété. Durand Street somnole en cette fin de journée, comme l'ensemble du Hollywood Park Reservoir District. Le chauffeur s'étonne quand elle lui demande de s'arrêter dans la rue ; habituellement, les habitants de ces vastes propriétés font entrer les voitures pour qu'on les amène jusqu'à leur demeure. Avec son maintien et son élégance, aucun chauffeur ne propose jamais à la jeune femme de la laisser devant la porte de service, elle fait partie de la noblesse de la ville, ça se voit et ça se sent. Liz tend les deux dollars de la course par l'ouverture de la vitre de séparation et sort de la voiture. Face à elle se dressent les portes cochères d'un château normand en pierre. Ce porche monumental est surmonté d'une petite bâtisse aux toits en pointe, flanquée d'un donjon médiéval qui a assuré la notoriété du lieu et celle de son premier propriétaire, un fantasque promoteur immobilier du nom de Milton Wolf.

Cela ne fait que quelques mois que Liz, de retour de son pensionnat de la côte Est, vit à nouveau ici. Depuis, elle ne rêve que d'en repartir. Elle pousse une des lourdes portes en chêne et se glisse par l'ouverture. D'où elle est, elle peut apercevoir, au-delà de la piscine, une demeure de conte de fées, comme pourrait en imaginer un dessinateur de Disney, qui s'éclaire peu à peu tout au fond du parc. Au sommet de ses tours, une vue à couper le souffle s'étend sous les fenêtres – par temps clair, on voit jusqu'à l'île de Santa Catalina. Tout près d'elle, devant le garage, un homme à genoux lustre les chromes d'une Rolls Royce étincelante, il crache sur les phares et les frotte avec une peau de chamois. Il ne voit pas Liz qui ne lui signale pas sa présence. Elle emprunte un escalier étroit sous le porche, passe au-dessus des portes cochères et pénètre dans le petit appartement qu'on lui a aménagé dans le donjon. Pas dans la propriété mais pas en dehors non plus, entre les deux – sa vraie place. C'est là que Milton Wolf accueillait ses maîtresses, de nombreuses actrices des années trente ont vécu ici avant qu'il ne revende ses terres. Sous la tour médiévale, il avait fait aménager un *speakeasy*, un bar clandestin où il invitait ses amis à braver les interdits de la prohibition. Maîtresses et alcool, les portes du Wolf Lair servaient à dissimuler des activités interdites. Aujourd'hui, on y tient à l'écart d'autres réalités embarrassantes.

Liz ouvre sa robe Givenchy beige et la laisse tomber à ses pieds sans en prendre soin. Elle ne veut pas attacher d'importance à ces vêtements qu'on lui offre comme d'autres jouent à la poupée. Elle retire ses chaussures à talons et se masse les pieds sous ses bas en soie. Elle retire son soutien-gorge rembourré et frotte sa petite poitrine pour faire disparaître les marques rouges des baleines. Elle pose un enregistrement de Billie Holiday sur son tourne-disque et colle son front contre la fenêtre alors que les premières notes de *Stormy Weather* retentissent dans l'appartement. Dans le parc du domaine, le chauffeur vient d'ouvrir les portières de la Rolls pour ses employeurs. En tenue de soirée, M. et Mme Morgan sortent de leur château des mille et une nuits et s'installent. Mme Morgan est ravissante dans sa robe bleu ciel, une taille fine et la quarantaine radieuse. Liz se mord les lèvres, incapable de cesser de désirer cette femme dont la ressemblance avec Didi est frappante. Ce tableau la rendra folle, il faut qu'elle quitte cette maison, elle ne peut pas contempler tous les soirs l'homme qui l'a élevée comme sa fille servir de chauffeur à son véritable père et à sa maîtresse, celle qui lui a fait découvrir ses penchants saphiques. Sa santé mentale n'y résistera pas.

Liz détourne les yeux et tente de penser à autre chose. Elle soulève le coussin d'un de ses fauteuils et pioche dans sa bibliothèque d'ouvrages subversifs un exemplaire de la *Monthly Review*. Mais bientôt, ses pensées la ramènent vers Wolf Lair. Pour l'éloigner, on l'a envoyée dans un pensionnat de la côte Est, avec l'espoir qu'elle en reviendrait corsetée et prude, comme ces jeunes filles aisées des bonnes familles protestantes de Boston, et qu'elle cesserait de constituer une menace pour les Morgan. Elle en est revenue anarchiste, pacifiste, lesbienne et sans doute plus rebelle que jamais. On l'a élevée dans le mensonge, à l'ombre d'une famille de banquiers cachant ses turpitudes sous une épaisse couche de bienséance dorée. La fille du chauffeur et de la gouvernante des Morgan, identité de plus en plus difficile à assumer avec les ans, alors que sa ressemblance avec William Morgan devenait de plus en plus frappante.

C'est à ses treize ans que le mensonge commença à s'effriter. Elle avait pris depuis longtemps l'habitude de passer ses jeudis après-midi dans la piscine de la propriété, ce dont les Morgan ne s'offusquaient pas, assez libéraux pour tolérer que la fille de leurs employés profite parfois des installations de la demeure. Souvent, Anthony, le fils unique des Morgan, jouait avec elle. Les deux enfants trompaient ainsi l'ennui qui exsudait des murs de cette habitation hiératique, sous le regard perpétuellement triste et désabusé de Mme Morgan, dont l'activité quotidienne oscillait déjà entre whisky et barbituriques. Mais lors de l'été de sa treizième année, d'un seul coup, la proximité entre Liz et Anthony devint insupportable pour les Morgan. On leur interdit de se voir, de se parler. Comme si le corps changeant de Liz devenait une source d'inquiétude. Pourtant, les amours ancillaires ne posaient pas tant de problèmes dans la plupart des familles aisées. Liz avait d'ailleurs déjà surpris des disputes entre ses parents pendant lesquelles ils avaient évoqué à mots couverts la liaison qu'entretenaient sa mère et William Morgan avant qu'elle ne se marie. Anthony et Liz durent ruser pour se retrouver, faire le mur la nuit pour aller fumer en cachette sur le parapet de la propriété et échanger leurs premiers baisers, les lumières de la ville à leurs pieds. À cet âge, Liz n'était déjà pas sûre de son attirance pour les garçons, elle se laissait faire sans réel désir, par souci de conformisme et pour pouvoir faire bisquer ses copines de classe en leur racontant ses aventures avec un héritier millionnaire.

Malgré leur prudence, on les vit, on devina leurs attouchements et toute la maisonnée s'en émut dans des proportions ridicules. Sa propre mère, devenue hystérique, la gifla, la traitant de « sale petite traînée ». On l'enferma, on la menaça. Après quelques conciliabules impliquant même William Morgan, on décida de l'envoyer en pension sur la côte Est, loin d'Anthony et de Wolf Lair. Cette réaction disproportionnée plongea Liz dans la perplexité pendant des mois. Puis sa ressemblance flagrante avec le banquier millionnaire – mais aussi avec Anthony – se renforça avec la puberté, et l'explication de cet affolement s'imposa peu à peu. Elle était fille unique, elle avait entendu ses parents parler à de nombreuses reprises de leurs vaines tentatives pour avoir un autre enfant. Lors d'une dispute, elle comprit que sa mère reprochait sa stérilité au chauffeur des Morgan.

Liz dresse l'oreille. La Rolls passe sous son appartement et tourne dans Durand Drive, conduite par son père officiel. Il n'a jamais été très proche d'elle, l'élevant sans beaucoup d'amour ou de complicité. Liz ne lui en tient pas rigueur, la situation devait être difficile à accepter. Elle ne sait pas si cette infortune conjugale dont la conséquence galopait chaque jour sous ses yeux tristes était la cause de la dépression permanente de la magnifique Mme Morgan, qui semblait glisser sur la vie comme un bateau fantôme sur une mer d'huile, aussi indifférente qu'élégante. Liz s'allume une cigarette de hasch et se vautre dans un fauteuil. Elle jette sa revue, incapable de se concentrer suffisamment pour s'y intéresser, et attrape un recueil de poèmes de Pablo Neruda qui traîne sur sa table basse. Elle a envie de se faire couler un bain et de manger des fruits, mais sa paresse l'enfonce dans les coussins de son Chesterfield.

Son statut dans la famille changea au fil de ses visites pendant les vacances scolaires. Chaque fois, Anthony était éloigné au prétexte de cours de voile ou de stage de polo dans un de ces clubs select, interdits aux juifs, aux Italiens et aux personnes travaillant dans le cinéma, où se regroupe la vieille bourgeoisie de la côte Ouest pour résister à la vague de nouveaux riches tapageurs. On se mit à l'accueillir comme une enfant gâtée, on lui aménagea ce petit appartement au-dessus du porche et l'on exauçait le moindre de ses caprices, comme si tous avaient quelque chose à se faire pardonner. Liz prit goût à cette nouvelle aisance, elle gagnait en assurance et découvrit que son penchant naturel l'inclinait à désirer les femmes bien plus que les hommes. Toujours novice en la matière, elle comprit néanmoins vite que les regards qu'elle échangeait avec Mme Morgan se chargeaient peu à peu de désir. Celle-ci passait lui apporter des piles de vêtements qu'elle ne portait plus, elle insistait pour assister à l'essayage sous prétexte d'envoyer elle-même à la retouche les pièces ayant besoin d'être reprises. Liz ne l'avait jamais vue aussi souriante et spontanée que pendant ces moments passés toutes les deux. Leur complicité grandit, elles partaient pour de longues balades en voiture sur la côte ou dans le désert, allaient au cinéma ou au restaurant toutes les deux. Liz venait d'avoir seize ans quand leur relation prit un tour plus charnel. Elle savait que cette issue devenait inéluctable, et une de leurs séances d'essayage dérapa – comme elles dérapèrent toutes par la suite. Mme Morgan aimait les femmes, c'est pour cela qu'elle traînait son malheur dans une relation sans passion depuis des années. William Morgan le savait et accordait à sa femme quelques discrètes escapades, mais elle vivait dans le mensonge et s'y étiolait jour après jour. Liz lui apportait des moments d'une liberté intense et grisante, une impression fugace de la vie qu'elle aurait pu avoir.

Leur liaison reprenait, fiévreuse, chaque fois que Liz revenait de son pensionnat. Au creux de l'oreiller, Mme Morgan confirma à sa jeune maîtresse qu'elle était bien la fille de William Morgan ; quand sa mère était tombée enceinte, on l'avait mariée en catastrophe au chauffeur de la famille pour éviter que la paternité de l'enfant ne soulève des questions. L'argent des Morgan pouvait tout acheter, tout corrompre, imposer leurs mensonges à tous. Même si elle en profitait sans vergogne, Liz en ressentait aussi du dégoût, terreau sur lequel prospéraient ses idées progressistes, voire extrémistes. Une fois Anthony parti étudier à Yale, Liz put revenir s'installer à Los Angeles pour s'inscrire à l'UCLA. Dès lors, la relation entre les deux femmes se compliqua. Sans la contrainte de l'éloignement, leur passion risquait de les dévorer, de les dévoiler. Mme Morgan prit peur et s'éloigna, étouffant le feu qui la consumait. Sous les yeux de la jeune fille, la quadragénaire devint plus triste et apathique que jamais, tuant son désir à coups de barbituriques. Et l'inévitable se produisit. Une nuit, des ambulances entrèrent en trombe dans la propriété et l'emportèrent à l'hôpital. Officiellement, elle avait fait un malaise, mais Liz comprit vite qu'elle avait tenté de mettre fin à ses jours. On lui interdit de lui rendre visite au Cedars Sinai et, au retour d'un cours, elle eut la surprise de trouver William Morgan en personne assis dans un des fauteuils de son appartement.

Jamais, au long de ses dix-sept années, Liz n'avait eu l'occasion de parler seul à seule avec William Morgan, son père, qui manifestait toujours à son égard une indifférence glaciale. Le voir installé chez elle, occupé à feuilleter un de ses magazines, lui causa un choc intense. Elle bredouilla des mots sans suite jusqu'à ce qu'il lui serve un verre d'eau et lui propose de s'asseoir. Puis il la regarda longuement, comme s'il découvrait la similitude de leurs traits, nez fin, petites oreilles un peu pointues, dents écartées, tout ce qui les liait de manière évidente. Il sourit et, sans aller jusqu'à montrer de la tendresse, il parla sur un ton agréable, dénué de la pointe d'autorité dédaigneuse qui le caractérisait habituellement.

— Mon épouse sortira du Cedars Sinai dans quelques jours. Ça aurait pu être bien plus grave.

— Que lui est-il arrivé ?

— Elle a avalé beaucoup trop de médicaments en une seule prise.

— Elle a voulu mourir ?

William Morgan éluda cette question. Il observa le bout de ses doigts manucurés, un pli soucieux apparut entre les sourcils, crispant son visage massé chaque jour à l'institut de beauté masculine du Wilshire Country Club.

– Tu causes un grand désordre dans la maison. Tu en as conscience ?

– Ce n'est pas de ma faute. Quoi que je fasse, j'ai toujours eu l'impression de déranger.

– Tu es un ange, un don de Dieu. Tout le monde t'aime ici, sans doute un peu trop même. Il faut que ces choses contre nature cessent. Tu te destines à une vie de malheur si tu ne sais pas contrôler ces pulsions.

– Ce ne sont pas des pulsions, c'est ce que je suis.

– Allons, ce ne sont que des tocades de gamine élevée dans un pensionnat de jeunes filles. Avec cette promiscuité et l'absence de garçons, tu y as pris de mauvaises habitudes. Il va falloir les perdre. Tu veux toujours devenir actrice ?

– Oui, mon professeur de théâtre me dit que je suis très douée.

– Les cours d'art dramatique de l'UCLA ont très bonne réputation. Tu sais que tes incartades pourraient te coûter toute chance de faire carrière ?

– Les mentalités vont changer ! Bientôt...

– Non, parce que nous y veillerons, la coupa sèchement William Morgan. Les comportements déviants doivent être combattus. Au même titre que les idées communistes dans lesquelles tu te vautres, précisa-t-il en désignant du doigt l'endroit où Liz cachait ses publications socialistes. Tu ne pourras jamais faire carrière si tu ne te reprends pas. Une lesbienne communiste n'a aucune chance de devenir une star dans ce pays, tu en as conscience ? Tu lis la presse ? Comment peux-tu croire qu'un studio va miser sur une jeune femme qui se laisse aller à de telles extrémités ?! Tu es intelligente, cultivée, tes professeurs de Boston m'ont fait des rapports unanimes. Je peux te faire monter très haut, mais il faut que tu comprennes ce qu'on attend de toi. L'alternative, c'est la rue. Je te fous dehors et je fais en sorte que tu finisses par nettoyer les chiottes dans un hôtel miteux. Est-ce que je me fais bien comprendre ?

– Oui, répondit Liz, effrayée.

Morgan avait le pouvoir de mettre cette menace à exécution sans difficulté, et elle le savait.

– Je vais te faire rencontrer Lew Wasserman, il va te prendre dans son écurie. Je vais faire jouer mes relations, tu auras des rôles dès que tu seras prête à les endosser. Mais je veux que tu te tiennes à l'écart des membres de cette famille. Tous. Je ne veux plus que tu apportes la honte dans cette demeure. Notre réputation doit rester sans tache, une fois encore : je veux que tu te tiennes à l'écart de tout ce qui pourrait nous salir. Si tu ne respectes pas cette consigne, je te reprendrai tout ce que je vais te donner, et je te briserai. N'attends aucune pitié de ma part si tu me déçois. Je ne suis pas homme à me répéter, alors tiens-toi bien tout cela pour dit.

William Morgan se leva et laissa Liz seule dans son appartement, en pleurs, terrorisée par la seule conversation qu'elle aura jamais eue avec son père biologique. Elle se plia à ses ordres, autant par peur que pour ne pas le décevoir. Elle n'adressa plus jamais la parole à Mme Morgan et se laissa séduire par quelques jeunes hommes, dont le fils Zanuck qui lui prit sa virginité. Elle se donna à eux sans amour, sans jamais y prendre de plaisir, se condamnant à l'avance à une vie de frustration et de renoncement, comme celle de l'épouse dépressive de son père. Jusqu'à cette soirée des Oscars. Jusqu'à Didi.

Elle ouvre le recueil de Neruda et trouve le vers qu'elle avait sur le bout de la langue :

Je veux faire de toi ce que le printemps fait avec les cerisiers.

Elle lit cette phrase à voix haute, plusieurs fois, la laisse s'imprégner en elle, jusqu'à ce que l'image de Didi l'obsède.

Je veux faire de toi ce que le printemps fait avec les cerisiers.

★

La salle de projection pue le cigare même si aucun n'est allumé, la fumée a imprégné les fauteuils, les tentures, jusqu'à la moquette. De-ci de-là, Chance Buckman aperçoit des taches grises là où la cendre est tombée dans l'indifférence d'une salle obscure. Il s'en allume un, malgré le regard désapprobateur d'Annie Morrisson. De toute façon, depuis quelques jours, elle ne supporte rien de ce qu'il peut faire ou dire. Ce retournement est incompréhensible alors même qu'il était sur le point de passer à une nouvelle étape, de lui dévoiler ses sentiments. La belle rousse est glaciale, désagréable, elle ne cesse de lui adresser des remarques blessantes. Il essaye de prendre cela avec philosophie. Les femmes sont ainsi, il a dû commettre un impair qui l'a vexée et lui demander lequel ne ferait que creuser la distance qui les sépare. Il faut laisser le temps cautériser cette plaie invisible.

Henry Willson, l'agent qui les a conviés, donne son feu vert au projectionniste qui place la première bobine. Leur hôte, au visage parfaitement ovale et aux cheveux noirs gominés avec soin, les gratifie d'un sourire avenant qui fait plisser son cou et ressortir la fossette qui fend son menton en deux. Paul Newman leur a fait défaut, le jeune homme a tellement de succès à Broadway qu'il croule sous les propositions de Hollywood et qu'il choisit avec soin les films dans lesquels il fera ses débuts. Il ne veut pas commencer par un film de genre, craignant d'écorner l'image de sérieux et l'implication artistique qui caractérisent ses premiers pas. Willson leur a proposé une ribambelle de bellâtres, de grands échalas musculeux dans la lignée de sa star naissante Rock Hudson, mais Moffat est persuadé que ce type d'acteur est avant tout adapté aux femmes plus âgées que le public adolescent qu'il souhaite attirer. Loin de reculer, Willson a proposé une alternative à ses *beefcakes* et compte leur projeter des essais de son nouveau protégé.

Moffat les a précédés, il a déjà visionné ces images et ils n'ont pas encore eu le temps d'en parler. Le producteur court en permanence, il leur est presque impossible de suivre son rythme effréné. Il ne semble ni dormir ni ralentir. En arrivant au bureau le matin même, Buckman a trouvé dans le courrier deux contrats et un budget prévisionnel alors qu'il n'avait pas fini de détailler les versions précédentes. Leur film prend bonne tournure, grâce à l'entregent du père Starace ils ont obtenu l'accord de principe de United Artists pour la distribution et la publicité. Ils doivent déjeuner avec Arthur Krim, le président de la firme. Il a la réputation d'être dur en affaires mais Moffat l'est tout autant, et un accord devrait être trouvé pour vingt-cinq pour cent de commission et une avance de cinq cent mille dollars – du moins, c'est ce que la raison dicterait. La rumeur de la rixe entre Moffat et Zanuck n'a pas contrarié Krim. Au contraire, comme l'escomptait Moffat, les moguls ne détestent pas se tirer dans les pattes quand leurs intérêts ne convergent pas, et Krim s'amuse sans doute à défier la tutelle écrasante de son prestigieux confrère.

La projection commence et un jeune homme aux traits fins apparaît sur l'écran, il est fluide et expressif, loin des moniteurs de tennis bronzés que Willson leur a proposés jusque-là. On lui pose quelques questions auxquelles il répond d'une voix bien placée :

– Je m'appelle Robert Wagner, j'ai vingt-trois ans et je viens de Detroit, dans le Michigan, mais ça fait quinze ans que j'ai emménagé à Los Angeles.

Du coin de l'œil, Buckman aperçoit la moue approbatrice de Morrisson. Elle n'a pas tort, ce gamin correspond parfaitement à ce qu'ils cherchent. Willson doit le savoir, car il pousse son avantage jusqu'à leur passer les essais d'autres de ses poulains pour compléter le casting. Ils hésitent un instant devant la silhouette étrange et attirante d'un jeune modèle, Julie Newmar, mais elle prendrait le petit rôle que Buckman doit réserver à la protégée de Dragna. Avec une épaisse mauvaise foi, il chuchote à Morrisson qu'il la trouve trop grande et trop provocante pour un film destiné à un jeune public.

La salle se rallume et ils se retournent vers Willson qui affiche le sourire d'un maquignon sur le point de faire une bonne affaire. Buckman essaye de rester réservé pour ne pas faire monter les enchères.

– Il a quelque chose, votre Wagner, j'aime bien sa petite musique.

– Vous avez l'oreille fine. Il a déjà tourné dans une dizaine de films. Il vient de terminer le tournage de *Titanic* de Negulesco pour la Fox, avec un rôle important. Ce sera un des jeunes acteurs de l'année. Croyez-moi.

– Possible. Combien voudrait-il ?

– Deux mille, avec quatre semaines de garantie.

– Qu'a-t-il obtenu pour son film précédent ?

L'agent sait que Buckman peut vérifier ses dires en téléphonant au studio qui lui fournira la réponse exacte. Il n'a pas d'autre choix que de répondre franchement.

– À vous, je ne peux rien cacher. Mille cinq cents.

– Alors pourquoi devrions-nous le payer deux mille ?

– Parce qu'ils payent tous ça maintenant !

– S'ils veulent dilapider leur fortune…

– Bon, écoutez, prenez-le pour deux films à mille sept cent cinquante dollars. Ça vous va ?

Buckman est à deux doigts de donner son accord à l'agent débonnaire et chaleureux, mais il se raidit à la pensée de ce qu'en dirait Moffat, bien plus intransigeant en toutes circonstances.

– Non, ce n'est pas possible.

– OK, parce que vous êtes des amis du père Starace. Mille cinq cents, mais vous regretterez de ne pas l'avoir signé pour plusieurs films. Ses tarifs vont exploser.

– Voilà qui est plus raisonnable. Ça me va. On vous confirme ça dès qu'on en a parlé avec Moffat.

Après avoir insisté pour placer deux autres de ses protégés, Willson finit par les raccompagner jusqu'aux portes de ses bureaux et serre la main à Buckman avec une cordialité non feinte. Il a à peine jeté un regard à Annie Morrisson qui continue d'afficher le même air revêche.

– Notre casting est pratiquement bouclé, fanfaronne Buckman en ouvrant sa Chevrolet.

– Sauf que Moffat n'a toujours pas rencontré Liz Montgomery. Si elle accepte un autre engagement, on va devoir reprendre à zéro.

– C'est étonnant, c'est lui qui l'a imposée depuis le début...

– Oui, je ne sais pas ce qu'il trame avec cette jeune femme, mais à part s'intéresser à son emploi du temps, il n'en parle jamais. Et ce n'est pas par votre Vicky qu'on la remplacera. Vous avez le droit d'aimer les filles vulgaires, mais ce serait bien que vous ne les fassiez pas toutes figurer au casting de notre film...

– C'est plus compliqué que ça, faites-moi confiance.

– Vous connaissez sans doute la vieille plaisanterie qu'on se raconte sur cette ville : « Comment dit-on va te faire foutre à Hollywood ? »

– On dit « Fais-moi confiance », concède Buckman dans un soupir.

Il se demande si la mauvaise humeur de Morrisson ne coïnciderait pas avec son souhait de faire apparaître

Vicky dans le film. Il se maudit de ne pas l'avoir compris plus tôt, Annie est jalouse, la plus évidente des causes de mauvaise humeur. Il s'engouffre dans cette brèche, plein d'espoir.

— Il n'y a rien entre cette fille et moi ! Elle est bien trop commune, même ivre mort, jamais je ne pourrais… Annie, je vous le jure, je n'ai rien fait et je ne compte rien faire avec cette poufiasse !

Annie se tourne vers lui en secouant la tête, et la force du dédain dans son regard fait à Buckman l'effet d'une gifle.

— Appelez-moi agent Morrisson, s'il vous plaît. Mon pauvre major, si vous saviez comme je me fiche de savoir avec qui vous sortez. Sautez-la, si ça vous fait du bien. Je ne suis pas sûre que vous ayez les moyens de la payer, mais allez-y, si ça peut vous passer l'envie de faire d'autres erreurs…

Buckman encaisse avec difficulté, sa gorge se noue et ses yeux s'embuent. Il se reprend comme il peut, démarre la Chevrolet et cale à plusieurs reprises en remontant Melrose. Peinée de le voir ainsi affecté et regrettant presque sa virulence, Morrisson s'adoucit. Elle ne va pas jusqu'à s'excuser, mais elle tente de changer de sujet pour alléger l'atmosphère.

— Vous avez regardé le budget prévisionnel que nous a envoyé Moffat ?

— Oui, répond Buckman qui tente de faire bonne figure. Il est très ambitieux. Il veut louer le procédé Vistavision à la Paramount et tourner en Technicolor. L'adaptation de *La Guerre des mondes* produite par George Pal va frapper très fort cet été, il veut aller encore plus loin.

— On en a les moyens ?

— Le budget va dépasser les deux millions, mais avec l'avance de United Artists et un coup de pouce des banques… On va tout jouer sur la première course, mais ça peut passer.

– Parier, toujours parier, prendre des risques insensés, il faut sans cesse que les hommes mettent leurs couilles sur la table. C'est désespérant.

Buckman a envie de plaisanter en lui disant qu'elle aurait dû épouser un comptable de Baltimore, mais il entend trop de douleur dans la voix de Morrisson pour s'y risquer. La jeune femme regarde par la vitre, les yeux dans le vague, perdus dans les nuages, au loin, au-dessus de Midway. Quand ils rejoignent Sunset Boulevard, il est trop tard pour retourner au bureau. Il sait bien qu'il n'est pas question de lui proposer un dîner, alors il ne s'arrête pas et la raccompagne directement à l'hôtel où l'armée lui a loué une chambre le temps de sa mission.

Chapitre 14

1470 Blue Jay Way, Bird Streets,
Los Angeles, 5 juillet 1953

Rita Hayworth tourne sur elle-même, aérienne, sa robe fendue dévoile le bas de ses fesses charnues, elle tire sur son gant noir, en dégage une main fine aux longs ongles rouges. Elle fait virevolter sa chevelure auburn et s'éloigne en ondulant et en sifflotant *Amado Mio*. Veronica Lake lui succède, l'œil droit masqué par une longue mèche blonde, son chemisier transparent ne dissimule pas grand-chose du galbe de ses seins, elle fait la moue, mystérieuse et capricieuse, et s'éloigne avec arrogance pour laisser la place à Ava Gardner, uniquement vêtue d'une vareuse de marin et d'une casquette d'officier.

Enfoncé dans un canapé moelleux, Johnny Stompanato regarde ce défilé avec détachement. Il fume une cigarette de hasch en caleçon et gratte sa toison pubienne avec application. Malgré ses appétits hors normes, il est rassasié, cela fait trois jours qu'il traîne dans le bordel le plus chic de Beverly Hills et ses pensionnaires ne parviennent plus à ranimer sa flamme.

Après le scandale qui a suivi la fermeture de la maison de Billie Bennett, ses protégées, préparées, maquillées et opérées pour ressembler à des stars, sont restées quelques mois sans travail, mais la nature ayant horreur du vide, la famille Dragna n'a pas tardé à en ouvrir une nouvelle, laissant juste assez de temps et de distance pour ne pas donner l'impression de vouloir humilier la police et le procureur. Depuis quelques semaines, le business reprend ses droits et les clients échaudés par la publicité autour de l'affaire et des carnets de rendez-vous de Billie Bennett que la presse menaçait de divulguer reviennent profiter des services exceptionnels de ses filles de joie. Depuis sa tombe, la vieille maquerelle, morte opportunément avant son procès, doit se réjouir de voir son œuvre lui survivre.

L'établissement appartient à la famille Dragna. Bien qu'il soit un séide de Mickey Cohen, Johnny s'y sent comme chez lui. Son gang a pris l'habitude de marcher sur les plates-bandes du vieux chef sans trop se soucier de son autorité. Les Dragna ont toujours fui le conflit, Cohen en a profité, Johnny compte bien continuer dans cette voie. Il fournit régulièrement de nouvelles filles, de nouveaux films, moyennant une commission rondelette, et il en profite chaque fois pour passer quelques jours aux frais de la maison, buvant whisky sur whisky et s'offrant du bon temps avec toutes les pensionnaires.

Perdu dans un nuage de fumée de haschisch, il écrase son mégot d'une main molle et maladroite, sans remarquer que la salle vient de se vider. Plus personne ne se tient derrière le bar en acajou et aucune nouvelle fille ne fait son entrée. Dans les chambres au-dessus, l'activité est réduite, il est encore tôt, le bordel se remplira en fin d'après-midi, les Cadillac grimperont dans les collines par les routes sinueuses jusqu'aux portes discrètes de cette villa sans grand charme extérieur. Le voisinage s'embourgeoise peu à peu, les projets immobiliers des héritiers Doheny et l'installation du vice-président Nixon dans une villa du quartier requièrent une discrétion plus rigoureuse qu'aux plus belles heures de Billie Bennett, quand les fêtes tapageuses du bordel se terminaient à l'aube, au bord de la piscine, dans les rires et une débauche de cocaïne. À cette évocation, Johnny se sent trop endormi et il éprouve le besoin de se faire un rail pour remonter un peu la pente. Il a encore le temps de s'amuser avec Ava, il a bien aimé cette tenue, il faut juste qu'il rebande un peu. Il appelle le barman pour lui demander de lui dégoter un peu de poudre, il a terminé la sienne il y a des heures. Tout ce qu'il reçoit comme réponse, ce sont les cris de joie des filles et leurs rires émanant de la salle de repos, où elles jouent aux cartes en attendant de chaland.

– Oh, qu'il est mignon ce toutou !

– Ça suffit, petit coquin, on ne t'a pas appris qu'il fallait au moins dire bonjour avant de fourrer ton nez à cet endroit-là !

Une voix au fort accent sicilien rappelle l'animal à l'ordre. Johnny connaît cette voix, il se raidit et s'apprête à se lever pour récupérer ses affaires jetées sur le dossier d'une chaise, hors de sa portée, quand deux hommes à la stature impressionnante entrent dans la salle. Il est trop loin de son flingue, il est démuni, mais il ne se départ pas pour autant de sa morgue.

– Elles sont bizarres, les nouvelles filles de la maison. Vous êtes les sosies de King Kong ? C'est vrai qu'il en faut pour tous les goûts…

Les deux arrivants ne répondent pas, leurs visages sombres aux sourcils proéminents n'expriment rien, mais ils s'avancent vers Stompanato d'un pas déterminé. Abruti par le haschisch et l'alcool, le jeune truand se redresse trop tardivement et une main puissante le repousse dans le canapé. Il jure et se cabre pour tenter à nouveau de s'extraire des coussins où il s'enfonce. Cette fois, une gifle cinglante met un terme à sa tentative. Il se frotte la joue et balance un œil torve à la brute qui vient de lui faire rougir la moitié du visage.

– Celle-là, tu pourrais la regretter un jour, mon gros.

Le gorille lève une main large comme la calandre d'une limousine, mais il suspend son geste quand Jack Dragna fait son entrée dans la salle, suivi par le cliquètement des griffes d'Edgar.

– Bonjour, Johnny, lance le vieux chef qui laisse poindre dans sa voix un amusement malicieux et revanchard.

Il s'avance, sanglé dans un costume à rayures noir et blanc orné d'une pochette en soie verte assortie à sa cravate et à la bande de son chapeau. Cet accoutrement voyant tranche avec son visage de notaire aux yeux toujours tristes, malgré la lueur de satisfaction qui les anime.

– C'est carnaval ou quoi ? Qu'est-ce que tu fous, habillé comme une vieille tante ?

Une gifle retentissante fait taire Stompanato. Il marmonne une injure en italien et soutient le regard de la brute. Son air de défi semble dire qu'un jour cela se réglera dans le sang.

– Mickey ne va pas aimer que vous manquiez de respect à un de ses gars, maugrée Stompanato.

– Mickey est en prison et je ne fais que remettre un peu d'ordre chez moi, répond Dragna. Tu le sais que je suis chez moi ici, n'est-ce pas ?

– Ça va, Jack, je fournis des films et des filles, c'est normal que je profite un peu de l'accueil. Je montre à tes poules comment elles doivent s'occuper d'un vrai mec. C'est bon pour tes clients et pour tes affaires !

Jack ne répond pas, il fouille dans les affaires de Stompanato malgré ses protestations, prend quelques centaines de dollars dans son portefeuille, son flingue dans sa veste, puis glisse le tout dans la poche de son costume et se tourne vers lui.

– Le compte n'y est pas, Johnny. Pour tout ce que tu as consommé dans cette maison, il manque encore pas mal de fric.

Un des gorilles saisit la chaîne en or qui repose sur le torse poilu de Johnny et l'arrache d'un coup sec pendant que son acolyte le maintient dans le canapé.

– Elle est lourde, ça vaut bien deux cents dollars, patron.

– Bien. Garde-la.

– Vous jouez avec le feu, les gars, vous voulez que la guerre recommence ?

Dragna sourit à Stompanato et reprend, sur un ton paternaliste.

– Allons Johnny, pour faire la guerre, il faut être deux. Mickey est sorti du jeu, j'ai le soutien de l'Outfit pour faire régner l'ordre dans ma maison en attendant qu'il sorte, s'il sort un jour. Qui va nous faire la guerre ? Toi ? La seule arme que tu saches manier, c'est la grosse bite qui pend dans ton caleçon. Continue à jouer avec, et laisse les grandes personnes s'occuper de leurs affaires.

– Je ne comprends pas Jack, je suis sympa avec les clients, je n'esquinte pas les filles, je ne vois pas pourquoi tu me fais ça, gémit Stompanato.

– J'ai appris que tu voulais faire du cinéma.

– Je ne vois pas le rapport, mais oui, un producteur me doit de l'argent, alors on a un petit accord, s'étonne le truand.

– Vous aviez un accord, Johnny. Vous n'en avez plus. Je ne veux pas que tu tournes dans son film, et je ne veux plus te voir faire quoi que ce soit avec lui. Il ne te doit rien. Tes films répugnants, tu les feras ailleurs. Je mets de l'ordre, j'ai carte blanche pour que Los Angeles rapporte sa part à l'Outfit. Si je décide que toutes les combines de Stompanato sont nocives, tu retourneras faire le gigolo pour des vieilles. Je ne veux plus entendre parler de toi. Mickey n'est plus là pour te protéger, si tu m'agaces, ça finira très mal. Tu ne t'approches plus de Moffat, je suis clair ?

Johnny ne répond pas, un des gorilles le saisit à la gorge et serre sa grosse pogne jusqu'à ce qu'il étouffe, essayant en vain de se libérer de cette emprise.

– D'accord, je ne m'occuperai plus des affaires de Moffat, prononce-t-il à grand-peine.

– Bien. Maintenant, tu vas déguerpir d'ici. Et tu n'y es plus le bienvenu.

Alors que le jeune truand se frotte la gorge et déglutit avec une grimace, Dragna balance son pantalon et sa chemise sur le canapé. Edgar renifle ses chaussures et finit par les honorer d'un long jet d'urine écumante. Le vieux mafieux rigole, les deux gorilles se joignent à lui et la salle résonne de leurs rires gras pendant que Stompanato enfile sa chemise, ravalant sa fierté.

– Edgar est adorable, il t'a même nettoyé tes groles de maquereau !

★

Vingt et un jeunes hommes en tenue de pompiste attendent, adossés au mur principal, devant la seule pompe de la station-service. Le vingt-deuxième fait le plein de la Cadillac DeVille de Jacinto, sa combinaison ouverte jusqu'au nombril sur ses abdominaux bien dessinés. Jacinto n'y prête pas attention, il connaît cette station par cœur pour y avoir travaillé quelques mois, et il n'a pas résisté au plaisir de venir montrer sa voiture à ses anciens collègues. Tous ces employés sont des bidasses qui arrondissent leur solde en travaillant pour Scotty Bowers. La station rutilante à l'angle de Hollywood et de Vine est le plus grand lieu de prostitution masculine de la côte Ouest, encore plus fréquenté que les bosquets qui entourent la base navale de San Diego. On vient ici pour faire le plein, parfois, mais les services de l'établissement sont innombrables et il n'est pas rare que le pompiste monte dans la voiture et parte avec ses clients. Jacinto salue Scotty. Celui-ci le complimente pour sa belle bagnole et fait signe à un de ses gars qui se met aussitôt à nettoyer le pare-brise, gratifiant Jacinto d'œillades sans équivoque.

Bowers s'appuie sur le toit de la voiture et passe la tête par la vitre ouverte. Il propose au jeune homme de revenir travailler pour lui, même si sa situation matérielle semble confortable. Jacinto décline l'offre en riant. Il s'amusait beaucoup à la station, il y a rencontré quelques vedettes qui lui ont donné envie de tenter à son tour sa chance dans le cinéma. Quand une star paye pour coucher avec vous, vous vous dites forcément que vous aussi, vous pourriez devenir une icône de l'écran. Il hésite un moment après avoir dit non ; il envie ces jeunes éphèbes qui vont sûrement passer de bien meilleures soirées que lui, mais il ne peut pas risquer de fâcher le père Starace. Son vieil amant jaloux lui a promis qu'il lui obtiendrait bientôt un passeport américain, le Graal que Jacinto espère depuis des années. Avec un statut légal en règle, un nom américain – Bucky Thompson – et des cours de diction pour gommer son accent, il pourra voler de ses propres ailes et ne plus vivre dans la crainte permanente d'être renvoyé à Tijuana sans un sou en poche.

Son plein terminé, il résiste à la tentation, laisse un pourboire généreux aux deux pompistes, serre la main de Bowers et redémarre. Il descend sur Vine, en direction des bureaux d'AFE. Il a pris ses précautions cette fois. La veille, sa filature s'est terminée à Brentwood, quand il a dû s'arrêter pour prendre de l'essence, laissant filer Moffat. Il le suit par intermittence depuis une semaine, et pour l'instant il n'a pas réussi à localiser sa maison, l'endroit où il rentre les soirs où il ne dort pas au studio, l'endroit où il doit avoir planqué les deux millions de dollars que convoite le père Starace. Le prêtre s'est agacé de l'absence de résultats de ses virées automobiles, Jacinto a donc décidé de faire preuve d'un peu plus d'attention et de méthode. Son réservoir est plein, il a des sandwichs, des magazines et de l'eau, rien ne viendra le distraire de son objectif. Il ne lâchera pas le producteur d'une semelle.

L'Oldsmobile de Moffat stationne toujours devant les portes de son studio miteux dont les planches disjointes menacent de s'effondrer chaque fois qu'un poids lourd passe sur Sawtelle Boulevard et fait vibrer sa façade. Jacinto se gare à une centaine de mètres et allume la radio en soupirant – sa journée promet d'être longue et ennuyeuse. Son attente prend fin en milieu d'après-midi. Moffat sort du studio, quelques dossiers sous le bras. Il les jette sur la banquette arrière de sa voiture et démarre en trombe, comme toujours.

– C'est parti pour un tour, murmure Jacinto qui se glisse dans le trafic à une distance prudente de Moffat.

Le producteur ne prend pas un chemin habituel, sa voiture s'engage dans Sepulveda Boulevard en direction des puits de pétrole d'Inglewood. Ils traversent le champ de derricks dans le bruit des pistons et les vapeurs de pétrole, croisant le ballet des camions-citernes. Même vitres fermées, l'odeur et le tintamarre assourdissant sont difficiles à supporter. À peine lavée, la Cadillac se retrouve couverte de boue et d'hydrocarbures lorsqu'ils s'extirpent de la file des camions pour entrer dans le centre d'Inglewood. Moffat accélère sur la large avenue, obligeant Jacinto à prendre quelques risques pour garder le rythme. Ils ne ralentissent qu'une fois insérés dans le flux des véhicules de la rue commerciale, entre l'enseigne en forme de gâteau géant du Big Donut Drive-In et l'obélisque moderne de l'Academy. À la sortie d'Inglewood, au lieu de bifurquer vers le centre de L.A., l'Oldsmobile file tout droit vers Central Avenue et le quartier noir de South L.A., à la grande surprise de Jacinto.

À cette heure, la principale artère du quartier noir de L.A. est assez calme. De Little Tokyo à Watts, les clubs de jazz – le *Club Alabam*, le *Downbeat*, le *Flame* et le *Casablanca* – sont encore fermés, et ce quartier de noctambules mélomanes et fêtards sort tout juste de sa torpeur. Au 2300 Central, ils passent le Lincoln Theatre, haut lieu de la ville pour les divertissements autorisés aux Afro-Américains, puis le *Dunbar Hotel*, le seul de Los Angeles où les célébrités et les familles noires aisées de passage sont susceptibles de trouver une chambre. Cette partie de la ville où réside historiquement la communauté noire a vu ses frontières changer avec l'immense afflux d'Afro-Américains pendant et après la Seconde Guerre mondiale ; cinquante mille personnes se sont installées dans et autour de l'avenue, et d'autres arrivent encore. Les conditions d'habitation déjà précaires sont devenues impossibles. Malgré la réforme de 1948 déclarant illégaux les pactes de propriétaires visant à exclure les Noirs de l'achat ou de la location de biens en dehors des limites de ce quartier, ses habitants peinent à en partir. Il leur est encore difficile de trouver un crédit ou un proprié-taire assez large d'esprit pour ne pas leur refuser l'accès à son bien, sans compter les réactions hystériques des voisins concernés dans les parties blanches de la ville. South L.A. s'étend donc vers le sud, dans des habitats majoritairement illégaux, insalubres et surpeuplés. C'est par là que l'Oldsmobile de Moffat se dirige.

Jacinto se sent de plus en plus mal à l'aise alors qu'ils s'éloignent de Central Avenue et prennent des rues où l'on ne va jamais en Cadillac, surtout quand on est blanc, de jour comme de nuit. Seules s'y aventurent quelques rares patrouilles de police. D'après la carte de la ville, ce sont des terres en friches, des terrains vagues, pour-tant de nombreuses constructions de tôle, de bois et de matériaux de récupération y sont sorties de terre. Sans permis ni règle d'urbanisme, sans eau courante ni électri-cité. À deux pas d'une des avenues les plus vivantes de la côte Ouest s'étend un territoire sans droits, sans lois. Devant les masures, des gamins jouent dans la rue, des camés zonent les bras ballants, et à l'intérieur quelques mères tentent tant bien que mal de chasser la crasse et l'humidité. Les voitures sont rares et en mauvais état, alors l'Oldsmobile de Moffat et la Cadillac dernier cri de Jacinto se repèrent comme une goutte de lait dans le café. Tous les regards s'attardent sur eux, Jacinto prie pour que Moffat ne s'arrête pas. Il ne prendrait pas le risque de l'imiter, tant pis pour la filature, il accélérerait et s'enfuirait avant que la situation ne dégénère.

La Cadillac racle le sol et se balance en cahotant sur les nids-de-poule, la route en terre est défoncée, son autoradio n'émet plus qu'un grésillement agaçant. Jacinto commence à penser à faire demi-tour quand Moffat s'arrête, cent mètres devant lui. Jacinto roule au pas, il hésite sur la conduite à adopter. Le producteur hèle un gamin qui joue au baseball sur le trottoir. Le môme s'approche de l'Olds-mobile, Moffat lui demande quelque chose. Le petit lui montre une bicoque en bois branlante de l'autre côté de la rue et se met à crier pour appeler ses occupants.

Un homme sort, grand et maigre, le visage émacié, les pommettes saillantes et les yeux exorbités, noir comme l'ébène et les cheveux rasés, il porte un tee-shirt sans manches, un pantalon de treillis élimé et des bottes mili-taires à sangles. Il s'approche de l'Oldsmobile et parle quelques secondes avec Moffat avant de monter dans la voiture. Ils repartent et bifurquent vers le nord au grand soulagement de Jacinto, pressé de quitter ce quartier où sa présence détonne. Ils regagnent Central Avenue au niveau d'un restaurant célèbre pour ses tartes aux patates douces devant lequel une file de clients patiente, quelques *cents* à la main. L'Oldsmobile remonte l'avenue en direction de l'hôtel de ville, le bâtiment le plus élevé de L.A. dont Jacinto peut apercevoir le sommet à quelques kilomètres au nord.

La voiture s'arrête devant l'*Algier*, un club de jazz qui vient d'ouvrir ses portes. Les occupants de l'Oldsmobile discutent encore deux, trois minutes, puis Moffat semble donner quelque chose à son passager, ils se serrent la main et l'homme à la tenue militaire sort de la voiture. Jacinto le voit fourrer ce qui ressemble à une photo dans sa poche et se diriger vers l'*Algier,* un billet à la main. Il n'est pas très loin d'eux, trop près sans doute, il peut même remarquer les yeux injectés de sang et les veines boursouflées des avant-bras de l'homme qui lui jette un regard distrait avant de pousser la porte du club.

La filature reprend, les deux voitures quittent South L.A.. Le producteur rend visite à Didi dans la résidence de Laverne Terrace que connaît si bien Jacinto. Celui-ci serre les dents en imaginant Moffat posséder son amie à peine la porte ouverte, comme une brute venue tirer son coup vite fait en soufflant comme un porc, le pantalon à peine baissé sur son cul poilu et mou. Cette vision insupporte Jacinto et le motive encore plus : il n'en peut plus de devoir coller ce salopard, lui piquer son fric ne sera que justice. Cette perspective l'électrise ; ce soir, la filature doit aboutir. Il est tard, plusieurs de ses tentatives précédentes ont échoué parce qu'il ne pouvait pas prendre le risque de le filer sur des routes désertes tous phares allumés. Moffat ne s'attend sans doute pas à être suivi, mais Jacinto doit quand même éviter d'attirer son attention. De plus, il est très possible que le producteur ait remarqué sa Cadillac pendant leur virée dans le quartier noir. Il faut qu'il disparaisse un moment de son rétroviseur. Il fait le pari de le devancer : aller l'attendre là où il l'a perdu la dernière fois, à la sortie de Brentwood, quand la route devient sinueuse, dans les collines autour du Sepulveda Canyon.

Deux heures plus tard, son intuition est récompensée. Il a garé sa Cadillac, tous phares éteints, derrière un bosquet depuis lequel il a une vue plongeante parfaite sur la petite route qui s'élève dans les collines. Il reconnaît les phares de l'Oldsmobile de loin, laisse la voiture le dépasser puis attend un peu avant de s'engager sur la route derrière elle. La nuit est belle et le clair de lune lui permet de suivre les feux arrière de l'Oldsmobile dans les lacets sans risquer de la perdre ou de tomber dans le fossé. Il finit par faire nuit noire quand la voiture du producteur quitte la petite route pour s'enfoncer sur un chemin de terre qui traverse une immense plantation d'orangers. Jacinto s'arrête, il hésite à emprunter la même voie, de toute évidence privée, où sa présence attirerait l'attention. Il ne distingue aucune maison, aucune lueur sur les collines vers lesquelles l'Oldsmobile se dirige. Il ne veut pas avoir à revenir, alors il se décide à pousser ses recherches un peu plus loin, pour être sûr d'avoir bien repéré l'antre de Moffat et sa possible cache.

La Cadillac s'engage au pas sur le chemin, ses flancs frottent contre les branches des orangers, sa peinture se souviendra de cette escapade. Jacinto avance sur une cinquantaine de mètres avant de se retrouver bloqué par l'Oldsmobile, arrêtée au milieu du passage, juste après une courbe. Jacinto panique. La voiture de Moffat n'est qu'à une dizaine de mètres de lui. Où est passé le producteur ? Est-il encore dedans ? Est-il sorti pour se promener la nuit dans les orangers en fleur ? Va-t-il lui sauter dessus avec une arme, le prenant pour un voleur ? S'il ne s'est pas éloigné, il a forcément remarqué la Cadillac. Sans réfléchir, Jacinto passe la marche arrière et écrase la pédale d'accélérateur. La grosse Cadillac fait un bond et remonte le chemin en faisant rugir ses huit cylindres. Les branches font un bruit assourdissant sur la carrosserie, mais au moins elles le maintiennent au milieu de la voie, il s'éloigne vite de l'Oldsmobile et déboule sur la route comme un troupeau de bisons. Elle est déserte, il la traverse d'un bond et manque de s'écraser contre la paroi d'en face. Il pile et tourne d'extrême justesse, cabossant juste un peu le pare-chocs. En sueur, le cœur battant la chamade, il fuit sans demander son reste, par chance dans le sens de la descente vers Brentwood – il est tellement effrayé qu'il ne penserait même pas à faire demi-tour s'il s'était retrouvé à rouler vers Encino. Il ne refera plus jamais ça, même si le père Starace le menace de ne pas lui obtenir de passeport. Il n'est pas fait pour ça, il ne sera jamais Robert Mitchum.

★

Accroupi au milieu des orangers, Moffat n'a pas perdu une miette de la scène. Malgré sa fuite rapide, il a eu le temps de voir le visage du conducteur, un jeune minet efféminé à l'abondante tignasse brune. Il est certain de l'avoir déjà vu quelque part, peut-être même à plusieurs reprises – il tente en vain de faire remonter ce souvenir à la surface. Il avait repéré le manège de cette voiture peu après avoir trouvé un accord avec un des nègres toxicos recommandés par Stompanato. Il a eu l'idée de ce guet-apens dans les orangers pour mettre un terme à cette mascarade avant d'avoir rejoint sa maison. Hors de question de mêler sa mère à une altercation avec qui que ce soit. Il ne sait pas depuis combien de temps ce gamin le filait, mais ça l'inquiète. Il a cru un temps qu'il était suivi par la mafia, ou par ces ahuris du bureau de liaison de l'armée, mais le jeune homme qu'il a aperçu cadre mal avec ces hypothèses. Il n'est pas assez lucide pour continuer d'extrapoler. Il remonte dans son Oldsmobile et parcourt les dernières centaines de mètres qui le séparent de son repaire.

Depuis deux jours, il ne dort plus, il passe ses nuits à triturer le scénario de *Marionnettes humaines* dans tous les sens, la liste de ses demandes de modifications ne cesse de s'allonger, rendant le scénariste – pourtant expérimenté et payé rubis sur l'ongle – complètement fou. Il se bat aussi sur chaque ligne du budget, car tout est difficile pour un indépendant, tout se paye au prix fort, les studios protègent leur commerce en gardant un monopole sur des services techniques incontournables et en faisant pression sur les syndicats de techniciens. Il a dû faire passer un message à Dragna pour que les syndicalistes lâchent la bride à leurs membres et cessent de lui refuser leur accord. Seul le syndicat des scénaristes ne lui pose pas de problèmes : c'est le seul à ne pas être contrôlé par la mafia mais par les communistes, et en ce moment, ceux-ci rasent les murs. Cet imbécile de major Buckman et son acolyte rousse ne lui sont presque d'aucune aide. Il pensait pouvoir compter sur un soutien illimité de l'armée et il avait prévu des scènes de combat impliquant navires, avions, hélicoptères et figurants par centaines, mais Buckman lui a demandé de refréner ses ardeurs. Ils ne veulent pas que les liens entre l'armée et AFE soient manifestes, il ne faut pas que leur volonté de briser le monopole des studios se voie de manière trop flagrante et crée une polémique ; l'armée doit garder une apparente neutralité. Il a donc coupé dans ses demandes tout en affichant une détermination à la hauteur de son ambition. Les discussions ont été houleuses et complexes, mais il en sort assez satisfait.

Pour tenir, Moffat se gave d'amphétamines, il a acheté plusieurs flacons de pilules de pervitine à ce docteur foireux qu'il appelle parfois à la rescousse. Quelques gros billets ont convaincu Bugner de passer l'éponge sur leur dernière brouille, sur le tournage du Savage. Ce régime lui a permis de rester éveillé pendant quarante-huit heures, mais il sent qu'il atteint ses limites et que sa lucidité est entamée. Il a besoin de se ressourcer quelques heures auprès de sa mère. Il laisse son Oldsmobile sur le terre-plein, sort ses bidons du coffre, remplit le générateur et entre dans la vieille maison en pierre. L'odeur de moisi l'accueille aussitôt, ainsi que la plainte rituelle de sa mère.

– Tu as gagné combien d'argent aujourd'hui ?

Moffat sait qu'elle n'a plus la notion du temps. Tant que leur employée mexicaine passe la nettoyer et lui apporter à manger tous les jours, il pourrait disparaître des mois qu'elle aurait l'impression, à son retour, de l'avoir vu le matin même. Il lui fait un résumé rapide de ses négociations fructueuses et lui laisse entendre que cette fois-ci, l'argent coulera à flots et qu'il pourra engager d'autres avocats pour récupérer celui de son père. Sa mère bougonne néanmoins pendant qu'il aère sa chambre et lui fait boire un peu d'eau.

– Il serait temps ! Tu as parlé à notre avoué ? C'est incroyable qu'on puisse envisager de donner raison à des sauvages ! Qui a construit ce pays ? Qu'est-ce qu'ils seraient sans nous ? Ce pétrole nous revenait de droit !

Moffat acquiesce, même s'il connaît ses diatribes par cœur depuis des années. Il sait que rien ne peut la faire dévier de son flux, il la laisse s'essouffler à insulter les dizaines de familles osages que son père et William K. Hale ont décimées pour s'approprier leurs biens, dont ils avaient la gestion grâce aux lois racistes en vigueur dans l'Oklahoma. Ces deux hommes savaient qu'on ne s'enrichit pas en faisant commerce de morale, ils auraient pu faire fortune à Hollywood. Sa mère calmée, il sort une mallette noire de sa commode, l'ouvre avec une clé de son trousseau, et se repaît quelques minutes en silence du spectacle merveilleux de ces piles de billets. Il sent que les amphétamines font encore un peu effet, il devra prendre une pilule de barbituriques s'il veut s'endormir rapidement. Mais d'abord, il doit trouver une meilleure place pour son trésor. Sa mère lui demande ce qu'il fait, agenouillé dans un coin de sa chambre. Il lui a confié la mallette sans lui avouer ce qu'elle contient de peur qu'elle en dise trop à son employée mexicaine, mais il ne résiste pas au plaisir de lui montrer quelque chose. Il prend un billet avec délicatesse, referme et range la mallette, et se rapproche de la lampe de chevet de sa mère. Il place le billet sous la lumière et le fait tourner lentement entre ses doigts.

– Regarde maman, celui-là, il est spécial : c'est un billet de cinq mille dollars, je suis sûr que tu n'en avais encore jamais vu. Si j'en demandais un à une banque, il faudrait sûrement qu'elle le fasse venir de la Réserve fédérale et cela prendrait des semaines. Il n'y en a que mille en circulation aux États-Unis. Il est beau, hein ?

Sa mère ne dit rien, un râle de plaisir monte du fond de sa gorge, un ronronnement de vieux félin. Il agite le billet près de son visage, et soudain, elle lève ses doigts arthritiques et tente de le saisir. Moffat recule sa main, la serre de la vieille femme ne se referme pas assez vite et n'attrape que le vide. Elle a perdu ses réflexes d'aigle, elle jette un regard noir à son fils puis se met à ricaner de sa faiblesse, comme une gamine qui vient de faire une plaisanterie innocente. Devant ce spectacle, son fils ne peut retenir son rire et ils éclatent tous les deux, se tenant les côtes à la lueur de la lampe de chevet. Quand ils reprennent leur souffle, Moffat refait passer le billet sous le nez de la vieille femme qui essaye de l'attraper avec ses dents, gloussant de joie à chaque échec.

★

Les cacatoès, les perroquets et les aras s'envolent et tourbillonnent dans leur cage de verre quand Johnny Stompanato s'amuse à cogner sur la vitre avec sa chevalière. Les clients du *Mocambo* se font sermonner quand ils s'approchent des vitres des cages de l'entrée, sauf les vedettes et les mafieux à qui la maison passe tous les caprices. Il se regarde dans la glace, ses cheveux sont impeccablement gominés, il a refermé sa chemise plus haut qu'il n'en a l'habitude, le gorille de Dragna lui a piqué sa chaîne et il n'a pas eu le temps d'en racheter une. Sans ses anneaux d'or à exhiber, son torse restera couvert. Charlie vient le saluer et lui demande s'il veut une table. Johnny se contente de commander un steak saignant qu'il mangera au comptoir, autre privilège réservé aux clients particuliers. Il entre dans le club alors qu'une négresse s'égosille sur scène. Eartha Kitt, comme indiqué sur l'enseigne lumineuse au-dessus de la marquise, sur le Sunset Strip. Que le nom d'une négresse s'affiche ainsi en plein territoire de Mickey Cohen agace Stompanato. Son patron n'aurait jamais laissé passer une telle insulte. Les nègres doivent jouer pour des nègres, dans des clubs pour nègres. Le fisc a forcé Cohen à fermer sa mercerie, à quelques pas d'ici, et sa tutelle sur les clubs du Strip s'est un peu assouplie, mais cette partie de la ville reste une enclave de Chicago et Cohen son ambassadeur pléni-potentiaire. Johnny se dit qu'il va falloir que quelqu'un le leur rappelle, un jour ou l'autre.

Pour signifier son mécontentement, il tourne ostensi-blement le dos à la scène. Il salue George Raft, attablé avec une jolie blonde, et va s'asseoir au comptoir, où il retrouve un autre jeune Italien vêtu de manière voyante, occupé à faire tournoyer une pièce d'un dollar entre ses doigts.

– Frank, il faut que je parle à ton frère, c'est urgent.

Le jeune homme reste silencieux, dévisageant Stompanato d'un air légèrement méprisant. Il attrape sa pièce entre le pouce et l'index de sa main gauche et donne une pichenette de son index droit pour la faire tourner. Johnny garde son calme, il sait bien que pour les hommes de Mickey Cohen, il n'est rien d'autre qu'un amuseur, un animal de compagnie qui sert à rabattre de jolies filles. Malgré son passé de soldat et la fusillade qu'il a essuyée aux côtés de son patron, on le sait trop lâche pour les affaires sérieuses. Depuis que Mickey purge sa peine de prison, il est sur la touche, et c'est justement pour ça qu'il veut voir Joe Sica, il sent qu'il a mis le doigt sur un coup potentiellement lucratif. Frank donne une nouvelle pichenette à sa pièce, singeant le personnage de Scarface.

– T'as vu, je le fais mieux que George Raft, non ?

– Oui, Frank, mais je ne plaisante pas, j'ai besoin de voir Joseph.

– Il va arriver dès que la négresse sera partie... On n'est pas à Harlem, putain de merde !

Johnny prend son mal en patience, il regarde la piste où Ava Gardner attire tous les regards en chaloupant avec Sinatra entre les colonnes vert et blanc du club. Cette danse est sans aucun doute commanditée par la MGM pour tenter de mettre un terme aux rumeurs qui annoncent leur séparation à grand bruit. Il évite de la regarder avec trop d'insistance, il aimerait l'accrocher à son tableau de chasse mais il sait que la jalousie maladive de Sinatra constituera un obstacle de taille tant qu'ils seront ensemble. Stompanato sourit en descendant son whisky, il se rattrapera sur la pensionnaire du bordel qui lui ressemble trait pour trait. Il la préfère même sans doute, elle est moins bégueule pour se mettre à quatre pattes ou se manger des claques si l'envie lui prend de lui en administrer.

Une serveuse qui pose parfois des micros sous les tables des vedettes pour le compte de *Confidential* passe devant lui. Il la salue et glisse une main sur ses fesses en lui proposant de prendre un verre.

– Helene n'est pas avec toi ? demande la jeune femme frondeuse en faisant allusion à son épouse pour tenter de refréner ses ardeurs.

– Tu préférerais faire ça à trois ? plaisante Johnny qui sait bien que la taupe de *Confidential* n'oserait jamais s'attaquer à lui – un maître dans l'art du chantage.

La jeune femme hausse les épaules et poursuit son service. Le steak de Stompanato monopolise son attention pendant quelques minutes, arrosé par une rafale de verres de Jack Daniel's. Deux starlettes viennent lui demander des amphétamines et un peu de hasch, il n'a rien pour elles, mais elles restent quand même quelques minutes à ses côtés pour être vues. Rien de tel que de donner l'impression d'être proche des mafieux pour gagner le respect et attirer les regards. Les voyous sont les portes de la nuit, ils en connaissent tous les secrets, toutes les combines, peuvent répondre à toutes les demandes, toutes les envies. Ils savent où il faut être pour s'amuser. Les stars adorent se donner des airs d'affranchis, elles sont de toute façon au-dessus des lois, protégées par les avocats, les fortunes et les réseaux des studios qui les emploient. Même ceux qui poussent le bouchon vraiment trop loin, comme Mitchum, finissent par transformer leur séjour en taule en campagne publicitaire. Johnny prend les coordonnées des deux gamines, ce sont de petites nouvelles bourrées d'ambition à peine débarquées de leur Michigan natal. Peter Lawford en cherche sans arrêt pour organiser des soirées pour ses amis de la côte Est qui viennent s'encanailler dans la ville de pacotille. Elles sont encore un peu trop pleines de rêves pour qu'il les transforme en pensionnaires de bordel, mais quand la ville aura broyé leurs illusions, que la drogue, l'alcool et la vie nocturne auront brouillé leurs repères mais que leurs corps seront encore assez frais, elles s'en contenteront sans doute… Mal conseillées, mal entourées, cela peut arriver en quelques mois, et ça, c'est dans ses cordes. Avec un sourire carnassier, Johnny promet aux deux gamines de les mettre en contact avec des gens qui feront avancer leurs carrières et il les quitte après avoir pris le numéro de téléphone de leur pension. Eartha Kitt a terminé son tour de chant sous des applaudissements nourris ; le clan Sica fait donc son entrée et s'installe au comptoir.

– Joe, il faut que je te parle de toute urgence, demande Johnny d'une voix manquant d'assurance.

Sica reste immobile, se contentant d'offrir son dos massif à son interlocuteur. Il hausse les épaules avant de répondre avec lassitude.

– Qu'est-ce qu'il y a, Johnny ? Tu ne nous as pas chopé une maladie vénérienne, au moins ? Si tu casses ton outil de travail, je ne pourrai rien pour toi.

– Ça concerne la famille Dragna. Je pense que le vieux a franchi la ligne rouge et qu'il s'est mis en tête de produire des films. Il a dû mettre un paquet de pognon dans l'affaire d'un producteur que je connais.

Sica se retourne, l'air pensif.

– J'ai entendu des rumeurs concernant d'importants mouvements de liquidités dans les affaires des Dragna. À ce qu'on dit, le vieux a raclé les fonds de tiroirs, et on se demande bien pourquoi. Ça m'étonne, mais ton histoire m'intéresse. Surtout si le vieux Dragna a violé les consignes de l'Outfit. Essaye d'en savoir plus, rapidement, je dois aller voir Mickey au parloir dans deux jours. Si tu as collecté de bonnes infos d'ici là, tu viendras avec moi lui raconter tout ça.

Chapitre 15

UCLA Theatre Art Department, Charles E. Young Drive, Los Angeles, 7 juillet 1953

Chaque cours consacré à la méthode Stanislavski laisse Liz profondément éprouvée. L'exercice qui consiste à faire remonter ses propres sentiments pour nourrir son interprétation est sans doute plaisant et profitable pour des élèves qui ont une vie et un passé familial équilibrés, mais pour la jeune femme, devoir puiser dans la malle sans fond de son désordre familial s'avère dévastateur. Elle en sort tremblante, incapable de communiquer avec les autres élèves, juste assez lucide pour décliner leurs invitations à aller prendre une glace ou un verre et pour se mettre en marche vers la station de tramway de Hilgard Avenue.

Malgré ses difficultés, son professeur ne cesse de l'encourager, il lui dit sentir en elle une source d'émotions infinie, une sensibilité hors normes qui la promet à une très belle carrière si elle parvient à la canaliser et à l'utiliser. Liz encaisse, mais elle peine à accepter que sa souffrance puisse devenir le matériau de son travail. Pour survivre, il faut un jour réussir à l'enterrer, pas puiser dedans sans fin et l'alimenter. Elle a beau admirer Montgomery Clift, l'exemple favori de son professeur, elle n'envie pas son existence, sans cesse blessée par l'utilisation de ses failles intimes, mises à nu et triturées par des réalisateurs démiurges qui le prennent pour de l'argile. Pour Liz, cela finira mal : à quoi bon avoir un Oscar si c'est pour se suicider à quarante ans ? Tout le monde le sait, tout le monde le voit, mais qui tend la main à ce pauvre Monty ? Qui lui dit de fuir, de vivre librement, le plus loin possible de ce marécage ? La rébellion ne cesse de croître en Liz, elle ne tolère plus le mensonge et l'hypocrisie de ce milieu ou de sa famille. Ses relations avec ses supposés parents sont exécrables. Ils sont incapables de lui dire la vérité sur ses origines, d'avouer ce qui saute aux yeux de tous et de l'assumer, elle le leur fait payer par un mépris absolu. Elle refuse que son père légal vienne la chercher à la sortie des cours, préférant marcher et prendre le tramway en dépit des passagers aux mains baladeuses.

Même Didi l'agace. Malgré leur indéniable passion réciproque, elles se voient peu, furtivement, Didi a bien trop peur que la révélation de leur liaison nuise à sa carrière naissante. Elle n'est pas encore connue qu'elle vit déjà dans l'angoisse de la presse de caniveau et des producteurs pudibonds et rétrogrades. Plus Liz avance dans la vie, plus elle prend conscience qu'elle devra s'engager dans des mouvements contestataires, dans la lutte pour la reconnaissance des minorités, raciales ou sexuelles. C'est pour cette raison qu'elle continue son cursus d'actrice ; elle se dit que la notoriété qu'elle pourrait y gagner l'aidera à faire avancer les choses. Ces causes manquent de porte-parole courageux qui ne se débinent pas à la première commission parlementaire venue.

Alors qu'elle arrive à la station, un tramway surgit de derrière une camionnette de livraison garée là, qui lui bouchait la vue. Elle commence à monter quand elle s'aperçoit qu'il est plein à craquer de marins en permission, les yeux rivés sur elle comme sur une proie sacrificielle. Elle redescend du marchepied sous leurs sifflements et leurs vociférations. Elle n'a aucune envie de subir quarante minutes de trajet à se faire tripoter par une bande de soudards puant le whisky bon marché. Leurs cris s'éloignent avec le véhicule bondé, et Liz reste seule à l'arrêt.

Un homme noir assez patibulaire, portant un pantalon de treillis et des bottes militaires, longe le trottoir et vient se planter devant elle. Il lui tourne le dos et regarde de droite à gauche, tendu, comme s'il craignait que quelqu'un arrive. De légers soubresauts agitent ses bras nus et décharnés. Liz recule un peu, elle regrette soudain de ne pas être montée dans le tramway, cet homme lui fait peur et ils sont seuls dans la rue. Elle s'apprête à partir quand il se retourne et lui demande une cigarette. Ses yeux sont si exorbités qu'on dirait deux grosses billes de marbre veinées de rouge posées sur une table d'ébène. Son haleine pue l'alcool et un résidu chimique désagréable. Elle recule encore quand deux bras jaillissent derrière elle et lui plaquent un chiffon sur le nez. Elle pousse un cri étouffé par le tissu et ne peut s'empêcher de respirer une pleine bouffée de chloroforme. Sa tête se met à tourner, elle perd peu à peu connaissance alors qu'on la traîne rapidement vers la camionnette de livraison, qu'on la jette sur la plateforme arrière comme un sac de sable. Le ravisseur au pantalon de treillis monte avec elle, son complice ferme les portes et s'installe à l'avant. Le véhicule démarre, Liz voit les grosses billes de marbre se pencher vers elle, entend l'homme lui susurrer :

– On va passer une super soirée tous les trois, tu vas voir.

Puis elle sombre dans l'inconscience.

★

La jeune femme le chevauche avec énergie, des cheveux plein la bouche, et ses petits seins blancs se balancent dans tous les sens au rythme des va-et-vient de son corps bronzé. Johnny se dit qu'on voit à ce détail que

Vicky a mis sa carrière de strip-teaseuse entre parenthèses depuis quelque temps : aucun patron de club digne de ce nom ne la laisserait se promener à longueur de journée au bord d'une piscine, ou alors il lui demanderait de le faire à poil. Les deux bandes blanches qui coupent son corps sec et tonique sont franchement inesthétiques. Johnny lui empoigne les hanches et jure qu'il va jouir, il se crispe et mime un orgasme brutal en couvrant sa partenaire d'insultes. Il fait semblant, non pas parce qu'il n'a pas apprécié la séance de rodéo, Vicky est pleine de vigueur, mais parce que cela fait assez longtemps que cela dure. Ils sont épuisés et il a la tête ailleurs, il sait que ses soucis l'empêcheront de tirer sa crampe, quel que soit le savoir-faire de sa partenaire.

Vicky ne voit pas qu'il triche, elle lui caresse la joue, lui pose un baiser sur les lèvres et se laisse tomber sur le lit de l'hôtel minable, louant ses chambres à l'heure, où ils se sont engouffrés pour baiser. Il l'avait déjà croisée plusieurs fois quand elle dansait dans un club pour marins de Santa Monica. Ils avaient échangé quelques plaisanteries, et leurs œillades indiquaient clairement que si l'occasion se présentait, ils coucheraient volontiers ensemble. Stompanato s'en est souvenu quand il a entendu qu'elle était devenue la protégée de Jack Dragna et que le vieux la promenait partout comme un trophée, un témoignage de sa virilité retrouvée depuis le décès de sa femme. La convaincre de le rejoindre pour un petit rodéo n'a pas été difficile, le vieux Dragna doit être loin de combler tous les appétits de cette petite boule de vice. En trois mots, l'affaire était entendue. Le plus compliqué a été de trouver un moment où la jeune femme n'était pas suivie de près par un sbire de son protecteur, sans doute conscient de ses limites en tant qu'amant et inquiet de se voir cocufier au vu et au su de toute la ville. Johnny a dû attendre qu'on la dépose devant l'immeuble où le vieux lui loue un meublé chic dans une résidence récente, se faufiler derrière elle sans être remarqué et l'intercepter avant qu'elle ne rentre. Elle lui a dit que son appartement était peut-être sur écoute et qu'il valait mieux qu'ils aillent ailleurs, elle lui a même indiqué l'adresse de cet hôtel bas de gamme assez proche de chez elle, signe que le vieux chef devait déjà être cornard au-delà de ce qu'il pourrait imaginer. Du coup, le tatouage « *This pussy belongs to Jack Dragna* » au-dessus du pubis de Vicky l'a franchement fait rire.

Mais le plus drôle, c'est qu'il n'a pas à forcer pour lui soutirer des informations. D'elle-même, dès qu'ils reprennent leur souffle, Vicky lui balance de sa voix nasillarde et vulgaire qu'elle va bientôt être une actrice aussi célèbre que celles que la rumeur place déjà sur la liste des maîtresses de Stompanato. Johnny la relance un peu sur le sujet, et Vicky lui déballe que Dragna a investi deux millions de dollars dans le prochain film que va produire Larkin Moffat et qu'elle va jouer dedans. Elle tripote la queue assoupie de l'Italien en lui racontant qu'elle a vu la valise de liquide que le vieux a fait remettre au producteur. Johnny ricane ; de mémoire de truand, jamais un interrogatoire n'aura été aussi simple et agréable. Ils discutent encore quelques minutes sans qu'il obtienne d'informations importantes, mais il connaît Moffat et il est sûr que cette crapule n'est pas allée déposer l'argent à la banque, il n'a confiance en personne, il a dû le planquer quelque part pour pouvoir le compter et le ranger tous les soirs avant de s'endormir. Tournant la tête, il remarque que Vicky, éreintée par leur rodéo, vient de s'assoupir sur le ventre, la tête dans l'oreiller. Ça l'arrange : il a un compte à régler avec ce vieux fumier de Dragna et il a prévu de remettre les compteurs à zéro ce jour même. Il se lève, sort un flacon de la poche de sa veste et laisse un petit souvenir au mercurochrome sur les fesses de la jeune femme sans la réveiller.

Une demi-heure plus tard, Johnny est sous la douche quand elle vient lui dire au revoir rapidement. Tout sourire, Stompanato lui dit qu'il aimerait la revoir, ce dont il doute, et il se retient de rire quand elle quitte la chambre, un « *Kilroy was here* » rouge vif dessiné sur le popotin. Elle aura bien du mal à expliquer ça à Jack Dragna, si le vieil Italien n'a pas pour habitude de la besogner dans le noir. Il se rhabille et descend dans un drugstore voisin pour passer un coup de fil au *Slapsy Maxies,* le club où doit se trouver Joe Sica. Johnny sait que dans quelques heures, le mafieux doit rendre visite à leur patron emprisonné.

— Joe, on peut faire un gros coup, j'arrive. Il faut que j'aille voir Mickey avec toi.

★

Le chien a le poil clair, dense et long, il boucle au-dessus de son crâne comme celui d'un nourrisson blond. Ses yeux sont fermés, sa gueule close et ses babines sèches. Il a l'air d'un chien bien nourri, doux et affec-tueux, un chien qui aime les enfants, les promenades dans les parcs et un peu trop les sucreries. On le croirait sur le point de japper de joie à la vue d'un bâton ou d'une balle. C'est un chien de race, un labrador ou un truc comme ça. Moffat parierait volontiers qu'il vaudrait une centaine de dollars, si seulement il était vivant. Car au-delà de son cou ses chairs s'abandonnent, son poil est maculé de taches de sang noir, les os brisés de ses côtes percent ses flancs et de son ventre ouvert suinte une cohorte de vers occupés à se bâfrer des moindres sucs. Il dégage une puanteur infernale. Ses pattes desséchées commencent à coller à la terre, à se fondre en elle, la bête est morte depuis plusieurs jours, une mouche vient boire à l'œil clos du pauvre animal égaré dans un quartier où il n'était pas le bienvenu. Une fugue trop loin du jardin accueillant de sa propriété cossue, une fuite au hasard des ruelles et des odeurs suivies qui aura mal tourné. Moffat ne sait pas de quoi ce chien est mort, écrasé, empoisonné, ou plus sûrement tué dans une rixe avec des chiens du quartier, des corniauds efflanqués et affamés, plus aguerris que lui au combat pour la survie, à la baston pour un déchet volé dans une poubelle. Les caresses ont amolli ce pauvre chien, il n'avait aucune chance. Moffat contourne la funeste carcasse avec une grimace d'écœurement tant l'odeur de viande pourrie est forte. Mais dans cet environnement, personne ne s'en soucie, personne ne la ramasse pour l'enterrer ou la brûler à la chaux. La mort et la putréfaction font partie des scènes de rue habituelles.

Sur les indications des deux hommes qu'il a embauchés, Larkin Moffat a poussé son Oldsmobile jusqu'aux confins de Watts, au bout d'un dédale de ruelles pleines de nids-de-poule, de ruisseaux, de noctambules alcoolisés, de chiens errants, jusqu'au dernier tronçon praticable, à la lisière de la société américaine. Avec une pointe d'inquiétude, il a abandonné sa voiture pour poursuivre à pied, conscient que s'il ne revenait pas rapidement, il ne la retrouverait sans doute jamais. Il a quitté les dernières rues asphaltées depuis longtemps et pénétré dans la partie de Los Angeles qui n'existe officiellement pas, celle que l'on réserve aux Noirs à qui l'on refuse toute habitation décente. Il est accueilli par la puanteur dérangeante de la pauvreté, une gifle fétide et désespérée assenée par les eaux usées qui ruissellent à l'air libre et charrient des excréments gorgés de larves, de l'huile usagée et des détritus en décomposition.

Après avoir parcouru quelques venelles au tracé tortueux improvisé entre les constructions illégales et parsemées de flaques immondes, il arrive en bordure du ghetto. Les premières habitations qu'il a dépassées étaient bâties en dur, avec des parpaings et de la tôle, mais depuis quelques lacets, il n'est plus entouré que de masures faites de matériaux disparates, de bâches goudronnées tendues sur des fils de nylon et de poutrelles rouillées, aux ouvertures calfeutrées avec du papier et du carton. Tournant le dos à ce bidonville en expansion, il découvre une étendue déserte perdue aux confins de la ville, un gigantesque terrain vague qui sera bientôt dévoré par la lèpre de la pauvreté. Moffat s'allume une cigarette et gobe machinalement un cachet de pervitine. Il a peur, mais il n'a croisé personne et sa voiture est garée assez loin, rien ne peut le relier à ce qui a dû se passer dans ce terrain abandonné. Il serre un flacon dans la poche de son pardessus, cette présence le réconforte et lui donne la force d'avancer dans l'obscurité.

Il zigzague avec difficulté entre les amas de déchets qui s'amoncellent au bord du terrain vague, il se faufile par une brèche de la palissade dérisoire érigée par la mairie pour marquer les limites de ce terrain communal depuis longtemps envahi par une abondante végétation pouilleuse. Sous la lueur de la lune, il essaie de suivre les indications de ses deux complices. Il doute d'y parvenir tant la broussaille est dense, mais après quelques minutes de tâtonnements, des éclats de voix lui parviennent. Reconnaissant le timbre pâteux de son contact, il se dirige vers cette source. Il s'extrait de buissons d'épineux qui lacèrent ses vêtements et griffent ses mains avant d'apercevoir deux silhouettes chancelantes qui se découpent au sommet d'une butte, occupées à se passer une bouteille et à échanger des propos incohérents, ponctués d'éclats de rire gras. Il siffle un coup bref pour attirer leur attention, et s'arrache d'un bosquet serré pour se hisser à leurs côtés, en haut d'un promontoire boueux.

– Vous pourriez essayer d'être plus discrets, se plaint Moffat en chuchotant.

– Il n'y a personne dans les parages. Et les gens qui viennent ici la nuit n'ont pas envie que ça se sache, ricane l'homme aux bras décharnés et au regard fou.

– Elle est où ? presse Moffat.

Un bras se tend vers le versant nord de la butte. Moffat descend dans cette direction. Il ne veut pas que l'échange se prolonge, il est pressé, pressé d'accomplir sa vengeance, de se libérer et de mettre la plus grande distance possible entre lui et ces deux toxicomanes. Pour l'instant, ses complices encombrants le suivent dans la pente. Il maugrée.

– Vous avez brûlé la camionnette volée, comme prévu ?

– Ouais, loin d'ici, comme prévu. Du coup, on a eu des frais pour revenir...

– Je vous paye déjà bien assez, pas la peine d'essayer de grappiller, coupe sèchement Moffat.

À ses pieds, une silhouette blanche apparaît. Une jeune femme nue dans les herbes, allongée sur le dos. Malgré l'obscurité, Moffat peut distinguer des bleus sur ses cuisses, des hématomes sur son visage et des écorchures sur ses poignets. Ses ongles sont cassés et ses poings fermés. Liz Montgomery a perdu connaissance après de longues heures de viol. Elle respire, lentement, et n'a aucune blessure grave à l'extérieur, mais Moffat espère qu'elle est irrémédiablement détruite à l'intérieur. Cette sale petite garce qui croyait que tout lui était dû a vu ses rêves se briser sur ce terrain vague oublié. Moffat jubile. Il sort une liasse de billets de sa poche et la tend à ses deux compagnons.

– Tenez, le compte y est. Barrez-vous.

– Vous ne voulez pas qu'on l'emmène ? Une belle gamine comme ça, ça vaut pas mal de fric dans les bordels au Mexique, tente un des violeurs en partageant la liasse en deux.

– Notre accord était clair. Je veux que vous disparaissiez, maintenant ! On ne se reverra plus et si je vous repère dans les parages, ça se passera mal.

Moffat leur montre la crosse d'un flingue qu'il a glissé dans sa ceinture. C'est un faux, un jouet qu'il a pris dans la malle à accessoires d'AFE. Il produit son effet, les deux toxicomanes rebroussent chemin, contournent la butte et disparaissent dans les bosquets d'épineux. Le producteur attend quelques instants, il hume l'air tiède et écoute le chant des oiseaux nocturnes qui ont investi le terrain vague. Les amphétamines commencent à faire leur effet, le sang bourdonne dans ses tempes et une énergie folle envahit ses veines. Il a envie de rire et de crier de joie. Il sort une flasque de whisky de sa poche, en boit de longues rasades, le sourire aux lèvres, puis s'accroupit. Il soulève le visage de Liz et lui fait avaler un peu d'alcool. Il se redresse alors qu'elle toussote, se tortille au sol et gémit, incapable d'ouvrir complètement ses yeux tuméfiés. Debout derrière elle, il l'observe, magnifique brindille pâle et gracieuse, fragile, dépouillée de tout apparat, à sa merci. Il sort le flacon de sa poche. Il sait que s'il ne l'utilise pas, Liz Montgomery retrouvera sa place et son arrogance. Certes, elle ne se remettra jamais de cette nuit, mais elle sauvera les apparences. Il ne veut pas que cela se produise. Il ne veut pas qu'elle meure, il veut qu'elle vive une vie de paria, d'exclue, de honte et de rage, celle à laquelle on le destinait. Elle va payer pour lui. Il va détruire sa beauté et son avenir pour que le sien soit brillant. Il ouvre le flacon d'acide, l'odeur âcre lui pique les yeux. À ses pieds, la jeune actrice bredouille un appel à l'aide inaudible. Il se penche et positionne le flacon au-dessus de la partie gauche du visage de Liz. Il compte jusqu'à trois et se décide à l'incliner.

Un petit filet coule sur la pommette gauche de la jeune femme, de la fumée s'en élève aussitôt alors qu'elle hurle de douleur. Elle se débat et se retourne, le visage entre les mains, mais il est trop tard, Moffat le sait bien. Il a vu l'acide purifier la prostituée dans la cave de Dragna. Il sait que la beauté de Liz Montgomery vient de couler dans la terre sale du terrain vague. Il sait qu'il aura mille fois l'occasion de se réjouir du spectacle de ses chairs ravagées. Il referme le flacon et s'amuse.

– Les réalisateurs n'auront pas de mal à trouver ton bon profil, ma chérie.

Il se reproche aussitôt ces paroles ; si elle vit, il ne faut pas qu'elle puisse le reconnaître. Elle a l'air d'avoir perdu connaissance, il se rassérène et referme le flacon. Il la regarde, nue et brisée à ses pieds. Il n'a jamais été aussi excité. Il sait que ces images vont hanter ses fantasmes pendant de longues nuits. Malgré son désir, il ne se soulage pas sur place, ce serait imprudent, il doit disparaître et récupérer sa voiture sans tarder. Il fixe la scène dans son esprit, et elle l'accompagne pendant son retour vers l'Oldsmobile.

Son sacrifice a été entendu, la chance l'accompagne et il ne tarde pas à récupérer sa voiture qui n'a pas bougé, le bidonville reste assez calme à cette heure de la nuit. Il s'extirpe de Watts et remonte Central Avenue jusqu'au centre. À quelques centaines de mètres de l'hôtel de ville, il s'arrête à une cabine téléphonique récente, en verre et aluminium. La rue est déserte, il entre sans hésitation, insère vingt *cents* et compose le 1119. Au planton du commissariat central qui lui répond, il ne se présente pas et se contente de dire qu'il vient de voir deux hommes noirs traîner une jeune femme nue et inconsciente dans un terrain vague au sud de Watts. Il raccroche. Son excitation ne l'a pas quitté, la pervitine l'empêchera de dormir, il va passer chez Didi tant que les images de la jeune actrice sont encore vivaces. Elle seule pourra le soulager.

★

265

Le Beechcraft Bonanza tangue et ses suspensions s'affaissent quand Joe Sica se laisse tomber sur la banquette étroite du petit monomoteur. Johnny n'est pas rassuré par la réputation de « tueur de médecins » donné à l'appareil en raison des nombreux accidents dans lesquels il est impliqué, mais c'est le seul avion d'affaires qui permette de relier le Los Angeles International Airport à l'aéroport militaire de Tacoma-Seattle d'une seule traite de cinq heures, sans une longue et pénible escale à San Francisco. Joe occupe toute la banquette avant, comme beaucoup de mafieux il a pris du poids pendant son séjour en prison, une bonne vingtaine de kilos en six mois passés à manger pour tuer le temps, enfermé dans un réduit de dix mètres carrés. Obligé de rentrer la tête dans ses épaules, l'imposant lieutenant de Cohen grogne et s'agite pour prendre ses aises pendant que le pilote les salue et s'installe aux commandes. Le jour se lève à peine, ils ont passé la nuit au club à préparer le plan qu'ils veulent soumettre à Mickey, le pilote fait tourner un Thermos de café. La jeune femme blonde tassée à côté de Johnny le regarde d'un air apeuré, elle ne sait pas si elle doit accepter d'en prendre, il rigole et, grand seigneur, lui en sert une tasse.

Le vol se déroule dans un silence absolu, entre le lever de soleil sur les Rocheuses et l'arrivée entre la chaîne des Olympic Mountains, le lac Washington et le bras de mer du Puget Sound, le paysage est à couper le souffle et leur fait oublier jusqu'au mobile de leur voyage. Au sol, ils reviennent vite à la réalité. Tacoma est un immense port militaire, une succession de grues, de cales sèches et de navires baignée dans une lueur grisâtre, les odeurs de pétrole et les cornes de brume. Ils patientent quelques minutes sur le tarmac en attendant qu'une voiture vienne les chercher, ils observent le manège du chargement des *liberty ships* transformés pour la plupart en cargos de marine marchande. La jeune femme se pelotonne dans son manteau trop léger pour l'air frais d'une fin de matinée nuageuse dans l'État de Washington. Une petite bruine les accueille même quand ils descendent de voiture pour embarquer sur le chalutier qui va leur faire traverser le Puget Sound pour rejoindre l'île McNeil, où se trouve le pénitencier d'État. Exception faite des mardis et des samedis, il n'y a pas de ferry avec des horaires réguliers, Joe a dû s'arranger avec un pêcheur pour qu'il fasse la navette pour eux. Le cri des mouettes, le ballet de quelques otaries, les embruns et la vue sur la cime enneigée du mont Rainier finissent de réveiller Johnny que le vol avait un peu assoupi.

L'île McNeil est une grande forêt de pins verdoyante et sans relief, elle n'accueille aucun autre bâtiment que les rectangles blanc sale de la colonie pénitentiaire, regroupés autour d'un petit port et encerclés par des grillages barbelés. Johnny se demande si ces grilles sont là pour empêcher les prisonniers de s'enfuir ou pour les protéger contre les menaces tapies dans les bois de cet environnement hostile. Des nuées de mouettes recouvrent les côtes rocheuses où la présence humaine semble une anomalie passagère. La jeune femme qui les accompagne a passé la traversée accrochée à un filet, blanche comme un drap après avoir vomi son café à peine le chalutier sorti du port. Son estomac fragile n'a pas pu encaisser la légère houle et la forte odeur de poisson. Ils l'aident à poser les talons sur le débarcadère et lui donnent un chewing-gum. Sica regarde autour de lui et siffle entre ses dents jaunies.

– Un putain de mouroir en plein dans le trou du cul du monde, grommelle-t-il, peu sensible à la beauté sauvage du bras de mer.

Après les avoir fait patienter de longues minutes au bout du débarcadère, les gardiens les fouillent à plusieurs reprises dans la cahute qui marque l'accès au pénitencier, ils en profitent pour tripoter la fille et pour leur balancer quelques injures racistes sur leurs origines italiennes. Johnny et Sica encaissent sans sourciller, ils ont l'habitude des insultes et de la violence des flics, ils savent qu'un jour les mêmes viendront leur quémander un peu de pognon pour envoyer leurs mômes à l'université, et que là, les rôles s'inverseront vite. Les gardiens vérifient leurs pièces d'identité avec un soin méticuleux et ricanent quand la demoiselle se présente comme la nièce de Mickey Cohen.

– Pourquoi tu ne viens pas avec la femme de Cohen, plutôt ?

Sica commence à perdre patience, mais il faut que le surveillant en chef vienne demander à ses hommes de les lâcher pour qu'ils soient enfin admis à l'intérieur de la prison. Mickey a beau se montrer généreux, il ne peut pas arroser l'intégralité du personnel et ces humiliations sont le lot de chaque visite. Deux gardiens les mènent jusqu'à un petit baraquement en bois isolé à la lisière de la forêt, cerné par des souches et des troncs en pleine découpe. On les fait entrer dans l'unique pièce, rectangulaire, meublée en tout et pour tout de trois chaises et d'une table bancale. Ils s'installent, Joe soupire et pose son chapeau, il inspecte méticuleusement la propreté de la pièce et demande à la jeune femme de lui donner son mouchoir. Il frotte la table avec soin et époussette les chaises, Johnny lui donne un coup de main et ramasse quelques aiguilles de pin portées par le vent jusqu'au plancher disjoint. Ils ouvrent un peu les fenêtres pour chasser l'odeur de moisi, Johnny jette les aiguilles de pin et s'allume une cigarette. Les barreaux lui donnent l'impression de pouvoir céder à la première traction, mais à quoi servirait de sortir de cette baraque pour se retrouver paumé sur une île déserte ? Le seul point réellement surveillé se trouve à l'embarcadère des ferrys. Le reste n'est là que pour rappeler aux prisonniers qu'ils sont bien dans un pénitencier.

Le bruit des clés dans la serrure grippée leur signale l'arrivée de Mickey, ils se lèvent pour accueillir le célèbre truand. Les gardiens le débarrassent des chaînes qui lui entravent les mains et les chevilles et Mickey entre dans la pièce sans prendre la peine de saluer. Il échange un regard avec un des gardes en désignant la salle d'un coup de menton. Le garde hoche discrètement la tête. Johnny comprend que la salle n'est pas truffée de micros. Ils vont pouvoir parler librement. La porte refermée, Mickey se tourne vers ses visiteurs. Johnny n'a jamais rencontré quelqu'un dont la seule présence modifie à ce point l'atmosphère d'un endroit. Où qu'il soit, Mickey Cohen attire l'attention, la monopolise. Dès qu'il arrive, l'air se densifie, les conversations deviennent des chuchotements et les regards ne se jettent que du coin de l'œil. Pourtant, son physique d'ancien boxeur râblé, au nez écrasé et au crâne dégarni, n'a rien d'impressionnant, sa voix aiguë est même un peu ridicule et son accent peu élégant, mais il émane du personnage une puissance, une détermination et une rage qui évoquent une grenade dégoupillée.

Le parrain ne perd pas de temps en embrassades ou en effusions, ses hommes savent qu'il les respecte et qu'il considère que les démonstrations chaleureuses entre hommes sont bonnes pour les pédales. Il demande à la jeune femme de retirer son manteau. Elle porte une jolie robe rouge sans manches qui lui tombe au-dessus du genou. Il la fait tourner sur elle-même et la détaille de bas en haut quelques instants avant d'adresser un hochement de tête approbateur à Joe. Il s'assied, fait signe à la jeune femme de venir sur ses genoux et lui pose la main sur la cuisse alors que Johnny et Sica prennent place face à lui.

– C'est propre, c'est bien, commente Mickey en inspectant la table.

L'obsession de Cohen pour la propreté est légendaire, ses maisons sont construites autour de leurs salles de bains, il fait tout laver plusieurs fois par jour, se douche et se change toutes les six heures, il demande que les couverts et les verres qu'il utilise au restaurant soient lavés devant lui. Il est incollable sur les marques de savon et de détergent. Même en prison, il est impeccablement rasé, manucuré et coiffé, ses chaussures viennent d'être cirées et sa tenue de détenu donne l'impression de sortir de la teinturerie. Il dévisage Sica pendant quelques secondes et lui dit avec une satisfaction manifeste :

– Tu as bonne mine, Joseph, c'est bien, tu as repris des forces en prison, tu avais besoin de repos. Pourquoi es-tu venu avec Johnny ?

Son vieux lieutenant explique l'opportunité qui leur est offerte de mettre la main sur deux millions de dollars du clan Dragna, ceux qu'il a investis dans le cinéma. Pour eux, Jack ne pourra pas demander l'arbitrage de Chicago, il sera obligé de faire profil bas car il n'a aucun droit d'investir dans ce secteur réservé aux familles de l'Est. De plus, l'importance de la somme laisse penser que le clan californien a dissimulé une grande partie de ses revenus à l'Outfit, et les récupérer sera perçu comme légitime par Lansky et les ténors de Vegas. Mickey a toujours eu le soutien des familles de Cleveland, les autres auront de bonnes raisons de ne pas s'en mêler. C'est l'occasion idéale de rappeler à Dragna que Los Angeles n'est plus à lui. Mickey les écoute avec attention, quelques tics nerveux agitent son visage et sa main se balade sous la robe de la jeune femme. Il coupe la fin de l'exposé.

– Dragna a embauché Fratianno comme capo. Il faut lui faire payer cet affront. On ne peut pas promouvoir un assassin et un traître comme Jimmy the Weasel Fratianno sans en supporter les conséquences… Il nous crache à la gueule. Il profite de nos séjours en prison pour empiéter sur nos territoires, il n'a aucun honneur.

Sica, dont Fratianno avait préparé l'exécution, acquiesce.

– Ce salopard passe entre les gouttes, Hamilton et Parker du LAPD nous foutent tous dans la merde, ils ont même ruiné Curly Robinson avec leur loi sur les machines à sous. Ils crient partout que Los Angeles, c'est fini pour la mafia, et dès qu'un gars fait un peu parler de lui dans la presse, ils utilisent son portrait comme cible dans leurs bureaux, mais ils n'arrivent pas à coincer Dragna, Fratianno et Utley. Ils profitent trop de la situation, Mickey, il faut les rappeler à l'ordre. On ne va pas se laisser virer de cette ville !

— Les politiques, ça va, ça vient. Parker ne sera plus le chef de rien que je serai encore le patron. La mafia est plus ancienne que la Californie, il y aura toujours des casinos et des filles, ne t'en fais pas, Joseph. Je vais finir par sortir d'ici et tout va recommencer comme avant. Vous avez mon accord, suivez ce producteur jusque dans ses chiottes, trouvez où il planque l'oseille de Dragna et raflez tout. Je vais avoir besoin de liquide quand je vais sortir, cette mauvaise passe m'a mis un peu à sec.

— Tu veux qu'on aide Lavonne ? J'ai appris qu'elle devait travailler dans un magasin de Beverly Hills.

—. Tu me prends pour un clochard ? s'énerve Mickey, tout ça, c'est pour la presse et les poulets. J'ai encore assez de fric pour payer un toit à ma femme, ne t'inquiète pas pour ça.

— Pardon Mickey. Et toi, tu as besoin de quelque chose ici ?

— Je ne reçois plus le *Hollywood Reporter*, dites à ma gouvernante de me le faire envoyer.

Joe demande l'arbitrage de Mickey sur plusieurs sujets, des paris à la gestion de son club, puis ils échangent des nouvelles du Strip, des anecdotes. Sica montre à Mickey des photos de ses neveux, ils rient des plaisanteries de Johnny et se promettent de faire la tournée des restaurants de L.A. quand Mickey sera libéré. Enfin, par un accord tacite, l'entretien se termine. Il ne reste plus qu'un quart d'heure de visite. Les deux hommes se lèvent et vont se poster à la fenêtre pour fumer une cigarette en regardant le paysage. Johnny se sent fier d'être à l'origine d'un gros coup, c'est la première fois qu'il réussit à être pris au sérieux. Même s'il n'envisage pas de glaner ses galons de lieutenant, il espère avoir gagné un peu de respect.

Derrière eux, ils entendent des bruits de succion, du tissu qui tombe au sol et puis bientôt le martèlement régulier de la table bancale sur le plancher. Mickey Cohen présente ses hommages à sa nièce. Johnny résiste à la tentation de regarder son patron à l'ouvrage, il sait que Mickey ne le lui pardonnerait pas. Il fait comme Sica et se plonge dans la contemplation d'une plage étroite, jonchée de bois flotté, de coquilles de mollusques et de poissons morts à moitié dévorés par les charognards des grands fonds, objets de la convoitise de hordes blanches de mouettes affamées. Ils entendent un bref râle, puis le bruit dans leur dos s'interrompt. Mickey se racle la gorge pour leur signifier qu'ils peuvent se retourner et lui allumer une cigarette pendant que la jeune femme renfile sa robe froissée. Elle n'a pas prononcé un seul mot depuis l'atterrissage à Tacoma. Peu après, les gardes viennent chercher Mickey, ils lui remettent ses chaînes et l'emmènent. Johnny regarde tristement autour d'eux.

– Ils pourraient mettre un lit, ou au moins des coussins, dans une salle séparée, ce n'est pas possible de manquer à ce point d'intimité.

Venant d'un des plus grands pornographes des États-Unis, la remarque arrache à Joseph Sica un sourire étonné.

Chapitre 16

Laughlin Park Drive,
villa de Cecil B. DeMille, Los Feliz,
8 juillet 1953

Une assemblée à la blancheur si immaculée qu'on pourrait se croire dans une garden-party au paradis papillonne, une coupe de champagne à la main, sur la pelouse de la villa italienne Art déco de Cecil B. DeMille. Tout est blanc, les robes, les chapeaux, les costumes, les nappes, les meringues, les tartes, les petits fours, les glaces et les cocktails. Même pour ses réceptions, le cinéaste démiurge a le sens de la mise en scène. Il fait un temps splendide, et ce début de soirée dans les collines de Los Feliz transpire la douceur du mode de vie californien. Morrisson ne regrette pas d'avoir accepté l'invitation, elle avait besoin de sortir de son bureau et de voir d'autres visages que la face hypocrite et mielleuse de Buckman. La soirée de collecte de fonds pour la prochaine campagne du candidat républicain au nom si prometteur de Goodwin Knight rassemble les plus ardents patriotes de l'industrie cinématographique, une belle brochette de Blancs réactionnaires et fortunés qui feront ce soir un concours du propos le plus homophobe, raciste et anticommuniste, sur toutes les nuances et variations imaginables.

Trautman a insisté pour qu'ils s'y rendent, et avec Moffat. Selon le général, ils doivent tisser des liens avec la partie la plus sincèrement américaine de Hollywood, ces relations peuvent ouvrir des portes, faciliter l'avancement et la répercussion de leurs productions. De fait, Moffat a déjà échangé avec l'éditorialiste Elsa Maxwell, surnommée la Sainte Terreur pour son impact sur le public conservateur. L'ancienne actrice reconvertie en donneuse de leçons de morale est celle qui a organisé la soirée pour son vieil ami DeMille, et elle s'est engagée à relayer et soutenir les efforts d'AFE. Morrisson et Buckman doivent se tenir en retrait de ces discussions et éviter de se montrer trop proches de Moffat tout en favorisant ses prises de contact. L'équilibre est difficile à trouver et Annie se sent soulagée quand Goodwin Knight s'installe au pupitre. La petite foule blanche des convives se rassemble autour de son candidat et fait silence, attendant que le sexagénaire souriant et chaleureux comme un vendeur d'encyclopédies commence son allocution.

Buckman se tient à côté d'Annie. Il la sent toujours hostile à son égard ; souriant et serviable, il fait ce qu'il peut pour se faire pardonner – quoi ? il l'ignore. Ses efforts sont vains. Persuadé que ce sont ses escapades sentimentales qui hérissent Morrisson, il se désintéresse ostensiblement des autres femmes et cesse ses tentatives de séduction improvisées sur tous les jupons qu'il croise, alors qu'Annie trouvait ce comportement plutôt drôle et pittoresque. Un peu plus loin sur leur gauche, le père Starace sirote une limonade en silence, il fera à son tour une allocution quand le sénateur aura terminé. Moffat s'agite au dernier rang, dansant d'un pied sur l'autre, il transpire abondamment, de grandes auréoles s'étendent sous ses aisselles, sa petite amie blonde semble s'ennuyer ferme dans sa robe bien trop sexy pour la sage assemblée qui les entoure. Moffat inquiète Morrisson. Depuis le début de la fête, il rit pour un rien, surjoue sa joie et son enthousiasme avec une nervosité qui finit par mettre ses interlocuteurs mal à l'aise. Même sa compagne le regarde parfois avec étonnement.

Le discours de Knight ne fait pas dans la demi-mesure. En bon politique, il donne à son auditoire ce qu'il est venu entendre :

– Nos enfants meurent à Busan, à Daegu, à Sangju et à Séoul. Des familles américaines voient leurs fils revenir allongés dans des cercueils, et pleurent devant leurs mains gantées de blanc. Nous sommes des privilégiés, nous profitons de leur courage, nous devons honorer leurs morts en soutenant l'effort de guerre de notre grande nation. Nous devons lutter contre le cancer du communisme qui nous menace de l'intérieur aussi dangereusement que les troupes de Staline autour du fleuve Nam. Nous ne devons reculer sur rien, nous devons être durs et inflexibles. Aucun communiste ne doit avoir sa place dans notre industrie pour y insuffler ses idées séditieuses. C'est à nous qu'il revient de mener cette bataille, et je serai celui qui fera triompher le cinéma américain des démons qui le corrompent.

★

Les applaudissements nourris qui accompagnent la tirade de Goodwin Knight arrachent un sourire au père Starace. Il est convaincu que bon nombre des personnes présentes redoublent d'ardeurs patriotiques pour faire oublier leurs turpitudes. Il n'y a pas plus virulent qu'un réformé de la Seconde Guerre mondiale quand il s'agit de conspuer un ennemi lointain. Au premier rang de l'assemblée, John Wayne, Ward Bond et Adolphe Menjou en sont des exemples frappants, jamais les derniers à jeter l'anathème et à appeler de leurs vœux des guerres punitives auxquelles ils ne prendront pas part. Depuis son pupitre, Knight continue sur sa lancée, prenant à témoin Cecil B. DeMille :

– Si je suis élu, Cecil, sache que je défendrai haut et fort l'initiative que tu as proposée à la Screen Directors

Guild de demander à toute personne de signer une déclaration attestant qu'elle n'a jamais été membre du parti communiste avant de participer à un tournage, et de rendre publics les noms de ceux qui refuseront. Nous assistons à un relâchement dangereux dans l'application des listes noires, un bal de prête-noms et de fausses identités auquel nous devons mettre un terme. Nos enfants meurent en Corée, quel regard leurs familles porteront-elles sur nos faiblesses ?

Le discours se termine par quelques platitudes convenues sur l'importance du cinéma dans l'économie de Los Angeles et dans la propagation des valeurs américaines dans le monde, puis l'homme politique laisse sa place au père Starace qui n'en peut plus de ces obligations, il ne cesse de penser au pactole de Moffat et à la vie qui l'attend s'il parvient à mettre la main dessus. Libre. C'est avec peine qu'il parvient à se reconcentrer, à prendre ses notes et à se lancer dans une suite de poncifs lénifiants sur l'incarnation des valeurs morales que représente l'irréprochable Goodwin Knight. Il profite néanmoins de cette tribune pour allumer un contre-feu à sa proposition, qui ne manquerait pas de mettre à nouveau Hollywood sens dessus dessous :

– Je ne crois pas en la vertu d'une déclaration publique obligatoire, quelle valeur accorder à ce qu'on obtient par la contrainte ? Je crois plus en la valeur des actes d'hommes libres, je crois en la force de notre modèle et au respect des libertés individuelles.

Son discours allume une rumeur dans l'assemblée, désapprobatrice pour l'essentiel – sans son col blanc, il se ferait sans doute traiter de communiste –, mais il aperçoit Cecil B. DeMille qui hoche la tête avec satisfaction, le pionnier du cinéma hollywoodien paraît soulagé d'être débarrassé d'une mauvaise querelle qui empoisonne ses relations avec les autres réalisateurs depuis cette assemblée houleuse de la Screen Directors Guild où il avait perdu la bataille contre Mankiewicz, quand cette idée de déclaration publique qu'il appelait de ses vœux avait été rejetée.

★

Didi tire sur sa robe pour la faire redescendre sur ses cuisses. Depuis son arrivée, les regards de tous les mâles, tels des balanciers, passent alternativement de leurs interlocuteurs à ses jambes. Quant aux femmes, elles la fusillent du regard ou la méprisent. Elle ne sait pas ce qui lui a pris d'écouter Moffat, elle avait choisi un tailleur Dior que lui a donné Liz – il lui va parfaitement et a pas mal d'allure –, mais son producteur l'a gratifiée d'une scène atroce, comme s'il devinait l'origine du vêtement, et l'a obligée à se changer pour enfiler une tenue qui ferait « se retourner toutes les têtes ». C'est réussi, et Didi s'en passerait volontiers. Le producteur est dans un état de surexcitation qui interdit tout échange sensé. Il l'a forcée à avaler un cachet de Dexedrine, soi-disant pour la réveiller un peu alors qu'elle allait parfaitement bien. Il lui fait fumer Pall Mall sur Pall Mall car il trouve sa voix trop claire. Cette nervosité et ces artifices donnent à Didi la désagréable impression qu'il lui fait passer une audition, qu'elle doit convaincre des gens de lui confier un rôle. Alors que pour elle, il n'y a pas de doute et il ne peut pas y en avoir, elle sera la star de la première grosse production d'AFE. Qui d'autre ?

Les discours terminés, Moffat s'engage dans une discussion animée sur les méfaits du communisme avec un vieil acteur moustachu au léger accent français. Didi en profite pour s'esquiver. Elle se rend au bar où elle demande une nouvelle coupe de champagne ; trois hommes s'empressent, c'est à celui qui la lui servira en premier. Elle les remercie et sourit pendant qu'ils la complimentent à tour de rôle dans une sorte de compétition du séducteur le plus audacieux. Mais ils reprennent vite une attitude plus appropriée quand un homme brun au port austère interrompt une conversation chaleureuse avec Ronald Reagan pour s'immiscer dans leur cercle. L'ami du président du syndicat des acteurs ne s'intéresse pas au numéro des jeunes loups et attire l'attention de Didi.

– Bonjour, je m'appelle Broderick Gleason, je travaille avec M. Wasserman chez MCA, pourrais-je vous parler en tête à tête quelques minutes ?

Le nom magique de Lew Wasserman convainc sans difficulté Didi de suivre le petit quadragénaire à l'intérieur de la villa, jusqu'à la bibliothèque de DeMille. Ils sont seuls dans la grande salle voûtée d'au moins cinq mètres de hauteur, aux murs couverts de rayonnages remplis d'ouvrages qui impressionnent la jeune femme.

– Il les a tous lus ? demande-t-elle ingénument.

– Ce qui compte, c'est que personne n'osera jamais dire le contraire. C'est comme ça qu'on devient Cecil B. DeMille...

Didi se dirige vers un fauteuil, mais Gleason l'arrête et lui demande de tourner sur elle-même.

– Ne vous méprenez pas, c'est une curiosité professionnelle. L'avantage de votre tenue, c'est qu'elle ne laisse pas de place à l'interprétation. Vous avez sans doute quatre kilos de trop, on vous l'a déjà dit, non ?

– Oui, Larkin n'arrête pas de me demander de cesser de manger. Mais je n'arrive pas à suivre un régime jusqu'au bout.

Gleason sourit de la franchise naïve de la jeune femme.

– Vous n'essayez pas de mentir, c'est bien, on va gagner du temps. On peut vous aider... Au pire, si vous restez pulpeuse, on vous fera opérer pour vous retirer deux côtes et que votre taille soit plus marquée.

Sans demander son accord, l'agent ouvre la bouche de Didi, l'écarte avec ses doigts et ausculte ses dents.

– C'est bien ce qui me semblait, vous avez trop de dents de sagesse, on fera retirer tout ça, et sans doute une rangée de molaires. Ça fera ressortir vos pommettes. Votre visage juvénile est charmant, mais vous serez beaucoup plus photogénique avec des joues un peu creusées et des pommettes plus saillantes.

– Ce n'est pas ce que me dit Larkin, proteste Didi quand elle récupère l'usage de sa bouche, un peu heurtée par le sans-gêne de l'agent.

– Mademoiselle, si vous rejoignez notre agence, vous n'écouterez que notre avis. Quelle que soit la nature de vos relations avec M. Moffat, chacun son métier. Il est producteur, la gestion des carrières d'acteur, c'est le travail de MCA.

Didi n'ose rien répondre, elle sait bien que MCA est la plus grande agence de Hollywood et que l'intégrer est l'assurance d'une belle carrière. Il n'y a pas de seconds rôles chez Wasserman. C'est ce qui se dit dans tous les cours d'art dramatique de Californie. Toutefois, elle sait bien qu'il sera difficile de faire accepter ça à Moffat.

– C'est Mlle Montgomery, qui est très chère à M. Wasserman, qui nous a demandé de prendre votre carrière en main. Pour vous aider à conquérir votre liberté vis-à-vis d'AFE. Suivez nos conseils, et on fera rapidement de vous une star. Par contre, nous vous demanderons de rester très discrète quant à votre lien particulier avec Mlle Montgomery. Vous avez conscience de l'embarras dans lequel vous nous plongeriez en étant imprudentes, n'est-ce pas ?

Didi rougit et n'ose pas regarder Gleason dans les yeux, elle déteste devoir rendre des comptes sur une inclination qu'elle ne saisit elle-même encore que très mal. Elle comprend la manœuvre de Liz, qui veut la libérer de Moffat et la voir autant qu'elle voudrait. Elle n'imaginait pas que son amie puisse avoir une telle influence sur l'agence la plus puissante de Hollywood.

– On ne se voit plus beaucoup, bredouille-t-elle.

– Je sais, parce que vous êtes encombrée par une brute. Vous n'êtes pas les premières, vous savez : Nazimova et Bankhead, Dietrich et Garbo… Ça ne nous pose aucun problème, il vous faudra juste être organisées. Bon, puis-je demander à MCA de préparer un contrat ?

– Je ne sais pas, Larkin ne me laissera pas… Je dois bientôt avoir le premier rôle dans un de ses films.

– Vous l'aurez, ma belle, parce que vous avez ça et qu'il ne voudra pas s'en passer !

L'homme enfonce son index dans la poitrine de Didi et reprend :

– Et si vous nous suivez, des premiers rôles, vous en aurez beaucoup d'autres. Il faudra que M. Moffat l'accepte, on ne devient pas une grande actrice en restant sous la coupe d'un seul homme, vous serez la femme de beaucoup et le fantasme de tous…

Gleason appuie son discours en posant sa main dans le dos de Didi et se rapproche d'elle, au mépris de sa zone de confort. Elle se raidit. Sentant sa réserve, l'agent s'écarte un peu et abat une nouvelle carte.

– Si vous signez chez MCA, tout va aller très vite. On commencera par vous organiser une petite virée à Palm Springs avec un de nos acteurs sous contrat, on s'arrangera pour que la presse soit au courant. Une liaison avec un des acteurs du top 5, les plus appréciés du public, et votre nom commencera vite à être connu et associé aux slogans « jeune actrice prometteuse » ou « future star ». On vous trouvera un appartement dans une résidence des studios, au Granada Flats par exemple, et on vous garantira un minimum de cinq cents dollars par semaine hors engagements.

– Un acteur du top 5 ! Lequel ? demande la jeune femme avec empressement.

Sentant qu'il a touché la corde sensible, l'agent se rapproche à nouveau et, baissant un peu la voix, se laisse aller à quelques confidences – un bon moyen de se mettre en valeur, et de flatter la jeune femme par la même occasion.

– Montgomery Clift, on a besoin de le montrer avec des jeunes femmes, et vous serez magnifiques en photo tous les deux. Rassurez-vous, Monty vous respectera, vous n'avez rien à craindre. Si ça marche bien, vous serez même sa petite amie officielle pendant plusieurs mois, un tremplin idéal pour votre carrière. On a envisagé de le proposer à Mlle Montgomery, mais Liz Montgomery et Montgomery Clift, ça faisait un peu trop de Montgomery.

Didi ne répond pas, elle se laisse attirer contre l'agent sans réagir. Elle se voit déjà dans le *Hollywood Reporter* au bras de Montgomery Clift, exactement là où elle se rêvait. Elle imagine la réaction de sa mère, la gifle qu'elle recevra, l'ampleur de sa revanche.

– Alors mademoiselle, est-ce que je fais préparer ce contrat ?

★

Le père Starace fuit comme la peste les conversations avec les acteurs ; soit ils sont bêtes comme des valises sans poignée, soit leur vocabulaire étendu ne sert qu'à multiplier les variations pour parler du seul sujet qui les intéresse vraiment : eux-mêmes. L'aléa majeur de ces réceptions réside dans l'impossibilité matérielle d'éviter tout contact avec les cabotins de service. À son corps défendant, il se trouve au milieu d'un petit groupe de cow-boys de l'écran notoirement républicains. Il côtoie depuis quelques années le plus grand d'entre eux, John Wayne, immense carcasse bestiale pourtant dotée de la grâce d'un danseur de ballet, dosée avec soin pour ne pas entamer sa virilité. Il a vu débouler le jeune Wayne brut et maladroit, il sait combien sa démarche chaloupée et ses regards en coin ont nécessité d'heures de travail solitaire. Malgré la chaleur, Wayne porte un costume dont la couleur noire l'amincit, juste assez cintré pour mettre en valeur ses larges épaules. Tout comme sa tenue, sa carrière ne doit rien au hasard, Starace sait que la force de travail et la volonté de l'acteur sont considérables. Le coup de maître du colosse, qui descend entre deux phrases de pleins verres de bourbon comme d'autres boivent du lait, a été d'échapper à l'appel sous les drapeaux alors que sa carrière décollait. Pendant que les Gable, Stewart et Cooper partaient au front, lui enchaînait les tournages, profitant de l'espace libéré de toute concurrence pour s'imposer comme la plus grande star de l'écran. Starace sait que Wayne se reproche cette manœuvre, qu'il entend les railleries et les médisances que cet opportunisme a provoquées. Comme s'il devait se racheter de cette faute pour ne plus prêter le flanc à la critique, Wayne est devenu le plus fervent patriote de l'industrie, le président de la Motion Picture Alliance et le plus ardent des chasseurs de communistes. Malgré ces travers, Starace ne peut s'empêcher de trouver l'homme attachant et bienveillant. Il n'en dirait pas tant de son complice, Ward Bond, petite frappe mal dégrossie, passablement ivre et à la diction cotonneuse, qui se chamaille avec John Wayne à propos du dernier projet de son vieux complice, *Hondo*.

— Ton film donnera une trop bonne image des Indiens, John, tu le sais bien. À le regarder, on pourra croire que la paix aurait été une option préférable, qu'on avait le choix…

— Il faut bien varier les scénarios, ils ne peuvent pas toujours tourner en criant autour de caravanes en feu !

— John ! Tu vas jouer un métis apache, un type présenté comme un pont entre les cultures ! Tu accepterais de jouer un type à moitié communiste ?

— Seule la tristesse est communiste. Nous devons divertir, Ward, le film pourrait rapporter plus de trois millions de dollars… et je suis son producteur.

Ward acquiesce en silence, l'argent impose sa loi et *Hondo* en rapportera trop pour être un choix discutable, peu importe que ce soit grâce à la projection en relief ou à son scénario humaniste.

Dans le petit groupe voisin, le long du buffet, Annie Morrisson et Chance Buckman écoutent sans le vouloir les éclats de cette discussion. L'alcool enflamme des propos nationalistes et racistes dans tous les coins et ils envisagent de partir plutôt que de continuer à subir ces rodomontades avinées. Un jeune homme blond imberbe, très élégant en costume crème sur mesure, profite de cet instant de doute et de silence pour venir se joindre à eux en rebondissant sur la bruyante conversation voisine.

– Mon type de western, moi, c'est plutôt *Le Sorcier du Rio Grande,* avec ses Apaches fourbes et violents qui trahissent ceux qui essayent de les aider. Une bonne leçon pour ceux qui croient qu'on pourrait pactiser avec Moscou.

Devant les regards médusés de ses interlocuteurs, le jeune homme mince aux yeux bleus ardents se présente.

– Clay Lomax, responsable de l'agence du FBI de Los Angeles.

Buckman s'apprête à se présenter à son tour, mais le jeune homme l'interrompt en levant une main blanche et fine.

– Inutile de vous présenter, Chance Buckman et Annie Morrisson, je vous connais parfaitement. Vos récentes initiatives intéressent fortement le Bureau, vous savez.

Le sourire mielleux du jeune agent n'est ni rassurant ni amical. La relation entre les services de renseignement de l'armée et le FBI n'a rien de confraternelle, Washington est un terrain de bataille aussi dangereux que certaines plaines de Corée. Lomax sait que Chance et Annie ont reçu son message : au moindre faux pas, il les taillera en pièces. Il savoure son effet et se sert un verre d'eau gazeuse sans les quitter du regard, ajoutant une pression supplémentaire pour les pousser à la faute. Il y parvient, Buckman se demande si le FBI connaît la nature de leur arrangement avec Starace et les Dragna, ce pas de côté pourrait leur valoir un séjour en cellule. Le FBI a infiltré le milieu du cinéma, jouant sur la peur, ou le patriotisme, par le chantage et la corruption. Le Bureau a placé des yeux et des oreilles dans tous les recoins de l'industrie, soi-disant pour y traquer l'influence communiste, en imposant une équation simple : ceux qui ne nous aident pas sont des communistes qui doivent être écartés. Cet enjeu est pourtant secondaire, Buckman sait bien que Hollywood est devenu un objet de puissance pour les politiques et un appât irrésistible pour certains de leurs appétits. Hoover y puise à la source pour constituer sa banque de données sur les vices et les turpitudes de ses pairs, la manière la plus sûre de tenir le pouvoir entre ses mains et de ne pas le lâcher – le seul véritable objectif sur les rives du Potomac. Buckman pense avoir mis assez de distance entre eux et Jack Dragna pour ne pas courir de risque immédiat, mais le comportement de Moffat l'inquiète. Il le voit du coin de l'œil s'empiffrer de petits fours, un repas gratuit est un repas gratuit, sa chemise collée au dos par la sueur et le visage secoué de tics nerveux. Buckman craint de plus en plus que leur choix s'avère risqué dans ce contexte de surveillance permanente. Alors qu'il l'observe, le producteur se tourne vers la villa de DeMille et un sourire narquois s'affiche sur son visage.

Buckman suit les yeux du producteur et voit passer un des collaborateurs de Lew Wasserman, l'air affolé. L'homme gravit quatre à quatre les marches qui mènent à la villa italienne, on le dirait poursuivi par le diable – et étrangement, ce spectacle semble réjouir Moffat, constate Buckman. Dans l'ambiance feutrée du cocktail, cette irruption du monde extérieur et de sa dureté attire de nombreux regards jusqu'à ce que l'arrivant disparaisse sous le porche de la grande bâtisse.

★

Didi bredouille un « oui » timide à peine audible, pas tant parce que le sourire de Gleason l'impressionne, plutôt parce que la perspective de toucher du doigt ce qu'elle attend depuis si longtemps la tétanise ; passer du bras de Larkin Moffat à celui de Montgomery Clift ne se fait pas en un clin d'œil, et elle est prise d'un léger vertige. L'agent se rend compte de son trouble et s'en amuse, il la taquine en lui demandant de répéter, sans quoi il devra faire cette proposition à une autre jolie jeune femme. Didi relève la tête et s'apprête à lui confirmer son consentement de manière plus claire quand les portes de la bibliothèque s'ouvrent à la volée. Un homme essoufflé entre en trombe dans la pièce. Entre deux ahanements, sans s'excuser ni se présenter, il interpelle Gleason.

– Broderick, il faut que tu viennes, c'est la panique à l'agence !

– Je suis très occupé Norman, que se passe-t-il ?

– La petite Montgomery. Il lui est arrivé quelque chose d'horrible. Elle est à l'hôpital. C'est une catastrophe.

Gleason reprochera longtemps à Norman Schulberg son manque de perspicacité. Il aurait dû s'inquiéter de savoir à qui son collègue était en train de parler. Il aurait dû connaître le dossier d'une des priorités de l'agence et savoir que Didi Brummelle était intimement liée à Liz Montgomery. Cela lui aurait évité de commettre un tel impair. Car à la seconde où la jeune femme entend ces mots, elle sent le sol se dérober sous ses pieds. En un instant, elle comprend que le brillant destin de son amie est compromis, et que la proposition qui vient de lui être faite pourrait en être compromise. Repasser aussi rapidement du bras de Montgomery Clift à celui de Larkin Moffat est le coup de théâtre de trop, elle bascule dans le vide et s'effondre sur le plancher de la bibliothèque avant que Gleason ou Schulberg n'aient le temps de la rattraper.

Paris-Match, *14 août 1953*

Le grand gala estival du casino de Monte-Carlo a été encore une fois cette année l'occasion d'admirer les tenues des grands d'Europe et de Hollywood. Parmi les nombreux invités prestigieux, notons la présence exceptionnelle d'Errol Flynn au bras de son épouse Patrice Wymore Flynn absolument rayonnante et dont les charmantes rondeurs laissent présager l'arrivée prochaine d'un premier enfant pour ce couple radieux qui vit désormais sur son bateau entre Monaco et les Baléares. Aussi drôle et virevoltant qu'à l'accoutumée, Errol Flynn a esquivé les questions à ce sujet, tout comme celles concernant son retour à l'écran, dans un français parfait. Souhaitons en tout cas beaucoup de bonheur à cette famille qui semble vouée à s'agrandir bientôt.

Ciné Revue, *16 août 1953*

Marc Allégret termine cet été le tournage du premier opus d'une ambitieuse série de films historiques pour la société de production italienne Cino del Duca. Cette trilogie, intitulée L'Amante di Paride, *nous permettra de voir la grande star hollywoodienne Hedy Lamarr dans le rôle d'Hélène de Troie. La rumeur laisse entendre que l'amour de Hedy pour l'Europe n'est pas sans lien avec sa relation avec Jean-Pierre Aumont, ami de Francis Savioli, le producteur de cette série de films. Une telle conjonction d'amour et de talents nous rend très impatients de découvrir à l'automne sur tous les écrans* Le visage qui arma un millier de vaisseaux, *premier bijou de cette prometteuse saga.*

France-Soir, *16 août 1953*
Errol Flynn obligé de transformer son yacht en cuirassé !

    Depuis qu'Errol Flynn a amarré son magnifique yacht de trente-six mètres, le Zaca, *dans le port de Saint-Tropez, certains éléments locaux ont pris ombrage de sa venue. La réputation du « tombeur », accentuée par son aura hollywoodienne, son succès auprès des jeunes femmes de la région, aurait-elle exacerbé une jalousie virile méridionale ? Alors que le héros de* Robin des Bois *dînait il y a quelques jours à la terrasse d'un restaurant avec des amis, un petit groupe s'est formé près de sa table. Un jeune homme a grimpé sur une Jeep pour haranguer les passants : « M. "Flein", il a un des plus beaux "yaks" du monde... et de l'argent... et il le montre. Nous n'avons pas besoin de l'argent de M. "Flein". Qu'il aille le porter ailleurs ! Et qu'il le garde pour ses affaires de cœur ! » Errol "Flein" ne bronchant pas, les manifestants se sont dirigés vers son bateau et ont tenté d'y monter. Le secrétaire de l'acteur les a arrêtés : « Attention ! L'équipage se compose de géants noirs ressemblant à des pirates qui n'apprécient pas ce genre de rigolade... » Les insurgés n'ont pas insisté. Le lendemain, l'acteur-yachtman*

*a trouvé sur sa voiture une citation de Cambronne
dédiée aux Yankees. Mais tout s'est calmé maintenant,
le grand Errol peut continuer à fréquenter* Le Gorille...
*où, nous dit-on, ayant tendance à grossir, il ne mange
que des asperges.*

AFE Productions, *30 juillet 1953*

*Veuillez trouver ci-joint le budget prévisionnel avant
dépenses publicitaires et promotionnelles du film dont le
tournage va débuter le 20 août.*

Titre : **Marionnettes humaines**

*Producteur : Larkin Moffat
Réalisateur metteur en scène : Eugène Lourié
Principaux acteurs : Robert Wagner, Didi Brummelle,
Jack Palance, Bruno VeSota, Julie Newmar
Estimation durée de production : 48 jours
Classification :
Droits d'auteur : 25 000 $ (dont droits du livre 1 500 $)
Script : 30 000 $
Réalisateur metteur en scène : 75 000 $
Producteur et personnel : 42 700 $
Vedette ayant contrat : 18 000 $
Vedette venue du dehors : 220 000 $
Figurants, extras : 24 900 $*
   Total : 435 600 $
*Personnel du réalisateur : 35 500 $
Cameraman et assistant : 60 000 $
Construction des décors : 153 000 $
Location décors naturels : 58 300 $
Installation des décors : 6 000 $
Électro : 42 000 $
Costumes femmes : 23 000 $*

Costumes hommes : 7 250 $
Maquillage : 3 000 $
Coiffure : 2 800 $
Accessoires : 11 800 $
Transport : 14 000 $
Frais de site : 141 000 $
Enregistrement du son : 24 100 $
Effets spéciaux : 245 000 $
Réduction film et procédés : 6 000 $
Tournage de réserve : 350 $
Film Technicolor négatif : 105 000 $
Film Technicolor positif : 34 000 $
Développement et impression : 15 900 $
Titres et sous-titres : 7 350 $
Assurances : 19 000 $
Distribution et autres bouts d'essai : 3 000 $
Découpage, montage, projection : 22 000 $
Musique : 39 200 $
Toiles, etc. : 1 000 $
Salaires section op. : 82 000 $
Taxes et sécurité sociale : 10 500 $
Salaires rétroactifs et congés : 17 100 $
   Total : 1 189 150 $
Total frais immédiats : 1 624 750 $
Direction studio AFE (25 %) : 406 187,5 $
   Total : 2 030 937,5 $

Los Angeles Times, *25 juillet 1953*
Grande opération de maintien de l'ordre
du LAPD à Watts

   Dans la nuit du 23 juillet, une action policière de
grande ampleur coordonnée par William H. Parker, le
chef de la police en personne, a mobilisé une cinquantaine
de voitures de patrouille et près de deux cents hommes

pour une vaste opération de fouille et de maintien de l'ordre dans la partie sud du quartier noir, entre Watts et Compton. Cette partie de la ville à l'urbanisation illégale et sauvage fait depuis de longs mois peser de réels risques sanitaires sur les habitants des rues alentour. Ces terrains vagues, ces friches où s'entassent des familles dans des conditions indignes d'un grand pays moderne, concentrent des foyers de délinquance où la drogue et les trafics en tous genres se pratiquent à l'air libre. Cette vaste opération mobile, concentrée et méticuleusement organisée, représente « ce vers quoi doit tendre le LAPD » selon William H. Parker. Cette mobilisation exceptionnelle des forces de l'ordre a permis de saisir des centaines d'armes à feu non déclarées et des dizaines de kilos de drogues diverses, d'interpeller vingt-quatre prostituées mineures et d'appréhender leurs souteneurs. La mairie a déclaré que des rafles de cette ampleur permettraient de ramener ce quartier vers la légalité, et que des plans d'aménagement et de construction le doteraient bientôt des infrastructures élémentaires pour parvenir à son assainissement. William H. Parker a refusé de répondre à la question du lien éventuel entre cette vaste opération de maintien de l'ordre et les émeutes qui ont suivi l'arrestation de trois hommes dans le cadre de l'affaire dite de la « Beauté volée », l'enlèvement et la torture de la jeune actrice Liz Montgomery. Lors d'un point presse improvisé devant le Lincoln Theatre, Thomas Crocker, avocat et porte-parole de la communauté noire du quartier de Watts, a dénoncé l'usage immodéré de la force et les nombreuses violences ayant émaillé l'intervention du LAPD. Ce faisant, il a brandi les photos de blessures soi-disant causées par la brutalité policière. William H. Parker s'est insurgé face à ces accusations : « Jamais sous mon mandat un policier ne fera un usage illégitime de la force. Nous respectons toutes les communautés de la ville, et nous faisons preuve du plus grand respect envers la communauté noire. Ces accusations de violences racistes sont de la pure diffamation et j'invite les personnes qui les profèrent à un peu de prudence. Si mes hommes doivent parfois faire preuve de vigueur, c'est parce que des criminels leur résistent, et pour aucune autre raison. La police ne doit pas faire l'objet de ces attaques politiciennes, nous sommes la police de tous les Angelinos. »

Photoplay, *le 26 juillet 1953*

Au grand soulagement de sa famille et de ses amis, Liz Montgomery est sortie de l'hôpital Cedars Sinai presque trois semaines après y avoir été admise dans un état critique. Victime de ce que la presse appelle désormais l'affaire de la « Beauté volée », la jeune actrice à la carrière prometteuse a été kidnappée, violentée et sauvagement défigurée par un jet d'acide dans la nuit du 7 juillet. Saluons au passage l'efficacité des forces de police qui ont dès le surlendemain interpellé trois individus qui n'ont pas tardé à passer aux aveux avant d'être incarcérés à la prison du comté en attendant leur jugement qui sera, espérons-le, exemplaire. Ces brutes, qui auraient agi sous l'emprise de stupéfiants, auront dans leur folie brisé la carrière et la vie d'une charmante jeune femme, un temps la fiancée du fils de Darry Zanuck et une des comédiennes les plus prometteuses de la nouvelle génération. Espérons qu'elle se remette et que ses blessures s'estompent suffisamment pour que nous ayons la chance de revoir son sourire gracieux s'étaler dans les pages de notre journal. Tous nos vœux t'accompagnent Liz !

Los Angeles Sentinel, *le 10 août 1953*
Vérité cachée pour la « Beauté volée »

Hier soir, dans l'indifférence générale des journaux blancs de Los Angeles, trois hommes sont sortis de prison : nos frères Daniel, Theodore et James, incarcérés depuis un mois dans le cadre de la tragique affaire de la « Beauté volée ». Depuis le premier jour, nous avons relevé les nombreuses irrégularités de l'enquête : ces hommes avaient des alibis solides et se tenaient à carreau depuis leur dernière incarcération. Ils n'avaient aucun antécédent d'agressions sexuelles, ils n'avaient jusqu'à ce jour été arrêtés que pour des vols et des trafics sans aucune violence. Ils n'avaient comme seul tort que celui d'être noirs et d'avoir été vus aux abords de la cabine téléphonique d'où les véritables criminels ont appelé la police. Les aveux qu'on leur a arrachés sous la torture ont ému la communauté jusqu'à déclencher la manifestation pacifique du 16 juillet, réprimée par la brutale descente de police du 23 juillet. On pouvait craindre que sous la pression du LAPD, la justice souvent expéditive du comté les envoie directement à la chaise électrique. Par chance pour eux, le dossier a été démonté en première audience par Maître Darden et, fait rare, le juge a demandé leur libération immédiate. Un camouflet pour le LAPD et pour son ambitieux chef William H. Parker qui se gargarisait d'avoir résolu l'affaire de la « Beauté volée » en moins de trois jours. Cela ne vous surprendra pas de constater que la nouvelle de la libération de nos trois frères n'a eu aucun écho dans la grande presse blanche de la ville. Autant leur arrestation a fait couler d'encre, autant l'échec et les manœuvres odieuses de la police ne font même pas l'objet d'un entrefilet. Les véritables monstres qui ont commis l'acte atroce dont

293

Liz Montgomery a été victime sont toujours en liberté, mais vous pouvez compter sur le LAPD pour tout faire pour que cela ne se sache pas.

The Hollywood Reporter, *15 août 1953*

Plus de trois cents soldats, des navires de guerre, des avions, des tanks et des hélicoptères... la liste du matériel prêté par l'armée pour le tournage du dernier film qui fait sensation à Hollywood a de quoi impressionner. De mémoire de chroniqueur, je n'ai pas le souvenir d'une production indépendante ayant suscité autant d'intérêt ni de commentaires depuis L'Odyssée de l'African Queen. *C'est un fait, American Family Entertainment s'extirpe du Poverty Row et est en train de frapper un grand coup avec sa toute nouvelle production,* Marionnettes humaines, *dont le tournage doit commencer la semaine prochaine sous la direction d'Eugène Lourié, le réalisateur d'origine française à qui l'on doit déjà le spectaculaire* Le Monstre des temps perdus, *en passe de récolter plus de cinq millions de dollars de recette au box-office. En plus du soutien de l'armée, ce pari mené de main de maître par Larkin Moffat (un nom à retenir) pourra compter sur un casting des plus prometteurs avec le talentueux Robert Wagner* (Titanic), *l'intrigant Jack Palance* (Le Masque arraché, Le Sorcier du Rio Grande) *et la ravissante Didi Brummelle pour sa toute première apparition à l'écran. Le budget de cette production indépendante devrait se monter à près de deux millions cinq cent mille dollars, ce qui est rarissime pour un projet de ce type, peu de grands studios oseraient investir autant sur un film de science-fiction sans aucune star majeure au casting. Le film en Technicolor et Vistavision sera distribué par United Artists qui lui promet une très grande diffusion, au moins aussi large que celle que la Paramount a obtenue pour* La Guerre des mondes *pour un budget similaire. Gageons que si AFE parvient à damer le pion aux Big 7 sur leur propre terrain, cela donnera du grain à moudre à tous ceux qui annoncent la fin de l'ère des studios et l'essor inexorable de la production indépendante. Sam Spiegel fait des émules, les spectateurs peuvent s'en réjouir !*

Commission Breen, rapport suite à l'envoi d'un script, *15 août 1953*

Messieurs,
Nous venons de faire lecture du script Provisoire-Achevé, en date du 20 juillet, visant votre production Marionnettes humaines. *Après une étude des plus attentives de ce matériel, nous regrettons de devoir vous prévenir que ce script est inacceptable, selon les prévisions du code de production.*
La raison de notre refus réside dans le fait que certains de vos personnages commettent un certain nombre d'actions indécentes et répréhensibles et que lesdits méfaits ne sont punis ni par la loi, ni par la conscience. Ces attitudes sont inacceptables.
Nous attirons votre attention sur les détails suivants :
Page 7 : l'expression « Pour l'amour de Dieu » est inadmissible.
Page 31 : dans cette scène, la jeune fille, Louise, porte un peignoir de bain. Elle se penche pour embrasser John. La plus grande prudence devra être observée pour assurer la décence.
Page 35 : « Il lui assena une claque joyeusement. » Où exactement tombe cette claque ?

Page 36 : dans cette scène, John surprend Louise au lit. Il l'embrasse et l'étreint. Fondu. Cela est inadmissible, car on pourrait en conclure que des relations illicites s'ensuivent.

Page 45, puis pages 75 à 80, puis page 88 : en ce qui concerne ces scènes dites « d'action » qui montrent des bagarres et des affrontements à grande échelle, nous supposons que vous veillerez à observer une prudence extrême, afin que ces scènes ne déploient point une brutalité excessive et n'inspirent pas trop l'horreur.

Vous comprendrez, naturellement, que notre jugement final sera basé sur le film achevé.

Veuillez agréer, etc.

Los Angeles Evening Express, *2 août 1953,*
page des sports Helicopter survole le Hambletonian

Hier, dans l'arène prestigieuse de l'Empire City Race Track à NY, drivée par Harry M. Harvey, Helicopter, pour sa première participation à la course, a remporté une grande et indiscutable victoire dans le Hambletonian. Son driver et son entraîneur ont pu se partager la coquette dotation de cent dix-sept mille dollars. Delvin Miller, qui commence cette année sa carrière d'entraîneur après avoir gagné cette même épreuve comme driver en 1950, marque son entrée dans la cour des grands de ce sport. Depuis sa victoire dans la Santa Anita Race, Helicopter faisait figure de favorite au même titre que Mainliner, qu'elle a une nouvelle fois devancée dans un finish époustouflant. Maigre moisson pour les parieurs : cette victoire d'une des favorites de la course ne leur procurera pas une cote importante.

Courrier de Marquis Production adressé
à M. Lew Wasserman, 2 août 1953

Mon très cher Lew,
Je me permets de rappeler à ton bon souvenir ce temps où nos rêves ne parlaient pas, ce temps où, jeune homme, tu m'écrivais ton admiration pour mon œuvre et souhaitais y collaborer. Aussi étonnant que cela puisse paraître, plus de vingt ans après, alors que nos positions ont été inversées par le sort, l'heure de m'apporter ton aide est peut-être venue.
J'ai appris le drame odieux qui a frappé une de tes jeunes actrices, brillante et ravissante. Le monstre qui lui a volé sa beauté pense peut-être avoir mis un terme aux espoirs et à la carrière de cette demoiselle. Grâce à nous, il n'en sera rien si nous savons utiliser à bon escient ces circonstances dramatiques. Tu trouveras avec cette lettre une proposition de contrat inhabituelle, mais par laquelle je pense pouvoir offrir à cette pauvre enfant mutilée une place incomparable dans l'histoire de notre art. Il ne s'agirait pas de cachet, ni de box-office, mais d'une contribution essentielle au cinéma et à l'art.
Le redoutable homme d'affaires que tu es devenu ne doit pas occulter l'admirateur des arts avec lequel je correspondais au temps de ma gloire. Je compte sur toi pour me faire l'amitié de transmettre cette offre à la jeune actrice que tu représentes et pour lui faire comprendre que ce que je lui propose est sans doute la seule option véritablement riche de sens et de dignité qui lui sera faite.
Avec toute mon amitié et mon admiration,
V.

Courrier de Brian Wanamaker,
directeur du Dreamland Circus Sideshow,
Coney Island, Massachusetts,
adressé à Liz Montgomery, 25 juillet 1953

Chère Mademoiselle Montgomery,
C'est avec le plus profond effroi que j'ai appris et suivi le crime terrible dont vous avez été la victime. Je peine à imaginer la douleur dans laquelle vous devez être plongée, les doutes affreux que vous devez avoir quant à la suite à donner à votre carrière, à votre vie.

Sachez que ces avanies, ces coups du sort que nous réserve parfois l'existence peuvent prendre un sens si l'on fait les rencontres adéquates. Votre affaire vous a apporté une célébrité exceptionnelle et un physique vous singularisant fortement. Tous les pensionnaires de mon show, le mondialement célèbre Dreamland Circus Sideshow, ont connu des vies bouleversées par cette différence, le plus souvent depuis leur naissance, mais parfois à cause d'accidents ou de crimes tels que celui qui vient de vous frapper.

Si vous peinez à reprendre une existence normale, si vous vous sentez désormais trop différente, si les gens ne vous montrent plus de respect et vous considèrent comme une étrangère, vous devez savoir qu'à tout moment, notre compagnie vous offrira un refuge. Nous vous accueillerons comme la sœur d'infortune que vous êtes. Vous trouverez avec nous une nouvelle famille, une communauté bienveillante où votre différence sera acceptée. Vous pourrez bien sûr participer à notre spectacle et briller devant des milliers de spectateurs. Nous vous offrirons un lieu pour laisser s'exprimer votre sensibilité artistique et nous pouvons vous garantir des revenus supérieurs à deux cents dollars chaque semaine.

Notre show est amené à donner des représentations dans le monde entier, vous figureriez à l'affiche aux côtés de célébrités comme Lionel l'homme lion, Violetta la demi-femme, Jean Carroll la femme tatouée, Zip l'homme à la tête d'épingle. Dans notre show, aucun de nos artistes n'est exploité, c'est le secret de notre succès et de notre longévité. Vous serez traitée avec plus de respect qu'à Hollywood, je m'en porte garant.

Si la proposition de contrat que je vous joins vous intéresse, revenez vers moi pour que nous en parlions.

Cordialement,
Brian Wanamaker

Chapitre 17

Angle de la Cinquième Avenue et San Pedro, Skid Row, Los Angeles, 20 août 1953

La cloche aura beau retentir, l'éponge aura beau être mille fois jetée, le combat de Battling James Douglas ne s'arrêtera jamais. Starace n'essaye plus de raisonner le vieil homme, il le voit souvent déambuler dans Skid Row en donnant des coups de poing à des adversaires que lui seul voit. Depuis la fin de sa carrière et un terrible traumatisme crânien, l'ancien boxeur vit dans une réalité parallèle où l'on ne cesse de le faire monter sur le ring pour qu'il triomphe sous les applaudissements. Il dort dans des cartons, dans un recoin sombre de San Julian Street, c'est un des sans-abri que le père accueille dans son dispensaire, un de ces éclopés qui donnent encore un sens à son engagement. Il y a quelques années, il avait voulu faire une surprise à Battling James Douglas, il avait demandé à ses compagnons d'infortune de l'applaudir avec ferveur à la fin d'un de ses combats imaginaires. L'initiative avait tourné au fiasco, le bruit des acclamations avait semblé rendre sa lucidité au vieil athlète, il avait regardé autour de lui avec un regard clair et perçant, puis il avait scruté ses vieilles mains déformées par les coups et les ans, bouffées par l'arthrose à ne plus pouvoir remuer. Il s'était mis à pleurer et avait fui. Starace avait bien cru qu'on ne le verrait plus jamais, mais Battling

301

James était revenu à Skid Row. Tôt ou tard, ceux qui n'ont pas de toit reviennent toujours à Skid Row.

Ce jour-là, Starace a compris qu'il n'y avait pas de formule magique pour aider ces pauvres hères, seulement de la patience, de la soupe chaude et des soins. Il s'écarte du passage de l'ex-boxeur et le suit des yeux jusqu'à ce qu'il disparaisse dans San Pedro. Il ne voudrait pas qu'il croise une bande d'imbéciles qui s'amuseraient avec lui comme avec un vieux taureau impotent et le roueraient de coups, comme le mois dernier.

Malgré les descentes du LAPD, les plans de rénovation urbaine et les centres d'aide sociale, le quartier des laissés-pour-compte n'a jamais semblé aussi étendu et aussi peuplé au père Starace. Tous les jours il découvre de nouveaux visages dans cette incroyable Babel. La population de Skid Row est probablement plus hétéroclite que dans tout autre quartier défavorisé des États-Unis. Les juifs, les Grecs et les Italiens tiennent les échoppes de prêteurs sur gages et les magasins de vêtements de seconde main qui rivalisent à coups d'enseignes clinquantes pour attirer le passant imprudent ou celui dont l'épiderme résiste à toutes les espèces de puces connues. Un gros Allemand mélancolique dirige un bar à bières et, juste de l'autre côté de la rue, un Français à moitié fou vend en chantant de la soupe de pois cassés pour cinq *cents* le bol. Le meublé le plus propre du quartier est dirigé par une grande femme blonde nommée Soleil, née en Égypte il y a de ça un nombre d'années qu'elle refuse de dévoiler. Quelques Chinois captent l'essentiel du secteur du lavage du linge à la main et les Japonais, celui de la vente du café le moins cher dans leurs gobelets en fer. Les Indiens troquent du whisky contre tout ce qu'ils peuvent ramasser dans leurs grands sacs militaires. Des Mexicains bavards traînent sur les marches qui mènent à un hôtel en fumant de malodorants petits cigarillos bruns. Des pèlerins noirs, mieux habillés que tous les autres vagabonds, errent entre ces groupes turbulents la bible à la main pour tenter d'y porter la bonne parole des Évangiles – ils ne reçoivent que des quolibets. L'insécurité galopante et les odeurs de crasse recuite n'ont jamais dissuadé le père de venir rencontrer la population des sans-abri qui a colonisé les trottoirs de la dizaine de rues et ruelles qui compose le quartier, pour leur apporter toute l'aide dont il dispose. Il ne se sent jamais aussi bien, aussi utile que quand il nettoie une plaie, rédige une lettre ou donne un repas chaud aux enfants d'une mère seule. Il sait bien que les millions qu'il convoite ne suffiront pas à éradiquer cette misère, que ça ne sera qu'une goutte d'eau dans le désert de leurs besoins.

D'ailleurs, son projet s'estompe peu à peu. Il n'a pas revu Jacinto depuis plus d'un mois, depuis le drame survenu à son amie, la « Beauté volée » dont le sort tragique a fait quelques jours la une des journaux. Le jeune homme a eu peur, il n'était pas prêt à tenter une aventure de ce type, sa rencontre nocturne avec Moffat l'a terrorisé. Starace a dû déclarer le vol de sa Cadillac, à cause de cette nuit-là et de la virée imprudente de Jacinto avec ses amies. Il a abandonné sa voiture le long de la plage à Santa Monica et il a eu la chance de voir un officier de police la lui rapporter quelques jours plus tard, l'abreuvant de conseils pour assurer sa sécurité. Il n'a fait aucun reproche à son amant, ils ne se sont pas disputés, pourtant Jacinto a disparu de sa vie. Il n'a pas besoin d'en chercher trop longtemps les raisons, il lui suffit de regarder son reflet dans la vitrine d'un des prêteurs sur gages de la rue. Il a beau rentrer le ventre, ébouriffer ses cheveux pour leur donner du volume, tendre le cou pour faire disparaître la peau disgracieuse qui pend sous son menton, il a toujours l'air d'un vieux bonhomme qui profite de la naïveté d'un gamin pour rajeunir entre ses bras. Il s'en veut d'être aussi ridicule, d'être l'esclave de ses désirs. Il sait pourtant que ces folies ne peuvent mener à rien de positif, que cette histoire était destinée à mal finir, rien n'y fait, la raison n'a pas de prise, son cœur se serre quand il pense à leurs rendez-vous.

La rupture serait sans doute moins douloureuse si le jeune homme avait eu le courage de le lui dire en face. Qui sait, ils auraient peut-être pu rester amis, alors qu'en l'état, si jamais ils se recroisaient dans quelques années, ils n'oseraient même pas s'adresser la parole et devraient se contenter d'un sourire triste, ou pire, de faire mine de ne pas s'être reconnus. Il en a pris son parti, les histoires d'amour finissent parfois ainsi, dans un silence oppressant. Il s'apprête à rejoindre la station de tramway d'Alameda quand il aperçoit l'objet de ses regrets en train d'acheter un café à un des revendeurs japonais. Ils échangent un signe de la main et se rejoignent sur le trottoir. Jacinto souffle sur son café brûlant et évite son regard.

– Tu savais où me trouver, hein ?

Le jeune homme hoche la tête et trempe ses lèvres dans le café.

– C'est fini ? demande Starace avec difficulté.

Jacinto hausse les épaules, gêné, et fait l'effort de le regarder en face le temps d'une seconde.

– *Sí*, c'est *mejor*, je ne veux pas partir de Los Angeles.

– On pourrait en parler, tu sais, je ne tiens plus tant que ça à ce projet…

– Ce vol, c'était trop dangereux, *padre*. Moffat est un homme méchant.

– Oublions cette histoire. Ce n'est pas uniquement pour ça que tu me fuis, si ?

L'espace d'un instant, le père caresse l'espoir fou d'une renaissance, d'une passion retrouvée après qu'ils auront dissipé un stupide malentendu. Mais la grimace de Jacinto fait aussitôt disparaître cette illusion.

– Non, je veux pouvoir devenir acteur, et américain.

– Je pourrais t'aider, tu le sais.

Starace a honte en prononçant ces mots, il ne veut pas acheter Jacinto, il ne veut pas devenir un de ces vieux pathétiques qui entretiennent des amants plus jeunes qu'eux, l'égal de ces moguls qui abusent de dizaines d'actrices débutantes dans l'indifférence générale. Ils méritent tous deux mieux que ça, et il se reprend avant que Jacinto ait répondu.

– Je t'aiderai, même si on ne se revoit plus jamais, je t'aiderai. Les deux militaires me doivent un passeport pour toi. Tu finiras par l'avoir.

Jacinto le remercie avec soulagement et boit une autre gorgée de son café. Starace sent bien qu'il y a autre chose, mais que le jeune homme ne sait pas par où commencer, ou qu'il a peur de ce qu'il doit dire.

– Tu n'es pas venu ici juste pour le café de Ganju. Tu voulais me dire quelque chose ?

– Oui… Le soir où j'ai suivi Moffat, il est passé dans le quartier noir.

– Tu me l'as dit, mais je me demande toujours pourquoi.

– Il est jaloux à en crever. Didi Brummelle avait une liaison avec Liz Montgomery et je pense qu'il le savait.

– Tu veux dire que… bredouille le père qui réalise où le mène la cruelle évidence du raisonnement.

– C'est un homme brutal et sans scrupule. L'homme à qui il a parlé ce soir-là ressemble à celui que Liz a décrit.

– Mon Dieu, Jacinto, il faut aller en parler à la police…

– Certainement pas. *Padre*, tu sais que je n'ai pas de papiers, ce ne sont que des suppositions et je ne veux plus avoir affaire à ce Moffat, je me tiens loin de tout ça. Je suis parti m'installer chez un ami à Santa Monica, je voudrais travailler et laisser cette histoire derrière moi. Mais je n'ai pas arrêté d'y penser, je ne sais pas quoi faire… J'aime beaucoup Liz, ce qui lui arrive est atroce. Je n'arrive pas à vivre avec ça sur la conscience.

– Pas de conclusion hâtive, il avait peut-être d'autres raisons de passer par Watts. Je vais m'en occuper. Ne t'en fais pas, si Moffat a quelque chose à voir avec l'affaire, je le découvrirai.

Le jeune homme remercie son ancien amant avec chaleur, lui adressant un sourire qui donne envie au prêtre de l'embrasser en pleine rue. Jacinto le salue, rend son gobelet en fer à Ganju puis fait demi-tour et descend l'avenue d'un pas plus léger, la conscience soulagée. Bientôt Starace ne voit plus que sa silhouette qui s'éloigne de sa démarche chaloupée, dans son blouson de cuir noir et son jean serré. Le prêtre réfléchit. L'hypothèse qu'ils viennent d'évoquer tient difficilement la route : c'est bien Moffat qui a glissé le nom de Liz Montgomery en haut de la liste des candidates pour le premier rôle de son film. En admettant qu'il ait découvert la liaison des jeunes femmes après avoir fait ce choix, même dévoré par la jalousie, il avait d'autres moyens de se venger, tout pouvait encore changer, le tournage n'avait pas commencé.

★

Durant tout le mois d'août, Moffat a fait aménager deux grands entrepôts à Culver City, non loin des Triangle Studios de la MGM. Il les a payés un peu cher, mais la proximité avec les plus grands studios de Californie offre un avantage certain pour trouver de la main-d'œuvre qualifiée. Sans être comparables à la démesure des parcelles de ses prestigieux voisins qui s'étendent sur des kilomètres, ces deux plateaux aménagés avec soin, leurs loges, leur parking et leur cantine, assurent des conditions de tournage convenables, bien meilleures que sa poissonnerie délabrée de Sawtelle Boulevard, et conformes au nouveau statut d'American Family Entertainment. Toute l'équipe est déjà arrivée, il salue la scripte et le régisseur sans même y prêter attention, il n'entend plus rien, toutes ses pensées sont focalisées sur le début du tournage qui doit avoir lieu dans quelques minutes. Il a pris soin de ne pas venir trop tôt, pour laisser à Eugène Lourié la responsabilité de la mise en route. S'il avait tout régenté lui-même, le réalisateur en aurait pris ombrage. Bien que ce ne soit que sa deuxième réalisation, Lourié est un vieux routard, il a tourné avec les plus grands, comme assistant, comme décorateur, comme acteur ; une ingérence prématurée dans son plan de travail aurait sans doute été mal perçue. Moffat doit s'obliger à le laisser faire, et c'est un apprentissage douloureux.

Après avoir écrasé son cigare, le producteur ouvre des portes semblables à celles d'un réfrigérateur et monte sur le plateau. Sa coûteuse machine se met en route. Le vestiaire a fourni aux vedettes non seulement leurs costumes, mais également des duplicatas de la plupart des éléments. Dans la première scène qu'ils vont tourner, Jack Palance doit avoir l'air frais et propre, ce qui peut nécessiter jusqu'à trois chemises identiques. Après chaque prise, la chemise est froissée, humide, et il faut pouvoir la remplacer. Le régisseur de l'équipe et l'assistant de Lourié ont étudié le découpage du script ; ils ont l'intention de pousser la production de manière que chaque jour, on tourne quatre pages et demie. Les menuisiers qui ont assemblé le décor se tiennent prêts à intervenir pour l'améliorer ou le réparer. Les accessoiristes ont fabriqué ou fourni les objets et les meubles employés pour la scène de la matinée. Des artistes ont peint le cyclorama avec un effet de ciel et l'ont disposé pour qu'on le voie à travers les fenêtres, des peintres ont mis en couleurs le décor. Un cameraman de cinéma muet est là pour photographier chaque scène tournée sous le même angle, de manière qu'on puisse se servir des photos à titre de référence, au cas où l'on doive tourner une nouvelle fois la même scène.

Alors que Lourié se prépare au premier tour de manivelle, Moffat fait une entrée discrète et observe le plateau en retrait. Plusieurs dizaines de personnes attendent le signal. Le chef cameraman a sous ses ordres l'opérateur et deux assistants. Le chef électricien a pour l'aider une vingtaine d'électriciens chargés de déplacer des lumières et de les allumer ou de les éteindre, ou encore de placer des écrans devant les projecteurs pour en moduler les effets. Le technicien du son et son assistant sont sur le qui-vive, tout comme le technicien micro. Cette machinerie impressionnante grise Moffat, même sans les amphétamines qu'il a ingérées dans sa voiture avant de sortir, il serait surexcité. Cela fait tant d'années qu'il attendait un pareil moment ! Toute cette industrie en marche, à ses ordres, pour poursuivre ses objectifs, ses désirs. Dans une semaine, ils aborderont le tournage des scènes en extérieur avec la collaboration de l'armée. L'ampleur des moyens déployés lui donne le tournis, il se transformera en véritable chef de guerre.

Eugène Lourié fait répéter Jack Palance et Julie Newmar, ils recommencent plusieurs fois la même scène. Ensuite, il appelle leurs doublures pour régler les éclairages. Moffat en profite pour saluer les deux acteurs, il se réjouit de ce casting, leur beauté étrange va conférer une intensité formidable à la scène et au film dans son ensemble. Il remercie le sort d'avoir fait disparaître l'insupportable fiancée de Dragna, qui aurait dû avoir le rôle de la grande et gracieuse Newmar. La petite blonde vulgaire a disparu, pour une raison qu'il ignore, Dragna n'en a plus jamais reparlé. Liz Montgomery aussi a disparu, lui laissant le champ libre pour faire de Didi une star. Elle ne tourne pas aujourd'hui, Robert Wagner non plus, ils entreront en piste le surlendemain. Il espère que Didi finira par maîtriser son texte d'ici là. En silence, on s'affaire pour retoucher le maquillage de Palance et de Newmar, et Lourié les rappelle sur le plateau pour une nouvelle répétition. Le réalisateur modifie un jeu de scène de l'actrice. Une fois satisfait, il annonce à son assistant metteur en scène qu'ils peuvent faire une prise.

L'assistant crie :

– Silence, on tourne !

La gorge de Moffat se serre, la caméra se met à rouler. Dehors, dans un camion de son, un film sonore se déroule en synchronisation avec la bande couleur. Tout près de la caméra, on entend un bourdonnement aigu.

– Vitesse ! lance l'opérateur.

– Allez-y ! commande Lourié.

La scène est simple, mais fascinante. Jack Palance joue le shérif d'une petite bourgade, il a découvert un astéroïde écrasé dans un champ et un parasite extraterrestre a pris le contrôle de son corps en s'introduisant à l'arrière de son crâne. Il vient de rentrer chez lui et retrouve sa femme, jouée par Julie Newmar. Le parasite fait tout pour que son hôte se comporte normalement, mais il ne connaît rien aux habitudes humaines. Palance va donc consommer une dizaine de bières, manger six pizzas et rire comme un demeuré devant des dessins animés. Sa femme va progressivement se rendre compte de son problème et il va devoir la maîtriser pour que son parasite se dédouble et s'empare d'elle à son tour. Comme Moffat l'espérait, Palance est génial dans la scène, son visage étrange et son regard glacial peuvent terroriser sur un simple « bonjour », et Newmar est irrésistible, une grâce de danseuse étoile et un corps fait pour le péché. Dans les scènes suivantes, le couple s'efforcera de paraître normal mais ne pourra proposer qu'une caricature absurde de l'humanité. Malgré tout, ce duo maladroit piégera peu à peu tout le voisinage. Pour satisfaire l'armée et la commission Breen, le monde idéal proposé par les parasites ressemblera à s'y méprendre au paradis communiste. La scène fonctionne, Lourié a le sourire aux lèvres, mais il ne fait pas mentir sa réputation de perfectionniste :

– C'était bien, mais on va recommencer en modifiant quelques jeux de scène.

Ce gâchis de pellicule agace Moffat, il n'aurait sûrement pas fait de deuxième prise sur une scène pareille pour ses productions précédentes, mais il faut qu'il s'habitue à la hausse de ses standards de qualité. Il préfère s'éclipser et laisser Lourié décider, il sait bien que les grands studios font parfois vingt prises de la même scène pour parvenir à un équilibre parfait, il doit arrêter de penser au prix du centimètre de bande celluloïd Technicolor. Son devoir de producteur est de faire en sorte que rien ne vienne entraver le bon déroulement de la cérémonie sacrée qui occupe ses équipes. Et le rendez-vous qu'il a pris à la cantine du studio est essentiel sur ce point. Il glisse la main dans sa poche et palpe la liasse de billets qu'il a puisée dans sa réserve. Ce qu'il a décidé de lancer aujourd'hui va lui coûter quelques centaines de dollars. Pour le reste, il diffère tous les paiements, il ne déboursera rien tant qu'il n'y sera pas obligé. Il a bien retenu les leçons de son modèle, Sam Spiegel, qui ne paye presque jamais personne mais est adulé par l'ensemble du métier. La gloire, le prestige, ceux qui s'en contentent sont des proies faciles.

Le détective de la Hollywood Research Incorporated l'attend dans la cantine, attablé devant un café. Moffat jette un regard noir à un technicien en train de s'en griller une à l'abri du soleil, l'employé écourte sa pause et se trouve quelque chose d'urgent à faire dehors. Moffat s'attable devant le privé, un homme de petite taille au visage fin et basané, affublé du sourire narquois de celui qui en sait trop sur l'âme humaine pour ne pas en rire. Il lui serre la main avec un « monsieur Moffat, je présume » de circonstance et lui tend sa carte, « Jack Gittles. *Senior investigator*. HRI ».

– Ça a l'air de pas mal marcher pour vous, monsieur Moffat.

– Pour vous aussi, monsieur le *senior investigator*.

– C'est un bien grand mot pour un boulot de fouille-merde tenace. Appelez-moi Jack, si vous préférez. Que puis-je faire pour vous ?

– Il y a un mois, en rentrant chez moi, j'ai remarqué que j'étais suivi. Je ne sais pas depuis combien de temps, mais j'étais suivi par une grosse Cadillac. Une 62 DeVille immatriculée à Los Feliz. Je n'ai pas pu lire le numéro, mais j'ai vu le conducteur. Un jeune homme, environ vingt ans, plutôt beau, le type chicano, graisseux mais sophistiqué, sans doute une tantouze. Je suis sûr de l'avoir déjà vu quelque part, et je voudrais que vous le retrouviez.

– Et savoir pourquoi il vous suivait… Je comprends, il voulait peut-être un rôle, tout simplement. Pourquoi avoir autant tardé pour nous demander de le rechercher ?

– J'attendais qu'il me contacte pour me faire chanter, ou qu'il tente de me suivre de nouveau. Mais je ne l'ai pas revu depuis.

– Si c'est de l'histoire ancienne, pourquoi cela vous dérange-t-il encore ? Il a vu quelque chose qu'il n'aurait pas dû voir ?

– Cela ne vous regarde pas ! s'emporte Moffat.

– Si ça ne peut pas nous aider à le retrouver, c'est vous qui voyez. Vous savez, nous sommes comme des prêtres, nous sommes tenus au secret de la confession, vous ne risquez rien en me parlant. Je suis dans votre camp, quoi que vous ayez fait.

Jack Gittles frotte nerveusement une étrange cicatrice qui parcourt le côté droit de son nez, il a l'air agacé qu'on lui fasse des cachotteries. Le producteur se calme et essaye de se justifier.

– Peu importe ce que j'ai fait ce jour-là. Je ne suis même pas sûr qu'il ait vu quoi que ce soit. Je veux juste savoir ce qu'il me voulait.

– D'accord. Vous me dites que vous l'aviez déjà vu. Pourrais-je en savoir plus ?

– Je suis sûr de l'avoir vu dans un club de Sunset Boulevard, il est serveur ou un truc comme ça.

– Un serveur de vingt ans d'origine mexicaine, beau gosse, qui travaille dans un club de Sunset. Je vois. Si je dois faire prendre en photo tous les gamins qui correspondent à ce portrait, ce sera très long, mais vous le reconnaîtriez ?

– Oui, sans l'ombre d'un doute. Et je crois l'avoir vu ailleurs, il me semble l'avoir croisé dans la rue à Laverne Terrace.

– Il vous suivait déjà, d'après vous ?

– Non, on s'est juste croisés, une semaine ou deux avant la filature.

– Il a peut-être eu un coup de foudre ! ricane Gittles.

Voyant que sa plaisanterie ne fait pas sourire le producteur, Gittles reprend son sérieux et enchaîne.

– Que faisiez-vous à Laverne Terrace, si ce n'est pas indiscret ? C'est plutôt paumé comme quartier.

– Je rendais visite à une jeune actrice que je fréquente.

– Jeune comment ?

– Dix-huit ans.

– *Cherchez la femme*, commente *in petto* le privé en français, avant de conclure : Bon, ça ne me semble pas un dossier si complexe. Je vais vous le retrouver, votre gamin. On part sur une avance de trois cents dollars, et ce sera cent dollars par jour, plus les frais. Plus cinq cents dollars si je découvre pourquoi il vous filait. Ça vous va ?

★

La tentation d'aller faire un tour sur le tournage était bien trop forte. Après des semaines de tension exacerbée, voir enfin la concrétisation de leurs efforts justifiait bien de déroger à la règle de discrétion qu'ils s'étaient imposée. Buckman et Morrisson ont patienté jusqu'à la fin de la matinée, puis ils ont débarqué à Culver City pour humer l'atmosphère du plateau. Il fait déjà assez chaud, Buckman a chaussé ses lunettes de soleil, il a tombé la veste et ouvert sa chemise. Morrisson ne montre aucun signe de relâchement, il n'y a même pas un soupçon de sueur sur son front dégagé par un chignon strict. Le major se demande comment elle tient dans son tailleur ajusté. Chaque jour, la chaleur devient étouffante dès midi. D'ailleurs, le tournage va s'interrompre jusqu'en milieu d'après-midi où la météo annonce un léger rafraîchissement venu du Pacifique. Ils doivent tourner des scènes de nuit, donc cette pause de mi-journée sera la bienvenue pour l'équipe.

Buckman se fait rabrouer par sa partenaire, il traîne la patte depuis le réveil, sa nuit passée à jouer au poker avec quelques amis a laissé des traces dans ses méninges. Il n'a pas perdu un seul dollar, ce qui le satisfait, mais il a commis l'impair de s'en vanter auprès de Morrisson qui ne cesse de le harceler depuis chaque fois qu'il donne l'impression de ralentir un peu la cadence. Ils arrivent alors que la première partie du plan de travail se termine. Ils passent inaperçus car en même temps qu'eux se présente un photographe de *Life Magazine* venu prendre des clichés du tournage pour un éventuel article. Cette promotion donne un grand sourire aux acteurs et à Lourié qui redoublent d'attention pour le journaliste et ne remarquent même pas les deux autres arrivants, qui s'appliquent à rester discrets. Ils assistent à une prise puis ressortent. Ils cherchent Moffat, demandent à un technicien qui décharge des projecteurs d'un pick-up s'il a vu le producteur. Il hausse les épaules et leur montre la cantine.

– Le dingue, je crois qu'il est toujours là-dedans.

Dans le petit bâtiment blanc coincé entre les deux hangars, ils découvrent Moffat occupé à marcher en long et en large autour des tables sous les regards interloqués des cantinières qui préparent le repas du midi. Les militaires observent son manège quelques instants. Moffat maugrée à voix haute :

– Neuf prises, neuf prises pour une putain de scène d'intérieur toute simple. Ce type veut me ruiner, il sait combien ça coûte, une pellicule Technicolor ?

Buckman sait qu'ils ont prévu largement assez de bandes pour tourner une dizaine de prises par scène, ce qui constitue une moyenne acceptable dans le métier. Lourié est réputé pour être économe, tout comme Harryhausen, qui doit tourner les séquences des effets spéciaux. La réaction de Moffat est pour le moins disproportionnée. Morrisson tousse pour attirer l'attention du producteur hirsute, les cheveux dressés sur le crâne, la chemise maculée de traces noires. Il les aperçoit et pousse un rugissement tel qu'on pourrait croire qu'il les attendait depuis des jours.

– Ah ! Vous voilà ! Vous allez pouvoir dire à Lourié de se calmer. Je trouve qu'il dépense un peu trop largement l'argent qui ne lui appartient pas.

Puis, sans attendre leur réponse, il se retourne vers une cantinière qu'il voit préparer des rations d'un hachis Parmentier peu ragoûtant.

– Pas tant que ça ! Vous voulez qu'ils roupillent toute la journée après ? La moitié, ce sera suffisant. S'ils ont faim ce soir, ils bosseront plus vite pour pouvoir rentrer chez eux.

Le spectacle sans cesse renouvelé des crises de Moffat inquiète Buckman. Leur associé est en permanence au bord de la rupture. Ils n'ont rien à lui reprocher sur le plan des résultats, le film est lancé et tout semble en bonne voie, mais ils restent sous la menace d'une sortie de route importante de leur pilote. Morrisson ne se laisse pas impressionner par ce numéro et va se planter devant le producteur pour l'obliger à répondre à sa question.

– On en est où des échanges avec la commission Breen ?

– Ne m'en parlez pas ! Ce scénariste syndiqué de merde fait exprès de tout compliquer. On n'avance pas, il ne veut pas comprendre que sa fin pose problème.

Morrisson a une moue sceptique. Cela fait un moment qu'ils ont compris que Moffat faisait exprès de chercher des noises à la commission Breen pour faire naître des rumeurs autour de son film. Ce pari de maintenir des positions contraires aux principes du code de production Hays se répand de plus en plus chez les producteurs. Depuis les fantaisies de Hughes avec la poitrine de Jane Russell, tout le monde s'est rendu compte qu'un petit parfum de soufre ne pouvait pas faire de mal à la promotion d'un film. Moffat sait que de toute façon, avec un film de science-fiction, il ne pourra pas compter sur le public traditionaliste de la Bible Belt, alors perdu pour perdu, il ne refuserait pas un soupçon de scandale qui lui permettrait de faire des économies sur le budget publicitaire.

– Arrêtez vos singeries, Moffat. Vu notre position, on ne peut pas se permettre de sortir un film sans le sceau d'approbation de la Motion Pictures Producers and Distributors Association. Notre hiérarchie prendrait la chose excessivement mal, et vous le savez. On devine quel jeu vous jouez et on ne l'approuve pas. Faut-il vous rappeler qui doit avoir le dernier mot selon notre arrangement ?

– J'ai donné mes indications à ce bolchevique, vous voulez qu'on change de scénariste maintenant ?

– On va gérer ça, lui répond Morrisson d'une voix sèche.

Puis elle se retourne vers Buckman et lui balance d'un ton tout aussi désagréable :

– Quand vous aurez fini de cuver votre whisky, ça ne vous dérangerait pas trop de m'emmener voir notre ami à la cathédrale Saint-Paul ?

Chapitre 18

Chi-Chi Club, 6315 Hollywood Boulevard, Los Angeles, 20 août 1953

Didi enfonce la petite paille dans sa narine droite et inspire le trait de cocaïne en une seule prise. Tallulah Belle bat simultanément des cils et du bout des doigts pour l'encourager, ses plumes bleues s'agitent au-dessus de son visage lourdement fardé. Didi change la paille de narine avant d'inspirer le deuxième trait. Un grand flash blanc l'étourdit quelques secondes puis elle se sent prête à dévorer le monde. Didi rend son petit miroir et sa paille au travesti exubérant dont le maquillage peine à résister à la chaleur. Autour de leur table, le *Chi-Chi Club* grouille de vie, bouillonne de désirs, les corps se frôlent sur la piste et dans les box, des langues se mélangent, des corps se cherchent. Sur scène, le tour de chant de trois travestis se transforme en strip-tease sous les acclamations des spectateurs. Didi embrasse Tallulah à pleine bouche pour la remercier et se relève en s'extirpant de ses mains baladeuses. Elle redescend sur la piste, elle veut danser, danser à en perdre haleine et ne plus penser à rien.

Elle fait virevolter sa chevelure blonde, sauter ses seins dans tous les sens, remonte sa robe jusqu'à mi-cuisse pour bouger plus librement. Elle ne fait pas attention aux doigts qui la palpent, aux regards qui la dévisagent, dans ce club gay et lesbien, entre deux descentes de police, on ne juge pas, on jouit. Elle n'aurait jamais cru qu'elle oserait venir un jour dans un endroit comme celui-ci. Depuis que Liz a disparu, il n'y a pourtant que là qu'elle se sent revivre. Seules les amphétamines de Moffat et la cocaïne de Tallulah Belle lui permettent d'oublier sa « Beauté volée » pendant quelques heures. Le reste du temps, la douleur l'accable, la culpabilité aussi, elle s'en veut d'être sur le point de devenir une star alors que son amie défigurée a quitté la ville et ne donne plus signe de vie. Elle transpire à grosses gouttes, le club est une véritable fournaise, les fonds de teint coulent mais tout le monde s'en fiche, à part quelques travestis coquets qui partent aux toilettes se refaire une beauté tous les quarts d'heure. Ou peut-être vont-ils juste baiser, se dit Didi dont les drogues inhibent le désir, elle veut juste danser et ne plus penser à rien, le sexe ne l'intéresse pas, contrairement à la plupart des clients du club obsédés par les attouchements moites qu'abritent les moindres recoins du *Chi-Chi*.

Sa journée du lendemain s'annonce terrible. On l'attend sur le plateau pour son premier jour de tournage. Moffat va vouloir lui faire répéter son texte ce soir, et elle ne parvient pas à le mémoriser. Elle n'a pourtant que quelques lignes de dialogue à retenir, mais rien n'y fait, elle se trompe sans cesse, mélange ses lignes et écorche les phrases. Elle sait que ça va être un désastre et que Moffat va devenir dingue. Il est de pire en pire. S'il ne la bat pas au visage, c'est juste pour éviter de la marquer, mais son corps est couvert de bleus. Elle frissonne en imaginant ce qu'il lui ferait subir s'il la voyait, à moitié nue, en train de s'agiter comme une folle entourée de strip-teaseuses travesties, de lesbiennes et d'homos surexcités. Sur scène, un travesti long et sec se frotte l'entrejambe en feignant l'orgasme. Depuis quelques secondes, Didi sent une main posée sur ses hanches et a l'impression que quelqu'un lui parle, mais elle ne sort pas de sa bulle, elle regarde le travesti et se met à gémir comme lui, au même rythme.

Il faut que la main la secoue et la force à regarder son interlocuteur pour qu'elle revienne sur terre.

– Didi ! Tu es déchaînée ma belle, calme-toi ! s'exclame Jacinto.

La jeune femme lui tombe dans les bras et le couvre de baisers, elle le serre jusqu'à l'étouffer. Il se dégage en riant et l'entraîne vers un box pour s'asseoir quelques minutes.

– Tu es venu, c'est génial, tu ne peux pas savoir combien tu m'as manqué ! articule Didi qui n'avait plus prononcé une phrase intelligible depuis plusieurs heures.

– Tu n'as pas de nouvelles de Liz ?

– Non.

Aussitôt l'humeur de Didi s'assombrit, elle est au bord des larmes. Jacinto lui prend la main et s'excuse, il ne voulait pas lui faire de peine, mais il voudrait tellement savoir ce que leur amie est devenue. Didi ne lui en veut pas, elle aurait posé la même question quelques secondes plus tard s'il ne l'avait pas devancée. Ils ne peuvent plus se voir pour cette raison, chaque fois qu'ils se croisent l'ombre de la « Beauté volée » plane au-dessus d'eux et rend leur amitié impossible. Jacinto a accepté l'invitation, il aime bien le *Chi-Chi*, mais il ne serait pas venu s'il n'avait pas soulagé sa conscience auprès de Starace. Il a l'impression d'avoir payé sa dette envers Liz, au moins pour partie, et il peut de nouveau regarder Didi dans les yeux sans avoir honte de lui cacher ce qu'il croit savoir sur Moffat. Il ne veut rien lui dire, pas maintenant, pas quand son amie est enfin sur le point de devenir célèbre, il ne va pas tout gâcher avec des suppositions sans doute paranoïaques. Comme il a du mal à tenir sa langue, il préfère éviter de la voir, même si ça lui coûte. Momentanément dégrisée, Didi regarde sa montre et s'écrie :

– Merde, il est déjà une heure du matin, Moffat ne va pas tarder à rentrer, il faut à tout prix que je sois à l'appartement avant lui.

Elle se lève d'un bond et Jacinto la suit, décidé à la raccompagner chez elle en taxi, vu son état et sa tenue. On lui a déjà volé une amie, il ne se pardonnerait pas qu'il arrive quelque chose à cette blonde complètement défoncée, inconsciente du désir qu'elle suscite chez tous les mâles qu'elle croise. Ils sortent du club en trombe, esquivant sans politesse les mains qui se tendent et les appels qui résonnent. Ils se ruent vers la sortie et l'air relativement plus frais de Hollywood Boulevard.

★

Dans sa Ford noire, Jack Gittles regarde avec un rictus d'autosatisfaction les deux jeunes gens s'engouffrer dans un taxi – il a rarement eu une affaire aussi simple à résoudre. Le temps d'acheter un magazine de cinéma pour voir la bobine de la petite amie de Moffat, de se dire que le producteur étant occupé, son oiseau en profiterait sûrement pour quitter sa cage, de trouver son adresse et de l'attendre dans Laverne Terrace, de suivre l'oiseau jusqu'à ce club et, bingo, de le retrouver quelques heures plus tard au bras d'un joli Latino de vingt ans. Gittles soupire, les gens sont tellement prévisibles quand il s'agit de s'envoyer en l'air. Il démarre sa voiture et suit le taxi. Quand le jeune homme repartira, il le suivra à son tour pour trouver son nom et son adresse. Il n'aura plus qu'à constituer un petit dossier sur lui et l'affaire sera pliée. Il n'a pas besoin de creuser plus ; le jeune homme suivait sans doute Moffat par amour, il doit crever de jalousie et vouloir récupérer l'usage exclusif de sa poule. Le privé ne croit pas à un plan machiavélique des tourtereaux pour tuer Moffat et lui prendre du pognon, la gamine va devenir une star grâce à lui, elle a besoin de son cocu de protecteur. Il faudra juste prévenir Moffat pour qu'il se méfie d'un coup de sang du gamin. Les mômes amoureux peuvent faire des conneries.

Il mange une barre chocolatée en conduisant d'une seule main. Sans surprise, la voiture remonte jusqu'à Laverne Terrace et s'arrête devant l'immeuble de la fille. Gittles grimace quand il voit que la blonde rentre seule chez elle et que son ami remonte dans le taxi. Il reprend sa filature, mais la situation devient un peu plus complexe. Les gosses ne baisent pas ce soir, est-ce une exception ou est-ce qu'ils ne baisent pas tout court ? Ils sortaient d'un club homosexuel, peut-être sont-ils complices dans cette double vie sans être amants. Gittles se met à bander en imaginant la jolie blonde coucher avec d'autres femmes. Il s'insulte à haute voix dans l'habitacle de sa voiture pour se punir de se laisser déconcentrer par les réactions de sa queue. Il a toujours du mal à réfléchir quand un dossier l'émoustille, et cette jeune actrice est assez irrésistible pour un homme normalement constitué. Malgré son excitation, il ressent une pointe d'inquiétude. Il ne comprend pas cette nouvelle génération, il vient d'un monde où un homme ne sortait jamais sans un chapeau, une cravate et une pochette assortis quelle que soit la saison. Chaque fois qu'il se trouve confronté à des jeunes, il constate qu'un fossé s'est creusé, il n'a plus ses repères et ça rend son métier plus difficile.

★

La masse paisible et sombre de l'ancienne centrale électrique absorbe la Cadillac, ses phares s'éteignent et disparaissent dans le noir. Johnny Stompanato laisse son homme de main aller la garer à l'abri des regards dans un recoin de la grande usine désaffectée. Il contourne le bâtiment principal et descend une petite allée qui se faufile entre les constructions et s'enfonce sous terre par un escalier caché derrière des piles d'immondices et de déchets industriels. Au bas des quelques marches, il tambourine sur une épaisse porte métallique moins délabrée que ce qui l'entoure. Après quelques secondes, un judas s'entrouvre et il entend le bruit du verrou. Il entre dans l'*Edison*, un ancien bar clandestin qui a connu son heure de gloire pendant le faste de la prohibition. L'alcool y coulait à flots et chaque soir un nouveau spectacle faisait tourner les têtes du Los Angeles interlope. Aujourd'hui, le bar trop éloigné du Strip et de ses clubs ne sert plus que quelques clients après le couvre-feu légal respecté par les autres établissements. Des filles y tapinent pour ramasser les derniers dollars encore dans les poches des clients les plus éméchés du bout de la nuit. Le mobilier et la décoration n'ont plus été retapés depuis les années de gloire et l'endroit tombe en décrépitude. Odeur de moisi, chaises bancales, tentures qui se décollent, taches sur le tapis, verres ébréchés, le bar évoque plus l'expansion de la misère que les folles nuits de Los Angeles. Le seul intérêt de l'*Edison* est d'être devenu insignifiant ; de ce fait, il a été complètement oublié par le LAPD et échappe aux descentes de la toute nouvelle brigade de William H. Parker, l'Administrative Vice Squad. En début de soirée, le bar est complètement vide, et il sert souvent de salle de réunion aux membres de l'équipe de Mickey Cohen.

Johnny ronge son frein depuis plusieurs semaines. À ses yeux, Joe Sica ne se montre pas assez pressé de passer à l'action et de rafler le magot des Dragna. Le lieutenant de Cohen semble jubiler à l'idée de faucher le film de Moffat en plein vol, de lui piquer son pognon alors que toute la machinerie sera déjà en branle ; voulant ajouter l'humiliation à la banqueroute, il attend comme un vieux chat. Johnny craint qu'ils laissent filer trop de pognon, il piaffe d'impatience et relance sans cesse Sica, à deux doigts de l'agacer. Johnny doit toutefois reconnaître que le Gangster Squad ne leur facilite pas la vie. Leur quotidien est parfois chaotique et leurs hommes de main qualifiés pour un aussi gros coup se retrouvent bien plus souvent que par le passé derrière les barreaux. La nuit dernière, Joe lui a annoncé avoir trouvé les hommes idoines, et ce soir Johnny espère que son projet va enfin se concrétiser.

Sica l'attend dans le fond du bar désert. La table coincée sur son estomac proéminent, il s'affaire à dépiauter des cacahuètes qu'il avale par poignées, laissant des débris tout autour de lui. Les deux hommes de main choisis sont assis à ses côtés. Little Fredo, un Sicilien, un vieux de la vieille usé par de nombreux séjours en prison au point d'avoir un temps été considéré comme un chat noir. Joe l'a remis en selle sur de petits coups, et depuis quelques mois, le quinquagénaire décharné aux cheveux teints aile de corbeau est revenu en grâce. Il fait une chaleur d'étuve dans le bar et les trois hommes ont remonté leurs manches de chemise. Johnny peut voir les innombrables tatouages de taulard de Fredo qui le salue de sa voix chevrotante. L'autre est un jeune maquereau tout juste débarqué de Pittsburgh qui fait preuve d'un appétit sans limites et d'une prédisposition à la violence peu commune. Grigor est blond pâle, presque albinos, il n'est ni italien ni juif, juste polonais. Sa carrière dans l'organisation sera donc limitée, il le sait et veut aller vite, faire des gros coups, rafler un pactole et se barrer. Associé à la sagesse et au calme de Fredo, cet attelage hétéroclite peut fonctionner. Le vieux poissard aura l'occasion de prendre du galon et de diriger le binôme, et le môme sera pressé de faire le job et de prendre une belle liasse. Ce ne sont pas des grosses pointures, mais c'est ce qu'il y a de mieux en ce moment pour monter un coup comme celui qu'ils envisagent.

Une fois Johnny installé, Joe appelle le barman, lui demande une bouteille de whisky et lui suggère d'aller fumer une cigarette dans la ruelle en surveillant la porte pour que personne ne rentre. L'employé s'exécute d'un pas traînant et les mafieux se retrouvent seuls dans le rade poussiéreux. Un des atouts de ces deux hommes est que Moffat ne les connaît pas, il ne les a jamais vus et s'ils s'y prennent bien, il ne remarquera pas leur filature. Joe leur propose de le filer quelques jours ; s'il ne parvient pas à les repérer, il les engagera. Il leur rappelle les règles de base, pas trop près, changer de voiture à la moindre occasion, pas de filatures trop longues, anticiper en étudiant les cartes routières pour connaître le terrain, éviter autant que possible les lignes droites interminables et les routes désertes, ne pas picoler avant ou pendant la chasse, ne pas hésiter à partir si l'on craint d'avoir été repéré. Les deux hommes acquiescent, Fredo a déjà quelques coups similaires à son actif et il n'a pas peur d'un client comme Moffat. Leur objectif est simple, relever tous les déplacements du producteur, voir s'il se rend à une banque pour chercher son pognon, ce qui serait problématique, sinon trouver où il habite et dresser un plan aussi détaillé que possible des lieux. Quand les difficultés seront analysées, il sera temps de passer à l'action. Grigor les écoute en souriant – il sourit en permanence. Quoi qu'il dise ou fasse, son visage est fendu par une mimique enjouée, factice, pendant que ses yeux fixent tout ce qui l'entoure avec une intensité fiévreuse. À l'évocation du passage à l'acte, il ne peut masquer la jubilation malsaine qui l'anime. Johnny se dit que ce type aime tuer, et qu'il ferait mieux de s'en méfier si un jour ils ne sont plus dans le même camp.

★

L'accueil est glacial. Morrisson et Buckman ne s'attendaient pas à des démonstrations chaleureuses, mais Starace ne fait même pas l'effort de leur sourire et se contente de leur désigner de la main les chaises en face de lui dans un coin reculé du *Pantry Café*, un *diner* ouvert vingt-quatre heures sur vingt-quatre sur Figuerosa, à quelques centaines de mètres de la cathédrale, où le père a ses habitudes de repas tardifs et solitaires. Il termine une part de tarte aux noix de pécan et fait signe à la serveuse qui vient de leur remplir trois tasses de café fumant qu'elle dépose sur la nappe à carreaux rouges et blancs. Il lui précise qu'il est inutile qu'elle leur apporte la carte, que ses amis se contenteront d'un café. Buckman et Morrisson n'ont rien mangé, mais ils comprennent vite que le père n'a aucune envie de prolonger l'entrevue.

– On a un problème avec la commission Breen, entame Buckman sans perdre de temps avec des politesses inutiles. La dernière version du scénario ne leur convient toujours pas, mais leur réponse est très vague.

– « La raison de notre refus réside dans le fait que certains de vos personnages commettent un certain nombre d'actions indécentes et répréhensibles et que lesdits méfaits ne sont punis ni par la loi, ni par la conscience. Ces attitudes sont inacceptables », cite Morrisson de mémoire, vous avouerez qu'ils ne sont pas clairs. Pouvez-vous nous dire ce qu'il en est ?

– C'est la fin du film qui pose problème, répond Starace entre deux bouchées de tarte.

Buckman soupire. Moffat a voulu à tout prix ajouter une fin ouverte au traditionnel *happy ending* qui concluait le script initial. Plutôt qu'un plan sur le couple Wagner/Brummelle rentrant paisiblement dans leur ville pacifiée, le producteur a insisté pour que la fin laisse planer une menace, et prépare le terrain à une suite possible. Dans la première modification qu'il leur a soumise, c'était un scientifique de l'armée qui conservait une créature pour en faire éventuellement une arme. C'était inacceptable pour le major de laisser croire que l'armée pourrait mettre en danger des civils pour concevoir des armes. Il l'a refusée et les versions se sont succédé. Dans la dernière, ce sont des enfants qui trouvent une des créatures et qui la ramènent dans leur cabane comme un trophée. Buckman ne voit pas ce qui peut bien déranger la commission dans cette conclusion.

– Oh écoutez, s'agace Starace, vous ne débutez pas dans le métier, si ? C'est pourtant simple, toute mauvaise action doit être sanctionnée, surtout s'il s'agit d'enfants. Ces gamins n'obéissent pas aux consignes de prudence données par leurs parents et ils ne montrent pas aux autorités ce qu'ils ont trouvé. Ils se comportent comme des imbéciles, ils ne sont pas sanctionnés et ne montrent aucun regret. C'est inacceptable pour la commission qui est très sensible aux messages moraux envoyés aux enfants de ce pays.

– C'est la fin du film, on ne peut pas inclure une morale postérieure à cet acte ! s'insurge Buckman.

– Eh bien, trouvez une autre fin. Ou laissez-la comme ça et oubliez la commission. Vous savez que *La lune est bleue* cartonne en ce moment sans avoir reçu le sceau d'approbation, voire parce qu'il n'a pas le sceau. Le code touche à sa fin, il n'y a plus que les patrons de studio ayant peur qu'on leur reproche leur judéité pour s'obstiner à être plus catholiques que le pape. Des indépendants comme Moffat devraient faire le film qu'ils veulent et ne plus se soucier de ça.

– Si, il s'en soucie, mais je crois que justement, le scandale potentiel ne lui déplaît pas. Malheureusement, notre hiérarchie, elle, reste assez conservatrice, précise Morrisson. Est-ce que vous pourriez nous aider à faire passer le film en commission ? Sans que cela fasse de vagues avec la Legion of Decency, évidemment.

– Votre hiérarchie se trompe de combat. Ce n'est pas avec ces réflexes de boy-scout qu'on va vendre des cornflakes à Madrid. Oui, je pourrais convaincre un ou deux membres de la commission de voter dans votre sens. Mais pour compter sur mon aide, il va falloir revoir les termes de notre collaboration.

– Vous voulez de l'argent ? s'exclament de concert les deux militaires.

– Non. Je veux juste vous dire que je vais laisser tomber. Je vais quitter les ordres et les ligues de vertu que je préside. Je vais prendre ma retraite et me consacrer à la peinture et à mes œuvres caritatives. Vous pouvez garder vos petites photos minables en souvenir, ou bien les afficher en grand sur la devanture du Pantages Theatre si cela vous chante. Je n'en ai plus rien à faire. En fait, il est même possible que j'utilise le peu de temps qu'il me reste dans le système pour convaincre les antennes locales des ligues catholiques de réserver l'accueil le plus houleux de l'histoire du cinéma à votre film. Elles pourraient avoir envie de s'offrir un baroud d'honneur et je pense que *Marionnettes humaines* a le profil adéquat. Ces histoires d'extraterrestres sans Dieu, ça agace toujours un peu dans la Bible Belt. Je suis assez tenté par l'idée de bousiller votre projet, en guise de cadeau d'adieu. Sauf si…

– Sauf si quoi ? bredouille Morrisson alors que la tirade laisse Buckman ébahi, la bouche ouverte, sa tasse de café au bord des lèvres.

– Sauf si vous fournissez un passeport américain à Jacinto Moya, comme je vous l'avais demandé.

– C'est en cours ! se justifie Morrisson.

– Eh bien, on va dire que vous avez jusqu'à la fin du tournage pour le lui fournir. Il vous reste trois bonnes semaines. Sinon, je vous promets un accueil mémorable dans mes paroisses… et ce n'est pas tout… j'ai encore pire à vous annoncer, et cela risque de rendre anecdotique la question de l'accueil de ce film par les ligues de vertu.

– Vous voulez prononcer notre extrême-onction ? plaisante Buckman avant d'encaisser un regard courroucé de la part de Morrisson.

– Pire que ça, major. Grâce à notre collaboration, je plonge dans des profondeurs insoupçonnées de l'âme humaine. J'ai des raisons de penser que Moffat a payé des toxicos pour qu'ils kidnappent Liz Montgomery et la défigurent.

– C'est absurde, il l'avait choisie pour être notre premier rôle !

– Je le sais bien, agent Morrisson, mais je ne suis pas sûr du tout que ce choix venait véritablement de lui. Je pense qu'on le lui avait imposé. Qui ? Je ne sais pas, sans doute Wasserman ou Dragna, quelqu'un qui a suffisamment de prise sur lui…

– Et quels sont les éléments sur lesquels vous fondez ces accusations gravissimes ?

Starace leur raconte la filature, il en dissimule juste les raisons véritables et prétend l'avoir commanditée parce qu'il n'avait aucune confiance en Moffat, ce qui est assez crédible pour convaincre les deux militaires. Il leur parle de l'homme avec qui le producteur a discuté, de sa ressemblance troublante avec un des agresseurs de Liz selon son témoignage. C'est léger, il pourrait ne s'agir que d'une coïncidence sans intérêt, mais Buckman et Morrisson savent bien que Moffat n'est pas sain d'esprit. Buckman se rappelle son regard quand un émissaire de Wasserman est venu annoncer le drame lors de la réception chez DeMille. Il connaît l'irritabilité, l'ambition et le vice du producteur. Ils n'ont jamais compris son attitude vis-à-vis de Liz Montgomery, son refus d'officialiser son choix, de la rencontrer. Tous ces éléments forment un tableau assez inquiétant, il se demande s'ils n'ont pas misé sur un monstre. Le père conclut en disant qu'il n'a pas assez de matière pour aller parler à la police et que son témoignage risquerait de saborder leur film sur la base d'un simple doute. Il a raison, ils ne peuvent pas détruire leur travail et leurs carrières sur une intuition.

– Je sais que c'est moi qui vous l'ai recommandé. Je m'en excuse. Je pensais que son absence de scrupules et son avidité pourraient être des atouts, comme ça l'est pour beaucoup d'autres à Hollywood, je n'imaginais pas qu'il pourrait aller aussi loin. S'il a vraiment fait ça, si son arrivisme et sa perversité le poussent à commettre de tels actes, c'est un des pires malades que cette ville ait engendrés et il faut l'arrêter avant qu'il n'ait trop de pouvoir. Voilà.

Starace contemple leurs visages abasourdis, un sourire compatissant aux lèvres. Il leur a transmis le problème, à eux de voir ce qu'ils comptent en faire. Sans plus leur jeter un regard, il se remet à dévorer sa tarte. Pour lui, l'entretien est terminé. Les deux agents se lèvent sans même avoir bu leurs cafés, sortent du *diner* et respirent l'air frais du boulevard à pleins poumons pendant quelques secondes. Ils ne s'attendaient pas à un tel tournant. Buckman passe la main dans ses cheveux, souffle bruyamment et propose :

– Bon, on va boire une dizaine de cocktails pour s'en remettre ? Je vous emmène chez *Don the Beachcomber*, il faut y être allé au moins une fois quand on passe dans cette ville de dingues.

– L'alcoolisme et l'irresponsabilité sont peut-être la solution à tous vos problèmes. Moi, je préfère compter sur le travail et la réflexion.

– Par pitié, agent Morrisson, vous ne pouvez pas m'accorder une trêve, juste pour un soir ? Vous ne trouvez pas qu'on a déjà assez d'adversaires et d'emmerdements comme ça ?

– Je n'ai pas envie d'écouter vos jérémiades. Allez plutôt pleurer sur l'épaule de votre amie Anita.

– Anita ? De qui parlez-vous ?

– Allons major, l'anniversaire inscrit sur votre calendrier, vous ne vous en souvenez déjà plus ? Ça lui faisait quel âge, à votre jument ?

Ahuri, démasqué, le major comprend les causes de sa brouille avec Morrisson. Il est écrasé par la honte, non pas d'avoir joué, mais d'avoir ruiné une relation qui comptait pour lui. Elle enchaîne après ce bref moment de silence gênant.

– Vous n'êtes pas fiable, major Buckman, et pourtant je vous couvre, je risque ma carrière pour vous en me taisant. Alors ne m'en demandez pas plus, vous ne le méritez pas. Je vous propose plutôt que nous allions chacun dans notre lit passer une nuit blanche à réfléchir à tout ça et que nous en parlions demain matin pour arrêter la conduite à adopter. Nous ne pouvons tout de même pas ignorer délibérément un crime et nous en rendre complices par notre inaction.

Chapitre 19

Endroit inconnu, 23 août 1953

De la base de ses cheveux jusqu'au coin de sa bouche, la partie gauche de son visage n'est plus qu'une plaie. Le tissu cicatriciel chaotique recouvre même le bord de son oreille. Elle n'a plus ni sourcil ni cils, ils ne repousseront jamais. Au centre de ces chairs rougeâtres encore douloureuses, un œil blanc fixe en vain le miroir. De son œil valide, elle aperçoit les nervures sanguinolentes qui le parcourent, mais lui ne verra plus jamais rien. Il faudra des années pour que les cicatrices s'estompent, les chirurgiens ont fait ce qu'ils ont pu mais même en multipliant les interventions, ils ne peuvent pas lui garantir qu'ils lui rendront un visage supportable à regarder.

Liz voulait inspirer l'amour, elle sait qu'elle n'inspirera plus que la pitié. Chaque fois qu'elle se force à se regarder dans la glace, elle entend la voix railleuse de son agresseur lui rappeler que les réalisateurs n'auront pas de mal à trouver son meilleur profil. Ses mains se crispent, son œil valide se remplit de larmes. Même pleurer, elle ne peut plus le faire qu'à moitié. Elle résiste à la tentation de saisir le masque en cuir dont elle se couvre désormais. Il est posé devant elle sur la petite console de sa loge. Elle ne doit pas le porter, l'accord est très clair, elle doit vivre à visage découvert tant qu'elle sera ici. Liz a fui. Elle aurait pu sauter d'une falaise ou se gaver de somnifères, elle a préféré cette échappatoire, sans doute par lâcheté – elle préfère laisser à d'autres le soin de mettre fin à ses jours. Toute sa vie était planifiée en fonction de sa beauté, elle n'a plus rien. Sa famille absurde, entre père officiel démissionnaire, mère rongée par la culpabilité et géniteur autoritaire et détestable, ne lui apporterait que des souffrances supplémentaires. Didi n'assume pas ses sentiments et court après la gloire. Il ne lui restait aucune raison d'essayer de retrouver sa vie. Los Angeles l'aurait cantonnée dans un rôle de phénomène de foire.

La presse lui a assuré à jamais une célébrité embarrassante sous l'étiquette de la « Beauté volée ». Partout où elle ira, elle entendra des chuchotements fébriles qui lui rappelleront les viols, les coups et le rire abject de l'homme qui l'a défigurée par pure cruauté. Son suicide serait une conclusion édifiante à cette histoire, elle ferait pleurer toute l'Amérique et peut-être même réfléchir au poids disproportionné qu'on accorde à la beauté.

Le retentissement du drame lui a valu de nombreuses propositions, toutes plus répugnantes les unes que les autres. Des journalistes lui ont offert des ponts d'or pour recueillir son témoignage exclusif ; la télévision lui a fait miroiter de grandes interviews ; un magazine national lui a proposé d'être le sujet d'un papier accompagné de nombreuses photographies ; elle a reçu des demandes en mariage de tordus attirés par sa faiblesse ; on lui a demandé d'être l'égérie entourée de citrouilles d'une marque de bière pour sa campagne de Halloween ; un bordel de Tijuana lui a suggéré de venir rejoindre les rangs de ses pensionnaires ; un cirque lui a même offert de devenir l'attraction principale de sa prochaine tournée.

Au milieu de ce foutoir indécent, le contrat proposé par V. avait l'avantage de la discrétion et de l'élégance. Liz doute d'en sortir vivante, les intentions de son hôte sont indéchiffrables. Elle ne sait même pas où elle est, le contrat stipulait qu'elle devait être droguée pendant le transport. Elle a voyagé à l'arrière d'une voiture, abrutie par un somnifère. Des rares moments de réveil qui ont émaillé le trajet, elle a des souvenirs disparates de montagnes enneigées, de palmeraies foisonnantes, de désert écrasé par le soleil, d'enseignes multicolores, de piscines animées et pour finir d'une étonnante villa gothique cernée de cactus, surplombant une piscine, perdue au bout d'un chemin zigzaguant entre des rochers.

Deux coups discrets frappés à la porte de sa loge lui rappellent qu'elle est attendue dans cinq minutes et que son employeur déteste les retards, mettant un terme à ses funestes rêveries. Liz se lève, admire son corps nu et intact dans la glace sur pied. Elle enfile le collier en cuir pourvu d'un anneau en métal qu'on lui a demandé de porter ainsi que le harnais rigide qu'elle serre autour de sa taille. Dans d'autres circonstances, elle aurait pu trouver cette tenue excitante, mais là, elle sent comme une pierre glaciale dans son bas-ventre. Elle enfile le kimono de soie noir mis à sa disposition et ouvre la porte de la loge.

– Très bien mademoiselle, vous êtes parfaite.

Après ce qu'elle a subi et ce qu'elle endure dans sa chair, elle ne devrait pas réagir de cette façon, mais Liz ne peut retenir un mouvement de recul. Elle n'a jamais vu un homme d'une telle laideur. Le valet de V. est d'une taille fort modeste, chauve, imberbe et rond. Il n'a pas de cou, la grosse boule de sa tête repose sur ses épaules, sa livrée le ligote et le serre comme un rôti. Ses mains boudinées et roses jaillissent de ses manches comme de la pâte d'un tube que l'on serre. Nu, il doit ressembler à un petit porcelet trop gras. Ses manières, elles, sont impeccables ; son accent anglais aristocratique et tous ses gestes sont empreints d'une étiquette maîtrisée à la perfection. V. a dû le débaucher du service d'une cour royale européenne pour en faire son homme à tout faire, et il s'y emploie avec un zèle tel que Liz se demande parfois s'ils ne sont pas plusieurs à se relayer : il est partout où son devoir l'appelle et devance la moindre des demandes de son maître auquel il voue une admiration qui imprègne chaque mot qu'il prononce quand il parle de lui.

V. est une légende. Il a débarqué des brumes de l'Europe centrale avec son érudition, ses visions et ses rêves de grandeur à une époque où l'image animée se cherchait encore une raison d'être. On lui doit la moitié des premiers chefs-d'œuvre de l'histoire du cinéma. Il surpasse Griffith et DeMille au panthéon des pionniers de cet art. Il n'a jamais considéré le cinéma comme autre chose que le prolongement des arts plastiques, se voyant comme un peintre ou un sculpteur. Faisant passer la narration au second plan, il a toujours refusé de lui octroyer la moindre concession, poursuivant une ligne esthétique que lui seul distinguait. Avec lui, le cinématographe pouvait entrer dans les collections du Louvre plutôt que dans les nickelodéons, les petites salles à cinq *cents* des fêtes foraines, qui diffusaient les premiers *flickers*. V. n'a jamais eu aucun respect pour le métier. Pour lui, Hollywood n'était composé que de truands, d'incultes, d'abrutis illettrés pilotés par leurs instincts primitifs, incapables d'une réelle démarche artistique, avec l'avidité et le sexe comme uniques moteurs. Il aurait préféré s'installer à Montmartre, où il allait régulièrement retrouver ses amis Picasso, Buñuel, Aragon, Breton et Miró, mais seul Los Angeles pouvait lui offrir les moyens démesurés dont il avait besoin pour enfanter ses films déments.

Pendant une dizaine d'années, le succès lui permit d'imposer ses méthodes, ses budgets largement dépassés, ses milliers de figurants, ses décors somptueux parfois à peine utilisés, ses tournages de six mois, ses films de quatre heures, son souci maladif du détail, ses exigences et son intransigeance, qui faisaient de lui la terreur des studios. On lui passait tout, les scandales auprès des premières ligues de vertu, les rumeurs les plus folles de personnes réellement mortes devant ses caméras, celles d'orgies sexuelles filmées… jusqu'au jour où la colonne des dépenses excéda celle des gains. L'industrie du cinéma le rejeta alors avec une violence à la hauteur du mépris qu'il affichait à son encontre. Dans un bel ensemble, les tenants de ce petit milieu étriqué émirent un murmure de satisfaction au spectacle de la chute de l'idole dont l'arrogante culture les renvoyait à leur médiocrité mercantile.

V. aurait sans doute pu rebondir, son talent ne se discutait pas, mais l'arrivée du parlant acheva de l'éloigner des plateaux. Le son ne l'intéressait pas : « A-t-on déjà entendu parler un Delacroix ? » Il tomba peu à peu dans l'oubli et les bobines de ses chefs-d'œuvre croupirent dans les réserves de ses anciens producteurs, ceux-là mêmes qui se prosternaient à ses pieds et l'appelaient « maître » quand il remplissait leurs salles obscures. Il faisait désormais partie de l'histoire d'un art qui ignorait en avoir une. Personne ne savait qu'il continuait son œuvre, loin du métier et des spectateurs, pour lui seul, pour une hypothétique postérité dont il ne se souciait pas vraiment. Seules comptaient la vérité et la nécessité de ses créations, toucher au plus juste la condition humaine, la fragilité de la vie dans ce monde d'holocaustes et de bombes atomiques.

Le contrat qu'il proposa à Liz par l'intermédiaire de son agent s'inscrivait dans cette démarche. Elle devait accepter de venir tourner pour lui, aussi longtemps qu'il le souhaiterait, sans aucun contact avec l'extérieur, sans refuser aucune scène, sans discuter aucun détail. Elle devait se donner à lui corps et âme et n'attendre aucune rémunération en retour. Sa beauté volée était un don, exactement ce qu'il cherchait, elle serait le centre de son œuvre, sa muse, son seul sujet. La ferveur qui se dégageait du courrier qu'on lui avait transmis fascina la jeune actrice qui y trouva une alternative exaltante à ses envies de suicide. V. ne cachait pas qu'il la ferait souffrir, qu'elle ne sortirait pas indemne des tournages ; il fallait qu'elle renonce par avance à toute poursuite judiciaire. La jeune femme ne voulait plus ni de son corps ni de sa vie, elle était prête à offrir les deux si ce don avait un sens. Elle accepta cette proposition folle qui n'essayait pas de se donner des airs séduisants, le pacte d'un Méphisto qui jouait cartes sur table.

Le valet la guide dans le sous-sol en pierre de la villa, le long d'un couloir éclairé par des torches. Liz marche difficilement à sa suite, le sol en pierres irrégulières meurtrit la plante de ses pieds nus. Elle ne s'en plaint pas, elle se sait chosifiée, décorative, dénuée de droits ou de personnalité. Elle doit servir et se taire. Elle s'y emploie en serrant les dents.

Précédée par son guide disgracieux, elle arrive dans la salle principale des caves de la villa, une grande pièce voûtée taillée dans de la roche brune et cintrée par des arcs de pierre blanche. Des nombreux projecteurs de cinéma qui l'éclairent émane une chaleur presque étouffante. Plusieurs caméras sont installées tout autour de la salle, des caméras anciennes, des objectifs adaptés au noir et blanc et aucun appareil de prise de son. V. tourne comme au début de sa période glorieuse, il n'a fait aucune concession à la modernité dont les gadgets ne l'intéressent pas. Ils dévoient son art. Quand ils entrent, V. est occupé à régler une caméra portative française dépassée, une Caméréclair dont aucun studio au monde ne doit plus avoir l'usage. Absorbé par le fonctionnement du gyroscope de l'antiquité, il ne fait pas attention à Liz. Autour d'eux est mise en place une impressionnante collection d'ustensiles de torture, de toutes les tailles et de toutes les époques. Ce n'est qu'un décor, mais il fait son effet, Liz frissonne. V. remarque enfin sa présence et lui sourit avant de montrer son installation d'un geste et de lui annoncer avec son fort accent germanique :

– Mademoiselle, aujourd'hui, nous allons nous intéresser à la fine frontière entre la beauté et la laideur, entre le plaisir et la souffrance. Cette frontière, c'est vous, votre visage et votre corps.

★

La grimace de Buckman est assez éloquente pour que Morrisson se félicite d'avoir renoncé à accompagner sa pinte de bière blonde du baby de bourbon habituel dans ce type d'établissement. Le tord-boyaux doit être raide pour couper la parole au major qui laisse passer de longues secondes avant de reprendre une contenance normale. À cette heure de l'après-midi, l'*Algier* est presque vide, aucun groupe ne joue et la foule des fêtards n'affluera vers Central Avenue qu'à la nuit tombée. Mis à part quelques piliers de comptoir et les serveurs, le club est vide. Il n'a pas l'allure ni le prestige des grands établissements situés au nord de l'avenue, où se pressent les plus grands noms du jazz pour une clientèle essentiellement blanche. À l'*Algier*, on ne peut pas dîner, on s'y débauche sans fard ni prétextes. En plein jour, son plancher de bois clair maculé de taches, son mobilier branlant, ses rideaux de scène couverts de traces de brûlures, ses palmiers en bois et le reste du décorum exotique à la peinture écaillée ne font pas illusion. Il faut de l'obscurité et beaucoup d'alcool pour donner du cachet à ce vieux bar de nuit délabré, digne héritier des *speakeasys* clandestins du ghetto noir des années de prohibition. Dans ce cadre, la présence des deux militaires, bien qu'en civil, détonne. Peu de Blancs se risquent à arpenter le quartier avant l'heure d'affluence. Malgré tout, le lieu est plutôt bienveillant, il dépend pour beaucoup des dollars que veulent bien lâcher les nantis du centre-ville pour venir s'encanailler, et leur réserve donc un accueil courtois, si ce n'est cordial. Pas d'hostilité dans les regards et les attitudes, juste un peu d'étonnement et de curiosité dont s'accommodent les deux visiteurs qui s'attendaient à pire.

La nuit qui suivit les révélations du père Starace fut blanche et agitée, et la suivante pas meilleure, jusqu'à ce qu'une décision s'impose à eux. Ils ne pouvaient pas faire comme s'ils ne savaient rien, comme s'ils n'avaient pas de doute, comme s'ils ne s'inquiétaient pas d'avoir engendré un monstre. En l'état, informer la police ou leur hiérarchie aurait eu des conséquences dramatiques sur leurs carrières, et ils n'envisageaient pas de voir leurs efforts réduits en cendres. L'arrivée du LAPD dans le processus du tournage de leur film aurait provoqué un scandale dont leur production ne se serait pas remise. Sans preuves ou éléments plus tangibles, aller frapper aux portes du commissariat central pour livrer la piste Moffat serait tout simplement suicidaire. Puisqu'ils ne pouvaient pas rester sans rien faire, ils avaient le choix entre faire appel à un détective privé, à condition d'en trouver un fiable et discret, ou fouiner un peu par eux-mêmes. Cette option qu'ils finirent par privilégier aurait été illusoire sans les contacts de Buckman.

Depuis deux ans, Luigi G. Luraschi, agent infiltré de la CIA au comité de direction de la Paramount et membre du bureau gouvernemental de stratégie psychologique, œuvre pour que les films des grands studios véhiculent dans le monde un message idéologiquement conforme aux intérêts du gouvernement. Il veille à ce que l'on n'écorne pas l'image des pays partenaires ou des communautés sensibles, et à ce que la société américaine et ses idéaux soient valorisés dans les grandes productions. Il fait notamment des pieds et des mains pour que l'industrie place des nègres « bien mis » au casting des productions. Il a sollicité le bureau de liaison de l'armée pour qu'il participe à ses efforts et, sur le dernier point, ensemble ils ont obtenu l'ajout de rôles dédiés à des personnes de couleur, notamment celui d'un valet noir dans *Sangaree*, avec des dialogues indiquant qu'il agissait bien comme un homme libre et non comme un esclave. Le but du bureau de stratégie psychologique n'est évidemment pas de remettre en question les lois ségrégationnistes, mais bien au contraire de faire croire qu'une telle abolition n'aurait pas de sens dans une société déjà parfaite. Il s'agit aussi de ne pas prêter le flanc à la propagande soviétique, particulièrement virulente sur les questions raciales.

Cette demande inhabituelle déconcerta les agents et directeurs de casting des studios qui s'avérèrent incapables de proposer suffisamment d'acteurs de couleur. Luraschi sollicita l'armée pour qu'elle lui trouve d'anciens soldats au profil militaire et psychologique irréprochable, de bons patriotes qui ne risqueraient pas de profiter de leur notoriété pour s'ériger en hérauts de la cause antiségrégationniste. Pas question d'offrir une tribune à un fauteur de troubles opposé aux lois Jim Crow. Les dossiers militaires furent donc mis à contribution et Buckman participa aux entretiens avec une dizaine d'anciens combattants dont les états de service correspondaient à leur recherche. Buckman sympathisa avec l'un d'eux, Kentavious Lockwell-Pope, qui travaillait entre deux figurations dans un bar de Central Avenue, et l'aida à décrocher quelques petits rôles liés à cette nouvelle directive. Quand ils envisagèrent de mener l'enquête par eux-mêmes, son nom lui vint naturellement à l'esprit.

Faire le tour des bars du quartier avec la photo de Moffat n'aurait donné aucun résultat. Ne jamais collaborer avec la police ou l'armée des Blancs était un des axiomes de base de tout établissement pérenne de l'avenue, sauf avec quelques policiers de couleur ou adoubés par un lent processus d'approbation ou de corruption, selon le côté du Code pénal où l'on se trouve. Ils confièrent donc à Kentavious une photo du producteur et de sa voiture, puisque Starace indiquait qu'il avait été vu à son volant, en lui demandant de remonter toutes les informations qu'il pourrait trouver sur les liens entre cet homme et le quartier, qui il connaissait et ce qu'il pouvait bien y faire. Avec une incitation financière d'une centaine de dollars, l'ex-militaire ne s'était pas fait prier. Le surlendemain, il leur donnait rendez-vous à l'*Algier* avec la promesse de résultats à annoncer.

Déjà, lors de son casting, Kentavious était arrivé avec une demi-heure de retard. Il ne doit pas vivre sur le même fuseau horaire que le reste de Los Angeles puisqu'il accuse à nouveau un retard avoisinant les quinze minutes. L'attente est glaciale. Morrisson, qui ne daigne toujours pas parler au major quand ils n'ont rien à échanger de professionnel, s'absorbe dans la contemplation et l'écoute béate d'un jeune chanteur venu répéter son tour de chant du soir et prendre ses marques sur la scène du club. Ils comprennent à demi-mot qu'il s'agit du leader vocal d'un célèbre groupe de gospel de Chicago, les *Soul Stirrers,* et qu'il envisage de lancer sa carrière solo dans un registre moins religieux, adapté aux nuits débridées de l'*Algier*. La voix enchanteresse du jeune soliste, fluide et cristalline, est pourtant presque indécente de sensualité à peine contenue. Buckman ne lui donne pas longtemps dans le gospel, le corset va éclater. Comme pour une grande partie de la jeunesse du pays, les codes d'avant-guerre ne fonctionnent plus, l'aisance entraîne une soif de loisirs et de liberté dont le cinéma n'est qu'un des exutoires ; la musique, la peinture et la littérature, elles aussi, vont faire exploser leurs codes.

Kentavious finit par faire son entrée, accompagné d'un autre jeune homme à la carrure aussi impressionnante, deux colosses habitués des salles de boxe et des bagarres de bar. Sans attendre qu'on les y invite, les deux arrivants s'installent à la table des militaires et, avec un grand sourire, font les présentations, jetant des regards appuyés à Morrisson qui feint de ne pas les remarquer.

– Je vous ai amené Sidney car ce serait normal que vous lui donniez aussi une petite récompense. C'est lui qui va vous cracher les infos sur votre type.

– Vous ne pourriez pas partager ? suggère Buckman.

– Hé, ce ne serait pas chic de votre part ! s'indignent les deux hommes.

Buckman capitule en grimaçant et sort deux billets de vingt dollars de son portefeuille. Il les pose sous sa bière.

– Ils sont à toi, Sidney, si ce que tu nous dis les mérite.

– Ça me semble correct. Votre type, il est venu ici, à l'*Algier*. Je suis videur le soir et je file un coup de main au bar l'après-midi de temps en temps. J'y étais quand il est venu. Il a rencontré un type pas très net qui traîne par là quand il a un peu de pognon pour picoler. Il n'est pas entré, il a causé avec lui dans sa voiture, juste devant. Je les ai vus parce que je faisais une pause cigarette sous le porche en buvant une bière. Il n'y avait personne dans le rade.

– Tu es sûr qu'il s'agissait de lui ? insiste Buckman.

– Oui, j'aurais pu ne pas reconnaître sa tronche sur la photo, mais j'ai reconnu la bagnole, et oui, je suis sûr que c'était bien lui au volant. Je m'en souviens bien parce que je me suis demandé ce que ce traîne-savates de Gutree pouvait bien préparer comme mauvais coup pour causer avec un Blanc dans sa bagnole comme ça, dans la rue. On est obligés de surveiller, si on laisse ces mecs dépouiller tous les Blancs qui viennent claquer du fric sur l'avenue, ça finira par être très mauvais pour le commerce, alors on fait un peu attention à ces trucs… Et Gutree, c'est le genre de type que vous vous attendez à ramasser un jour mort sur le pas de votre porte, ou en train de se décomposer dans vos poubelles, mais pas à voir causer avec un Blanc dans sa bagnole. Je ne comprends pas ce qu'ils pourraient trouver à se dire, Gutree n'est pas capable de prononcer trois mots intelligibles à la suite la majeure partie du temps.

– Il ressemble à quoi ce Gutree ? demande Morrisson.

– Oh, pas à un type avec qui vous aimeriez passer du temps, ma jolie. Il est maigre comme la mort, il a deux gros yeux rouges qui sortent de sa tête rasée. Il a laissé le peu de cervelle qu'il avait dans les tunnels d'Iwo Jima. Il n'est jamais vraiment revenu de là-bas, si vous voyez ce que je veux dire major…

Buckman acquiesce, il ne connaît que trop bien les histoires de ces militaires qui reviennent du front avec la guerre en eux. Une guerre qui ne s'arrête jamais et qui recommence toutes les nuits, chaque fois qu'ils ferment les yeux. Une guerre qui ne se gagne qu'en s'abrutissant d'alcool ou de drogues. La description de Gutree correspond aux maigres souvenirs qu'en a gardé Liz Montgomery. La piste semble prometteuse, Buckman relance.

– Tu sais où on peut le trouver ?

– C'est un camé, il n'a pas de maison, pas de famille… Il traîne à droite, à gauche, dort dans un coin de rue et fauche ce qu'il peut pour subsister. Vous le trouverez peut-être du côté de la Midnight Mission dans Skid Row, c'est en général par là qu'il zone quand il n'est pas dans le quartier Sud. Je ne l'ai pas revu depuis cette journée.

– Tu ne connais personne qui pourrait nous dire où le trouver ?

– Il traînait souvent avec une bande d'anciens soldats comme lui, dans les bidonvilles du Sud, mais eux non plus, je ne sais vraiment pas comment les trouver et je n'ai pas du tout envie d'aller me promener là-bas en posant des questions. Ces mecs sont ravagés, ma couleur de peau n'attire pas les regards, mais elle ne protège pas des coups de couteau, si vous voyez ce que je veux dire…

– Son dealer, Titanic Brown, il vient parfois au club… suggère Kentavious.

– Ouais, approuve Sidney, quand il est en veine on le voit cracher quelques billets au bar avec des poules. C'est bien le seul type dont Gutree ne doit pas pouvoir se passer. Il y a d'autres revendeurs, mais pour la merde bon marché que Gutree s'enfile, il n'y en a pas tant que ça de fiables, qui ont toujours de la came et qui acceptent encore des épaves comme lui comme clients… ce sont des nids d'embrouilles permanents, ces mecs.

– Vous pourriez nous dire où le trouver ? demande Morrisson.

– Je vous déconseille de vous aventurer seule là où il travaille, ma jolie. Vous n'en reviendriez pas indemne…

– Vous pouvez peut-être nous l'amener, suggère Buckman en sortant à contrecœur un autre billet de vingt dollars de son portefeuille.

– Gardez-en un petit pour lui, mais oui, pour ce tarif, il viendra vous causer. Je ne sais pas s'il vous dira où est Gutree, mais vous n'êtes pas du LAPD, donc pour un bifton, il voudra bien s'asseoir à votre table et se faire offrir un verre. Il ne devrait pas être trop dur à trouver, si vous pouvez rester pour la soirée, on va aller vous le chercher, ricane Kentavious.

Pour entériner cet accord, ils font signe au barman de renouveler leurs consommations, malgré les protestations peu convaincantes de Morrisson. On vient de poser leurs verres sur la table quand le jeune chanteur termine sa préparation et passe à côté d'eux. Les deux intermédiaires ont dû remarquer les regards admiratifs que lui jetait Morrisson, car ils appellent le gamin.

– C'était super Samuel ! Viens là, je crois que la dame aimerait mieux te connaître.

Kentavious tire une chaise et l'installe à droite d'Annie, elle rosit jusqu'à la racine des cheveux et évite de croiser le regard furibond de Buckman. Sidney tape sur l'épaule du major et fait les présentations.

– Ce jeune homme c'est ni plus ni moins que l'avenir de la communauté. Une voix en or, même les oreilles blanches ne pourront pas y résister, la voix n'a pas de couleur. Samuel, je te présente le major Buckman qui travaille dans le cinéma, une pointure. Et la jolie rousse qui voulait te connaître s'appelle Annie, je crois qu'elle adore t'écouter, profites-en ! Ça ne vous dérange pas major ? demande Sidney en passant son bras autour des épaules de Buckman.

– Non, non, bien sûr que non, bredouille Buckman de manière fort peu convaincante.

Il fait mine de s'absorber dans sa conversation avec Sidney et Kentavious, mais il ne peut s'empêcher de tendre une oreille vers la discussion qui s'engage entre Annie et le jeune chanteur. Ils rient et paraissent rapidement complices, ce qui le rend fou de rage. Il perd peu à peu le fil de l'échange avec les deux indicateurs. Il croise le regard de la jeune femme qui se rend compte de sa colère, reprend son flirt de plus belle et va jusqu'à poser sa main sur l'avant-bras du chanteur. Samuel note le contact et lui murmure quelque chose à l'oreille. Annie rit, sort une mèche de cheveux de son chignon, la tire devant son visage et prend la main du jeune homme pour qu'il la touche. Il fait glisser les cheveux roux entre ses doigts et Buckman comprend qu'il a dû dire à Annie qu'il n'avait jamais touché de cheveux de cette couleur. Le major bout, à ce rythme, il ne va pas tarder à lui tripoter les seins au milieu du club. Buckman n'en peut plus. Il met fin à la conversation à laquelle il ne parvient plus à participer.

– Bon, les gars, vous ne devriez pas plutôt partir à la recherche de Titanic Brown ? On ne va pas pouvoir s'éterniser.

Les deux hommes comprennent le message, descendent leurs verres d'un trait et se lèvent. Sidney empoche la première partie de sa rémunération et ils sortent du club. À trois autour de la table, un profond malaise s'installe. Morrisson essaye de poursuivre avec le jeune chanteur, mais celui-ci se tortille sur sa chaise, épouvantablement déstabilisé par la présence et le regard insistant du major qui fait tout pour qu'il dégage, et vite. Il finit par se lever, Annie lui promet de rester pour le voir chanter ou de repasser un autre soir de la semaine. Il prend note de cet engagement, lui déclarant qu'elle n'a pas intérêt de le décevoir sinon il ne pourrait plus jamais faire confiance à une fille aux cheveux de feu. Aux portes du club, il se retourne pour faire un signe de main à Morrisson qui le lui rend avec un sourire béat. C'est la goutte d'eau pour Buckman qui ne peut plus retenir sa bile.

— Je suis content de voir que vous profitez de votre journée. Apparemment notre affaire n'a pas l'air de vous tracasser tant que ça…

Morrisson évite de croiser son regard et lui répond sur un ton glacial.

— Je ne suis pas sûre que vous soyez la personne la mieux indiquée pour me donner des leçons de professionnalisme. Si vous en doutez, je vous affirme que cette conversation de quelques minutes n'aura aucune conséquence sur la suite de nos recherches.

— Parce que ça vous semble normal de vous comporter comme une chatte en chaleur devant deux témoins importants ?

— Major, la jalousie vous fait dérailler et vous devenez insultant. Je ne vais pas vous rappeler l'épisode d'Anita ni vos innombrables parties de poker. Avant de donner des leçons de probité, assurez-vous de bien en avoir un échantillon sur vous.

— Jaloux, moi ! Mais de quoi ? Comment osez-vous ?!

Annie se contente de sourire. Tout le club a les yeux braqués sur eux et se mord les lèvres devant le ridicule de l'esclandre. Buckman se renfrogne, il a envie de rire lui aussi, mais sa fierté l'en empêche. Il se contente de commander deux autres verres. Le serveur les apporte en sifflotant *Stormy Weather* et leur annonce qu'ils sont offerts par la maison. Il sert Annie en la sermonnant gentiment.

– Une jolie fille comme vous, c'est normal que monsieur soit jaloux. Sam est un sacré dragueur, ça lui jouera des tours à ce gamin.

– C'est utile la jalousie, plaisante Annie, vous savez, il est fort possible que je l'aie fait exprès pour sortir monsieur de sa léthargie.

– Ah, vous êtes une maligne, vous ! s'exclame le serveur.

– Les rousses sont des sorcières, votre maman ne vous l'a pas dit ?

★

La Lincoln Continental se gare lentement devant les bureaux de la MCA, une villa coloniale blanche, tape-à-l'œil, typique de Beverly Hills à l'intérieur aménagé en salles de projection et bureaux dont Lew Wasserman occupe toujours un étage complet. Hedy Lamarr se recoiffe dans le petit miroir installé sur le dossier de la limousine. Le chauffeur attend patiemment, debout devant la portière, qu'elle lui fasse signe pour lui ouvrir. Howard Lee n'est qu'un Texan un peu rustre, mais il sait choisir son personnel. Elle n'aime pas utiliser cette voiture, elle sait bien que l'employé fera un compte rendu exhaustif de ses activités du jour à son patron, et même quand elle n'a rien de particulier à cacher, cette surveillance l'agace. Tous ces hommes riches et puissants se succèdent dans sa vie sans qu'un seul d'entre eux comprenne que le meilleur moyen de la perdre consiste à trop vouloir la garder.

Son retour d'Italie a été trop chaotique pour que Hedy s'organise autrement, pas le temps ni les moyens, le payement de Francis Savioli se fait attendre. Il faut pourtant qu'elle se remette en mouvement, les années lui sont comptées, elle a passé le sommet de la colline et sait que si elle ne se met pas à l'abri dans les années qui viennent, elle compromettra l'avenir de ses enfants. Elle a dû briser le cœur de cet imbécile d'acteur français sans le sou. Elle s'y était trop attachée pour le renvoyer en France avec sa bague de fiançailles et ses promesses de mariage, elle a fait ce qu'elle fait toujours dans ce cas, elle s'est comportée comme la dernière des garces, le rendant fou avec ses caprices, ses colères et ses infidélités. À tel point que le pauvre Jean-Pierre lui a envoyé son propre père pour lui annoncer leur séparation. En retour de cette lâcheté, Hedy lui a concocté une petite scène dont il gardera le souvenir et qui viendra grossir sa légende. Dans le hall de son hôtel, elle lui est tombée dessus en criant, lui a jeté sa bague au visage, s'est ravisée, l'a ramassée et est repartie comme une furie, gardant le diamant en souvenir. Le chauffeur de Howard Lee n'en a pas perdu une miette, le riche Texan sait désormais que la concurrence est écartée. Il ne devrait pas tarder à avancer ses pions, Hedy table sur un mariage avant la fin de l'année. D'ici là, elle compte bien enchaîner deux ou trois tournages, car arriver en position financière délicate à l'autel risquerait de la rendre dangereusement dépendante de ce prétendant possessif.

Dans la villa, un jeune homme au sourire carnassier la détaille de bas en haut comme un morceau de barbaque à l'étal avant de se présenter. Ce Broderick Gleason est séduisant, mais d'une arrogance et d'un sexisme épouvantables, un pur modèle de son époque, ce qui met Hedy très mal à l'aise. Il la conduit jusqu'au bureau de

Wasserman tout en la complimentant sur sa ligne et sa peau parfaites, « choses rares à votre âge ». Hedy lui arracherait volontiers les couilles avec une pince à ongles, mais elle fait bonne figure jusqu'à ce qu'elle tombe dans les bras grands ouverts de Lew Wasserman.

– Hedy, ma chérie, quel bonheur de te voir ici !

– Voyons Lew, tout Hollywood passe dans ce bureau !

Hedy désigne d'une main les photos de célébrités en contrat avec la MCA accrochées aux murs du bureau. L'idée d'être affichée sur ce tableau de chasse lui donne envie de vomir. Finir comme un trophée épinglé pour la gloriole des cadres de l'industrie la dégoûte, même si c'est en compagnie de Bette Davis ou de James Stewart. Elle n'a rien contre un peu de vulgarité, employée au moment adéquat, mais tout ce mercantilisme lui répugne. Elle fait néanmoins bonne figure et échange des propos peu amènes sur son séjour en Italie, sur l'amateurisme des productions européennes, sur leur retard technique, sur la naïveté de leurs acteurs, bref, elle flatte l'ego de ces purs produits de Hollywood. Ils ne tardent pas à la questionner sur la raison de sa visite. Elle se plaint de ses relations difficiles avec Robin, son imprésario depuis des années, du fait qu'il lui a mal négocié son contrat en Europe et lui a fait perdre beaucoup de temps et d'argent. Ces accusations sont injustifiées, Robin s'est toujours opposé à ce projet, il l'a avertie qu'elle allait se faire plumer et a fait de son mieux pour que Savioli tienne ses engagements. C'est elle qui a voulu tourner en Europe, pour se rapprocher de ses origines, pour respirer un peu loin du puritanisme cupide et hypocrite de Hollywood, parce que Rome lui plaisait, que Paris lui plaisait, que Jean-Pierre Aumont lui plaisait et parce que jouer Hélène de Troie la flattait. Quoi qu'il en soit, elle tend la perche assez clairement à Wasserman et à son sous-fifre ; s'ils veulent la punaiser à leur tableau de chasse, ils n'ont qu'à lui rédiger un contrat et elle se rendra d'elle-même

348

chez le taxidermiste pour figurer entre Ronald Reagan et Henry Fonda. Ils en prennent bonne note et lui promettent de réfléchir aux projets qu'ils pourraient lui proposer. Hedy n'est pas dupe, c'est une manière diplomatique de lui signifier qu'ils n'en ont rien à cirer. Voyant la fin de l'entrevue se profiler, Hedy en vient à la véritable raison de sa venue.

– Je crois que vous représentez une jeune actrice nommée Liz Montgomery.

– Oui, la pauvre jeune femme. Elle va mieux, je vous rassure.

– Nous étions amies avant que je parte en Europe, j'aimerais beaucoup la voir et je ne sais pas comment la joindre.

– C'est très gentil de votre part, mais elle ne souhaite pas qu'on lui rende visite pour le moment.

– Je me permets d'insister, je lui passerai juste un coup de téléphone, si elle ne veut pas me voir. Sa famille m'a dit que vous étiez les seules personnes à Hollywood à savoir où elle se trouve.

– Nous leur donnons régulièrement des nouvelles, mais nous ne pouvons pas dire où elle est, nous avons signé un accord de confidentialité. Nous lui parlerons de votre demande, elle vous appellera si elle le souhaite.

– Lew, ne me la fais pas comme à une débutante, s'il te plaît. Des accords de confidentialité tu en violes tous les jours… En souvenir du bon vieux temps, Lew, tu ne peux pas me refuser ce service.

Hedy attrape son sac à main et fouille à l'intérieur quelques secondes, puis en sort une cigarette que Gleason s'empresse de lui allumer.

– Ma chérie, tu me mets très mal à l'aise. Je t'assure que je ne peux rien te dire, et personne chez MCA ne le pourra. N'est-ce pas Broderick ?

– Oui, on est tenus au silence. Désolé. L'affaire de la « Beauté volée » est un sujet sensible.

Hedy feint la vexation avec talent, plaçant les deux cadres de la MCA dans un embarras terrible. Elle se lève et décline leur proposition de la raccompagner, puis sort en claquant la porte derrière elle et descend l'escalier. Dans le bureau, les deux hommes soupirent de soulagement.

– Pfff, ces actrices vieillissantes, quelles plaies, commente Gleason.

– Nous leur devons une écoute bienveillante, Broderick, elles ont de vieux « amis » un peu partout dans le métier.

– Sa carrière est derrière elle, Lew, je ne vois pas qui la ferait tourner aujourd'hui. Elle est chiante, chère et passée de mode. Les gens veulent des gros nichons aujourd'hui.

Wasserman se contente de hausser les épaules sans reprendre son employé pour sa vulgarité. Comme encouragé, Gleason enchaîne :

– Pourquoi nous emmerde-t-elle avec Montgomery, vous croyez qu'elles se bouffaient la chatte ?

– Broderick, vous êtes vulgaire, mais c'est fort possible…

– En même temps, vu qu'elle est finie pour Hollywood, on pourrait elle aussi la revendre à V. et l'envoyer à Palm Springs, je suis sûr que ce vieux cochon adorerait filmer leurs retrouvailles.

– Broderick, sermonne Wasserman, hilare.

– Oh patron, avouez que vous en voudriez bien une copie pour vos archives personnelles !

Les deux hommes rient de leur plaisanterie quand la secrétaire de Wasserman frappe à la porte du bureau. Ils lui disent d'entrer.

– Mme Lamarr a oublié son sac.

Ils lui font signe de le prendre, la secrétaire s'exécute et rapporte son sac à Hedy qui la remercie chaleureusement et rejoint sa limousine. À peine le chauffeur a-t-il fermé derrière elle qu'elle ouvre son sac et en sort un microphone enregistreur miniature, un cadeau de Howard Hughes qu'ils ont mis au point ensemble pour équiper le Pentagone et la CIA. Elle arrête l'enregistrement, rembobine et se passe la conversation qui a suivi son départ. Les voix de Wasserman et Gleason sont claires et audibles, leur goujaterie aussi.

Chapitre 20

Algier Club, Los Angeles, 23 août 1953

À la nuit tombée, le bar décati et sa scène aux planches disjointes se métamorphosent. Une foule de noctambules avinés, arborant des tenues voyantes – voire obscènes selon les critères des autres quartiers de la ville –, déboule sur l'avenue et engorge les clubs. Ils sont de plus en plus nombreux à prolonger leur route au-delà de la Cinquante et unième Rue et de l'ambiance policée des clubs-restaurants du haut de l'avenue pour venir se plonger dans l'atmosphère moite des salles plus populaires, sans cocktails ni champagne, où l'on ne sert que du whisky, à flots. Profitant de cet engouement, l'*Algier* baigne dans une pénombre équivoque qui lisse les défauts et fait paraître neuves les vestes les plus élimées. La fumée des cigarettes et des cigares forme une couche nuageuse compacte qui masque la cime des palmiers artificiels et redescend peu à peu vers les rires de gorge des femmes et les fanfaronnades des hommes endimanchés, dont de nombreux Blancs descendus des collines du nord.

L'alcool coule à flots et des applaudissements frénétiques accompagnent la prestation du jeune chanteur. Il fait un tabac, au grand dam de Buckman qui ne parvient pas à éteindre les dernières braises de sa jalousie. Annie s'applique pourtant à ne rien faire pour les raviver, elle a à peine échangé un regard complice avec Samuel et s'efforce de ne pas paraître excessivement enthousiaste devant son brillant tour de chant. Sidney est revenu une heure plus tôt pour leur annoncer que Kentavious était avec Titanic Brown et qu'il allait l'amener ce soir, en attendant il est retourné à ses obligations : assurer l'ordre dans une soirée qui bat son plein. Et les sujets brûlants ne manquent pas ; la salle grouille de revendeurs de drogue, de prostituées plus ou moins professionnelles et d'arnaqueurs en tout genre dont l'objectif commun est de trouver un moyen de ratisser les liasses de dollars des clients blancs venus goûter aux frissons du ghetto.

Les filles battent des cils et ondulent de la croupe sans pudeur au rythme de la voix de Samuel, Buckman a droit à de nombreuses œillades sans équivoque, mais Annie dissuade les racoleuses en marquant son territoire avec autorité. Sidney expulse un maquereau un peu trop virulent qui exigeait qu'un client le dédommage pour avoir bu un verre avec une de ses protégées. L'*Algier* doit faire régner l'ordre, sinon les voisins viendront imposer la loi du centre-ville et les descentes du LAPD signeront la fin de ce commerce. Des clubs de ce type ferment et ouvrent tous les mois à cause de ces embrouilles, une affaire qui marche aussi fort que l'*Algier* doit être préservée et auto-régulée. Après avoir accompagné l'indésirable jusqu'au trottoir de l'avenue, Sidney fait son retour accompagné de Kentavious et d'un échalas à l'accoutrement si spectaculaire qu'on le croirait sorti tout droit d'un magazine sur le *Cotton Club* de Harlem dans les années trente.

Le jeune homme, un métis, porte un costume trois-pièces jaune vif parfaitement ajusté à sa silhouette longiligne, au pantalon coupé court pour mettre en valeur ses chaussettes rouges et ses chaussures à double boucle en crocodile, impeccablement cirées. Son nœud papillon est assorti à ses chaussettes et à la pochette, pliée avec soin. Conscient de son effet, Titanic Brown sourit de toutes ses dents alors que les fêtards s'écartent sur son passage, s'amusant de son élégance et de sa démarche maniérée, plutôt typique des groupes musicaux de la côte Est. Pour s'accompagner, il utilise une canne taillée dans un bois noir lustré et terminée par un pommeau sculpté en forme de tête de mort. Malgré la chaleur qui règne dans le club, il porte un chapeau, un trilby jaune orné d'une petite plume rouge.

Kentavious le guide jusqu'à leur table et Sidney leur apporte deux chaises avant de repartir vers l'entrée. Le jeune homme inspecte la chaise et l'époussette avec un mouchoir avant de poser son chapeau sur la table et de s'asseoir, les mains posées sur le pommeau de sa canne dressée entre ses genoux écartés. Buckman sert un verre de rye aux arrivants, propose de remplir celui de Morrisson mais essuie un refus poli. Ils se rapprochent tous de la table pour pouvoir s'entendre dans le brouhaha de la salle, un peu plus tempéré alors que le chanteur fait une pause.

– Faut m'lâcher les dols fissa, j'suis pas v'nu laga pour picoler du baby de whiskey.

Buckman évite de croiser le regard de Morrisson et ravale un fou rire. Le jeune homme parle un argot du ghetto mâtiné de créole avec un accent épais qui rend sa compréhension difficile. Ce décalage complet avec sa tenue et ses manières de dandy produit un effet comique auquel le major a du mal à résister. Il obtempère et pose un billet de vingt dollars devant Titanic Brown qui l'escamote d'une main fine, dont chaque doigt est orné d'une bague brillante, et l'empoche aussi vite qu'un cobra.

– Bon, de quoi c'est que vous v'lez m'causer ?

– Nous cherchons un ami à vous. Nous ne sommes pas de la police, nous ne lui voulons aucun mal. Nous voulons juste lui poser quelques questions et nous le payerons pour ses réponses. Ce qui nous intéresse, c'est ce qu'il peut savoir au sujet d'un homme blanc avec lequel nous travaillons et qui nous inquiète.

– Vous v'lez juste tchatcher avec un d'mes frelots ? C'est qui le zigue et combien vous le graisserez ?

– Ça dépendra de ses réponses, glisse Morrisson.

Le jeune homme ignore ostensiblement sa remarque. Il l'a entendue, mais pour ce petit truand machiste, on ne parle pas de choses sérieuses avec une femme. Il attend que Buckman lui répète encore une fois pour intégrer l'information.

– Faut que j'cogite. C'est qui votre gonze ?

– Gutree, on sait que vous êtes en relations d'affaires.

– D'affaires, ricane Titanic, v'là les affaires qu'on peut faire avec ce frangin. C't'une planche toute pourrie, vot' Bélékoué. Mais ça a beau être le der des bololos, j'suis pas un mako, j'balance pas. J'sais pas c'qu'on vous a promis, mais Titanic, c'est pas vot' fiotte.

Titanic a beau plastronner, Morrisson et Buckman ont remarqué qu'il avait accusé le coup à l'annonce du nom de Gutree. Le jeune homme sait quelque chose, quelque chose de gênant qui motive son recul. Buckman sent que cette barrière va encore lui coûter cher, mais il ne peut plus reculer.

– On vous demande juste de nous organiser une entrevue avec lui. On lui pose quelques questions, il nous dit ce qu'il veut bien nous dire. On le paye, on repart. On ne saura pas le retrouver et on n'aura entendu que ce qu'il aura bien voulu nous dire. C'est sans risque. Vous n'allez pas rater une occasion de vous faire vingt dollars de plus aussi facilement ?

Le dandy siffle son verre de rye et fait mine de réfléchir. Il joue mal la comédie, Buckman sait qu'il a déjà pris sa décision et qu'il cherche juste une manière de gagner un peu plus de fric.

– J'vous amène à lui, j'vous dépose, j'vous ramène laga. J'veux rien entraver de votre biz, j'veux rien savoir de plus, rien de c'que vous voulez à c't'ababa. Vos embrouilles, elles puent, Titanic y fait gaffe à son cul. Alors silence, nada, pas un mot ? Tout clair ?

Surpris, Buckman, qui s'attendait plutôt à de la curiosité de la part du jeune homme, répond avec un temps de retard.

– Oui, on vous laissera en dehors de tout ça, je m'y engage.

– Soixante dols, l'aller-retour dans la limousine de Titanic.

– C'est le prix d'un billet d'avion. Trente dollars devraient suffire.

– Quarante. Elle est confort, ma limo.

Titanic se lève et leur tourne le dos, mettant un terme à la discussion. Il n'a de toute évidence pas envie d'être vu plus longtemps en compagnie des deux Blancs. Kentavious fait signe à Buckman qu'il va venir avec eux, il soulève sa chemise et lui montre la crosse d'un revolver. Buckman a le sien dans son dos, deux ne seront pas de trop pour suivre les pas de ce drôle de guide. Le dandy les amène à sa voiture, une Mercury Monterey décapotable rutilante. Il ouvre la portière pour Annie avec une politesse exagérée. Buckman ne peut s'empêcher de persifler à l'oreille de Kentavious.

– Jolie caisse, ça paye la vente de came dans le coin.

– Les mômes comme lui foutent tout leur fric dans leurs fringues et leur caisse. Il dort dans un taudis et ne bouffe presque jamais... C'est un choix de vie.

Les deux hommes sautent sur la banquette arrière alors que Titanic fait vrombir les huit cylindres de la Mercury. Il démarre en trombe sous les klaxons des voitures auxquelles il coupe la route. Ils descendent l'avenue sur quelques centaines de mètres, puis leur conducteur ralentit alors qu'il s'apprête à bifurquer vers la droite et les ruelles étroites du bidonville.

– Faut pas qu'on vous mate. Pas de blancs-becs dans ma tire dans ce coin, trop dangereux.

– On va où ? demande Kentavious.

– Aux trois-mâts.

Kentavious approuve d'un hochement de tête et Buckman se baisse pour disparaître derrière le fauteuil du conducteur. Titanic tapote sa cuisse droite et fait signe à Morrisson de s'étendre sur la banquette avant.

– Viens ma jolie, fais comme si tu v'nais me téter le lolo. Tu peux palper si tu veux, j'suis sûr que t'en vois pas des gros commace dans les draps en soie où tu pionces.

Joignant le geste à la parole, le jeune homme empoigne son intimité et gratifie Morrisson d'un regard salace. Mais il s'interrompt d'un coup, se raidit, décolle son dos du fauteuil.

– Ouais connard, lui lance Buckman, c'est bien mon flingue que tu sens, pas ma bite. Si tu manques encore de respect à l'agent Morrisson, je te l'enfonce dans le cul et je te jure que tu vas tacher ton joli costume.

– Wou wou wou ! Mari jaloux, fais gaffe à ton bout ! s'esclaffe Titanic.

Annie s'allonge sur la banquette en prenant bien garde à ne pas toucher la cuisse du conducteur. Satisfait, celui-ci enfonce la Mercury dans les ruelles au macadam défoncé. Bientôt, la grosse voiture saute et cahote sur des voies impropres à la circulation, mais Titanic a l'habitude d'éviter les nids-de-poule et il zigzague avec adresse pendant un quart d'heure avant de s'arrêter.

– Déboulé terminé. On y est. Pas un matou dans l'coin, pouvez lever vos têtes de neige.

Les deux militaires obtempèrent et découvrent un paysage de terrain vague, parsemé de dépôts d'ordures sauvages et de chiens errants. Il fait nuit noire, ils ne voient pas âme qui vive, même si l'obscurité remue silencieusement aux limites de leur champ de vision. L'endroit tire son nom de trois poteaux électriques, derniers vestiges d'une ligne à haute tension dont la construction fut abandonnée quelques années auparavant. Titanic coupe son moteur et éteint ses phares.

– OK, il est où Gutree ?

– Lâche les dols d'abord.

Buckman râle mais sort les quarante dollars de sa poche et les tend au jeune homme qui les empoche avec avidité, puis tend le doigt vers les trois poteaux.

– Il n'y a personne, proteste Buckman.

– Plus haut, répond Titanic, laconique.

Au premier abord, Buckman et Morrisson ne voient rien, puis leurs yeux s'habituent à l'obscurité, et la lueur de la lune finit par dévoiler deux silhouettes pendues aux deux premiers mâts, une corde passée autour du torse et la tête baissée sur des chemises tachées de sang. Ils sortent de la voiture, sauf Titanic qui fait un rouleau parfait avec les dollars récoltés pour ses bons services. Kentavious sort un couteau de sa poche.

– Je ne sais pas lequel est Gutree, dit-il à Buckman, mais on peut les détacher si vous voulez. On ne peut pas les laisser là, il y a quand même des gosses dans ce quartier…

Le major acquiesce et fait la courte échelle à Kentavious pour qu'il puisse couper les cordes qui retiennent les deux cadavres. Dans sa voiture, Titanic râle en leur faisant comprendre qu'il ne compte pas s'éterniser dans le coin.

– Ça va, vous nous avez fait croire que nous allions pouvoir lui parler alors que vous saviez qu'il était mort, alors vous fermez votre grande gueule, sinon on va tous aller s'expliquer au commissariat central !

Abasourdi par la fureur avec laquelle Morrisson vient de lui rabattre son caquet, Titanic se renfrogne et se contente de tapoter le haut de son volant pour signifier son impatience.

Les cadavres sont raides et commencent à être malodorants. Cela fait sans doute plusieurs jours qu'ils sont pendus au vu de tous sans que personne les détache.

L'arrière de leur crâne porte la marque d'un coup violent, asséné par un objet fin qui a laissé un trou circulaire au milieu de l'hématome sanguinolent qui déforme leur cuir chevelu. Kentavious laisse retomber la tête du plus mince, celui qui correspond à la description de Gutree.

– Un pistolet d'abattage. Ils ont été butés avec un appareil destiné à étourdir le bétail. C'est la justice du ghetto. Je ne sais pas à quoi ces types étaient mêlés, ni si ça a un lien avec votre homme blanc, mais ces mecs ont été jugés coupables d'avoir mis en danger la communauté. Ça arrive parfois pour des cas très graves, quand on ne veut pas que la justice du centre-ville vienne fourrer son nez dans nos affaires.

– La « Beauté volée », indique Buckman, choqué par cette découverte.

– Je ne veux rien savoir de plus, indique Kentavious en se relevant, soudain très nerveux. Je vais appeler les flics pour qu'ils viennent ramasser ces corps. Je ne vous ai pas vus, je ne sais rien, je suis juste passé devant par hasard. Je ne veux plus être mêlé à votre histoire, on ne se verra plus en dehors d'un plateau de cinéma.

Buckman n'a pas besoin d'autres explications. La « Beauté volée », les descentes de flics, les innocents accusés sans raison puis libérés faute de preuves, les manifestations et leur répression brutale, les interpellations, deux abrutis camés qui ne savent pas tenir leurs langues ni retenir les dollars qui leur brûlent les doigts, des gens qui parlent, une communauté trop blessée par les méthodes du LAPD pour livrer deux des leurs, un jugement prononcé et deux épaves exécutées et pendues pour que tous sachent, pour que tous, même les flics blancs, comprennent que le ghetto fait respecter sa loi. Ils n'auront jamais de preuves pour incriminer Moffat, mais Buckman ne peut plus se mentir. Il sait qui a poussé ces deux hommes à traverser la ville pour enlever Liz Montgomery.

★

Jacinto se glisse avec peine à l'intérieur du wagon. À cette heure avancée, le funiculaire de Bunker Hill, le Angel's Flight, devrait être vide, mais l'explosion démographique du quartier est telle qu'il reste bondé jusqu'à la fin de son service. Il pue le tabac froid, l'alcool bon marché, la sueur et l'oignon frit. Les grandes demeures victoriennes de Bunker Hill ont vu l'élite de la ville les fuir peu à peu. La proximité des autoroutes et le développement commercial du centre-ville l'ont poussée peu à peu vers des villas dans des quartiers plus paisibles, du côté de Beverly Hills ou de Santa Monica. Les grandes bâtisses européennes qui faisaient la fierté de l'oligarchie protestante sont devenues des pensions bon marché, louées chambre par chambre à une nuée de travailleurs sans le sou, de trafiquants en tout genre et d'apprentis acteurs comme Jacinto. Cette nouvelle population s'avère bien plus pauvre mais bien plus nombreuse que l'ancienne, et le quartier hiératique et luxueux est peu à peu devenu foisonnant, bruyant et interlope. Les librairies, les galeries d'art et les magasins d'import, d'épicerie fine, d'antiquités ou de vêtements sur mesure ont peu à peu laissé place à des bistrots louches, des marchands de hot-dogs, des prêteurs sur gages et des diseuses de bonne aventure.

Le jeune homme a trouvé un meublé au Sunshine, sur Clay Street, juste au-dessus du funiculaire. Il n'a pas hésité une seconde malgré le tarif un peu trop élevé pour son budget ; de nombreux films noirs se tournent entre le Sunshine et l'Angel's Flight, il y voit comme un signe du destin. Il n'est pas le seul, les Sunshine *apartments* sont peuplés de candidats à la gloire. Il ne regrette pas cet investissement ; depuis son arrivée, il a aperçu Edward G. Robinson et Paulette Goddard en

361

plein tournage et même réussi à dire deux mots à Arnold Laven, le réalisateur, en lui apportant un café.

Malheureusement, ce petit succès ne suffit pas à payer son loyer. Il ne veut plus travailler à la station-service de Scotty Bowers : il n'y a qu'à se baisser pour y ramasser des billets verts, mais il ne peut plus courir de tels risques s'il veut devenir une grande star. Un de ses voisins au Sunshine lui a parlé d'un boulot de serveur au *Clifton's*, à quelques centaines de mètres de son meublé, sur la ligne de bus de son professeur de diction. Il lui a dit de se présenter en fin de service. Jacinto croise les doigts et refrène les gargouillements de son estomac qui n'a rien ingéré de solide depuis la veille.

Alors que, absorbé dans ses rêveries, il laisse son regard errer sur les demeures en bois devenues branlantes le long du parcours du funiculaire, une main se pose sur son épaule. Il sursaute, se retourne, et le sang reflue de son visage. Larkin Moffat est là, qui lui sourit avec amabilité.

– Vous me reconnaissez ? demande le producteur.

– Non, non, pas trop, ment Jacinto en déglutissant avec peine.

– Mais si, voyons, nous nous sommes croisés plusieurs fois, vous êtes un ami de ma compagne, Didi Brummelle.

– Ah oui, en effet, mais nous ne nous sommes pas parlé, je m'en souviendrais.

– Non, c'est idiot. Didi ne nous a pas présentés, je suis sûr qu'elle a peur que je sois jaloux. C'est absurde, elle a bien le droit d'avoir des amis de son âge !

– Je l'aide juste à répéter ses rôles. Nous ne sommes pas si proches. Elle n'a pas beaucoup de temps pour s'amuser.

– Oh oui, la pauvre, je la fais beaucoup trop travailler. Vous savez ce qui lui ferait plaisir ?

– Non, dites-moi.

– J'aimerais que vous veniez la voir sur le tournage de notre film. Vous savez que nous avons commencé ?

– Oui, bien sûr, la presse ne parle que de ça.

– Eh bien, passez demain ! Vous êtes acteur, non ? On pourra vous trouver un petit boulot de figurant. Pourquoi ne lui avez-vous pas demandé ?

– Je… je crois que vous avez raison. Didi craint de vous rendre jaloux.

– Mais enfin, pour quel monstre me fait-elle passer ?!

Moffat sourit à pleines dents. Déstabilisé par cette proposition inespérée, par cet homme souriant et désireux de l'aider, Jacinto ne comprend plus. Où est la brute violente, jalouse, radine et vicieuse qu'une Didi en larmes lui a raconté subir à longueur de journée ? D'où viennent les bleus et les crises d'angoisse de son amie ? Il ne sait plus mais il sourit en retour et sa peur se dissipe, Moffat ne l'a pas reconnu, il ne sait pas que c'est lui qui le filait dans la Cadillac. Jacinto a honte de tout ça, il se dit qu'un jour, peut-être, il pourra tout avouer à cet homme charmant et lui demander pardon. Ils descendent à la station de Hill Street. Jacinto s'apprête à dire au revoir à Moffat, mais ce dernier lui passe un bras autour des épaules :

– J'allais manger un hot-dog, je vous en offre un si vous voulez. Vous me raconterez ce que vous savez faire et comment vous envisagez votre carrière.

Confiant, Jacinto accepte l'invitation. Pas un instant il ne se demande ce que Moffat pouvait bien faire dans le funiculaire bondé de Bunker Hill.

★

Hedy ne se souvient plus quel producteur érudit avait un jour comparé Palm Springs au Parc aux cerfs, le lupanar versaillais de Louis XV, tant cette petite bande de verdure serrée dans le poing des sables du désert de Sonora a pour fonction d'être le terrain de jeu et le sérail de Hollywood, mais l'analogie paraît plus juste que jamais à l'actrice qui découvre que de nombreux clubs de strip-tease y ont ouvert depuis sa dernière venue. Le fameux *Raquette Club*, où les célébrités viennent jouer au tennis, est maintenant noyé dans les néons d'établissements où l'on dépense son énergie de manière moins saine. Dans ce dédale très ordonné de villas de mauvais goût et d'hôtels avec piscine, Hedy ne sait pas comment trouver V. Elle connaît bien Palm Springs. Au fil des rues, elle se souvient de mémorables parties de jambes en l'air dans des villas environnantes, elle reconnaît la majestueuse demeure de Darryl Zanuck et son cabanon d'été, où Tyrone Power et Cesar Romero venaient vivre leur amour loin des regards indiscrets de ces fouineurs de poubelles que l'on appelle journalistes dans la cité des Anges. Elle frémit en réalisant qu'elle est pleine de souvenirs, mais si peu de projets d'avenir.

Sans un mot, son chauffeur promène leur Lincoln noire le long de Canyon Drive, sans indication plus précise. Hedy reconnaît un palmier ; adossée à cet arbre, elle avait fumé un énorme joint d'herbe avec Errol Flynn. Elle rit en se souvenant que le prince de Hollywood, nu comme un ver, avait proposé au shérif de Palm Springs en patrouille de le partager avec eux alors qu'elle se cachait derrière le tronc pour se rhabiller. Elle l'avait engueulé, comme souvent, et Errol lui avait balancé son sourire le plus désarmant en rétorquant : « Hedy, ce pauvre shérif est un employé des studios comme un autre ! » Ce fanfaron n'avait pas tort, la ville de Palm Springs dans son ensemble dépend de la générosité de l'industrie du cinéma, sans les dollars des studios, elle ne serait qu'un petit bled coincé au milieu du désert et des montagnes, inaccessible et ennuyeuse à crever. Le shérif ne cherche pas à y faire respecter la loi, il y préserve les intérêts des studios et veille à ce que les débordements ne prennent pas un tour dramatique. Au besoin, on peut compter sur lui pour contribuer à étouffer les affaires les plus embarrassantes. Palm Springs n'a pas besoin de scandale, la presse n'y vient que quand on l'invite et respecte une sorte de trêve sous peine de se voir rappelée sèchement à l'ordre par les services de police. Hedy a même entendu des rumeurs de passages à tabac de journalistes de *Confidential* un peu trop insistants, abandonnés dans le désert par la suite.

Ce souvenir donne une idée à Hedy, elle demande à son chauffeur de la conduire jusqu'au bureau du shérif ; lui faire savoir qu'elle se rend chez V. ne sera peut-être pas inutile. Le vieux réalisateur a une réputation suffisamment sulfureuse pour que Hedy se méfie quant à l'issue de sa visite surprise. Elle l'a à peine croisé, il avait fui Berlin longtemps avant qu'elle n'y vive, et son aura ternissait déjà quand elle est arrivée en Californie. Malgré leurs origines communes, ils n'ont jamais eu l'occasion de travailler ensemble. Elle ne sait donc que ce que sa légende noire a bien voulu colporter, et cette légende incite à la plus grande prudence. Le chauffeur arrête la Lincoln juste devant le poste de police, il est encore tôt, la rue est calme et aucune voiture de patrouille ne stationne devant. Hedy fait signe à son chauffeur de rester assis et ouvre elle-même la portière de la berline. Elle pousse la porte vitrée du bureau de police du comté de Riverside et attend quelques secondes derrière un pupitre au centre d'un hall désert. Une jeune femme en tenue d'adjointe finit par arriver, un café à la main.

– Le bureau n'est pas encore ouvert madame, il faudra repasser cet après-midi.

– J'aurais juste une question à poser au shérif, s'il vous plaît.

L'adjointe la détaille des pieds à la tête. De toute évidence, elle ne l'a pas reconnue, mais elle se rend compte que Hedy arbore plusieurs années de son salaire en tenue de créateur. Dior est une valeur plus sûre que les lueurs du box-office, mais cela ne suffit pas à la jeune femme qui doit prendre Hedy pour une vacancière novice venue se plaindre de nuisances sonores nocturnes, habituelles en pleine saison.

– Il faudra repasser, le shérif ne reçoit pas avant quinze heures.

– Madame Lamarr !

La voix tonitruante du shérif Boyle résonne dans le hall alors qu'il pousse la porte vitrée, des sachets de donuts plein les bras.

– Quel bon vent vous ramène parmi nous ? Je vous croyais en Europe.

– Je me demandais si votre adjointe n'allait pas m'y renvoyer les menottes aux poignets, plaisante Hedy.

– Excusez-la, c'est une nouvelle. Le service est complètement désorganisé avec le projet fou du maire Bogert de créer sa propre police. Vous imaginez ça : le PSPD ? Il se croit à Los Angeles… Il a la folie des grandeurs, un service de police autonome pour une ville de dix mille habitants, ça n'a pas de sens, alors que le comté assure parfaitement la sécurité de ses citoyens.

Hedy écoute poliment le shérif débiter son laïus électoral, devoir déménager ses bureaux vers Palm Desert ou Cathedral City n'a guère l'heur de plaire au vieux policier, plus rompu aux compromissions et aux campagnes électorales qu'au maintien de l'ordre. Elle finit par lui indiquer le but de sa venue, une visite surprise à son vieil ami V., dont elle peine à retrouver la demeure. Elle joue l'ingénue à la mémoire fuyante, elle insiste pour qu'il comprenne bien que cela fait trop longtemps qu'elle n'a pas mis les pieds à Palm Springs et qu'elle le regrette.

– Le château de Dracula, glousse le shérif. Il n'est pas difficile à trouver. Laissez-moi poser mes beignets et dites à votre chauffeur de me suivre, c'est à cinq minutes, je vais vous y emmener madame Lamarr.

Exactement ce qu'espérait Hedy, elle n'a pas à se forcer pour remercier le shérif avec son sourire le plus enjôleur.

– Appelez-moi Hedy, depuis le temps qu'on se connaît !

L'espace d'un instant, elle voit défiler dans les yeux du vieux shérif la kyrielle de situations compromettantes dans lesquelles il l'a surprise par le passé. Ça la rajeunit de quinze ans et elle réitère son sourire malicieux, ce qui fait monter le rouge aux joues ridées du policier, pourtant habitué aux frasques des enfants gâtés des studios.

★

Le temps s'arrête. L'équipe de tournage ne bouge plus d'un cil, personne n'ose dire un mot et certains retiennent même leur souffle. Dans la fraîcheur de ce début de soirée dans les collines de Bel Air, on n'entend que les efforts que Didi Brummelle déploie pour s'arracher au torrent de boue glacée dans lequel on l'a plongée. La jeune femme se débat dans un bruit de succion répugnant, s'échine à extraire ses jambes de la mélasse brune qui les étreint. Elle est couverte de boue, sa chemise colle à sa peau et ses cheveux forment un casque brun gluant sur son crâne. Les yeux rougis par la fatigue, elle peine à se relever. Pourtant, personne ne fait un geste pour lui venir en aide, tous les techniciens sont suspendus au verdict du réalisateur, en plein conciliabule avec Larkin Moffat.

Un peu en retrait de l'équipe, les deux hommes débattent après chaque nouvelle prise pour décider s'ils la gardent ou s'ils doivent la tourner à nouveau. Les disputes à ce sujet ont émaillé le tournage dès le premier jour, mais dorénavant, Moffat et Lourié règlent leurs différends en privé. Cette fois, étonnamment, les techniciens ont l'impression que contrairement aux tensions précédentes, c'est Moffat qui insiste pour qu'ils enchaînent les prises supplémentaires. La scène est difficile, Didi doit suivre un tunnel pour s'échapper du repaire des extraterrestres alors que leur base souterraine s'effondre sous l'assaut de l'armée. La boue se déverse à flots après la destruction d'un barrage, et la jeune femme doit s'agripper pour ne pas être emportée alors que des insectes qui fuient eux aussi, grouillent et la submergent.

Didi ne parvient plus s'extraire de la flaque de boue, elle retombe à genoux et grelotte. Elle ne peut plus contrôler ses tremblements, elle ne sent plus ses jambes. Ils sont à pied d'œuvre depuis l'aube, elle a perdu le compte des scènes qu'elle a tournées aujourd'hui. Les militaires sont repartis, les grandes scènes d'action ont été filmées dans la matinée, dès le lever du jour. Ils ont enchaîné avec des scènes dans les collines au nord de Bel Air, à quelques centaines de mètres d'un chantier de voirie où ils ont récupéré de la terre et du matériel d'excavation pour agencer le décor. Didi est la dernière actrice présente, ils n'ont plus que son évasion à filmer, mais ce sont des scènes longues et pénibles, bien trop complexes pour un seul après-midi. De plus, le réalisateur et Moffat se montrent pointilleux comme jamais, et les prises se succèdent sans fin. Les techniciens sont à bout et Didi perd pied. Depuis le matin, Moffat lui a déjà fait prendre deux amphétamines – sans cela, elle serait déjà hors d'état de travailler –, mais ce régime a ses limites, elle le ressent alors que ses jambes peinent à la porter hors de cette gadoue glaciale.

La jeune femme perçoit l'animosité de l'équipe à son égard, on lui reproche silencieusement la longueur de la journée de travail. Les critiques répétées de Lourié et de Moffat font croire à tous que sa performance n'est pas à la hauteur, que c'est de sa faute s'il faut sans cesse reprendre les séquences. Les premiers jours, quand Didi ne connaissait pas son texte, bafouillait et ne savait pas comment se placer face à la caméra, ils étaient tous patients et bienveillants, Lourié l'accompagnait avec respect et pédagogie. Tout le monde l'encourageait avec des mots aimables et motivants quand elle réussissait à venir à bout d'une scène, même la plus simple. Seul Moffat piquait des colères atroces dès qu'ils étaient seuls, exigeant sans cesse plus d'efforts, attendant la perfection dès le premier essai. Comme souvent, il allait jusqu'à la frapper le soir en la faisant répéter, mais la solidarité et la gentillesse de l'équipe l'aidaient à tenir. Depuis quelques jours pourtant, ce soutien s'effrite. L'équipe est fatiguée, lasse de devoir bosser deux fois plus à cause des erreurs d'une gamine. Consciente de ses torts, Didi a fait de son mieux, elle a trimé comme jamais, donnant tout ce qu'elle avait. Alors quand elle se débat ainsi aux confins de l'épuisement, que personne n'esquisse un geste pour l'aider à s'extraire de la boue est tout simplement injuste et méchant, et cela lui donne envie de pleurer.

Moffat et Lourié mettent un terme à leur conciliabule et se tournent vers l'équipe.

– On va la refaire, ce n'est pas bon, pas assez de mouvement.

Ces reproches qu'on lui adresse en boucle depuis des heures – elle ne bouge pas assez, elle ne se débat pas assez, elle n'est pas assez déterminée, on ne sent pas sa rage de survie, on ne partage pas sa détresse – poignardent Didi presque autant que les regards haineux et méprisants qui, immanquablement, convergent alors vers elle. Le chef opérateur se frotte le crâne sous sa casquette et lance à Lourié :

– Il commence à faire sombre, on ne va pas pouvoir rester en lumière naturelle.

– Oui, apportez des projecteurs, ça va nous donner du contraste, ce sera peut-être pas mal. Et ramassez-moi ces putains d'insectes, on en a besoin. Gardez-en des vivants en réserve pour les gros plans du visage, ça ne marche pas avec ceux en plastique.

L'entomologiste de Los Angeles engagé pour la journée sort son épuisette et entreprend de ramasser les scarabées, chenilles, cloportes et autres blattes qu'il a apportés dans de grands seaux. Au fil des prises, ses stocks s'amenuisent. Didi se demande si, en hurlant, elle n'en a pas avalé plusieurs. Car elle a dû hurler pour qu'on vienne lui retirer ceux qui grouillaient sur son visage, mais personne n'écoute plus ses supplices. Elle en trouve chaque fois qu'elle se change, coincés sous ses vêtements. Elle n'a plus la force de s'en émouvoir. Une main se tend enfin pour l'aider à sortir de la boue. Sans un mot, on la conduit à sa loge, une caravane rouillée qui accompagne les tournages d'AFE depuis des années. On la déshabille entièrement, on la pousse dans la douche. Il n'y a plus d'eau chaude depuis des heures, elle se lave à l'eau froide en grelottant. On lui enfile un peignoir et on l'assied. La coiffeuse lui sèche les cheveux pendant que ses vêtements sont emportés pour être lavés à la main. On lui apporte la tenue de rechange, encore humide, et la lui enfile pour que la chemise retrouve un aspect convenable grâce à la chaleur du sèche-cheveux. Didi se laisse faire comme une poupée de chiffon, elle retient ses larmes et essaye de récupérer un peu de force pour la prise à venir. Par la fenêtre entrouverte de la caravane lui parvient la voix de Lourié, en pleine discussion avec le chef opérateur.

– Que veux-tu Douglas, tout le monde le sait, c'est une erreur de casting, elle a un physique pour chambre à coucher, pas pour film d'action. Mais il va bien falloir qu'on finisse avec elle…

La coiffeuse entend elle aussi la remarque, Didi cherche dans son regard un peu de soutien, mais l'employée exténuée se contente de hausser les épaules avec fatalisme. La porte de la caravane s'ouvre et Moffat grimpe sur le marchepied grinçant. La coiffeuse ramasse ses affaires et sort rapidement pour laisser la place au producteur.

Celui-ci vient se placer sans un mot derrière Didi et entreprend de finir les retouches coiffure.

– La maquilleuse va avoir du boulot. Tu as une mine affreuse.

– Désolée, je suis épuisée. Tu es sûr qu'il faut tourner encore une prise ?

– Oui. Et si tu avais été bonne dès la première, on serait tous à la maison depuis des heures.

– Ce n'est pas juste, je fais ce que je peux.

– Pas assez, commente laconiquement Moffat. Je te dis de travailler plus depuis des mois. Tu as préféré passer tes nuits à faire la fête avec tes amis. Tu le payes aujourd'hui. Être actrice, c'est un métier.

Le producteur sort un flacon de sa poche, il l'ouvre et attrape un petit cachet qu'il pose devant Didi.

– Je n'ai plus de cocaïne, ça t'aurait donné un coup de fouet. Je n'ai que de la pervitine. Prends ce comprimé, ça devrait t'aider à finir la journée.

– J'en ai déjà pris deux aujourd'hui. J'en prends tous les jours depuis le début du tournage. Je n'arrive plus à dormir, je me demande si ça ne me fait pas plus de mal que de bien.

– Ne sois pas idiote ! Tout le monde en prend. Si tu ne dors pas, prends plus de somnifères. Tu veux des barbituriques ?

– Non, ça va, j'en ai assez. Je suis crevée, Larkin, je ne vais pas pouvoir tenir.

Loin de lui apporter le soutien qu'elle espère, le producteur se raidit. Ses mains sur les épaules de la jeune femme se resserrent jusqu'à lui faire mal. Indifférent à la grimace de l'actrice, il se penche vers elle et lui parle d'une voix chargée de fureur :

– Tu ne vas pas me décevoir, pas maintenant, pas après tout ce que j'ai fait pour toi. Tu n'as pas idée de ce que j'ai fait pour t'imposer comme premier rôle sur ce film. Tu vas devenir une star, Didi. Je t'ai faite, je t'ai sortie de la masse des anonymes qui crèveraient pour être à ta place. Tu n'as pas le droit de me décevoir. Tu n'as pas le droit de baisser les bras, tu m'entends, tu n'as pas le droit !

Il crie presque ces dernières phrases, Didi se dit que toute l'équipe a dû les entendre. Elle a honte, honte de ses gamineries et de sa faiblesse. Elle ne savait pas que ce serait si dur de devenir une star, mais tant de gens dépendent d'elle. Elle attrape le cachet de pervitine et regarde Moffat dans les yeux en l'avalant.

– Ça va aller Larkin, je vais assurer.

Le producteur l'embrasse sur le front. Il lui allume une cigarette et la lui colle dans la bouche. Didi n'a pas envie de fumer, mais elle a encore moins envie de s'entendre dire qu'elle a une voix trop aiguë et enfantine. Alors elle la prend sans un mot. Larkin lui sourit.

– Tu vas voir. Je t'ai préparé une petite surprise. Dès que la prise est dans la boîte, tu vas être heureuse.

Didi n'a pas le temps de le questionner, la maquilleuse entre en trombe dans la loge, et dehors, la voix du chef opérateur se fait entendre, enrouée par l'épuisement.

– *Marionnettes humaines*, scène 182, prise 24. Tout le monde en poste, on tourne dans cinq minutes.

La jeune actrice tire sur sa cigarette alors qu'on lui applique une couche de fond de teint. Songeuse, elle se demande quelle bonne surprise lui a préparée Moffat.

Chapitre 21

Villa V., Palm Springs,
comté de Riverside,
24 août 1953

Le château de Dracula, comme le désigne avec ironie la police du comté de Riverside, n'est en fait qu'une villa gothique de trois étages, modeste si on la compare aux villas des côtes françaises qu'a pu connaître Hedy, mais très raffinée par rapport aux villas géométriques et modernes de Palm Springs qui l'entourent. Ce petit cachet balnéaire européen correspond bien à V., lui-même si décalé à Hollywood. La piscine est à sec et encombrée de sable, une vieille Duesenberg Sedan-Limousine est garée devant la villa. Un petit homme rond et rose s'affaire à la lustrer avec une peau de chamois quand la voiture du shérif s'arrête devant l'entrée, suivie de la Lincoln de Hedy Lamarr. Le shérif baisse sa vitre et indique au petit homme, dont la laideur arrache une grimace à l'actrice, qu'il amène de la visite pour M. V. Elle se fait ouvrir la portière par son chauffeur et s'avance de sa démarche altière vers le petit homme rond, alors que le shérif redémarre et s'éloigne dans l'allée.

– Pourriez-vous dire à M. V. que Hedy Lamarr souhaite le voir ?

Surpris, le valet disgracieux s'agite avec nervosité, il retire ses gants de travail, met de l'ordre dans sa tenue et sautille jusqu'à la villa. Il ne tarde pas à revenir ouvrir à Hedy et l'accueille cette fois dans les formes avec un accent britannique irréprochable. Dans le salon, V. attend, debout, droit comme un poteau d'exécution, sa crinière blanche de vieux lion coiffée en arrière, dégageant son front sans rides. Il salue sa visiteuse avec une courtoisie toute germanique et lui propose de s'asseoir. L'actrice s'exécute, prenant place dans un grand fauteuil noir. La pièce est très sombre, les seules lumières sont dirigées par un appareillage sophistiqué vers les murs décorés de grandes photos de Man Ray, de sulfureux nus de Lee Miller, et de croquis de Picasso – d'autres nus, de Dora Maar. V. leur sert deux verres de cognac et s'installe face à elle dans un fauteuil couleur ébène.

– *Mein Lieber*, que me vaut l'immense honneur de cette visite inopinée ?

– Un petit prétexte puéril que je vous exposerai plus tard. Ce qui compte vraiment, c'est que nous ne nous étions jamais rencontrés, et que c'est absurde. Nous sommes tous deux issus de l'Europe centrale, de ce monde qui s'est effondré derrière nous. Nous sommes deux anachronismes marqués par une sophistication continentale désuète dans un monde d'argent et de voracité. Nous aurions tant à nous dire... Et pourtant, je ne sais même pas ce que vous faites, vous avez disparu des chroniques depuis si longtemps. La dernière fois que j'ai entendu parler de vous, ça concernait des rumeurs de tournage en Extrême-Orient. Que faites-vous en ce moment ?

– Ce que j'ai toujours fait : je montre des ombres, répond V. en ajustant une Gauloise brune au bout d'un fume-cigarette en ivoire.

– Pourquoi ne voit-on plus un seul de vos films ?

– Je me fiche des spectateurs contemporains, des studios, des premières, de la promotion... tout ceci relève plus du cirque que de l'art. Je ne veux plus me compromettre avec ça. Rien de véritablement artistique et novateur ne peut venir de ce système corrompu à des fins de propagande et servi par des brutes avides et incultes.

– Le système hollywoodien me répugne autant que vous, mais comment faites-vous pour faire des films sans équipes, sans décors, sans acteurs ?

– Je me concentre sur le seul sujet qui ait réellement obsédé tous les artistes de mon temps, répond V. en désignant les œuvres qui l'entourent. La beauté féminine, l'essence du désir et du rapport amoureux. En ce qui me concerne, je me concentre sur la beauté si particulière qui caractérise les actrices.

– Vous nous flattez, mon cher, qu'est-ce que notre beauté à de différent de celle de Lee Miller ?

– L'acteur a pour fonction d'attirer, et le meilleur moyen d'attirer est d'être beau. Un être humain qui de son propre choix décide de devenir le point de mire de la curiosité générale porte en lui une insécurité fondamentale, installée bien avant qu'il ne fasse ce choix. Et ce que le spectateur voit, sans le comprendre, ne sont que ses tentatives pour expulser quelque chose de difficile à éjecter. Homme ou femme, le comédien doit affronter bien d'autres épreuves que le public. Si beau qu'il puisse être, la beauté ennuie vite. S'il veut rester désirable, l'acteur doit ajouter quelque chose de plus durable que la beauté. Votre particularité essentielle, *mein Lieber*, est dans votre désir non pas de vous cacher, mais de vous révéler. Tout ce que nous cachons au fond de nous-mêmes, vous faites de votre mieux pour le montrer, ce que nous serions honteux d'avouer, vous n'avez de cesse de courir les plateaux assez éclaboussés de lumière pour le proclamer à grands cris. Ces traits ont été observés depuis des siècles. Horace classait les acteurs dans la catégorie des mendiants et des bouffons. Lucien les a mis au pilori : « Enlevez-leur leurs masques et leurs costumes galonnés d'or, et ce qu'il en reste est ridicule. » Et pourtant, cette époque est la vôtre. Partout vos visages s'affichent, de la taille d'immeubles, le monde entier rêve de devenir comme vous, rêve de coucher avec vous. Vous êtes la plus grande imposture de l'histoire de l'art. Je veux percer à jour ce mystère, en comprendre les mécanismes et toucher votre vérité du doigt.

– Vous nous haïssez tant que ça ? s'étonne Hedy devant l'emportement de V.

– Mais pas du tout, *mein Lieber* ! Je vous aime tellement que je veux vous libérer de votre fardeau. Quand j'en aurai fini avec ce travail, l'imposture de l'acteur, du cinéma et de ses vedettes sera dévoilée au monde. Cette forme d'art imparfaite aura fait son temps. Les esclaves que vous êtes seront libérés de leur malédiction et pourront chercher d'autres manières d'accéder à la postérité, ou à son rejeton abâtardi qu'est la célébrité contemporaine.

– J'ai appris que vous tourniez avec Liz Montgomery, quel rôle lui avez-vous confié ?

Le visage de V. s'éclaire. Hedy comprend qu'il attendait avec impatience qu'elle lui révèle la raison de sa venue. Il semble hésiter un instant à nier, à lui dire qu'il ne connaît pas Liz, mais sa première réaction rendrait ce mensonge trop peu crédible, il doit en avoir conscience et répond avec une apparente sincérité.

– *Fräulein* Montgomery est l'élément central de ma démarche. Voilà une jeune actrice à qui on a volé son attrait. Elle n'a pas d'autre choix que de chercher sa propre vérité, le mensonge et ses artifices sont plus fragiles chez elle. En la bousculant un peu, je lui arrache des bribes de vérité et je m'approche du cœur battant de la nature de l'actrice.

– Pourrais-je lui parler ?

– Non, il n'est pas question que vous l'aidiez à reconstruire ses protections d'actrice. Elle n'a pas besoin de vos déviances de comédienne, la laisser vous parler me ferait perdre des semaines de travail. C'est impensable.

– Je vais être obligée d'insister. Sa famille s'inquiète, ses proches s'inquiètent. Nous voulons savoir comment elle se porte. Je ne partirai pas sans l'avoir vue.

Hedy ne parvient pas à prendre un ton déterminé, la tête lui tourne légèrement, soudain très lasse. Elle cligne des yeux, se frotte le visage, une terrible envie de dormir commence à l'envahir. Son verre de cognac, qu'elle a à peine entamé, pèse lourd dans sa main. V. fume nonchalamment, son porte-cigarette coincé au bout des doigts, et la détaille comme un vieux chat gourmand et pervers.

– Pourriez-vous m'apporter un verre d'eau, s'il vous plaît ? Je ne me sens pas très bien, demande-t-elle d'une voix mal assurée.

V. obtempère, se lève et se dirige vers l'office. Hedy combat son engourdissement et ouvre son sac, elle fouille dans la doublure et récupère un petit cachet de pervitine, son péché mignon pour supporter les trop longues journées de tournage. Elle a déjà cumulé somnifères et méthamphétamine un soir où elle avait changé de plans pour sa nuit, elle sait que les effets s'annulent plus ou moins, même s'ils promettent une journée atroce le lendemain et des maux de tête éprouvants. Elle sort aussi un petit pistolet 6.35 mm qu'elle garde dans son sac depuis la guerre et le dissimule dans sa manche. V. revient et lui tend un verre d'eau qui paraît limpide, il n'a sans doute pas estimé nécessaire de doubler la dose. Par précaution, Hedy n'en boit qu'une gorgée pour avaler son amphétamine. V. s'assied sur l'accoudoir de son fauteuil et reprend la conversation là où ils l'avaient abandonnée.

– Si vous ne voulez pas partir sans avoir vu *Fräulein* Montgomery, vous allez devoir rester longtemps. Mais voyez-vous, *mein Lieber*, rien ne saurait me faire plus plaisir que de vous accueillir. Pour prendre tout son sens, mon projet doit comporter une actrice célèbre, une Babylonienne accomplie, parvenue au sommet de son art. Je n'aurais jamais rêvé avoir l'opportunité de travailler avec vous. Vous vous installerez ici quelques jours, nous allons dire à votre chauffeur de repartir, il viendra vous récupérer quand nous en aurons fini. Savez-vous qu'*Ekstase* est un de mes films préférés ? J'en possède ici même une des rares copies existantes. C'est un des seuls films à approcher la vérité. Vous n'étiez pas encore une gourgandine rompue à l'art de la forfaiture, vous y êtes fraîche et sincère, quelle merveille ! Je suis sûr que nous pouvons réussir à vous faire retrouver cette vérité, vous faire retrouver Hedwig Kiesler.

Hedy écoute la tirade les yeux fermés, faisant mine de s'assoupir alors que la méthamphétamine fait son effet et qu'elle se sent plus surexcitée qu'endormie. Elle ouvre grand les yeux pour fusiller V. d'un regard courroucé.

– Vous savez, *mein Herr*, je classe les réalisateurs en deux catégories distinctes lors de mes premiers rendez-vous. Les gentlemen, rares mais précieux, et ceux qui me parlent de ce film, avec lesquels j'éviterais de prendre l'ascenseur. Vous faites donc partie de la seconde catégorie.

Surpris et blessé dans son amour-propre, V. se redresse et tourne le dos à l'actrice.

– Partez ! Puisque vous osez me comparer à ces pourceaux lubriques qui pullulent à Hollywood, nous n'avons plus rien à nous dire. Vous ne verrez pas *Fräulein* Montgomery.

Sans lui répondre, Hedy attrape son 6.35 mm, se lève et se place devant une grande photo de Man Ray, intitulée *La Prière* – une jeune femme nue dont on ne voit pas le visage est agenouillée, penchée en avant, et glisse ses mains entre ses cuisses pour masquer son intimité à l'homme qui se tient derrière elle. De sa main libre, l'actrice prend son briquet, l'allume et le rapproche du cliché. V., qui s'est retourné en entendant l'étincelle, panique et se rue vers elle. Hedy braque sur lui son pistolet, arrêtant sa course avant qu'il n'atteigne sa main tendue.

– Vous êtes folle à lier ! C'est une œuvre magnifique ! Plus précieuse que nos propres vies !

– Allez chercher Liz, ou je la crame. Et les autres aussi pendant que j'y suis…

– Jamais ! Je ne céderai pas à ce chantage odieux. Si vous persistez, vous répondrez de ce crime devant les tribunaux !

– J'en profiterai pour leur parler du somnifère dans mon cognac. Inutile d'attendre que je m'assoupisse, *mein Herr*. J'ai avalé assez de pervitine pour danser toute la nuit s'il le faut.

V. accuse le coup. Il se rassied et rallume une cigarette.

– Vous êtes une femme exceptionnelle, *mein Lieber*. Je ne peux que capituler. Je vous laisse voir *Fräulein* Montgomery, mais je pose une condition.

– Laquelle ? s'inquiète Hedy dont la tête tourne un peu trop pour remarquer la lueur folle et ardente dans les yeux du réalisateur.

– Vous acceptez de participer à mon œuvre. Vous venez ici tourner la suite d'*Ekstase* que vous devez au monde. Ça ne vous prendra que deux semaines et vous savez comme mes films sont confidentiels, ce ne sera que pour nous, et notre postérité.

– Laissez ma postérité en paix, j'ai déjà assez œuvré pour elle… Cela dit, pourquoi pas. Vous me promettez de ne rien faire pour retenir Liz si elle exprime le souhait de partir avec moi, et nous en parlerons entre personnes libres de leurs choix.

Hedy referme son briquet, elle aimerait croire qu'elle ne fait cette promesse que par calcul ou sous l'effet conjugué des somnifères et de la pervitine, mais ce serait mentir. Le discours de V. a touché une corde sensible en elle. Elle a envie de voir ce qu'elle cache derrière son masque, de s'abandonner et de laisser sortir ses ombres.

★

La tombée de la nuit met un terme aux tentatives. Le soleil embrase le Pacifique au large de Santa Monica et la luminosité déclinante ne permet plus de faire d'autres prises pour la journée. Didi accueille le « C'est bon, on la garde » avec un sentiment mitigé. L'état de surexcitation dans lequel l'a plongée le dernier cachet de pervitine occulte ses capacités de jugement. Elle a été hystérique lors de la prise qui vient de conclure leur jour de tournage, elle a hurlé à en perdre la voix, frappé la boue à coups de poings, de pieds, elle a dû écraser des centaines d'insectes. Elle a cru lire de l'admiration dans les yeux de Lourié, elle pense avoir impressionné l'équipe, ils la regardent différemment. Pourtant personne ne lui adresse le moindre compliment, le moindre remerciement. Est-ce que la prise est bonne parce qu'elle a été brillante ou parce que la journée se termine ? Elle prend un café tiède, en peignoir, assise sur le marchepied de la caravane. Les techniciens remballent le matériel et plaisantent sans grand entrain, tous sont fatigués et pressés d'aller prendre un verre ou de filer directement au lit. L'entomologiste chasse les créatures encore vivantes avec son épuisette, il sifflote, le massacre de centaines de ses protégées n'a pas l'air de l'affecter outre mesure. Didi n'a plus de voix, Moffat peut être satisfait sur ce point, son timbre ferait pâlir de jalousie Eartha Kitt. Elle s'allume pourtant une cigarette et carbonise machinalement avec son bout incandescent un cloporte qui grimpe sur son mollet. Quelques heures auparavant, elle aurait hurlé en apercevant l'insecte sur elle, mais après cette journée, elle pourrait en manger un bol plein à la cuillère. Elle attend que Moffat lui rapporte des vêtements propres, elle en a laissé dans sa voiture, au pied de la colline. Ses nerfs la trahissent et elle pleure en silence, secouée par des hoquets qu'elle ne parvient pas à maîtriser. Personne ne le remarque.

Il fait de plus en plus frais, la pénombre laisse place à la nuit, les derniers techniciens descendent vers la route quand elle aperçoit deux silhouettes qui remontent vers elle. Elle reconnaît instantanément les deux hommes, et leur présence concomitante l'alarme. Elle ne sait pas quelle contenance adopter et choisit de rester muette le plus longtemps possible.

– Alors, elle n'est pas belle ma surprise ? interroge Moffat en lui désignant Jacinto qui se tient à ses côtés. Il a assisté au tournage de la dernière scène, mais je ne voulais pas qu'il te dérange, alors on a attendu que ce soit terminé. Hein, Jacinto ? Pour une fois qu'elle travaille.

Moffat ricane de sa pique. Jacinto ne réagit pas, il est souriant, à l'aise. Didi se détend, la rencontre ne paraît pas tourner au drame. Après tout, elle n'a couché avec Jacinto que deux fois au début de leur relation et Moffat ne peut pas le savoir. Didi sourit et serre son ami dans ses bras.

– Pourquoi ne m'as-tu jamais présenté ce garçon ? Heureusement qu'on s'est rencontrés par hasard. Il est adorable, talentueux, et il veut devenir acteur. Tu sais bien que je pourrais l'aider, enfin ! Tes amis sont mes amis, ma chérie.

– C'est vrai, tu pourrais faire ça ? demande la jeune femme qui a du mal à s'arracher des bras réconfortants de son ami.

– Bien sûr ! Sur *Marionnettes*, je ne peux lui proposer que de la figuration, c'est trop tard pour autre chose. Mais je vais lui faire passer des essais dès que possible pour une prochaine production. Tu sais que j'aime mettre le pied à l'étrier à de jeunes talents.

Didi le remercie avec effusion. Le producteur lui donne ses vêtements secs et ne tarde pas à laisser les deux jeunes acteurs seuls. Il doit surveiller le chargement des caméras et faire remonter un manœuvre avec un tracteur pour remorquer la caravane et la ramener au studio. Il presse Didi de se rhabiller et de tout ranger dans la vieille loge mobile attaquée par la rouille. Une fois Moffat disparu sur le chemin, Didi tombe à nouveau dans les bras de Jacinto et s'imprègne de sa chaleur pendant de longues secondes en laissant aller ses larmes. Le jeune homme lui murmure à l'oreille, retrouvant l'accent mexicain qu'il réprimait quand il parlait en présence de Moffat.

– Tu es sûre que tu vas t'en sortir ? Je ne t'ai jamais vue dans un tel état.

– C'est super dur, Jacinto, je ne pensais pas souffrir autant. Je suis épuisée, je ne dors plus, je vois trouble et je n'arrive plus à avaler quoi que ce soit. Il reste une semaine de tournage, je ne sais pas si je vais pouvoir tenir.

– Demande une journée de repos. Ils peuvent bien t'accorder ça.

– Tu plaisantes… Tout le monde me déteste. Ils me prennent tous pour une nulle qui n'est là que parce qu'elle est la petite amie du producteur. Si je demande une journée de repos, ils vont me haïr. C'est horrible, Jacinto, je n'ai jamais autant souffert.

– *Baby*, tu n'es peut-être pas faite pour ça. Il n'y a pas que le cinéma dans la vie. Il faut peut-être que tu arrêtes avant d'y laisser ta peau. M. Herrman, mon professeur de diction, a travaillé avec Carole Landis, une actrice des années quarante qui a fini par se suicider. Il répète à tous ses élèves que certaines personnes ne sont pas faites pour ce métier, que s'exposer, se mettre au centre de tous les regards, ça peut détruire une vie. Il faut que tu réfléchisses, ma chérie.

Didi s'extirpe brusquement des bras de Jacinto. Elle monte sur le marchepied, attrape ses vêtements et ouvre la porte de la caravane pour signifier la fin de leur discussion. Elle soupçonne son ami de ne parler que par jalousie, de vouloir qu'elle échoue parce qu'il ne réussit pas. Elle lui crache avec dédain.

– Je m'en fous de ta Landis et de ton prof. J'y suis, tu comprends ? Je suis dans la lumière, et je n'en sortirai plus.

★

La main rose et boudinée du valet pousse la porte et il disparaît dans l'obscurité du couloir. Après quelques secondes de silence, une silhouette blanche apparaît dans l'encadrement. Liz porte une robe en lin sans manches, une tenue de pénitente qu'on mène au bûcher. Elle est pieds nus, ils sont sales, sa robe tachée et ses cheveux gras. La moitié meurtrie de son visage est dissimulée sous un masque en cuir noir, elle est livide et ses poignets portent des marques qui indiquent qu'elle a dû être attachée. Hedy ne peut retenir un juron et apostrophe V. qui se tient silencieusement en retrait dans son fauteuil.

– Espèce de sadique, que lui avez-vous fait subir ?

– J'ai accepté tout ce qui s'est passé dans cette maison, précise Liz d'une voix ferme.

– Je ne suis qu'un réalisateur un peu plus exigeant que les autres, *mein Lieber*.

Hedy se lève et fait asseoir la jeune femme à sa place, lui demande si elle a faim, si elle veut boire quelque chose. Liz décline l'offre et la rassure avec un sourire reconnaissant, elle lui affirme qu'elle ne manque de rien, même si ses conditions d'hébergement dans la villa sont un peu spartiates.

– Tu es pâle, tu as maigri, tu es sûre que tout va bien ?

– Le tournage me prend beaucoup d'énergie, c'est très dur physiquement. Je dois vivre dans les conditions du rôle. On ne triche pas ici, on cherche la vérité.

– Tu ne peux pas continuer comme ça, Liz. Tu vas y laisser ta santé.

– Que veux-tu que j'en fasse de ma santé ? Plus rien ne me rattache à Los Angeles. Au moins, ici, je participe à une œuvre qui a du sens. Tu devrais voir ce qu'on tourne Hedy, c'est magnifique. V. est un génie. Les souffrances

temporaires de mon corps sont sans importance compa-
rées à l'art que je sers.

Hedy a l'impression de parler à un des fous à peine
pubères des Jeunesses hitlériennes que son premier
mari invitait parfois chez eux, à Vienne ou Berlin. Des
fanatiques, qui occultent complètement leur raison au
profit d'un maître et d'une cause. Elle n'a qu'une carte
à jouer pour ramener Liz avec elle et la sortir de ce
traquenard. Elle pourrait lui parler pendant des heures,
elle n'obtiendrait que ce verbiage de jeune fille sous
influence. Derrière elle, sans le voir, elle sent V. en train
de jubiler, fier de son pouvoir sur cette jeune femme,
fier de l'avoir chosifiée, de l'avoir asservie. Il lui aspire
sa force vitale. Ce pauvre shérif de Palm Springs avait
finalement raison, V. n'est qu'un Nosferatu qui utilise sa
caméra pour absorber la vie de ses jeunes actrices. Elle
ne peut pas perdre cette bataille, elle a fait la promesse à
Errol de veiller sur ces deux jeunes femmes. Cet imbécile
de Princey l'a sans doute déjà oublié, mais elle a pris
pour elle cet engagement et elle n'abandonnera pas. Elle
décide de jouer son va-tout.

– Que penserait Didi si elle te voyait dans cet état ?

La douleur se lit sans peine sur la moitié libre du visage
de Liz. Hedy voit même son œil s'humidifier avant que la
jeune femme ne détourne la tête pour cacher son émotion.

– Didi se moque bien de ce qui peut m'arriver.

– C'est faux. Tu lui manques follement. À ton avis,
pourquoi et pour qui suis-je ici aujourd'hui ?

– Ce n'est pas vrai. Didi n'aime que ce qui brille, elle
ne pense qu'à sa carrière, elle ne voudra plus jamais de
moi avec ma gueule de monstre.

– Petite idiote, tu confonds tout. J'ai eu des centaines d'amants dans ma vie, et ceux que j'ai épousés
n'étaient jamais les plus beaux… Que crois-tu connaître
de l'amour ? Ce que je peux t'assurer, c'est que l'amour,
ça n'a rien à voir avec ce que tu fais ici.

Liz se retourne vers elle, et Hedy a des remords en apercevant la lueur d'espoir qui illumine l'œil valide de la jeune femme. Elle joue honteusement avec ses sentiments, mais elle sait que c'est pour son bien. Elle sent que V. s'agite dans son fauteuil, les choses ne tournent pas comme il l'avait espéré. Hedy se tient sur ses gardes et serre son pistolet, elle ne sait pas de quoi le démiurge serait capable pour éviter la défaite.

– Je vous réunirai, je te le promets.

Hedy tend une main vers la jeune femme qui hésite. Derrière elle, V. se lève, elle entend le fauteuil grincer. Hedy pivote et le voit, debout, qui les regarde les yeux exorbités, les bras raides devant lui, comme s'il luttait contre la tentation de la saisir pour l'étrangler. Elle lui montre son pistolet et l'invite à regagner son fauteuil.

– Vous la menacez d'une arme ! Ce n'est pas un choix libre, vous contrevenez à notre accord ! s'emporte V. en reculant vers sa place.

Indifférente à ces vitupérations, Hedy tend à nouveau la main à Liz. Cette fois, la jeune femme la saisit. Elles se relèvent et se dirigent vers la porte. V. paraît calmé, il s'allume une cigarette et se contente de rappeler Hedy à ses promesses avant qu'elle ne sorte du salon.

– J'attends que vous reveniez pour que nous parlions du film que nous devons faire ensemble, *mein Lieber*. Quant à *Fräulein* Montgomery, je vous souhaite le meilleur, même si je doute qu'une telle chose puisse exister à Hollywood.

★

Morrisson observe Buckman enfoncé dans son fauteuil, les traits tirés et les yeux cernés. Elle sait que malgré son maquillage, elle ne doit pas avoir meilleure mine. Aucun des deux n'a passé une nuit correcte. Ils se sont quittés aussitôt leur virée à Central Avenue achevée. D'un commun accord, ils se sont laissé une nuit de réflexion avant de parler de leur découverte et de décider de la conduite à tenir. La nuit en question a été agitée pour l'agent Morrisson, elle s'est tournée et retournée entre ses draps dans l'incapacité absolue d'arrêter une décision ou de trouver le sommeil. Elle a téléphoné à sa fille au petit matin, le début d'après-midi pour la gamine, et a essayé de s'absorber dans sa voix et dans ses préoccupations d'enfant pour oublier un moment le poids qui pèse sur ses épaules. À peine rassérénée, elle est arrivée la première dans leur bureau de Sunset, où elle a bu quelques cafés sous le regard désapprobateur de leur secrétaire revêche en attendant Buckman.

Une heure après, Chance a déboulé, mal rasé, chemise froissée et l'air las. Elle l'avait déjà vu comme ça au lendemain de parties de poker, mais elle savait que cette fois le jeu n'était pas en cause. Il s'est rasé devant elle au petit lavabo de son bureau et il a enfilé une chemise propre. Il ne parvient toujours pas à considérer cet endroit, qu'ils partagent pour le travail, autrement que comme une garçonnière ; mais ce matin, Morrisson a d'autres soucis que d'essayer de corriger ces sales manies de célibataire endurci. Maintenant qu'il a terminé ses ablutions et qu'il est assis derrière son bureau encombré de piles de scénarios, ils doivent affronter le sujet qui les obsède.

– C'est lui, affirme Morrisson.

– Oui, c'est sûr. Ce salopard a payé ces deux épaves pour qu'ils kidnappent Liz.

– Mais pourquoi ? C'est lui qui la voulait dans le film depuis le début !

– Des tas de personnes essayent d'intervenir sur cette production, j'en sais quelque chose. Il a peut-être aussi subi des pressions pour la prendre au départ. Puis il n'a trouvé que ce moyen pour s'en débarrasser et imposer sa concubine.

– C'est un malade. C'est hélas plausible. Que fait-on ? On ne peut pas rester sans rien faire, on serait ses complices.

– On ne peut pas en parler à la police, pas avant que le film soit terminé. Un tel scandale à une semaine de la fin du tournage foutrait tout en l'air. On a trop bossé pour tout saborder nous-mêmes.

– C'est la seule chose à faire, Chance ! s'emporte Morrisson.

– Non, on ne peut pas perdre deux millions de dollars et se retrouver avec la mafia aux trousses. Je ne veux pas finir aux îles Aléoutiennes. Personne ne nous couvrira Annie, Trautman ne bougera pas le petit doigt, le gros bordel sera pour nous et pour nous seuls.

– Si on ne fait rien, Trautman nous saquera de lui-même. On ne peut pas cautionner une telle saloperie.

– L'armée en a vu d'autres, Annie. Mais on va se couvrir. On fait un rapport circonstancié à Trautman, on lui explique tout et on lui demande son avis. On préconise d'attendre la fin du tournage pour agir et on se fie à son jugement. Il ne pourra pas nous saquer si on le prévient. De toute façon, d'ici à ce qu'il nous réponde, le film sera sans doute terminé. On fera ce qu'il nous dira de faire.

– Je ne pourrai plus jamais travailler avec cette ordure de Moffat.

– On fera tout pour éviter ça, mais on ne peut pas écarter l'hypothèse que Trautman nous dise de continuer avec Moffat comme si de rien n'était. L'armée n'a pas pour habitude d'appeler les flics pour venir fouiner dans ses poubelles, et il sera difficile de mouiller Moffat sans que l'armée se fasse éclabousser.

– Je préfère démissionner que passer une minute de plus avec ce porc.

– Moi aussi, j'aurais du mal à accepter de fermer les yeux. Mais la seule manière de nous débarrasser de lui est un peu particulière, j'y ai pensé toute la nuit... Je ne sais pas si vous êtes prête à l'entendre.

– Je ne suis plus à ça près, mais je ne tuerai pas Moffat et je coucherai encore moins avec lui, plaisante Morrisson.

– Il faut qu'on trouve un moyen de récupérer les deux millions de dollars, lance Buckman.

Il coupe les protestations d'Annie d'un geste de la main et continue.

– Il n'a encore rien dépensé du magot. Il tente de jouer le coup à la Sam Spiegel et de ne payer que quand le film sera sorti et lui rapportera de l'argent. Je ne sais pas si ça passera, mais si on lui pique le magot, il n'aura qu'à se démerder avec la mafia et ses autres créanciers. Il sera foutu pour le métier. On fera part de nos soupçons au LAPD, car nous n'avons que des soupçons, et les flics s'occuperont de lui si Dragna ne l'a pas balancé aux coyotes avant. La gamine sera vengée, et nous, on récupérera de quoi miser sur un autre cheval.

– Nous ne sommes pas des voleurs, Chance. Je ne veux pas finir en prison. Je ne récupérerai ces deux millions que si Trautman nous en donne l'ordre et nous couvre.

– Ça n'arrivera pas. Je vous parie qu'il nous demandera d'oublier l'affaire Montgomery. Nous n'avons pas de preuves, il aura beau jeu de nous dire qu'on ne peut rien faire, que les deux témoins sont morts, et qu'il n'est pas sûr que ça puisse aller jusqu'au tribunal. Son objectif est de reprendre la main sur les studios, il ne déviera pas de ce but pour le visage d'une actrice. Trautman n'est pas un sentimental, il a envoyé des milliers de GIs au front, il se fiche bien de la vie d'une gamine.

– On lui fait ce rapport et on avise. Je n'aime pas parier, vous le savez.

– Annie...

La voix de Buckman se charge d'émotion, il peine à trouver ses mots et reprend lentement :

– Avec ces deux millions, on pourrait…

Buckman ne termine pas sa phrase, il se contente de baisser la tête. Même si elle la devine, Annie n'est pas prête à entendre la suite – déclaration d'amour, vol, fuite autour du monde –, elle n'est plus certaine de savoir résister à cette proposition. Alors elle est reconnaissante à Buckman de s'être tu. Pourtant, sans envisager d'aller jusque-là, elle ne peut s'empêcher de faire un premier pas : le désir a ses raisons, et il devient impérieux. Elle rêve depuis des jours de relever sa jupe et de s'asseoir face à lui sur ce bureau, et faute d'oser le faire, elle se résout à prendre les devants pour une invitation qui tarde à se concrétiser.

– Je fais mon rapport à Trautman. Pour le reste, Chance, on pourrait peut-être en parler demain soir au restaurant ? Depuis le temps que vous me promettez de me faire découvrir le *Romanoff* et la vie nocturne de L.A.

Chapitre 22

Villa de Hedy Lamarr, Beverly Hills, 25 août 1953

Dans le fond du jardin, elle est à l'abri du bruit de la circulation, les moteurs des limousines de Melrose ne traversent pas l'épaisse haie qui entoure la propriété. Hedy se félicite d'avoir continué à louer cette villa pendant son séjour en Italie. Ça lui a coûté assez cher, d'autant plus qu'elle a dû verser les gages de sa bonne et de son jardinier, mais elle sait qu'elle ne trouvera pas mieux à Los Angeles. Ces moments où, assise en tailleur entre les plants de jasmin, elle contemple la lumière qui décroît sont ceux qu'elle préfère dans cette ville dénuée de charme. Le soleil étouffant et le ciel bleu en permanence la dépriment. Elle a fait installer par un de ses prétendants fortunés un système d'arrosage qui simule la pluie devant les baies vitrées de la villa. Cette petite folie rend ses séjours plus supportables, même si elle doit avouer qu'avec le temps, elle s'est habituée au soleil. Contrairement à ses premières années en Californie, elle ne vit plus dans la hantise de voir sa peau parfaitement blanche s'ambrer – un moment d'inattention suffit pour qu'elle prenne un coup de soleil. Aujourd'hui, elle accepte mieux cette fatalité et se contente de s'enduire d'huile de Chaldée de Jean Patou avant d'aller prendre l'air. Elle sort de ses rêveries, sa bonne l'appelle depuis le bord de la piscine creusée en forme de H, fantaisie de son dernier époux qu'il n'a pas été capable de payer jusqu'au bout. Hedy fait signe à sa domestique et se relève. Elle profite de ces dernières secondes de calme, et marche pieds nus dans l'herbe, emplissant ses poumons de la senteur du jasmin.

Sa bonne lui fait comprendre qu'on la demande au téléphone en mimant un appel avec la main. Pour un tel manquement au protocole, sa mère l'aurait licenciée sur-le-champ, et son premier mari aurait sans doute giflé l'impudente. Hedy accepte volontiers d'assouplir ces critères, impossibles à maintenir à Hollywood où le personnel prêt à se plier à ce genre d'exigences ne se trouve plus que chez quelques vieilles familles protestantes. Elle se dirige vers sa villa, une demeure dont les murs extérieurs sont des parois vitrées. Depuis le parc, on peut voir toutes les pièces, même les chambres quand les rideaux ne sont pas tirés. Elle aime cette transparence, cette impression d'espace, de liberté. En passant, elle jette un œil à la grande table que sa bonne vient de dresser, il faudra qu'elle l'inspecte. Sur ce point, Hedy ne transige pas. De sa jeunesse passée dans la grande bourgeoisie autrichienne, elle a retenu la rigueur d'une perfection toute continentale qu'elle met en œuvre pour ses rares réceptions. Elle sait qu'elle devra tout corriger, comme elle a dû mettre la main à la pâte en cuisine pour que le dîner soit à la hauteur de ses espérances. Ce soir, sa villa sera jeune, drôle, insolente et irresponsable ; elle en tremble d'impatience. Une fois dans son bureau, elle attrape le combiné, reconnaît la voix éraillée et le souffle court de son correspondant et le salue par le surnom qu'elle lui a attribué des années auparavant.

– Bonsoir, Camarade X.

– Ne m'appelle pas comme ça, gamine, on ne sait jamais qui nous écoute. Entre le FBI et McCarthy, on est surveillés nuit et jour. C'est pratique quand tu perds tes clés de bagnole, tu peux téléphoner à Hoover, il sait où elles sont.

– D'accord, monsieur Gable. Je ne voudrais pas faire passer notre héros de guerre et trésor national pour un vil communiste. Si vous m'écoutez, monsieur Hoover, je vous garantis que Clark chante l'hymne américain tous les matins en se levant.

– Me lever le matin ! Tu veux que je t'envoie mes avocats pour répondre de cette odieuse diffamation ?

– Ça dépend dans quel fuseau horaire, Clark.

– Ah oui, c'est vrai, tu étais en Italie. Il faudrait que j'y aille.

– C'est très beau, Rome. On y mange merveilleusement.

– Je sais, je m'en fous, c'est mon conseiller financier qui n'arrête pas de me dire qu'il faudrait que j'aille faire un tour en Europe. On finira tous exilés fiscaux à ce rythme.

– Tu vas me faire pleurer. Qu'est-ce qui me vaut l'honneur de ton appel ?

– On m'a raconté des trucs bizarres. Tu sais ce que c'est, tu croises un type à une soirée et il te raconte un truc, tu en interroges un autre qui veut se faire mousser aux yeux de Clark Gable, alors il t'en raconte d'autres… Bref, est-ce que tu comptes tourner un film avec V. ?

Hedy reste muette quelques secondes mais elle n'est pas vraiment surprise, le milieu du cinéma est petit. Wasserman, son assistant puant ou le shérif de Palm Springs ont dû parler, tout se sait. Tout finit par se savoir. Néanmoins, recevoir un appel de Gable à ce sujet reste inattendu.

– Je suis juste passée le voir à Palm Springs, on a parlé du pays, de notre vieille Europe centrale, d'amis communs.

– Me raconte pas de crasses, gamine. Cette vermine de vieux youpin obscène a téléphoné à son agent pour mettre un terme au contrat de Montgomery et il lui a raconté qu'il avait un accord avec toi pour participer à un de ses projets de détraqué.

— C'est juste une éventualité Clark, je ne sais pas si j'y donnerai suite. Il me fait un peu peur.

— À juste titre. J'ai tourné avec lui il y a trente ans, tu sais. C'est un des avantages du dinosaure fossilisé qui a connu ta maison quand c'était encore un puits de pétrole... Ne tourne jamais avec ce taré. Il faudrait le renvoyer en Europe avec un coup de pompe dans le cul. Je ne vais pas te raconter ce que je sais de lui aujourd'hui, mais si un jour tu as l'intention de tourner avec V., je te demande de m'appeler avant et je te dirai pourquoi il ne faut pas t'y risquer. Je peux te faire confiance ?

— Je sais dans quel état j'ai récupéré Liz, je ne suis pas pressée d'aller prendre sa place, si ça peut te rassurer.

— La pauvre gosse. Elle va mieux ?

— Pas trop mal. Il faut que je l'aide à s'inventer un avenir, elle va vivre avec un masque sur la moitié du visage toute sa vie. Dans ces conditions, c'est difficile de savoir quoi faire quand on s'imaginait actrice...

— Mieux vaut une belle moitié de visage qu'une tête de con complète. J'ai rencontré quelqu'un qui produit des séries B pour Universal, William Alland, je suis sûr que ça pourrait l'intéresser.

— Tu fréquentes le prolétariat de Hollywood, maintenant ?

— Idiote. C'est un ancien de l'armée de l'air que j'ai croisé à des trucs officiels bourrés de généraux chiants à crever. C'est le seul type avec qui je pouvais boire un coup sans avoir envie d'envahir la Corée...

— Tu es sérieux, tu crois qu'il pourrait faire travailler Liz ?

— Une femme masquée, ce n'est pas pire qu'une araignée géante ou un monstre en carton. Je vais lui en parler. En parlant de monstres, tu as des nouvelles de Princey ?

– Flynn m'a écrit depuis Majorque, il fait escale là-bas. Il a l'air en pleine forme, mais il ment sans doute, comme toujours… Il m'a envoyé un article de *Variety* qui annonce la fin des films de pirates faute d'acteurs comme lui pour les porter et il fanfaronne en disant que son départ aura au moins servi à quelque chose.

– Il a failli se tuer quand il a tourné le dernier. Jack Warner lui avait contractuellement interdit de boire de l'alcool sur le plateau et tu sais ce que faisait cet imbécile ?

– Il s'en est assez vanté. Il se faisait livrer chaque jour deux douzaines d'oranges qu'il faisait remplir de vodka avec une seringue.

– Il était ivre mort à midi tous les jours. Maureen O'Hara jurait pourtant qu'il ne buvait que des jus de fruits qu'il pressait devant elle.

Gable peine à terminer sa phrase, secoué par un fou rire dévastateur. Il finit par reprendre son souffle et conclut.

– Bon, chérie, Errol me manque déjà beaucoup, je ne voudrais pas que tu me manques aussi. Alors débrouille-toi comme tu veux, mais appelle-moi avant de finir dans les griffes de l'autre tordu.

Hedy rassure Gable une dernière fois avant de raccrocher. Ses accès de paternalisme la fatiguent un peu. Elle a passé l'âge de recevoir des leçons de morale et il lui coûte de ne pas remettre le roi de Hollywood à sa place. Elle se rassérène en se disant que s'il tient sa promesse de faire embaucher Liz pour des séries B. chez Universal, elle n'aura pas fait cet effort pour rien. Elle essaye d'être indulgente, son vieux complice de la MGM perd ses repères. Comme elle, il a passé l'essentiel de sa carrière materné par Mayer, Howard Strickling et Eddie Mannix, et devoir se réinventer une carrière indépendante à plus de cinquante ans le déboussole. On ne leur dit plus quoi dire, quoi faire, on ne choisit plus pour eux et, paradoxalement, cette liberté qu'ils ont tant cherchée les perturbe.

Elle arrive sans doute trop tard. Hedy sait qu'elle a eu ses meilleurs rôles pendant sa brève carrière de productrice, ils lui ont coûté assez cher. Ce sera peut-être le cas pour Gable, mais elle n'est pas sûre que la santé du vieux lion soit assez solide pour faire face à ce nouveau départ, si tard. Flynn a préféré fuir en ricanant, adressant des doigts d'honneur à tout le métier, mais Flynn a toujours été un trompe-la-mort, jouant sa vie et sa carrière à la roulette russe. Le déclin de leur carrière rend les gloires du cinéma fragiles, Hedy voit un psychanalyste depuis peu pour essayer de gérer cette période, mais il s'intéresse surtout à sa nymphomanie, qu'elle n'a pourtant aucune envie de soigner. Elle inspecte la table dressée pour dix convives, elle a essayé de reproduire les arrangements floraux du *Jardin d'Allah*, elle sait qu'au moins une des invitées y sera sensible. Une fois satisfaite par le décor et la disposition des couverts, elle se réfugie dans son atelier et bricole une de ses trouvailles inutiles pour tromper sa nervosité et la mélancolie que Gable a réussi à instiller en elle. Un passé glorieux est un fardeau terrible, elle ne doit penser qu'à l'avenir.

★

Depuis qu'elle l'héberge dans sa chambre d'amis, Hedy n'a pas le souvenir d'avoir vu Liz Montgomery rire. Ce soir, elle a déjà ri à plusieurs reprises avec naturel, et elle semble avoir oublié qu'elle porte un masque. Les regards des personnes qui l'entourent sont bienveillants, voire emplis de désir. La jeune femme blessée est magnifique, ce titre de presse stupide de « Beauté volée » est une infamie. Liz Montgomery est toujours belle, peut-être même plus que jamais, et Hedy se félicite d'avoir organisé ce dîner afin qu'elle s'en rende compte. Ses amis sont venus, même s'il a été difficile d'extraire Didi Brummelle du tournage en cours qui l'absorbe complètement. Hedy a dû faire appeler son agent et promettre à Larkin Moffat que cette soirée lui servirait sans doute à décrocher un rôle prestigieux à la MGM pour que ce rustre accepte de libérer la jeune actrice pour la soirée. Elle a les traits tirés, elle a perdu du poids depuis la dernière fois que Hedy l'a vue, mais elle apprécie le dîner et, passé les premières minutes où elle a semblé un peu intimidée par l'assemblée, elle se montre enjouée, volubile et plus amusante que ce qu'aurait pensé Hedy. Leur ami apprenti acteur mexicain est adorable, sexy et mondain, il s'entend à merveille avec William Haines et son conjoint Jimmie Shields, ces deux vieux homos trop sages semblent même s'encanailler un peu à son contact. Ses vieilles amies Tallulah Bankhead et Ona Munson sont venues accompagnées de deux ravissantes jeunes femmes qui complètent le tour de table lavande de ce dîner.

Tallulah assure une bonne partie de l'ambiance débridée du repas, imitant tour à tour Alfred Hitchcock ou Edward G. Robinson avec sa voix rauque. Elle ne cesse de moquer Hedy sur sa volonté de reconstituer le « club de couture » d'Alla Nazimova, ces soirées lesbiennes mythiques du Hollywood d'avant-guerre, d'avant le code Hays. Puis, entre deux verres de vin, un trait de cocaïne et deux paquets de cigarettes, elle décide de s'occuper de la musique et enchaîne sur la platine vinyle les albums de Billie Holiday. Ona Munson en profite pour draguer outrageusement la jeune femme qui accompagne Tallulah. Malgré ses porcelaines européennes, ses verres de cristal, ses couverts en argent, ses grands crus français et le repas qui se conclut en apothéose par une pavlova délicieuse, cette soirée promet de se terminer comme dans les cabarets berlinois interlopes de la jeunesse de Hedy, ce qu'elle espérait. La rencontre de gloires déclinantes avides de profiter de leurs derniers feux, dénuées d'inhibitions et n'ayant plus rien à perdre ou à prouver, et de quelques jeunes pousses rebelles, ivres du besoin de bousculer les codes et l'hypocrisie de la ville de pacotille, promet des débordements explosifs. Surtout, Hedy ne perd pas une seconde des retrouvailles entre Didi et Liz, elle se délecte du désir qu'elle devine dans chacun de leurs gestes. Les deux jeunes femmes ne cessent de trouver des prétextes pour se toucher, se prendre la main, poser le bras sur les épaules de l'autre, elles s'aiment et seul un journaliste de *Confidential* pourrait ne pas s'en apercevoir. Elle a tenu sa promesse, elle les a réunies, à elles de faire en sorte que cela ne soit pas en vain. Elle est tirée brusquement de ses rêveries par Tallulah qui frappe du poing sur la table, faisant dangereusement trembler les verres à pied. Sa voix éraillée résonne dans la salle.

– Bon, les rosières, on ne va pas se quitter sur une tisane ! Je vous propose de jouer à un jeu.

Pour résister à une proposition de Tallulah Bankhead, il faudrait une force de frappe supérieure à celle qui a dévasté Hiroshima. Les convives capitulent en riant et acceptent de jouer au jeu de la vérité, auquel Tallulah prétend avoir été initiée par Tennessee Williams à New York. Elle vide ses poches et pose au centre de la table une impressionnante collection de cachets : pervitine, barbituriques, LSD… auxquels Hedy ajoute deux bou-teilles de rhum cubain et un pot de confiture de fraises au haschisch qu'elle rapporte d'un placard de sa cuisine. Pour ne pas être en reste, Ona Munson pose à son tour deux sachets de cocaïne et William Haines une dizaine de joints d'herbe qu'il extirpe de son étui à cigarettes. Satisfaite du butin, Tallulah attrape une bouteille de petrus, la finit au goulot et la pose à plat sur la table, puis leur explique les règles.

– Le jeu est simple : on fait tourner une bouteille vide, celui ou celle qui est désigné a le choix entre piocher dans notre stock de stupéfiants, subir un gage ou répondre à la question gênante qu'on lui posera. On a le droit de mentir, évidemment, on est à Hollywood, la vérité est relative dans les frontières du comté.

– Si tu fais tout ça pour savoir si oui ou non j'ai couché avec Cary Grant, sache que, malgré ton insistance qui dure maintenant depuis des années, je ne répondrai pas à cette question, précise William Haines.

– Mon subterfuge tombe à l'eau. Ma vie est foutue, dramatise Tallulah en prenant une pause d'actrice du muet, le dos de la main ouverte collée au front et la tête rejetée en arrière.

Le déballage et les abus qu'augure ce jeu sont déraisonnables, Hedy ne connaît presque pas ses jeunes convives, Eddie Mannix lui aurait intimé de se taire et de rester discrète dans de telles circonstances. De nombreux acteurs en devenir invités à ce type de dîner en ont profité pour revendre des secrets d'alcôve à la presse qui en raffole. Certains s'y rendent même équipés de microphones par *Confidential*. Mais faire n'importe quoi est le luxe des stars qui n'ont plus rien à perdre, plus de studios à ménager, Tallulah, Ona et Hedy se fichent de ce que *Confidential* pourrait bien raconter sur elles. Et au pire, un petit scandale serait préférable à l'indifférence de la nouvelle génération, alors elles jouent de bon cœur. Les plus jeunes, qui ne voudraient surtout pas paraître moins ouverts d'esprit ou plus timorés que les trois grandes stars qui leur servent de boussole, s'y prêtent aussi de bonne grâce. William et Jimmie, des nostalgiques de l'esprit du Hollywood des années vingt qui n'aiment rien tant que s'encanailler avec des acteurs, plongent aussi volontiers. Hedy va libérer sa domestique. La maîtresse de cérémonie peut alors lancer la partie et faire tourner la bouteille de petrus au milieu de la table.

Les premiers tours restent frileux, chacun préfère piocher une petite quantité d'alcool, de cocaïne, d'herbe ou de confiture au haschisch que de s'exposer à l'imagination ou à la curiosité débridée des autres participants. Peu à peu, les substances font leur effet et déclenchent les premiers dérapages. William et Jimmie se retrouvent nus dans la piscine à enchaîner les longueurs sous les encouragements de Jacinto, Ona danse lascivement en petite tenue, debout sur l'imposante table du dîner, évitant avec soin les chandeliers allumés, seul éclairage de la débauche en cours. Tallulah se démène pour lui glisser des billets de dix dollars dans la culotte en la traitant de sale traînée. Le jeu se poursuit et le goulot désigne Tallulah, qui fouille ses poches à la recherche de nouveaux billets. Didi, qui s'enhardit de plus en plus, lui demande ce qu'elle choisit. Tallulah, bravache, lui annonce :

– Je suis déjà défoncée, je n'ai pas envie de danser, alors on va dire la vérité, pour ce qu'elle compte ici-bas…

– As-tu déjà couché pour obtenir un rôle ? demande Didi sans hésitation, comme si elle attendait depuis le début du jeu de pouvoir poser cette question qui lui brûle les lèvres.

– Oh mon Dieu, ma chérie… si souvent, si tu savais. Ce qui m'inquiète aujourd'hui, c'est que plus personne ne me le demande.

– Tu ne dois plus jamais voir de bite, du coup, commente Ona tout en dansant. Moi, ça me manque, elles étaient drôles leurs petites bites, à mes producteurs.

– Je me souviens d'une toute petite, qui sortait à peine la tête d'un buisson de poils gris. Son propriétaire en était si complexé qu'il fallait le complimenter pendant cinq bonnes minutes pour qu'elle daigne se redresser un peu, raconte Hedy, la tête posée dans la paume de sa main droite, un joint d'herbe nonchalamment coincé au coin de la bouche.

– Petites, petites… tu t'en sortais bien, ricane Tallulah. Je me souviens de celle de mon premier « bienfaiteur » de Broadway. Il avait un machin énorme, un vrai rôti de porc, circoncis le rôti de porc, mais aussi gros et mou. Il fallait que je me casse la mâchoire pour en venir à bout.

J'en avais des crampes, ma prof de diction se demandait si elle ne me faisait pas trop travailler.

– Oh, c'est drôle, je vois de qui tu parles. Je m'en souviens aussi ! Quelle belle pièce, monseigneur ! Avec une artillerie pareille, les croisés auraient repris Jérusalem ! s'esclaffe Tallulah.

Hilare, Ona s'assied au milieu de la table, les jambes écartées, elle saisit un chandelier et s'allume un joint.

– Oh mon amour, ton divin gourdin m'a fait rencontrer des sphères du plaisir inconnues jusqu'à ce jour. Avant toi, c'est comme si j'étais encore vierge, glousse-t-elle en inspirant sa première bouffée.

– Rien que de la voir, j'ai les genoux qui flanchent, mon bel étalon, renchérit Hedy.

– Tout ça pour moi ! C'est trop d'honneur, Casanova.

– Quand au moins elle est propre, relativise Ona en soufflant la fumée de son joint.

– Putain oui, je ne sais pas comment ils se démerdent, mais ça pue toujours l'urine leur truc. Cette pauvre Joan Crawford qui me disait qu'elle avait un mal de chien à faire partir ses callosités aux genoux, à force, se remémore Tallulah en plongeant le doigt dans le pot de confiture au hasch.

– Les genoux, c'est chiant, mais vous verrez les petites, tôt ou tard un de ces porcs vous filera une maladie vénérienne. Assumez-vous en tant que lesbiennes, vous verrez, ça les calme un peu, conseille Ona aux quatre jeunes actrices qui les regardent, médusées.

– Et vous ne tournerez plus du tout ! s'alarme Hedy.

– L'Autrichienne a raison. Par contre, s'ils comprennent que vous êtes ambisextres, ça les excitera encore plus, ajoute Tallulah en léchant son doigt avec gourmandise.

– J'en ai connu un qui l'avait dure en permanence, du matin au soir. Il me la faisait toucher sans cesse, en voiture, au restaurant, dans son bureau. Même quand on venait de le faire, elle restait raide comme un bâton.

Putain, j'ai fini par me demander si ce n'était pas un os, se lâche Liz, inspirée par ses pairs.

– Ah merde, un tout jeune. C'est la plaie, ceux-là. Ça te grimpe dessus à toute heure, pas moyen de rester coiffée ou maquillée. De vrais teckels en rut, ajoute Ona, compatissante.

– Toujours mieux que celle qu'il faut mastiquer pendant des lustres pour la mettre en état de marche. Le mec, il te harcèle, il te viole en te menaçant de ne pas te faire bosser, et il n'est pas foutu de bander correctement. Comme si c'était toi qui avais demandé, râle Tallulah.

– Comment faites-vous pour en rire ? J'en peux plus moi de devoir subir leurs sales pulsions à longueur de journée, leurs coups, leurs demandes dégueulasses, qui me font mal ! J'en ai marre de devoir prendre quatre douches avant d'aller me coucher et de ne pas pouvoir me regarder dans la glace le matin !

Didi crie presque, lâchant d'un coup ce qu'elle a sur le cœur, les yeux pleins de larmes. Liz se lève et la prend dans ses bras. Hedy, qui avait remarqué sa détresse depuis quelques instants, lui parle avec douceur.

– Ma chérie. On en rit pour nettoyer nos blessures. Nous aussi, on a ressenti ce que tu viens de décrire. Avec les années, on s'est fait une raison, et on ne voit plus que le ridicule de la chose. Mais si tu n'y arrives plus, si tu souffres trop de ce qu'on te fait subir, dis non. Refuse et va voir ailleurs. Ces types n'ont que le pouvoir qu'on veut bien leur donner. Ils ne méritent que nos sarcasmes et notre mépris, ça les remet à leur place, celle de misérables gros bouffons. Dieu merci, j'en ai repoussé bien plus que j'en ai accepté. Ceux avec qui je l'ai fait, c'est parce que je l'ai bien voulu, par faiblesse ou par facilité. Les autres, j'ai envoyé Errol ou Clark leur casser la gueule.

– Je rêve qu'un jour Marilyn pète un câble et raconte en direct à la télévision tout ce que ces dégueulasses lui ont fait subir. Si on prend toutes sa suite, ça sera la bérézina des gros nazes et le grand nettoyage de Hollywood. Ça finira par arriver, prophétise Tallulah, songeuse.

— Oui ma belle, on les emmerde ces cons et leurs petits vermicelles qui dégoulinent, braille Ona en levant le poing au milieu de la table.

William, Jacinto et Jimmie choisissent ce moment pour rentrer dans la villa, nus, grelottants et dégoulinants, à la recherche de serviettes de bain. Ils sont accueillis par des rires qui évacuent le moment de malaise et relancent la soirée de plus belle. Elle ne s'apaise que plusieurs heures plus tard, alors que les lueurs du jour pointent au-dessus de Santa Ana. Hedy s'endort dans un canapé, la tête posée au creux du ventre de Tallulah, heureuse de ce qu'elle voit avant de s'assoupir : Liz et Didi qui se tiennent les mains et s'embrassent à pleine bouche, agenouillées au milieu du champ de bataille qu'est devenu le salon.

Chapitre 23

City Hall, Los Angeles, 25 août 1953

La fanfare cesse enfin son vacarme, la remise de médaille touche à sa fin et les convives se déplacent vers le banquet. Baruch Van Vlaar exècre ces mondanités interminables, mais quand on est lieutenant et qu'un détective sous vos ordres est décoré pour avoir été blessé en service, il n'y a pas moyen de se défiler. Il joue des coudes dans la masse des affamés qui se presse autour du buffet, la plupart des hommes sont en uniforme bleu marine mais la réception compte bon nombre de femmes et de civils. La police lève des fonds pour achever sa mutation, construire son nouveau siège, son académie de police, acheter du matériel et payer des pensions de retraite à tous les vieux flics bourrés de mauvaises habitudes que Parker veut envoyer à la retraite. Transformer une milice corrompue, au service de tous les intérêts politiques et financiers de la ville, en une force de police au service de ses citoyens demande du temps et beaucoup d'argent. Paradoxalement, c'est de la mairie et des notables de Los Angeles que cette manne peut venir ; il faut leur soutirer les moyens de saborder leur influence. Le chef Parker s'essaye à un drôle de jeu, et Van Vlaar doit lui reconnaître une habileté manœuvrière hors du commun, même s'il faut pour cela stigmatiser les minorités et faire jouer la menace d'émeutes raciales pour affoler le grand bourgeois et lui faire ouvrir son porte-monnaie.

Le lieutenant renonce à accéder au buffet, il prendra une bière en sortant de ce traquenard, pour l'instant il se contente d'allumer un cigare et de regarder sa montre. Il se donne un quart d'heure de mondanités au maximum, le temps d'aller donner l'accolade à son détective au bras en écharpe, de féliciter sa femme et de tapoter la tête de ses deux fils endimanchés. Il se dirige vers eux quand il se retrouve bloqué par un uniforme bien repassé, décoré de nombreuses breloques dorées. Il lève la tête et reconnaît le visage sous la casquette, celui du commandant de son unité, un vieux de la vieille au visage couperosé, paresseux comme une couleuvre. Le commandant transpire, il a l'air nerveux de celui qui vient de se faire passer un savon. Van Vlaar a l'habitude de ces montées de fièvre régulières, seuls les coups de pression de sa hiérarchie font cet effet à ce dinosaure dont Parker doit rêver de se débarrasser dans les meilleurs délais.

Ce poste aurait dû lui revenir, Van Vlaar dirige ses hommes avec une autorité et un respect mutuel que ce politicard corrompu n'obtiendra jamais. Tout le monde le sait, au LAPD : malgré son honnêteté et son travail acharné, la carrière du lieutenant s'enlise depuis des années à cause d'une erreur de jeunesse. Le sergent débutant qu'il était au milieu des années trente a rejoint les rangs de l'Amerikadeutscher Volksbund avec quelques centaines de sympathisants du régime nazi d'origine allemande de Californie. À l'époque, il était convaincu qu'entretenir ces amitiés pourrait servir sa carrière, il avait même fait le déplacement à New York pour participer à la parade et au grand rassemblement du Madison Square Garden qui marqua l'apogée et le début de la chute du mouvement. Il prit ses distances peu après, et ne faisait plus partie du Bund quand celui-ci fut interdit en 1941, ce qui lui évita de se faire renvoyer de la police pour trahison. Cet épisode fait néanmoins tache sur son dossier et paralyse son avancement. Les juifs ont de l'influence au LAPD, et ils ne sont pas prêts à passer l'éponge sur les sympathies nazies. Pourtant, Van Vlaar n'a jamais vraiment détesté les juifs, enfin pas plus que tout le monde à L.A. d'après lui. Il méprise bien plus les nègres et les ritals. Comme la plupart des membres du LAPD, le chef Parker en tête, il refuserait de partager son vestiaire à la salle de sport avec un juif, un macaroni ou un noir, et il ne voit pas en quoi cela pose problème : en Amérique, on est libre de se mélanger avec qui on veut, les GIs se sont battus pour cette liberté, il faut être un salopard de rouge pour dire le contraire. La lutte contre les bolcheviques et leur influence catastrophique sur la jeunesse du pays fera tôt ou tard éclater la vérité. Tout le monde se rendra compte que les nazis avaient raison à propos des menaces de corruption et de décadence qui pèsent sur la race blanche ; ils ont juste poussé le bouchon trop loin avec leur haine des youpins. Il sort de ses rêveries et essaye de se concentrer sur l'étoile blanche qui orne l'épaulette de son interlocuteur au front luisant.

– Van Vlaar, je viens d'avoir une conversation fort intéressante avec le chef Parker et un de nos plus généreux donateurs, William Morgan. Ils se sont montrés curieux de votre théorie à propos des deux nègres qu'on a retrouvés pendus dans le ghetto avant-hier. Pouvez-vous m'en rappeler les grandes lignes ?

Le lieutenant ricane. De toute évidence, le commandant vient de subir une remontée de bretelles du chef Parker en rapport avec l'affaire de la « Beauté volée », qui patine depuis des semaines. Les tensions dans le ghetto sont devenues telles que l'affaire a même été mise sous cloche en attendant que les investigations puissent reprendre sans risquer de déclencher de nouvelles émeutes. Les liens de la jeune femme avec l'oligarchie de la ville ont été sous-estimés, on étouffe facilement le viol d'une fille de chauffeur, mais si un des plus grands banquiers de L.A. s'en mêle, il va falloir trouver des coupables plus convaincants que les deux premiers lampistes qu'on a fini par relâcher.

– Je crois que cette exécution a un lien avec notre affaire. Ces deux types ont été abattus et pendus pour faire passer un message. Ce n'est pas un règlement de comptes habituel. On nous les a agités sous le nez, ça veut dire quelque chose. Si on ajoute que ces deux types correspondent à la description donnée par la petite Montgomery, tout cela aurait un sens.

– Il faut qu'on puisse le prouver et mettre un terme à cette histoire.

– Les deux morts ont été arrêtés plusieurs fois, pour des affaires de vols et de trafics en lien avec leur toxicomanie. Ils ont fait un peu de taule, mais les juges ont été indulgents au regard de leur passé militaire. On connaît les noms de quelques types qui ont été arrêtés avec eux. Si on les interroge, on remontera peut-être sur du concret. Mais ce type de traîne-savates n'a pas d'adresse. Pour leur mettre la main dessus, il faudrait secouer pas mal de cocotiers dans le ghetto. Après les émeutes, on nous a demandé d'y aller mollo, alors pour l'instant, je pensais attendre que l'un d'eux nous tombe dans les mains au hasard d'une autre affaire. Ça finit toujours par arriver, vous savez.

– On n'a pas le temps de compter sur la chance. Vous y allez, mollo mais vous y allez, Van Vlaar. Je veux que ça avance.

Le lieutenant dévisage son patron d'un air goguenard, ces consignes sont une merveille d'ambiguïté. Allez-y, mais si ça tourne au vinaigre, ce sera de votre faute, car je vous ai dit d'y aller avec délicatesse. Comme si la douceur était compatible avec une enquête dans ces quartiers où la seule présence d'une voiture de police peut déclencher une émeute.

★

Buckman a à peine coupé le moteur de sa Chevrolet que les portes de l'hôtel s'ouvrent et qu'Annie Morrisson apparaît. Elle devait l'attendre dans le hall, le major est en retard, il était prêt depuis de longues minutes mais ce fichu coup de fil a bouleversé ses plans. Annie s'approche de la voiture, elle remarque son uniforme, son air maussade qui souligne sa déception, alors elle comprend que leur soirée ne se prolongera pas au *Romanoff* comme elle l'espérait, mais que quelque chose vient de se produire. Sans même ouvrir la portière, elle montre du doigt sa robe de soirée noire et ses escarpins et l'interroge du regard. Buckman hoche la tête, dépité, oui, même si elle est magnifique, elle ferait mieux d'aller se changer. Elle fait demi-tour, il appuie le front contre le volant et maudit l'armée, le cinéma, et la Californie tout entière.

Dix minutes plus tard, Annie s'installe à ses côtés. Elle a enfilé un banal tailleur, mais elle ne s'est pas décoiffée ni démaquillée et Buckman la dévisage quelques secondes, suffisamment pour qu'elle s'agace et lui demande de démarrer.

— Ah oui, pardon Annie, j'ai reçu un appel de Ross Hunter et…

— On a beaucoup de route à faire ? le coupe Morrisson.

— Une soixantaine de kilomètres, répond Chance, un peu décontenancé.

— Alors, vous me direz ce qui se passe plus tard. Avant tout, il y a la conversation qu'on devait avoir ce soir au *Romanoff*. On ne peut plus la reporter, je vais devenir dingue sinon. Alors on met les choses à plat et on parle boulot après. D'accord ?

Le ton de la jeune femme ne prête guère à la discussion. Buckman acquiesce et coupe même l'autoradio qui crachotait une chanson de Doris Day. Morrisson se raidit sur son siège et regarde devant elle, manifestement mal à l'aise.

– Chance. Vous me plaisez, vous me plaisez beaucoup. Et j'ai l'impression que ce sentiment est partagé. N'est-ce pas ?

– Oui, articule le major soudainement en sueur.

– Et vous me respectez. C'est très bien. Moi aussi, je vous respecte. Mais si on continue comme ça, on va laisser passer notre histoire. Je sais, j'ai repoussé durement toutes vos tentatives de rapprochement. Ne croyez pas que ça a été sans peine. Ça m'a coûté énormément. Beaucoup plus que ce que vous pouvez imaginer. Je dois vous repousser parce que vous êtes malade Chance, vous le savez ?

– Moi, malade ? Enfin, non !

– Le jeu est une maladie, Chance, une maladie d'autant plus difficile à soigner que le malade refuse d'admettre son mal. Vous avez lu *Le Joueur* de Dostoïevski ?

– Non, mais j'ai vu *Passion fatale* de Siodmak, son adaptation.

– Je ne veux pas finir comme Paulina. Je veux que vous soyez honnête et que vous reconnaissiez que vous devez vous soigner. Mais attention, je ne vous ferai aucune confiance. Vous me donnerez tout votre argent, vous n'aurez plus aucun accès à vos comptes, ni à ce qui peut entretenir votre vice. Si vous voulez aller plus loin avec moi, il faudra vous en remettre à moi, totalement. Les joueurs, comme les drogués, sont d'épouvantables menteurs. Je contrôlerai le moindre dollar qui sortira de votre poche. Ça ne me fait pas plaisir, je préférerais m'en passer, mais puisque j'ai cette inclination pour vous et qu'une ou deux nuits ne la calmeront pas... je ne vois pas d'autre façon de faire.

– On ne peut pas construire une famille sans confiance !
– Il me faudra sans doute des années pour vous l'accorder. Commencez par me raconter tout ce que vous me cachez. Ce à quoi vous jouez, quand, combien, depuis quand, avec qui, ce que vous ressentez en jouant… Dites-moi tout, et on verra.

★

Wild Johnny Savage ne pouvait choisir un endroit plus étrange pour faire répandre ses cendres. Le cœur du vieil acteur l'a lâché pendant la dernière vague de chaleur. Moffat s'attendait à ce décès depuis des mois, il a préparé des montages inédits des films du cow-boy pour les vendre aux chaînes de télévision. Comme il l'espérait, sa mort a déclenché une petite vague d'intérêt nostalgique pour les westerns surannés de WJS, et Moffat compte bien en profiter pour revendre tous ses stocks. Il ne faut pas qu'il traîne, cet engouement ne durera que quelques semaines, au mieux.

Une dizaine de personnes se tiennent face au soleil couchant sur le Pacifique, en haut des falaises de San Pedro. Juché sur les débris d'une autoroute éventrée, un ami de Savage jette les cendres à la mer en pleurnichant. Moffat ne connaît pas cet homme, sans doute une vieille tante avec laquelle Savage s'emboîtait dans ses jeunes années folles. Tous ses amis sont vieux et délabrés, comme les ruines qui les entourent. Savage souhaitait que ses cendres soient dispersées là où se trouvait Sunken City, le quartier de San Pedro tombé dans la mer lors du glissement de terrain de 1929. À ce qu'a cru comprendre Moffat, son vieil acteur possédait une villa à cet endroit, et il souhaitait que ses restes la rejoignent au fond des eaux. Ils ont donc cheminé entre les vestiges jusqu'aux falaises, elles-mêmes bordées des restes de l'autoroute qui longeait la côte avant l'effondrement de la cité balnéaire qui promettait la plus belle vue sur le Pacifique et l'île de Catalina. Les éboulements sont encore fréquents au bord des falaises, la petite assemblée en conçoit une certaine nervosité, mais tous font bonne figure pour ne pas entamer leur prestige et leur virilité.

Autour de Moffat se tiennent une dizaine de cowboys de l'écran en tenue noire, des bottes au Stetson. Bob Steele, Roy Rogers, Gene Autry, Lash LaRue… toutes les vedettes du six-coups sont venues rendre un dernier hommage à l'un des leurs, aventurier d'opérette du cinéma muet et acteur tragique contrarié. Peu d'entre eux connaissaient réellement Savage, John Arnussen de son vrai nom, ils versent des larmes de crocodile. Tous sont venus pour alimenter la gazette, car derrière ce petit groupe en plein recueillement, une poignée de photographes mitraillent la scène pour la presse et une caméra essaye même de l'enregistrer pour les actualités télévisées. Ils gardent la pose le temps nécessaire pour que leur chagrin soit bien immortalisé. Moffat constate qu'ils sont tous maquillés comme pour un tournage, leur hypocrisie n'a pas de limites, et le producteur se retient d'en rire. Il est à sa place dans ce milieu. Ils attendent un temps qui leur semble respectueux, alors que les cendres de Savage sont balayées par le vent dans un nuage qui finit par se déposer sur leurs tenues d'apparat.

Satisfaits, les journalistes remballent leur matériel. Plus prompt, Gene Autry propose de répondre à quelques questions et récite son couplet sur le talent de son ami Savage, sans manquer de citer *Goldtown Ghost Rider*, son prochain film. Pour ne pas rester en retrait, Roy Rogers propose de chanter une chanson en mémoire de son vieil ami. La scène tourne à la pantomime, Moffat s'épargne ce cirque et se dirige vers le vieil homme qui a jeté les cendres, l'héritier désigné par Savage.

L'homme décharné, appuyé sur une canne, époussette les cendres de son ami qui se sont échouées sur sa veste noire. Moffat lui tend la main et lui présente ses condoléances.

– Ah, monsieur Moffat, John m'a beaucoup parlé de vous. Il admirait votre énergie et votre désir de réussir.

– Oui, nous étions proches ces dernières années. Je l'ai beaucoup aidé.

– Il aimait tourner dans vos films. Sans eux, il serait parti plus tôt, j'en suis sûr.

– Il va beaucoup me manquer, il était essentiel à la société de production, je ne sais pas comment je vais pouvoir m'en sortir. Il vous a laissé des instructions ?

– Non, rien, à quel sujet ?

– Il me devait de l'argent. Pas grand-chose, mais des avances sur ses cachets... Vous savez ce que c'est, on se tape dans la main en se croyant immortels, et on se retrouve pris au dépourvu.

– Je suis confus. Il m'avait semblé entendre parler de dettes, mais plutôt dans le sens contraire. J'ai plutôt compris que vous lui deviez une petite somme, mais il ne tenait pas à la récupérer.

– Il devait perdre un peu la tête... Non, il me devait sept cent cinquante dollars, mais ce n'est pas très grave, ment Moffat.

– Il ne m'a pas laissé d'argent. Tout ce qu'il avait, c'était son ranch à San Pedro. Je vais le mettre en vente, mais vous pouvez passer vous servir avant, pour vous rembourser. Il y a là-bas quelques objets de valeur... J'ai déjà pris ceux auxquels je tenais.

Le vieil homme lui tend les clés du ranch et lui explique où il se trouve. Gene Autry a rejoint Roy Rogers et les deux acteurs entonnent un dernier hommage à Savage. Il y est question de plaine, de liberté et des valeurs familiales américaines. Ce vieux suceur de bites de Savage en aurait avalé son whisky de travers, pense Moffat alors qu'il s'éloigne dans les ruines, faisant sauter le trousseau dans sa main droite.

★

Morrisson et Buckman arrivent à Agua Dulce peu avant le coucher du soleil. Le paysage déchiqueté des canyons se teinte peu à peu de rouge quand la Chevrolet quitte l'Interstate 14 après Santa Clarita pour grimper par un chemin poussiéreux vers les Vasquez Rocks. Ces roches acérées, taillées comme des lames par le vent du désert, se repèrent de loin, et ils n'ont aucun mal à rejoindre la petite équipe de tournage d'Universal qui y termine sa journée. Les techniciens remballent leur matériel, chassés par la nuit et par l'inconduite de leur acteur principal. Ils s'écartent pour laisser passer les militaires qui garent leur coupé au milieu des camions que l'on charge et des chevaux, puis les orientent jusqu'à Ross Hunter, le producteur pour Universal du western *Tumbleweed,* avec Audie Murphy.

Malgré l'heure avancée et l'altitude du plateau, il fait encore une chaleur étouffante et toute l'équipe comme les montures des cow-boys ont l'air éprouvées par leur journée en plein soleil. Ces hommes burinés, couverts de sable et de poussière, observent les arrivants avec un étonnement que leur lassitude émousse à peine. Ils se demandent ce que fait ce militaire en tenue de cérémonie de la marine au milieu du désert. Ils regardent aussi Annie, cherchant à se rappeler dans quel film ils ont déjà vu cette rousse pulpeuse aux faux airs de Maureen O'Hara. Annie regrette de ne pas avoir pris le temps de se démaquiller et d'attacher ses cheveux, pour passer inaperçue. Tous restent silencieux, même Ross Hunter mâche la plupart de ses mots, sa diction témoignant de son épuisement. Il reçoit les deux militaires avec le minimum de décorum et les emmène sans tarder à l'écart de l'équipe.

– À part le réalisateur et moi, personne ne sait ce qui s'est produit. Je préfère que ça reste entre nous. On se passera de cette publicité, je pense que vous serez d'accord.

Les militaires approuvent. Ils sont là pour cela, pour que tout ceci ne fasse pas de vagues. Buckman a expliqué la situation à Morrisson dès l'historique de ses sales manies de joueur compulsif terminé. À l'issue de cette litanie de combines, de dettes et de fuites en avant, Morrisson est restée pensive, perplexe, elle lui a expliqué qu'il lui faudrait du temps pour digérer ces informations et qu'elle ne prendrait aucun engagement avant d'avoir laissé mûrir ses réflexions.

Ce soir, un autre sujet accapare leur attention et les empêche de prolonger cette discussion. Audie Murphy est une vedette au statut assez particulier. Il n'est venu au cinéma qu'à la grâce de ses faits d'armes en tant que soldat durant la Seconde Guerre mondiale. Audie s'est illustré sur tous les fronts européens, du débarquement en Sicile jusqu'à la prise de Berlin. Il a récolté le plus grand nombre de médailles jamais décerné à un militaire américain. Il s'est engagé comme simple soldat et est revenu du front avec deux blessures aux jambes, le grade de lieutenant, la Medal of Honor, trois Purple Hearts, la Croix de guerre française, et plus de deux cents soldats allemands abattus sur la conscience pour occuper ses nuits blanches. Après une couverture du *Time* qui le consacra comme grand héros national, sa seule présence se mit à attirer des foules immenses. C'est James Cagney qui eut l'idée de convertir cette célébrité en carrière d'acteur. Murphy fut séduit, sa hiérarchie aussi. L'homme était aussi sain et patriote que grand soldat, la vitrine idéale pour l'armée. Même sa petite taille et sa constitution malingre contribuaient à véhiculer l'idée que l'armée était ouverte à tous et qu'il suffisait d'être brave pour y trouver son chemin vers la gloire. Buckman fut chargé de veiller à ce que la vedette nationale fasse les bons choix de carrière et continue de colporter la meilleure image possible des forces armées américaines.

Mais le comportement de la star laissa vite à désirer. Sa première épouse ne tint que deux mois avant de demander le divorce. Audie ne dormait plus. Il se réveillait en hurlant chaque nuit, visité par les regards des soldats qu'il avait abattus. Il cachait une arme sous son oreiller et la vidait parfois en tirant sur les murs de sa chambre. La moindre évocation de l'Allemagne ou de la guerre pouvait le plonger dans un état catatonique. On étouffa le divorce tant bien que mal et on le maria à une bonne patriote, aux nerfs solides et au sens du devoir chevillé au corps. On lui prescrivit un hypnotique puissant, le Placidyl. Avec des prises régulières, Audie retrouva le sommeil. Malgré ses troubles, son image sortit indemne de ces premiers dérapages et il entama avec brio sa nouvelle carrière qui connut quelque succès au box-office. Buckman, qui le rencontrait régulièrement, nota qu'il avait des absences répétées, que parfois il semblait ailleurs, même en pleine conversation ; le Placidyl en faisait un somnambule. Ces troubles furent officiellement imputés à des crises de paludisme, maladie qu'Audie avait contractée en Afrique du Nord avant son débarquement en Sicile.

Quand la guerre de Corée éclata, Audie, accro aux champs de bataille comme au Placidyl, se porta publiquement volontaire pour être réincorporé. L'opération de communication était trop belle pour être rejetée. Pourtant, sans surprise, les médecins le déclarèrent inapte au service car psychologiquement instable, détruit par les remords et la culpabilité. On le laissa néanmoins rejoindre un bataillon loin du front pendant quelques mois, le temps de faire de jolies photos, et on le renvoya tourner des films à Hollywood en lui faisant comprendre que c'est là qu'il serait le plus utile. À son retour à la vie civile, sa femme lui donna un premier fils. On espérait sa guérison. On se faisait des illusions.

Ross Hunter les emmène jusqu'à un petit ranch isolé dans ces terres arides. Ils rejoignent deux bâtiments en argile, une habitation et une écurie adjacente, couvertes de paille et entourées d'une clôture en bois, de quelques arbres de Josué, d'un puits et de touffes éparses de verdure attirées par l'humidité. Dans la cour du ranch, deux caravanes équipées en loges par Universal et ornées du logo de la compagnie rappellent que l'endroit a été colonisé par Hollywood. À part pour le cinéma, personne ne viendrait plus vivre ici, seule petite trace d'humanité dans un environnement hostile et minéral, coincé au pied d'un mur de pierre. Assis sur le pas-de-porte du ranch, deux hommes s'éventent avec leurs Stetson blancs.

Buckman en connaît un, qu'il salue avec déférence. L'homme âgé, au regard rehaussé d'une barrière de sourcils encore noirs malgré ses soixante-dix ans passés, est une figure des forces de police de Californie. Depuis 1932, Eugene Biscailuz a été élu sans discontinuer shérif du comté de Los Angeles. Son sens politique est à nul autre pareil, et son pouvoir également dès que l'on sort des frontières de la ville et de la juridiction du LAPD. Propriétaire de plusieurs écuries et de chevaux, Biscailuz partage avec le major la passion des courses et ils se sont souvent croisés dans les tribunes des hippodromes. À ses côtés, son adjoint en uniforme de patrouille lui rend une vingtaine d'années et le surplombe d'autant de centimètres.

— Triste affaire, commente Biscailuz en serrant la main du major.

Il se contente de saluer Annie d'un hochement de tête. Ross Hunter fait un point sur la situation aux deux arrivants.

— Audie Murphy devait tourner une scène de fusillade aujourd'hui. La semaine dernière, on en a tourné une première à Culver, en studio, et ça ne s'est pas très bien passé. Il s'est enfermé dans sa loge et a pleuré pendant deux heures après l'avoir terminée. Pour celle-là, je lui ai proposé de faire venir sa femme et son fils sur le tournage. On n'est pas loin de L.A., et j'ai pensé que ça le tranquilliserait, il a tout de suite été d'accord. On a fait notre scène et ça a de nouveau mal fini, il est parti en larmes s'enfermer dans le ranch. Sa femme nous a dit qu'elle allait lui parler pour le calmer, elle le connaît mieux que nous, on l'a laissée faire, mais ça ne s'est pas passé comme prévu... On a entendu des cris, des bruits de lutte, et encore des pleurs. J'ai essayé d'entrer pour faire sortir sa femme, mais il m'a tiré dessus.

— Vous ne lui aviez tout de même pas donné autre chose qu'une arme chargée à blanc ?! s'alarme Buckman.

— Non. Je ne serais pas entré sinon, mais l'arme qu'il a n'est pas une arme de la production. On a fait l'inventaire et elles sont toutes en train de repartir à Culver. Il a dû venir avec. J'ai essayé de parlementer depuis l'extérieur, il m'a tenu des propos incohérents et depuis il se tait. J'ai appelé le shérif, je n'avais pas le choix, et Universal m'a conseillé de vous appeler également.

— Oui, vous auriez dû nous appeler dès le premier incident.

— Je sais, mais on m'avait dit que c'était assez fréquent, qu'il ne supportait plus la violence et le bruit des armes à feu. Je n'ai pas voulu prendre le risque de mettre la production en retard.

— Il ne faut pas l'exposer à des détonations. Vous devez les faire ajouter en studio ! J'ai été clair sur ces sujets.

— Ça coûtait trop cher, le budget du film est serré, répond Hunter en regardant le bout de ses chaussures.

Buckman ne veut pas accabler le jeune producteur, Murphy est difficile à gérer et il a besoin de sa collaboration pour que tout rentre dans l'ordre sans faire de vagues.

– Mon adjoint a essayé d'entrer à son tour, ajoute Biscailuz, il s'est aussi fait tirer dessus. Murphy ne répond plus, mais il ne dort pas.

– Vous savez s'il a pris du Placidyl ? demande Morrisson.

– Non, il refuse d'en prendre avant les scènes d'action, sinon il dort debout et arrive à peine à tenir à cheval…

– Trop de prises. De la pellicule et du temps perdus, c'est ça ? s'agace Buckman.

Le major fait signe à Hunter qu'il n'est pas nécessaire de lui répondre. Il lui demande comment est configuré l'intérieur du ranch. Hunter lui explique et lui montre un petit espace entre les volets par lequel on peut apercevoir l'unique pièce du bâtiment d'habitation. Malheureusement, elle est plongée dans l'obscurité et l'on ne devine qu'une silhouette, appuyée contre le mur face à la porte. Il est impossible d'ouvrir plus les fenêtres sans s'exposer à un tir de l'acteur à la gâchette sensible.

Morrisson questionne Hunter avec une pointe d'agacement.

– Ça ne vous semble peut-être pas être une information importante, mais comment va sa femme ?

– Ne me faites pas passer pour un monstre, je me suis fait tirer dessus en allant la chercher ! s'indigne Hunter.

– Elle nous a répondu quand on lui a parlé, précise Biscailuz, mais son mari lui a crié de se taire, et depuis, on ne l'a plus entendue.

L'intérieur du ranch est vide, un sol en terre battue, des débris de meubles, pas d'eau, pas d'électricité, il est tellement vétuste, poussiéreux et délabré que l'équipe a renoncé à l'utiliser et a préféré apporter des caravanes de tournage. Biscailuz et son adjoint penchent pour attendre ; sans vivres, Murphy finira par s'affaiblir et par renoncer. Ils ont sans doute raison, mais Buckman connaît les états de service hors du commun du lieutenant. Son endurance et sa volonté lui ont fait repousser une colonne de blindés allemands alors qu'il était seul et blessé. Dieu sait combien de temps il faudra pour qu'il se rende et dans quel état on retrouvera sa femme quand il le fera. Le major sait que Murphy, malgré ses troubles et ses crises délirantes, n'a jamais manqué de respect à un gradé ou à un uniforme militaire. Il s'est changé dans ce but, il arbore ses galons et sa tenue d'apparat. Il sait qu'il va courir un risque important, mais peut-être cela fera-t-il naître de l'admiration dans le regard de Morrisson. Il en a tant besoin qu'il n'hésite pas longtemps avant de leur demander de s'écarter de la porte et de poser sa main sur la poignée.

★

De ses doigts tremblants, le gamin tend sa carte d'employé des chantiers navals au sergent Walls. Le flic, dont le ventre proéminent pend sur sa ceinture et distend sa chemise, la regarde quelques secondes et interroge Baruch Van Vlaar d'un coup de menton. Le lieutenant lui indique de laisser filer le jeune Noir. Il est trop propre sur lui, salarié, et se tient sans doute loin des embrouilles du ghetto, il leur ferait perdre du temps et ils ont ramassé assez de clients pour la soirée. Ils ne doivent pas s'attarder, la rumeur de leur rafle va se répandre et ils ne sont pas à l'abri d'un attroupement de protestation et de tout le cirque habituel des activistes noirs autour de leurs soi-disant droits civiques. Le sergent laisse filer le gamin qui part presque en courant. Les deux flics regagnent leur Ford noir et blanc et les deux interpellés qui les attendent à l'intérieur.

Walls démarre, indifférent aux supplications des deux hommes attachés sur la banquette arrière, la tête enfoncée dans des sacs à pommes de terre pour qu'ils ne voient pas où on les emmène. Van Vlaar les somme de fermer leurs gueules s'ils ne veulent pas ramasser un coup de matraque et les plaintes cessent aussitôt. La voiture traverse la Los Angeles River et se dirige vers Boyle Heights. Plus au nord, le LAPD fait raser un temple bouddhiste pour y construire son siège moderne, mais ce n'est pas là qu'ils se rendent, ni à l'ancien QG de la police ; ils vont dans un entrepôt désaffecté le long des voies ferrées, dans la partie sud de Boyle Heights. Cet ancien dépôt de marchandises sert de local officieux pour les opérations sur lesquelles Van Vlaar ne veut pas attirer l'attention. Celles qui sont contraires au discours sur la modernité et le respect de l'inénarrable chef Parker. Ils peuvent toujours se salir les mains, mais ils doivent le faire hors des murs officiels du LAPD.

Depuis la fin de journée, trois voitures de patrouille en plus de la leur ont reçu pour consigne de prélever quelques traîne-savates dans le quartier noir. De changer d'emplacement, d'éviter Central Avenue, d'être discrets, mais de ponctionner quelques bons clients, des ivrognes, des drogués, des trafiquants au fait de l'actualité du quartier. Les indicateurs habituels, auxquels on soutire des infos à l'aide de quelques mandales et qui retombent régulièrement dans leurs mains au gré de leurs combines. Vu les consignes de leur commandant, ils ne peuvent pas attendre que les fruits tombent dans leur panier, il leur faut aller les cueillir, avec assez de doigté pour ne pas créer d'incidents avec la communauté noire de la ville. La situation est déjà explosive. Ils doivent maintenant se soucier des droits des nègres, ou du moins s'organiser pour que ceux-ci n'aient rien de nouveau à se mettre sous la dent pour aller protester publiquement contre les irrégularités dont ils s'estiment l'objet. Ils y perdent en efficacité. Van Vlaar déteste la politique, surtout quand elle l'empêche de faire son boulot normalement, mais il doit s'adapter à la nouvelle direction du LAPD.

Walls gare la Ford devant l'entrée de l'entrepôt, isolé et sombre, à quelques mètres des voies ferrées et du vacarme des trains de marchandises. Là-dedans, les nègres peuvent toujours hurler, aucun risque que le voisinage vienne se plaindre des nuisances. Au pire, quand une entrevue ne se termine pas bien, ils peuvent balancer le corps sur les voies ; impossible de faire le tri entre les dégâts causés par les roues d'un convoi et ceux causés par l'interrogatoire poussé. Les nègres sont suicidaires, tout le monde le sait au LAPD. Ils poussent leurs deux poissons devant eux du bout de leurs matraques. Les mecs gémissent comme des mômes, ils connaissent les lieux, ils savent qu'ils vont déguster et se lamentent de ne pas savoir pourquoi. Les flics ricanent et les emmènent jusqu'à une pièce fermée sommairement avec de grosses chaînes en acier. Ils les poussent du pied et les deux hommes aveuglés par leurs sacs, les mains attachées et incapables de se rattraper, chutent et roulent sur le sol en béton, au milieu d'une poignée d'autres prises terrorisées. Walls referme les chaînes et commente.

— Je crois qu'on a le compte. Si on les presse bien, on devrait avoir assez de jus.

— Reste là pour les garder, je ne pense pas qu'ils tentent quoi que ce soit, mais au cas où.

Le gros sergent acquiesce et s'allume une cigarette. Van Vlaar fouille dans sa poche arrière et en extirpe une cagoule noire qu'il enfile en maugréant. Voilà à quoi les mènent ces nouvelles consignes, ils sont obligés de se masquer comme des braqueurs de banque. Le monde à l'envers. Il ne faudrait pas qu'un des types qu'ils cuisinent en dehors de tout cadre légal puisse les reconnaître. Sans identification formelle d'un policier auteur de voies de fait, le LAPD étouffe facilement les plaintes, jugées peu crédibles et politisées par la presse et la mairie. Si jamais on en arrivait là, Walls et Van Vlaar se contenteraient de reconnaître avoir interpellé quelques suspects en respectant les règles. Ils feindraient d'ignorer tout des passages à tabac et personne ne pourrait prouver le contraire. Aucune chance qu'un policier soit amené à témoigner et soit emmerdé par un de ces avocats négrillons qui se croient chez eux dans les tribunaux depuis qu'on leur a donné un diplôme. Il descend une volée de marches pour rejoindre la petite pièce souterraine où ils procèdent aux interrogatoires.

Malgré sa cagoule, l'odeur lui monte à la gorge. Il avale une pastille mentholée avant d'entrer. Ils ont beau balancer des seaux de Javel pour nettoyer les morceaux de dents, les touffes de cheveux, les traces de sang et d'excréments, la crasse est tellement incrustée dans le béton que plus rien n'y fait. Il reste des ombres brunes sur les murs et la pièce sent la souffrance, ce qui peut aider pour obtenir des confessions plus rapides. Au centre de la salle, entourée par deux flics, une femme obèse et partiellement édentée, à laquelle Van Vlaar ne pourrait pas donner un âge précis, est attachée sur une chaise qui plie sous son poids. Ses yeux résignés, enfoncés dans ses traits bouffis par l'alcool et les drogues, n'expriment rien à l'apparition d'un homme cagoulé supplémentaire. Ceux qui viennent de l'attacher vantent leur prise à leur lieutenant.

– Un beau morceau. Une fiche d'identification longue comme la Bible, des séjours en taule innombrables. Prostitution, recel, trafic de drogue, violences sur la voie publique, attentat à la pudeur, insultes à agent, vagabondage et pour clôturer en beauté : proxénétisme aggravé sur mineurs. Mme Denise Jones prostitue ses propres gamins. Autant dire que nous avons là la fine fleur de Central Avenue.

– C'est de l'histoire ancienne tout ça, je me tiens à carreau maintenant, proteste la femme en tirant sur ses liens.

– Bien sûr, tu es une citoyenne modèle. Aussi belle qu'honnête et travailleuse. D'après deux types qu'on a cuisinés un peu avant que vous arriviez, cette petite poulette de cent cinquante kilos était une compagne occasionnelle de Gutree. Ça devait faire un joli couple. Alors on est allés la chercher sur le trottoir entre Gardena et Compton.

– Je ne sais pas qui sont les enfants de salopes qui vous ont dit ça, mais ils mentent. Je n'avais rien à voir avec cette épave de Gutree.

– Ta gueule sale truie ! tonne Van Vlaar à qui l'arrogance de la femme commence à vriller les nerfs.

Elle le fixe sans fléchir, ses yeux jaunâtres soutiennent le regard courroucé du flic. Elle souffle comme une forge, ses poumons encrassés doivent avoir la taille d'un sac poubelle. Van Vlaar déteste torturer des femmes. Pas par galanterie ou par pudibonderie, mais parce que ce sont des clientes dures à accoucher. Il a déjà remarqué que celles qui lui tombaient entre les mains étaient habituées à la douleur dès leur plus jeune âge, surtout dans ces quartiers insalubres. Difficile de faire pire qu'une vie complète de menstrues, d'avortements clandestins, de viols, de maltraitance et de coups. Les hommes peuvent faire les fiers-à-bras, au bout de quelques torgnoles ou de coups de marteau sur les doigts, ils balancent leurs propres mères. Les femmes… c'est une autre affaire, surtout une salope endurcie comme celle-là, capable de prostituer ses gosses pour payer sa came. Même aux sentiments ou à la peur, ça ne marchera pas. Elle vit déjà en enfer, on ne peut pas la menacer de pire. Lui arracher des informations va s'avérer éprouvant.

Le lieutenant, ramasse un nerf de bœuf dans la caisse ouverte au fond de la pièce. Il en teste la souplesse avec ses mains expertes. Il ne veut pas s'esquinter les jointures à gifler cette poufiasse. Il va passer directement à l'étape suivante. Sans un mot, il marche vers elle et frappe de toutes ses forces sur sa grosse poitrine qui tombe sur son ventre tels deux sacs de marin. Elle gueule comme une truie à l'abattoir, ce qu'elle est aux yeux de Van Vlaar qui frappe l'autre sein avec la même brutalité. Il ne pose aucune question, il se défoule, en faisant juste attention à ne pas la buter trop vite. Les questions viendront plus tard, quand cette carcasse de baleine ne sera plus qu'un gros bout de bidoche sanguinolente. Qu'elle parle ou non, elle a de bonnes chances de finir sur les voies ferrées.

★

Buckman tire sur la vieille porte en bois qui racle le sol en s'ouvrant lentement. Il prend bien garde à ne pas apparaître dans l'embrasure. Il laisse la lumière du jour déclinant aveugler Murphy quelques secondes. Il ne veut pas courir le risque que l'acteur panique et tire sur une silhouette avant de voir de qui il s'agit. Il attend, yeux fermés, qu'une détonation retentisse, mais l'intrusion ne déclenche qu'un cri.

– Barrez-vous ! gueule Murphy depuis l'intérieur du ranch.

Buckman n'obtempère pas, il se racle la gorge et vient se placer dans l'encadrement. Il espère que les yeux de Murphy se seront habitués à la lumière et qu'il le reconnaîtra. Sinon, il entrera dans la légende des morts les plus stupides de Hollywood.

– Lieutenant, votre comportement est inqualifiable.

– Major Buckman, mon comportement importe peu. Vous savez combien d'orphelins en Allemagne voudraient me savoir mort ?

Buckman s'habitue lui aussi à la luminosité. Il finit par distinguer Murphy, assis et adossé au mur de pisé, son arme posée sur ses jambes. Son visage rond et enfantin est bouffi par les pleurs, le foulard rouge autour de son cou pend, dénoué, sur une chemise bleu ciel sale et déchirée. Plus loin sur la droite, le major distingue une forme humaine allongée au sol, enroulée sur elle-même.

Il lui semble voir ce corps se soulever au rythme de ses respirations. La femme de Murphy est vivante, cette perspective redonne du courage à Buckman. Il avance vers l'acteur.

– Lieutenant, remettez-moi cette arme immédiatement. Nous ne sommes pas en guerre, vous terrorisez des civils.

Murphy ne répond pas, il saisit l'arme sur ses jambes et la fait tourner dans sa main avec une dextérité fascinante.

– On ne me paye plus que pour ça : pour terroriser des civils et leur faire croire qu'ils ont besoin de l'armée. D'hommes comme moi pour les défendre. D'assassins légaux.

– Vous défendez votre pays lieutenant. Que penseraient vos hommes s'ils vous entendaient ? Et ceux qui sont morts pour défendre notre pays ?

– Laissez les morts où ils sont !

Une balle vient frapper le mur à la droite de Buckman, le geste du tireur a été si rapide qu'il ne l'a même pas vu armer et tirer. Le bruit de la détonation assourdit le major quelques secondes, puis il entend vaguement Biscailuz lui crier de ressortir. Ses oreilles cessent de bourdonner, il ne se résout pas à faire machine arrière.

– Lieutenant, je vous ai apporté du Placidyl.

Le major plonge la main dans la poche de sa vareuse et en ressort deux gélules de sept cent cinquante grammes du sédatif. Il fait quelques pas vers Murphy, paume ouverte, les deux Placidyl offerts au lieutenant. Le piège se referme, Murphy se redresse d'un bond et tend la main vers la source de son apaisement. Le besoin est encore plus fort que son mal-être. Buckman recule un peu sa main, tend l'autre vers le pistolet. L'acteur comprend le marché et lui remet l'arme avant d'avaler les deux gélules d'un coup, sans eau. Puis, il s'effondre au sol et se roule sur lui-même. Le major n'a pas besoin de les appeler : Hunter, Morrisson, Biscailuz et son adjoint se précipitent dans le ranch. Hunter aide Murphy à se relever et l'entraîne dehors. L'adjoint récupère l'arme et la glisse dans sa ceinture. Seule Morrisson s'assied aux côtés de la femme de l'acteur. Biscailuz tape amicalement sur l'épaule du major.

– Vous avez du cran, major. C'était une idée dangereuse. Ça a marché, mais je ne recommanderais pas à mes hommes d'agir comme vous. On va garder toute cette histoire pour nous, ne vous en faites pas. Avec un peu de repos, Audie pourra recommencer à tourner très vite et personne n'en saura rien. Je ne ferai rien qui puisse nuire aux intérêts de l'armée, vous le savez.

– Oui, bien sûr shérif, nous savons que vous êtes un grand patriote et que vous êtes dans notre camp.

Buckman répond machinalement au vieux politique, il se doute bien que ce service devra se payer tôt ou tard, Biscailuz ne donne jamais rien sans contrepartie, c'est bien pour cela qu'il est réélu depuis vingt ans. Buckman regarde ailleurs, vers la femme de Murphy que Morrisson aide à se mettre debout. Son visage est tuméfié, elle ne peut plus ouvrir l'œil gauche et peine à se tenir droite. Son chemisier est taché de sang, son nez est cerné d'une croûte noire, et deux de ses incisives sont cassées. Dans sa crise, l'acteur l'a rouée de coups, il aurait pu la tuer. Il ne va pas être si simple de garder le silence sur cet incident. Il s'excuse auprès du shérif et va épauler Morrisson pour emmener Mme Murphy vers une des caravanes, celle où son mari n'est pas. Ils l'installent à une table de maquillage faute de mieux, et Morrisson s'empare de la trousse à pharmacie. Elle nettoie les plaies pendant que Buckman sert un verre de bourbon à la jeune femme qui retrouve l'usage de la parole.

– Où est mon fils ? articule-t-elle faiblement.

– Il est gardé par l'assistante de Ross Hunter.

– Jeanine ? Ah, ça va. Elle est gentille.

Le major pousse le petit verre de bourbon devant elle, la jeune femme le prend d'une main tremblante et le boit. Elle grimace, l'alcool brûle les plaies dans sa bouche. Elle aura besoin du meilleur dentiste de Los Angeles. À l'extérieur, ses blessures sont superficielles mais nombreuses. Morrisson a fini de les nettoyer et ils peuvent constater que son nez est cassé et que ses ecchymoses mettront plusieurs semaines à s'estomper. La jeune femme le remarque aussi et reprend dans un gémissement.

– C'est allé trop loin. Il est dangereux. Je vais demander le divorce et porter plainte. Il faut qu'il soit enfermé et soigné. Si je ne le fais pas, il finira par me tuer, ou pire, par en tuer une autre, voire son propre fils. On ne peut pas le laisser continuer.

Elle grimace et se tait, épuisée par l'effort qu'elle vient de fournir. Buckman ferme les yeux quelques secondes. C'est pire que ce qu'il craignait. Ils doivent éviter ça à tout prix, ils sont là pour ça. En pleine guerre de Corée, on ne peut pas laisser dire dans les journaux que la gloire nationale de l'armée est revenue complètement dingue du front, il ne peut y avoir que des retours glorieux, des familles fières et heureuses. Il échange un regard lourd de sens avec Morrisson. Elle doit lui parler de femme à femme, cela a plus de chances d'aboutir. Il faut qu'elle la ramène à la raison, qu'elle lui rappelle son devoir. Audie Murphy n'est pas n'importe quel vétéran, elle le savait en l'épousant.

L'agent Morrisson baisse la tête et acquiesce. Chance sent bien qu'Annie est tiraillée entre une réaction instinctive et son devoir militaire. Elle a envie de hurler à Mme Murphy de se sauver et d'emmener son fils, mais elle doit lui dire de tenir bon, de donner une autre chance à Audie et à son traitement médical. Buckman attrape la main d'Annie pour l'obliger à le regarder dans les yeux. Il prononce une dernière phrase en la fixant :

– Je vous laisse avec l'agent Morrisson, le temps de vous changer. Elle va vous aider à soigner vos blessures. Je vais prendre des nouvelles de votre fils et de votre mari.

Chapitre 24

Ranch de Wild Johnny Savage,
Palos Verdes Drive, San Pedro,
comté de Los Angeles, 26 août 1953

Quelques hectares de bonnes terres, un petit ranch et surtout de magnifiques écuries, la propriété de Wild Johnny Savage sur les hauteurs de San Pedro, le long de Palos Verdes Drive, vaut un bon paquet de dollars. Moffat regrette de ne pas avoir réussi à ferrer cet héritage, son bluff ne lui permettra pas d'en capter un gros morceau, il va devoir se contenter de quelques miettes. Il gare son Oldsmobile devant un enclos où un palefrenier met un filet et une selle à un cheval alezan cuivré musculeux qui frappe le sol de ses sabots avec nervosité. Le producteur regarde le panorama quelques instants. Au loin, à l'est, s'étend le port de San Pedro, ses immenses quais et ses navires militaires ; au sud, on distingue jusqu'aux rives de l'île de Catalina. Savage s'est bien foutu de sa gueule, ce vieux cabot avait amassé pas mal de fric pendant toutes ces années. La bonne humeur de Moffat s'envole d'un coup et il s'agace auprès du jeune homme qui l'accompagne en voiture.

– Qu'est-ce que tu fous Jacinto ? On ne va pas dormir ici !

Le matin même, le producteur a donné rendez-vous au jeune ami de sa compagne. Il avait en tête de se venger, de lui faire avouer la nature de ses relations avec Didi et sa filature minable, de lui soutirer des informations et de le renvoyer chez lui une fois humilié. La nécessité de passer au ranch de bonne heure, avant de se rendre sur le tournage de *Marionnettes*, lui a fait changer ses plans. Il a embarqué Jacinto ; ses bras seront utiles pour prendre le maximum d'objets de valeur au ranch de Savage. Le gamin, tiré à quatre épingles pour passer une audition, n'a pas osé refuser et il l'a traîné jusqu'à San Pedro. Moffat se présente au palefrenier qui parle un anglais médiocre avec un accent mexicain épais. Il se fait toutefois comprendre et explique qu'il est venu récupérer des objets dans la propriété. Le garçon d'écurie paraît surpris, Moffat ne tarde pas à comprendre pourquoi.

Il fouille le ranch pendant un quart d'heure, en vain. Il ne reste que quelques meubles, des livres, deux paires de bottes usées, des bouteilles à moitié bues… Tout ce qui avait la moindre valeur a déjà été pris. L'ami de Savage s'est moqué de lui. Il n'a pas cru à son bluff et lui a filé les clés d'un ranch déjà soigneusement nettoyé. Moffat enrage et rabroue Jacinto qui se plaint d'avoir marché dans un crottin frais et d'avoir sali ses bottes cirées. Le môme est bien un cow-boy de cinéma, comme il en pullule dans cette ville. Même les écuries sont vides, il ne reste plus que deux chevaux, une vieille rosse bonne pour l'abattoir qu'ils n'ont pas pris la peine d'emmener et le jeune étalon que le palefrenier finit de seller dans l'enclos. Moffat se dit que cet alezan a sans doute une petite valeur marchande et il s'approche du palefrenier mexicain.

– Il est beau ce cheval, vous ne l'avez pas vendu ?

– *Sí señor*, il est beau, mais sauvage, jamais monté, très difficile à vendre.

Le producteur comprend que l'alezan n'a pas été débourré. Il montre la selle au palefrenier :

– Pourquoi vous lui mettez une selle, s'il ne peut pas être monté ?

– Un cavalier va venir aujourd'hui pour le dresser. Dernière tentative, sinon on va le donner pour les rodéos.

Comme s'il comprenait qu'on parle de lui, le cheval hennit, essaye de se cabrer malgré sa longe et secoue la barrière de l'enclos.

– Il a du caractère, votre bourrin, commente Moffat.

– *Sí*, il est impossible. *Tranquilo* Diablo, *tranquilo* !

Le palefrenier tente de calmer l'animal en lui posant la main sur la tête, mais Diablo reste réfractaire à tout échange. Ses naseaux frémissent de peur et de colère. Moffat sourit. Voilà sans doute une bonne occasion de régler ses comptes avec Jacinto. Il désigne d'un geste le jeune homme qui se tient à l'écart de sa conversation avec le garçon d'écurie.

– Mon ami là-bas est un cavalier exceptionnel. Il n'en a pas l'air, mais il a grandi au Texas et il a débourré des dizaines d'étalons. Si vous voulez, je peux lui demander de s'en occuper. On a un peu de temps devant nous.

Le palefrenier observe Jacinto quelques secondes et secoue la tête, peu convaincu par l'allure générale du jeune homme.

– *No, señor, ese caballo está peligroso*. Je ne peux pas, trop dangereux.

Moffat s'énerve et attrape le Mexicain par le col de sa chemise.

– Si je te dis qu'il va essayer, il va essayer. Je suis sûr que tes papiers ne sont même pas en règle et que tu couchais avec Savage. Si tu ne veux pas que j'explique à mon ami le shérif Biscailuz qu'un vieux pédé en situation irrégulière a volé pour des centaines de dollars d'objets dans le ranch de Savage, tu ferais mieux de la fermer. Sinon, c'est retour direct à Tijuana. OK ?

Moffat doit avoir touché un ou plusieurs points sensibles, car le palefrenier s'éloigne en levant les bras au ciel et en jurant en espagnol. Le producteur fait signe à Jacinto d'approcher avec un grand sourire.

– On va pouvoir faire ton essai, finalement. Le destin est avec toi. Tu m'as bien dit que tu étais un bon cavalier ?

Jacinto s'avance, l'air gêné. Moffat sait pertinemment que le jeune homme lui a menti et qu'il n'est sans doute jamais monté à cheval de sa vie. Il lui aurait demandé s'il s'y connaissait en physique nucléaire, il aurait prétendu être Einstein pour obtenir un rôle. Moffat en rajoute pour enfoncer le clou.

– Tu sais que c'est essentiel pour jouer dans mes films. Je ne fais pas doubler mes cow-boys, on y perd trop en réalisme. Plus personne ne peut se permettre de ne pas monter correctement à cheval. Il faut que je voie ce que tu donnes en selle, c'est capital. Tu comprends ?

Le jeune homme acquiesce, pris au piège. Il ne s'attendait pas à devoir prouver ses dires aussi vite, l'essai devait avoir lieu dans un bureau, loin de toute monture. Il regarde l'alezan et demande d'une voix peu assurée :

– Il a l'air sauvage, non ?

– Non, le rassure Moffat, il est un peu jeune, mais c'est un cheval magnifique. Je pense que ce sera le cheval du héros dans mon prochain film. Si tu veux le rôle, il va falloir que vous vous entendiez bien. Allez, en piste jeune homme ! Il est l'heure de me faire voir ce que tu as dans le ventre. Tu ne vas pas laisser passer ta chance bêtement, non ?

Un peu plus loin, appuyé à la barrière, le palefrenier désapprouve de la tête et crache au sol. Moffat le prend à témoin.

– Mon ami est un cavalier exceptionnel, on fait juste un petit tour d'enclos, ne vous en faites pas, votre étalon ne transpirera même pas.

Il tend la longe à Jacinto qui vient de passer par-dessus la barrière. Diablo hennit et se tend. Moffat voit le jeu de la musculature dans ses jambes, ce cheval est magnifique, mais c'est un paquet de dynamite allumé. Il arrache son consentement à Jacinto.

– Hein Jacinto, tu peux dire au garçon d'écurie que tu es un bon cavalier ? Il ne voudrait pas que tu blesses son étalon avant qu'il le vende.

– Oui, oui, ne vous en faites pas. Je suis un bon cavalier. On va y aller tranquillement, précise Jacinto.

Le palefrenier hausse les épaules en maugréant qu'ils sont dingues, mais qu'il les aura prévenus. Jacinto n'entend rien, il essaye de poser son pied dans les étriers. Il rend la longe à Moffat qui doit se cramponner de toutes ses forces pour maintenir Diablo en place le temps que le jeune homme se hisse sur la selle. Par surprise, Jacinto parvient à se jucher sur Diablo dont le regard fou impressionne Moffat qui lâche aussitôt la longe. L'alezan se cabre, rue et part au galop dans l'enclos. Jacinto se cramponne et Moffat hurle d'une joie mauvaise.

– Yeee haaa ! Allez *vaquero*, c'est ta seule chance, ne la laisse pas passer !

Le jeune homme ne tient en selle que quelques secondes. Diablo se cabre à l'autre bout de l'enclos et cette fois-ci, Jacinto lâche prise. Balancé dans tous les sens, il décolle de la croupe, passe par-dessus l'encolure puis retombe brutalement, le dos sur la barrière, dans un bruit mat qui affole le palefrenier. Moffat hurle de rire et se tient les côtes.

– Ah putain, gamin, si jamais je cherche un cow-boy pour un numéro de clown, je te jure que je penserai à toi ! Pour les westerns, par contre, faudra repasser…

Moffat rit toujours quand le palefrenier se précipite aux côtés de Jacinto, lui soulève délicatement la tête. À son air affolé, le producteur comprend que sa vengeance a dû aller un peu trop loin, mais il s'en accommode rapidement. La leçon n'en sera que plus claire pour Didi : c'est ainsi que se termineront toutes ses velléités d'indépendance.

★

Le gros pied poisseux de sang glisse sans cesse entre les mains de Van Vlaar. Ils ont été obligés d'appeler Walls à la rescousse pour extirper le corps de Denise Jones de la cave. Même à quatre, l'opération demande un effort considérable. L'interrogatoire a foutu du sang partout dans la pièce. La puanteur est devenue insupportable et Van Vlaar a failli gerber plusieurs fois. Il ne sait même pas si elle est toujours vivante. Il lui a semblé qu'elle respirait encore sur le sol, quand il l'a retournée et lui a appuyé sur le ventre du bout du pied. Si elle était moins lourde, ils iraient la poser directement sur les rails. Mais elle pèse un âne mort et les voies sont à plusieurs centaines de mètres. Ils ont encore la cave à nettoyer et les autres imbéciles à libérer, leur remettre un sac sur la gueule et les lâcher loin de l'entrepôt. Personne ne doit savoir où ils se trouvent, sinon les morts suspectes qui fleurissent sur les lignes de chemin de fer alentour pourraient prendre une tournure pénible pour le LAPD. Ils vont laisser Jones par terre quelques heures. Si elle se réveille, ils la balanceront dans un terrain vague du ghetto, sinon, elle ira rejoindre les rails. Ils la laissent tomber au sol avec dégoût. Plusieurs douches vont être nécessaires pour se débarrasser de son odeur. Van Vlaar donne l'ordre au plus jeune membre de l'équipe de nettoyer le sous-sol et d'y aller de bon cœur avec l'eau de Javel.

Au moins, tout ce cirque n'a pas été vain. Van Vlaar a récupéré les informations qu'il voulait obtenir de la grosse. Elle connaissait bien Gutree, c'était sa compagne en quelque sorte, entre deux cuites et deux séjours à l'ombre, ils partageaient un coin de tôle. Quelques jours avant sa mort, il avait gagné une forte somme d'argent. Elle ne sait pas comment, il jouait les mystérieux, elle sait juste qu'il avait volé une camionnette, elle l'avait vu avec, mais elle ne valait pas une telle somme, loin de là. Elle sait aussi que Gutree parlait trop une fois ivre. Il avait carbonisé son argent en drogue et dans les bars. Au gré de ses bitures, il s'était vanté de savoir des choses sur l'affaire de la « Beauté volée ». Il affirmait même avoir couché avec la jeune femme quand elle avait encore le visage indemne. Elle ne l'avait jamais cru, elle prenait ses dires pour des fanfaronnades d'ivrogne. Son pécule filait à toute vitesse, elle voulait sa part, il refusait de lui donner le moindre dollar, ils se sont disputés et il a disparu un soir. Elle ne l'a revu qu'une fois pendu aux poteaux. Le bruit a couru dans tout le quartier qu'on lui avait fait payer, ainsi qu'à son complice, un comportement qui avait mis la communauté en danger. Tout le monde parlait de la « Beauté volée », mais ce n'étaient que des rumeurs, personne n'avait de preuve. Gutree n'était qu'un poivrot qui ne savait pas ce qu'il disait quand il avait son compte.

Liz Montgomery n'avait pas d'argent sur elle le soir où on l'avait kidnappée. L'argent de Gutree ne pouvait pas venir de là. Le vol de la camionnette laissait supposer que tout ceci était prémédité. Van Vlaar était maintenant convaincu que quelqu'un avait payé Gutree et son ami pour l'enlèvement de la jeune femme. Ce commanditaire devait être le troisième larron qui les avait rejoints dans le terrain vague pour défigurer l'actrice avec de l'acide, à en croire le témoignage de cette dernière. Un Blanc, sans aucun doute, une sombre histoire de cul, de jalousie ou de vengeance. Van Vlaar parierait volontiers là-dessus.

Denise a fini par leur lâcher le nom d'une personne susceptible de leur dire avec qui Gutree aurait pu conclure ce marché sordide. Titanic Brown, un petit dealer et maquereau qui traîne dans les clubs de Central Avenue. Le jeune truand ne va pas tarder à recevoir une invitation à visiter leur entrepôt, mais pour cette nuit, ils ont leur compte. Van Vlaar retire sa cagoule et sort. Il est surpris par la lumière du jour qui se lève, ils ont passé toute la nuit à tabasser cette pute, il sent qu'il en aura des courbatures dans les bras. Ses collègues chargent les prisonniers restants à l'arrière de leur Ford, toujours un sac sur leurs sales gueules. Van Vlaar s'allume un cigare et contemple les ombres qui reculent autour d'eux. Pour aujourd'hui, son devoir est accompli.

★

Jack Dragna sort de sa maison et descend l'allée au rythme du pas traînant de son chien. Il le sort en laisse tous les soirs, le quartier est paisible et il apprécie cette promenade quotidienne de bon citoyen. Il a acheté cette villa de plain-pied avec quatre chambres, trois salles de bains et deux garages à l'époque où il voulait s'offrir une respectabilité. Brentwood est le quartier idéal pour ça, juste assez bourgeois, ethniquement d'un blanc immaculé, mais sans l'affectation et le clinquant de Beverly Hills ou de Melrose. Dans ces quartiers plus huppés, la présence d'un Italien fait tache, encore plus lorsqu'il est soupçonné d'être un parrain. Il n'aurait jamais pu avoir la paix. À Brentwood, on regarde parfois bizarrement ses Cadillac décapotables, surtout depuis la mort de sa femme quand il circule en compagnie d'une jeune femme blonde un peu vulgaire. Ses deux gardes du corps provoquent quelques chuchotements interrogatifs avec leurs monosourcils, leurs bras épais comme des troncs d'arbres et leurs manières de gorilles. On ne l'invite jamais à des barbecues ou à des fêtes du voisinage, mais on lui dit bonjour et l'on ne change pas de trottoir quand il promène Edgar, c'est tout ce que demande Jack Dragna. Alors ce soir, quand il arrive au portail de sa propriété, il ne peut retenir un cri de rage, qui déclenche l'arrivée de ses deux gardes au pas de course.

– Nom de Dieu de bordel de merde, ça a recommencé ! braille Dragna avant de se signer pour expier son blasphème.

Sur le mur blanc qui borde son jardin, un plaisantin a dessiné un *Kilroy was here* grand d'au moins deux mètres. Kilroy, ce dessin d'un personnage regardant audessus d'un mur, ne montrant que son crâne, ses yeux, son gros nez et ses deux mains, est devenu une légende de la Seconde Guerre mondiale en précédant l'avancée des troupes américaines jusqu'à l'entrée dans Berlin. Il était si célèbre qu'il s'est mis à fleurir sur des murs aux quatre coins du pays au retour des GIs. Cette plaisanterie ne poserait pas de problème particulier à Dragna, mais depuis qu'un salopard l'a nargué en l'esquissant sur les fesses de Vicky, on ne cesse d'en dessiner sur son passage. Sur ses clubs, ses voitures et jusque chez lui. Sa villa a été vandalisée à trois reprises en deux semaines. Vicky est retournée faire la pute au Mexique, dans le pire clandé de Tijuana pour apprendre le respect – elle y crèvera avant Noël –, mais Dragna ne peut pas refaire indéfiniment les peintures de sa villa sans s'attirer des questions de la communauté. Il ne veut pas de manifestation réclamant son départ. Une telle humiliation le rendrait fou. Il interpelle ses gorilles.

– Vous allez faire planquer des gars dans le coin jour et nuit et me choper le fils de pute qui s'amuse à se payer ma tête. Je veux que ce mec crève en pleurant. Mais trouvez des gars discrets et qui présentent bien, du doigté et de la finesse. Je ne veux pas d'emmerdes avec les voisins.

Dragna se tait pour laisser passer une de ses voisines, une dame âgée presque desséchée qui promène une toute petite chienne blanche aux poils longs toilettée avec soin qui sautille comme un haricot mexicain. Edgar se met à tirer sur sa laisse pour suivre la femelle qui a l'air très à son goût. Son maître se cramponne et tire de toutes ses forces pour retenir son bouledogue en rut. Alors qu'un de ses gardes vient lui prêter main-forte, une Jaguar MK7 gris et noir s'arrête silencieusement à leur hauteur. Un chauffeur en livrée en sort, retire sa casquette et ouvre la portière arrière. Un homme à l'élégance raffinée payée à prix d'or à Saville Row fait signe à Dragna de monter. Celui-ci reconnaît le vieux beau prétentieux aux cheveux teints et gominés. Handsome Johnny Roselli, l'émissaire de l'Outfit de Chicago, un assassin aux gants de soie. Une telle invitation ne se refuse pas, Dragna sait que Roselli fait exprès de venir le cueillir chez lui en pantalon d'intérieur et vieux souliers pour bien lui signifier qu'ils n'appartiennent pas au même monde. Il rêve d'écraser à coups de talon sa gueule pédante rendue orange par les crèmes autobronzantes, mais il fait bonne figure et sourit avant de monter dans la Jaguar. Roselli l'arrête en lui montrant Edgar.

– Non, Jack, pas de griffes ni de poils sur ce cuir pleine fleur, par pitié. Un de tes hommes peut monter avec nous, mais confie ton adorable toutou au second.

Dragna obtempère et range cette humiliation dans un coin de sa mémoire, avec celles qu'il faudra faire payer un jour à l'Outfit. Un gorille s'assied à côté du chauffeur qui le dévisage avec un air pincé. Jack s'installe sur la banquette et serre la main que lui tend Roselli. La Jaguar ne démarre pas, elle sert juste de lieu de rencontre.

– Tu es de retour à Los Angeles, je croyais que tu t'étais installé à Vegas ?

– J'aimerais bien ne plus avoir à revenir, mais tu connais cette ville, elle refuse l'ordre et la discipline.

Dragna reçoit à mots couverts la confirmation que Handsome ne lui rend pas une visite de courtoisie. Il vient le rappeler à ses devoirs vis-à-vis de Chicago.

– Comment s'est passée ton entrevue avec mon ami, le père Starace ? demande Roselli.

– Ah, très bien, il est très courtois. Il voulait que je fasse un don pour ses œuvres.

Dragna s'agite nerveusement sur la banquette, il espère que le curé a tenu sa langue, mais il sent bien que Roselli sait déjà trop de choses pour qu'il s'en sorte par une pirouette et un mensonge. Minimiser sera sûrement moins dangereux.

– On m'a rapporté qu'il est très proche d'une société de production, AFE, qui a levé d'importants capitaux pour son prochain film. Il ne t'en aurait pas parlé ?

– Si, j'ai même participé à cette levée. Une petite somme, mais c'est un homme d'Église qui me le demandait, je me suis dit que ça devait être pour une bonne œuvre.

– Tu sais que cette participation contrevient à nos accords et que certains pourraient prendre ombrage de ton intrusion sur leur territoire.

– Mickey est en prison, on ne peut pas laisser passer de belles opportunités parce qu'on n'a plus de direction locale.

– Mickey a de nombreux hommes de main encore actifs qui n'apprécient pas que tu ne respectes pas les accords. On m'a parlé d'une somme de deux millions de dollars, remise en liquide à Larkin Moffat.

– C'est un fantasme, nie Dragna, en agitant les mains pour cacher son malaise.

– Sans doute. Tu n'as pas une telle somme à investir, surtout dans un business aussi aléatoire que le cinéma avec un producteur débutant, alors que la famille t'interdit de faire des investissements dans ce secteur. Tu n'es pas assez fou pour risquer de tout perdre pour une lubie. Je le sais, mais il y a des gens qui sont persuadés du contraire et qui envisagent une mesure punitive. Pour l'exemple.

– Cohen n'a aucun droit de me sanctionner ! s'emporte Dragna.

– Il y en a beaucoup qui croient que si. Je te conseille de surveiller l'argent liquide que tu as donné. Certains pourraient se croire autorisés à le récupérer pour leur profit. Je ne veux pas de guerre dans cette ville. Le nouveau chef de la police, ce Parker, veut notre peau. Il est essentiel que nous soyons discrets. Alors surveille bien ton fric et dissuade-les pacifiquement. Dès que tu le pourras, tu récupéreras ton investissement, dans deux mois ce serait mieux, je vais essayer de les calmer d'ici là. Et tu te tiendras à l'écart du cinéma. Si tu veux rencontrer des actrices, dis-le-moi, j'organiserai ça. Je sais combien il est difficile d'être veuf, mais il faut continuer à réfléchir avec sa tête.

Dragna écoute et acquiesce. Roselli est venu lui adresser un avertissement sans frais. L'Outfit ne veut pas d'une nouvelle guerre à Los Angeles. Il veut que Cohen et lui retrouvent leurs positions initiales sans avoir à exercer sur eux une contrainte violente. Voilà ce à quoi la mafia va ressembler, à des diplomates anglais au petit doigt en l'air. Il fera ce qu'il veut de son fric, il doit investir dans un modèle légal qu'il pourra léguer à son fils. Cette vieille tante de Roselli ne le fera pas dévier. Par contre, il va coller des garde-chiourmes aux fesses de Moffat et surveiller de près son pécule. Il a toujours fui les conflits, mais il est hors de question que la bande de Cohen lui pique son fric. S'il doit mettre Los Angeles à feu et à sang pour empêcher ça, il le fera sans hésiter. À son âge, il n'a plus grand-chose à perdre.

Les échanges de pure courtoisie sur leurs familles respectives s'enchaînent automatiquement, puis Dragna descend de la Jaguar. Les hurlements d'une femme lui font lever les yeux vers le trottoir d'en face où Edgar a rattrapé la chienne de la voisine malgré les efforts de son gorille pour le retenir. Le molosse a grimpé sur la petite créature bien peignée qui disparaît complètement sous ses pattes. Seule une petite touffe de poils blancs dépasse au niveau du torse du bouledogue qui, toute langue dehors, martèle sa conquête à coups de reins déterminés. Dragna pousse un profond soupir alors que son garde du corps hilare essaye d'expliquer à sa voisine hystérique qu'il faut laisser faire la nature.

★

Buckman dépose une tasse de thé fumant devant Morrisson qui ne lève pas les yeux de sa lecture. Il ne sait pas comment faire pour renouer le dialogue avec elle. Il la manie comme une figurine en porcelaine pleine de larmes, tellement précieuse et fragile qu'il craint de la briser en lui parlant. Ils sont rentrés tard dans la nuit, Morrisson était dans un tel état qu'il a dû s'arrêter deux fois pour qu'elle vomisse sur le bord de la route. Elle n'avait pourtant rien bu, elle avait même refusé le bourbon qu'il lui avait proposé pour la remonter après le départ de Murphy avec sa femme et son fils. À la seconde où la famille Murphy avait disparu au loin dans la voiture conduite par Ross Hunter, son visage souriant s'était décomposé. Elle s'était mise à pleurer de rage, à insulter Chance qui essayait de la raisonner.

À chaque arrêt, Annie vomissait de dégoût, dégoût d'elle-même, de l'armée et de ce qu'elle venait de faire en son nom. Buckman l'a laissée crier dans le désert pour épuiser sa colère. Il a fini la bouteille de bourbon et s'est assoupi dans la Chevrolet. Plus tard, le froid glacial de la nuit désertique l'a réveillé. Annie était à ses côtés, pelotonnée sous une couverture. Ils n'ont pas parlé pendant le trajet du retour. Il l'a déposée à son hôtel, elle a claqué la portière sans un mot. Il a roulé machinalement jusqu'au bureau, préférant venir y finir sa nuit entre ses scénarios et ses courriers. Il ne pouvait plus trouver le sommeil sans avoir recours à l'alcool et il avait son compte pour la journée. Il ne pensait pas la voir au bureau ce matin. Pourtant, elle est arrivée à peine plus tard que d'habitude.

– Annie, vous avez fait votre devoir, tente-t-il pour la rasséréner en hésitant à poser sa main sur la sienne.

– Agent Morrisson. Quand vous me parlez de devoir, vous m'appelez agent Morrisson. Annie, elle ne l'a pas fait, son devoir. Annie s'est comportée comme la dernière des salopes, elle a bourré le crâne d'une pauvre femme qui se fait tabasser par un dingue. Elle lui a dit que c'était son devoir vis-à-vis de son pays et de son fils que d'aider cette brute psychopathe à se soigner. Annie lui a fait croire que tous les militaires avaient des passages difficiles, que la guerre pouvait esquinter les âmes les plus pures et qu'il avait besoin d'elle pour guérir. Qu'il y arriverait et qu'elle lui devait ce soutien. Le pire, c'est qu'elle a réussi à la convaincre… Si ce salopard la tue, je ne me le pardonnerai jamais. Et même s'il ne la tue pas. Ce que j'ai fait est dégueulasse. Je ne suis plus une femme, je suis une militaire cynique.

– Age… Annie, pour moi vous êtes Annie, définitivement, et ne contestez pas !

Il lui saisit la main et se penche vers elle.

– Vous avez juste été la voix de la raison. Audie est un type bien, il a fait une connerie, il se soigne. Ils peuvent traverser cette épreuve ensemble. Et Pamela est une femme intelligente, vous ne lui avez pas fait changer d'avis. Elle a eu un moment de doute, c'est normal après ce qu'il lui a fait subir. Mais elle l'aime et elle a choisi de rester à ses côtés pour l'aider. Ce n'est pas un choix honteux. Loin de là.

– Vous aussi, vous me frapperez à mort quand le jeu vous manquera trop ? demande Morrisson en retirant sa main.

– Annie, non, jamais je…

Elle le coupe avant qu'il ne puisse finir.

– Je ne suis pas prête à écouter les serments d'un militaire drogué. Ce n'est pas le moment. Parlons travail, si vous le voulez bien, major.

Vexé, Buckman comprend que le moment est malvenu pour insister. Il se rassied à sa place et fait mine de s'absorber dans le dossier du tachistoscope. Il connaît déjà par cœur le détail de cette innovation que surveillent de près de nombreuses compagnies multinationales et dont les développements pourraient intéresser l'armée. Le procédé mis au point par James Vicary est simple, il s'inspire d'un instrument décrit par un physiologue allemand pendant la guerre, mais que les nazis n'ont pas eu le temps de finaliser. Il s'agit d'insérer une vingt-cinquième image par seconde dans une pellicule classique. Si le rythme est bien réglé, cette image n'est pas visible dans le cours normal de la projection, pourtant le cerveau du spectateur enregistre bien ce message. Vicary est persuadé que la répétition d'un même message simple au rythme d'une image par seconde pendant toute la durée d'un film peut agir comme une suggestion hypnotique et influencer fortement le comportement des spectateurs concernés. Il envisage des tests pour Coca-Cola et demande l'appui d'un studio pour procéder à des essais sur une grande échelle. Buckman sait que les patrons des studios seront réticents, ils estimeront que cela pourrait leur faire une fort mauvaise publicité et que leur public n'a pas envie d'être utilisé comme cobaye. Trautman sera sûrement passionné par les résultats de cette expérimentation, Buckman a déjà prévu d'appuyer cette demande auprès de la Columbia, il doit rencontrer Fred Kohlmar à ce sujet dans quelques jours.

Depuis une dizaine de secondes, le crépitement caractéristique du télex perturbe sa lecture. La porte du bureau s'ouvre et sa secrétaire lui tend la page télécopiée avec une nervosité inhabituelle. Buckman lit le message et sent son ventre se nouer. De façon tout à fait inattendue et non protocolaire, le général Trautman leur annonce son arrivée à Los Angeles le lendemain et son intention de les voir dès que possible. Leur rapport sur le comportement suspect de Moffat a déclenché une réponse plus rapide et directe que prévu. Buckman se contente de glisser le message vers Morrisson sans un mot. Là non plus, il ne saurait pas quoi lui dire.

Chapitre 25

234 West Hillsdale Street, Inglewood, comté de Los Angeles, 27 août 1953

Baruch Van Vlaar sort sur le perron de son pavillon pour récupérer sa bouteille de lait et le *L.A. Times* que le livreur vient de déposer. Il grimace un peu, ses courbatures le font souffrir. Entre ça et la chaleur, la journée va être difficile, d'autant plus qu'il devra sans doute encore jouer des muscles pour faire parler Titanic Brown. Au moins, ce crétin est tellement voyant qu'ils n'auront aucun mal à lui mettre la main dessus, pense-t-il pour se rassurer en jetant un œil à la une du *L.A. Times*. Les ouvriers de Firestone se mettent en grève et les Russes purgent leur armée en faisant disparaître des héros de guerre. Ce putain de monde vire au cauchemar communiste. Baruch souffle sur son café, dans la maison il entend sa femme houspiller son fils aîné qui traîne au lit et va devoir courir pour attraper le bus de son équipe de baseball. Si ce gosse savait ce que son père doit faire pour qu'il puisse vivre en paix, il serait sans doute moins fainéant et plus reconnaissant.

Un homme blond, jeune et plutôt chétif, s'avance en souriant dans l'allée de Van Vlaar. Celui-ci croit avoir affaire à un vendeur d'encyclopédies ou d'aspirateurs, comme il en pullule dans le voisinage depuis quelques mois. Il s'apprête à le congédier avec fermeté, mais l'arrivant le prend de court :

– Bonjour lieutenant Van Vlaar, je suis Clay Lomax, du bureau du FBI de Los Angeles. J'aimerais vous parler quelques minutes, s'il vous plaît.

– Je suis chez moi, en train de boire mon café. Vous ne pouvez pas passer me voir au poste à des horaires convenables ? Le respect de la vie de famille, ça veut dire quelque chose pour des bureaucrates comme vous ?

– Ma démarche n'a rien d'officiel, donc j'ai préféré vous rencontrer discrètement. Je n'abuserai pas de votre temps.

Van Vlaar observe le sourire du jeune homme. Il aurait fait un sacré vendeur d'encyclopédies avec sa gueule d'ange nourri aux flocons d'avoine, mais l'éclair calculateur qui brille dans ses yeux le différencie du commun des bonimenteurs. Le lieutenant rend les armes, lui propose d'aller boire un café sur sa terrasse et le guide le long de la maison. Il frappe au carreau de la cuisine et demande à sa femme de leur apporter du café et des biscuits à l'anis. Van Vlaar n'est pas un politicien né, mais il sait que le FBI a le vent en poupe. Cette organisation hétéroclite composée de jeunes diplômés naïfs et de vieux flics dépassés sortis de leur retraite ne cesse de prendre de l'importance. Au début de la carrière de Van Vlaar, on les chassait comme des mouches à merde, ils devaient faire preuve de patience et recruter d'anciens flics de la région pour obtenir une réelle collaboration des forces de police locales. Cette antipathie était partagée par leurs chefs ; il est vrai que le FBI venait mettre son nez dans des combines très lucratives mais souvent aux frontières de la légalité, voire carrément du mauvais côté. Les temps ont changé sur ce point également, à présent il est de bon ton d'entretenir de bonnes relations avec ces sangsues. Il s'installe sous la treille et veille à ce que son hôte se sente à l'aise. Courtois, le jeune homme offre son sourire le plus enjôleur à la femme du lieutenant et les félicite sur leur jolie maison si bien tenue. Van Vlaar n'est pas dupe, il connaît assez la nature humaine pour savoir que ce Lomax égorgerait sa femme et ses enfants sans états d'âme et en affichant ce même sourire si Hoover le lui demandait.

Lomax boit son café à petites gorgées dans la jolie porcelaine française que la femme du lieutenant sort pour les invités de marque. Van Vlaar a l'impression de subir un contrôle fiscal, elle aurait dû le lui servir dans un seau.

– Vous êtes sur une affaire très sensible et je pense que la collaboration du Bureau pourrait vous aider, démarre Lomax.

– Si vous savez des choses sur l'affaire de la « Beauté volée », il serait urgent de nous les communiquer, s'étonne Van Vlaar.

– Ce n'est pas si simple. Il est possible que vous rencontriez des interférences venant d'autres services fédéraux. Que ce soit clair : je ne souhaite pas étouffer cette affaire, bien au contraire, mais il faut que vous sachiez où vous mettez les pieds.

– Pourquoi n'avertissez-vous pas Parker ?

– Je ne veux pas que le FBI soit impliqué directement dans cet imbroglio. Les choses se compliqueraient d'autant. On doit rester extérieurs à tout ça, donc si les avancées pouvaient avoir l'air de venir du terrain, ce serait plus simple pour tout le monde. Et vous pourriez en tirer un certain mérite.

Van Vlaar se sert une autre tasse de café. Ce petit vicelard lui propose de déposer l'affaire de la « Beauté volée » dans ses souliers de Noël. Il doit y avoir un piège quelque part. Le lieutenant se tend, mais d'un hochement de tête, il invite Lomax à poursuivre.

– Je sais de source sûre que Liz Montgomery devait avoir le premier rôle dans un film d'AFE.

– Ce n'est pas dans le dossier.

– C'est pourtant le cas. Laissez-moi poursuivre, vous verrez. Larkin Moffat, le producteur d'AFE, est un associé de longue date de Johnny Stompanato, un petit maître chanteur et pornographe proche de la bande de Mickey Cohen.

— Je crois que j'ai déjà vu sa sale gueule de gigolo macaroni, confirme Van Vlaar.

— Ils tournaient des films pornographiques dans le studio de Moffat. Stompanato les revendait à tous les bordels du pays, une bonne petite affaire, bien juteuse. Je sais aussi que Moffat voulait à tout prix que le premier rôle féminin de sa première grosse production aille à sa maîtresse, Didi Brummelle. Pourtant, jusqu'à son kidnapping, le rôle devait revenir à Liz Montgomery, je me suis procuré des documents internes de la production qui le confirment, même si étonnamment Moffat semblait tout faire pour en retarder l'officialisation. Montgomery devait avoir un moyen de pression sur Moffat, elle avait peut-être tourné des films pour eux… je ne sais pas.

— C'est un peu léger comme mobile, s'agace Van Vlaar qui ne voit pas en quoi cet écheveau de suppositions et de rumeurs pourrait l'aider dans son enquête, et encore moins en quoi ces informations sont sensibles.

— Vous n'avez pas le plus intéressant, un peu de patience lieutenant. Stompanato a été arrêté avec Gutree il y a deux ans au Mexique. Ça ne figure pas dans vos dossiers, seul le FBI peut avoir accès à ces informations en provenance de l'étranger. Ils étaient associés dans une affaire sordide de détroussage de vieilles dames à Acapulco. Stompanato les emmenait danser et Gutree en profitait pour visiter leur chambre d'hôtel. Ces deux vermines ont fait un peu de tôle ensemble au Mexique, ça crée des liens.

— OK, OK, ça mérite que j'aille un peu secouer les puces à Stompanato, mais ça n'a rien d'explosif. Vous auriez pu nous envoyer ces informations par la voie réglementaire.

– Ça va se compliquer un peu. Je sais que vous êtes allé à la pêche dans les bidonvilles de Compton ces derniers jours. Figurez-vous que vous n'êtes pas les premiers à l'avoir fait. Deux agents des services secrets de l'armée ont cherché Gutree, ce sont même eux qui ont retrouvé son cadavre, grâce à l'aide d'un maquereau, Titanic Brown, qui vendait de la came à Gutree.

– Qu'est-ce que l'armée vient foutre sur Central Avenue ? s'alarme Van Vlaar qui sent venir le sac d'emmerdements.

– Moffat était un producteur de seconde zone, un tocard dont les efforts pathétiques faisaient marrer tout le métier. Il n'a changé de dimension que grâce à l'intervention de l'armée. Du bureau de liaison de l'armée de l'air à Los Angeles et des services secrets militaires, pour être précis. Moffat est une créature de l'armée, mais sa création leur a échappé et ils vont tout mettre en œuvre pour étouffer l'affaire.

– Vous avez des preuves de tout ça ?

– Ce sera à vous de les collecter, lieutenant. Le FBI ne veut pas risquer de donner l'impression de chercher à nuire aux intérêts d'une autre organisation fédérale. Vous savez comment ça se passe à Washington…

Van Vlaar comprend que Lomax aimerait que le discrédit tombe sur les services secrets militaires sans que cela soit imputé au FBI. Le tableau est clair : le LAPD contre l'armée, puis le Bureau qui débarque en pacificateur et qui en sort grandi. Laisser les autres se charger du sale boulot et ramasser les lauriers à la fin de la bataille, cette stratégie porte le sceau de Hoover, le panier de crabes de la capitale règle ses luttes d'influence au soleil. On n'a pas besoin des Russes pour se saborder, on le fait très bien entre nous, pense le lieutenant qui se dit que cette affaire peut néanmoins lui servir de marchepied. Connaître les secrets des puissants et monnayer son silence, ou participer au combat des chefs avec les bonnes cartes en main. Il ne sait pas s'il jouera le jeu de Lomax jusqu'au bout, mais il a compris les enjeux et il compte bien faire surveiller ce Moffat de très près. Le silence s'est installé et l'agent du FBI, alarmé par le manque d'enthousiasme de Van Vlaar, précise les contours de son offre.

– Évidemment, le FBI saura se montrer reconnaissant si vous menez cette enquête à son terme. Nous avons besoin d'appuis actifs parmi les forces de police locales, mais nous ne manquons pas de soutiens parmi la classe politique et la justice, nous saurons mobiliser notre réseau pour faire avancer votre carrière et faire oublier vos excès d'enthousiasme juvéniles. La carrière des amis du FBI compte beaucoup pour nous.

★

La rangée de bibles poussiéreuses reste sur l'étagère, pour un athée ce serait un poids mort. Starace se contente d'empiler les quelques romans et scénarios qu'il ne veut pas laisser à son successeur au fond du carton posé sur son bureau. Le déménagement ne lui prendra que quelques minutes, deux cartons à poser dans le coffre du taxi qu'il va faire appeler et c'en sera fini de son rôle au sein de l'évêché de Californie. L'évêque McIntire n'a pas paru surpris outre mesure de sa démission. Pourtant, on ne quitte pas si souvent les ordres à l'âge de Starace, les crises de vocation et les souhaits d'une vie familiale libre se manifestent plutôt autour de la quarantaine. Il a passé ce cap sans encombre et il aurait pu rester dans les ordres jusqu'à la fin de ses jours, mais il ne veut plus participer à ce cirque, il a besoin de simplicité et d'honnêteté, d'être en accord avec lui-même pour les années qui lui restent à vivre. Sa position marginale au sein de l'évêché de Los Angeles et son absence d'appétit pour les luttes d'influence l'ont toujours mis à l'écart. Il sait que McIntire se satisfait de ce départ sans scandale

452

ni tumulte. Dans des organisations qui cultivent à ce point le secret et l'entre-soi, on tolère peu la différence et l'indépendance d'esprit.

Il a renoncé aux deux millions de Moffat, cette opération serait trop dangereuse et inutile pour un homme seul. Il a fait le point sur ses avoirs ; il ne pourra pas mener grand train, mais son quotidien sera très confortable. Il pourra voyager en Europe, se consacrer à sa peinture et à ses œuvres, le temps que celles-ci puissent lui survivre. Le plus délicat dans ce départ aura été de multiplier les appels téléphoniques pour annoncer son retrait aux différentes antennes de la Legion of Decency et à Joseph Breen… Tous ont perçu sa démission comme un signe supplémentaire de la fin d'une époque. La plupart pensent qu'il préfère partir que de voir son œuvre bafouée par les marchands, alors que tout ceci n'a plus aucune importance pour lui.

Plus rien ne traîne. Il a détruit les documents et courriers sensibles depuis longtemps. Les compromissions, les jeux d'influence, les marchandages avec la morale et les passe-droits selon l'importance des dons, tout a disparu. Il a fait place nette, tout en étant persuadé que les années à venir ne s'embarrasseront plus de ces arrangements. Le commerce et la morale catholique ne font pas bon ménage, et pour vendre ses films aux quatre coins du monde, Hollywood devra s'affranchir du carcan religieux qui l'étouffe aujourd'hui. Le temps des films produits par des juifs selon les principes moraux catholiques pour un public protestant est révolu. Une morale mondiale va se dessiner, au service des intérêts commerciaux des multinationales, et ce sera la seule qui comptera. Ce petit bureau et la liste baroque de ses interdits seront à ranger au rayon des bizarreries de l'histoire de l'art cinématographique. Bientôt, on verra sur les écrans des couples mariés dans le même lit, des baisers de plus de trois secondes et des nombrils de femmes blanches.

Un dernier regard pour s'assurer qu'il n'oublie rien et Starace s'apprête à décrocher son téléphone une dernière fois pour appeler un taxi. Il sursaute quand l'appareil se met à sonner à l'instant où il pose la main dessus. Il décroche, prêt à congédier l'importun qui tente de prolonger son mandat.

– Père Starace ?

– M. Starace tout court, depuis peu.

– Ah… Vous êtes bien un ami de M. Jacinto Moya ?

– Euh… oui, bafouille Starace.

– Je suis le docteur Goodson du Cedars of Lebanon Hospital. Nous venons d'admettre M. Moya dans un état assez grave. Il nous a indiqué votre nom comme celui de la personne à contacter.

– Que lui est-il arrivé ?

Le cœur de Starace s'emballe bien plus qu'il ne le faudrait pour un jeune homme infidèle qui vient de le quitter sans remords apparent.

– Il a eu un accident de cheval. Sa colonne vertébrale est touchée. Je doute qu'il puisse remarcher normalement un jour, mais avec une opération rapide, on pourrait au moins diminuer sa douleur et lui rendre une partie de la sensibilité de ses membres inférieurs. Cette intervention sera assez coûteuse, on doit savoir si vous acceptez de la prendre en charge. Je suis désolé de vous aborder d'une manière aussi abrupte, mon père, mais il faut planifier cette opération d'ici quelques jours avant que les nerfs ne se rétractent, se nécrosent et la rendent impossible. Le temps nous est compté…

Starace ne répond pas, il n'entend plus rien, submergé par un violent flot d'émotions ; Jacinto sur un cheval est une idée absurde, le jeune homme n'en a jamais monté de sa vie ; l'imaginer dans un fauteuil roulant jusqu'à la fin de ses jours est une idée terrifiante ; le voir revenir vers lui bouleverse ses plans de vieil homme solitaire.

Surgissant de très loin, la voix du chirurgien lui parvient :

– Mon père, acceptez-vous de prendre en charge cette opération ?

★

Le De Havilland Comet se pose sans encombre sur la piste de l'aéroport militaire de Palmdale. Autour, des centaines d'engins de chantier redessinent complètement le paysage de cette partie du désert de Mojave. Antelope Valley, isolée du comté de Los Angeles, va devenir un centre industriel majeur sous l'impulsion du secteur aéronautique militaire. Séparé de l'agglomération angeline par la chaîne de montagnes de San Gabriel, ce complexe pourra procéder à des essais supersoniques sans déranger la population, tout en restant à moins de deux heures de route du centre de L.A.. Les travaux pharaoniques ont été validés par le Pentagone, le petit aéroport militaire d'appoint pour le front coréen va devenir l'épicentre de l'avenir de l'armée de l'air américaine.

Buckman et Morrisson observent l'atterrissage depuis le salon d'honneur en toile monté pour l'occasion, tendu d'une multitude de bannières étoilées, en compagnie d'une délégation du constructeur Lockheed, des hommes d'affaires aux bras chargés de documents. Les ingénieurs vantent les prouesses de l'avion à réaction britannique, civil, utilisé par le général Trautman. On pourra bientôt faire l'aller-retour entre le Pentagone et le complexe du Plant 42 en une seule journée, proximité qui renforcera l'emprise du gouvernement fédéral sur le développement de la Californie. Buckman et Morrisson comprennent que Trautman place ce point au centre de son action. Cette entrevue avec la délégation est le principal objet de sa visite, l'industrie cinématographique ne vient qu'au second plan de ces préoccupations du jour.

Au centre de ce tourbillon de poussière, de terres éventrées sur des kilomètres et de millions de tonnes de béton prêtes à se répandre sur le désert, les deux militaires se sentent microscopiques, et leur mission paraît ridicule. Paradoxalement, cela les aide à relativiser leurs problèmes, Moffat ne pèse pas grand-chose face à ce déferlement de puissance brute. L'hymne américain retentit et vient couvrir pour un temps le bruit des chantiers, grâce aux efforts d'une fanfare au grand complet qui brave la chaleur et fait étinceler ses cuivres au soleil. Le général Trautman descend de l'avion, accompagné d'une poignée d'aides de camp. Les émissaires de Lockheed se précipitent vers lui dès son arrivée dans le salon d'honneur, Buckman et Morrisson n'ont pas de rendez-vous officiel, on leur a dit à leur arrivée qu'ils verraient Trautman assez rapidement, sans leur donner plus de précisions. De fait, ils font le pied de grue pendant deux heures, debout sous la tente alors que la chaleur ne cesse de monter. On leur apporte tout juste un verre d'eau et ils ne restent jamais seuls, empêchés d'échanger un seul mot. Ils frôlent l'épuisement quand on finit par venir les chercher. On les conduit jusqu'à une Jeep qui fonce dans les collines pour rejoindre les véhicules de la délégation de Trautman. Ils croisent les émissaires de Lockheed de retour et aperçoivent le général, seul, debout sur une colline couverte de coquelicots rouges. Autour d'eux Antelope Valley n'est qu'un immense champ de pavot coloré à perte de vue. La beauté du paysage leur coupe le souffle alors qu'ils rejoignent Trautman, plongé dans la contemplation de ce lieu unique. Il les accueille avec une phrase énigmatique.

– Il faut savoir faire des sacrifices.

– Pardon général ? demande Buckman.

– On va tout couvrir de béton. Ces collines, ces magnifiques champs de coquelicots, on va les recouvrir d'entrepôts, d'usines, de pistes d'atterrissage. Il restera des champs, bien sûr, mais plus loin. Toute cette zone que vous voyez ne sera plus qu'un immense complexe militaire.

– Les États-Unis sont vastes, mon général.

– Certes Buckman, mais aucun monument ne viendra rendre grâce à cette beauté, sacrifiée pour notre puissance.

Le général inspire quelques bouffées du parfum des coquelicots et observe un instant son Comet en bout de piste et les travaux qui ont débuté. Il reprend.

– Dans les prochaines décennies, nous allons devoir intervenir de plus en plus en dehors de nos frontières. Il nous faut développer notre force et préparer le monde à cet usage. Le cinéma jouera un rôle essentiel sur ce point. Nous devons convaincre le monde que l'usage de la force par les États-Unis est toujours légitime. Nous sommes le camp du bien et nos actions sont guidées par des idéaux démocratiques et pacifiques. Nous n'utilisons la force que quand elle est juste et nécessaire. Tous les films de votre bordel décadent doivent servir à véhiculer cette idée. Je me fiche que les films nous montrent en train de botter le cul à des Japs, des nazis, des cocos, des Martiens, des robots ou des insectes géants. Vous ne manquerez pas d'idées, je n'en doute pas. Je veux que chaque mois, des gamins dans le monde se précipitent au cinéma pour aller voir des soldats américains rétablir l'ordre et la paix. Nous sommes le camp du bien, il ne doit y avoir aucun doute là-dessus. Nous sommes la force du juste au service du plus faible et de la paix. Vous savez qui a dit « Qu'on me donne le cinéma américain et je n'aurai aucun mal à convertir le monde au communisme » ?

– Non, mon général.

– Staline lui-même. Il se fait projeter des films américains tous les soirs. Il adore John Wayne, pouffe le général. Quant à moi, je déteste ces gamineries, je préfère la littérature, mais j'ai adoré le script de votre premier projet, *Marionnettes humaines*. C'est exactement ce que

457

je veux. Votre producteur est un malin, vous avez fait le bon choix.

– Vous avez lu le dossier que nous vous avons envoyé à son sujet ?

– Bien sûr, et c'est pour cela que je vous ai fait venir : j'ai l'impression que votre boussole s'est déréglée et que vous partez plein sud. Alors écoutez-moi bien : je me fiche que votre Moffat soit le dernier des enfants de putains. On ne gagne pas des guerres avec de bons samaritains. Vous n'êtes pas flics, cette histoire de starlette esquintée, ce n'est pas votre problème. S'il se fait choper par le LAPD, vous condamnerez ses agissements et vous en trouverez un autre. Si des petits malins essayent d'utiliser l'affaire pour nous chercher des noises, je m'en occuperai. Nous sommes en guerre, et ceux qui ne le comprennent pas seront éliminés. Les films sont le nerf de cette nouvelle guerre, et croyez-moi, le visage de votre Montgomery ne vaut pas les coquelicots d'Antelope Valley. Est-ce que vous retrouvez le nord maintenant ?

Le général leur tourne le dos et reprend sa contemplation. L'entretien est terminé. Buckman et Morrisson regagnent la Jeep et s'éloignent. Le visage fermé, Annie fixe l'horizon. Elle n'a pas desserré les dents de l'entrevue. Le major sait bien à quoi elle pense ; elle ne supporte pas de devoir passer outre au kidnapping, au viol et à la mutilation d'une jeune femme, son idéalisme et son engagement ne s'accordent pas avec ces compromissions, le père de sa fille n'est pas mort pour ces calculs politiques amoraux. Ce n'est qu'une fois seule avec lui dans la Chevrolet qu'elle laisse échapper ces mots qui sonnent comme un gémissement de douleur.

– Ça va trop loin, Chance. Je ne pourrai plus supporter de collaborer avec Moffat. C'est au-dessus de mes forces.

Buckman acquiesce et démarre la Chevrolet. Aux questionnements moraux de Morrisson s'ajoute la désagréable impression de servir de fusibles dans cette histoire. Si

458

l'affaire Moffat explose et fait la une des journaux, il sait bien que Trautman niera avoir eu vent de la collaboration du producteur avec ses services. Il n'existe aucune trace écrite d'un accord quelconque, Moffat est leur choix, Buckman sait qu'ils devront porter seuls la responsabilité du scandale et que leur carrière militaire s'arrêtera là, sans pension, dans la honte et l'opprobre.

★

Les vitres encrassées de l'entrepôt rougeoient sous la lueur du jour déclinant. D'habitude, Van Vlaar vient ici de nuit, cette luminosité inhabituelle lui révèle les hordes de rats qui fuient la salle d'interrogatoire secrète à l'arrivée des quatre policiers et de leur suspect. Titanic Brown se tortille comme un ver, les mains liées dans le dos et la tête serrée dans un sac en jute brun. Ils n'ont pas eu trop de mal à lui mettre le grappin dessus, le jeune truand est une figure connue du bidonville, ses vêtements et sa voiture le rendent facile à interpeller. Il a protesté de son innocence tant qu'il a pu, mais Van Vlaar n'en a cure. Le lieutenant fait fuir un rat que leur présence ne semble pas effrayer. S'ils terminent vite, il pourra acheter des fleurs à sa femme et rentrer dîner avec elle. Il s'en veut de ses horaires à rallonge des dernières semaines. Il fait tout ça pour sa famille, alors s'il n'arrive pas à passer un peu de temps avec elle, tous ses faits et gestes n'ont plus aucun sens. Agacé, il fait tomber Titanic d'un coup de pied, et le maquereau pomponné gémit, il a esquinté son costume. Van Vlaar éclate de rire. Celui-là ne sera pas bien difficile à faire parler, contrairement à la salope de la veille.

Accompagné de Walls, Van Vlaar va voir où en est Denise Jones. Ils l'ont abandonnée à moitié mourante, il espère qu'elle est consciente pour pouvoir la balancer dans un coin du bidonville sans avoir à la porter. Sinon, il va falloir attendre la nuit pour la traîner sur les voies ferrées et, vu son poids, ce sera un enfer. Ils la retrouvent là où ils l'ont laissée. Son corps énorme n'a pas bougé d'un mètre. Elle gît sur le dos, poignets et chevilles liés. Des rats ont commencé à lui bouffer la jambe droite, elle a des traces de morsures sur le mollet. Elle a dû avoir un réflexe de défense, car un rongeur est coincé sous sa cuisse, mort étouffé par son poids. Le sergent se penche vers elle et grimace. Il montre du doigt le coin des lèvres de la femme inconsciente. Une petite écume rose fait des bulles au gré de sa respiration difficile.

– Elle est vivante, lieutenant. Il va falloir la réveiller et la larguer dans son taudis.

Van Vlaar observe les blessures de leur victime, ses vêtements déchirés laissent voir les innombrables coups de cravache, les brûlures, les bleus. Ils ont tapé comme sur un sac de sable, elle doit être cassée de partout. Seule sa bouche est restée intacte – il fallait qu'elle puisse parler. Qu'elle soit encore en vie tient de l'anomalie scientifique. Ils ne peuvent pas la relâcher dans cet état, elle finirait aux urgences, elle raconterait ce qui lui est arrivé, elle ne resterait pas terrée chez elle la peur au ventre en attendant d'aller mieux. Ils ne peuvent pas la libérer, elle doit mourir et finir sur les voies.

– On ne l'emmène pas. Trop dangereux. Finis-la, on va la balancer sous un train. Elle est trop esquintée, je ne prends pas le risque.

Il tend un sac à son équipier, lui fait signe de l'étouffer. Walls prend le sac mais reste coi, debout au-dessus de Denise. Ce n'est pas un tueur de sang-froid. Qu'un suspect meure pendant un interrogatoire, ce sont les risques du métier, mais tuer une femme sur commande, le lieutenant voit bien que ça le met mal à l'aise.

– Allez sergent, dis-toi que tu fais une bonne action, elle doit souffrir le martyre cette pauvre grosse pute.

Walls hausse les épaules, s'agenouille, pose le sac sur le visage de Jones et entreprend de l'étouffer en pressant le tissu sur son nez et sa bouche. Il tient le sac d'une main et regarde ailleurs. Après quelques minutes, il desserre sa prise et observe le résultat. Van Vlaar appelle leurs deux collègues qui fument une cigarette en balançant des coups de pied à Titanic Brown pour qu'ils viennent les aider à la porter jusqu'aux voies, mais Walls laisse échapper un juron. L'écume vient de réapparaître au coin des lèvres de Jones.

Van Vlaar soupire et lui ordonne d'une voix lasse :

– Recommence. Avec les deux mains et un peu de poigne putain, tu n'es pas en train de lui essuyer le front !

Le sergent obtempère et plaque le sac fermement sur le visage de Jones, il serre sa prise à s'en faire blanchir les jointures sous les regards goguenards de ses collègues qui continuent de fumer et de plaisanter. Il tient cinq bonnes minutes et relâche. Il se relève, époussette ses genoux et s'apprête à s'allumer une cigarette quand un des fumeurs pointe le doigt sur la femme.

– Ça fait encore des bulles Walls, tu es trop doux avec les femmes, ça te perdra.

Les deux policiers rigolent. Van Vlaar ne trouve pas drôle cette situation sordide, et encore moins amusant de perdre du temps alors qu'il voudrait rentrer chez lui et ne revenir que le lendemain pour faire parler Brown. Exaspéré, il s'adresse aux deux plaisantins.

– Jetez vos clopes et allez la finir à mains nues. Vous l'étranglez fermement et on passe à autre chose.

– Ça va laisser des traces de strangulation lieutenant, proteste le plus grand des deux.

– Bordel, dans l'état où elle est, vous croyez qu'un légiste conclura au suicide ? Rassurez-vous, vu son passif, l'enquête ne sera pas bien poussée, et avec un peu de chance, c'est nous qui la mènerons. Allez, magnez-vous, j'ai d'autres plans pour la soirée.

Les deux flics prennent la place de Walls en râlant, ils serrent tous deux leurs mains autour du gros cou de Jones et appuient de tout leur poids sur sa gorge pour finir de l'étouffer. Vexé, Walls ne retrouve le sourire que lorsque leur première tentative se solde elle aussi par un échec. Denise Jones s'accroche à la vie au-delà de toute logique ; l'écume rose palpite toujours aux coins de ses lèvres. Van Vlaar enrage, il attrape la crosse de son arme de service et se retient de l'achever d'une balle dans le crâne. L'enquête sera bâclée, il n'y aura sans doute pas d'examen balistique, mais il ne peut pas jouer ainsi avec le feu. Il désigne un parpaing sur le sol et braille son ordre.

– Prenez ce putain de parpaing et éclatez-la ! Faites-en de la bouillie s'il le faut, mais butez-la !

Les deux flics lâchent le bloc de béton à tour de rôle sur le crâne de Jones, qui finit par céder. Elle est, cette fois, parfaitement morte. Ils se mettent à quatre pour la porter sur les voies, la nuit est encore jeune mais il fait assez sombre pour que leur sinistre besogne passe inaperçue. Ils doivent faire tant d'efforts pour manipuler la lourde carcasse de Denise, passer au-dessus de la palissade et descendre sur le ballast qu'ils maculent leurs tenues de sang. Ils vont devoir passer au commissariat central pour se changer, la soirée de Van Vlaar est fichue. Maussade, il attend avec ses hommes qu'un train passe sur la voie où ils ont largué Jones et qu'il emporte son cadavre, coincé sous ses roues. Il fait nuit noire quand Denise Jones disparaît enfin dans le fracas d'un convoi de marchandises.

Chapitre 26

Cedars of Lebanon Hospital, Beverly Boulevard, Los Angeles, 28 août 1953

Liz et Didi s'embrassent furtivement derrière un cèdre, à l'abri des regards des infirmières et des patients qui prennent l'air devant l'hôpital de sept étages. Elles ne se sont pas revues depuis la soirée chez Hedy Lamarr, mais elles se sont téléphoné plusieurs fois par jour. Le tournage de *Marionnettes humaines* s'achève, Didi est à nouveau libre de ses mouvements. Il reste quelques plans à filmer sans elle, mais ils touchent au but. Moffat va s'enfermer pour suivre le montage final et il la laissera en paix. Elles auraient aimé profiter de cette accalmie pour partir toutes les deux quelques jours au soleil, à Acapulco, dans un cabanon de plage, mais l'accident de Jacinto a bouleversé leurs plans. Leur balade romantique attendra.

Elles naviguent dans les couloirs en marbre du Cedars en se tenant la main. Personne ne semble s'étonner de cette attitude ; les drames qui se jouent dans ce lieu, pourtant si calme, créent des besoins de solidarité et de réconfort qui donnent une autre signification à leur geste amoureux. Pourtant, ces mains se crispent et se serrent avec force quand elles entrent dans la chambre du jeune homme. Voir le bondissant Jacinto pâle et immobile dans ce lit blanc les frappe à l'estomac. Elles réalisent la gravité de la situation que les mots avaient peiné à décrire. Leur ami est maintenu par un imposant corset métallique blanc noué autour de son torse avec de grandes sangles. Il fixe le plafond et ne remarque pas leur présence jusqu'à ce qu'une plainte jaillisse de la gorge de Didi dont le visage est inondé de larmes.

Sans un mot, elles s'asseyent à son chevet et lui prennent les mains. Jacinto s'anime un peu malgré la morphine. Elles le pressent de questions, veulent savoir ce qui lui est arrivé, ce que lui disent les docteurs, quand il pourra sortir… Il peine à trouver ses mots, les opiacés troublent son élocution et sa réflexion, mais il parvient à tout leur dire, le rendez-vous avec Moffat, le changement de destination, le ranch, le cheval fougueux, l'employé mexicain affolé, l'insistance du producteur et le tumulte, l'animal sauvage et la barrière, la douleur et le désespoir. Didi sèche ses larmes, son visage n'exprime plus que de la haine.

– Il l'a fait exprès. Cette ordure a provoqué cet accident par jalousie. Je n'aurais jamais dû le croire quand il m'a promis de te donner ta chance. Ça ne lui ressemblait pas, ce monstre n'a que de la merde dans le cœur. Je vais le tuer, je te le jure Jacinto, je vais te venger, je veux le voir mort !

– Ne gâche pas ta vie, je ne le mérite pas. C'est moi qui aurais dû me méfier. Je n'ai pas été honnête, j'ai voulu lui voler son argent. Il m'a reconnu et il s'est vengé. Tout ça, c'est de ma faute. Je t'ai menti Didi, je m'excuse.

Jacinto avoue péniblement aux deux jeunes femmes abasourdies les raisons de son arrivée dans la vie de Didi, le complot de Starace, la filature, l'abandon du projet de vol. La drogue le rend sincère, il ne leur cache rien. Ses aveux terminés, il s'attend à récolter la colère et la rancœur de Didi dont il a escroqué l'amitié et la tendresse, mais la rage de la jeune femme reste focalisée sur un autre objet.

– Je n'en peux plus de ces vieux cons qui jouent avec nos vies et nous baisent comme ça leur chante. On va piquer le pognon de cette ordure, on va se barrer avec et la mafia lui fera la peau à notre place... C'est tout ce qu'il mérite.

– Ton film, ma chérie, il est sur le point de sortir, ça serait bête de tout foutre en l'air maintenant.

– Je m'en fiche Liz, je ne veux pas passer ma vie à me faire sauter par des vieux porcs pour tourner dans leurs films de merde. Je veux que Moffat crève, mais avant, je veux lui prendre la seule chose qui compte pour lui, son fric pourri. Je veux qu'il voie ses rêves s'effondrer et qu'il crève de l'intérieur. Je veux qu'il souffre, je veux qu'il souffre !

Liz partage sa certitude à propos de la culpabilité de Moffat. Ce type est un monstre, elle l'a toujours su, et lui piquer son fric paraît un châtiment juste pour ce qu'il leur a fait subir. À condition de manœuvrer avec intelligence et de ne pas se faire prendre. Elle parvient à calmer Didi qui embrasse Jacinto, l'assurant que son aveu ne change rien à leur amitié, que même si leur affection est née sur des bases aussi tordues et artificielles que Hollywood, elle reste la seule chose positive qui soit arrivée dans sa vie ces derniers mois – en plus de Liz. Tout à son soulagement, Jacinto n'essaye pas de dissuader les jeunes femmes de s'en prendre au magot de Moffat. Il consent même à leur dessiner le plan d'accès à la propriété du producteur, perdue dans Sepulveda Canyon.

Ainsi absorbés, ils ne remarquent pas l'homme aux cheveux grisonnants qui se tient dans l'embrasure de la porte et les regarde avec circonspection. Starace finit par se racler la gorge pour signaler sa présence aux trois jeunes gens, soudain aussi tétanisés que si la police venait de débarquer pendant leurs préparatifs de braquage. Starace entre dans la chambre et, fermant la porte derrière lui, il leur dit d'un ton rassurant :

– Rien ne saurait me faire plus plaisir que de savoir Moffat à terre, ruiné et pourchassé par la mafia. Si vous ne prenez pas trop de risques, vous avez ma bénédiction, même si je pense qu'elle a perdu un peu de son poids depuis hier matin.

Joignant le geste à la parole, Starace donne à Liz et Didi les clés de sa Cadillac, garée dans le parking de l'hôpital. Il leur révèle qu'une arme est cachée dans son coffre et leur donne les coordonnées d'un banquier qui, moyennant une commission de cinq pour cent, placera les deux millions sur un compte en Suisse sans poser de questions sur leur provenance, et empêchera quiconque de remonter jusqu'à eux. Un regard échangé avec Jacinto le convainc de ne pas évoquer la probable responsabilité de Moffat dans le kidnapping et la mutilation de Liz. Starace sait qu'ils y pensent tous les deux, mais ils n'ont que de forts soupçons, et surtout, sans avoir besoin d'en parler, ils voient que les deux jeunes femmes sont déjà hors d'elles ; une dose de haine supplémentaire pourrait les faire déraper. En faisant ce choix, il espère éviter un bain de sang. On toque à la porte, le chirurgien vient expliquer l'opération qu'il va tenter pour sauver la moelle épinière de Jacinto. Starace reste au chevet de son jeune amant que le destin a poussé de nouveau dans ses bras, alors que les jeunes femmes s'éclipsent et dévalent l'escalier de l'hôpital, deux furies avides de vengeance.

★

Van Vlaar récure l'ongle de son index avec la pointe d'un petit canif. Il a beau se laver les mains plusieurs fois par jour, il traîne toujours sous les ongles les traces de ses interrogatoires nocturnes musclés. Titanic Brown a eu la délicatesse de ne pas le contraindre à salir son costume, deux baffes mollassonnes ont suffi à lui arracher des aveux complets. Il en aurait inventé s'il n'avait rien eu à leur raconter. La nuit dans l'entrepôt en compagnie des rats l'a liquéfié. Au matin, il les a dévisagés avec reconnaissance quand ils l'ont attaché sur sa chaise d'interrogatoire, il voulait parler, vite, leur dire tout ce qu'ils voulaient entendre et partir. Avec des clients comme Titanic Brown, le mythe du voyou dur à cuire en prenait un coup. Malheureusement, il ne leur a rien appris de nouveau : il a confirmé avoir accompagné un homme et une femme jusqu'au corps de Gutree, mais il ne savait pas qui ils étaient. Il pouvait juste indiquer qu'ils lui avaient été présentés par deux Noirs appelés Kentavious et Sydney, qu'on pouvait trouver presque tous les soirs à l'*Algier*, un club de Central Avenue. Van Vlaar a noté ces noms, mais ils ne suffisent pas pour établir un lien direct entre Moffat et Gutree. C'est ce lien qui lui manque pour convoquer le producteur au commissariat central et commencer les explications sérieuses. Comme prévu, il s'intéressera au cas des deux militaires pour satisfaire le FBI, mais seulement quand leur créature sera enfoncée dans la merde jusqu'au cou.

Satisfait de la propreté de ses ongles, Van Vlaar sort de sa voiture banalisée et va frapper à la porte de la villa modeste devant laquelle il s'est garé. Il a opté pour la discrétion, Stompanato est une petite gouape qui ne mérite pas de précautions mais sa femme Helene Stanley est une jeune actrice à la carrière chevrotante, une citoyenne connue et pour l'instant respectable. Ses choix matrimoniaux ne doivent pas la condamner à l'infamie et ne l'empêchent pas de compter des amis influents dans les studios. On entend un chien dans la villa, un roquet hargneux qui se précipite vers la porte quelques secondes avant que Stanley ne l'entrouvre. Il est trois heures de l'après-midi, elle est en peignoir et décoiffée, sans un soupçon de maquillage ou d'apprêt. Son haleine est chargée de relents d'alcool. Van Vlaar fronce le nez. Mme Stompanato file un mauvais coton. Il se présente et précise qu'il vient pour parler à son mari.

– Johnny a encore fait une connerie ? s'enquiert la jeune femme avec une voix pâteuse.

– Non, non, j'aurais juste besoin de son témoignage, madame.

Helene Stanley hausse les épaules et repart dans la villa en criant le prénom de son conjoint. Elle laisse Van Vlaar en tête à tête avec le roquet qui aboie et écume de rage dans l'entrebâillement de la porte. Le lieutenant se retient de balancer son pied dans la face de cet insupportable cabot, ses mauvaises habitudes du bidonville le rattrapent parfois quand il enquête dans des milieux respectables. Il le sait et s'efforce de lutter contre cette tentation. Au bout de quelques minutes, Stompanato apparaît, les pans de son peignoir de soie noire à peine maintenus par une ceinture nouée à la hâte. Van Vlaar aperçoit la toison pubienne et une partie de l'anatomie intime du bellâtre qui, luisant de sueur, empeste lui aussi l'alcool. Il s'enquiert des raisons de la visite du lieutenant d'un ton arrogant.

– Lieutenant Van Vlaar de la brigade criminelle du LAPD. Je voudrais vous poser quelques questions sur une affaire en cours, monsieur Stompanato.

– Vous avez un mandat ou un truc comme ça pour vous pointer chez moi ?

– Il s'agit d'une démarche hors procédure, une simple conversation. Mais si vous préférez, je peux vous envoyer une convocation et vous emmener au poste en voiture de patrouille, toutes sirènes dehors. Mais bon, ça ne ferait pas un super effet dans le voisinage, et ça pourrait même nuire à la réputation et à la carrière de votre épouse, répond Van Vlaar en parvenant à garder un sourire et un ton presque aimable.

– Non, non, pas la peine, entrez. On était en train de prendre le soleil avec ma femme, vous comprenez, on bosse trop, des moments comme celui-là sont rares.

Stompanato retire la chaîne de sûreté et ouvre au lieutenant, il le guide à l'intérieur de la villa, dans un désordre indescriptible. Le salon n'a pas été rangé ni nettoyé depuis des mois, des cadavres de bouteilles et des déchets alimentaires jonchent la table basse et les canapés. La pièce pue la sueur et le sexe, on se croirait dans un bordel mexicain. Van Vlaar évite de montrer son dégoût et se laisse guider jusqu'à la piscine. Helene Stanley est vautrée sur un transat en plein soleil, un chapeau posé sur le visage. Son bikini mal ajusté laisse échapper un sein blanc. Stompanato n'esquisse pas un geste pour couvrir son épouse impudique, il tire une chaise de jardin près d'une table en fer forgé et fait signe à Van Vlaar de s'asseoir. Il se sert un bourbon sans en proposer au lieutenant, qui n'aurait pas accepté de toute façon.

– Qu'est-ce que vous me voulez ? demande Stompanato sans se départir de sa morgue.

– Vous poser quelques questions concernant un ami à vous. Un dénommé Gutree.

– Désolé pour vous, chef, mais je ne connais personne de ce nom. Vous êtes venu pour rien, répond Stompanato du tac au tac.

– Vous avez fait de la prison ensemble au Mexique, à Acapulco, ça vous dit quelque chose ?

– Ah, ce Gutree-là ! Oui, mais je ne l'ai pas vu depuis. Ça fait si longtemps !

– Un de nos contacts nous a dit avoir été mis en relation avec lui grâce à vos recommandations. De nombreuses autres personnes nous disent que vous êtes toujours proches. Si vous voulez éviter une convocation, il va falloir être un peu plus convaincant.

– Les gens parlent trop. Ils disent des conneries. C'est la vie. Je n'ai pas vu Gutree depuis deux ans. Vous avez frappé à la mauvaise porte, conclut Stompanato dans un sourire narquois.

Il sent le mensonge à plein nez et fixe le lieutenant, une lueur de défi amusé dans les yeux. Un ronflement sonore leur parvient depuis le transat où Helene Stanley s'est endormie. Van Vlaar se lève, arborant la mine déçue du type tombé sur plus malin que lui. Comme pour marquer la fin du match, il tend la main à Stompanato qui fait de même en vainqueur, tout sourire. Van Vlaar l'empoigne, la serre de toutes ses forces et de son bras libre assène une baffe colossale au jeune homme. Sa tête pivote comme une girouette, un grand filet de bave et d'alcool gicle vers son épaule. Avant qu'il ne se ressaisisse, le lieutenant le tire par le bras jusqu'au bord de la piscine. Il attrape les cheveux gominés du truand et plonge son visage dans l'eau sale et huileuse du bassin. Stompanato crache et crie, peine à reprendre son souffle alors que sa femme ronfle à quelques pas. Van Vlaar saisit le truand par le col de son peignoir, tire son visage défait jusqu'à lui et lui murmure à l'oreille :

– Des gens parlent, mon petit Johnny. Ton ami Gutree a fait une très grosse connerie. Il est mort, mais ses amis causent et tous me disent de venir te voir. Ta petite affaire de films pornos va te coûter très cher. Je vais revenir et je t'assure que ça ne sera pas pour faire joujou dans la piscine.

Il lâche le truand qui peine à recouvrer ses esprits et se dirige vers la sortie. Dans le salon, il croise le petit roquet en pleine crise d'hystérie. Sans réfléchir, Van Vlaar lui balance un grand coup de pied et le cabot vole contre le mur avant de s'enfuir en geignant. Qu'ils s'achètent des couilles dans cette baraque, pense-t-il en claquant la porte. Décidément, il n'est pas fait pour enquêter dans les beaux quartiers. Il remonte dans sa voiture et sourit au sergent Walls, garé dans une voiture banalisée plus haut dans la rue. Si Stompanato agit aussi stupidement qu'il l'en croit capable, il va se précipiter pour aller parler à Moffat. Il les fait suivre tous les deux. Il a aussi placé le téléphone de l'Italien sur écoute, mais il ne croit guère à cette option. Le mafieux va se déplacer pour tenter d'intimider celui qu'il soupçonne de parler aux flics.

Le lien entre Gutree et Moffat sera établi, et Van Vlaar pourra passer aux choses sérieuses.

★

Comme chaque soir, le restaurant *Fratelli* sur Gordon Street affiche complet. Dans l'atmosphère conviviale, bruyante et enfumée du lieu, personne ne fait attention aux deux militaires en civil attablés au bout du grand bar central. Il a fallu un peu de temps pour qu'Annie se sente à l'aise dans l'établissement fréquenté par une partie de la pègre angeline, mais le bel canto qu'entonne sans cesse le patron en malaxant sa pâte à pizza avec de grands moulinets de bras et le défilé de plats odorants et colorés qui passent sur le comptoir ont fini par la convaincre de baisser sa garde – avec l'aide de quelques verres de chianti. Ce capharnaüm, souvent drôle, allège un peu l'atmosphère pesante qui plombe leur discussion. De plus, ici comme à Naples, les clients et les serveurs parlent fort ; dans ce brouhaha continu, aucun risque que des bribes de leur conversation tombent dans des oreilles indiscrètes. C'est un des charmes de l'établisse-ment, jamais le FBI ni le Gangster Squad ne parviendront à y placer des micros capables d'y enregistrer des propos compréhensibles.

Annie pressentait qu'il avait l'intention de lui parler depuis le moment où il l'avait invitée à dîner. Sinon, il aurait opté pour la lâcheté et le silence, la laissant comprendre d'elle-même qu'il renonçait. Il ne la déçoit pas : à peine passés les antipasti, le major capitule, il reconnaît son addiction au jeu et son incapacité à y faire face seul. Il accepte de se faire aider, d'abandonner sa fierté et son autonomie, de lui céder la gestion de ses comptes, jusqu'au moindre dollar, si c'est le seul moyen de l'empêcher de replonger. Cet aveu soulage Morrisson et, en même temps, provoque une fugace déception. Cette

471

attitude de repentance et d'humilité ôte à Buckman un peu de son piquant. Elle a partagé la vie d'un pilote de chasse exalté, elle ne veut pas finir la sienne avec un caniche castré et bien dressé. Sans rien en laisser paraître, elle se morigène de ses chaleurs de midinette, vivre avec un drogué au jeu n'a rien de romantique, ni d'exaltant. Il trouvera bien d'autres manières de l'exciter. Elle a une fille à qui elle doit une vie stable, pas une fuite d'hippodrome en hippodrome avec une horde de créanciers à leurs trousses.

Mais quelque chose dans l'empressement de Buckman lui souffle que ces concessions ne sont pas faites sans arrière-pensée. Il cède un peu trop facilement sur certains points qu'il pourrait négocier. Morrisson n'a jamais eu l'intention de lui interdire une partie de poker de temps en temps avec ses amis, si les mises restent raisonnables. Bientôt, elle a la certitude qu'il abandonne aussi vite pour l'entraîner sur un autre sujet, plus sensible, qui la touche plus directement. Il peut bien la laisser gagner sur le terrain de ses problèmes de jeu, à ses yeux secondaires par rapport à l'imbroglio Moffat et à l'attitude de Trautman. Le vin de Toscane doit y être pour quelque chose, mais quand il aborde enfin le sujet, Morrisson lui avoue sur un ton sans appel que même si elle le désirait, elle ne parviendrait pas à passer l'éponge sur les derniers événements. Elle joue avec les quelques pâtes qui restent dans son assiette et laisse éclater sa rancœur.

– Cette pauvre Pamela Murphy, ce que je lui ai fait est impardonnable. Elle va finir mutilée sous les coups de son mari. J'ai accepté de mentir pour l'intérêt supérieur de l'armée, parce que c'est ce qu'on attendait de moi, mais Moffat, c'est trop. Ce type est un fou dangereux, sa place est en prison, je ne peux pas accepter de couvrir ses agissements. Je n'accepte pas que ces jeunes femmes soient considérées comme quantité négligeable.

– Je sais, je n'en suis pas fier non plus. L'empathie et la morale ne sont pas des atouts dans notre métier, vous le savez bien…

– C'est sans doute que je ne suis pas faite pour ce métier.

– Il nous reste une solution…

Buckman laisse sa phrase en suspens. Il termine ses linguines et leur sert deux verres de vin. Morrisson sait ce qu'il a en tête. Elle sait aussi qu'il ne le dira pas, qu'il veut que ça vienne d'elle. Elle soupire et expose ce qui tourne sans bruit entre eux depuis leur entrevue avec Trautman.

– On récupère le pognon, on laisse Moffat se débrouiller avec Dragna et on investit sur un autre producteur.

Le tabou est brisé. À sa grande surprise, Buckman pose sa main sur la sienne. Il franchit cette distance pour la première fois, les yeux enfiévrés. Ils passent un pacte. Tout semble aller plus vite, être plus intense. Le cœur d'Annie bondit dans sa poitrine. Elle a dit qu'elle comptait réinvestir les deux millions, mais elle sait qu'elle a menti, et qu'il n'est pas dupe. Ils veulent juste prendre le fric et s'enfuir avec. Buckman ne veut sans doute pas brûler les étapes, il rebondit sur cette version, entretenant l'illusion qu'ils n'agiraient pas pour leur seul intérêt.

– Si Trautman ne veut pas qu'on balance Moffat au LAPD, on peut laisser Dragna s'en charger. Et on préserve les intérêts de l'armée en recrutant un autre producteur.

– Et ce porc de Moffat paye pour ce qu'il a fait.

La perspective de franchir la limite fait tourner la tête à Annie, elle a un peu trop bu et l'atmosphère enfumée du *Fratelli* commence à l'étourdir. Elle observe autour d'elle les hommes aux costumes voyants qui parlent avec leurs mains. Leurs compagnes, bien plus jeunes qu'eux, souvent vulgaires, fardées, clinquantes, mais silencieuses. C'est donc le monde auquel elle se destine, celui des truands et des poules. Elle est tiraillée entre la honte et l'excitation. Elle a chaud, elle dit à Buckman qu'elle a besoin de sortir marcher un peu pour se dégriser. Le major laisse une poignée de billets sur le comptoir, largement plus que ce qu'ils doivent, et ils se faufilent jusqu'à la rue. Annie sent les regards de maquignons des hommes qui jugent ses courbes et soupèsent ses seins depuis leurs tables. Elle jurerait même les entendre émettre des grognements approbateurs. Un autre jour, elle s'en serait offusquée, mais pas ce soir. Ce soir, elle s'estime à sa place, elle envisage de voler deux millions de dollars et de causer la mort d'un homme, jouer les rosières serait déplacé. Elle sourit, elle espère que Buckman ne compte pas se comporter en gentleman car elle a très envie de sexe.

Le trafic sur Sunset bat son plein, les néons scintillent et les Cadillac décapotables font leur tour d'honneur dans la tiédeur de la nuit d'été. Ils arrivent devant leur bureau, à quelques centaines de mètres du restaurant. Buckman est garé un peu plus loin et des taxis croisent sur l'avenue, mais Annie n'en appelle aucun. Elle s'arrête et s'appuie contre la porte de leur bâtiment. Buckman se rapproche et comprend. Ils s'embrassent et se collent l'un à l'autre sous la plaque du bureau de liaison de l'armée de l'air.

Annie perçoit l'hésitation du major, il ne veut pas la brusquer ou lui manquer de respect. Elle a sans doute été trop autoritaire et respectable avec lui, mais s'ils veulent être heureux, il va devoir arrêter de la prendre pour sa mère. Elle prend les devants et lui caresse l'entrejambe sans pudeur, alors que des gens passent devant eux sur l'avenue. Leurs lèvres se séparent, Buckman semble surpris de son geste. Elle lui sourit.

– Dépêche-toi d'ouvrir, sinon je baisse ton pantalon au milieu de la rue.

Fébrile, Buckman peine à sortir ses clés et à déverrouiller la porte, mais il y parvient malgré les agaceries de Morrisson et ses mains qui tremblent. Ils font l'amour dans l'escalier, sa jupe à peine remontée sur les hanches et sa culotte écartée sans ménagement. C'est bref et brutal, ils se griffent et se mordent plus qu'ils ne se caressent. Ils baisent comme des chats de gouttière, agrippés à la rampe. Puis, le souffle court et les joues rougies, ils s'asseyent sur les marches et se réajustent. Le chemisier d'Annie a perdu deux boutons qui ont dû rouler dans le noir, ils renoncent à les retrouver. Ils rient et se félicitent que l'immeuble soit vide à cette heure. Buckman se penche vers elle et l'embrasse plus tendrement, il est temps d'envisager la suite de leur nuit avec plus de calme et de douceur. Ils rejoignent leur bureau et son canapé encombré de dossiers. Ils balancent tous les papiers par terre et se déshabillent.

Dans les heures qui suivent, entre deux étreintes, ils échafaudent des projets, parlent d'Europe, de Mexique, de Capri, de Paris, d'hôtels de luxe et de voitures de sport. Ils projettent d'appeler Starace pour obtenir le plan de la cachette de Moffat dans Sepulveda et de passer à l'action sans tarder. Leur première nuit frôle la perfection, la seule fausse note est l'intrusion de la secrétaire qu'ils entendent marcher dans le bureau voisin à une heure du matin, dans le noir. Buckman est obligé d'enfiler son pantalon et sa chemise pour aller s'enquérir des raisons de sa présence. Elle prétexte un dossier oublié, mais il est persuadé qu'elle les surveillait, par jalousie. Annie se fiche de cette veuve frustrée et revêche, elle rêve de croisières en Méditerranée et le moyen d'y arriver est à leur portée. Il leur suffit d'y croire et d'agir avec le même cynisme que tous ceux qui les entourent.

Chapitre 27

Villa de Hedy Lamarr, Beverly Hills,
29 août 1953

La pluie artificielle martèle le toit de sa véranda et lui fait oublier le soleil de plomb qui pointe déjà au-dessus des monts San Gabriel. Hedy repose son croissant avec une grimace, il est insipide et mou comme une brioche. Malgré ses efforts, elle n'a toujours pas trouvé de boulangerie digne de ce nom à Los Angeles. Son humeur est maussade ; certes, elle s'attendait à un retour à Hollywood difficile, sa carrière suivait une pente dangereuse malgré le succès de *Samson et Dalila*, mais après quelques mois d'absence, elle pensait avoir au moins une dizaine de propositions concrètes à étudier. Hélas, elle n'a reçu de son agent que quatre ou cinq scénarios de mauvaises séries B, qui ne se tourneront sans doute pas. Ses perspectives à court terme se résument inéluctablement à un mariage avec Howard Lee et à une vie d'épouse de millionnaire texan. Marilyn, Betty Grable et Lauren Bacall ont beau rencontrer un énorme succès en Cinémascope avec *Comment épouser un millionnaire*, Hedy n'a jamais voulu réduire sa vie à ça. Elle aurait aimé profiter de la compagnie de Liz pour rendre ce petit déjeuner moins sinistre, mais la jeune femme, qu'elle héberge depuis qu'elle l'a extirpée des griffes de V., a découché, pour passer la nuit avec Didi certainement. En soi, c'est une excellente nouvelle et Hedy ne peut que s'en réjouir, mais elle doit bien avouer que, égoïstement, elle avait pris goût à cette compagnie.

Dans un tel marasme, Hedy ne pouvait rejeter avec désinvolture le courrier de V. Comme il l'avait annoncé, le fantasque et obscène réalisateur lui a fait parvenir une proposition de contrat sans plus de détails – ni scénario, ni casting, ni titre, ni synopsis –, et avec interdiction de poser des questions à ce sujet. Elle devra s'engager à rester chez V. pour une durée de trois mois, devra accéder à toutes ses demandes, sans le moindre contact avec l'extérieur, et elle n'aura aucun droit de regard sur le film une fois celui-ci terminé. Elle aurait aimé balayer cette offre malsaine d'un revers de main, mais il faut reconnaître que cette perspective n'est finalement pas plus dégradante que son mariage avec Howard Lee. Trois mois de tournage. Est-ce que son union avec ce rustre de Texan durera autant ? Et le mystère qui entoure les films de V., que plus personne n'a vus depuis des années, est plus excitant qu'un chalet à Aspen et un ranch à Austin. Reste l'argent, toujours l'argent, et de ce côté, la balance penche largement en faveur de Lee, de son pétrole et des grands crus qu'il boit dans une chope à bière. Elle se résout à parler de ce dilemme à son psychanalyste. Il se contentera de l'écouter en mâchouillant son stylo plume, mais après les avoir exposés à voix haute, Hedy trouve souvent d'elle-même une solution à ses cas de conscience.

Ses idées noires ne s'interrompent qu'avec la sonnerie du téléphone. Elle se lève avant que sa bonne ne lui apporte le combiné, non pas qu'elle ait particulièrement envie de parler ou qu'elle attende un appel, mais elle éprouve le besoin de rompre le flux de ses ruminations matinales. Elle se demande qui manque assez de savoir-vivre pour appeler à une heure aussi peu hollywoodienne. On n'appelle pas une star à huit heures du matin. Qui oserait soupçonner qu'elle a des nuits assez ennuyeuses pour être déjà debout au lever du soleil ? Elle retrouve le sourire quand elle reconnaît la voix de Jacinto, l'ami de Liz qui a eu ce terrible accident de cheval.

– *Señora* Lamarr, je suis désolé de vous appeler si tôt le matin, mais je vais être opéré dans une heure et je voulais vous parler avant.

– Tu es tout excusé Jacinto. J'essayerai de passer te voir la semaine prochaine. Liz m'a donné les détails de ton accident et de ton opération. Je prie de toutes mes forces pour que tu te remettes, mon ange.

– Ce n'est pas pour moi que j'ai peur. C'est pour Liz et Didi, elles vont faire une connerie, je n'en ai pas dormi de la nuit. Je ne veux pas qu'elles me vengent, c'est une mauvaise idée. Ça va foutre leurs vies en l'air et ça ne me fera pas remarcher. Je leur ai dit où trouver la planque de ce salaud, mais je le regrette, s'il leur arrive quelque chose, je ne pourrai jamais me le pardonner.

Interloquée, Hedy se fait expliquer le plan des jeunes femmes, leur idée de voler les deux millions de dollars à Moffat et de lui faire payer l'accident de Jacinto. À elle, Jacinto ne cache pas qu'il soupçonne le producteur d'être à l'origine du kidnapping de Liz et de sa mutilation. Hedy s'assied, elle sent le sol se dérober sous ses pieds.

– Mon Dieu, si elles le découvrent, elles vont le tuer, c'est horrible. Il faut les en empêcher.

– J'essaye d'appeler chez Didi depuis hier soir. Elles sont injoignables et introuvables. Vous ne les avez pas vues ?

– Non, je n'ai pas vu Liz depuis hier matin.

– Je suis sûr qu'elles sont déjà là-bas. Il faut faire vite si on veut les en empêcher, s'alarme Jacinto.

– On ne peut pas appeler la police, je ne veux pas qu'elles finissent en prison. Je vais y aller moi-même, donne-moi l'adresse de Moffat. Je pars sans tarder.

★

La grande roue de la jetée de Santa Monica vient de faire ses premiers tours de la journée, nimbée dans la luminosité fraîche du milieu de matinée. Une file de gamins excités s'étend déjà à ses pieds. Le bruit de la musique masque celui de la houle sur les pontons, l'odeur des beignets étouffe l'air marin et il faut tendre le cou entre deux attractions pour apercevoir le bleu du Pacifique. En cette période de congés scolaires, la foule se presse dès l'ouverture du Pacific Park en une cohue colorée et bruyante. C'est ce qu'espérait Johnny Stompanato, il lui sera plus facile de semer les flics qu'il a aux basques dans cette marée de badauds. Il s'amuse quelques minutes sur un stand de tir, mais il ne touche aucune pipe et finit par s'agacer et jeter le fusil à plomb par terre. Le forain, conscient que son client n'est pas un honorable père de famille, lui dit que le fusil doit être mal réglé et lui propose de le rembourser. Johnny hausse les épaules et s'éloigne. Il s'achète un seau de pop-corn et fend sans ménagement la meute des enfants pour ouvrir son chemin jusqu'à une maison hantée au centre du parc.

Il s'installe dans le wagon de queue d'un convoi d'une dizaine d'éléments arrêté le long du quai de chargement du Funhouse Great Mystery Train. Comme prévu, Fredo et Grigor le rejoignent et filent un billet de dix dollars aux morveux assis au rang devant Johnny pour qu'ils leur laissent la place. Le vieux truand malingre à la moustache noire et aux tatouages de taulard et le sosie polonais de Richard Widmark s'installent. Johnny jette un œil au flic qui le surveille : il n'est pas entré dans l'attraction, il se contente de l'attendre sur le parvis.

Le train fantôme démarre sous une musique assourdissante et des rires enregistrés sardoniques. Johnny s'empiffre de pop-corn puis se penche vers ses deux associés pour leur parler, malgré la cacophonie ambiante. Il va droit au but.

– Il faut faire le coup aujourd'hui. Les flics sont sur Moffat, si on n'agit pas maintenant, tout va devenir trop compliqué. J'ai les flics aux trousses, je vais les semer et on se retrouve là-bas en fin de matinée.

– Bonne nouvelle ! Je n'en pouvais plus d'attendre. Tu veux que je m'occupe des flics qui te suivent ?

Grigor tripote nerveusement le colt semi-automatique gros calibre qu'il garde toujours sur lui, même au milieu d'une fête foraine. Stompanato sait que le Polonais serait capable de dessouder le flic qui le suit s'il le lui demandait, mais ce serait inutile et dangereux. Fredo regarde son complice d'un air las. Il devrait prendre l'ascendant et calmer les pulsions meurtrières de son jeune partenaire, mais il n'y parvient pas. Cet attelage est bancal, Johnny le sent bien, mais il n'a plus le temps de se préoccuper de ces détails. Il prend sur lui de précipiter le déclenchement de leur coup. Il sait que Sica reculerait s'il apprenait que Moffat intéresse les flics de près. Leur plan serait reporté, voire annulé, le premier gros coup apporté par Johnny tomberait à l'eau. Il n'aura sans doute aucune autre occasion de changer de statut dans l'organisation. Son heure est venue, il doit faire preuve d'un peu d'audace. Mickey aime les gens qui osent. Il va leur montrer qu'il en a autant qu'eux dans le pantalon.

– Tu veux qu'on finisse tous en taule ? s'énerve Fredo.

Grigor a un geste de dédain pour les réprimandes du vieil Italien. Johnny les calme en leur disant que ce ne sera pas la peine. Il sait comment se débarrasser de la filature.

Des comédiens grimés en monstres passent le long du train pour faire peur aux gamins qui les accueillent avec des cris de terreur et des éclats de rire. Johnny balance son pop-corn et soulève la barre de protection de son wagon. Un Dracula de fête foraine se précipite vers lui alors qu'il descend du train.

– C'est dangereux, ne sortez pas de votre siège !

Pour toute réponse, Johnny lui balance un crochet au foie. Le vampire a le souffle coupé et interrompt ses protestations. Johnny le prend dans ses bras et le tire vers un recoin sombre du manège, à l'abri des regards. Il sort un billet de dix dollars de sa poche, le tend au comédien et lui demande :

– File-moi ton costume et rapido, sinon c'est ton propre sang que tu vas boire à la paille sur le sol de ce putain de manège débile.

Le vampire pâlit un peu plus sous l'épaisse couche de fond de teint blanc qui lui couvre le visage, et il se débarrasse prestement de son costume sans un mot. Johnny l'enfile à la hâte et sort de l'attraction alors que le train s'y trouve encore. Il passe tête baissée à quelques mètres du flic qui ne le reconnaît pas. Dix minutes plus tard, il a quitté la fête foraine et hèle un taxi sur Colorado Avenue. Il fait le choix d'abandonner sa voiture sur le parking du Pacific Park, les flics pourraient la surveiller, elle aussi. Le taxi lui demande s'il doit le déposer à son château dans les Carpates et le mafieux ricane : le premier loueur de voitures ouvert qu'ils croiseront fera l'affaire.

★

À leur grande surprise, Starace a accepté tout de suite de les rencontrer. Annie et Chance pensaient que l'ancien prêtre se montrerait réticent, voire opposé, à l'idée de leur parler. Leurs derniers échanges avaient été plutôt froids et la nouvelle de sa démission semblait mettre un terme définitif à leur collaboration. Il leur a pourtant donné rendez-vous immédiatement au même *diner* sur Figueroa que pour leur précédente entrevue, quand il les avait mis sur la piste des exactions de Moffat. Ils se font servir des pancakes, du jus de fruits et un litre de café, leur nuit a été mouvementée et ils crèvent de faim. Starace les rejoint quelques minutes après leur arrivée.

Ils sont surpris de le voir arriver en chemisette blanche et en jean, bien moins austères que ce à quoi il les avait habitués, et finalement rajeuni. Il fait signe à la serveuse de lui apporter un simple café noir. Morrisson pose une enveloppe sur la table devant lui.

– Nous vous l'avions promis. Nous avons appris ce qui lui est arrivé. Nous sommes désolés.

Starace ouvre l'enveloppe et jette un œil au passeport américain de Jacinto. Il sourit et le glisse dans sa poche.

– Il se fait opérer ce matin. Le chirurgien est optimiste. Qu'il remarche ou pas, avoir des papiers en règle lui sera utile. Je vous remercie. Vous savez que Moffat est responsable de son accident ?

– Oui, et c'est au sujet de Moffat que nous voulions vous voir, précise Buckman avant qu'Annie n'enchaîne alors qu'il cherche ses mots.

– Nous voulons qu'il paye. On ne va pas vous mentir, nous ne serons pas couverts par notre hiérarchie qui souhaite oublier l'affaire. Nous voulons poursuivre l'enquête de notre côté. Donc, nous aurions besoin des informations dont vous disposez sur sa planque. Nous pourrions le suivre, mais ça nous prendrait du temps.

Sans s'en rendre compte, Buckman a posé sa main sur la cuisse d'Annie. Ils se touchent sans cesse malgré eux, comme aimantés. Ce qui n'échappe pas à Starace, comme leurs traits tirés et leurs vêtements froissés.

– Je voulais vous voir à ce sujet également. Liz et Didi m'ont posé la même question. Elles veulent venger Jacinto, elles ne savent pas que c'est Moffat qui a défiguré Liz, mais elles veulent lui piquer son fric et s'enfuir avec. Ce ne sont peut-être que des gesticulations de gamines exaltées, mais elles ont disparu, et Jacinto est très inquiet. Il pense qu'elles vont passer à l'acte aujourd'hui. Je peux vous donner l'adresse de la planque de Moffat, mais il faut que vous me promettiez de sortir les petites de ce guêpier.

– Évidemment, répond Annie. Nous voulons aussi faire payer Moffat, il est hors de question qu'on laisse Liz et Didi gâcher leurs vies.

Starace acquiesce et sort un papier plié de sa poche. Il avait deviné l'objet de cette rencontre et dessiné un plan, avec la route dans le Sepulveda Canyon sur laquelle Jacinto s'est arrêté. La planque de Moffat est là, quelque part au bout du chemin, les deux millions de dollars y sont aussi, sans aucun doute. Annie et Chance écoutent ses consignes et empochent le papier. Starace se lève. Il doit se rendre au Cedars of Lebanon sans tarder pour tenir compagnie à Jacinto avant qu'il ne soit descendu au bloc. Il laisse un *quarter* pour la serveuse et les salue. Il sourit en remarquant qu'ils se tiennent la main.

– Je vois que vous avez trouvé l'essentiel. Attention à ne pas le perdre pour une chimère.

★

Van Vlaar se lèche les doigts et avale trois gorgées de café pour faire passer le goût intense du sucre et de la graisse saturée. Walls a apporté une pleine boîte de donuts, comme il est d'usage dans l'équipe quand on a merdé sur une affaire. Il a laissé filer Stompanato, il a perdu cet abruti de rital au milieu de la fête foraine de Santa Monica. Il s'en sort bien avec une simple boîte. Van Vlaar lui en aurait bien fait apporter une chaque matin de la semaine tant cet échec le contrarie. Son sergent dépité se tient appuyé au mur du bureau qu'ils partagent avec les autres membres de l'équipe. Leur commandant n'est pas là, encore occupé à lécher le cul à quelqu'un à la mairie. Van Vlaar ne peut pas faire le point sur l'affaire avec lui. Il n'a pas envie d'attendre son retour et de laisser le temps à Stompanato et Moffat de s'organiser. Il se tourne vers Walls.

– Va me chercher une voiture banalisée et demande à Bronson de nous faire un plan d'accès du trou à rats de Moffat. Il l'a suivi avant-hier, il doit pouvoir nous expliquer comment y aller.

– Vous voulez lui parler directement lieutenant ? On n'attend plus que Stompanato le contacte ?

– Tu l'as paumé ce putain de rital ! On n'a plus le choix. On va tenter d'agiter l'autre bout de la chaîne. Je vais faire peur au producteur et on va voir s'il se retourne vers le mafieux. Il sera peut-être plus facile à suivre ? J'espère pour toi, parce qu'on dirait que tu te fais vieux.

Walls hausse les épaules et part chercher Bronson. Le lieutenant le regarde sortir du bureau et cède à la tentation de prendre un dernier beignet. Sa femme va encore lui reprocher son tour de taille qui ne cesse d'augmenter, mais le sucre le calme. Il en a besoin, il se passerait bien de cette virée dans les collines mais on attend de lui des résultats rapides, il est obligé de secouer un peu ce panier de crabes. Il ouvre son tiroir, attrape le holster de son colt Detective et se harnache pour sortir.

★

Avec une grimace de dédain, Lomax repose sur la table de la librairie l'exemplaire de *Go* de John Clellon Holmes qu'il s'étonnait de trouver là. La Beat Generation, ces jeunes gens laxistes, défaitistes et déviants, s'épanouit également à Los Angeles. Cela déçoit Clay Lomax qui croyait cette peste limitée à New York et à quelques quartiers de San Francisco. Il ne fréquente pas souvent les librairies, il n'a pas le temps de lire et sa hiérarchie considère comme secondaire la surveillance de ces nids d'intellectuels contestataires. La priorité est donnée aux moyens de communication de masse, les livres n'intéressent que ceux qui les lisent, et ils sont si peu nombreux. Il ne se trouve chez *Chevalier Books* que parce qu'il y a donné rendez-vous à Hillary Studenbaker, et que cette veuve romantique et délaissée apprécie les endroits romantiques et délaissés. Il se dit qu'il fera tout de même un rapport sur le propriétaire de cette boutique, il faut endiguer la propagation de cette engeance laxiste et lascive.

Les portes de la librairie s'ouvrent et la secrétaire de l'Air Force fait son entrée. Lomax grimace. Elle est toujours aussi peu gracieuse, il fait mine de la courtiser depuis des mois pour obtenir – avec succès – des informations sur Morrisson et Buckman et il craint le moment où cette cour l'obligera à l'inviter à dîner, voire pire. Il n'en a absolument aucune envie, parce qu'elle est assez laide, et parce qu'il préfère les hommes. Même pour un simple dîner, il trouverait déplaisant d'être vu en compagnie de cette grande carcasse maladroite. Il a vite compris que Mme Studenbaker était une ancienne conquête du major, et que c'est la jalousie qui la poussait vers le FBI. Si ce matamore de Buckman avait su se tenir, il n'en serait pas là, sourit Lomax alors que la secrétaire l'aperçoit et se précipite vers lui. C'est elle qui a pris l'initiative de ce rendez-vous, chose très étonnante, elle ne lui avait jusqu'à présent transmis que quelques copies de documents et il ne s'attendait pas un tel empressement de sa part.

Il la salue et lui tend la boîte de chocolats qu'il a achetée à son intention avant de venir. Elle le remercie avec effusion, affirme que c'est la première fois que quelqu'un lui offre des chocolats. Lomax se félicite de son investissement et la presse gentiment de lui confier les raisons de ce rendez-vous aussi soudain qu'agréable.

– J'ai surpris Morrisson et Buckman hier soir au bureau. Ils faisaient… enfin vous voyez.

– C'est tout à fait déplacé sur un lieu de travail, s'exclame Lomax en feignant l'indignation vertueuse.

Lomax s'amuse du rouge qui vient aux joues de la secrétaire, qui appréciait que Buckman se comporte de façon déplacée il n'y a pas si longtemps.

– J'ai pu entendre quelques mots de ce qu'ils se disaient après leurs ébats. Ils veulent aller chez Moffat aujourd'hui pour lui faire payer quelque chose. Je n'ai pas compris de quoi il s'agissait exactement, mais ils avaient l'air très excités. Ils sont sur un gros coup et ils vont agir dans les heures qui viennent. C'est pour ça que je voulais vous voir si vite.

Lomax réfléchit à ce qui peut motiver ce mouvement précipité et inattendu des deux militaires. Ils sont sans doute parvenus à la conclusion que Moffat était dangereux, pour eux, pour leurs projets et pour l'armée. Il est fort possible qu'ils foncent là-bas pour régler ce problème. Soit ils vont éliminer Moffat, soit ils vont mettre au point avec lui un moyen d'échapper au LAPD, par exemple l'envoyer au Mexique pour le sortir de l'équation. Il ne peut pas laisser passer cette chance de prendre définitivement l'ascendant sur les services secrets de l'armée à Los Angeles. Hoover lui sera reconnaissant d'avoir contribué discrètement à la débandade de ces militaires arrogants dont les services secrets ne cessent de s'arroger des prérogatives qu'il estime dues au FBI. Il répond à Studenbaker sans lui prêter beaucoup d'attention, elle se perd dans des suppositions sans intérêt. Il faut qu'il aille chez Moffat, lui aussi, pour voir et écouter ce qu'il pourra surprendre. Il les tient, il ne va pas les lâcher. Il quitte la librairie sur la promesse de prendre un cocktail un de ces jours avec la secrétaire rancunière. Il faut qu'il téléphone au LAPD pour obtenir l'adresse de la planque de Moffat. Van Vlaar et ses gars lui doivent bien ça.

★

L'opportunisme est la qualité principale dans son métier. Il faut être à l'affût, sentir les tendances et sauter sur les bonnes occasions. Si l'on veut se faire du fric, il ne faut pas se contenter des affaires qu'on vous apporte, des cocus qui poussent la porte de votre bureau. Si l'on veut se faire du blé, il faut profiter de leurs dossiers, des informations que les clients veulent bien donner de leur plein gré, de celles qu'on glane pour eux, de celles qu'on ne leur révèle pas, parce qu'ils n'ont pas payé pour ça. On en découvre souvent plus que ce qu'on était venu chercher quand on commence à fourrer son nez dans les affaires sales d'une famille, d'un type ou d'une entreprise. À condition d'avoir un peu de jugeote et d'esprit d'initiative, il y a moyen de se faire un paquet de pognon avec ces éléments. Jack Gittles sait tout cela, il l'a pour ainsi dire théorisé pendant ses nombreuses années de pratique. La Hollywood Research Incorporated ne survit que grâce à ces principes. Sans cela, le boulot de privé à Los Angeles est une pente constante, douce mais inexorable, vers une retraite comme clochard à Skid Row.

Quand il a emménagé dans les Astoria Apartments d'Olive Street, l'immeuble aux fenêtres donnant sur le funiculaire bruyant avait déjà entamé sa chute : plus personne de décent ne voulait louer d'appartement dans ce bâtiment, théâtre d'une sordide affaire de meurtre de fillette. Pourtant, à l'époque, l'endroit avait encore du cachet. Maintenant qu'il n'est plus entretenu et que tout Los Angeles spécule sur des projets menant à sa destruction – comme sur celle de la moitié de Bunker Hill –, l'Astoria ressemble de plus en plus à une ruine habitée. Son clocher rouge et ses arcades grecques menacent de s'écraser sur ses habitants, et ses marbres sont si crasseux qu'il faut croire sur parole ceux qui vous disent qu'ils existent. Gittles ne veut pas connaître le même sort, alors il ouvre l'œil. Il a connu des années bien plus fastes, des bureaux en angle avec vue sur le Pacifique, des associés et des secrétaires élégantes. Il a eu sa carte de membre au Wilshire Country Club et a même été handicap 6 au golf. Mais tout ceci s'est évaporé, ainsi que sa jeune et dispendieuse fiancée, après quelques mauvaises affaires conclues avec les mauvaises personnes. Depuis il a perdu dix kilos, et il se tient à l'écart des fantômes de son passé.

Son contrat avec cet excité dangereux de Moffat lui a permis de constater que l'homme devait être au centre d'une affaire plus complexe que ce qu'il voulait bien lui raconter. Gittles a remarqué sans peine que le producteur était suivi, et par beaucoup de monde. Il ne peut pas se tromper sur ce point, les filatures, c'est son gagne-pain depuis plus de vingt ans. La mafia et la police suivent son client, pour des raisons qui lui échappent. Les découvrir vaudrait sans doute un gros paquet de dollars. L'information se vend cher. L'information, c'est le pouvoir. Gittles mord dans son sandwich. La veille, il a suivi Moffat jusqu'à son repaire dans la vallée de Sepulveda. Constatant que beaucoup trop de monde en faisait autant, il a sorti une carte des lieux, la plus précise qu'il ait pu trouver. Il a tracé un itinéraire dans les collines pour arriver au-dessus de la vieille hacienda du producteur, et ce, sans emprunter le chemin qui mène à ses portes. Il lui suffira de se poster dans les orangers avec une bonne paire de jumelles. Il a bien l'intention d'aller vérifier s'il y a du pognon à se faire avec Moffat dès qu'il aura terminé son sandwich au rosbif dégoulinant de moutarde. Par cette chaleur, rien de tel qu'une promenade dans la nature pour digérer.

★

Le fin morceau de poire de bœuf se détache avec facilité, Jack Dragna n'a même pas besoin d'appuyer sur son couteau aiguisé avec soin, la viande se découpe en longues lamelles. La poire est un morceau de choix, fibres courtes, très tendre, son goût prononcé la destine à de véritables amateurs. Edgar en raffole, il tourne autour de la table de la cuisine en geignant d'impatience alors que son maître remplit sa gamelle avec soin. Assis à la table, les frères Carboni nettoient les mitraillettes Thompson qu'ils viennent de démonter. Malgré leurs mains de trente centimètres, ils sont capables de les remonter en moins d'une minute les yeux fermés. Trois ans sur les fronts européens en ont fait de bons soldats, et de très bons assassins. Dragna pose la pitance de son bouledogue à ses pieds. La grosse bête vorace se rue sur sa viande crue et l'ingère avec des bruits de mastication tels que Dragna doit hausser la voix pour se faire entendre de ses hommes.

– Les nouvelles de cet imbécile de Moffat ne sont pas bonnes. Pas bonnes du tout. Roselli avait raison, ça me fait de la peine de devoir l'avouer, mais cette vieille tante manucurée avait raison. Il y a trop de monde qui tourne autour de Moffat, et toutes ces personnes n'en veulent qu'à une seule chose, mon fric. On ne peut pas laisser faire.

– Vous voulez qu'on liquide Moffat et qu'on récupère votre pognon, patron ? demande un des deux gorilles aux sourcils broussailleux.

– Non, non, pas de massacre. Je veux que vous vous organisiez avec lui pour que cet argent soit hors de portée de ces vautours. Louez un coffre à la Morgan Chase, escortez-le là-bas et foutez le pognon à l'abri. Je ne veux plus m'endormir le soir en me demandant si quelqu'un a braqué cet idiot, mais je ne veux pas qu'on remette en question notre accord. Il me convient très bien, cet accord.

– Donc on se planque à côté de sa baraque et on l'intercepte quand il rentre.

– Oui, vous me le secouez un peu, qu'il apprenne ce que ça coûte de me faire faire du souci. Ne l'esquintez pas, j'ai besoin de lui. Puis vous le prenez sous le bras pour qu'il dépose mes deux millions à la banque. C'est triste, mais on ne peut plus faire confiance à personne, à Los Angeles.

Les deux brutes finissent d'assembler leurs Thompson, vident leurs verres de grappa et se lèvent alors que Dragna caresse le bouledogue qui vient de sauter sur ses genoux, son repas déjà englouti.

– C'est un bon chien-chien ça. Lui non plus, il ne voudrait pas qu'on pique les sous-sous de son papa.

★

Les deux tonnes de la Cadillac cahotent en quittant le chemin et s'enfoncent entre deux rangées d'orangers. Liz s'agrippe au volant et fait rugir les deux cents chevaux de la grosse berline pour continuer leur route sur une centaine de mètres de terre meuble dans laquelle ses roues patinent. Elle freine et arrête la voiture dans un nuage de terre ocre. Juste après une courbe dans l'alignement des arbres fruitiers, elle ne sera pas visible depuis la voie d'accès de la ferme, mais assez proche pour qu'elles puissent la rejoindre rapidement. Les plantations sont désertes, la saison de la récolte est encore loin. Lasse d'être ballottée dans tous les sens, Didi soupire de soulagement, se retourne pour vérifier qu'on ne peut pas les voir et embrasse Liz. Elles ont rêvé toute la nuit en regardant des plans du Mexique, en fantasmant sur des vols privés jusqu'à Cuba ou jusqu'aux Antilles françaises. Leurs passeports sont en règle, et avec deux millions de dollars, une Cadillac et un flingue, elles imaginent qu'elles n'auront que l'embarras du choix pour leur fuite. Elles pressentent bien le danger et la folie de ce qu'elles entreprennent, mais après tout ce qu'elles ont traversé, elles savent que ce qui va advenir est inéluctable. L'ivresse du sentiment amoureux leur fait croire qu'elles sont invulnérables. Enfin ensemble, elles sont persuadées que rien ne peut plus leur arriver. Les deux jeunes femmes s'étreignent quelques minutes, chacune cherchant en l'autre l'assurance nécessaire pour se lancer. Sentant son amie trembler dans ses bras, Liz s'écarte pour la regarder et lui demande en lui replaçant une mèche de cheveux rebelle :

– Tu es sûre que tu veux le faire ?

– Tout sauf continuer avec cette vie. Je veux que ce porc regrette jusqu'à sa mort tout ce qu'il m'a fait subir.

Liz acquiesce, elle ouvre la porte de la Cadillac et glisse le revolver Smith & Wesson de Starace dans la ceinture de son pantalon beige. Elles s'avancent lentement sur le chemin de terre. Au détour du virage, la ferme apparaît, déserte et fermée. Moffat n'est pas là, elles vont le guetter et le menacer quand il arrivera. Elles n'ont pas d'autre plan.

Le bâtiment principal de l'hacienda, le seul qui ne soit pas en ruine, est protégé par une imposante porte en bois, conçue pour résister à une époque tumultueuse et lointaine. Ses fenêtres sont closes et munies de barreaux épais. Devant une telle forteresse, les jeunes femmes n'ont d'autre choix que d'attendre Moffat dehors. Elles se dissimulent derrière un appentis où vrombit un générateur d'électricité. Malgré l'écœurante odeur d'essence, elles s'installent le plus confortablement possible, adossées au mur pour profiter de son ombre. Il fait déjà chaud et elles n'ont qu'une bouteille de whisky ramassée dans le bar de Hedy pour se donner du courage et s'hydrater. Elles alternent les discussions chuchotées, les promesses fébriles, les baisers, les caresses et les gorgées d'alcool. Elles sont bien éveillées, même si leur nuit a été blanche, la tension est trop forte pour que leur corps se relâche. Didi ferme les yeux quelques minutes, la tête au creux de l'épaule de Liz, mais elle ne parvient pas à s'endormir.

Au bout de quelques heures, des bruits de pas dans l'allée les sortent de leur torpeur. Elles qui attendaient un bruit de moteur voient apparaître avec stupeur la petite silhouette d'une Mexicaine habillée en noir de la tête aux pieds, le visage dissimulé par une voilette. La femme en deuil ouvre la porte avec une grande clé en fer et entre dans la ferme. Elle franchit le seuil, comme engloutie par les épais murs de pisé. Les jeunes femmes n'entendent plus rien.

– Sa domestique, commente Liz. On en profite pour entrer et fouiller ?

– Et qu'est-ce qu'on fait d'elle ?

– On ne peut pas la braquer et la menacer, elle ne nous a rien fait, ce serait dégueulasse.

– On peut l'enfermer dans une pièce pendant qu'on s'explique avec Moffat.

– On fera ça si elle est encore là quand il arrive. J'espère qu'elle sera partie avant. Elle ne sait sûrement pas où se trouve l'argent, donc on ne bouge pas et on attend Moffat.

La matinée touche à sa fin, le soleil au zénith ne leur laisse plus d'ombre pour se cacher quand la vieille femme referme la porte à clé et s'éloigne dans le chemin à petits pas traînants. Les deux jeunes femmes terminent la bouteille de whisky, elles sont ivres et en nage quand elles entendent le moteur d'une voiture s'approcher de l'hacienda, une heure environ après le départ de la domestique. Cette fois-ci, c'est bien Moffat qui gare son Oldsmobile cabossée à quelques dizaines de mètres. Elles l'observent et constatent qu'il a les traits tirés par une nuit passée à visionner des rushs et à découper des bandes pour commencer le montage du film. Il a la démarche lasse de celui qui va s'effondrer sur son lit à peine la porte de sa chambre poussée.

La main de Didi se crispe sur le bras de Liz. Le premier pas va être le plus difficile à faire puis tout va s'enchaîner, une fois sorties de leur cachette elles n'auront plus le choix, mais ce premier geste les tétanise. Liz n'y parvient pas, elle serre son pistolet et tente de maîtriser sa respiration. Elle ferme les yeux et décompte, à trois elle se lèvera, sortira de sa planque et braquera le producteur.

Mais, à deux, elle sursaute en entendant la voix de Didi résonner dans la cour de l'hacienda.

– Fils de pute, tu as piégé Jacinto, tu n'as jamais eu l'intention de l'aider !

Emportée par sa colère et par l'alcool, Didi s'est dressée et a marché jusqu'à Moffat qui la regarde avec stupéfaction, sa clé à la main. Il bredouille son incompréhension quand Liz sort à son tour de l'abri de l'appentis et pointe le revolver vers son visage en armant le chien. Loin de prendre peur, Moffat arbore une grimace haineuse.

– Vous êtes ensemble, espèces de sales petites gouines, je le savais !

Liz a du mal à tenir debout, ses bras tremblent. Le whisky ne l'aide pas. Didi n'est pas plus lucide qu'elle, à en croire son élocution pâteuse et son allure titubante. Elles sont hirsutes et couvertes de sueur, leurs chemisiers collés à la peau, leurs pantalons tachés de terre. Liz a conscience que si elle ne fait rien, Moffat ne va pas les prendre au sérieux et qu'elles perdront le contrôle de la situation. Elle vise le mur au niveau de la tête du producteur et appuie sur la détente. Le morceau de pisé arraché recouvre d'éclats le producteur qui se baisse et jure en la traitant de tarée. Comprenant que les jeunes femmes sont ivres et folles de rage et qu'il risque vraiment de se faire abattre, il écarte les mains en signe de reddition.

– D'accord, qu'est-ce que vous voulez ?

– Ton fric, ordure, on veut que tu nous files ton fric ! lui hurle Didi.

– Je n'ai rien ici ! Quelques dollars sur moi, c'est tout !

Liz sait qu'il ment, ce type passe sa vie à mentir, elles ne peuvent pas croire un seul mot de ce qu'il raconte. Il va falloir lui arracher la vérité, et l'opération va être douloureuse.

– Commence par ouvrir cette porte, connard, ordonne Liz.

Moffat obtempère tout en déroulant sa logorrhée : il n'a pas d'argent ici, il ne serait pas assez dingue pour garder d'importantes sommes en liquide dans un endroit pareil, l'argent de la production est à la banque ; elles feraient mieux d'arrêter leurs conneries, d'ailleurs si elles arrêtent maintenant, il oubliera ce qui vient de se passer ; Didi est sur le point de devenir une star, ce serait stupide de tout gâcher, elle a besoin de lui et il a besoin d'elle, alors elles n'ont qu'à poser ce flingue et il passera l'éponge ; elles pourront continuer à se voir, discrètement bien sûr, parce que ce serait mauvais pour la carrière de Didi, mais il acceptera qu'elles se voient, il est moins rétrograde qu'elles veulent bien le croire...

Didi lui hurle de fermer sa gueule et le pousse dans l'hacienda obscure. Elles entrent derrière lui et restent silencieuses quelques secondes, le temps de découvrir l'ameublement fruste et le sol en terre battue. La fraîcheur de l'endroit les soulage. Alors qu'elles reprennent leur souffle, une voix retentit depuis l'étage.

– C'est toi Larkin ? Combien tu as gagné aujourd'hui ?

Les deux jeunes femmes échangent un regard paniqué. Liz arme de nouveau le chien de son revolver et interroge Moffat en désignant l'escalier d'un coup de menton.

– C'est ma mère. Elle est âgée, elle ne pourra pas descendre. Vous allez la tuer si vous lui faites peur.

La vieille femme réitère son interrogation, sa voix devient de plus en plus hargneuse alors que son fils ne lui répond pas.

– Tu as perdu du fric, c'est ça ? C'est pour ça que tu ne dis rien ? Tu as honte de l'avouer à ta mère !

– Dis-lui de se taire, s'impatiente Liz.

– Tu n'es pas seul, qui est avec toi ? s'obstine la vieille femme. Tu sais que je déteste que tu amènes des inconnus à la maison. Surtout sans me prévenir. Je vais avoir l'air de quoi avec mes hardes sur le dos ? Réponds-moi, Larkin !

– Je suis avec Didi, tu sais, la jeune actrice dont je t'ai si souvent parlé. Je me suis dit qu'il était temps de te la présenter.

Didi chuchote à Liz qu'elle ne savait même pas que la mère de Moffat était encore de ce monde et qu'il vivait avec elle. Victory Moffat ne se calme pas en apprenant l'identité de sa visiteuse, bien au contraire, sa voix s'éraille tant elle éructe de rage.

– Évidemment, cette petite garce veut te passer la bague au doigt maintenant que tu as de l'argent ! Je t'avais pourtant dit que tout ce fric allait attirer des filles vénales. Il est hors de question que je la laisse mettre la main sur ce fric, tu m'entends ! Il est à moi ! Ça fait des années que je veille sur toi, je ne la laisserai pas me prendre cet argent. Jamais !

Liz sourit. Cette vieille dingue n'aurait jamais laissé son fils emporter l'argent à la banque, elle doit l'avoir à portée de ses griffes. Du bout de son revolver, elle fait signe à Moffat de monter l'escalier.

– Allez Didi, il est temps que tu rencontres belle-maman, je crois que ta dot t'attend là-haut.

Le visage de Didi se fend d'un sourire complice, elle prend la main de Liz et elles suivent le producteur qui grimpe à contrecœur, faisant grincer chaque marche de l'escalier en bois vermoulu.

Chapitre 28

Hacienda Sepulveda, Sepulveda Canyon, Santa Monica Mountains, Los Angeles, 29 août 1953

La partie septentrionale du Sepulveda Canyon, outre ses plantations d'orangers, se caractérise par son importante population de lézards des palissades. Ces reptiles peuvent mesurer jusqu'à vingt et un centimètres, ils sont de couleur brun sableux ou verdâtre et présentent des rayures noires sur le dos. Cela dit, les amoureux de la nature le savent bien, leur caractéristique la plus singulière est leur ventre bleu vif, même si cette coloration turquoise brillante est faible ou absente chez les femelles et les jeunes. La Californie est le cœur de l'aire d'habitat de ce lézard. On le trouve dans les prairies, le chaparral, les buissons d'armoise, les forêts de conifères et les terres agricoles, à une altitude allant du niveau de la mer à trois mille mètres. S'il occupe donc presque toute la Californie, il évite généralement le désert et se trouve le plus souvent près de l'eau.

La face ventrale bleue du lézard lui vaut son surnom de « ventre bleu ». On rencontre généralement ces reptiles diurnes en plein soleil, sur des sentiers, des rochers ou des piquets de clôture, ce qui fait d'eux des cibles faciles pour des prédateurs tels que des rapaces et même certains mammifères, comme les musaraignes. Ils se protègent grâce à leurs réflexes vifs, communs à beaucoup de lézards. S'ils peuvent changer de couleur en passant du gris clair au noir de jais, ils n'utilisent cette capacité que pour leur thermorégulation quand ils se prélassent au soleil, jamais pour se camoufler. Le lézard des palissades mange des araignées et des insectes – scarabées, moustiques et divers types de sauterelles. Les femelles pondent entre une et trois couvées, de huit œufs en général, qui éclosent en août.

À cette époque de l'année, les murs de l'hacienda, les roches alentour et les troncs des orangers sont couverts de nombreux petits lézards juste éclos, qui prennent le soleil ou chassent des insectes, selon l'heure de leur dernier repas. Aujourd'hui, cette population autochtone primitive doit composer avec une présence humaine plus envahissante que d'habitude. Feignant l'indifférence, les centaines d'yeux suivent les mouvements des créatures à sang chaud, mais les gardiens silencieux des collines attendent que ces humains s'entre-dévorent et leur rendent leur territoire. Ils savent que dans les ruines des ailes inoccupées de l'hacienda, dans les hauteurs qui l'entourent et derrière le tronc des orangers se trouvent pas moins de huit individus armés et nerveux qui observent le corps de ferme, essayant de comprendre ce qui s'y passe. Certains de ces hommes ont conscience qu'ils ne sont pas seuls à observer la villa, mais aucun ne saurait dire qui se trouve où, car tous ont pris soin de garer leurs véhicules loin des bâtiments, et l'espace permet de se dissimuler aux yeux des autres observateurs. En plus de ces huit individus, trois sont en route entre Los Angeles et Brentwood. Ils arriveront sans doute trop tard pour observer ce qu'épient les centaines de paires d'yeux globuleux des reptiles au ventre bleu.

Dans l'hacienda, inconscientes de ce qui se joue à l'extérieur, Didi et Liz entrent à la suite de Larkin Moffat dans la chambre de sa mère acariâtre. La vieille femme, petite chose grise enfoncée dans un lit profond, leur paraît sèche et fragile, mais elle s'agite à leur entrée dans la pièce. Ses mains se crispent sur le bord de ses draps, elle émet une plainte qui se mue rapidement en hurlement. Liz a beau lui agiter le revolver sous le nez, rien ne la calme. Elle bave, éructe, insulte, ses yeux blanchis par un cristallin épais sont exorbités, prêts à jaillir de sa face de papier mâché. Liz perd son calme et demande à Didi :

– Enfonce-lui son drap dans la bouche, qu'elle la ferme !

La jeune femme blonde essaye de maîtriser la vieille chouette déchaînée, mais elle n'y parvient pas. Victory Moffat lui griffe les avant-bras au sang, elle la mord et Didi finit par la gifler. Moffat bondit, il attrape le bras de Didi pour l'éloigner. Son ex-compagne résiste et tous les deux luttent au bord du lit sous les invectives rageuses de la vieille. Voyant la situation leur échapper, Liz s'affole et tire.

Dans la chambre, tout se fige. Le bruit assourdissant de la détonation leur vrille les oreilles et la fumée met quelques secondes à se dissiper, révélant un énorme trou dans le mur, à quelques centimètres de la tête de Victory Moffat. Tous restent figés. Liz retrouve son calme. L'adrénaline a dissipé les effets de l'alcool au moins temporairement, elle se sent lucide et déterminée.

– Didi, mets-lui ce drap dans la bouche.

La vieille femme, bouche bée, n'oppose aucune résistance, les yeux braqués sur le canon du revolver. Didi lui enfonce le bout de drap entre les dents, Victory pourrait le retirer d'un mouvement de main, mais c'est une victoire symbolique. Les jeunes femmes reprennent la situation en main.

– Voilà, c'est mieux. On va pouvoir s'entendre. Je suis sûre que le pognon est dans cette pièce, dites-nous où il est et on s'en va. Sinon, ça va mal finir.

Moffat, un franc sourire bienveillant vissé sur les lèvres, reprend sa litanie de mensonges : il n'a rien ici, l'argent a été investi dans le film et ce qui lui reste est placé à la banque, elles se trompent et elles feraient mieux de recouvrer leurs esprits avant d'aller trop loin. Il est prêt à passer l'éponge si elles se calment. Il fera comme si rien ne s'était passé, il le promet. Il s'excuse même de s'être mal comporté avec Didi, il regrette sa violence. Il leur jure d'avoir voulu aider Jacinto et n'être pas responsable de son accident, qu'il déplore. Il a les larmes aux yeux et va jusqu'à se mettre à genoux devant Didi pour lui demander pardon.

Liz ne croit pas un mot de ce cirque écœurant. Elle sait que Moffat serait prêt à tout pour sauver son fric. Elle le coupe en pleines jérémiades.

– Le reçu de la banque, il est où ?

– Pardon ? demande Moffat, toujours à genoux.

– Si tu as déposé les deux millions à la banque, ils ont dû te donner un reçu, non ? Alors je te demande de nous le montrer.

– Ah oui, le reçu. Il est à mon bureau, bien sûr.

– Tu mens sale porc ! lui jette Didi. Il n'y a jamais rien eu à ton bureau à part des cigares et du whisky, tu as toujours tout gardé ici !

La jeune femme lance un coup de pied dans le ventre du producteur, toujours à genoux. Il perd l'équilibre sous le choc et bascule en arrière, main tendue. Sous son poids, une latte se soulève, qu'il remet fébrilement en place. Liz remarque son geste.

– Sous le plancher Didi, leur fric est là ! s'exclame-t-elle. Fais le tour de la chambre, je suis sûre qu'ils ont planqué le pognon quelque part sous nos pieds. La vieille garce veut l'avoir sous la main.

Didi inspecte une à une les lattes du plancher. Ses avant-bras griffés par la vieille saignent sur son chemisier déchiré, mais elle ne prête aucune attention aux égratignures qui lacèrent sa peau blanche. Moffat est de plus en plus nerveux. Après quelques minutes, Didi soulève une large planche juste sous la télévision, et s'écrie :

– Il est là, il est là, je l'ai !

Moffat fait un pas en avant vers Liz, soudain menaçant. Elle braque le flingue vers lui et ne le quitte pas des yeux.

– Fais encore un pas et je tire. Je te le promets.

Didi pose la mallette en cuir au bout du lit et l'ouvre. Poussant des cris de joie enfantins, elle y plonge les mains et en extrait quelques liasses de billets. Devant ce spectacle, la vieille s'agite, retire le drap de sa bouche et les couvre d'insultes et de menaces.

– Arrête d'énerver la vieille harpie. On a ce qu'on voulait. Il faut partir.

– Qu'est-ce qu'on fait d'eux ? demande Didi en refermant la mallette.

Liz ne quitte pas Moffat des yeux, elle le sent bouillir de rage, il est capable de se jeter sur elles d'un instant à l'autre, prêt à risquer sa vie pour récupérer son fric. Elles doivent partir vite ou le tuer. Dans leurs plans, tout était simple, elles prenaient le fric et se sauvaient. Point final. La réalité les rattrape. Moffat et sa mère ne les laisseront jamais partir en paix, il les poursuivra. Elles doivent fuir, vite et loin, et l'empêcher de les prendre en chasse. Liz jette un œil à la fenêtre de la chambre et se décide.

– On va les enfermer dans leur forteresse. Les fenêtres ont des barreaux. On laissera la clé sur la serrure à l'extérieur et on bloquera la porte d'entrée pour qu'il ne puisse pas sortir.

Didi acquiesce et les deux jeunes femmes sortent de la chambre à reculons, le Smith & Wesson toujours braqué sur le visage de Moffat. Le producteur les suit, malgré les injonctions de Liz. Il avance au rythme de leurs pas, sans un mot, écumant de fureur et de haine. Liz a beau lui hurler de ne pas bouger, il ralentit juste quelques secondes puis reprend chaque fois sa progression. Didi prend la main de Liz pour la guider dans la descente des marches. La jeune femme fixe Moffat pour le tenir en respect. Il les surplombe depuis la rambarde quand elles descendent l'escalier. Son visage à contre-jour a la noirceur du charbon. Il descend à son tour pendant que Didi cherche la clé de l'hacienda, et il se tient au bas des marches quand elle saisit la poignée de la lourde porte. Entre lui et la jeune femme, Liz le toise avec morgue. Elles ont gagné, elles vont partir avec son fric et il n'aura rien pu faire pour les en empêcher. Il s'avance, à quelques pas d'elle, lui sourit, et prononce sur un ton qu'elle reconnaîtrait entre mille :

– Les réalisateurs n'auront pas de mal à trouver ton bon profil, ma chérie.

Liz se fige, son sang la quitte, sa tête tourne. Elle réalise que depuis le début elle avait reconnu cette voix, cette voix entendue dans le terrain vague, mais qu'elle se refusait à l'admettre. C'est ce monstre qui l'a défigurée. La colère monte en elle, elle arme le chien et fait un pas vers lui, indifférente aux supplications de Didi dans son dos.

– Espèce de salopard. Pourquoi m'as-tu fait ça ?

– Demande à Didi. C'est pour elle que je l'ai fait.

– Qu'est-ce que tu racontes comme saloperies ? Je vais te tuer pour ce que tu m'as fait et tu veux partir sur des mensonges ?

– Je ne mens pas. Il est mignon votre petit couple, mais si vous voulez durer, il faut commencer sur des bases saines. Tu devais jouer dans mon film. Jack Dragna doit être proche de Morgan ou de Wasserman, ou des deux. En tout cas, ils voulaient que tu aies le premier rôle. Mais Didi le voulait aussi. J'ai tout essayé, mais on n'a pas trouvé d'autres solutions pour t'écarter.

– Tu mens ! Didi n'aurait jamais fait ça.

Liz n'ose pas tourner la tête vers sa compagne. Elle sait que si son attention se relâche un seul instant, Moffat va se jeter sur elle. Il n'attend que ça, elle le voit dans ses yeux. Elle essaye d'en finir, d'appuyer sur la détente et de les faire taire à jamais, lui, ses mensonges infâmes, et ce doute qui s'insinue en elle. Mais elle ne parvient pas à s'y résoudre. Son doigt se crispe et elle doit subir les révélations atroces du producteur.

– Non, ne l'écoute pas Liz ! crie Didi. Il veut nous détruire avec ses mensonges !

Puis Liz entend la jeune femme fouiller dans un tiroir alors que Moffat continue de la fixer calmement, froidement, un serpent prêt à jaillir sur sa proie au moindre signe de relâchement.

– Allons Liz, pourquoi t'aurais-je fait ça, sinon ? Je ne te connaissais pas. Je ne savais pas que tu fréquentais Didi. Tu étais le cadet de mes soucis. Pourquoi aurais-je fait une chose pareille ?

Liz ne sait pas. Elle ne peut pas croire que Didi ait voulu lui faire du mal. Si son amie lui avait demandé de refuser le rôle pour le lui laisser, elle aurait dit oui. Ce que raconte Moffat n'a pas de sens, mais le poison de la suspicion s'insinue malgré tout. Elle cherche ses mots, incapable de se décider entre fuir ou le tuer, quand une silhouette blanche passe à côté d'elle comme un courant d'air et se rue sur le producteur.

Didi a saisi un couteau de cuisine et vient de le planter dans le ventre de Moffat. Surpris, il recule et titube, se saisit le ventre à deux mains pour tenter de stopper l'hémorragie qui s'étend comme l'eau d'un verre brisé et imbibe sa chemise. Didi le suit, le couteau ensanglanté à la main, prête à le poignarder de nouveau. Liz lui crie d'arrêter et s'avance vers elle.

– Ah, c'est sûr, tu préférerais que je me taise, hein ? demande Moffat en fixant la jeune actrice. Tu ne veux pas que ta copine connaisse la vérité. Tu étais pourtant bien contente que je te le donne, ce rôle. Tu étais prête à tout pour l'avoir.

– Ça suffit Didi, donne-moi ce couteau, intime Liz alors que sa compagne s'apprête à poignarder de nouveau. Si tu le frappes encore, je m'en vais !

503

La jeune femme capitule et tend le couteau à Liz. Moffat a reculé jusqu'au mur, sa chemise est rouge, le sang coule sur ses doigts et goutte sur le sol. Il ne perd pourtant pas sa morgue et s'acharne sur son ex-compagne.

– Tu aurais versé l'acide toi-même s'il l'avait fallu pour avoir un second rôle ! Tu joues l'amoureuse ? Allons, va raconter ça à d'autres ! Moi, je te connais, je sais qui tu es, Didi. Je sais ce que tu veux, ce que tu vaux. Tu es comme moi, ce que tu veux, c'est ton nom en haut de l'affiche. Tu ne renonceras pas à ça pour une histoire de cul. Tu quitteras cette poupée défigurée dans quelques semaines et tu me reviendras. Tu m'imploreras de te faire tourner ! Il n'y a que ça qui compte pour toi. Il n'y a que le cinéma. Tu ne renonceras jamais à ça, pas après tout ce que tu as donné pour arriver là où tu es. Tu vas être une star, je te l'avais promis et tu vas le devenir. Tu ne vas pas laisser passer ta chance pour une moitié de copine ? Allez sois…

Moffat ne peut pas terminer sa phrase, Liz vient à son tour de lui enfoncer le couteau dans le ventre, entaillant une des mains pleines de sang crispées sur sa première plaie. Une autre blessure inonde la chemise. L'odeur métallique fait grimacer Liz. Une flaque se forme aux pieds de Moffat qui la dévisage avec mépris. Didi prend le couteau sans un mot. Moffat esquisse un sourire, il ne peut plus parler. Quand Didi lui plante le couteau dans le bas-ventre, il ne pousse même pas de cri. Il se contente de sourire alors que son sang le quitte par jets. Liz prend l'arme des mains de sa compagne et la plante à nouveau, dans la gorge cette fois-ci, juste sous le menton. Les artères sectionnées laissent échapper des giclées qui les souillent alors qu'elles continuent à s'échanger la lame pour le frapper à tour de rôle.

Moffat sourit toujours alors qu'il est mort depuis longtemps quand elles en finissent avec lui. Elles l'ont poignardé encore et encore, pour exorciser ses mensonges, pour que disparaissent le doute et ses sifflements mal-sains. Elles sont couvertes de sang et le corps de Moffat, effondré sur le sol, n'est plus qu'un hachis rougeoyant mêlé à des lambeaux de chemise déchiquetés. La terre battue est teintée de brun et l'air empeste l'abattoir. Elles se prennent la main, poisseuses, étourdies et incapables de réaliser ce qu'elles viennent de faire. La scène est monstrueuse, irréelle. Elles marchent vers la porte sans un mot, sans avoir conscience de leurs pas. Ce n'est que quand elles arrivent dehors, que la lumière les frappe soudain, qu'un long soupir de soulagement leur échappe. Liz essaye de s'en convaincre : Moffat méritait ce qu'elles viennent de lui faire, il méritait chacun de leurs coups de couteau. Elles n'ont rien fait de mal. Il faut juste qu'elles se lavent, se changent et s'enfuient. Elle veut croire que leur avenir n'a pas changé, qu'elles oublieront vite ces moments d'épouvante.

Éblouies par le soleil qui donne sa pleine puissance, elles ne remarquent aucun des lézards qui les observent, ni aucun des hommes qui guettent le moindre de leurs gestes et qui distinguent, outre le sang qui les macule de la tête aux pieds, la mallette qu'elles n'avaient pas en entrant dans la ferme. Elles marchent dans la pous-sière, échangent un regard, se découvrent éclaboussées d'hémoglobine, les cheveux plaqués sur le front, leurs chemisiers rouges et détrempés. Elles sont si horribles qu'elles en sourient, la pression se relâche d'un coup et elles éclatent de rire. Un rire de démentes, un rire qui exorcise ce qu'elles ont commis dans l'hacienda.

★

L'ombre des orangers n'est pas suffisante, Johnny sue à grosses gouttes et se maudit de ne pas avoir apporté de quoi boire. Il a des fourmis dans les jambes et meurt d'envie d'allumer une cigarette. Il n'a pas la patience de ses hommes de main. Fredo ne bouge pas d'un millimètre, si Johnny ne voyait pas sa chemise se soulever au rythme de sa respiration rapide, il pourrait croire le vieil Italien mort depuis des heures. Il est aussi immobile que les saloperies de lézards qui les entourent et les fixent avec leurs yeux de poissons morts. Stompanato déteste cet endroit, cette hacienda et ces putains de reptiles qui lui flanquent la chair de poule. Ces bestioles à sang froid espionnent les hommes pour les dieux, et les tuer porte malheur, on le lui répétait sans cesse dans les Philippines. Il joue avec son paquet de Lucky Strike au fond de sa poche, il ne peut pas en griller une, ce serait donner un mauvais exemple à ses hommes à qui il a demandé de ne pas faire un bruit. Grigor joue avec son énorme Smith & Wesson Model 27, il ouvre le barillet et ne cesse de vérifier ses balles d'assassin. Il a chargé son revolver avec du .357 Magnum, le calibre qui perfore les portières de voiture, le calibre des exécutions. La cruauté de cet homme au regard trop clair rend Johnny nerveux, il a hâte que tout cela se finisse. Depuis qu'ils planquent, il a dû refréner les envies d'en découdre du Polonais. Il voulait intercepter les filles, puis Moffat, puis les liquider tous dans l'hacienda… Johnny a peiné à lui faire accepter d'attendre que la situation se décante d'elle-même, qu'ils n'aient qu'à aller cueillir les survivants sans devoir tirer un seul coup de feu.

Stompanato est en train de regarder avec envie les oranges au-dessus d'eux, bien qu'elles soient trop petites et pas assez mûres pour étancher sa soif, quand les deux filles sortent de la ferme. Elles sont couvertes de sang. Ils ont bien entendu les détonations, mais Johnny ne s'attendait pas à les voir ressortir dans un tel état. Il est encore sous le coup de la surprise quand Grigor se redresse et sort du fossé dans lequel ils s'étaient cachés. Johnny n'a pas le temps de le retenir que le Polonais marche déjà vers la ferme, son arme d'assassin braquée devant lui.

Au lieu de sommer les jeunes femmes de lâcher leur arme et de lever les mains, le Polonais se met à tirer en marchant, hors de tout contrôle. Les voir couvertes de sang l'a fait basculer. La mort appelle la mort. Il ouvre le feu pour tuer au plus vite, avec une jubilation malsaine et un rictus haineux.

La première balle vient frapper Didi au niveau de la mâchoire, alors qu'elle rit encore, avant même qu'elle ne voie le tueur sortir des orangers sur sa droite. L'impact est si puissant que le calibre 357 lui arrache les tendons, brise l'os de la mandibule et la détache de son visage. Les éclats perforent sa jugulaire et une traînée de sang accompagne les débris de son visage dans un grand arc rouge avant que la jeune femme s'effondre au sol et décède dans des soubresauts nerveux. Liz a à peine le temps de voir l'amour de sa vie exploser au soleil qu'une balle frappe l'arrière de son crâne et fait voler en morceaux son cerveau. Son corps s'effondre le long de celui de Didi dans la poussière. La balle l'a tuée sur le coup.

Grigor rejoint les deux corps et pose la main sur la mallette. Fredo le suit en soupirant, écœuré par le carnage, incapable de détacher les yeux du gâchis qui s'étale à leurs pieds. Johnny est retombé à genoux dans le fossé, le visage entre les mains. Il n'avait pas prévu une telle boucherie. Il se dit qu'il lui faudra des litres de whisky et un sacré paquet de dollars pour ne plus y penser.

★

Accroupis derrière le mur en ruine de l'aile sud de l'hacienda, Van Vlaar et Walls viennent de terminer leurs sandwichs et leurs bières tièdes quand les jeunes femmes sortent de la ferme. Les deux flics échangent un regard, vérifient leurs colts Detective Special. Ils s'apprêtent à se redresser pour intercepter les deux voleuses ensanglantées en plein éclat de rire quand les coups de feu les prennent de court. Ils se tassent derrière le mur et attendent que les détonations cessent. Quand le silence revient, Van Vlaar risque un coup d'œil par-dessus les pierres et soupire. La litanie des rapports et des reproches qu'il devra subir à cause de ce carnage défile dans sa tête. Ne pas être intervenu plus tôt et avoir laissé la coqueluche de Morgan et Wasserman se faire abattre va lui valoir des tonnes d'emmerdements. Ces deux tarés de criminels vont payer pour ça. Imité par le sergent Walls, il prend appui sur le mur pour mettre en joue les deux mafieux tout en restant à l'abri. Les truands ne sont qu'à une dizaine de mètres, ils n'auront pas d'autre choix que de se rendre.

– Lâchez vos armes, police ! crie Van Vlaar dans un barrissement jailli de son ventre imposant.

Un tel ordre et deux armes braquées devraient figer et rendre inoffensif n'importe quel truand. Mais cela ne marche qu'à moitié sur les deux hommes qui se tiennent au soleil au-dessus des cadavres des jeunes femmes. Fredo laisse tomber son pistolet et commence à lever les bras sans hésitation. Grigor, lui, ivre de puissance et de folie meurtrière, n'est plus accessible à la raison. La décharge de plaisir provoquée par ce massacre est si forte qu'il n'a pas conscience de l'impasse dans laquelle il se trouve. Il n'obéit pas et tire.

Un bloc de pisé vole en éclats à quelques centimètres du visage de Walls. Aveuglé par les débris, le sergent se met à l'abri sans riposter. Van Vlaar ne se pose pas de question. Il met en pratique ses années d'entraînement au stand de tir et place une balle en pleine poitrine du truand blond. Grigor reçoit la mort en plein cœur, l'organe explose, le sang gicle par son nez et sa bouche. Fredo finit de lever les mains, tremblant de tout son corps. Le vieil Italien ferme les yeux et prie. Les flics ont plus de sang-froid qu'il ne le pensait, personne ne l'abat. Il reste droit et muet quand les deux policiers sortent de leur abri et viennent à sa rencontre. Walls sort les menottes de sa ceinture et Fredo tend machinalement les bras vers lui, habitude bien rodée d'un poissard qui a passé plus de la moitié de sa vie derrière les barreaux et qui se voit bien parti pour y finir ses jours. Fredo soupire. La prison doit être son destin, il est né pour y vivre, la liberté n'est pour lui qu'une anomalie passagère dont il ne sait plus quoi faire. Il sourit au gros flic qui recharge son arme et se laisse faire par son collègue qui lui passe les bracelets avec nervosité.

De l'autre côté du terre-plein, Johnny a suivi la scène. Son plan vient d'échouer sur toute la ligne. Il n'a plus qu'une chose à faire : se barrer, en espérant que Fredo sache tenir sa langue. Il n'a pas peur de ça, le vieil Italien n'a jamais rien balancé. Le colis hebdomadaire qu'il reçoit quand il est en taule suffit à le faire taire. Les mafieux ont un quotidien très amélioré quand ils sont derrière les barreaux, Mickey y tient – cela garantit une discrétion absolue. Stompanato rampe entre deux rangées d'orangers, il bousille son costume et sa chemise à crapahuter dans la terre comme quand il était à l'armée, pendant ses classes, avec son sac sur le dos. Il se faufile comme un lézard, sans courage ni fierté, mais il serre les dents, la bouche et le nez pleins de poussière. Des cailloux lui meurtrissent les mains et les genoux. Cette douleur n'est rien par rapport à ce que Sica et Cohen vont lui faire subir. Il va payer cet échec au prix fort et il n'est pas près d'avoir une nouvelle opportunité de prendre du galon dans l'organisation. Peu importe, s'il tient assez longtemps pour se mettre à couvert des arbres. Il se lève, et sans prêter attention à ses mains en sang, court de toutes ses forces. Dans la direction opposée à celle où il a garé sa voiture, mais il est prêt à rentrer à Los Angeles à pied s'il le faut plutôt que de se rapprocher de cette hacienda où seuls les lézards survivent plus de quelques minutes.

Devant la ferme, les deux flics constatent que les jeunes femmes sont bien mortes. Van Vlaar retire son chapeau et gratte sa chevelure éparse.

– Ça va nous causer un paquet de problèmes, cette histoire.

– On dira qu'on est arrivés trop tard pour les sauver, lieutenant.

– Oui, ça sera mieux. Par contre, je me demande où est passée cette petite merde de Stompanato, ce sont des gars de la bande à Mickey Cohen, il ne doit pas être très loin.

Walls met une claque à Fredo et lui demande où est Stompanato, le vieux hausse les épaules et fait mine de ne pas savoir de qui ils parlent. Cette vieille bourrique sera dure à accoucher. Van Vlaar regarde autour de lui, à la recherche de traces du truand qui s'enfuit dans les orangers. Il ne le voit pas, mais sa bouche s'ouvre en grand quand deux silhouettes jaillissent de derrière les rochers qui surplombent la cour.

★

Les frères Carboni ne sont pas facilement impressionnables. Du débarquement en Sicile à la libération de Berlin, ils ont assisté à suffisamment de massacres pour ne plus ressentir grand-chose au spectacle d'un règlement de comptes brutal. Ils n'y prennent aucun plaisir, ils font leur boulot, corrigent des putes, cassent des rotules, torturent et mettent des balles dans la nuque quand il le faut. Sans émotion, sans jouissance, sans dégoût ; ainsi va le monde et tel est leur gagne-pain. Le ballet absurde et sanglant auquel ils assistent derrière leur rocher ne leur fait guère d'effet. Ils déplorent la hargne et le manque de professionnalisme de l'équipe de Stompanato. Le proxénète n'aurait jamais dû se lancer dans un coup comme celui-là, il ne sait pas choisir ses hommes. Ils avaient repéré les flics depuis leur arrivée, l'issue de la scène ne les surprend pas.

Malheureusement, ils doivent mettre un point final à cette histoire. Les flics sont à deux doigts de récupérer le pognon de Dragna, et ça ne peut pas se produire. Leur boss va être furieux de savoir que sa combine est tombée à l'eau. S'ils avaient agi les jours précédents, l'argent aurait été mis en sécurité dans une banque, et cette boucherie n'aurait probablement jamais eu lieu. Ils le regrettent, mais c'est trop tard. La mort d'un flic n'est qu'une solution de dernier recours, à n'utiliser que quand on n'a pas le choix. Ils ne l'ont plus. Le moment est venu. Quand on bute des flics, il faut le faire vite, nettoyer ses traces et s'enfuir. Ils ne se sont pas adressé la parole depuis leur arrivée. Ils savent où se placer et quand ils doivent agir. Ils travaillent ensemble depuis leur retour du front. Ils ont deux ans d'écart, mais des jumeaux ne seraient pas plus semblables.

Dans un même mouvement, les deux frères aux sourcils broussailleux arment leurs mitraillettes Thompson et se relèvent. Inutile de parler, ils n'ont rien à dire à leurs victimes, elles doivent mourir au plus vite et l'argent doit revenir à Jack Dragna. Ils sont à près de cinquante mètres des flics, la distance maximale pour placer un tir fiable avec des Thompson M1. Pour être efficaces, ils doivent arroser et vider leurs chargeurs afin de compenser la précision incertaine. Ils concentrent leurs tirs sur les deux flics, le truand menotté ne leur posera pas de problème. Les armes semi-automatiques vrombissent et se débattent dans leurs mains puissantes mais elles ne leur échappent pas, ils les tiennent braquées vers leurs cibles qui ne tardent pas à entamer une danse ridicule sous la succession des impacts. Dans les battoirs des Carboni, les Thompson sont domptées et ne lâchent pas leurs victimes. Van Vlaar et Walls encaissent chacun une vingtaine d'impacts de .45, un ou deux auraient suffi à

511

les tuer. Les deux flics n'ont pas pu riposter. Leur sang se mêle à la grande flaque brune qui entoure les jeunes femmes et Grigor.

Une balle a traversé la cuisse de Van Vlaar et s'est plantée dans le mollet de Fredo. Le vieil Italien peine à rester debout, mais il sait que son tour va venir, et il essaye de fuir dans l'allée. Il traîne la patte et n'a fait que quelques pas quand les deux frères descendent de leur promontoire et rejoignent leur tableau de chasse. Les Thompson brûlantes fument encore dans leurs mains quand ils poussent les corps du bout du pied. Ils remarquent la fuite de Fredo et l'un des frères pointe son arme sur son dos. Il tire, mais son chargeur vide émet un bruit sec. L'autre prend le relais, même résultat. Ils éclatent de rire. L'aîné ramasse un bout de rocher et rattrape le fuyard sans grande difficulté pendant que son frère change le chargeur droit de sa mitrailleuse. Le vieil Italien reçoit un coup brutal sur l'arrière du crâne et s'effondre. Sa fuite n'aura duré que quelques mètres. Son meurtrier jette le bout de rocher sanglant, se penche vers Fredo et l'achève en lui brisant les cervicales d'un coup sec.

★

La Chevrolet suit la courbe du chemin en silence, le plan de Starace s'arrêtait quelques dizaines de mètres avant mais ils ont continué sans hésitation dans la même direction. La dernière rangée d'orangers s'efface et Chance et Annie découvrent la scène effroyable qui se déroule dans la cour de l'hacienda Sepulveda. Ils comprennent qu'ils arrivent trop tard pour sauver les deux jeunes actrices et pour empêcher un carnage. Buckman reconnaît les deux tueurs qui exécutent les basses œuvres de Jack Dragna. Il sait qu'il serait inutile de sortir de la voiture pour parlementer, leurs corps rejoindraient ceux qui s'étendent déjà aux pieds des assassins. Ils n'ont que deux options : fuir, passer la marche arrière de la voiture en espérant rouler assez vite pour échapper au tir des Thompson, ou, plus audacieux, écraser la pédale d'accélérateur et tenter de profiter de l'effet de surprise. Il n'a que quelques secondes pour se décider. Les deux frères ne les ont pas encore remarqués, l'un est penché sur le corps d'un vieil homme et lui brise les cervicales en le manipulant comme une poupée de chiffons ; l'autre remplace le chargeur de sa Thompson.

Buckman estime qu'ils ont une chance, il échange un regard furtif avec Annie qui hoche la tête pour marquer son assentiment. Sa main se pose sur son avant-bras et se crispe. Elle veut qu'il fonce. Il écrase la pédale d'accélérateur. Le chemin est en descente, ils déboulent dans un nuage de poussière, les huit cylindres vrombissent à plein régime. Le premier des deux frères n'a que le temps de redresser la tête pour voir la calandre chromée de la Chevrolet fondre sur lui et le percuter de plein fouet. Le pare-chocs en obus le frappe en pleine poitrine, brisant des côtes qui percent ses poumons, et il est entraîné sous la voiture. L'autre laisse échapper un juron et enfonce le chargeur de sa Thompson, il tente de s'écarter mais l'agilité n'est pas son fort, sa grosse carcasse n'a pas fait un mètre que la Chevrolet le fauche comme une brindille.

Le choc lui explose les hanches et les genoux, son corps bascule en avant sur le capot. La mascotte Chevrolet chromée en forme d'avion se plante dans son estomac. L'assassin éventré reste planté sur l'avant de la voiture et, malgré sa blessure, redresse la tête et tend son bras armé vers le conducteur. Buckman voit la Thompson le viser, il panique et fonce vers le mur de l'appentis pour y écraser la brute avant qu'elle ne lui tire dessus. Secouée dans tous les sens, la Chevrolet devient incontrôlable. Le major va trop vite, la voiture va défoncer le mur de pisé de l'appentis mais il n'a plus le temps de freiner. Annie hurle et baisse la tête tandis que le doigt du mafioso appuie une dernière fois sur la détente de son semi-automatique. La Chevrolet fracasse le bâtiment et le générateur électrique de l'hacienda. Son capot se soulève, plié sous l'impact. Le corps de l'assassin, broyé, se fond dans un maelström d'acier et de terre.

La rafale de .45 a fait voler le pare-brise en éclats. Buckman est resté figé derrière son volant. Trois balles l'ont touché. La première a pénétré son bras juste en dessous de l'épaule ; la deuxième s'est enfoncée dans sa gorge ; la troisième a arraché l'oreille gauche et un morceau de joue en brisant la pommette du major. Il bascule en avant, sa tête tombe sur le klaxon de la Chevrolet qui se met à hurler au milieu des débris. Affolés par ce bruit et par l'odeur d'essence qui se répand depuis le réservoir du générateur, des dizaines de ventres bleus fuient et vont se réfugier sous les rochers environnants.

Au cœur de ce tumulte, Annie se redresse et découvre Buckman inconscient à ses côtés. Elle est étourdie et voit trouble, sa tête a percuté le tableau de bord et même si elle n'a pas perdu connaissance, la douleur très vive l'empêche de réfléchir. Elle met quelques secondes à comprendre que Buckman est en train de mourir. Prise de panique, elle le secoue pour essayer de le réveiller, en vain. Elle voit le sang couler de son bras, de sa gorge, dans un bouillonnement noir et continu. Elle comprend. Elle pleure, ivre de douleur et de chagrin, elle serre le major dans ses bras et ne sent pas l'odeur de l'essence qui forme une flaque sous la voiture. Le brûleur du générateur ne s'est pas éteint sous le choc et sa petite flamme finit par entrer en contact avec l'essence qui fuit de son réservoir. La déflagration est instantanée, le réservoir à moitié plein explose et embrase la flaque d'essence sous la Chevrolet. Une boule de flammes entoure la voiture. Annie se redresse, terrorisée. Elle n'arrive pas à attraper la poignée de la portière, les flammes rejoignent l'essence du réservoir de la Chevrolet qui explose à son tour. Le feu dévore l'intégralité du coupé, le corps d'Annie n'est plus qu'une boule de feu, la douleur est atroce, ses poumons n'inspirent que des flammes, sa peau n'est plus qu'une plaie rougie et carbonisée, elle cesse de lutter en vain et rend l'âme au milieu du brasier.

★

Les explosions successives effrayent Clay Lomax et le forcent à repousser le moment de sortir de son abri. Si ses calculs sont exacts, les derniers protagonistes de l'affaire viennent de partir en fumée. Il ne risque plus rien en allant à son tour dans la cour, mais la violence de ce qui vient de se produire l'incite à la plus grande prudence. Il allume une cigarette et attend de l'avoir terminée avant de se redresser. Plus rien ne bouge devant l'hacienda. Les corps baignent dans leur sang, l'appentis détruit finit de se consumer dans les flammes et la carcasse noircie de la Chevrolet dégage une fumée noire épaisse. Ils sont tous morts. Lomax attendait le triomphe du FBI dans cette affaire, mais il n'avait pas imaginé qu'il prendrait la forme d'un tel massacre. Tout en époussetant son costume bleu marine, il se demande s'il ne devrait pas s'en aller et éviter de mêler le service aux suites retentissantes de cette affaire. L'attrait des deux millions de dollars est finalement décisif – après tout, on ne fait pas une grande carrière en fuyant devant la difficulté. Le FBI se posera en noble pacificateur dans cette tuerie qui entachera l'image des autres services de maintien de l'ordre. Mais comment justifier la disparition de l'argent ? Il aimerait pouvoir le garder pour lui, mais il sait que l'enquête finira tôt ou tard par révéler son existence et, faute de piste crédible, il sera le principal suspect quand il s'agira de savoir qui l'a emporté.

Lomax descend dans la cour, il sort et arme son colt M1911 au cas où un danger inattendu se manifeste, mais il ne trouve que des cadavres sur son chemin. Les deux militaires sont méconnaissables, tellement brûlés qu'il ne parvient pas à les distinguer. L'odeur est épouvantable et les cadavres des deux assassins sont toujours collés à la carcasse, l'un fume sur le capot et l'autre est accroché entre ses roues. Il est pris de haut-le-cœur et s'éloigne de la Chevrolet. Dans sa course folle, la voiture a roulé sur la mallette de billets et l'a éventrée. Lomax la ramasse avec soin pour éviter que ceux-ci ne s'éparpillent. Par chance, l'argent a échappé aux flammes et semble intact. Une idée le fait soudain jubiler ; il n'a qu'à brûler la mallette et laisser traîner quelques billets à moitié carbonisés pour justifier la disparition des deux millions de dollars, qui seront officiellement partis en fumée. Sa fin de carrière heureuse et opulente est assurée. Cette perspective lui fait oublier la boucherie qui l'entoure et l'odeur de chair brûlée qui s'insinue partout. Avec un grand sourire, il porte la mallette au niveau de son visage et contemple sa fortune quand une décharge de chevrotine le frappe à la nuque.

Victory Moffat n'a plus l'usage de ses jambes, mais elle a encore celui de ses bras et, malgré sa faiblesse, sa volonté a été décuplée par le vol de son argent, de ses deux millions de dollars, de l'aboutissement de sa vie. Galvanisée par sa cupidité, elle s'est laissée tomber de son lit, a rampé jusqu'à la chambre voisine, celle de son fils, a peiné à ouvrir la porte et à se glisser jusqu'au meuble où sont rangés depuis des décennies les fusils de chasse de son mari défunt. Elle a chargé un fusil avec deux cartouches de chevrotine. Des cartouches de vingt-huit grains de trois grammes, celles qu'on utilisait pour abattre des bisons dans son Oklahoma natal. Elle a glissé l'arme sur son dos, en bandoulière, et elle s'est traînée de nouveau jusqu'à sa chambre. Elle est parvenue à ouvrir la fenêtre en se cramponnant à son meuble de télévision. Les explosions l'ont surprise alors qu'elle poussait les volets entre les barreaux. Elle a mis plusieurs minutes à trouver une position lui permettant de viser. Par chance, ce salopard blond en costume d'escroc a choisi ce moment pour venir poser ses sales pattes manucurées sur sa mallette. Elle voit son sourire au soleil, elle voit qu'il veut lui piquer son pognon et elle fait ce que son imbécile de fils aurait dû faire, elle abat le chien qui comptait la voler.

Les deux cartouches de chevrotine sont composées de quatre lits de sept grains en plomb chacune. Les grains sont reliés entre eux par des fils de laiton et ils se déploient dans leur vol pour prendre la taille d'une main ouverte quand ils atteignent leur cible. Un de ces lits vient frapper Lomax à la nuque, que les grains perforent en biais. Un deuxième le frappe en plein crâne, les fils de laiton réduisant son cerveau en bouillie, un troisième lui arrache la joue, alors que deux autres finissent leur course dans la mallette qu'il tenait à bout de bras. Les derniers se perdent dans la cour. Son corps s'effondre comme un sac vide. Il meurt en quelques secondes alors que les billets propulsés dans les airs par l'impact volent dans la poussière et le sang.

★

Le petit lézard court sur sa main depuis de longues minutes quand Jack Gittles voit une Alfa Romeo coupé 1900 SS rouge débouler à vive allure dans le chemin et s'arrêter avec un crissement de pneus dans la cour jonchée de cadavres. Il laisse le ventre bleu poursuivre sa course sur le tronc d'un oranger. Cela fait une demi-heure que Gittles est descendu de la colline surplombant la ferme. Il a pris son temps, précautionneusement, attendant à l'abri d'un arbre que la situation finisse de se décanter. Toute la matinée, il a été aux premières loges, constatant que les personnes se croyant assez en sécurité pour pénétrer dans la cour et prendre la mallette pleine de dollars le payaient de leur vie, alors il patiente et attend d'être sûr d'échapper à ce funeste sort. Depuis de longues minutes, il observe le spectacle pathétique d'une vieille femme incapable de marcher qui rampe à la force de ses bras maigres dans la poussière et le sang, essayant de récupérer les billets qui se sont envolés et de les fourrer dans un sac éventré qu'elle traîne avec elle, le tenant entre ses dents. Derrière elle, les flammes continuent de consumer l'appentis sans toutefois s'étendre à la bâtisse ni aux plantations avoisinantes.

L'arrivée de la voiture de sport européenne sort le privé de sa contemplation. Il s'apprête à dégainer son arme, mais il retient son geste en découvrant l'occupante de la voiture. Gittles en reste bouche bée. Il ne s'attendait pas à croiser Hedy Lamarr dans de telles circonstances.

Indifférente à l'argent et à la vieille folle qui ne s'aperçoit même pas de son arrivée, Hedy s'accroupit aux côtés des deux jeunes femmes et se met à pleurer, le corps secoué de sanglots puissants. Gittles préfère la laisser en paix quelques minutes, il ne veut pas interrompre ses pleurs par une arrivée inopportune. L'actrice finit par se redresser, elle essuie ses larmes dans un délicat mouchoir brodé et regarde autour d'elle, abasourdie. Qui aurait pu prédire pareil carnage ? Telle une apparition qui fascine le privé, elle se tient droite sur ses escarpins aux talons fins dans sa robe d'été bleue, son chapeau légèrement de travers, déesse désenchantée au milieu des décombres et des morts. Gittles se secoue, il doit lui proposer de la raccompagner chez elle, il ne faut pas que son nom soit associé à ce massacre. L'argent jonche la cour, il doit aussi trouver un moyen d'en capter une part raisonnable. Il est toutefois prêt à en laisser une partie à la star, il y a des associées plus déplaisantes.

La chance est une créature capricieuse et fantasque. Le privé est monté très haut, à la tête d'un cabinet d'investigation prospère, puis il est tombé très bas, sans le sou à l'issue de quelques procès retentissants, et voilà, quand rien ne l'annonçait, qu'elle lui sourit de nouveau. Gittles n'imaginait pas que sa journée se finirait ainsi : devant deux millions de dollars à partager avec la plus belle femme du monde. Il faut qu'il trouve les mots justes pour la convaincre, ils doivent s'entendre avant que le massacre ne soit découvert et que la police ne complique tout. Il faudra aussi s'occuper de la vieille, même si celle-ci semble avoir perdu connaissance, les mains crispées sur les billets qu'elle tentait de ramasser. Son cœur n'a sans doute pas résisté aux efforts et à l'émotion. Le privé s'avance lentement, sort une cigarette et l'allume. Il cherche toujours comment aborder Hedy et évoquer la question de leur butin. Tout ce qui lui vient à l'esprit est une réplique du premier film avec elle qu'il ait vu, quelques années auparavant :

– Qu'est-ce que vous faisiez avant les diamants ?

Bibliographie

Tim Adler
La Mafia à Hollywood, Nouveau Monde éditions, 2009.

Matthew Alford
Hollywood propaganda, Éditions Critiques, 2018.

Kenneth Anger
Retour à Babylone, Tristram, 2016.

Kenneth Anger
Hollywood Babylone, Tristram, 2012.

William Bast
Ma vie avec James Dean, City Editions, 2006.

Anne-Marie Bidaud
Hollywood et le rêve américain. Cinéma et idéologie aux États-Unis, Armand Colin, 2017.

Patrick Brion
Les Secrets d'Hollywood, La Librairie Vuibert, 2013.

Richard Brooks
Le Producteur, Éditions Gérard et Cie, 1960.

Raymond Chandler
The Long Goodbye, Gallimard, 2013.

Michel Ciment
Les Conquérants d'un nouveau monde, Gallimard, 1981.

Pierre Conesa
Hollywar. Hollywood arme de propagande massive, Robert Laffont, 2018.

Kirk Douglas
Le Fils du chiffonnier, Presses de la Renaissance, 1988.

Howard Fast
Sylvia, Rivages, 1990.

Errol Flynn
Moi et Castro, Éditions du Sonneur, 2019.

Errol Flynn
Mes 400 coups, Olivier Orban, 1977.

James Hadley Chase
Eva, Gallimard, 1947.

Dashiell Hammett
Un type bien. Correspondance 1921-1960, Allia, 2002.

Chester Himes
La Reine des pommes, Gallimard, 1958.

Hedy Lamarr
Ecstasy and Me, Séguier, 2018.

Christel Lamboley
Le Maccarthysme ou la Peur rouge, 50 Minutes, 2015.

Norman Mailer
Le Parc aux cerfs, Presses de la Cité, 1956.

Budd Schulberg
Qu'est-ce qui fait courir Sammy ?, Robert Laffont, 1947.

Josef von Sternberg
Souvenirs d'un montreur d'ombres, Robert Laffont, 1965.

Tere Tereba
Mickey Cohen gangster notoire, Éditions de l'Homme, 2012.

Raoul Walsh
Un demi-siècle à Hollywood, Calmann-Lévy, 1994.

Thomas Wieder
Les Sorcières de Hollywood, chasse aux rouges et listes noires,
Philippe Rey, 2006.